अवधी
लोकगीत विरासत

AF651325

अवधी लोकगीत विरासत

डॉ. विद्या विंदु सिंह

ज्ञान विज्ञान एजूकेयर

प्रकाशक • **ज्ञान विज्ञान एजूकेयर**
3639, प्रथम तल
नेताजी सुभाष मार्ग, दरियागंज
नई दिल्ली–110002
सर्वाधिकार • सुरक्षित
संस्करण • 2025
मूल्य • आठ सौ रुपए
मुद्रक • नरुला प्रिंटर्स, दिल्ली

AWADHI LOKGEET VIRASAT

by Dr. Vidya Vindu Singh ₹ 800.00

Published by **GYAN VIGYAN EDUCARE**
3639 Netaji Subhash Marg, Darya Ganj, New Delhi-110002
ISBN 978-93-84344-39-9

प्रात: स्मरणीय गुरुवर

डॉ. भोला शंकर व्यास जी

की पावन स्मृति को नमन

तथा

अवधी साहित्य के सजग प्रहरी बंधुवर **श्री जगदीश पीयूष जी** के

प्रति आभार

और

गृहस्थी के दायित्व से मुक्ति देकर समय देने वाली

पुत्रवधू **श्रीमती भावना सिंह** को

आशीषपूर्वक

यह विरासत भावी पीढ़ियों के लिए...

विरासत की दो कोटियाँ हैं—एक मूर्त विरासत, जिसमें साक्षात् व देखी जा सकनेवाली विरासत सम्मिलित है, जैसे—स्थापत्य, मूर्ति, चित्र आदि। दूसरी अमूर्त विरासत, जिसमें वे परंपराएँ सम्मिलित हैं, जिन्हें देखा नहीं जा सकता है, जो हम अपने बुजुर्गों से प्राप्त पीढ़ियों को सौंपते हैं। विरासत की इन्हीं दोनों कोटियों के आधार पर किसी भी राष्ट्र अथवा समाज का सुस्पष्ट मूल्यांकन किया जा सकता है। वर्तमान में विकास का आधार भौतिक अवश्य रहा है, परंतु विरासत भी एक महत्त्वपूर्ण कारक है, जिसे आज विश्व स्तर पर मान्य किया गया है। वैश्विक स्तर पर भारत का सम्मान केवल इसीलिए है कि भले ही हम भौतिक विकास में पीछे रह गए हों, परंतु मूर्त और अमूर्त विरासत की सबसे प्राचीन और सुदीर्घ परंपरा भारत में ही प्राप्त होती है। हमारे समकक्ष मिस्र, यूनान, रोम आदि देशों की सभ्यताएँ आज अनेक संकटों से गुजरती हुई अपनी विरासत को सँभालने में अत्यंत कठिनाई महसूस कर रही हैं, जबकि भारत में कमोवेश बेहतर स्थिति है।

अमूर्त विरासत की श्रेणी में लोक संस्कार, लोक परंपराएँ, लोक मान्यताएँ, लोकगीत आदि सम्मिलित हैं। उत्तर प्रदेश ही नहीं भारतवर्ष में भी अवधी लोक क्षेत्र सबसे अधिक भू-भाग में विस्तारित है। उत्तर प्रदेश के लगभग 24 जिलों सहित नेपाल तथा मध्य प्रदेश के कुछ क्षेत्रों में अवधी बोली और परंपरा वर्तमान में प्राप्त होती है। अवध क्षेत्र उत्तर प्रदेश का सबसे पुराना क्षेत्र रहा है, जो कालांतर में उत्तर प्रदेश के रूप में संविलित होकर राजनैतिक रूप में एक प्रमुख क्षेत्र के रूप में अपनी पहचान बना सका है। भगवान् श्रीराम की जन्मभूमि के साथ ही साथ जायसी और तुलसी, मुल्ला दाउद जैसे महान् रचनाकारों के साथ अनेकशः श्रेष्ठ साहित्यकारों की भूमि अवध क्षेत्र रहा है। राष्ट्रीय स्तर पर लड़े जानेवाले स्वतंत्रता संग्राम का सर्वाधिक प्रभावित क्षेत्र भी अवध है, यही इसकी राजनैतिक जागरूकता का प्रमाण भी है।

गंगा-यमुना, सरयू, गोमती, केन नदियों के मध्य विकसित यह क्षेत्र आर्थिक,

राजनैतिक, सामाजिक, शैक्षिक, सांस्कृतिक सभी दृष्टियों से अत्यंत संपन्न रहा है।

श्रीमती डॉ. विद्या विंदु सिंह अवधी की ऐसी रचनाकार हैं, जो अवधी शोध और परंपरा की पर्यायवाची के रूप में मान्य हो गई हैं। आपके द्वारा सतत् रूप से अवधी लोकगीतों, लोक साहित्य, लोक परंपराओं पर जो भी लिखा गया है, उस पर कुछ भी लिखा जाना अत्यंत कठिन कार्य है। लोकगीतों के माध्यम से लोक परंपराओं की गहरी पैठ और उसे साहित्यिक रूप में उत्कृष्ट माध्यम से प्रस्तुत किए जाने की जो क्षमता डॉ. विद्या विंदु सिंह में है, वह अवधी के लिए एक वरदान है। सच्चे अर्थों में यह कहा जा सकता है कि रामचरितमानस यदि रचनात्मक अवधी लेखन का महाकाव्य है तो डॉ. विद्या विंदु सिंह द्वारा 'अवधी : लोकगीत विरासत' शोध क्षेत्र का अप्रतिम ग्रंथ है। आपके द्वारा अनेक पुस्तकों का प्रकाशन किया गया। कुछ पुस्तकों के प्रकाशन का सौभाग्य अयोध्या शोध संस्थान को भी प्राप्त हुआ है। संस्कृत, संस्कृति, अंग्रेजी, अंग्रेजियत, हिंदी आदि पर समान रूप से भिज्ञ होने के कारण आपकी लेखनी में वह गहराई है, जो कालजयी कृतियों के सृजन का आधार बन सकी है। समकालीन युग सृजनशील रचनाकार को कभी भी वह महत्त्व नहीं प्रदान करता जो उन्हें मिलना चाहिए। यही आपके साथ भी हो रहा है, परंतु जब भी अवधी लोक साहित्य अथवा लोक परंपराओं की चर्चा होगी, प्रमुख नाम आपका होगा।

प्रस्तुत पुस्तक 14 अध्यायों में विभाजित है, जिसका प्रारंभ अत्यंत ही शोधपरक काव्य भाषा के रूप में अवधी के विकास तथा लोक भाषा और साहित्य के विवेचन से किया गया है। इसमें एक वरिष्ठ शोधकर्ता की तरह साहित्य और लोक भाषा के संबंध में प्रस्तुत समस्त मान्यताएँ, कथन क्रमबद्ध रूप में प्रस्तुत किए गए हैं।

अध्याय-3 में लोक साहित्य के उन विविध आयामों पर विस्तृत चर्चा की गई है, जो अब तक अछूते रह गए है, आपने लिखा है कि "लोक साहित्य के आयामों को समझने के लिए यह समझना आवश्यक है कि वह लोक की अभिव्यक्ति है। यह हर उस व्यक्ति के सुख-दुःख की अभिव्यक्ति है, जिसे आम आदमी कहते हैं, पर यह आम आदमी कितना खास है, कितना विशिष्ट है, यह उसके व्यक्तित्व को जानने से पता चलता है।"

आम और खास का अत्यंत सरल परिभाषीकरण करते हुए लोक साहित्य के विभिन्न आयामों की इस ग्रंथ में विधिवत् चर्चा की गई है, जिसमें लोक, लोक से इतर बातों को भी अपने में सहेजता है। लोक के विविध आयामों में समष्टि का भाव, लालित्य, प्रकृति, श्रम, राष्ट्र, प्रेम, करुणा आदि तो सम्मिलित ही हैं, वह राजसत्ता को भी नकार देता है, परंतु उसकी नकार में भी एक विनम्रता होती है। लोक जीवन में दहेज की समस्या एक प्रमुख समस्या है, जो लोक साहित्य का एक प्रमुख आयाम भी है। इसी

अध्याय में आगे विवेचन करते हुए आपने लोक साहित्य के विविध प्रकारों का भी वर्गीकरण किया है, जिसमें लोकगीत, लोकगाथा, लोककथा, लोकोक्ति, लोक सुभाषित, लोक मुहावरे, लोक पहेली, लोक कला, लोक विश्वास आदि हैं।

अध्याय-4 में आपने कविता की वाचिक परंपरा की सुस्पष्ट व्याख्या की है—'लोक साहित्य की भावधारा श्रुति परंपरा के सहारे अगणित मोड़ लेती हुई आज भी अपने प्राचीन रूप में प्रवाहित है...उसमें कृत्रिमता का अभाव है, अनुभूतियों का सहज स्पंदन है। लोकगीतों की मानसी गंगा की समता बंधनयुक्त शास्त्रीय राग-रागिनियाँ नहीं कर सकती हैं।' वेद, उपनिषद्, पुराणों तथा अन्य महत्त्वपूर्ण ग्रंथों से प्रमुख उद्धरणों को भी सुरुचिपूर्ण ढंग से प्रस्तुत किया गया है।

अध्याय-5 वाचिक साहित्य के विविध रूपों से जुड़ा है, जिसमें विभिन्न समाजशास्त्रीय व साहित्यिक मान्यताओं के आधार पर वाचिक साहित्य के विविध रूपों को अत्यंत संक्षिप्त परंतु सारगर्भित रूप में प्रस्तुत किया गया है, जो पाठक को गागर में सागर भरने जैसा प्रतीत होगा।

अध्याय-6 अवध क्षेत्र के लोकगीतों के वर्गीकरण से प्रारंभ होता है, जिसमें विभिन्न प्रकार के वर्गीकरण किए गए हैं, जो अत्यंत रोचक हैं। संस्कार, ॠतु, श्रम, जातीय, खेल, प्रणय संबंधी गीतों के साथ ही साथ सभी वर्गों के लोकगीतों को संक्षिप्त उदाहरणों के माध्यम से विस्तार दिया गया है। इस अध्याय का आस्वादन करते हुए पाठक संपूर्ण अवधी लोकगीतों की एक झलक हीं नहीं उसकी एक पूरी परंपरा का दिग्दर्शन कर सकेंगे, जिसमें मुस्लिम संप्रदाय के गीतों के साथ ही साथ व्रत, अनुष्ठान, पूजन, गारी गीत, लोरी सहित बच्चों के विविध खेल गीतों का भी संकलन किया गया है। यहाँ तक कि बालिकाओं के सखी बनाने के गीत का भी उल्लेख बड़ी सहृदयता से किया गया है। यह अध्याय पुस्तक का केंद्रीय अध्याय भी माना जा सकता है।

लोकगीतों में सामाजिक यथार्थ का वर्णन अध्याय-7 में किया गया है, जिसमें पुनः वेद, उपनिषद्, गीता के विविध उद्धरणों तथा विद्वानों के कथनों के माध्यम से लोकगीतों में सामाजिक यथार्थ की पुष्टि की गई है। वर्ण व्यवस्था, जाति व्यवस्था अवध समाज का एक यथार्थ है, यद्यपि यह यथार्थ आज के कसैले यथार्थ से नितांत भिन्न एक श्रमबद्ध परंपरा पर आधारित था। आज हम जिसे कौशल विकास मिशन कहकर यूरोप और अमेरिका से आयातित विचार मानते हुए नई पीढ़ी को बालपन से ही किताबी शिक्षा के अतिरिक्त कुशलता पैदा करने की विचारधारा को प्रचारित कर रहे हैं, वह अवध क्षेत्र अथवा लोक क्षेत्र का यही सामाजिक यथार्थ था, जिसे हमारे पूर्वजों ने रागात्मक रूप में निर्मित किया था। इसी के साथ-साथ विभिन्न सामाजिक संबंधों जैसे—माता-पुत्र, पिता-पुत्र, भाई-भाई, देवर-भाभी, सास-बहू, पति-पत्नी आदि पर भी सूक्ष्म प्रस्तुतिकरण

किया गया है और केवल समाज के सद् चित्रों को हीं नहीं प्रस्तुत किया गया है, अपितु असद् चित्रों को भी यथा स्थान प्रस्तुति देकर संपूर्ण सामाजिक ताने-बाने को पूरी सच्चाई से अभिव्यक्त किया गया है। इसमें दांपत्य जीवन की कटुता, देवर-भाभी, साला-बहनोई, ससुर-दामाद, देवरानी-जेठानी, सौत आदि के उद्धरणों को देखते हुए ऐसा प्रतीत होता है जैसे यह हर घर की कहानी हो। इसी अध्याय में मिष्ठान वितरण, गोदना, शाक-भाजी सहित वेशभूषा, आभूषण सहित श्रृंगार प्रसाधनों की भी चर्चा की गयी है।

अवध क्षेत्र स्वतंत्रता संग्राम में अत्यंत सक्रिय और विस्तृत क्षेत्र रहा है। अध्याय 8 में लोकगीतों के राजनैतिक चित्रण पर संक्षिप्त टिप्पणी की गई है। लोकगीतों में भी गांधी आंदोलन के प्रभाव और ब्रिटिश शासन के प्रति लोक की घृणा का सुस्पष्ट प्रस्तुतिकरण हुआ है। राजनेता और बुद्धिजीवी भले ही अंग्रेजों का विरोध न कर सके हों, परंतु लोक ने कभी भी पराजय स्वीकार नहीं की। अगर स्वतंत्रता संग्राम का वास्तविक इतिहास खोजना हो तो उसे लोकगीतों के माध्यम से आप प्राप्त कर सकते हैं।

अध्याय-9 नारी चेतना के स्वरूप पर आधारित है। विद्या विंदु सिंहजी की विशेषता है कि वह प्रत्येक अध्याय का प्रारंभ भी उद्धरणों के माध्यम से करती हैं, जो यह सिद्ध करता है कि वह अत्यंत वरिष्ठ साहित्यकार होते हुए भी विद्यार्थी और सामान्य शोधार्थी की भाँति जिज्ञासु हैं और गहन अध्ययन में विश्वास करती हैं। वरिष्ठ साहित्यकारों से यही विशेषता उन्हें अलग भी करती है। केवल अनुभव के आधार पर लिखना और निरंतर अध्ययन के आधार पर लिखना दो पृथक्-पृथक् बाते हैं जिसे विद्या विंदु सिंहजी की लेखनी में एक रूप देखा जा सकता है। नारी चेतना को प्रस्तुत करने के लिए आपने पुत्री, पत्नी, प्रेयसी आदि सभी रूपों पर अत्यंत विस्तृत लोकगीतों का संकलन किया है। नारी होने के कारण आप नारी चेतना से अधिक साक्षात् कर सकी हैं। यह अध्याय अत्यंत मार्मिक है।

अध्याय-10 लोक विश्वासों पर आधारित है। शकुन, अपशकुन लोक जीवन के प्रमुख उपादान हैं, जो लोक से होकर आज भी परिनिष्ठित समाज तक मान्य हैं। लोक विश्वासों और अंध विश्वासों में अत्यंत झीना आवरण है, जिसे आपने अनेक अनछुए लोकगीतों के माध्यम से प्रस्तुत किया है।

अध्याय-11 आर्थिक जीवन के चित्रण पर आधारित है। आपने पुनः इस अध्याय का प्रारंभ यजुर्वेद के उद्धरण से करते हुए अनेक श्रेष्ठ कथनों को प्रस्तुत कर लोक जीवन की आर्थिक स्थिति के कटु यथार्थ को प्रस्तुत किया है। आर्थिक विपन्नता, निर्धनता आदि लोक जीवन के प्रमुख घटक रहे हैं, परंतु इसके साथ ही साथ बहुमूल्य रत्नों का वर्णन, मापतौल, सिंचाई, भूमि आदि पर आधारित लोकगीतों का संकलन कर आपने लोकगीतों की विविधता और व्याप्ति का प्रमाण प्रस्तुत किया है। गृह निर्माण,

यातायात, मनोरंजन के साधनों आदि का भी लोक गीतों पर प्रभाव और संवेदनात्मक जुड़ाव अभिव्यक्त हुआ है।

अध्याय-12 लोकगीतों में काव्य तत्त्व पर आधारित है। यद्यपि शास्त्र और लोक का अंतर काव्य तत्त्व पर ही आधारित होता है, तथापि लोकगीत बेसुरे अथवा निराधार नहीं हैं। किसी भी काव्य रचना या फिल्मी गीत की प्रसिद्धि की एक आयु सीमा होती है, दस-बीस अथवा अधिक-से-अधिक पचास वर्षों में यह सब प्राय: अपनी चमक और ललक खो देते हैं। जबकि लोकगीत हजारों वर्षों से बार-बार प्रस्तुत होने के बाद भी टटके हैं, ताजे हैं और उनकी ललक बनी रहती है। यह सब लोकगीतों में काव्य तत्त्व के ही कारण है। इस ग्रंथ में संगीतात्मकता, प्रतीकात्मकता, स्वाभाविकता प्रकृति से तादाम्य, कल्पना तत्त्व की प्रमुखता आदि को लोकगीतों के प्रमुख काव्य तत्त्व के रूप में रेखांकित किया गया है। अवधी लोकगीतों में नायिका भेद, रस परिपाक का सूक्ष्म वर्णन भी इस कृति में है।

अध्याय-13 संगीत तत्त्व पर आधारित है। आपने लिखा है कि ''लोकगीत और संगीत दोनों का ही उद्‌गम और विकास प्राकृतिक परिवेश में स्वत: हुआ है। इस संगीत ने समग्र चर-अचर प्रकृति में भावनात्मक, संवेदनात्मक गहराई देकर सबको मुग्ध कर दिया है।'' संगीत का विवेचन और विश्लेषण अत्यंत दुरूह कार्य है और वह भी लोकगीतों में तो अत्यंत कठिन। परंतु आपकी कुशल लेखनी बड़ी ही सहजता से लोक धुनों की स्वर-लय की समस्या को बताते हुए छंद और ताल के समन्वय सहित स्वराघात आदि के अति सूक्ष्म विवेचन को भी प्रस्तुत कर सकी है।

डॉ. विद्या विंदु सिंहजी का यह ग्रंथ डी.-लिट् स्तर के शोध कार्य के समकक्ष है। वर्तमान विश्वविद्यालयों के शोधार्थी इससे प्रेरणा ले सकते हैं और इसे मानक भी मान सकते हैं। एक वरिष्ठ रचनाकार कितनी गहनता से न केवल लोकगीतों के उद्धरणों को संकलित करता है, अपितु वेद-पुराणों से लेकर समकालीन साहित्य तक उपलब्ध विचारकों के मतों का भी समान भाव से पुष्टि सहित प्रस्तुतिकरण करता है यह कृति प्रमाण है। इस कृति को एक विशेष स्थान अवश्य मिलेगा ऐसा विश्वास है।

इस शताब्दी का प्रारंभ कंप्यूटर युग से हुआ है, जिसमें जीवन और समाज के सभी आयाम 180 डिग्री में घूम गए हैं। आगे क्या होगा इसकी परिकल्पना किया जाना भी अत्यन्त कठिन है परन्तु हमारा नैतिक, सामाजिक दायित्व है कि हम आने वाली पीढ़ियों के लिए अपनी विरासत से प्राप्त अवदान को संचित कर प्रस्तुत करें। आज की युवा पीढ़ी उन संवेदनाओं से निश्चित रूप से नहीं जुड़ सकती, जिन संवेदनाओं के आधार पर लोकगीतों का सृजन हुआ है और जब हमारी संवेदना का स्तर समान नहीं होता, तब साधारणीकरण भी नहीं हो पाता और जब तक साधारणीकरण नहीं हो सकता, तब तक

काव्यानंद भी नहीं प्राप्त होता। यह हमारे युग, हमारे साहित्य और विशेषत: लोक साहित्य की एक बड़ी समस्या है। परंतु हमारा विश्वास है कि आगे 40–50 वर्षों में नई पीढ़ी के मन में अपने लोक के प्रति अवश्य जिज्ञासा बढ़ेगी। मेरे विश्वास का सबसे बड़ा आधार गिरमिटिया देशों के आज के नवयुवकों के मन में अपने लोक के प्रति जगी ललक है। मैंने जिन देशों की यात्राएँ की उनमें अंग्रेजी और डच भाषी वे प्रवासी भारतीय युवा भी मिले, जिनके पुरखे 150–200 वर्ष पूर्व भारत से गए थे। आज स्थिति भिन्न है। वहाँ का युवा वर्ग केवल अंग्रेजियत और अंग्रेजी भाषा को ही प्राथमिकता नहीं देता, वरन् भारतीय भाषा संस्कृति को जानने को उत्सुक है। उनमें अपनी माटी और अपने लोक के प्रति जब उत्सुकता और आकर्षण वहाँ मुझे देखने को मिला तब मुझे विश्वास हुआ कि कुछ वर्षों बाद ही निश्चित रूप से हमारे युवा भी अपनी बोली, बानी, संस्कृति के प्रति आकर्षित होंगे और तब विद्या विंदु जी द्वारा रचित ऐसी पुस्तकें मार्गदर्शन कर सकेंगी। यह पुस्तक युगों–युगों तक स्मरणीय रहेगी, इसका मुझे विश्वास है। लोक में जितना भी डूबा जाए उतना कम है। कहा जा सकता है कि—

"रामकथा जे सुनत अघाहीं।
रस विशेष पावा तिन नाहीं॥"

डॉ. योगेंद्र प्रताप सिंह
निदेशक
अयोध्या शोध संस्थान
तुलसी स्मारक भवन
अयोध्या, फैजाबाद
इ–मेल–ypsingh1960@gmail.com

लोक साहित्य: सागर को परिभाषित करती कृति

लोक और कुछ नहीं, समय की धड़कन है, ऐसा स्पंदन, जिसके कारण इतिहास जीवित है, वर्तमान क्रियाशील और भविष्य जन्म लेने को आतुर। लोक के बिना समय की पहचान नहीं बनती, इसलिए कि लोक समय को परिभाषित करता है।

इस लोक की अगणित परिभाषाएँ हैं, व्याख्याएँ हैं लेकिन लोक का सच्चा व्याख्याकार उसका साहित्य है। इस लोक साहित्य में देशज मिट्टी की गंध, इस लोक के आंगन में नैसर्गिक रूप से खिले फूलों का रस और वह वाणी होती है जिस पर युग रीझ जाते हैं और आस्था अपने आपको न्योछावर कर देती है। तुलसी का रामचरित मानस इसकी कालजयी गवाही है।

लोक साहित्य की यह धारा अविराम और अप्रतिहत रूप से प्रत्येक युग में बहती चली आई है। उसे कोई अवरोध रोक नहीं पाया।

इस इक्कीसवीं सदी में जबकि तकनीक की क्रांति हो चुकी है और नई पौध नए आँगन तलाश रही है तब लोक साहित्य की भूमिका कहीं अधिक उत्तरदायित्वपूर्ण है क्योंकि उसे ही उस परंपरा की रक्षा करनी है जिसके कारण यह देश पहचाना जाता है।

यह यक्ष प्रश्न है कि हमारा लोक साहित्य किस तरह अपने अस्तित्व को बचा पायेगा और अपने समय के समाज के बीच संप्रेषित होकर अपने संदेश को पहुँचा पाने में समर्थ होगा?

इस उत्तर का ही आनुषंगिक प्रश्न है, उसे ऐसी सामर्थ्य देगा कौन?

उसे ऐसी सामर्थ्य वही दे सकेगा जो अपने आप में लोक हो, जिसके पास केवल अपरिग्रह की पूंजी हो, निजता के नाम पर केवल अपना सृजन धर्म हो और जिसका जीवन इस लोक साहित्य के प्रति समर्पण का पर्याय हो।

मेरे विनम्र अभिमत में इस कसौटी पर खरा उतर सकने वाला व्यक्तित्व आज के समकालीन सृजन के परिप्रेक्ष्य में डॉ. विद्या विंदु सिंह जी का है जिनका पूरा जीवन लोक साहित्य के मूल्यों की रक्षा में, तथा उन्हें पल्लवित करने में बीता है।

यह निश्चय ही अतिशयोक्ति नहीं है क्योंकि साहित्य के ऐसे अनेक क्षेत्र हैं जिन्हें चुनकर वे अपनी सुदीर्घ सृजन यात्रा में अपनी प्रतिभा और साधना के बल पर बहुत कुछ पा सकती थीं लेकिन उन्होंने लोक साहित्य को, उससे जुड़ी कलाओं को, उनके अंर्तसंबंधों को अपने अध्ययन और सृजन के केद्र में रखा। लोकभाषा, लोकगीत, उनसे जुड़े सामाजिक और आर्थिक यथार्थ का उन्होंने अध्ययन किया।

अवधी लोकगीतों का उन्होंने वर्गीकरण किया यथा संस्कारगीत, श्रमगीत, जातीय, मुक्त चेतना के गारी गीत, लोरी, बच्चों के खेलगीत और सर्वाधिक महत्वपूर्ण अवधी के वे शोकगीत जो मुस्लिम संप्रदाय के हैं।

डॉ. विद्या विंदु सिंह जी ने जो महत्त्वपूर्ण अवदान दिया है वह है इस साहित्य की वाचिक परंपरा का आख्यान। अवधी की वाचिक परंपरा को केंद्र में रखकर उन्होंनें विभिन्न आयामों की पड़ताल सफलतापूर्वक की है।

उनकी सुदीर्घ सृजन यात्रा की परिणति है उनकी वे 98 कृतियां जिनमें हमारे अप्रतिम जीवन मूल्यों, हमारी परंपरा के सार और हमारी धरोहर की उजास का उद्घोष है।

भारत सरकार की ओर से प्राप्त सीनियर फैलोशिप के अंतर्गत उन्होंने जो मौलिक शोध कार्य लोकसाहित्य और कला की वाचिक परंपरा पर किया है वह लोक साहित्य के इतिहास की उज्जवल निधि है।

अवधी लोक साहित्य पर उनकी यह कृति, आने वाले कल के लिए ऐसा प्रकाश स्तंभ है जिसकी उजास को कभी धूमिल नहीं होना है और पीढ़ियों के प्रेरणा स्रोत के रूप में अक्षुण्ण बने रहना है।

डॉ. विद्या विंदु सिंह जी के कृतित्व का वैराट्य ऐसा है जिसमें एक साधक की महनीय साधना के बिन्दु यह परिभाषित करते हैं कि लोक का सागर कितना अपरिमित है और उसका साहित्य कितनी तरंगों से भरपूर है।

डॉ० नर्मदा प्रसाद उपाध्याय

डी-33, चार इमली, भोपाल-462016

कार्यालयः म.प्र. वाणिज्यिक कर अपील बोड,

59, जेल रोड, नर्मदा भवन, भोपाल

दूरभाष : 0755-2767975 (कार्या.)

मोबाइल : 09425092893

साहित्य की वाचिक-परंपरा की पृष्ठभूमि

वाचिक साहित्य अर्थात् लोक-साहित्य की सुदीर्घ परंपरा और उसके विश्वव्यापी विस्तार से आज बुद्धिजीवी वर्ग और साहित्यकार भी न केवल परिचित हुए हैं वरन् उसका महत्त्व भी स्वीकार करने लगे हैं।

विद्वान् साहित्यकारों ने इसकी सहजता, इसकी नवीन उद्भावनाएँ, बिंब विधान, प्रतीक योजना आदि से प्रभावित होकर न केवल उसकी सराहना की है वरन् अपनी सृजनात्मक प्रतिभा को उसके प्रयोग से निखार और ताजगी भी दी है।

लोक-साहित्य की ऐतिहासिक पृष्ठभूमि भी सुदीर्घ और समृद्ध है। इसके माध्यम से सांस्कृतिक विकास और सभ्यता के उत्थान-पतन का इतिहास समझा जा सकता है। मानवीय जीवन मूल्यों के प्रति बदलती दृष्टियाँ और उसकी शाश्वत उपस्थिति सबका प्रामाणिक दस्तावेज भी इसमें सुरक्षित रहता है।

वाचिक परंपरा के अध्ययन से भाषा विकास की विभिन्न अवस्थाएँ, परिवर्तन की स्थितियाँ भी रेखांकित की जा सकती हैं। वैसे भाषिक प्रयोग के स्तर पर यह भी अध्ययन किया जा सकता है कि जिस प्रकार संस्कृतियों का मिश्रण होता है उसी प्रकार मिश्रित या खिचड़ी भाषा वाचिक परंपरा की प्रमुख विशेषता है। उसमें भाषा प्रयोग और शब्दों के विविध स्वरूप भी मिलते हैं। जहाँ तक अवधी की वाचिक परंपरा में शब्दों के प्रयोग का प्रश्न है, वह प्रयोग की विविधता और शब्द संपदा से भी पूरी तरह समृद्ध है। उसकी भाषिक संरचना में सहायता के साथ ही उक्ति वैचित्र्य, बिंबात्मकता तथा प्रतीकात्मकता भी है। शब्दों में कल्पना की उड़ान और अभिव्यक्ति दोनों की सामर्थ्य है। अवधी में 'इ' कार क्रिया की परंपरा है, जैसे—खाति बा, जाति बा, नहाति बा, मीठि बा, (खाती है, जाती है, नहाती है, मीठी है)।

अवधी की वाचिक परंपरा में लोकगीतों के रूप में पद्य विधा जितनी समृद्ध है उतनी ही लोककथाओं के रूप में गद्य विधा। गद्य-पद्य मिश्रित विधा लोकगाथाओं (फोक वैलेट्स), लोक सुभाषित, लोक मुहावरे और लोकोक्तियों की भी समृद्ध परंपरा अवधी

में है। कुछ लोक विश्वास, रीति–रिवाज, व्रत–पर्व–त्योहारों की परंपरा भी वाचिक साहित्य के माध्यम से ही पीढ़ी–दर–पीढ़ी हस्तांतरित होती रहती है।

अवधी की एक विशेषता यह भी है कि इसका लिखित साहित्य भी अत्यंत समृद्ध है। गोस्वामी तुलसीदास, मलिक मुहम्मद जायसी, मुल्ला दाऊद, कुतुबन, मंझन, रहीम, कबीर आदि के साहित्य में लोक–भाषा अवधी की अभिव्यक्ति शक्ति को पूरे विश्व में सराहा गया है। यह कहने में कोई अतिशयोक्ति नहीं कि ये कृतियाँ और भारत का वाचिक साहित्य पूरे विश्व का कंठहार बन गया है।

लोकभाषाओं ने लिखित साहित्य से लेकर वाचिक परंपरा के साहित्य में जोड़ा और वाचिक साहित्य से बहुत कुछ लिखित साहित्य में ग्रहण किया गया। यह आदान–प्रदान भाषा और अभिव्यक्ति दोनों ही स्तरों पर हुआ। यहाँ तक कि वाचिक कविताओं में सूर, तुलसी, कबीर आदि का नाम इस तरह जुड़ गया है कि भ्रम होने लगता है कि यह उन्हीं की रचना है। हिंदी भाषा की शक्ति उसकी लोकभाषाएँ हैं। उसमें अवधी का सराहनीय योगदान है। हिंदी में ताजगी, लचीलापन, विविध अर्थछटाएँ, रंगतें, नए बिंब और मुहावरे लाने में अवधी, भोजपुरी की विशिष्ट भूमिका रही है। उदाहरण के लिए कुछ नए उपमानों की चर्चा करना चाहूँगी जो वाचिक साहित्य में ही मिलते हैं,जैसे—

'बदरिया पेन्हाई बा'

(बदली बरसने को ऐसी आतुर लग रही है जैसे गाय अपने बच्चे को देखती है तो उसका दूध झरने के लिए आतुर हो उठता है।)

'भैया के मोहिया अइसन लागै,
जइसे कोहनिया क चोट'

(भाई की याद ऐसे मन में कसकती है जैसे कोहनी की चोट।)

'गोरी ठाढ़ी उखुड़िया यस झुरायँ'

(विरह में स्त्री ऐसे सूख रही है जैसे खेत में खड़ी ईख। इसमें भीतर का रस सूखने का भाव भी मार्मिक रूप से व्यंजित है।)

इस प्रकार यह कहना गलत नहीं होगा कि अवधी मात्र एक भाषा नहीं भाव है, संस्कृति का सार तत्त्व समेटे हुए। भाषा के मानदंडों के आधार पर भी अवधी की व्यापकता और प्राचीनता के प्रमाण मिलते हैं। वेदों से ही इनका प्रारंभ है। वेद भी श्रुति परंपरा से मिले हैं। वेद भी विशेष लय में गाए जाते हैं।

डॉ. हरद्वारीलाल शर्मा ने लिखा है कि वेद भी अपने मूल रूप में स्यात उत्कृष्ट लोकगीत थे। वे छंदोबद्ध गीतियाँ हैं, अर्थात् इसमें संदेह नहीं है। ये गाए जाते थे। वेदों का पुराना नाम ब्रह्म है।

'अवहट्ट' में अवधी है। स्वयंभू का 'पउम चरिउ' अवधी में है। महाकोसल क्षेत्र

अवधी
लोकगीत विरासत

में अवधी प्रचलित रही है। आठवीं शताब्दी से अवधी प्रयोग के प्रमाण मिलते हैं। गुरु गोरखनाथ के समय में भी अवधी प्रचलित थी। अपभ्रंश में अवधी का प्रयोग है। कुवलयामाला में अवधी है। दसवीं शताब्दी से ही अवधी का प्रयोग मिलता है।

अवधी के प्रयोग के इतिहास का लेखा-जोखा रखने की आवश्यकता है। पांडुलिपियों का संग्रह और कोशों के निर्माण की आवश्यकता है जिसमें लुप्त शब्दावली का संग्रह हो। अवधी के मानकीकरण की आवश्यकता है, भाषा, उच्चारण, लिपि सभी दृष्टियों से।

लिखित साहित्य में अवधी का प्रयोग साहित्यकारों ने अपने-अपने ढंग से किया। गोस्वामी तुलसीदास ने संस्कृतनिष्ठ अवधी और जनभाषा अवधी दोनों का प्रयोग किया। जायसी, कुतुबन, मंझन, रहीम और कबीर ने जन सामान्य के बीच प्रचलित अवधी का प्रयोग अधिक किया। घाघ, भड्डरी, गिरधर कविराय आदि की कविताओं में भी अवधी का प्रयोग है।

इक्कीस मुस्लिम कवि अवधी के हैं। अवधी केवल राम काव्य से जुड़ी नहीं है। 'ईसायँ' नामक महाकाव्य अवधी में है।

श्री रामनरेश त्रिपाठी ने एक ओर अवधी के वाचिक साहित्य का संकलन किया तो दूसरी ओर अवधी में लिखा भी—

'लरिका केहि भाँति जियाउब...

उबहन छूटि गगरिया फूटी, झुंड झुंड चिरइया छूटी'।

श्री प्रताप नारायण मिश्र ने 'हरगंगा' लोकशैली में लिखा। ग्यारहवीं शताब्दी से कबीर ने लोक जागरण, सुधार और आक्रोश को लोकभाषाओं के माध्यम से अभिव्यक्ति दी। रमई काका की अवधी की बानगी की लोकप्रियता से सभी परिचित हैं। उदाहरण के लिए—

'किरनें चुवाय गईं धूप कै बतासा।

तथा-थरिया अस झन्नायँ'

आदि पंक्तियों में ताजे उपमान मन में बिंब बना जाते हैं।

'बतासा बुआ' और 'बहरे बाबा' नाटकों के अभिनय में बतासा बुआ तथा भानमती के रूप में सुमित्रा कुमारी सिन्हा और बहरे बाबा, बोधन बाबा के रूप में रमई काका को श्रोता कभी नहीं भुला पाएँगे। अवधी में ये नाट्य प्रस्तुतियाँ अविस्मरणीय विरासत के रूप में सबके मन में सुरक्षित हैं। रमई काका की तीस पांडुलिपियाँ अवधी में हैं।

अवधी जीवन के यथार्थ से जुड़ी है, संस्कारों से गुँथी है। अवधी साहित्य में लोक छंदों का प्रयोग हुआ है। गोस्वामी तुलसीदास ने सोहर छंद में रामलला नहछू लिखा। आधुनिक अवधी कवियों ने भी लोकधुनों पर आधारित कविताएँ लिखीं। सिनेमा जगत में भी लोकधुनों को विशेष लोकप्रियता मिलीं। प्रवासी भारतीयों के बीच विदेशों में साठ

प्रतिशत अवधीभाषी लोग हैं। वैसे अवधी और भोजपुरी में भावाभिव्यक्ति और शब्दों की दृष्टि से अधिक भेद नहीं है। केवल क्रियापदों का भेद है।

लोकभाषाओं ने न केवल शब्द संपदा की दृष्टि से हिंदी को समृद्ध किया है वरन् संतुलन भी दिया है। यह केवल किसी क्षेत्रीय मोहासक्ति के कारण नहीं, आंचलिकता के दबाव के कारण नहीं, वरन् अवधी की अपनी शक्ति के कारण हुआ है और निरंतर प्रयोग हो रहा है।

भाषा के अलग-अलग बोली रूपों के प्रमाण और हिंदी के विभिन्न जनपदों के बारे में पाली वाङ्मय में वर्णन मिलता है। कभी ब्रजभाषा को मानक भाषा के रूप में स्वीकार किया गया तो कभी प्रबंध रचना के लिए अवधी को मानक भाषा माना गया। विद्वानों ने यह स्वीकार किया है कि हिंदी को ऊर्जा उसकी बोलियों, उपभाषाओं से मिलती रही है।

हर भाषा के साहित्य को हर युग की चुनौतियों का सामना करना पड़ता है। समकालीनता का दबाव होता है, प्रश्नाकुलता होती है, नए-नए विकल्प तलाशने और साहित्य में जोड़ने होते हैं। वाचिक साहित्य में भी समकालीन प्रश्नाकुलता और उसके उत्तर मिलते हैं।

किसी भी भाषा के साहित्य के अध्ययन के लिए उसमें निहित प्रश्नाकुलता और उनके ठोस विकल्पों की पहचान करनी होगी। यह शोध का विषय है। वाचिक परंपरा की समृद्धि और महत्त्व को बताने के लिए पाठ्यक्रमों में लोकभाषाओं के वाचिक साहित्य को भी शामिल करना चाहिए। क्योंकि किसी भी देश की संस्कृति, सामाजिक व्यवहार, इतिहास और भौगोलिक स्थितियों को जानने-समझने में वाचिक साहित्य अधिक सहजता से सहायक हो सकता है। क्योंकि हर कालखंड और परिस्थिति का जनजीवन पर जो प्रभाव पड़ता है वह जन साहित्य में सहज मुखर होता है।

वाचिक साहित्य का प्रभाव भी अधिक सहजता से पड़ता है इसका प्रत्यक्ष प्रमाण है प्रवासी भारतीयों के बीच इसकी लोकप्रियता। प्रवासी भारतीयों ने हनुमान चालीसा, रामचरितमानस और लोकगीतों के माध्यम से घोर अन्याय को सहते हुए भी अपनी अस्मिता को बचाए रखा। अवधी को सबसे पुरानी समृद्ध भाषा के रूप में स्वीकार करने के लिए कुछ विद्वानों ने अपने विचार व्यक्त किए हैं।

अवधी के विश्वव्यापी स्वरूप की चर्चा करें तो प्रवासी भारतीयों के माध्यम से आज अवधी का वाचिक साहित्य और गोस्वामी तुलसीदास का रामचरितमानस सीखा, पढ़ा और गाया जा रहा है। विदेशों से निकलनेवाली पत्रिकाओं में भी अवधी छप रही है।

अवधी की पत्रिका 'शांतिदूत' साप्ताहिक सन् 1935 से फिजी से छप रही है।

अवधी के वाचिक साहित्य में सन् 1857 के स्वतंत्रता संग्राम से ही प्रतिरोध के स्वर मिलते हैं। उसके पहले भी आक्रामकों के विरुद्ध आक्रोश और भारत की सहनशील जनता

के दुखों के प्रति असीम करुणा के भाव गीतों में मुखरित हुए हैं।

वरिष्ठ साहित्यकार श्री रमेश कुंतल 'मेघ' ने कहा है कि अवधी के केंद्र में करुणा है।

डॉ. रामविलास शर्मा का कथन है कि अवध अन्याय के विरुद्ध खड़े होने की भूमि है।

यह बात बहुत से विद्वान् स्वीकार करते हैं, क्योंकि अवधी में करुणा के साकार विग्रह श्री राम की संस्कृति अभिव्यक्त हुई है, जिनका जन्म ही अन्याय के विरुद्ध लड़ने के लिए हुआ।

अवधी हिंदी की उपभाषा या बोली है। यहाँ उप का शाब्दिक अर्थ छोटा के रूप में नहीं हैं बल्कि निकटता का बोध कराता है।

वाचिक साहित्य को समूह या समाज की रचना माना जाता है। इसका रचयिता व्यक्ति होता है पर जब उसकी रचना से उसका व्यक्ति निकल जाता है और वह समूह की रचना बन जाती है तभी उसे लोक-साहित्य कहा जाता है। वह प्रायोजित रचना नहीं होती, समाज के दुख-दर्द, हर्ष-उल्लास से भीगकर सहज अभिव्यक्त होती है। वह राम और सीता के कष्टों से भीगकर गा उठता है—

'सोने क दियना में चमके अजुधिया, सीता की कुटिया अकेलि हो।'

श्री अरुण त्रिवेदी का कथन है कि अवधी में गद्य का विकास इसलिए सहज रूप में हो सका क्योंकि वैदिक काल से ही कोसली बोले जाने का उल्लेख मिलता है। अशोक के शिलालेखों में अवधी है। अवधी में लिखना क्षेत्रीय भावना को बढ़ावा देना नहीं है, हीनभावना को दूर कर अपनी भाषा के प्रति गौरवबोध जगाना है।

श्री हरविंदरजी ने अपने व्याख्यान में कहा है कि गुरु नानक की भाषा में 30 प्रतिशत शब्द अवध के हैं जो संतों और सिद्धों के साथ उनकी बातचीत के प्रभाव से आए हैं। गायन शैली भी अवध प्रदेश से मिलती-जुलती है। जग्गी साहब में पाँच खंडों का उल्लेख है। वहाँ पंजाबी के साथ मिली-जुली अवधी है। गुरु अर्जुन देव ने सन् 1604 में गुरुओं की वाणी संपादित की तो गुरुओं की वाणी में कबीर, रविदास, बाबा सुंदर, सूरदास आदि के अवधी के पद हैं। उनका स्थान अवध प्रदेश है। गुरु ग्रंथ साहब में अवधी के मुहावरे हैं। गुरुमुखी लिपि में लिखे दोहे अवधी में हैं।

मध्यकाल में अवधी में भी लिखा जा रहा था, केवल व्रज में ही नहीं। उस ग्रंथ के बाद उदासी, निर्मल, सेवा तीन संप्रदायों में अवधी की अहम भूमिका थी। अखाड़ों में पाठचर्या में अवधी, व्रज दोनों पढ़ाई जाती थी। गुरुमुखी में संस्कृत, व्रज, अवधी का लिप्यंतरण किया जाता था और अवधी का बुनियादी व्याकरण पढ़ाया जाता था।

अवधी लोक-साहित्य की वाचिक परंपरा में शास्त्र के वे सभी उद्देश्य समाहित हैं

जिन्हें ऋषियों-मुनियों ने अपने ज्ञान के फल के रूप में अपने विचारों के माध्यम से जनहित में अभिव्यक्त किया है। वह ज्ञान लोक चेतना में संचरित होते हुए लोक व्यवहार में उतरता रहा है। उसकी वर्जनाएँ और स्वीकृति दोनों को अवधी लोक-साहित्य ने अभिव्यक्त किया है। कोई भी कृति प्रकाश में आती है तो उसके पीछे शुभचिंतकों और मित्रों की सद्भावना का हाथ होता है। उनके प्रति आभार व्यक्त करना औपचारिक नहीं, आत्मसंतोष के लिए होता है।

सर्वप्रथम तो मैं केंद्रीय हिंदी निदेशालय के प्रति हार्दिक आभार व्यक्त करती हूँ, जिनके आर्थिक सहयोग से कृति प्रकाश में आ सकी।

मैं प्रिय प्रभात कुमार को आशीर्वाद देती हूँ, जिनकी तत्परता और सहयोग से कृति प्रकाशित हो सकी।

डॉ. नर्मदा प्रसाद उपाध्याय ने लोक संस्कृति के प्रति मेरे समर्पण भाव को महत्त्व देकर जो मूल्यवान शब्द दिए, उसके लिए मैं उनके निरंतर उत्कर्ष की कामना करती हूँ।

डॉ. योगेंद्र प्रताप सिंह ने इस पुस्तक के बारे में लिखकर जिस आस्थावान मन का परिचय दिया है, उससे निश्चय ही यह किताब भावी पीढ़ियों तक प्रसारित होगी। उनकी लोक संस्कृति के प्रति यह निष्ठा और उसके लिए निरंतर कुछ करने का अदम्य उत्साह बना रहे, यही श्रीराम से प्रार्थना है।

इस कृति का टंकण कार्य संपन्न करने और व्यवस्थित करने में श्री कृष्ण प्रताप सिंह, श्री कमलेश अग्निहोत्री, श्री ब्रजेश तिवारी, श्री सुधीर पांडेय ने जो सहयोग दिया, उसके लिए उन्हें हार्दिक आशीर्वाद।

मैं उन तमाम विषमताओं के प्रति भी नतमस्तक हूँ, जिनके कारण मन उद्वेलित होता है और बार-बार अपनी वाचिक परंपरा में हर समस्या का समाधान और संवेदना की तलाश करता है।

यह तलाश गहरे पानी में पैठकर पूरी होती है और तब अपने सारे अभाव और दुःख छोटे लगने लगते हैं। मन लोक के मंगल भाव से उत्प्रेरित होकर क्षमा की शक्ति और अथक परिश्रम की सामर्थ्य पा जाता है।

अस्तु! मेरे श्रम का सुफल लोक में प्रसारित हो तो मुझे सार्थकता का संतोष मिलेगा।

लोक के मंगल भाव के साथ!

—डॉ. विद्या विंदु सिंह

'श्रीवत्स', 45, गोखले विहार मार्ग,

लखनऊ-226001फोन : 05222-2206454; मो. : 9335904929, 9451329402

अनुक्रम

1

काव्य भाषा के रूप में अवधी का विकास

आचार्य रामचंद्र शुक्ल ने लिखा है कि प्रत्येक देश का साहित्य वहाँ की जनता की चित्तवृत्ति का संचित प्रतिबिंब होता है।

इसलिए किसी भी भाषा के विकास का अध्ययन करने के लिए सबसे पहले उसके इतिहास पर दृष्टि डालना आवश्यक है।

हिंदी साहित्य के इतिहासकारों के अनुसार साहित्य का इतिहास सबसे पहले गार्सा-द-तासी ने तथा दूसरा इतिहास ग्रंथ ठाकुर शिवसिंह सेंगर ने 'शिवसिंह सरोज' नाम से वर्ण क्रमानुसार लिखा। जो 1883 में प्रकाशित हुआ। इसमें 839 कवियों की रचनाओं का संकलन किया गया है और 1003 कवियों के नामों का उल्लेख है।

इसके बाद सर जॉर्ज ग्रियर्सन द्वारा लिखित 'द मॉडर्न वर्नाकुलर लिटरेचर ऑफ हिंदुस्तान' नामक इतिहास ग्रंथ का उल्लेख है। इसका अनुवाद स्व. किशोरीलाल गुप्त ने किया था और उनके मतानुसार यह हिंदी साहित्य का प्रथम इतिहास ग्रंथ था। डॉ. ग्रियर्सन ने काल क्रमानुसार हिंदी साहित्य का इतिहास नौ अध्यायों में प्रस्तुत किया है। इस ग्रंथ में पहली बार मैथिली के रचनाकारों का नाम दिया गया है।

सन् 1913 में 'मिश्र बंधु विनोद' नामक इतिहास ग्रंथ चार भागों में प्रकाशित हुआ है। इस ग्रंथ में 5000 साहित्यकारों का परिचय है।

इसके बाद आचार्य रामचंद्र शुक्ल का 'हिंदी साहित्य का इतिहास' नामक ग्रंथ बहुचर्चित और प्रशंसनीय है।

इसमें आचार्य रामचंद्र शुक्ल ने चार काल खंडों में एक सौ वर्षों का इतिहास प्रस्तुत किया। आदिकाल (वीरगाथा काल), मध्यकाल (भक्तिकाल, रीतिकाल) और आधुनिक काल। भक्तिकाल को दो प्रमुख धाराओं—निर्गुण भक्तिधारा और सगुण भक्तिधारा नाम से विभक्त किया।

इसके बाद डॉ. रामकुमार वर्मा ने हिंदी साहित्य का आलोचनात्मक इतिहास लिखा जो 1938 में प्रकाशित हुआ। डॉ. वर्मा स्वयंभू को पहला कवि मानते हैं।

आचार्य हजारी प्रसाद द्विवेदी के तीन ग्रंथ चर्चित हुए। हिंदी साहित्य की भूमिका, हिंदी साहित्य उद्‌भव और विकास और हिंदी साहित्य का आदिकाल। इसमें उन्होंने प्रारंभिक काल को आदिकाल नाम दिया है।

आदिकाल की अवधि संवत् 1050 से 1375 मानी गई है।

आचार्य रामचंद्र शुक्ल ने आदिकाल का नाम वीरगाथा काल दिया तो डॉ. रामकुमार वर्मा ने उसे संधिकाल एवं चारण काल कहा। श्री राहुल सांकृत्यायन ने आदिकाल को सिद्ध सामंतकाल कहा।

डॉ. गणपति चंद्र गुप्त ने आदिकाल को प्रारंभिक काल कहा है।

आचार्य महावीर प्रसाद द्विवेदी ने बीजवपन काल नाम दिया।

आदिकाल में सबसे अधिक चरितकाव्य जैन साहित्य में मिलते हैं। रचनाओं का आरोही कालक्रम इस प्रकार है—पउमचरित, महापुराण, ढोला मारू रा दूहा, संदेश रासक।

कवियों का आरोही कालक्रमानुसार उल्लेख इस प्रकार हुआ है—चंदबरदाई, अमीर खुसरो, विद्यापति, कबीर।

सिद्धों का आरोही कालक्रमानुसार इस प्रकार वर्णन है—सरहपा, शबरपा, कंडपा, डोंबिप्पा।

आदिकाल में—जगनिक का 'परमाल रासो', दलपति विजय का 'खुमान रासो', अब्दुलर्रहमान का 'संदेश रासक' तथा विद्यापति रचित 'कीर्ति पताका' नामक कृतियाँ इतिहास में अपना विशिष्ट स्थान रखती हैं।

हिंदी की लोकभाषाएँ हिंदी की शक्ति हैं। अवधी का विकास हिंदी साहित्य का विकास है। हिंदी काव्य की प्रवृत्तियाँ संस्कृत, पालि, प्राकृत और अपभ्रंश साहित्य से होते हुए लोकभाषा अवधी में प्रवाहित होती रही हैं।

अवधी का लिखित साहित्य जितना समृद्ध है उतना ही वाचिक परंपरा का साहित्य। सर्वप्रथम श्री रामनरेश त्रिपाठी ने वाचिक साहित्य की धरोहर को लिखित रूप प्रदान करने का प्रयास किया।

डॉ. बाबूराम सक्सेना ने 'अवधी का विकास' पुस्तक लिखी। श्री रामाज्ञा द्विवेदी ने अवधी कोश प्रस्तुत किया। डॉ. श्यामसुंदर मिश्र 'मधुप' ने 'अवधी साहित्य का इतिहास' लिखा। इसके पूर्व उनकी चार और पुस्तकें प्रकाशित हो चुकी हैं—1. 'परंपरा के परिप्रेक्ष्य में आधुनिक अवधी काव्य', 2. 'अवधी के आधुनिक काव्य की प्रवृत्तियाँ, 3. 'अवधी के प्रमुख आधुनिक प्रबंध काव्य', 4. 'अवधी की राष्ट्रीय कविताएँ' इत्यादि।

अवधी के कवियों ने ग्राम्य जीवन की छवियाँ प्रस्तुत कीं इनमें श्री बलभद्र प्रसाद

दीक्षित 'पढ़ीस', (अवधी वृहदत्रयी) श्री वंशीधर शुक्ल (राजा की कोठी, उठ जाग मुसाफिर भोर भई, राम मड़ैया, लीडरवाद), श्री मृगेश और श्री चंद्रभूषण त्रिवेदी 'रमई काका' (नेताजी, धरती हमारि) आदि प्रमुख हैं।

श्री पढीस जी, श्री वंशीधर शुक्ल, रमई काका और श्री मृगेश को आधुनिक अवधी की चतुश्त्रयी कहा जाता है।

हिंदी के आधुनिक इतिहासकारों ने अवधी के कवियों का विधिवत् उल्लेख नहीं किया जिसकी अपेक्षा थी। श्री द्वारका प्रसाद मिश्र ने 'कृष्णायन' महाकाव्य लिखा जिसमें श्रीकृष्ण के पूरे जीवन की कथा है।

डॉ. श्याम सुंदर मिश्र 'मधुप' ने लिखा है—"मैंने अवधी के कई प्रबंध काव्य खोजे हैं जो कृष्ण चरित्र को लेकर अवधी में तुलसीदास के पूर्व लिखे गए हैं। 'रामचरितमानस' के उपरांत अवधी में रामकाव्य के दर्जनों प्रबंध काव्यों का उल्लेख मैंने किया है··· इधर साहित्यक हिंदी में जितने नए काव्य आन्दोलन चले हैं उन्होंने आधुनिक अवधी काव्य को भी प्रभावित किया है···। अवधी काव्य में छायावाद और रहस्यवाद भी है··· कुछ काव्य विशेषताएँ जो हिंदी के एक सहस्र वर्षों में थीं ही नहीं वे भी आधुनिक हिंदी काव्य में मैंने खोजकर प्रस्तुत किया है। मैंने सिद्ध किया है कि अवधी के प्रथम कवि गुरु गोरखनाथ हैं और वही अवधी के प्रथम गद्यकार भी हैं। अवधी में महात्मा गांधी के चरित्र को लेकर 'गांधी चरित मानस' के नाम से कई महाकाव्य लिखे गए हैं।··· अवधी काव्य में सबसे बड़ी और महत्त्वपूर्ण धारा बरवै काव्य की है।"

डॉ. मधुप ने अवधी साहित्य का इतिहास लिखते हुए विभिन्न काव्य प्रवृत्तियों का उल्लेख किया है—1. राम, कृष्ण काव्येतर अवधी के प्रबंध काव्य, 2. मधुरोपासना की प्रवृत्ति, 3. राष्ट्रप्रेम की गांधीवादी चेतना, 4. किसानों पर जमींदारों के अत्याचार का वर्णन तथा व्यवस्था-विद्रोह, 5. स्वातंत्र्योत्तर विकास कार्य, 6. नए प्रयोग, नई कविता, नवगीत, अगीत और समकालीन कविता, 7. ग्राम्य जीवन अंकन, 8. ग्राम प्रकृति चित्रण, 9. हास्य-व्यंग, 10. बाल-साहित्य, 11. नीति सूक्ति काव्य, 12. समकालीन कविता और कवि, 13. अवधी कवि और राजदरबार, 14. अवधी लोक-साहित्य, 15. अनूदित साहित्य, 16. प्रवासी भारतीय साहित्यकार, 17. अहिंदी भाषी क्षेत्रों के अवधी हिंदी-साहित्यकार।

प्राचीन काव्य प्रवृत्तियों में संतकाव्य, सूफी काव्य, राम-काव्य, कृष्ण-काव्य, राष्ट्रीय चेतना का काव्य, छायावाद, रहस्यवाद, प्रगतिवाद आदि का उल्लेख उन्होंने किया है।

सन् 1857 के विद्रोह की अमर गाथाएँ लोकभाषा अवधी में प्रचुर मात्रा में मिलती हैं। जंगनामा लिखने की परंपरा अवधी में रही है। बाराबंकी जनपद के चहलारी नरेश राजा बलभद्र सिंह की गौरवगाथा का उदाहरण है।

यह जंगनामा बेनीराम मिश्र भदेवाँ जिला सीतापुर निवासी ने बनाया था। जिसका

संपादन और प्रकाशन श्री उदयशंकर शास्त्री ने करवाया था। श्री नन्हकऊ सिंह का नाम भी उल्लिखित है। श्री अमृतलाल नागर जब 'गदर का फूल' लिखने के लिए लोक जीवन से सामग्री एकत्र कर रहे थे तो उन्हें यह हस्तलिखित पाण्डुलिपि मिली थी। उनके यशस्वी पुत्र डॉ. शरद नागर ने मुझे इसका सरल रूपांतर और संपादन करने की प्रेरणा दी। यह 'जंगनामा' अयोध्या शोध संस्थान के सहयोग से प्रभात प्रकाशन द्वारा प्रकाशित हो चुका है।

इसी प्रकार हरदोई जिले के बाबा लक्ष्मनदास बैरागी ने रोइयागढ़ के युद्ध का उल्लेख किया है जिसमें राजा नृपति सिंह ने अंग्रेजों के छक्के छुड़ा दिये थे।

अवधी का क्षेत्र विस्तार विद्वानों ने जो किया है उसके अनुसार और प्रयोग की दृष्टि से अवध के सभी जिले पूर्वी आजमगढ़, जौनपुर, मिर्जापुर, अंबेडकर नगर, फैजाबाद, सुल्तानपुर, बाराबंकी, गोंडा, बहराइच, रायबरेली, उन्नाव, इलाहाबाद, लखनऊ, खीरी लखीमपुर, सीतापुर, कानपुर, फतेहपुर है।

विद्वानों ने किसी-किसी जिले की कुछ तहसीलों को छोड़कर अवधी क्षेत्र का विस्तार माना है, किंतु यह बहुत व्यावहारिक नहीं लगता क्योंकि किसी भी भाषा के क्षेत्र की सीमा रेखा निर्धारित करना कठिन कार्य है। भाषा की प्रवृत्तियाँ, उनका व्यवहार निरंतर प्रभावित और प्रसारित होता रहता है।

अवधी का प्रयोग उत्तर प्रदेश के अतिरिक्त नेपाल में भी बहुत किया जाता है। अवधी अपनी लोकभाषा बहनों यथा—भोजपुरी, मगही, मैथिली, छत्तीसगढ़ी, बुंदेली, ब्रजभाषा, बघेली, राजस्थानी, गढ़वाली, कुमाऊनी आदि से गले मिलती हुई निरंतर आदान-प्रदान करती रही है। इलाहाबाद की अहियापुरी अवधी और उन्नाव तथा कानपुर की वैसवाड़ी हिंदी में भी अवधी के थोड़े भिन्न स्वरूप मिलते हैं।

अवधी में अरबी, फारसी के शब्द भी कहीं-कहीं ज्यों-के-त्यों ग्रहण कर लिये गए हैं। उर्दू अदब अवधी काव्य को बराबर प्रभावित करता रहा है क्योंकि अवधी अवध दरबार की भाषा रही है।

यही नहीं प्रवासी भारतीयों के माध्यम से मॉरीशस की क्रेओल, सूरिनाम की सरनामी हिंदी और अन्य भारतीय प्रवासी बहुल देशों की भाषा में अवधी ऐसी घुलमिल गई है कि पहचानने के लिए प्रयास करना पड़ता है।

अवधी काव्य भाषा के विकास को समझने के लिए अवधी के उद्भव पर दृष्टि डालना आवश्यक है। विद्वानों ने अवधी का उद्भव अर्द्धमागधी अपभ्रंश माना है। अवधी के 1000 वर्ष से अधिक के इतिहास को संपूर्ण हिंदी साहित्य के इतिहास की भाँति तीन कालों में विद्वानों ने विभाजित किया है—

1. आदिकाल, 2. मध्यकाल, 3. आधुनिक काल।

आदिकाल में गोरखबानी और चंदायन की भाषा में चौदहवीं शताब्दी की ठेठ अवधी की बानगी है।

रायबरेली जिले के डलमऊ निवासी मुल्ला दाऊद की काव्य कृतियों में बैसवाड़ी अवधी का प्रभाव स्पष्ट है। इनकी रचनाओं में ठेठ पूर्वी पुरानी अवधी एवं अपभ्रंश का प्रयोग अधिक है।

सूफी संतों की अवधी में अरबी, फारसी के शब्द कहीं यथावत् तो कहीं अवधी की प्रकृति के अनुसार रूप बदलकर आये हैं। जायसी जनपदीय अवधी से जुडे हैं जो सुल्तानपुर, रायबरेली के आसपास की अवधी थी। जायसी के पद्मावत में संज्ञा रूपों के साथ परसर्गों का व्यवहार हुआ है।

गोस्वामी तुलसीदास ने ब्रजावधी का प्रयोग किया है इनके काव्य में संस्कृत की शब्दावली का अधिक प्रभाव है।

आधुनिक युग में विभक्तियों का लोप करके परसर्गों का प्रयोग अधिक हो रहा है।

परसर्गों के रूपों में भी परिवर्तन हो रहा है।

सर्वनाम भी परिवर्तन ग्रहण कर चुके हैं।

क्रिया रूपों में महाप्राणत्व लगभग लुप्त होते जा रहे हैं। वचन और लिंग के प्रयोग में भी काफी परिवर्तन आ चुका है।

अवधी की उत्पत्ति 10वीं, 11वीं शताब्दी के लगभग विद्वान मानते हैं। डॉ. अंबा प्रसाद सुमन हिंदी और उसकी उपभाषाओं का स्वरूप में लिखते हैं—"वास्तव में साहित्यिक भाषा का मूल विकास मूलतः किसी जन बोली से ही होता है। यही बात अवधी के लिए लागू होती है। कोशल प्रदेश के मध्य भाग में जो भाषाएँ बोली जाती है उसी से अवधी का विकास हुआ।

आचार्य रामचंद्र शुक्ल अवधी का उद्गम नागर अपभ्रंश से मानते हैं। डॉ. भोलानाथ तिवारी अवधी की उत्पत्ति कोशली से मानते हैं।

अवधी के विकास के संबंध में डॉ. बाबूराम सक्सेना ने विकासक्रम को रेखांकित किया है। डॉ. विश्वनाथ त्रिपाठी ने प्रारंभिक अवधी पर शोधग्रंथ लिखा और अवधी की प्राचीन पाण्डुलिपियों को खोजा। बाबा पुरुषोत्तमदास के जैमिनी अश्वमेध की भाषा पर लिखा।

श्री जगदीश पीयूष ने अवधी ग्रंथावली का 10 खंडों में संपादन किया है जिसमें अवधी के समग्र लिखित साहित्य, वाचिक साहित्य के विषय में अध्ययन है, अवधी का विकासक्रम, इतिहास, अवधी की शब्द संपदा, लोकोक्तियों, मुहावरों आदि का विवरण है। इसकी भूमिका में श्री पीयूष लिखते हैं—

'हिंदी के विकास का इतिहास उतना ही पुराना है जितना अवधी का। दोनों के

वैकासिक तंतु एक साथ ऐसे उलझे हैं कि उन्हें सुलझाना सुगत नहीं है। अत: अवधी के विकासक्रम का अध्ययन अधोलिखित शीर्षकों अथवा काल-खंडों में विभक्त करना श्रेयस्कर है—

1. प्राचीन अवधी साहित्य (11वीं शती से 14वीं शती तक)
2. मध्यकालीन अवधी साहित्य (14वीं शती से 19वीं शती तक)
3. आधुनिक अवधी साहित्य (1900 से 1960 तक)
4. समकालीन अवधी काव्य अथवा नवजागरण काल (1960 से अद्यावधि)

प्राचीन अवधी काव्य

अवधी के विकासक्रम के संबंध में विद्वानों के अलग-अलग विचार हैं। कुछ ने राउर बेल को अवधी का सबसे प्राचीन ग्रंथ माना है, जो अवधी से पूरी तरह प्रभावित है। लोरिक और चाँदा के प्रेमाख्यान के लोकगाथा गीत को भी चौदहवीं शताब्दी से प्रचलित माना जाता है। शेखराचार्य ज्योतिरीश्वर की पुस्तक 'वर्णरत्नाकर' में लोरिक नृत्य का उल्लेख है, जो 14वीं शताब्दी की कृति है।

सिद्ध डोम्मिपा का 'योगचर्या' नामक ग्रंथ मिलता है इनका जन्मकाल 840 ई. माना जाता है। डॉ. रामगोपाल शर्मा ने अपने निबंध में उदाहरण दिया है—

गंगा जउना माझेरे बहर नाइ।
ताहि बुड़िली मांतगि पोइआली ले पारकरइ।
बाहुत डोंबी बाह लो डोंबी बाटत भइल उछारा।
सदगुरु पाऊ पए जाइब पुपु जिणउरा।

(हिंदी साहित्य का इतिहास संपादक डॉ. नगेन्द्र, द्वितीय संस्करण पृष्ठ 80)

पुरातन प्रबंध संग्रह में अवधी की बानगी मिलती है—

आगलि पाछलि पूँछ हलावइ। अधारउ किरि मूला चावइ।।

चर्यापद में सहजिया संप्रदाय के सिद्धों की रचनाएँ हैं जिसमें 47 पद हैं। श्री हरिहर प्रसाद शास्त्री को यह ग्रंथ नेपाल से मिला। इसमें अवधी के शब्द और रूप मिलते हैं। यह 12वीं सदी का माना गया है।

हेमचंद्र का काव्यानुशासन 12वीं सदी की रचना है यह एक व्याकरणग्रंथ है।

पृथ्वीराज रासो भी 12वीं सदी की रचना है। जिसमें अवधी के साथ विभिन्न भाषाओं के शब्द समाहित हैं।

बाबू ब्रजरत्न दास ने खड़ी बोली हिंदी साहित्य के इतिहास में इस काव्य की चर्चा की है।

मुल्ला दाऊद के चंदायन में भी यही प्रेमाख्यान है। इसको मसनवी की रचना मानकर

अध्यात्म से भी जोड़ा जाता है। गजेटियर में डलमऊ रायबरेली के निवासी मुल्ला दाऊ द की 'चंद्रेनी' नामक पुस्तक का भी उल्लेख है। इसी प्रेमाख्यान को डॉ. माताप्रसाद गुप्त 'लोरकहा' नाम देते हैं तथा विश्वनाथ प्रसाद और परमेश्वरी लाल गुप्त के संस्करण 'चंदायन' नाम से प्रकाशित है।

डॉ. वासुदेव शरण अग्रवाल 15वीं से 19वीं शताब्दी के मध्य की रचना इसे मानते हैं। इसकी प्रसिद्ध पंक्तियाँ हैं—

दाऊद कवि जो चांदा गाई।
जेंइ रे सुना सो गा मुरझाई।।

इसी विकासक्रम में मैनासत का उल्लेख आता है। श्री अगरचंद नाहटा के मतानुसार 1902 की खोज रिपोर्ट (नागरी प्रचारिणी सभा काशी) में यह विवरण प्रकाशित है।

डॉ. माताप्रसाद गुप्त के अनुसार मैनासत के दो पाठ है—स्वतंत्र रूप में और दूसरा चतुर्भुज दास निगम की 'मधुमालती' के कुछ पाठों में समाहित हैं।

इसे श्री नाहटा 16वीं शती की रचना मानते हैं और डॉ. माता प्रसाद गुप्त 1561 या उससे पूर्व की।

श्री हरिहर प्रसाद द्विवेदी सन् 1480 के बाद की रचना मानते हैं। मैनासत के रचयिता के नाम की प्रामाणिक सूचना उपलब्ध नहीं है।

इसके बाद सूरज दास को 'सीता पद' का गायक और 'रामजन्म' का रचनाकार नागरी प्रचारिणी सभा काशी को खोज रिपोर्ट में बताया गया है जिसके अनुसार इसकी प्रथम प्रति का लिपिबद्ध काल संवत् 1886 है और दूसरी प्रति का 1909 है। सूरजदास की अन्य कृतियाँ अकमांगद कथा तथा एकादशी माहात्म्य आदि का उल्लेख मिलता है।

इसी परंपरा में ईश्वरदास कृत 'सत्यवती' कथा और 'स्वर्गारोहिणी' रचना का उल्लेख मिलता है जिसका प्रकाशन हिंदुस्तानी के जनवरी अंक 1937 में हुआ है।

लाला सीताराम बी.ए. के लिखे नोट के अनुसार सत्यवती कथा काव्य की रचना संवत् 1558 में हुई है।

'स्वर्गारोहिणी' में अपने पूर्वजों का परिचय दिया है। ईश्वरदास की इन दोनों रचनाओं में 'साहित्य सिकंदर' और 'जोगिनीपुर दिल्ली' का नामोल्लेख है।

ईश्वरदास की तीन अन्य रचनाओं की हस्तलिखित प्रतियों के प्रकाशन का उल्लेख मिलता है—भरत मिलाप, एकादशी कथा तथा स्वर्गारोहिणी कथा को डॉ. शिवगोपाल मिश्र द्वारा प्रकाशित बताया गया है।

इसी क्रम में 'कुतुबन' नामक 'मिरगावती' और 'मधुमालती' नामक कृतियों का उल्लेख है। डॉ. परशुराम चतुर्वेदी के अनुसार इनकी चर्चा पहली बार 1900 ई. की खोज रिपोर्ट में हुई है। प्रो. अस्करी को 90 पृष्ठों की पाण्डुलिपि श्री देसाई से मिली थी, इसका

रचनाकाल 1503–1504 बताया गया है। कुतुबन के अनुसार यह कथानक लोकप्रचलित था उन्होंने इसे संयोग शृंगार और वीर रस से जोड़कर 1560 में प्रस्तुत किया। कुतुबन ने प्रारंभ में अपने गुरु शेख बुढ़न का स्मरण किया है। आचार्य रामचंद्र शुक्ल ने उनके गुरु चिश्ती वंश के शेख बुरहान को बताया है। इस क्रमानुसार आगे कवि लालचदास का नाम आता है। गार्सा द तासी ने हिंदुई साहित्य का इतिहास में लालचदास को भागवत के दशम् स्कंध के रूपांतरकार या रचयिता कहा है। शिवसिंह सरोज और ग्रियर्सन उन्हें डलमऊ निवासी ब्राह्मण तथा शांत रस का कवि मानते हैं। मिश्र बंधुओं ने हरिचरित तथा विष्णुपुराण को इनकी रचना बताया है तथा नलिन विलोचन शर्मा ने ब्रजविलास, विष्णुपुराण की रचना कहा है। विद्वानों ने इनका रचनाकाल पद्मावत से पूर्व संवत् 1527–1587 के बीच माना है।

नए शोधों के अनुसार प्राचीन अवधी के अन्य रचनाओं के बारे में जानकारी मिली है जिसमें लखन सेनी का हरिविराट पर्व भीम कवि का डंगवे पुराण, पुरुषोत्तम दास का जैमिनी पुराण आदि है।

इनके अतिरिक्त संदेश रासक, कीर्ति लता, हेमचंद्र व्याकरण, कुमार पाल प्रतिबोध, प्रबंध चिंतामणि, ब्रजरत्नाकर, प्राकृत पैंगलम, उक्ति व्यक्त प्रकरण आदि ग्रंथों में अवधी का बहुलता से प्रयोग हुआ है।

कबीर की रमैनी तथा साखियों में अवधी के प्रयोग की बहुलता है। प्राचीन काल में सूफी कवियों की रचनाएँ महत्त्वपूर्ण हैं।

अवधी में जायसी का पद्मावत, मंझन की मधुमालती, कुतुबन की मृगावती, शेखनवी का ज्ञानदीप, उस्मान की चित्रावली, जानकी कमलावती, नूर मोहम्मद की इन्द्रावती एवं अनुराग बाँसुरी, शेखरहीम का भाषा प्रेमतत्त्व, सूरदास लखनवी का नलदमन, कासिम शाह का हंसजवाहर, और शेखनिसार का यूसुफ जुलेखा आदि काव्यकृतियाँ मिलती हैं।

मध्यकालीन अवधी काव्य

विद्वानों ने मध्यकाल की अवधी में लिखित काव्यकृतियों के 5. विभाजन किये हैं—1. संत काव्य, 2. प्रेम काव्य, 3. राम काव्य, 4. कृष्ण काव्य, 5. चरितात्मक तथा नीति विषयक काव्य।

संत काव्य

अवधी के संत काव्य के कारण मध्यकाल को भी स्वर्णकाल कहा जा सकता है। इन संतों की भाषा में अनेक लोकभाषाओं का सम्मिश्रण है किंतु पूर्वी प्रदेश के निवासी संतों की मूल भाषा अवधी ही है। इसमें संत कबीरदास, संत रैदास, बोधेदास, पहलवान दास, संत

किनाराम, संत रामरूप जी, ईश्वरदास, साहब नेवल दास आदि के नाम प्रसिद्ध हैं। इसी संत काव्य धारा की परंपरा में आगे अमीर अलीशाह साहब, रामसेवक, दास सतदिल, योगेश्वराचार्य जी, देवानंद साहब, भगवान बक्स सिंह सतनामी, सुखलाल दास सतनामी, संतकवि प्रेमदास, साईंदास तथा महात्मा बनादास आदि के नाम आते हैं।

संत कवि अनन्यदास का उल्लेख शिव सिंह सरोज में हुआ है और उन्हें दिल्ली नरेश पृथ्वीराज चौहान का दरबारी कवि, जिनका जन्म गोंडा जनपद में सन् 1168 बताया गया है। डॉ. भगवती प्रसाद सिंह ने भी इसकी पुष्टि की है। इनका प्रसिद्ध ग्रंथ अनन्ययोग है। इनकी ज्ञान और भक्ति रचना का उदाहरण है—

का होत मुड़ाये मूड़बार। का होत रखाये जटा भार।
का होत भामिनी तजे भोग। जौ लौ न चित्त चिर जुरै जोग॥
चिर चित्त करै सुमिरन सँभार। ऊपर साधै सब लोकचार।
यह राजजोग सुख की विधान। कोउ ज्ञानवंत जानत सुजान।
सुख मारक यह प्रथिचन्दराज। यहि सम न आनत है इलाज।

महाकवि जगनिक कृत परमाल रासो 12वीं सदी का अवधी ग्रंथ है। जगनिक का अवधी में लिखा आल्हखंड प्रसिद्ध है जिसका एक उदाहरण है

बारह बरस लै कूकुर जीवैं, औ तेरह लै जियैं सियार।
बरस अठारह क्षत्रिय जीवै, आगे जीवन को धिक्कार॥

रासो साहित्य में खुमान रासो 9वीं सदी का बीसल रासो 1155 ई. हमीर रासो 12वीं सदी का गंथ है।

अमीर खुसरो को डॉ. रामकुमार वर्मा अवधी का प्रथम कवि मानते हैं। उदाहरण प्रस्तुत हैं—

गोरी सोवै सेज पर, मुख पर डारे केस।
चल खुसरो घर आपने, रैन भई चहुँ देस।

× × × ×

पर्वत बाँस मँगाव मोरे बाबुल, नीका मड़वा छवाव री।
डोलिया फँदाय पिया लै चले हैं, अब संग न कोई आन री॥ (विदाई गीत)

इनके खालिक बारी काव्य संग्रह में अवधी के साथ-साथ खड़ी बोली का प्रयोग भी है। वे स्वयं खालिक बारीं का परिचय लिखते हैं—

खालिक बारी सिरजन हार, वाहिद एक बदा करतार।
गंदुम गेहूँ नखुद चना शाली है धान
जरत जोंहरी अदर्स मसूर वर्ग है पान।
खालिक बारी भई तमाम, दोहूँ जग रहिया खुसरो नाम।

खुसरो की पहेलियाँ और मुकरियाँ प्रसिद्ध हैं। एक मुकरी का उदाहरण है—

सगरी रैन मोरे संग जागा।
भोर भई तू बिछुड़न लागा॥
वनके बिछुड़न फाटत हिया।
ऐ सखि साजन न सखि दीया॥

लखन सेनी का हरिचरित विराट पर्व मिलता है जो 1424 ई. की रचना है।

संवत् चौदह सइ एकासी। लषनसेन कवि कथा प्रगासी॥
बादिशाहि जे बीराहिम साही। राज करहिं महि मंडल माही।
आपु महाबली पुहुमी धावै। जउनपुर मँह छत्र चलावै॥

साधन कवि का मैनासत 1500 ई. की रचना मानी जाता है । इसकी भाषा का उदाहरण है—

सातन कुंवर नगर गइ दूता। कपट रूप नारद कइ पूता।
तेहि रतना मालिन हंकराई । सत सो मैना देहु डोलाई॥
दूत बचन जेउ मैना पावउं। तेहि मालन चूंदर पहिराऊं ॥
मालिन पान दूत कर लीन्हा। सत्तरूप सब आगे कीन्हा॥

प्रेमाख्यान काव्य या सूफी काव्य—इसमें विकासक्रम के अनुसार नूर मुहम्मद की अनुराग बाँसुरी (सं. 1821) का नामोल्लेख करते हुए आचार्य रामचंद्र शुक्ल ने प्रेमाख्यान काव्य की अखंड परंपरा को स्वीकार किया है। 'इन्द्रावती' भी इनका प्रेमाख्यानक काव्य है। देवा (बाराबंकी) और जौनपुर के सूफी उर्स में सूफी संतों की काव्य रचनाएँ निरंतर गायी जा रही हैं। इस परंपरा में मुस्लिम कवि अधिक हैं। मलिक मुहम्मद जायसी 'पद्मावत', कुतुबन (मृगावती), मंझन (मधुमालती में गढ़कन्या गिरि के राजकुमार मनोहर और महारसनगर की राजकुमारी मधुमालती की प्रेमकथा है यह सुखांत है), शेखनबी (ज्ञानदीप में विवाह संस्कार का विस्तार से वर्णन है), उसमान (चित्रावली में सुजान और चित्रावली के चित्र दर्शन के द्वारा प्रेम का निरूपण है कथा काल्पनिक है आध्यात्मिकता का पुट है), शेख निसार की कृति, मुल्ला दाऊद के (चंदायन), आलम(माधवानल कामकन्दला) आदि। हिंदू कवियों में ईश्वरदास की सत्यवती कथा, एकादशी कथा, जटमल नाहर का 'प्रेमविलास, प्रेमलता कथा, नरपति व्यास की नल-दमयंती कथा', सूरदास लखनवी का 'नलदमन' चतुर्भुज कायस्थ की 'मधुमालती', मृगेंद्र का 'प्रेमपयोनिधि' आदि उल्लेखनीय हैं। कुछ पांडुलिपियाँ भी प्राप्त हुई हैं। जैसे—पुहुकर कृत 'रसरतन' में राजकुमारी रंभा और सोम के प्रेम का वर्णन है, सूरदास कृत 'नलदमन', दुखहरनदास कृत 'पुहुपावती', पं. मुकुंद सिंह कृत 'नलचरित', 'जनकुंज कृत उषाचरित', चतुर्भुजदास कृत 'मधुमालती' सेवाराम कृत नलदमयंती चरित, तथा 'मुरलीदास कृत उषाचरित' आदि का उल्लेख अवधी

ग्रंथावली में किया गया है।

ये सभी ग्रंथ अवधी की दोहा चौपाई शैली में हैं। इनमें से कुछ पश्चिमी अवधी, कुछ पूर्वी अवधी, और कुछ वैसवाड़ी अवधी में लिखी गई हैं। 'राजा चित्रमुकुट और रानी चंद्रकिरन' नाम से एक अवधी प्रेमकाव्य नागरी प्रचारिणी सभा काशी में सुरक्षित है। इसके अतिरिक्त 'रतनरंग नरायन दास का छिताई चरित' देवचंद्र शिवराम का भक्ति जयमाल, सलोनी का 'प्रेमचिनगारी', कासिमशाह का 'अखराटी', 'कामलता', 'मधुकर मालती' तथा 'रत्नावली' का उल्लेख मिलता है। छीताहुसैन अली का 'पुहुपावती', भवानी शंकर रचित 'बैताल पच्चीसी', शेख रहीम का 'भाषा प्रेमरस', नसीर का 'प्रेम दर्पण', अलीमुराद का 'नूरजहाँ' आदि प्रेमाख्यानों में भी अवधी भाषा का प्रयोग हुआ है।

अवधी का रामकाव्य—अवधी में रामकाव्य का सृजन सर्वप्रथम रामानंदजी ने 15वीं 16वीं शती के मध्य में किया। फिर गोस्वामी तुलसीदास ने रामचरितमानस लिखकर अवधी को विश्वकाव्य बना दिया। रामकाव्य के अन्य प्रमुख कवि हैं—

सूरजदास का 'रामजन्म' इनकी प्रमुख कृति है।

अग्रदास ने रामध्यान मंजरी, कुंडलिया रामायण तथा रामाष्टयाम की रचना की। ये रसिक संप्रदाय के प्रवर्तक थे।

नाभादास (अष्टयाम रचयिता) स्वामी अग्रदास के शिष्य थे,

प्राणचंद्र चौहान रामायण महानाटक के रचयिता हैं।

लालदास भरत की बारहमासी तथा अवध विलास के रचयिता हैं। अवध विलास 20 आश्रमों में आबद्ध रामकाव्य है। इसमें रामकथा से जुड़ी अनेक प्रासंगिक कथाएँ भी हैं।

रामहरशरण दास की प्रमुख कृतियाँ 'प्रेम रामायण और सिंधु रामायण' हैं।

सरजूराम पंडित(जैमिनि पुराण इनकी प्रसिद्ध कृति है जिसमें सीता वनवास और रामाश्वमेध की कथा है।)

झामदास की कृति 'झामदास रामायण' का उल्लेख मिलता है।

शिवप्रसाद—'अद्‌भुत रामायण' के रचयिता हैं।

मधुसूदन—(रामाश्वमेघ इनकी कृति है)

रींवा नरेश महाराज विश्वनाथ सिंह (आनन्द रघुनंदन नाटक, संगीत रघुनंदन, आनंद रामायण, रामचंद्र की सवारी तथा रामायण आदि 46 ग्रंथों के रचयिता श्रृंगाररस के रामभक्त कवि थे।)

कृपानिवास—'जानकी रहस्यम' के रचयिता हैं।

राजा रुद्रप्रताप सिंह का 'सुसिद्धांतोत्तम रामखंड' महाकाव्य मानस की शैली में रचित है।

स्वामी सहजराज—इन्होंने 'रामचंद्र विलास' में रामचरित मानस की शैली पर रामकथा

लिखी है जिसमें नई उद्भावनाएँ एवं नए प्रसंग जैसे—'राम वात्सल्य', 'गोड़िन राम संवाद', मंथरा उद्धार आदि दिये गए हैं।

बनादास की चौंसठ कृतियाँ हैं जिनमें 'उभय प्रबोधक रामायण' प्रमुख है जो निर्गुण तथा सूफी मत का सुंदर समन्वय प्रस्तुत करता है।

बदीनारायण—'संक्षिप्त रामायण' के रचयिता हैं।

माधवसिंह की 'सीता स्वयंवर', 'रघुनाथ चरित', 'लवकुश चरित' आदि रचनाओं का उल्लेख मिलता है।

मथुरासिंह की कृति 'श्रीराम विलास' का उल्लेख मिलता है।

मथुरा प्रसाद साहू, 'रामसीता विवाह' के रचयिता हैं।

जानकी चरण की 'सियाराम रसमंजरी' कृति है।

रघुराज सिंह 'राम स्वयंवर' के रचनाकार हैं।

हरिदास की मानस मंदाकिनी कृति है।

सीतारामदास की 'जनकपुर माहात्म्य' कृति है।

सीताप्रसाद की 'सीताष्टक' रचना है।

सीतल सिंह का 'श्री सीताराम चरितायन' सात कांडों में विभक्त रचना है जिसकी कथा का प्रारंभ दडकारण्य से हुआ है।

नवल सिंह की कृतियाँ हैं—'रामचंद्र विलास', 'आल्हा रामायण', 'अध्यात्म रामायण', 'रूपक रामायण', 'सीता स्वयंवर', 'रामायण कोश' तथा 'रामायण सुमिरिनी' आदि।

ललकदास या लालचदास—शृंगारी रामोपासक कवि थे। 'सत्योपाख्यान', 'भाषा कोशलखंड' आदि इनकी दोहा चौपाई शैली की कृतियाँ हैं।

अवधी में रामकाव्य की धारा में कई अन्य कवियों के नामों का उल्लेख मिलता है यथा—रामचरणदास, बालकृष्ण, पुरुषोत्तम दास, जानकी रसिकशरण, रामप्रियाशरण, प्रयागदास, जनकराज, किशोरीशरण, रघुनाथदास, रामसनेही, छितिपाल, जानकी प्रसाद, हनुमान शरण, रामवल्लभ शरण, सियाशरण आदि।

अवधी की कृष्णकाव्य धारा

गोस्वामी तुलसीदास के समकालीन कवि लक्षदास ने दोहा, चौपाई, छंद में 'कृष्णरस सागर' महाकाव्य रचा।

श्री लालदास ने हरिचरित और भागवत दशमस्कंध भाषा की रचना की।

जायसी ने 'कान्हावत' लिखा, जिसे अवधी का प्रथम कृष्णकाव्य माना गया है। इसकी रचना पद्मावत से पूर्व हुई है, यह दोहा, चौपाई, छंद में है। मसनवी शैली में ठेठ

अवधी का प्रयोग है। इसमें श्रीमद्‌भागवत के आधार पर कथावस्तु का विन्यास है। किंतु सूफी शैली का पूरा प्रभाव है।

माधव कवि ने 'विनोद सागर' लिखा।

सबलस्याम ने भागवत दशमस्कंध रचा तथा भूपति ने भी भागवत दशमस्कंध की रचना की

चरनदास ने ब्रजचरित, 'चीरहरण लीला', 'मटकी लीला', 'दसलीला', 'माखन चोरी', आदि ग्रंथ।

नवलदास ने भी 'भागवत दशमस्कंध' रचा।

ब्रजवासीदास ने 'ब्रजविलास' की रचना की।

कविसिंह के 'बहुला-व्याध संवाद' में गोपियों से संबंधित कथा है।

मोहनदास का 'भागवत दशमस्कंध' है।

मंचित का 'कृष्णायन' तथा

रत्नकुँवरि बीबी का 'प्रेमरत्न' है।

गणेश प्रसाद कायस्थ का 'राधाकृष्ण दिनचर्या', ब्रज बनयामा है।

रघुनाथदास कृत 'विश्राम सागर' में विविध धार्मिक कथाओं का संग्रह है जिसमें राम और कृष्ण से जुड़ी कथाएँ आदि हैं।

द्वारिका प्रसाद मिश्र रचित 'कृष्णायन महाकाव्य' विशेष प्रसिद्ध है।

मुंशी मंगलदास की कृति 'कृष्णप्रिया' है।

मुंशी देवीप्रसाद अस्थाना ने 'कृष्णखंड' की रचना की।

ब्रजनंदनसहाय 'ब्रजबल्लभ' की दोहा, चौपाई, शैली में लिखित रचना 'सत्यभामा मंगल' है।

गुरुप्रसाद सिंह 'मृगेश' ने 'पारिजात' लिखा।

व्यास जी महाराज ने कृष्णचरित मानस लिखा।

बंशीधर शुक्ल ने 'कृष्ण वंदना' लिखी।

परमानंद जड़िया ने 'वीर अर्जुन' लिखा।

डॉ. महेश प्रताप नारायण अवस्थी ने 'जनकृष्णायन' लिखा।

डॉ. रमेश मंगल वाजपेयी ने 'गीता शतक' लिखा।

माधवीलता शुक्ल ने 'माधवगीता' लिखी

अवधी के चरितात्मक तथा नीतिकाव्य

कु. हरिपाल सिंह ने 'दुर्गाविजय' (दो खंडों में लिखा)।

कालिका प्रसाद लामा ने 'बुद्धिविलास' तथा 'गोरखनाथ की सबदी' में शिवचरित

तथा विद्यापति की नचारी में 'शिववंदना' अवधी में लिखी है।

रामानंद कृत हनुमान आरती और तुलसी कृत हनुमान चालीसा भी अवधी का काव्य है।

श्रीलाल ने देवी महात्म्य में दुर्गा सप्तशती का अवधी रूपांतर किया है।

मलूकदास कृत 'ध्रुवचरित्र' अरवैराम 'गंगा माहात्म्य' उल्लेखनीय है।

तुलसीदास के चरित पर आधारित काव्यों में गोंसाई चरित, मूल गोसाई चरित प्रसिद्ध है।

घट रामायण भी अवधी की कृति है।

अवधी में चरित काव्य की सुदीर्घ परंपरा है।

नीतिकाव्यों की परंपरा में जायसी कृत मसलानामा प्रमुख हैं।

नीतिकाव्यों में दोहा, सोरठा, चौपाई, बरवै, कुंडलियाँ, छप्पय आदि छंदों का और अन्योक्तियों का भी प्रयोग मिलता है।

अवधी नीतिकारों में रामानंद, नरहरि, घाघ, भड्डरी, बैताल, गिरधर कविराय, दीनदयाल कवि, बनादास, दरिया साहब आदि का नाम विशेष उल्लेखनीय है। संत दरिया साहब का ज्ञानरत्न, विवेक सागर तथा अन्य 20 रचनाओं में अधिकांशत: अवधी भाषा का प्रयोग हुआ है।

नीति वचनों में अमीर खुसरो की पहेलियाँ, मुकरियाँ, सुखनों आदि अवधी में मिलती हैं।

कवि बैताल चरखारी नरेश (फतेहपुर) राजा विक्रम सिंह के आश्रित कवि थे। इन्होंने अवधी में स्फुट छंद लिखे हैं।

बाबा दीनदयाल गिरि के नीतिपरक ग्रंथ हैं—'दृष्टांत तरंगिणी' तथा 'अन्योक्ति कल्पद्रुम' जिसमें सामाजिक आचार-विचार, नीति-अनीति विषयों पर मंथन करके लिखा गया है।

घाघ भड्डरी की कहावतों का संग्रह पं. रामनरेश त्रिपाठी द्वारा संपादित प्रकाशित है।

आधुनिक काल में प्रकाशित व समकालीन अवधी काव्य

संत काव्यधारा, रामकाव्य, कृष्ण काव्य के अतिरिक्त कुछ अन्य रचनाएँ भी उल्लेखनीय हैं।

कवि परसोतम की सिंहासन बत्तीसी अवधी में दोहा चौपाई शैली में है ये गोस्वामी तुलसीदास के समकालीन थे। यह ग्रंथ अप्रकाशित था जिसे अवधी भारती पत्रिका के जनवरी 1956 के अंक में प्रकाशित किया गया है।

कवि भूपनारायण की 'कथा चार दरवेश' अवधी में रचित है।

श्री बेनी बक्स की 'हरिशचंद्र कथा' अवधी में है यह 1779 ई. सन् की रचना है।

श्री हरपाल सिंह का लघु काव्य ग्रंथ 'श्री दुर्गा विजय' 1889 में प्रकाशित।

श्री कालका प्रसाद 'लामा' की रचना 'बुद्ध-विलास' या 'बौद्ध-प्रकाश' अप्रकाशित है। यह अवधी ग्रंथ तिलोई में सुरक्षित है।

श्री गदाधर सिंह 'भृगुवंशी' की अवधी कृति 'दयानंदायन' फरवरी 1955 में प्रकाशित हुई। इसमें स्वामी दयानंद सरस्वती का जीवन चरित, दोहा चौपाई शैली में है।

श्री चंद्रभूषण त्रिवेदी 'रमईकाका' की अवधी कृति 'नेताजी' नाम से आल्हा शैली में है। इसमें सुभाषचंद्र बोस के विदेश गमन और आजाद हिंद सेना की स्थापना से संबंधित है। इसमें नेताजी के विजय हार की नीलामी उनके तुलादान, आजाद हिंद सेना को उनका संदेश, विष्णुपुर की लड़ाई और इंफाल का मोर्चा आदि वर्णित है। कुछ पंक्तियों का उदाहरण—

> वीर बइसहे रहें लोहाने, धरती उगिलै लाल अंगार।
> जनौ अगिनि माँ आहुति परिगै नेताजी कै सुनि ललकार॥
> धमधम धमकि धरैं धरती पग, नालन चिनगी रहीं उड़ाय।
> टप टप तन से चुवै पसीना मुखड़ा अगिन ज्वाल दरसाय॥

रमईकाका की फुटकर कविताएँ हास्य व्यंग्य के प्रहसन और आकाशवाणी के लिए उनके नाटक 'बहरे बाबा' आदि रचनायें अवधी की अनमोल धरोहर है। इनकी काव्यभाषा में खड़ी बोली और बैसवाड़ी अवधी का प्रयोग है।

श्री बंशीधर शुक्ल लखीमपुर मन्योरा ग्राम निवासी थे उनकी अवधी की अनमोल कृतियों में खड़ी बोली का प्रभाव अधिक हैं।

श्री बलभद्र प्रसाद दीक्षित 'पढ़ीस' की अवधी में भी खड़ी बोली और बैसवाड़ी अवधी का प्रभाव है।

अवध के कवियों में हिंदुई और उर्दू के शब्द तथा लखनवी अंदाज मिलता है।

श्री विश्वनाथ पाठक की 'सर्वमंगला' अवधी का प्रबंध महाकाव्य 1970 में प्रकाशित हुआ। इसमें पूर्वी अवधी का प्रयोग है। उदाहरण–

> सुरुज भोर के रथ पै निकसा,
> लिहे किरिन–तरवारि।
> राति–पिसाचिनि का हनि डारिसि,
> बहि गै रकत क धारि
> नखतन कै चाउर चुनि लइगा,
> कुलि लोहा कै कीर।
> चुइ गै निनियाँ नयन–कोरि से,
> जेस चलनी कै नीर॥
> चढ़ा धूरि पै सोन क पानी
> ह्वइगा जग उजियार।
> महँ महँ गाछी के फूलन से,
> गमकै लाग दुवार॥

पाठक जी का दूसरा महाकाव्य 'घर कै कथा' में मानवीय संबंधों और ग्रामीण का सहज चित्रण है। एक उदाहरण—

जइसे नानी घर से निकरीं लइके संझा बाती।
तइसे लोटै लाग पहुँचि के, दूनौ गोड़ पै नाती।
मुँह चीन्हें पै पलक ताल भे, नयना होइगा कुइयाँ।
दियना छूटि परा हाथे से, आचर गिरिगा भुइयाँ॥
बइठि गई तुरतै धरती पै, बन्ही टूटिगै मेड़ी
ऊपर भीजै कवि कै मुड़वा, तर नानी कै एँड़ी॥
जइसे आन्हर आँखि लहै, अउ रंक परा धन पावै।
जइसे मरि कै पूत राँड़ कै, लउटि सरग से आवै॥

विद्याधर महाजन का अवधी में वृहद् प्रबंध काव्य 'श्री गांधी चरित मानस' है। कुछ पंक्तियों का उदाहरण है—

सत्य-समान धरम नहिं दूजा, सत्य समान अवर नहिं पूजा।
सत्य-समान छेम जग नाहीं, नेमहु सत्य इतर कछु नाहीं॥
सत्य-समान सुरग-सोपाना, दान-दया तप अवर न जाना।
सत्यरूप दीपक कर लीने, गुप्त भेद मानुस सब चीने॥

वर्तमान कवियों में श्री सत्यधर शुक्ल का 'ध्रुव महाकाव्य' और 'वसंत का बियाहु' खंडकाव्य आधुनिक युग की महत्त्वपूर्ण अवधी की कृतियाँ हैं।

वैसे तो हिंदी के आधुनिक युग के कवियों की एक वृहद् सूची है जिन्होंने काव्य मंचों के माध्यम से पत्र-पत्रिकाओं में प्रकाशित करके और पुस्तक रूप में प्रकाशित कराकर हिंदी साहित्य के भंडार को अवधी बोली के माध्यम से समृद्ध किया है सबका नामोल्लेख और उनकी कृतियों का संक्षिप्त परिचय भी छोटे से आलेख में दे पाना दुष्कर कार्य है फिर भी कुछ नामों का उल्लेख इसमें किया जा रहा है।

प्रेम प्रकाश वर्मा (गांधीचरित मानस), भानुदत्त त्रिपाठी, (भारत कथा), आद्या प्रसाद सिंह 'प्रदीप' (गोसाईं तुलसीदास, गुरुदक्षिना, सुलोचना, सुदामा के तंदुल), लक्ष्मण प्रसाद मित्र (वभ्रुवाहन, सतनजा), कविवर भवानी भिक्षु नेपाल के जनकवि (संगठित नेपाल और शाह वंश), डॉ. रमेश मंगल वाजपेई (शिवचरित मानस, महामाया), गंगाधर व्यास (सत्योपाख्यान भाषा) का अवधी की दोहा चौपाई शैली में अनुवाद। कुँवर महेश्वर बक्स सिंह (गो गज-चिकित्सा, नकुल के मतों पर आधारित)। बृजेश कुमार श्रीवास्तव (दुर्गापुराण), ओंकार नाथ उपाध्याय (हमार गांधी), डॉ. शिवप्रसाद मिश्र (शांतिवन), केदारनाथ प्रजापति 'वियोगी' (सोने के हंस), कार्तिकेय जी (वेदांत रहस्य), महेश कुमार वर्मा अशांत (भगवान श्री विश्वकर्मा), बाबा बेनीमाधव दास (गोसाईं चरित और मूल गोसाई चरित), भवानी

दास (गोसाईं चरित), रघुबर दास (तुलसी चरित), संत तुलसी साहब (घट रामायण), कृष्ण दत्त मिश्र (गौतम चंद्रिका), यस. मार्सलीन (ईसायण), हीरालाल (दुर्गायण), लालकवि (देवी माहात्म्य), महानंद वाजपेई (शिवपुराण), भवानीशंकर (बैताल पच्चीसी), महाराज जयसिंह जू देव (नृसिंह कथा, परशुराम कथा, पृथु कथा, हरिचरितामृत आदि), परमसुख कायस्थ (सिंहासन बत्तीसी), ठक्कुर विसन जी चतुर्भुज (अमर लाल चरित), दीनानाथ शुक्ल 'दीन' (शक्ति उपासना), गदाधर प्रसाद वैद्य (सत्यसागर दयानंद सरस्वती के सत्यार्थ प्रकाश का अनुवाद), संकटा प्रसाद सिंह देव (शिवपुराण), परमानंद जड़िया ('छायांकन' हिंदी अवधी में अनुवाद कार्य)।

आधुनिक प्रमुख अवधी कवियों में उल्लेखनीय हैं—

पं. प्रताप नारायण मिश्र, बलभद्र प्रसाद दीक्षित 'पढ़ीस', वंशीधर शुक्ल, रमई काका, गुरुप्रसाद सिंह 'मृगेश', त्रिलोचन शास्त्री, आचार्य विश्वनाथ पाठक, लक्ष्मीशंकर मिश्र 'निशंक', पारस 'भ्रमर', आद्या प्रसाद उन्मत्त, वेणी माधव व्यास, हरिश्चंद्र पांडेय 'सरल', रूप नारायण त्रिपाठी, डॉ. श्याम तिवारी, डॉ. त्रिभुवन नाथ शर्मा, 'मधु', असविंद द्विवेदी, डॉ. ब्रजेंद्र अवस्थी, विकल साकेती, डॉ. श्यामसुंदर मिश्र 'मधुप' डॉ. श्रीपाल सिंह क्षेम, दूधनाथ शर्मा 'श्रीश', डॉ. विद्या विंदु सिंह, जुमई खाँ आजाद, लवकुश दीक्षित, बैजनाथ प्रसाद शुक्ल 'भव्य', राम अकबाल त्रिपाठी 'अनजान', डॉ. गणेशदत्त सारस्वत, काका बैसवारी, ओंकार नाथ उपाध्याय, सतीश आर्य, डॉ. राधा पांडेय, निर्झर प्रतापगढ़ी, कृष्णकांत एकलव्य, गीता श्रीवास्तव, राजेंद्र प्रसाद शुक्ल 'अमरेश', द्वारिका प्रसाद त्रिपाठी 'ब्रजनाथ', रामलखन यादव 'अनपढ', बाबा उमाशंकर, शिवलोचन तिवारी, गिरीश कुमार श्रीवास्तव 'गिरीश', प्रेमशंकर द्विवेदी 'भास्कर', मंगेशलता श्रीवास्तव (लताश्री), जगदीश सिंह 'नीरद', रामकृष्ण 'संतोष', सच्चिदानंद तिवारी 'शलभ', बृजेंद्र मिश्र, शोभनाथ अनाड़ी, दिनेश सिंह, रघुबीर सिंह 'पवन', सागर सत्यार्थी, विजय बहादुर सिंह 'अक्खड़', नागेंद्रमणि मिश्र 'अनुज', सुनील कुमार पांडेय 'प्रभाकर', सतीश चंद्र 'प्रेमी', राज नारायण शुक्ल 'राजन', शीतला प्रसाद अग्रहरि, अवध नारायण शुक्ल 'वियोगी' डॉ. राजेंद्र शुक्ल राज, परशुराम उपाध्याय 'सुमन', गुदड़ी के लाल, महेंद्र कुमार वर्मा 'नयन', सत्यब्रत सिंह, डॉ. देवीसहाय पांडेय 'दीप', सद्धर्म सृजन निगम, बरखा रानी, डॉ. सियाराम मिश्र, सुरेन्द्र पांडेय 'रज्जन', त्रिलोकी नाथ त्रिपाठी 'निर्मोही', डॉ. वीरेश प्रताप सिंह, व्यंजना शुक्ला, ब्रह्मदेव यादव 'मधुकर', डॉ. गौरीषंकर पांडेय 'अरविंद', अशोक टाटंबरी, अंजनी कुमार 'शेष', ताराचंद तंहा, श्यामजी पांडेय 'करुणेश', आचार्य सूर्य प्रसाद शर्मा 'निशिहर', डॉ. जयसिंह व्यथित, डॉ. अनुज प्रताप सिंह, रामेश्वर सिंह 'निराश', चंद्रप्रकाश पांडेय 'मंजुल', बृजेश कुमार पांडेय 'इंदु', ओम प्रकाश तिवारी, भगवती प्रसाद अग्निहोत्री, आनंदप्रकाश अवस्थी 'नन्हे भैया', आदित्य वर्मा, डॉ. मुहम्मद अखलाक, सत्यधर शुक्ल, फारूख सरल, अनुराग

आग्नेय, ब्रह्मासिंह चौहान 'ब्रह्म', मोहन चंद्र त्रिपाठी, न्यायमूर्ति शिवनाथ मिश्र, अब्बास अली 'वास', सुभाष ऋतुराज, देसी सुलतानपुरी, भोलानाथ 'अधीर', अर्चना शुक्ला 'सपना', शशि पांडेय, पं. भवानीभीख त्रिपाठी 'दिव्य', पं. सत्यनारायण द्विवेदी 'श्रीश', हरिभक्त सिंह पँवार, दयानंद सिंह 'मृदुल', जगदीश श्रीवास्तव, श्यामलाल वर्मा, नरेंद्र नाथ श्रीवास्तव, कमलेश मौर्य 'मृदु', रामशंकर उपाध्याय 'रवि', डॉ. सुरेश प्रकाश शुक्ल, शिवभजन 'कमलेश', डॉ. रामाश्रय 'सविता' युक्तिभद्र दीक्षित 'पुतान', भूपेंद्र दीक्षित, डॉ. रामबहादुर मिश्र 'अवधेंदु', जगदीश पीयूष, सुशील सिद्धार्थ, चंदिका प्रसाद वर्मा, राजेंद्र प्रसाद श्रीवास्तव, दुर्गा प्रसाद ओझा, डॉ. प्रेमलता पांडेय, डॉ. उमाशंकर शुक्ल, रमेश चंद्र त्रिपाठी, डॉ. शीलेन्द्र सिंह चौहान, शिवनारायण शुक्ल, डॉ. रामेंद्र पांडेय, डॉ. श्यामसुंदर दीक्षित, सुमनलता वर्मा, रफीक सादानी, स्व. गफ्फार मछलीशहरी, अनीस देहाती, जाहिल सुल्तानपुरी, बाबा उमाशंकर, कमल नयन पांडेय, गाफिल सुल्तानपुरी, रामसूरत अनाम, भारतेंदु मिश्र, विजय रंजन, अरविंद 'असर', डॉ. ज्ञानवती दीक्षित, ओंकारनाथ श्रीवास्तव, डॉ. विंध्येश्वरी प्रसाद श्रीवास्तव, श्रीमती कमला श्रीवास्तव, वाहिद अली 'वाहिद', असविंद द्विवेदी, आशाराम त्रिपाठी, उमादत्त सारस्वत 'दत्त', उमाशंकर शुक्ल 'शितिकंठ', उमेश सिंह चौहान, ओंकार नाथ उपाध्याय 'कंचनलता जैन, फातिमा वसिया जायसी, कमल नयन पांडेय, केशव प्रसाद वाजपेयी, गणेश शंकर शुक्ल 'बंधु', गीता श्रीवास्तव, गुरुप्रसाद सिंह 'मृगेश' चंद्रशेखर सिंह 'चंद', जगदीश सिंह 'नीरद', द्वारिका प्रसाद मिश्र, द्वारिका प्रसाद यादव 'यदुचंद्र' द्वारिका प्रसाद त्रिपाठी 'बृजनाथ', निर्झर प्रतापगढ़ी, पवन बाथम, प्रकाश द्विवेदी, प्रेमशंकर द्विवेदी भास्कर, रामेश्वर प्रसाद द्विवेदी 'प्रलयंकर', राजेश दयालु राजेश, रामगुलाम रावत, रामशंकर उपाध्याय 'रवि', रूपनारायण त्रिपाठी, आचार्य वागीश शास्त्री, विश्वनाथ सिंह 'विकल गोडवी', वेणीमाधव व्यास, साधुशरण शर्मा, शोभनाथ अनाड़ी, श्याम नारायण अग्रवाल 'विटप', पं. हरिनाम शर्मा, श्रीराम सिंह 'शील' आदि।

अवधी काव्य भाषा के रूप : विद्वानों ने पूर्वी अवधी और पूर्वोत्तरी अवधी को आदर्श अवधी कहा है।

पश्चिमी अवधी तथा दक्षिणी या बघेली अवधी, पश्चिमोत्तरी या गांजरी अवधी, बैसवाड़ी अवधी आदि के नाम से उल्लेख किया है।

डॉ. श्याम सुंदर मिश्र मधुप ने लिखा है 18वीं और 19वीं सदी भारत के शासन में परिवर्तन लेकर आई। सन् 1757 ई. से 1857 ई. तक समस्त हिंदी प्रदेश मुसलमानों के हाथ से अंग्रेजों के हाथ में आ गया। शासन परिवर्तन से समाज प्रभावित होता है। उसकी सांस्कृतिक मान्यताएँ बदलने लगती हैं। उसकी भाषा और साहित्य में उलटफेर होने लगता है। अंग्रेजी शासन की स्थापना से खड़ी बोली हिंदी का प्रभाव बढ़ा। हिंदी और उर्दू के शब्दों में दो-चार अंग्रेजी शब्दों की मिलावट को 'फैशन' और 'शिष्टता' का द्योतक समझा जाने

लगा। परिणाम स्वरूप इधर सौ–डेढ़ सौ वर्षों में हिंदी की बोलियों में महत्त्वपूर्ण परिवर्तन हुए हैं। अत: अवधी की आधुनिक कविता की भाषा के अध्ययन के लिये संक्षेप में भाषा की बदलती हुई झाँकी पर एक दृष्टि–निक्षेप आवश्यक प्रतीत होता है। अवधी के विकास को देखने के लिय उसे दो विभागों में विभाजित करना उपयुक्त होगा, प्राचीन तथा आधुनिक अवधी। प्राचीन से आधुनिक अवधी भाषा का भेद करने पर उसे परसर्गों, सर्वनामों क्रियारूपों, क्रयाविशेषणों, अव्ययों तथा उसकी विभक्तियों और संज्ञाओं सभी में कुछ–न–कुछ परिवर्तन दिखलाई पड़ता है। भाषा–विज्ञान की भाषा में इस परिवर्तन को ही विकास कहते हैं।

आधुनिक युग में विभक्तियों का लोप होता जा रहा है और उनका स्थान परसर्ग ग्रहण कर रहे हैं। यहाँ तक कि कुछ विभक्तियाँ बिल्कुल लुप्त हो गई हैं। उदाहरण के लिए 'हि' या 'हिं' विभक्ति लीजिये। एक दिन इसका प्रयोग सभी कारकों में होता था। कुछ समय बाद वह कर्म और संप्रदान में सीमित हो गई परंतु आज वह समाप्त प्राय सी हैं पुरुष वाचक सर्वनामों को छोड़कर अन्य सर्वनामों में वह परसर्गीय रूपों के साथ शेष रह गई हैं। जैसे— 'जेहिका', 'वहिका'। इसका एक परिवर्तित रूप संबंध कारक में विकल्प से प्रयुक्त किया जाता है। वहाँ हकार का लोप हो जाता है और 'हि', 'ऐ'' रूप में उच्चरित होती है। यथा— 'घर का जाउ' कथन को विकल्प से 'घरे जाउ' रूप भी चलता है। जिसकी विभक्ति निश्चित ही 'हि' विभक्ति का परिवर्तित (घरहि–घरै) रूप है।

प्राचीन अवधी में 'न्हि' तथा 'न्ह' विभक्तियों का प्रयोग भी बदला है। 'न्ह' का महाप्राणत्त्व समाप्त होकर न हो गया है जैसे—विप्रन्ह का विप्रन हो गया है।

इसी प्रकार परसर्ग रूपों में भी परिवर्तन हुआ है। सर्वनाम और क्रिया रूप भी बदले हैं। (अवधी साहित्य का इतिहास, पृष्ठ 12)।

डॉ. उदय नारायण तिवारी के मतानुसार उक्ति व्यक्ति प्रकरण के अपभ्रंश में अनुस्वार ध्वनि लुप्त हो गई और आधुनिक कोसली के समान उसका उच्चारण हो गया था।

गुरु गोरखनाथ की काव्यभाषा का ढाँचा अवधी का है। क्रियाएँ और कारक अवधी के हैं पर उनकी काव्य भाषा में पंजाबी राजस्थानी, खड़ी बोली तथा भोजपुरी आदि के शब्द मिलते हैं। जैसे—

''यह जग है काँटे की झाड़ी, देखि देखि पग धरणा।'' (पृष्ठ 26 गोरखबानी)

× × ×

''राति गई अध रात भई, बालक एक पुकारै
है कोई नगर में सूरा, बालक का दु:ख निवारै।''

सहरपा के दोहाकोश और चर्यागीतों की भाषा शैली के बारे में डॉ. रामविलास शर्मा का मत है कि जो कवि अवधी में काव्य रचते थे वे सहज ही दोहा, चौपाई का व्यवहार करते थे। जो गीत लिखते थे, वे व्रज भाषा का सहारा लेते थे—

घर ही बइसी दीवा जाली,
कोणहि बइसी घंटा चाली।

गोरखवाणी के उपदेश का उदाहरण है—

जोगारंभ हिरदा मैं माड़ौ। दया उपावौ जूती छाड़ौ।
नांगा पांवां जे नर मूवां। ताका कारज पहले हूवां॥
आप सवार रथ धालौ भूँई। तामैं चींटी केती मुई॥

सहरपा का एक अन्य उदाहरण है—

जल्लइ मरइ उवज्जइ बज्झइ। तल्लइ परम महासुह सिज्झइ।
सरह गहण गुहिर मनकहिआ पसूलोक निव्बहि जिम रहिआ॥

(आदिकालीन काव्य धारा संपादक डॉ. राजेश्वर प्रसाद चतुर्वेदी, डॉ गंगासहाय प्रेमी (द्वितीय संस्करण) पृष्ठ 23)

इन उदाहरणों में ठेठ अवधी के शब्द प्रयुक्त हैं।

विद्वानों के मतानुसार 12वीं शताब्दी में अवधी ने जो रूप धारण किया वह आज तक प्रचलित है।

आधुनिक अवधी काव्य भाषा के विकास क्रम को चार भागों में विभाजित किया गया है—प्रथम, द्वितीय, तृतीय और चतुर्थ उत्थान।

प्रथम उत्थान में भारतेंदु हरिश्चंद तथा उनके मंडल के लेखक तथा प्रताप नारायण मिश्र, हरपाल सिंह, महावीर प्रसाद द्विवेदी "कल्लू अल्हैत" के नाम से लिखते रहे।

छायावाद और प्रगतिवाद के संधिकाल में पढ़ीस जी और बंशीधर शुक्ल ने अवधी की बागडोर सँभाली।

द्वितीय उत्थान में द्विवेदी तथा छायावादी युग के कवियों का नाम आता है जो अवधी की राष्ट्रीय चेतना तथा स्वच्छंदतावादी काव्यधारा की दृष्टि से महत्त्वपूर्ण है। इस काल में अवधी में तमाम प्रचलित छंदों के साथ मात्रिक और मुक्तक छंद लिखे गए।

तृतीय उत्थान में बंशीधर शुक्ल, बलभद्र प्रसाद दीक्षित 'पढ़ीस' और रमई काका के नाम से वृहद कवित्रयी युग नामकरण किया गया है।

चतुर्थ उत्थान में नवगीत, नई कविता तथा समकालीन अवधी कविता के रूप में प्रयोगवाद का शुभारंभ होता है। इसमें लोकगीत शैली की रचनायें नवगीत, नई कविता, गजल और समकालीन कविताएँ लिखी गईं।

अवधी का प्रगतिवादी काव्य भी पूरे सौष्ठव के साथ लिखा गया है।

अवधी की साहित्यिक और वाचिक परंपरा की विरासत को सहेजना और उनका लोक व्यवहार में प्रसार करना आज के युग की नितांत आवश्यकता है।

□

2

लोकभाषाएँ और साहित्य

(अवधी-भोजपुरी का विशेष संदर्भ)

एक कहावत है "कोस कोस पर पानी बदले, पाँच कोस पै बानी"। इससे पता चलता है कि कोई भी जीवित भाषा सदा अपने को बदलती रहती है। फिर भी गंगा की धारा की तरह उसकी अपनी धारा बनी ही रहती है। रास्ते में जो कुछ मिलता है भाषा की धार उसे अपने साथ बहा ले जाती है। इस प्रकार जनपदीय भाषाओं का विकास हुआ, जिनमें अवधी, भोजपुरी का अपना विशेष महत्त्व है। ये क्षेत्रीय भाषाएँ हिंदी की ही सगी बहनें हैं। इनका हिंदी से कोई विरोध नहीं है। ये उसको निरंतर अपने शब्दों का उपहार देकर समृद्ध करती है। सुप्रसिद्ध भाषाविद् और साहित्यकार श्री उदय नारायण तिवारी ने अपनी पुस्तक भोजपुरी भाषा और साहित्य में लिखा है—"भोजपुरी हिंदी की ही एक विभाषा है, अतएव हिंदी के क्षेत्र से भोजपुरी को अलग करना मुझे देशद्रोह सा लगता है।"

प्रत्येक साहित्य की दो परंपराएँ होती हैं—पहली, मौखिक अथवा वाचिक, दूसरी, लिखित। लिखित परंपरा का विकास बाद में होता है और मौखिक परंपरा से ही होता है। मानव शिशु जन्म के बाद पहले बोलना सीखता है, बाद में लिखना। प्रत्येक संस्कार के अवसर पर वह वाचिक परंपरा के साहित्य से परिचित होता है। लोकजीवन में प्रचलित परंपरा से प्राप्त यह साहित्य उसे जीवन से प्रेम, कर्त्तव्य और ओज का पाठ अनजाने ही सिखा देता है। यह साहित्य मनोरंजन के साथ नैतिकता की विधिवत दीक्षा भी देता है।

लोक और शास्त्र दोनों ने ही पुस्तकीय अथवा लिखित ज्ञान से परंपरा से प्राप्त मौखिक ज्ञान को अधिक सार्थक कहा है—

पुस्तकस्था तु या विद्या परहस्ते गतं धनम्।
कार्यकाले समुत्पन्ने न सा विद्या न तत्धनम्।।

जो विद्या पुस्तक में है और जो धन पराए हाथ में है उसका कोई भरोसा नहीं। अवसर

आने पर वह विद्या काम नहीं आती है और वह धन काम नहीं आता। वाचिक साहित्य की यह परंपरा अत्यंत समृद्ध और विपुल है। यह कहा जा सकता है कि इसका संकलन साहित्य के भंडार को भरने में महत्त्वपूर्ण भूमिका निभाएगा।

वाचिक साहित्य के संबंध में कई विद्वानों ने महत्त्वपूर्ण कार्य किया है। डॉ. ग्रियर्सन, डॉ. हार्नले, बीम्स डब्ल्यू. सी. आर्चर, रेबहरेंड, शांति पीटर 'नवरंगी', डॉ. उदय नारायण तिवारी, डॉ. सत्यब्रत सिन्हा, डॉ. कृष्णदेव उपाध्याय, श्री हंसकुमार तिवारी, श्री दुर्गाशंकर सिंह, पं. गणेश चौबे, आदि के नाम इस दिशा में उल्लेखनीय है। अवधी में श्री रामनरेश त्रिपाठी, राहुल सांकृत्यायन का प्रथम नाम आता है। आधुनिक अध्येताओं में डॉ. विद्यानिवास मिश्र, डॉ. सूर्य प्रसाद दीक्षित, डॉ. श्याम सुन्दर मिश्र मधुय, डॉ. अरुण त्रिवेदी, डॉ. सत्यधर शुक्ल, श्री. जगदीश पीयूष, रामबहादुर मिश्र, डॉ. सुशील सिद्धार्थ, अशोक अज्ञानी, डॉ. किरन मराली, डॉ. कैलाश देवी सिंह, डॉ. विद्या विंदु सिंह आदि ने विशेष कार्य किया है।

कोई भी ज्ञान जितनी आसानी से माँ के दूध के साथ सीखी भाषा में सीखा जा सकता है उतना किसी और में नहीं। अवधी में गद्य-पद्य दोनों विधाओं में प्रचुर साहित्य लोकगीत, लोककथा, लोकगाथा, लोकोक्ति, लोकनाट्य आदि के रूप में मिलता है। परंपरा से प्राप्त यह लोक-साहित्य मनुष्य के सुख-दुख, उत्साह, उमंग, वीरता, त्याग की अमर गाथा प्रस्तुत करता है। जनपदीय साहित्य से लिखित साहित्य ने सदैव ऊर्जा ग्रहण की है। उसी प्रकार जनपदीय साहित्य ने संत साहित्य से बहुत कुछ लेकर अपना बना लिया है। कबीर, सूर, तुलसी के कई पद लोक के बन गए हैं और लोक के कई पद तुलसी, सूर, कबीर, विद्यापति के नाम से चल गए हैं। जैसे—

अइले गवनवाँ की सारी। उमिरि अबही मोरी बारी।।

तथा "कौन ठगवा नगरिया लूटल हो" आदि कबीर के पद लोक के कंठ में समाकर लोक के बन गए हैं।

इसी प्रकार चैती और अन्य गीतों पर कबीर का प्रभाव स्पष्ट है—

"कइसे सजन घर जइबे हो, रामा समुझि नाहीं आवै।"

और "बूँदन भीजै मोरी सारी मैं कैसे आवौं बालम।"

इसी प्रकार धरनीदास की रचना भी लोक के मन का दर्द बन गई—

"मितवा मड़ैया सूनी करि गइला।"

पल्टूदास ने भी भोजपुरी में लिखा। संत कवियों में प्रायः सभी ने अवधी, भोजपुरी में लिखा है। इस शताब्दी के लोगों में भिखारी ठाकुर हुए। उनके नाटको में प्रवासी का दर्द है—उन्होंने भोजपुरी में विदेसिया नाटक, विदेसिया गीत लिखे। इनकी विदेसिया धुन पर अवधी में भी विदेसिया गीत लिखे गए, जिनमें से कुछ तो अब लोकगीत के नाम से ही प्रचलित हो गए हैं। विश्राम के विरहे भी बहुत प्रचलित हुए। एक उदाहरण है—

नदिया किनारे एक ठो चिता धुँधुवाले, धुँववा उड़ि-उड़ि अकसवा म जाए।
वहीं तो बइठल एक ठू मनई दुखारी, ना जाने पुरुख जरै कि जरैले नारी
ऐसने चिता एक दिन हमहूँ सजवली, फूँकि देहली जियरा कै अरमान।।

एक अन्य विरहा है—

रहरी के पात हिले, बजरा कै चोटी, उखिया जे खहराले मोटिय मोटी।।

श्री राहुल सांकृत्यायनजी ने विश्राम के विरहे संपादित करके छपवाए थे। श्री सांकृत्यायन द्वारा लिखित भोजपुरी नाटक और कहानियाँ भी बहुत लोकप्रिय और प्रसिद्ध है।

बनारस के तेग अली ने 'बदमास दर्पण' लिखा, जिसमें प्रिया से प्रेमी कहता है—

हम तौ खरमिटाव करीला रहिला चबाय के
भेंवल धरल बा दूध मा खाजा तोरे बदे।
छूरी और तरवारि तौ चलावेलें टुकडिहा
हम तौ धरले हई नैजा तोरे बदे।।

स्वाधीनता आंदोलन के कवियों में रघुवीर नारायण सिंह और मनोरंजन प्रसाद सिंह के नाम उल्लेखनीय हैं। श्री रघुवीर नारायण सिंह का एक विदेसिया बहुत प्रसिद्ध हुआ, जो भारत भूमि की प्रशंसा में लिखा गया है।

"कहँवा मिली यस देस रे विदेसिया।"

श्री हरीखन मिसिर ने भी भोजपुरी में अनेक व्यंग्य रचनाएँ लिखी हैं—श्री चंद्रशेखर मिश्र ने सन् 57 के गदर के क्रांतिकारी श्री कुँवर सिंह पर काव्य लिखा।

माहेश्वर तिवारी, हरीराम द्विवेदी, सुंदर कवि, मोती बी. ए., रामविचार पांडेय, कैलाश गौतम आदि नाम भी भोजपुरी के आधुनिक कवियों में उल्लेखनीय हैं।

गोरखपुर के विद्युत चंचरीक अपनी कविता का संग्रह छपवाकर खुद बेचा करते थे, दो-दो पैसे में। वे बहुत अच्छा गाते भी थे। बेचते समय उन कविताओं को गाते और कहते थे कि—

दो पैसा की किताब भुला तीन कौड़ी की विद्युतवा के कविता।
ई त हम हई कि गाइ कै बेचि देत हई।

ऐसा कहकर और गाकर एक हजार प्रतियों के संस्करण बेच डालते थे। मैले-कुचैले कपड़े पहने रहते थे। बहुत कम लोग ही जानते थे कि यही विद्युतजी हैं।

एक नाम है श्री मुक्तेश्वर तिवारीजी का, जो 'चतुरी चाचा' के नाम से लिखते थे। वे 'आज' समाचार पत्र में गाँव की चिट्ठियाँ नामक स्तंभ में लिखते थे। उनका गद्य बहुत रोचक होता था।

श्री स्वामी नाथ सिंह 'भोजपुरी' नाम से पत्रिका निकालते थे। ये भोजपुरी में कहानियाँ बहुत अच्छी लिखते थे। बिहार के थे श्री हवलदार त्रिपाठी 'सहृदय'। ये भोजपुरी अकादमी

के सचिव थे और उन्होंने भोजपुरी के लिए बहुत कार्य किया।

भोजपुरी के अच्छे नाटककार थे रामेश्वर सिंहजी, जो 'लोहा सिंह' नामक पात्र के माध्यम से व्यंग्य लिखते थे। 'लोहा सिंह' मिलिट्री का रिटायर्ड जवान है, वह अपनी पत्नी से कहता है—

"खदेरन की माई तू लोहा सिंह की बात नहीं मानता, हम तुम्हारा नस ढीली कर देगा।"

उनका एक दूसरा पात्र है 'पाठकजी', जो 'फाटकजी' के नाम से पुकारा जाता है। वह लोहा सिंह से कहता था—"हाँ जजमान, तुहार बात बहुत चौचक बा"। इस पर उनकी पत्नी बिगड़ती हैं। "ई और आइ गइले" गाँव की स्थिति और लोहा सिंह की मूर्खता का बड़ा ही मनोरंजक व्यंग्य प्रस्तुत करते हैं वे।

बुलाकी दास के घाँटों प्रसिद्ध हैं। चैती में जब निर्गुण गाया जाता है तो वह घाटों हो जाता है, जैसे—

मानिक मोरा हेराने हो राम जमुन जलवाँ।
वही रे जमुनवा की चीकन मटिया गिर्‌यो बिछलाई हो रामा जमुन जलवाँ।
वहि रे जमुनवाँ के ऊँच कररवा देखत डरि लागै हो रामा जमुन जलवाँ।

भोजपुरी के रचनाधर्मी विद्वानों में श्री मदनमोहन सिन्हा 'मनुज' श्रीमती राजेश्वरी शांडिल्य, श्री अरुणेश नीरन, श्री अर्जुन तिवारी आदि के नाम उल्लेखनीय है।

भोजपुरी अवधी का जनपदीय क्षेत्र जनसंख्या की दृष्टि से बहुत विशाल है। इसके रचनाकार व गायक भारत से बाहर भी हैं। वे फिजी, सूरीनाम, मॉरीशस, त्रिनिडाड, मयामी, हॉलैंड, कनाडा आदि में फैले हैं। इस प्रकार इसमें विश्वव्यापी वेदना का स्वर है। इसके वर्ण्य विषयों में प्रवासी की पीड़ा सबसे अधिक मार्मिक है। चाहे कन्या की शादी मौरंग देश में हो या पति नौकरी के लिए विदेश जाए, सभी की पीड़ा इनमें मुखरित हुई है। इसी के साथ भूमि के प्रति अनुराग और समझदारी से भरा व्यंग्य अवधी-भोजपुरी की विशेषता है।

भोजपुरी क्षेत्र ने हिंदी के मूर्धन्य साहित्यकार दिए हैं। डॉ. हजारी प्रसाद द्विवेदी, श्री परशुराम चतुर्वेदी, डॉ. विद्यानिवास मिश्र, श्री विवेकी राय एवं डॉ. भोलानाथ तिवारी आदि इसी क्षेत्र की देन हैं। इन्होंने भोजपुरी में ही लिखना शुरू किया। श्री विवेकी राय ने कई कहानियाँ, निबंध भोजपुरी में लिखे हैं। डॉ. उदयनारायण तिवारी, डॉ. कृष्णदेव उपाध्याय ने भोजपुरी साहित्य की आलोचना प्रस्तुत की।

आज भोजपुरी और अवधी के लिए समर्पित अध्यताओं, लेखकों, कोशकारों की लम्बी सूची है जो शोध अध्ययन का विषय है। अवधी ,भोजपुरी का अतीत गरिमामय है। इसका भविष्य भी उज्ज्वल है। इसका कारण इनकी सहजता और इनकी ऊर्जा है।

□

3

लोक-वार्त्ता के विविध आयाम

लोक-वार्त्ता के आयामों को समझने के लिए यह समझना आवश्यक है कि वह लोक की अभिव्यक्ति है। यह हर उस व्यक्ति के सुख-दुख की अभिव्यक्ति है जिसे आम आदमी कहते हैं। पर यह आम आदमी कितना खास है, कितना विशिष्ट है, यह उसके व्यक्तित्व को जानने से पता चलता है। यह व्यक्तित्व उसके आचरण-व्यवहार के साथ ही उसकी लोक-साहित्य के रूप में की गई अभिव्यक्ति से जाना जा सकता है।

लोक शब्द जिस धातु से बना है उसी से आलोक और लोचन भी बने हैं, जिसका भाव प्रकाश और देखने से जुड़ा है, इसीलिए लोक देखता भी है और दिखाता भी है। अवधी में 'लौकत' शब्द देखने के अर्थ में प्रयुक्त होता है। लोक जीवन जीने की कला सिखाता है, आचरण का पाठ पढ़ाता है और अपने स्व का विस्तार पूरी सृष्टि में करने की प्रेरणा भी देता है।

लोक-साहित्य केवल लोक की ही बात नहीं करता, वह लोकोत्तर को भी व्यक्त करता है। वह समष्टि की चिंता करता है, इसकी जड़ें बहुत गहरी हैं, यह नीति, धर्म, आस्था और लोक सबकी पहचान कराता है।

लोक-साहित्य में संघीय संस्कृति है। हर लोकभाषा की अपनी स्वायत्तता है, अपनी अलग-अलग धाराएँ हैं। पर ये धाराएँ मुख्य धारा से जुड़ती भी हैं और जोड़ती भी हैं। भारतीय लोक-साहित्य की मनीषा में संस्कृति के मूलाधार जीवन मूल्य सुरक्षित हैं।

उस संस्कृति के जीवन मूल्य जो अपने सुखों को त्यागकर भी सबके सुख की चिंता करती है। पूरी सृष्टि से भी जुड़ाव का भाव देती है, जो संकीर्णता से हमें बचाती है और बड़ा मन देती है। यह शैशवावस्था से ही संस्कार प्रारंभ करती है, जिससे कि मानव स्वयं को पूरी सृष्टि का एक अंश समझने का भाव पाता है।

लोक-साहित्य में शब्दों की पैनी धार भी है और लालित्य भी। ये लोक के शब्द विशिष्ट अर्थ छटाएँ, रंगतें, रखते हैं।

शब्द ही ब्रह्म तक पहुँचाने का मार्ग बताते हैं। भारत की हर भाषा में अपनी भारतीय संस्कृति के प्रति गौरव का बोध है, जगानेवाला साहित्य है। अपनी लोकभाषाओं की ओर लौटना परंपरा के सद्‌गुणों की ओर लौटना है।

वाचिक साहित्य में प्रकृति की छटा है, समाज की दुरावस्था का चित्र है, प्रेम, भक्ति राष्ट्र प्रेम, मानवता सभी का गुंफन है, जो वाचिक कविता को एक सार्थक स्वरूप देती है। इसमें समकालीन चिंताएँ हैं, समाज के हित के लिए एक बेचैनी है, और अपनी बेचैनी को अभिव्यक्त करने की स्वतंत्रता भी है। श्रद्धा और विश्वास से भरा सकारात्मक भाव है, साथ ही जन-मन की लाचारी का सहज चित्र है, पर उस लाचारी से हार न मानने की सहनशक्ति भी है।

समय की पहचान उसके सदुपयोग और श्रम के महत्त्व को उजागर करने की शक्ति भी है। लोक-साहित्य में अपने राष्ट्र के प्रति दायित्व बोध भी गहरा है। इसका प्रमाण है सन् 1857 से सन् 1947 के स्वतंत्रता आंदोलन में लोक-साहित्य का मुखर तेजस्वी स्वर।

लोक-साहित्य हर अन्याय के विरुद्ध खड़ा होता है। हर सत्ता को चुनौती दे सकता है, कटघरे में खड़ा कर सकता है। उसकी दृष्टि में स्वतंत्रता सीमित अर्थ नहीं रखती।

लोक साहित्य और कलाओं के माध्यम से स्वतंत्रता की चेतना बराबर व्यक्त होती रही है। वह किसी को भी बंधन में देखकर न केवल करुण होता है वरन् आक्रोश का स्वर भी देता है। एक विवाह गीत के माध्यम से यह भाव स्पष्ट करना चाहूँगी—

इस गीत में कन्या को कोयल और वर को शिकारी के रूपक में बाँधकर बात कही गई है। यह कन्या और कोयल दोनों की विवशता की सहज करुणा को अभिव्यक्त करता है—

डाल-डाल पर शिकारी लासा लगा रहा है, पत्तेपत्ते में कोयल छिप रही है। शिकारी का बेटा ऐसा उदवासी (बसेरा उजाड़नेवाला) है। किस वृंदावन में जाऊँ?

उसी तरह एक और गीत है जिसमें तोते के माध्यम से बात कही गई है—

वही रे वृंदावन की बगियाँ त सुगनी अनेरे बोले
आज मोरा पिंजरा बोझल जइहैं, वृंदावन सून होइहैं।

(उस वृंदावन की बाग में तोती अनायास बोल उठी। आज मेरा पिंजरा भरा हुआ जाएगा, वृंदावन सूना हो जाएगा। उस गाँव की गलियों में बेटी अनायास बोल उठी। आज मेरा डोला (पालकी) भरा हुआ जाएगा, माँ की गोद सूनी हो जाएगी।)

लोकगीतों में सत्ता के विरुद्ध नकार के स्वर भी बड़ी विनम्रता के साथ फूटे हैं। वह किसी की भी पराधीनता के विरुद्ध स्वर उठाता है। एक गीत का भाव है—रानी रुक्मिणी गंगा-जमुना के बीच झूला झूल रही हैं। उनका हार टूटकर जमुना जल में गिर जाता है। वह चकई को आदेश देती हैं कि मेरा हार ढूँढ़कर ले आओ, पर वह अपने चकवे के विरह में व्याकुल थी। वह उत्तर देती है—

"रानी आग लगे आपके हार को और बज्र पड़े मोतियों पर। मेरा तो चकवा ही साँझ

से बिछड़ गया है, उसे खोज नहीं पा रही हूँ, आपको अपने हार की पड़ी है।''

आज की बहुत बड़ी समस्या दहेज प्रथा है। इसके संबंध में जो गीत मिलते हैं उसमें इस कुप्रथा के कारण कन्या और उसकी माँ की दुरावस्था के करुण और सजीव चित्र हैं। दूसरी ओर कन्या स्वयं समाधान प्रस्तुत करती है।

एक गीत में माँ कहती है कि बेटी, जिस दिन तुम्हारा जन्म हुआ उस दिन मेरे लिए अँधेरी रात थी। सास, ननद ने दीपक तक नहीं जलाया और मेरे पति प्रभु भी रूठ गए। बेटी, यदि मैं जानती कि कन्या कोख में है तो मैं मिर्च पीसकर पी लेती, जिसकी झार से कन्या मर जाती और मेरे जी का जंजाल छूट जाता। बेटी के होने पर मुझे भोजन नही मिला, बेटे के होने पर मेवा पीसकर पिलाया गया।

किंतु बेटी, जिस दिन तुम्हारा विवाह हुआ उस दिन सोने की रात हो गई, सास-ननद आरती उतार रही थीं और मेरे पति कन्यादान कर रहे थे।

माँ ने हाथ जोड़कर सूर्य से विनती की कि दस-पाँच बेटियाँ और हो। समधी और दामाद दरवाजे पर उतरे, धन्य भाग्य मेरे।

इसी प्रकार वर खोजने में परेशान पिता को बेटी अपने लिए वर बताती है। पिता कहते हैं कि वे वर तो हाथी-घोड़ा और पचास मोहरें तथा नौ लाख का दहेज माँग रहे हैं, जो देने की मेरी सामर्थ्य नहीं है।

कन्या पिता से कहती है कि आप अपनी संपत्ति देखकर दहेज दें, वर को देखकर कन्यादान करें, मेरे लिए हलवाहा वर ढूँढ़े, जो श्रम का पसीना बहाकर हँसता-विहँसता हो। उसके घर में मैं एक वस्तु के रूप में नहीं बल्कि उसकी सहधर्मिणी के रूप में आदर पाऊँगी।

इसी प्रकार पर्यावरण चेतना को लेकर भी लोकगीत, लोककथाएँ और लोक विश्वास हैं, जिसमें प्रकृति हमसे भिन्न नहीं है, अत्यंत आत्मीय है। उसमें सबकी चिंता है, सबके प्रति करुणा है।

कन्या अपने पिता से कहती है कि बाबा! नीम का पेड़ मत काटना, नीम पर चिड़ियों का बसेरा है। बाबा! बेटियों को दुख मत देना, बेटियाँ चिड़ियों की तरह हैं, दाना चुगकर उड़ जायेंगी।

धान की पौध की तरह बेटियाँ एक जगह से उखाड़कर दूसरी जगह रोप दी जायेंगी। बेटियाँ आँगन की तुलसी हैं।

सभी समसामयिक समस्याओं को लोक साहित्य ने बराबर उठाया है और उन पर सहज ढंग से समाधानात्मक टिप्पणी भी दी है।

लोक साहित्य के विविध आयामों को समझने के लिए लोकचेतना को समझना आवश्यक है। लोकचेतना सामुदायिकता, सामूहिकता की भावना जगाती है। उससे जुड़ने के लिए प्रेरित भी करती है।

लोक साहित्य में केवल मानवाधिकार की ही नहीं संपूर्ण सृष्टि के अधिकारों की बात की गई है। वह किसी को भी अधिकार से वंचित होने पर आक्रोश व्यक्त करता है। पुत्र और पुत्री दोनों को संपत्ति का समान अधिकार है, इस बात को कन्या के मुख से ही विवाह गीतों में कहलवाया गया है। वह कहती है कि बाबा! जो कुछ भी आपने कमाया उनमें आधा मेरा है—

'जे कछु विर्‌हया ए बाबा! से कछु आधा हमार।'

नारी अधिकारों को लेकर आज बहुत कुछ लिखा जा रहा है। लोकगीतों की नारी मुखर होकर पति से कहती है—

तब मैं खोलौं राजा बजर केवरिया,
हमरे बपैया से न लेबा दहेज हो।
तोहरे बपैया से न लेबै दहेज हो,
हमरी मैया से जिनि किहिव जवाब हो।

(मैं अपने कक्ष का द्वार तुम्हारे लिए तभी खोलूँगी जब यह वचन दोगे कि मेरे पिता से दहेज नहीं लोगे। पति उत्तर देता है मैं तुम्हारे पिता से दहेज नहीं लूँगा, लेकिन तुम भी वचन दो कि मेरी माँ का आदर करोगी और उनके सम्मान के विरुद्ध कोई जवाब नहीं दोगी।)

एक पति स्वयं परस्त्री में अनुरक्त है, किंतु अपनी पत्नी से शपथ लेना चाहता है कि तुम अपने सत् की रक्षा करना। पत्नी का तेजस्वी स्वर उत्तर देता है—

रानी ऊँचे-ही-ऊँचे जाना, नीचे पग न रखना, पराये पुरुष का मुख न देखना, मेरी पगड़ी की लाज रखना। राजा! नीचे-ही-नीचे जाऊँगी, ऊँचे पग नहीं दूँगी (क्योंकि मैं धरती पर हूँ, आकाश का सपना नहीं देखती)। पराये पुरुष मेरे भाई-भतीजे हैं, कब तक आपकी राह देखूँ?

लोक वार्त्ता के विविध रूप

(क) लोक साहित्य (ख) लोक कलाएँ (ग) लोक विश्वास

(क) लोकसाहित्य— लोक साहित्य के विविध प्रकार हैं जिन्हें मोटे तौर पर इस प्रकार वर्गीकरण किया जा सकता है—

लोक गीत, लोक कथाएँ, लोक नाट्य एवं लोक नृत्य, लोक गाथाएँ, लोक सुभाषित, लोकोक्तियाँ, लोक मुहावरे, लोक पहेलियाँ, लोक में पत्र लेखन की शैली आदि।

उसमें से प्रत्येक वर्गीकरण के विविध विभेद हैं।

लोकगीतों के विविध प्रकार— संस्कार (जन्म से लेकर मृत्यु तक के) संबंधी गीत, ऋतु पर्व संबंधी गीत, विभिन्न जातियों के गीत, श्रम गीत, व्रत पर्व त्योहारों, अनुष्ठानों के गीत, भक्ति गीत, मेले के गीत, लोरी और पालने के गीत, गारी गीत, प्रणय संबंधी गीत आदि अनेक विभेद हैं।

लोक कथाओं के विविध प्रकार-व्रत—पर्व त्योहारों की कथाएँ, देवी देवताओं से संबंधित कथाएँ, भूत-पिशाच-दानवों की कथाएँ, परियों की कथाएँ, चतुराई तथा मूर्खता की कथाएँ, हास्य कथाएँ, बाल किशोरों की कथाएँ, नीति कथाएँ, प्रेम कथाएँ, पशु-पक्षियों की कथाएँ, वनस्पतियों की कथाएँ, पौराणिकि कथानकों से प्रभावित कथाएँ आदि।

लोक नाट्य एवं लोक नृत्य—इसके भी विविध प्रकार हैं, जैसे—रामलीला, रासलीला, नौटंकी, नकटौरा, करिंगा, कथिक, धोबिया, अहिरऊ, चमरौआ नाच, स्वाँग, तमाशा आदि।

लोक गाथाएँ (फोक बैलेड्स)— ये गाथा गीत हैं जिन्हें महाकाव्य या खंडकाव्य की श्रेणी में रखा जा सकता है। इनमें चरित नायकों की जीवन गाथाएँ हैं, उनकी वीरता के जयघोष हैं। इनमें महान विभूतियों के जीवन की कहानी अत्यंत सहज रूप से व्यक्त हुई है। कुछ में केवल गीतों में कथा चलती है, कुछ में कथा कहते-कहते बीच में गीत गाए जाते हैं।

लोक सुभाषित—इसमें अनुभव से जुड़े कथन होते हैं, नीति संबंधित वचन होते हैं, धर्म और शास्त्र के आधार पर दिए गए निष्कर्ष होते हैं।

लोकोक्तियाँ और लोक मुहावरे—इनमें जीवन के अनुभव पथ-प्रदर्शक की भूमिका में खड़े होते हैं।

लोक पहेलियाँ—ये प्राकृतिक परिवेश और सामाजिक परिवेश से जुड़ी सामान्य ज्ञान की परीक्षा के लिए प्रश्न के रूप में प्रचलित होती हैं।

लोक की पत्रलेखन शैली—लोक की पत्रलेखन शैली में काव्यगत सौंदर्य है। दोहे, चौपाई, कवित्त, सवैया तथा अन्य छंदों में पत्र लिखे जाते रहे हैं। कुछ उदाहरण प्रस्तुत हैं—

पत्र बाँचते समय, सभा मध्य जो होय।
सब कहँ प्रनाम कहि दीजिए, जो जस लायक होय।।

* * *

रवि के कमल अनेक हैं, कमलन के रवि एक।
हम सन तुम्हरे बहुत हैं, तुम सन हमरे एक।।

* * *

सागर माँ जब कुदि पड़े तब बुड़े-बुड़े चिल्लाना क्या।
कड़ी धूप माँ निसरि परे तो फिर पाछे पछिताना क्या।।

* * *

खत लिखा है खून से, स्याही न समझना।
मरते हैं तुम्हारी याद में, जिंदा न समझना।।

इसी प्रकार 'अत्र कुशलं तत्रास्तु' से प्रारंभ करके 'थोड़ा लिखना बहुत समझना' लिखकर पत्र पूरा होता था।

लोक कलाएँ—लोक कलाओं का फलक भी बहुत विस्तृत है इनके भी विविध प्रकार हैं—संस्कार संबंधी, व्रत-पर्व-त्योहार संबंधी, साज-सज्जा, टोना-टोटका, तंत्र-मंत्र संबंधी तथा उपयोगी कलाएँ (मौनी, डलिया, पंखी, बेनिया आदि बनाना) आदि।

लोक विश्वास—प्रकृति ओर जीवन व्यवहार से संबंधित जीवन के अनुभवों पर आधारित कुछ लोक विश्वास ऐसे हैं जो धर्म, नीति, विज्ञान और सामाजिक व्यवहार की कसौटी पर खरे उतरते हैं इनके भी विविध स्वरूप हैं। जैसे यात्रा संबंधी, पवित्रता संबंधी, अनुष्ठानों संबंधी आदि। इन सबके बारे में बहुत विस्तार से अध्ययन किए जाने की आवश्यकता है।

लोक साहित्य के रस में डूबकर जो लोक चेतना मिलती है उससे मनुष्य समूह की भावना से जुड़ता है। उसका व्यक्तित्व समष्टि के लिए अर्पित होना सीखता है। लोक साहित्य के माध्यम से शास्त्र का ज्ञान सहज रूप में प्राप्त हो जाता हैं, ऋषियों के उपदेश लोक व्यवहार में संचरित होते हैं। लोक की वर्जनाएँ दुष्कर्म और पतन से मनुष्य को बचाती हैं और उसमें उदात्त भावों का विकास करती हैं। इसलिए केवल अंधविश्वास कहकर टालने या परंपरा को पिछड़ेपन का प्रतीक मानने वालों को उसके भीतर के निहितार्थ को समझने की जरूरत है। इसे समझने के लिए स्वविवेक की आवश्यकता है और यह विवेक देने में लोक चेतना सक्षम है। लोक विश्वासों में जन का अनुभव से प्राप्त ज्ञान प्रकट हुआ है जो विज्ञान की दृष्टि से भी सच साबित हो रहा है।

लोक साहित्य के आयामों को समझने के लिए लोक की दृष्टि चाहिए। लोकचेतना का स्वरूप लोक की जीवन शैली, भाषा, साहित्य, संगीत, कला और संस्कारों से परिलक्षित होता है। इसमें आदिम मनोभावनाओं, परंपराओं को संरक्षित करके उसका संवहन और भावी पीढ़ियों को हस्तांतरित करने का संकल्प होता है। टूटते बिखरते समाज को जोड़ने का प्रयास करती है लोक चेतना।

हम अपनी परंपराओं को केवल अंधविश्वास कहकर नहीं नकार सकते, उसे आधुनिकता की कसौटी पर कसकर उसकी उपादेयता, अनुपादेयता पर अपने विवेक से विचार कर निर्णय लेने की आवश्यकता है।

□

4

कविता की वाचिक-परंपरा का इतिहास

लोक साहित्य की भावधारा श्रुति परंपरा के सहारे अगणित मोड़ लेती हुई आज भी अपने प्राचीन रूप में प्रवाहित है। इसका लिखित साहित्य पहले नहीं उपलब्ध था, ग्रामीण जनता की यह निधि अत्यंत ही भावपूर्ण है और यह प्रकीर्ण साहित्य अत्यधिक विस्तृत है। उसमें कृत्रिमता का अभाव है, अनुभूतियों का सहज स्पंदन है। लोकगीतों की मानसी गंगा की समता बंधनयुक्त शास्त्रीय राग-रागिनियाँ नहीं कर सकती हैं।

लोक साहित्य मानव जाति की वह धरोहर है जो पीढ़ी-दर-पीढ़ी हस्तांतरित होती हुई निरंतर परिवर्तमान और परिवर्द्धमान होती हुई अक्षुण्ण बनी रहती है। लोक-साहित्य का रूपाकार अवश्य किसी देश या जाति की भौगोलिक सीमा में आबद्ध रहता है। पर उसकी आत्मा सार्वभौम और शाश्वत है, उसकी स्थिति व परिस्थिति, आशा-निराशा, कुंठा और विवशताएँ एक सी हैं।

लोक साहित्य की छाप जिसके मन पर एक बार लग गई फिर कभी मिटाए नहीं मिटती। सच तो यह है कि लोक-मानस की सौंदर्यप्रियता कहीं स्मृति की करुणा बन गई है। तो कहीं आशा की उमंग या फिर कहीं स्नेह की पवित्र ज्वाला। भाषा कितनी भी अलग हो मानव की आवाज तो वही है।

श्री देवेंद्र सत्यार्थी द्वारा लिखित भूमिका, पृष्ठ 11 (मोहनलाल बाबुलकर-गढ़वाली लोक साहित्य का विवेचनात्मक अध्ययन)

'लोक साहित्य' शब्द दो शब्दों लोक तथा साहित्य के योग से बना है। लोक शब्द अत्यंत प्राचीन काल से ही प्रचलित है। 'लोक' शब्द संस्कृत के लोक-दर्शने

धातु से 'घञ्' प्रत्यय करने पर निष्पन्न हुआ है।

(सिद्धांत कौमुदी, पृष्ठ 417, वेंकटेश्वर प्रेस बंबई, हिंदी साहित्य का वृहत् इतिहास, षोडश भाग, पृष्ठ 1 से उद्‌धृत)

इस धातु का अर्थ है 'देखना'। इसका लट् लकार में अन्य पुरुष एकवचन का रूप 'लोकते' होता है। लोक शब्द का अर्थ इस प्रकार 'देखनेवाला' है। ऋग्वेद में कई स्थानों पर 'लोक' शब्द का व्यवहार जीव तथा स्थान के अर्थ में प्रयुक्त हुआ है।

(ऋग्वेद 3/53/14)

महर्षि पाणिनि ने अपनी अष्टाध्यायी में 'लोक' तथा 'सर्वलोक' शब्दों में 'ठञ्' प्रत्यय करने पर लौकिक तथा सार्वलौकिक शब्दों की निष्पत्ति होने का उल्लेख किया है।

(लोक सर्वलोक 5/1/44)

ऋग्वेद में 'देहिलोकम्' का प्रयोग हुआ है। यहाँ लोकम् का अर्थ है 'स्थान'। वेदों में लोक दो प्रकार के 'पार्थिव' और 'दिव्य' बताए गए हैं, किंतु 'ब्राह्मण ग्रंथ, बृहदारण्यक उपनिषद्' एवं 'वाजसनेयी संहिता' आदि में लोक का ऐसा कोई भेद प्रदर्शित नहीं किया गया है।

बौद्ध धर्म के प्रचार में अशोक के शिलालेखों में लोक कल्याण के आदेश हैं। प्राकृत और अपभ्रंश में 'लोकजना' और 'लोकप्पवाय' शब्द लोक के नियमों का महत्त्व प्रकट करने के लिए प्रयुक्त है। आधुनिक युग में लोक शब्द साधारण जन-समाज के लिए प्रयुक्त किया जाता है, जिसमें ग्रामीण और नागरिक दोनों संस्कृतियाँ समन्वित हैं।

'लोक-शब्द' का अर्थ 'जनपद' या 'ग्राम्य' नहीं है, बल्कि नगरों और ग्रामों में फैली हुई वह समूची जनता है जिनके व्यावहारिक ज्ञान का आधार पोथियाँ नहीं हैं।

—(डॉ. हजारी प्रसाद द्विवेदी, जनपद, वर्ष एक, अंक एक, पृष्ठ 65)।

अत: लोक के साहित्य को लोक साहित्य की संज्ञा से अभिहित किया जाता है। लोक शब्द का अर्थ व्यापकता से है। इससे व्यापक क्षेत्र के साहित्य की विशालता का भान हो जाता है। लोक साहित्य लोक-संस्कृति की देन है। किसी भी देश का जन-समाज लोक की जीवन शक्ति है।

लोक-संस्कृति और लोक साहित्य—'लोक-संस्कृति' शब्द को 'फोक्लोर' एवं लोक साहित्य को 'फोक लिटरेचर' आँग्ल भाषा में कहा जाता है।

लोकवार्ता और फोकलोर को पर्यायवाची कहा जाता है। परंतु 'लोकवार्ता' शब्द अधिक व्यापक अर्थ में प्रयुक्त होता है। 'लोर' शब्द एंग्लो सेक्शन एल.ए.आर. से निकला है, जिसका अर्थ है 'जो सीखा जाए'। अतः फोकलोर का अर्थ अशिक्षित लोगों का ज्ञान माना जा सकता है। पश्चिमी विद्वान् दो वर्ग मानते हैं—उच्च और निम्न। दोनों वर्ग परस्पर आचार-विचार, रहन-सहन का प्रभाव ग्रहण करते हैं। सोफिया वर्न फोकलोर के विषय की तीन श्रेणी मानते हैं— 1. लोक-विश्वास और अंध-परंपराएँ; 2. रीति-रिवाज एवं 3. साहित्य।

सोफिया वर्न-ए हैंडबुक ऑफ फोकलोर (डॉ. सत्येंद्र, ब्रजलोक साहित्य का अध्ययन, पृष्ठ 4,5)

लोक साहित्य लोक-संस्कृति का एक महत्त्वपूर्ण अंग होने के कारण अभिन्न है। आदिकाल से ही संस्कृति की दो पृथक धाराएँ प्रवाहित दिखाई देती हैं। एक धारा विशिष्ट संस्कृति की, दूसरी, लोक संस्कृति की। विशिष्ट संस्कृति बौद्धिक दृष्टि से विकसित आभिजात्य वर्ग की संस्कृति को कहा जाता है, जो समाज का दिशा निर्देशन करते हैं। इस संस्कृति का आधार वेद-शास्त्र होते हैं। इसके विपरीत जनसाधारण, लोक में प्रचलित व्यवहार, रीति-रिवाज और मान्यताओं से प्रेरणा और दिशा ग्रहण करता है। यहाँ बुद्धि से अधिक भावना को प्रश्रय मिलता है।

उपनिषदों और गृह्यसूत्रों के अध्ययन से यह पार्थक्य स्पष्ट दृष्टिगोचर होता है। उपनिषद् आभिजात्य संस्कृति के ग्रंथ है। उनमें आत्मा-परमात्मा, जीव-जगत् आदि का विवेचन हुआ है। गृह्यसूत्रों में लोक-जीवन, लोक-विश्वास तथा लोक-परंपराओं का उल्लेख हुआ है। उन्हें लोक-संस्कृति का अध्ययन कहा जा सकता है।

लोक-संस्कृति विशिष्ट संस्कृति की सहायक होती है। किसी के धार्मिक विश्वासों, अनुष्ठानों तथा क्रिया-कलापों के पूर्ण परिचय के लिए दोनों संस्कृतियों में परस्पर सहयोग अपेक्षित रहता है। इस दृष्टि से अथर्ववेद ऋग्वेद का पूरक है। ये दोनों संहिताएँ दो विभिन्न संस्कृतियों के स्वरूप की परिचायिकाएँ हैं। अथर्ववेद लोक-संस्कृति का परिचायक है तो ऋग्वेद शास्त्र सम्मत संस्कृति का। अथर्ववेद के विचारों का धरातल सामान्य जन-जीवन है तो ऋग्वेद का विशिष्ट जन-जीवन।

(डॉ. बलदेव उपाध्याय, समाज (काशी विद्यापीठ), वर्ष 4, अंक 3 (1958)

लोक साहित्य की प्राचीनता—प्रत्येक देश, जाति का अपना विशिष्ट लोक साहित्य होता है। संस्कृति और सभ्यता की विभिन्नता के कारण लोक साहित्य के

कलेवर में भिन्नता भले हो पर उनकी भावधाराएँ समान हैं। भारतवर्ष को लोक साहित्य की दृष्टि से सबसे समृद्ध होने का गौरव प्राप्त है। यहाँ की लोक उत्पत्ति और विकास का वर्णन ऋग्वेद के अनेक मंत्रों में 'गाथा' (ऋग्वेद 1/167/6, 8/32/1, 9/11/4, 8/71/14, 8, 98, 99) तथा 'गाथिन' (ऋग्वेद 1/7/1, 1/190/1) (गाथा के गायक), 'गाथवश्रस' (ऋग्वेद 9/99/4) आदि शब्द प्रयुक्त हुए है, जिसका अर्थ है पद्य या गीत। गाथा शब्दों का प्रयोग जिस विशिष्ट साहित्य के लिए हुआ है वह विशिष्ट साहित्य है लोक साहित्य। ब्राह्मण ग्रंथों में गाथाओं को वेद मंत्रों से भिन्न मानने के संकेत मिलते हैं। वैदिक 'ऋचाएँ दैवी होती थी और गाथाएँ मानव निर्मित।' निरुक्ति 4/6 परदुर्गवत्ति।

इसीलिए गाथाओं का प्रयोग मंत्र रूप में नहीं होता था।

कुछ गाथाएँ नारशंसी (प्रशंसापरक) थीं और कुछ रेमी (स्तुतिपरक)। (ऋग्वेद 10/85/6) यज्ञ में जिन गाथाओं को गाया जाता था उन्हें यज्ञ गाथा या श्लोक कहा गया है।

ब्राह्मण ग्रंथों में वैदिक गाथाओं का उल्लेख है, जो लोकगीतों की भाँति गाई जाती थीं। वाल्मीकीय 'रामायण' तथा व्यास के 'महाभारत' में भी लोक साहित्य की सामग्री उपलब्ध है। राम-कृष्ण के जन्म, राजसूय यज्ञ, विवाह आदि अवसरों पर परंपरा से प्राप्त गाथाओं के गाने का वर्णन है। स्वयं श्री कृष्ण भगवान् ने गीता में वेद से पृथक् लोक की सत्ता को स्वीकार किया है—

"अतोऽस्मि लोके वेदे च प्रथितः पुरुषोत्तमः।"

(श्रीमद्भगवत्गीता 15/18)

महाकवि कालिदास ने धान के खेत की रखवाली करनेवाली स्त्रियों द्वारा ईख की छाया में बैठकर लोकगीतों के गाने का उल्लेख किया है।

(रघुवंश, सर्ग-4)

अभिज्ञान शाकुंतलम् में कई गीतियाँ नाटक में विशेष प्रभाव उत्पन्न करने के लिए लिखी गई हैं। पारसी धर्मग्रंथ अवेस्ता में प्राप्त गाथाओं को ग्रंथ के शेष भाग से अधिक प्राचीन माना जाता है। इनमें पारसी धर्म के मूल सिद्धांतों का वर्णन है। गौतम बुद्ध के उपदेशों को परंपरित लोककथाओं से बुद्ध के पूर्वजन्म को संबद्ध करके पालि भाषा की गाथाओं को व्यक्त किया गया है। प्राकृत भाषा में भी बहुत लोकगीत उपलब्ध होते हैं। राजा हाल ने 'गाथा सप्तशती' में चुनी हुई सात सौ गाथाओं को

संगृहीत किया है। गीति काव्य की सरसता के अतीव सुंदर उदाहरण इनमें मिलते हैं—

अज्जं गओत्ति, अज्जं गओत्ति, अज्जं गओत्ति गणरीए।

पढ़मव्विअ दिअहद्दे, कुड्डो रेहाहिं चित्तलिओ।''

—अमरुक गाथा सप्तशती, 33/8

''अर्थात्, विरहिणी अपने पति के जाने का दिन गिन रही है। दिन के आधे भाग में ही यह कह-कहकर कि मेरा पति आज गया है, आज गया है, दीवाल पर अनेकों रेखाएँ खींच डाली हैं।''

राजा जनमेजय, जिन्होंने अश्वमेद्य यज्ञ किया था, उनकी प्रशंसा में 'ऐतरेय ब्राह्मण' में एक छंद मिलता है, जो लोक गीत की भावना से युक्त है। (ऐतरेय ब्राह्मण—8/4) इसी प्रकार भरत की प्रशंसा की गई है। विवाह के अवसर पर गीत गाने की विधि का उल्लेख 'मैत्रेयिणी संहिता' में भी मिलता है। (ऐतरेय ब्राह्मण-10/3)

ऋग्वेद के कई सूक्त लोकगीतों की भाँति हैं। इसी प्रकार आश्वलायन गृह्यसूत्रों और पारस्कर गृह्यसूत्रों में भी लोकगीतों की परंपरा का वर्णन उपलब्ध होता है। एक ओर संस्कृत भाषा में धार्मिक भावना संबंधी स्तोत्रों की रचना हो रही थी, दूसरी ओर लोक-मानस में लोक के विश्वास, मान्यताओं और भावनाओं पर आधारित लोकगीत रचे जा रहे थे। कबीर के गीतों के तत्त्व और लोकगीतों के तत्त्व में अद्भुत साम्य है। तुलसी का साहित्य तो लोक साहित्य से पूर्णतः प्रभावित है। लोक-भाषा, लोक का छंद, लौकिक विश्वास, लोकरीतियों को अपने में समेटे हुए तुलसी का साहित्य लोक के अत्यधिक निकट लगता है। मध्ययुगीन हिंदी साहित्य पर लोकगीतों का स्पष्ट प्रभाव है। संदेश रासक, वीसलदेव रासो, ढोला मारुरा दूहा, आल्ह खंड (परमार रासो) आदि साहित्यिक कृतियों की प्रेरणा लोक साहित्य से ही मिली है। 'ग्राम्या' नायिका की परिकल्पना लोक-साहित्य की ही देन है, जो कवियों की रचनाओं में अनेक रूपों में अभिव्यक्त हुई है।

''लोकगीतों का अस्तित्व उसकी अंत:शक्ति के कारण जन-मानस पर अविच्छिन्न रूप से छाया ही रहता है। युग-के-युग काल की अनंतता में भूत के बीते हुए क्षण बनकर समा गए, किंतु लोकगीतों की अक्षुण्ण परंपरा में भूत, भविष्य और वर्तमान के लिए कोई विभाजक सीमा-रेखा नहीं बन सकी है।''

—डॉ. चिंतामणि उपाध्याय, लोकायन, पृष्ठ 36-37

"लोकगीतों की प्रचुरता का अनुमान इससे लगता है कि लोकगीतों की लय पर उसकी प्रथम पंक्तियों को आधार बनाकर जैन कवियों ने स्तवन रास आदि की रचना की। श्री देसाई ने ऐसी लगभग 2500 ढालों (लयों) की अनुक्रमणिका दी है।"

(जैन गुर्जन कवि, भाग-3, खंड-2, पृष्ठ 1833-2104)

"अत: लोकगीतों की स्पंदित सत्ता परंपरा से आबद्ध होकर भी चिर नवीन है, शाश्वत है, चिरंतन है।"

—डॉ. चिंतामणि उपाध्याय, लोकायन, पृ.37

कहा नहीं जा सकता कि लोकगीतों का जन्म कब हुआ। आदि मानव ने वाणी सीखने के साथ ही अपने भावों की अभिव्यक्ति वाणी के माध्यम से जिस रूप में की होगी वही लोकगीत अथवा लोक साहित्य बन गए। लोकभाषा के विकास के साथ तथा मानव-अनुभवों के विकास के साथ ही लोक साहित्य विकसित और समृद्ध होता गया। आज भी उसमें वही चैतन्यता, ताजगी और स्वाभाविकता मिलती है।

□

5

वाचिक कविता के विविध रूप

विद्वानों ने लोक साहित्य को प्रमुखतया 5 भागों में बाँटा है—

1. लोकगीत (फोक लिरिक्स), 2. लोकगाथा (फोक बैलेड्स), 3. लोककथा (फोक टेल्स), 4. लोक-नाट्य (फोक ड्रामा) और 5. लोकसुभाषित (फोक सेइंग्स)। लोक सुभाषित को प्रकीर्ण साहित्य की संज्ञा भी दी गई है।

डॉ. सत्येंद्र ने लोक साहित्य के निम्नांकित प्रकार बताए है—1. ग्राम कहानी, 2. ग्राम गीत, 3. खेल साहित्य, 4. पहेलियाँ, 5. कहावतें, 6. चुटकुले, 7. विविध शब्द-समूह, 8. प्रकृति विज्ञान पर्यवेक्षण उक्तियाँ, 9. विशेषोक्तियाँ और 10. स्वाँग।

लोकगीत की परिभाषाएँ—लोकगीतों को हर देश एवं हर भाषा में महत्त्व मिला है। यदि किसी देश और जाति की वास्तविक संस्कृति का ज्ञान करना हो तो वह लोकगीतों में मिल सकता है।

डॉ. चिंतामणि उपाध्याय का कथन है—"सामान्य लोक-जीवन की पार्श्वभूमि में अचिंत्य रूप से अनायास ही फूट पड़नेवाले मनोभावों की लयात्मक अभिव्यक्ति लोकगीत कहलाती है।"

इसी प्रकार विद्वानों ने लोकगीतों की विभिन्न परिभाषाएँ प्रस्तुत की हैं—लोकगीत उन लोगों के जीवन की अनायास प्रवाहात्मक अभिव्यक्ति है जो संस्कृत तथा संसदीय प्रभावों से बाहर रहकर कम या अधिक रूप में आदिम अवस्था में निवास करते हैं।

(डॉ. कुंज बिहारी दास, द स्टडी ऑफ फोकलोर ओरिजन)

"सुख-दुःख की भावावेशमयी अवस्था का विशेषकर गिने-चुने शब्दों के स्वर साधना के उपयुक्त चित्रण कर देना ही गीत है।"

(महादेवी वर्मा, विवेचनात्मक गद्य, पृष्ठ 141)

महादेवीजी की यह परिभाषा लोकगीतों पर भी उतनी ही सटीक है जितनी साहित्यिक गीतों पर।

"लोकगीतों के प्रारंभ के प्रति एक संभावना हमारे पास है पर उसके अंत की कोई कल्पना नहीं। यह वही बड़ी धारा है जिसमें अनेक छोटी-बड़ी धाराओं ने मिलकर उसे सागर की तरह गंभीर बना दिया है। सदियों के घात-प्रतिघातों ने उसमें आश्रय पाया है। मन की विभिन्न स्थितियों ने उसमें अपने मन के ताने-बाने बुने हैं।"

—डॉ. श्याम परमार, भारतीय लोकसाहित्य, पृष्ठ-53

"लोकगीत तो स्वतः जन्मा है।" (ए फोक सांग कम्पोजेज इटसेल्फ)। (एनसाइक्लोपीडिया ब्रिटेनिका—वाल्यूम 9, पृष्ठ 448) आदि मानव के उल्लासमय संगीत को ही लोकगीत कहते हैं। (वही-पृष्ठ 447)

"लोकगीतों का मूल्य जातीय संगीत में है।"

(देवेंद्र सत्यार्थी, मीट माई पीपुल, पृष्ठ 194)

"लोकगीत न तो नया होता है, न पुराना। वह तो जंगल के एक वृक्ष के समान है जिसकी जड़ें गहरी धँसी हैं। लेकिन निरंतर नवीन डालियाँ, पल्लव और फल उगते हैं।"

(एनसाइक्लोपीडिया ब्रिटेनिका, राल्फ व्ही विलियम्स, पृष्ठ 448)

"लोकगीत किसी संस्कृति के मुँह बोलते चित्र है।"

(वासुदेव शरण अग्रवाल, आजकल, नवंबर 1951)

"जीवन के सुख, जीवन के दुख ये हैं लोकगीतों के बीज।"

(देवेंद्र सत्यार्थी—धरती गाती है, पृष्ठ 178)

"लोकगीत उन लोगों के जीवन का स्वतोद्गीर्ण प्रवाही है जो आदिम अवस्था में जीवन बिताते हैं।"

(के.वी. दास, ए स्टडी ऑफ ओरिजन फोकलोर, इंट्रोडक्शन, पृष्ठ-1)

"लोकगीत विद्या देवी के बौद्धिक उद्यान के कृत्रिम फूल नहीं, वे मानो अकृत्रिम निसर्ग के श्वास-प्रश्वास है। सहजानंद में से उत्पन्न होनेवाली श्रुति, मनोहरत्त्व सच्चिदानंद में विलीन हो जानेवाली आनंदमयी गुफाएँ हैं।"

(डॉ. सदाशिव फड़के, हिंदी साहित्य सम्मेलन पत्रिका, लोक संस्कृति अंक, पृष्ठ 250-51 (संवत् 2010)।)

"आदिम मनुष्य हृदय के ज्ञानों का नाम लोकगीत है। मानव-जीवन की, उसके उल्लास की, उसकी उमंगों की, उसके रुदन की, उसके समस्त सुख-दुख की कहानी इनमें चित्रित है।"

(सूर्य किरण पारीक व नरोत्तम स्वामी, राजस्थान के लोकगीत (पूर्वार्द्ध), प्रस्तावना, पृष्ठ 1-2)

"ग्रामीण मनुष्य के स्त्री-पुरुषों के मन में हृदय नामक आसन पर बैठकर प्रकृति गान करती है। प्रकृति के वे ही गान-गीत है।"

(रामनरेश त्रिपाठी, कविता कौमुदी, भाग-5, प्रस्तावना, पृष्ठ 1-2)।

"ग्राम गीत आर्येतर सभ्यता के वेद है।"

(आचार्य हजारी प्रसाद द्विवेदी, छत्तीसगढ़ी लोकगीतों का परिचय)

"लोकगीत हमारे जीवन-विकास के इतिहास के यथार्थ वक्ता है। लोकगीतों के रचयिता अज्ञात हैं। वेदों के समान इन्हें भी अपौरुषेय कहा जा सकता है, वेदों का अपौरुषेय ज्ञान लोकगीतों में अब भी जीवित है।"

(श्री गुलाब राय, काव्य के रूप, पृष्ठ 123)

"लोकगीतों के अव्यक्त निर्माता लोक-भावना में अपने भाव मिला देते हैं।"

(डॉ. तेज नारायण लाल शास्त्री, मैथिली लोक साहित्य का अध्ययन, पृष्ठ 16)

"लोकगीतों में संगीत और काव्य का सम्मिश्रण होता है।"

(देवेंद्र सत्यार्थी, आजकल (दिल्ली) सं., 7 नवंबर, 1951।)

उपर्युक्त परिभाषाओं से लोकगीतों का स्वरूप और उसका महत्त्व स्पष्ट हो जाता है।

आदि मानव के गाए हुए गीत उसके जीवन से पूर्णतया संबंधित थे। अपनी प्रसन्नता, उल्लास, दु:ख, भय, घृणा, प्रेम को उसने वाणी दी। शनैः-शनैः उसमें जैसे-जैसे सामूहिक चेतना का उदय होता गया, सामूहिक रूप से वन्य पशुओं एवं दैवी आपदाओं का सामना करने की प्रवृत्ति का विकास हुआ और वह समूह में रहने लगा। समूह ने भी अपनी भावनाओं की अभिव्यक्ति गीतों के रूप में की। व्रत, त्योहार और उत्सव आदि के गीतों का जन्म हुआ। इनमें उनके सामूहिक श्रम, उल्लास एवं संघर्ष की सहज अभिव्यक्ति है।

लोकगीतों की निर्बाध धारा का उद्‌गम स्थल लोक-मानस है। व्यक्ति की अनुभूतियाँ कभी वार्ता में व्यक्त होती है, कभी गीत में और कभी अन्य कला या विधा में।

"लोकगीतों में हमें जीवन के समस्त पहलुओं के स्वाभाविक चित्र उपलब्ध होते हैं। आज के कुंठा, संत्रास और घुटन भरे वातावरण में लोकगीत मुक्त पवन के झोंके हैं, जो मन-प्राण को शीतलता और संतोष का सुख प्रदान करते हैं।"

"लोकगीत वह भावना है जिसमें भोगे हुए क्षणों की सहज अकृत्रिम अभिव्यक्ति होती है।"

लोकनृत्य और लोकगीत

नृत्य में ताल की प्रधानता होती है गीत में लय की। ताल और लय पर ही दोनों की सफलता निर्भर है। अत: दोनों का संबंध परस्पर स्वाभाविक है। जहाँ गीत लयबद्ध होते हैं वहाँ स्वत: ही नर्तक के पाँव थिरकने लगते हैं और जहाँ नृत्य है वहाँ गीत के बोल नृत्य

को अधिक भावपूर्ण बना देते हैं। दोनों साथ रहकर रसवृद्धि में सहायक होते हैं पर इनका अलग-अलग भी अपना महत्त्व है।

''पाश्चात्य संगीत नृत्य से अधिक संबंध रखता है। वहाँ के 'सिंफोनिक' संगीत नृत्य और संगीत के समन्वय पर आधारित हैं। अंग्रेजी के कुछ शब्द गीत और नृत्य दोनों से संबंधित है। 'बैलेड' फ्रेंच शब्द 'बैलेर' से उत्पन्न हुआ है। बैलेर का अर्थ है नृत्य। इससे स्पष्ट होता है कि बैलेड की उत्पत्ति सामूहिक नृत्यों से ही हुई है और इसके साथ संगीत तो फिर है ही। अत: स्पष्ट है कि लोकसंगीत और लोकनृत्य दोनों का अन्योन्याश्रित संबंध है।''

(डॉ. कुलदीप, लोकगीतों का विकासात्मक अध्ययन, पृष्ठ-18)

लोकगीतों की विशेषताएँ—लोकगीतों की भाव-भूमि व्यक्तिगत ही न होकर सामूहिक होती है। ये मौखिक परंपरा से प्राप्त होते आए हैं। लोक-गीतकार का नाम अज्ञात होता है।

''स्वाभाविकता और सरलता लोकगीतों की प्रमुख विशेषता होती है। इसलिए काव्यशास्त्र के कृत्रिम नियमों के बंधनों के लिए उनमें कोई स्थान नहीं होता। इसीलिए शास्त्रीय नियमों के उल्लंघनों की अनिवार्यता भी लोकगीत का एक लक्षण मानी गई है।''

(डॉ. चिंतामणि उपाध्याय द्वारा लोकायन के पृष्ठ 15 पर उल्लिखित तमिल कॉन्फ्रेंस के विवरण का अंश)

लोककवि कोई भी बात कहने के लिए स्वतंत्र है। उसे आधुनिक सभ्यता और कृत्रिमता के बंधन जकड़ नहीं पाते। ''गाँव प्रकृति का क्रीड़ा-स्थल है और नगर मनुष्य का कार्य-क्षेत्र। गाँव में प्रकृति स्वयं गान करती है पर नगर में स्वनिर्मित सभ्यता से बँधे हुए कवि की दशा व्यभिचारी और चोर की सी हो गई है।''

(रामनरेश त्रिपाठी, कविता कौमुदी, पृष्ठ-65)

कुछ धार्मिक गीतों के साथ प्रसिद्ध कवियों के नाम जोड़ने की प्रवृत्ति देखी जाती है। लोकगीत है या कवि की रचना? कह पाना कठिन है। जैसे—

''तुलसिदास बलि जाब चरन की, हमै यस पतित अनेकन तारे।

* * *

''सूरदास प्रभु आस चरन की, चार पहर हम्मैं सुमिरत बीता।

* * *

''कहत कबीर सुनो भाई साधो! अब नाहीं मिलिहैं हरी।''

लोकगीतों में प्रश्नोत्तर की प्रवृत्ति होती है। कुछ गीत प्रारंभ से अंत तक प्रश्नोत्तर प्रणाली या वार्तालाप पद्धति से चलते हैं। बहन-भाई की वार्त्ता का एक उदाहरण देखिए—

बहन—''तुहीं मोरे बिरना से बिरना तुहीं सिर साहेब,

हो मोरे बिरना जो तुहरे होइहै नंदलाल त काउ हम्मैं देब्या।''

भाई—''तुही मोरी बहिनी से बहिनी तुहीं ठकुराइन,

हो मोरी बहिनी जो हमरे होइहैं नंदलाल उठाई लै जायू।''

(बहन—तुम्हीं मेरे भाई हो, तुम्हीं मेरे बीर हो, साहब हो,

भाई! जब तुम्हारे पुत्र होगा तो मुझे क्या दोगे?

भाई—तुम्हीं मेरी बहन हो, तुम्हीं ठकुरानी हो,

बहन! यदि मेरे पुत्र होगा तो उसे तुम उठा ले जाना।)

इसी प्रकार सास से बहू की वार्ता का एक उदाहरण प्रस्तुत है।

बहू—''मचियहिं बैठी हो सासू बढैतिन! सुना सासू अरज हमारि।''

जौनी बजिनियाँ सासू! राउर पूत गए, उहै रहिया देत्यू बताय।

सास—कोंइछे म लेहु तिल! चाउर, गंगा जल पनिया,

बहुअरि! पूछत-पूछत चलि जायू, जहाँ बसैं तोरा कंत।

(मचिया पर बैठी सास से बहू प्रार्थना करती है जिस व्यापार को आपके पुत्र गए हैं उसकी राह बता दीजिए। सास—आँचल में तिल चावल ले लो, गंगा जल ले लो। बहू ! पूछते-पूछते वहाँ चली जाना जहाँ तुम्हारे पति रहते हैं।)

लोकगीतों में कुछ संख्याओं का प्रयोग शुभ माना जाता है।

विदेश जानेवाला पति प्राय: 6 महीने के लिए ही कहकर जाता है, पर बारह वर्षों तक नहीं लौटता ।

यह लोकगीत की ही विशेषता है कि विभिन्न जातियों के और विभिन्न अवसरों के भिन्न-भिन्न प्रकार के गीत होते है।

लोकगीतों के शब्द समस्त लोक के शब्द हैं।

लोक के साथ लोकगीतकार का घना तादात्म्य होने के कारण इनमें कल्पना की उड़ान मात्र न रहकर लोकगीत यथार्थ की भूमि पर स्थित होते हैं।

प्रत्येक प्रकार के गीतों के लिए विभिन्न लय होती है। लोकगीतों में छंद-विधान पर ध्यान न देकर भावाभिव्यंजना पर ध्यान दिया जाता है। कुछ लोकगीत छोटे आकार के होते हैं जिनमें कथानक नहीं होता, संगीतात्मकता होती है। कुछ बड़े और कथानकयुक्त होते हैं। इनमें गेयता भी होती है। छोटे गीत मुक्तक की भाँति प्रभावशाली होते हैं।

मुक्तक गीतों में भी दो प्रकार के गीत होते हैं। कुछ में किसी भावना या मौसम का वर्णन करके उसके प्रति मानव-मन की प्रतिक्रिया का वर्णन होता है। दूसरे प्रकार के मुक्तक गीतो में लोकाचार की रस्म पूरी करने के लिए कुछ पंक्तियों को बार-बार दुहराया जाता है।

प्रबंध गीतों की भी दो कोटियाँ हैं—छोटे कथानक के गीत और बड़े कथानक के गीत।

लोकगीतों का मूल पाठ नहीं प्राप्त होता, क्योंकि इसकी परंपरा मौखिक है। ये बनते और बिगड़ते रहते हैं।

इसलिए सुविधा के अनुसार गायक अपनी भाषा और उच्चारण में परिवर्तन करते रहते हैं।

लोकगीतों पर युग का भी प्रभाव पड़ता है, उसी प्रकार जैसे किसी लोकभाषा पर। इन पर क्षेत्रीय, स्थानीयता का प्रभाव भी पड़ता है, किंतु गीतों की आत्मा में एकता के दर्शन होते हैं।

"एक लोकगीत से दूसरे लोकगीत की मुँडेर का दीप न जाने कब से जलाया जाता रहा है। एक जनपद की आत्मा दूसरे जनपद की आत्मा से उतनी भिन्न नहीं है जितनी कई बार भाषा की दीवार के कारण नजर आती है। भाषाएँ हमारी हैं और उनके लोकगीत भी हमारे हैं। गीत की नाना गलियाँ कथा का आर-पार, पर्व-त्योहार, चाँद-चाँदनी स्नेह-प्रतिमा कहीं भी तो कोई अंतर नहीं।"

(देवेंद्र सत्यार्थी, भूमिका, पृष्ठ 12, गढ़वाली लोक साहित्य का विवेचनात्मक अध्ययन, लेखक: मोहन लाल बाबुलकर)

लोकगीतों को अपौरुषेय वाङ्.मय की संज्ञा से अभिहित किया गया है। लोकगीतों के सृजन का अधिकांश श्रेय नारी को दिया गया है। इन गीतों में जीवन के अभावों की स्वाभाविक अभिव्यक्ति होती है, सप्रयास अंकन नहीं। देश की संस्कृति और प्रकृति का बखान इन गीतों में संचित रहता है।

लोकगीतों की उत्पत्ति—

अनेक पाश्चात्य और भारतीय विद्वानों ने लोकगीतों की उत्पत्ति के बारे में अपने-अपने विचार व्यक्त किए हैं। प्रत्येक के विचार एक-दूसरे से भिन्न हैं। लोकगीतों की उत्पत्ति के बारे में विद्वानों के निम्नलिखित सिद्धांत हैं—

1. ग्रिम का सिद्धांत—समुदायवाद, 2. स्टेनथल का सिद्धांत—जातिवाद, 3. श्लेगल का सिद्धांत — व्यक्तिवाद, 4. फ्रांसिस चाइल्ड का सिद्धांत—व्यक्तिहीन व्यक्तिवाद, 5. विशप पर्सी का सिद्धांत — चारणवाद, 6. डॉ. कृष्णदेव उपाध्याय का सिद्धांत—समन्वयवाद।

लोकगीत हमारी भावनाओं के निसर्ग उच्छ्वास है। इनमें बनावट की कहीं गंध मात्र नहीं। एक सहज मिठास एवं आकर्षण इन लोकगीतों की प्रमुख विशेषता है। हृदय के मार्मिक उद्‌गार अत्यंत स्वाभाविक रूप से लोकगीतों में स्फुरित हुए हैं। स्थानीयता का पुट भी इनमें सर्वत्र उपलब्ध होता है।

लोक संस्कृति का पूर्ण वैभव लोकगीतों में प्रतिबिंबित होता है। जन्म से लेकर मृत्युपर्यंत जीवन के विशिष्ट अवसरों की झाँकी हमें पूरी तरह देखने को मिलती है। हिंदुओं के प्रचलित संस्कार, बारामासों में फैले हुए विभिन्न ऋतु-गीत, परिवेश, जातीय

गौरव की गाथाएँ, विभिन्न धार्मिक, पर्व, मेले तथा हमारी सामाजिक, आर्थिक, राजनैतिक चेतना लोकगीतों के वर्ण्य-विषय हैं। शकुन-अपशकुन, लोक-विश्वास, पशु-पक्षी, वन, नदियाँ तथा अन्य प्राकृतिक नयनाभिराम दृश्य इन लोकगीतों में अपनी पूर्ण अभिव्यक्ति पाते हैं।

संस्कार गीतों के रूप में हमारे जीवन का सांस्कृतिक इतिहास अक्षुण्ण है। संस्कारों के सूक्ष्म-से-सूक्ष्म व्यापारों के लिए पृथक-पृथक लोकगीतों का विधान सहज ही परिलक्षित होता है। चाहे वह आँख में अंजन लगाना हो या नाखून काटना, महावर लगाना हो या तेल-उबटन लगाना, इन सब अवसरों के लिए मनोहर गीतों की योजना इन संस्कार-गीतों में उपलब्ध होती है।

आर्य-जीवन के सोलहों संस्कार लगभग अपने आदिम रूप में आज भी प्रचलित हैं। हमारे लोकगीत उस मौलिक सांस्कृतिक चेतना की अनुभूति को प्राय: अपने परंपरागत रूप में ही सुरक्षित रखे हुए हैं। इन संस्कार-गीतों में हमारे ऐतिहासिक आख्यान भी धुल-मिल गए हैं। जिनमें कुछ तो अत्यंत मार्मिक हैं।

ऋतु संबंधी गीतों में बारामासा तो अत्यधिक हृदयद्रावक है। लोक-जीवन का हर्ष-विषाद इनमें स्वाभाविक रूप से अभिव्यक्त हुआ है।

इन गीतों में एक ओर तो प्रकृति की निसर्ग सुषमा का चित्रण अपनी मनोहारी छटा छिटकता प्रतीत होता है तो दूसरी ओर प्रकृति का मानवीय जीवन पर व्यापक प्रभाव भी अपनी अमिट छाप अंकित कर जाता है। प्रकृति सहचरी भी है और उद्दीपक भी। विरहिणी की स्थिति को प्रकृति के बदलते हुए परिवेश अत्यंत करुण बना देते हैं किंतु पवन, पशु-पक्षी, बादल आदि प्राकृतिक वस्तुओं तथा प्राणियों से सहानुभूति भी विरहदग्ध हृदय को प्राप्त होती है।

ये मधुरतम गीत हैं जिनमें दु:ख और सुख की तीव्रतम संवेदनाएँ अभिव्यक्ति पा सकी हैं।

लोकगीतों में हमारे जातीय उत्थान-पतन का इतिहास सन्निहित है। एक ओर पराधीनता और नैतिक ह्रास तथा दूसरी ओर सांस्कृतिक गौरव का असीम उल्लास, इन दोनों पक्षों का लोकगीतों में पर्याप्त निरूपण मिलता है। हमारी विवशताएँ, अंधविश्वास आदि भी इन गीतों के वर्ण्य-विषय हैं। साथ ही आत्म बलिदान करके भी सम्मान को सुरक्षित रखने का दृढ़संकल्प भी इन लोकगीतों में दृष्टव्य है।

देश-प्रेम और स्वतंत्रता की कामना ने इन गीतों में पर्याप्त स्थान पाया है। हमारे जातीय गौरव की गाथा प्राय: श्रमगीतों का वर्ण्य-विषय रही है।

इसके अतिरिक्त वर्ण-व्यवस्था के अंतर्गत ब्राह्मण, क्षत्रिय, वैश्य, शूद्र तथा अंत्यज कही जानेवाली जातियों की सांस्कृतिक परंपरा के अनुकूल लोकगीतों का मनोहर विधान लोकगीतों में पाया जाता है। नाई, धोबी, कहार, दलित आदि जातियों द्वारा विभिन्न

अवसरों पर गाए जानेवाले गीत लोक साहित्य में विशिष्ट स्थान रखते हैं।

लोक-विश्वास से जुड़े हुए विभिन्न देवी-देवताओं की वंदना में गाए जानेवाले गीतों के साथ-ही-साथ व्रत, त्योहार और धार्मिक उत्सवों आदि के गीत धार्मिक गीतों की श्रीवृद्धि करते हैं। प्रकृति-पूजा तथा ग्राम-देवों, ग्राम-देवियों की उपासना में गाए जाने वाले गीत धार्मिक गीतों के अंतर्गत आते हैं। इन धार्मिक गीतों में हमारी सांस्कृतिक एकता एवं समन्वय साधना का रहस्य छिपा हुआ है। ये लोकगीत एक पवित्र वातावरण की सृष्टि करते हैं। परस्पर स्नेह, सौहार्द, सहानुभूति आदि भावों की वृद्धि करने में ये सक्षम होते हैं। एक विश्वास, एक आस्था और परंपरागत सांस्कृतिक एकसूत्रता इन गीतों की मौलिक विशेषता है।

खेल संबंधी गीतों में लोरी और बच्चों के बहलाने के गीत, बच्चों के निरर्थक गीत (शिशु गीत), स्त्रियों की जल-क्रीड़ा के गीत, खेल के गीत आदि भी बहुत महत्त्वपूर्ण हैं। गारी गीत, नकटा, गजल, विदेसिया, नाच के गीत स्वाँग, टोने-टोटके संबंधी गीत, 'बुझौवल' और 'कहनी गीत' तथा गीतों भरी लोककथाएँ आदि लोकगीतों के विशेष आकर्षण हैं।

उपर्युक्त सामान्य विशेषताओं को ध्यान में रखते हुए अवधी लोकगीतों का वर्गीकरण इस प्रकार किया जा सकता है।

□

6

अवध क्षेत्र के लोकगीतों का वर्गीकरण

विद्वानों ने सुविधा की दृष्टि से यह वर्गीकरण किए हैं। जिस प्रकार लोकगीत मुक्त चेतना का काव्य है उसी प्रकार उनके वर्गीकरण को भी मुक्त रखा जाना चाहिए। अवसर, ऋतु और विषय के अनुसार इन्हें विभाजित करने का प्रयास किया गया है। यह विभाजन बराबर परिवर्तन और संशोधन की अपेक्षा भी रखता है।

1. **संस्कार गीत :** सोलह संस्कारों के गीत–गर्भाधान संस्कार, जन्म संस्कार के गीत, मुंडन के गीत, यज्ञोपवीत के गीत, विवाह के गीत, द्विरागमन (गौना), मृत्यु संस्कार के गीत।

2. **ऋतु गीत : बारहमासा, चौमासा, बसंत ऋतु के गीत** (फगुआ, चौताल, डेढ़ताल, चहका, चइता) **ग्रीष्म ऋतु के गीत, पावस ऋतु के गीत** (कजली, सावन) **शरद ऋतु के गीत, हेमंत ऋतु के गीत, शिशिर ऋतु के गीत।**

3. **श्रम-परिहार के गीत :** जाँत के गीत (जँतसार), निर्वाही (सोहनी), रोपनी, कोल्हुई, पालकी ढोने के गीत, खलिहान के गीत आदि।

4. **जातीय गीत :** अहीरों के गीत, धोबियों के गीत, कहारों के गीत, नाइयों के गीत, तेली-भड़भूजों के गीत, मालियों के गीत, दलितों के गीत, जोगियों के गीत, गड़रियों के गीत ।

5. **मुस्लिम संप्रदाय के गीत :** हर्षदायक अवसरों के गीत, शोकगीत (दाहा रोना या ताजिए के शोकगीत)।

6. **धर्म दर्शन, व्रत अनुष्ठान और पूजन आदि के गीत :** व्रत, उपवास, त्योहार, दान, स्नान एवं पर्व आदि के गीत, विभिन्न देवी-देवताओं के गीत, पौराणिक आख्यानों संबंधी गीत। प्रकृति पूजा के गीत, आध्यात्मिक तथा पूजा व दार्शनिक भावना के गीत, मंत्र-तंत्र, जादू-टोना तथा आवाहन के गीत, शुभ संस्कारों पर मंगल हेतु प्रार्थना के गीत।

7. लोरी और पालने के गीत :

8. खेल संबंधी गीत : बालकों के खेल के गीत, बालिकाओं के खेल के गीत, कठिन शब्दों के उच्चारण संबंधी गीत, जलक्रीड़ा के गीत।

9. मुक्त चेतना का काव्य गारी गीत :

10. प्रणय संबंधी गीत : नकटा, पूर्वी, झूमर, नाच के गीत, लचारी, विदेसिया, गजल।

जीवन के मुक्त उल्लास के गारी गीत (जेंवनार के गीत), इस वर्गीकरण के अनुसार गीतों को संकलित करके प्रस्तुत करने का प्रयास किया जा रहा है।

यद्यपि यह वर्गीकरण एकदम से रूढ़ नहीं है, एक ही गीत कई तरह के विभेदों में समायोजित किए जा सकते हैं।

1. संस्कार गीत

(अवधी के संस्कार गीतों का संकलन भावानुवाद एवं स्वर लिपियाँ—'ढोलक रानी मोरे नित उठि आयू' नामक डॉ. विद्या विंदु सिंह के ग्रंथ में प्रकाशित हो चुका है।)

2. ऋतु गीत

(अवधी के ऋतु गीतों का संकलन एवं व्याख्या तथा भावानुवाद 'अवधी लोक साहित्य में प्रकृति पूजा' नामक डॉ. विद्या विंदु सिंह के ग्रंथ में प्रकाशित हो चुका है।)

अतः पुनरावृत्ति न हो इसलिए इन दो प्रकार के गीतों को इस ग्रंथ में नहीं दिया जा रहा है।

ये दोनों ग्रंथ प्रभात प्रकाशन, 4/19, आसफ अली रोड, नई दिल्ली-110002 द्वारा प्रकाशित है।

3. श्रम परिहार के गीत

श्रम गीतों से तात्पर्य श्रम के महत्त्व या उपयोगिता के संबंध में की गई प्रशस्तियों से नहीं है। प्रसार-गीतों की भाँति ये गीत श्रम का महत्त्व प्रदर्शित करने या श्रमिकों का उत्साहवर्द्धन करने के लिए सप्रयास नहीं रचे गए। अपितु ये गीत स्वयं ही श्रम के क्रोड़ में उपजे हैं और श्रम को सार्थकता प्रदान करते हैं। अकृत्रिम रूप से परिश्रम के बीच गाए जानेवाले गीत थकावट को दूर करते हैं और श्रमकर्ता को मनोरंजन प्रदान करते हैं।

श्रम-कार्य और श्रम गीत प्रायः अन्योन्याश्रित होते हैं। प्रायः श्रम-कार्य के प्रारंभ

होने के साथ ही श्रम गीत भी स्वत: स्फूर्त रूप में प्रारंभ होते हैं। उसके साथ-साथ चलते हैं और साथ-ही-साथ उनका अंत होता है।

ग्रामीण नारी प्रत्येक श्रम के साथ गीत गाना चाहती है। लोक-विश्वास के अनुसार कुछ कार्य ऐसे हैं जिन्हें करते समय गाया न जाए तो अच्छा नहीं बनता, जैसे 'बड़ी' तोड़ना, 'पूड़ी' बेलना आदि। इसलिए ग्रामीण नारी कोई भी कार्य गूँगी बनकर नहीं करती। ये गीत नारी की स्वाभाविक मुखरता के द्योतक हैं।

लोक-जीवन में प्राय: स्त्रियों को ऐसा अवकाश नहीं रहता, जिसमें कि वे परस्पर सुख-दु:ख की बातें कर सकें। सामूहिक श्रम के दौरान ही उन्हें ऐसे क्षण मिलते हैं जब वे मनोविनोद और मनोव्यथा की बातें प्रकट कर सकें। ये श्रम-गीत मनोवैज्ञानिक रूप में परोक्षत: उन्हें मानसिक शांति प्रदान करते हैं। ग्रामीण महिलाओं के मन में घुटन और कुंठाएँ इन गीतों के कारण ही कम पनप पाती हैं, इसीलिए वे जटिल मानसिकता का शिकार नहीं बन पातीं, जो आज की सुसंस्कृत महिलाओं की प्रमुख समस्या है।

ससुर-सास की प्रताड़ना, ननद-जिठानी के ताने और नोक-झोंक, पति द्वारा अविवेकपूर्ण दंड तथा अन्य अपमानजनक परिस्थितियों में ये श्रम-गीत ग्राम्य-नारियों को सांत्वना प्रदान करते हैं। सह-अनुभूति से पीड़ाएँ बह जाती हैं और चित्त में शांति और निर्मलता का संचार होता है। ये गीत वेदनाओं को स्वर प्रदान करते हैं।

श्रम-गीतों में भारतीय नारी के त्याग और बलिदान की गौरव गाथाएँ अत्यंत मार्मिकता के साथ चित्रित हुई हैं। ये गाथाएँ सत्य मार्ग पर दृढ़ रहने की प्रेरणा तो देती ही हैं, जीवन के शाश्वत मूल्यों के प्रति आस्था और निष्ठा को दृढ़ बनाती हैं।

अवध क्षेत्र में प्राय: चार प्रकार के श्रम गीत उपलब्ध होते हैं—

1. जाँत के गीत (जँतसार), 2. निरवाही के गीत (सोहनी), 3. रोपनी के गीत और 4. कोल्हुई गीत।

जाँत (चक्की) के गीत (जँतसार)

ब्रह्म मुहूर्त में ही उठकर व्यस्त गृहणियाँ चक्की पर बैठ जाती थीं। प्रभात होते ही घर के अन्य कार्य प्रारंभ हो जाते हैं, बच्चे जग जाते हैं। ब्रह्म मुहूर्त का समय शीतल भी होता है जिससे श्रम की थकावट और गरमी से बचत होती है। जाँत के गीतों को 'जँतसार' भी कहा जाता है।

"'जँतसार' शब्द यंत्रशाला का अपभ्रंश रूप है, जिसका अर्थ है वह शाला या घर जहाँ आटा पीसने का यंत्र रखा हो। यही यंत्रशाला शब्द बिगड़ते-बिगड़ते जँतसार के रूप में विद्यमान है। चक्की, चूल्हा और चरखा बस इन तीनों चकारों की बदौलत देहात के लोग बहुत ही सुखी और स्वतंत्र थे।"

(डॉ. कृष्णदेव उपाध्याय, भोजपुरी लोक साहित्य का अध्ययन, पृष्ठ, 215, 216)

बहुधा श्रम की गति से स्वर के आरोह-अवरोह की गतियाँ आबद्ध रहती हैं। जितनी देर में चार फेरे चक्की के होते हैं उतनी ही देर में प्राय: एक कड़ी गीत की पूरी होती है। एक प्रकार से हाथ, हृदय और वाणी का तादात्म्य हो जाता है। चक्की की ध्वनि जिस मद्धिम स्वर में निकलती है उसी से मिलते-जुलते स्वरों से गीत की पंक्तियों की आवृत्तियाँ की जाती हैं।

जाँत के गीत आटा पीसने की थकावट को दूर करते रहते हैं, साथ ही पीसनेवालियों के मन को प्रेम, करुणा और उदारता से भिगोकर कुटुंबियों के असहनीय बर्ताव के कारण पैदा हुए विक्षोभ को निकालते भी रहते हैं, जाँत के गीतों के एक-एक शब्द स्त्री सदाचार की नींव की एक-एक ईंट है।

(डॉ. कृष्णदेव उपाध्याय, भोजपुरी लोकगीत, पृ. 262)

जाँत के गीतों की एक विशेषता है कि इनकी एक-एक कड़ी रुक-रुक कर गाई जाती है। एक कड़ी गाकर साँस लेने के लिए थोड़ी देर रुककर फिर अगली कड़ी गाई जाती है या पहली की पुनरावृत्ति की जाती है।

लोक साहित्य में श्रम-गीतों का विशिष्ट स्थान है। ब्राह्मबेला के साथ-ही-साथ श्रम का प्रारंभ होता है। श्रम की क्रमबद्धता गीत के स्वरों की लयबद्धता से संपृक्त होती है। स्वर का आरोह-अवरोह श्रम का परिहार तो करता ही है साथ ही वैदिककालीन जीवन के ऋत्तु और सत् नियमों की भाँति जीवन की गति और यति का परिचायक है।

जीवन के अनेक मार्मिक प्रसंग इन गीतों में उभरते हैं। ऐसी अनेक परिस्थितियाँ जिनमें दु:खात्म अनुभूतियों की तीव्रतम वेदना अंतर्निहित रहती है गीतों के माध्यम से प्रकट होती है। अंग्रेजी कवि शैली की यह उक्ति कि—

"हमारे मधुरतम गीत वे हैं जो सर्वाधिक दु:खपूर्ण विचारों को मुखर करते हैं।"
इन श्रम-गीतों में पूर्णतया चरितार्थ होती है।

"आवर स्वीटेस्ट सांग्स आर दोज, दैट टेल ऑफ सैडेस्ट थॉट्स।"

भाग्य की विडंबनाएँ, अदृष्ट के खेल, सामाजिक और पारिवारिक जीवन की विसंगतियाँ, विरह-व्यथा की चरम अनुभूतियाँ, इन गीतों में घुली-मिली रहती हैं।

ये गीत श्रम की देन कहे जा सकते हैं। चक्की (जाँत) से निकलनेवाली ध्वनियों के क्रम के अनुसार ही जैतसार गीतों की लय में सामरस्य देखा जा सकता है।

जाँत के गीतों के वर्ण्य-विषय—इनमें जीवन के सुख-दु:ख, हर्ष, उल्लास, मनोमालिन्य की जो कथा वर्णित है उनके कुछ उदाहरण प्रस्तुत हैं—

मर्यादा रक्षा की मूक तपस्या में रत कुलवधुओं के जीवन की वास्तविकता इन गीतों में प्रकट हुई है। ससुराल में नारी कितना भी कष्ट उठाए पर वह अपने परिवार की

मर्यादा -रक्षा हेतु किसी से कष्ट कहने में भी संकोच करती है। केवल भाई को अपने हृदय की व्यथा सुनाती है—

''उड़त मैं देख्यों प्रेम चिंरैया,
उड़ि कै बइठै सरसौ डरिया हो राम।
आवत देख्यो मैं दुइ रे सिपहिया,
एक गोरहर एक साँवर हो राम
सँवरू त हये मोरी ननदी कै बिरना,
गोरे मोरी मैया कै दुलरुआ हो राम।
मचियहिं बैठी सासू बढ़ैतिनि,
काउ सीझौं भइया की रसोइयाँ हो राम।
कोठिला म हईं बौहरि सरली कोदइया,
खेतवाँ चकवड़े क सगवा हो राम।
कोठिला म हईं सासू साठी झिन चउरा,
कुँड़वा म मुँगिया कै दलिया हो राम।
चंदन चौक पुरावैं मोरी मइया,
इँगुरे के बुंद थरिया माजैं हो राम।
बरहौं बिंजन मइया भैया के परसैं,
उपरा चुवावैं घिउ कै धरिया हो राम।
जेवन बइठे हैं सार, बहनोइया,
सरवा के चूवै अँसुइया हो राम।
की मोरे भइया हो तिरिया सुधियाँ आई,
की समझ्या मइया क कलेउवा हो राम।
नाहीं मोरी बहिनी हो तिरिया सुधियाँ आईं,
नाहीं समझौं मइया कलेउवा हो राम।
सोनवा त जरै बहिनी सोनरा दुकनियाँ,
बहिनी जरथीं ससुरियाँ हो राम।
लोहवा त जरै बहिनी लोहरा दुकनियाँ,
बहिनी जरथी ससुररियाँ हो राम।
ई दुख जिनि कह्या बाबा के अगवाँ,
सभवाँ बइठि पछितइहैं हो राम।
ई दुख जिनि कह्या मइया के अगवाँ,
छतिया पीटिय मरि जइहैं हो राम।

ई दुख जिनि कह्या बहिनी के अगवाँ,
नाही ऊ गवनवाँ न जइहैं हो राम।
ई दुख जिनि कह्या भौजी के अगवाँ,
रामरसोइयाँ बोलिया बोलिहैं हो राम।
ई दुख जिनि कह्या गउँवा लोगे अगवाँ,
झगरा करत तनवा मरिहैं हो राम।
हमरी ई बिपति गठरिया मोरे बिरना,
गंगा जमुन बीचे छोर्‌या हो राम।''

(प्रेम चिरैया का उड़कर सरसों की डाल पर बैठने का दृश्य देखने में तल्लीन कुलवधू को पथ पर पति के साथ भाई आता हुआ दृष्टिगोचर होता है। सास से विनम्रतापूर्वक पूछती है कि भाई के लिए क्या भोजन बनाऊँ! सास की तिरस्कारपूर्ण वाणी में कही गई बात कि कोठिला की सड़ी 'कोदई' (कोदो) और 'चकवड़' का साग बना लो, उसके मन को दुःखी कर देती है। पर वह कैसे अपने भाई को यह खिला दे जबकि वह जानती है कि भाई को माँ कितने प्रेम और आदर से खिलाती है। माँ चंदन से चौका लीपती है, ईगुर से थाली माजती है, बारहो व्यंजन परोसकर ऊपर से घी की धार डालती है।

वह प्रतिरोध नहीं कर पाती, बस इतना कहती है कि यहाँ अच्छे किस्म की दाल, चावल आदि है तो। इसके आगे वह कुछ कह नहीं पाती। उसके उच्छ्‌वास प्रश्नचिह्न बनकर रह जाते हैं। पति और भाई भोजन करने बैठते हैं, भाई के नेत्रों से अश्रु झरने लगते हैं। बहन के कारण पूछने पर बताता है कि न तो मुझे माँ के कलेवे का स्मरण हो रहा है और न ही पत्नी का। मैं तो यह देखकर दुःखी हूँ कि जिस प्रकार सुनार की दुकान पर सोना और लुहार की दुकान पर लोहा जलता है वैसे ही ससुराल में बहन जलती है। बहन भाई से इस दुःख को किसी से न कहने का वचन लेती है, क्योंकि सुनकर माँ-पिता को हार्दिक कष्ट होगा, बहन को ससुराल से वितृष्णा हो जाएगी। चाची एवं भाभी व्यंग करेंगी। गाँव के लोग ताने देंगे। अतः यह दुःख की गठरी तुम गंगा-जमुना के मध्य एकांत में छोड़ देना।)

संयुक्त परिवार में एक नारी के मनोभावों, व्यथा, लज्जा की कितनी मार्मिक अभिव्यक्ति है। वह माता-पिता को मानसिक कष्ट नहीं देना चाहती। मायके में अपना सम्मान नहीं खोना चाहती। 'गरुई गठरिया' का बाँधना और गंगा-जमुना के बीच उसे छोड़ने का आग्रह तो मार्मिकता की चरम पराकाष्ठा है। वहाँ व्यथा को देखने-सुनने वाला कोई नहीं होगा। यह है भारतीय ललना का धरती जैसा धैर्य और सहनशीलता।

लोक-जीवन के कटु और नग्न यथार्थ भी इन गीतों में सहज रूप से अभिव्यक्त हुए हैं। एक जाँत के गीत में पति के ज्येष्ठ भ्राता का अनुज वधू पर अनुरक्त होकर लघु

भ्राता के वध तक का दुस्साहस वर्णित है—

"पनवा मैं चीरि-चीरि भोजना बनायों,
लवंग के दिह्यों धुंगरवा हो राम।
जेवन बइठे हैं ससुरू से भसुरू,
ससुरू जेवैं भसुरू बैठा हो राम।
किय मोरे भसुरू हो जेंवना बिगड़ि गैं,
किय भये नोन चटकोरवा हो राम।
नाहीं मोरी भयहू हो जेंवना बिगड़िगैं,
नाहीं भये नोन चटकोरवा हो राम।
जौनी सेजरिया भयहू छोट भइया दिह्यू,
उहवै सेजरिया हमहूँ चाही हो राम।
झझकि के चढ़ी है पिया की अँटरियाँ,
गोड़वा मिजत चूवै अँसुइया हो राम।
किय मोरी रनियाँ हो मैया मोरी मारीं,
किय हो बहिनियाँ बोलिया बोलइ हो राम।
नाहीं मोरे हरि जी सासू मोहिं मारी,
नाहीं ननदिया बोलिया बोलइ हो राम।
जौनी सेजरिया स्वामी तुहैं हम दीहेन,
उहवै सेजरिया भसुरू चाहैं हो राम।
बहिरै से आवे भसुरू पुकरिया,
चला भइया खेलि आई सिकरवा हो राम।
लावो न धनिया मोरी ढालि तरुवरिया,
हम जाबै खेलै सिकरवा हो राम।
जिनि जाहु स्वामी हो खेलै सिकरवा,
भसुरू कै नेतिया बिगड़ी बाटीं हो राम।
एक बन गए दुसरे बन गए,
तीसरे म छिड़ि गई लरइया हो राम।
भसुरू कै घोड़वा आवै उछरत कूदत,
हरि जी कै घोड़वा बिसमादल हो राम।
हरि के तलवरिया आवै चमकति, लहकति,
भसुरू तलवरिया खुनवा बोरी हो राम।
कहँवहिं मार्‍या भसुरू! कहँवा गिराया,

कौनी बिरिछ ठढ़ियाया हो राम।
उपरहिं मार्‍यो भयहू खलवाँ गिरायों,
कदम बिरिछि ठढ़ियायौं हो राम।
तुहै छोड़ि भसुरू! दुसर नाही करबै,
तनि यक मुँहवा देखावा हो राम।
तुहैं छोड़ि भसरू दुसर नहीं करबै,
तनि एक अगिया लै आवा हो राम।
जौ हम होबै राम सती रे तिरियवा,
अँचरे से अगिया धधकिहैं हो राम।
अंचरै से धधकी है तुरतै अगिनियाँ,
हरि साथे भईं हैं सतियवा हो राम।''
जो मैं जनत्यों भयहू ऐसन करबू,
काहें के काटित दाहिन बहियाँ हो राम।

(पान चीर-चीर कर लौंग का धुंगारा देकर भोजन बनाया। ससुर और भसुर (जेठ) दोनों भोजन करने बैठे। ससुर तो भोजन कर रहे हैं पर जेठ बैठे हैं। बहू पूछती है—क्या भोजन बिगड़ गया है या नमक तेज है? जेठ भोजन न करने का कारण बताता है अनुज वधू के साथ शय्या-सुख प्राप्त करने की अपनी लालसा। कुलवधू यह सुन स्तंभित हो उठती है। पति की चरण-सेवा करते समय उसकी आँखों के अश्रु मन की व्यथा को व्यक्त कर देते हैं। पति कारण पूछता है। कारण जानकर पति का मन भाई के प्रति आक्रोश से भर उठता है। वह उसे शांत करती है। जेठ के आग्रह पर शिकार हेतु जाने को तत्पर पति को वह आशंकित हो रोकने का प्रयास करती है। पर उसकी बात अनसुनी कर पति चला जाता है। घनघोर वन में छोटे भाई का वध बड़ा भाई कर देता है। व्याकुल पत्नी दोनों के घोड़े और तलवारों को देखकर अपना दुर्भाग्य समझ जाती है। भसुरजी का घोड़ा तो उछलता-कूदता आ रहा है, हरिजी का घोड़ा विस्मयाविभूत विकल है। पति की तलवार घोड़े की पीठ पर लटकी हुई चमक रही है, जेठ की तलवार रक्त से सनी है। वह जेठ से पूछती है कहाँ मारा? कहाँ गिराया मेरे प्रिय को? किस वृक्ष तले खड़ा किया? ऊपर मारा, नीचे गिराया। कदम वृक्ष तले खड़ा किया। सतीत्व की रक्षा हेतु धैर्य का संबल ले वह जेठ से पति के अंतिम दर्शन कराने की प्रार्थना करती है। कदम वृक्ष तले पति का शव देखकर मुखाग्नि देने के लिए आग लाने का आग्रह करती है। जेठ वहाँ से आग लाने के लिए चला जाता है। पतिव्रता नारी अपने आँचल से ही अग्नि प्रज्वलित करके पति के साथ सती हो जाती है। जेठ यह देखकर दुःख और पश्चाताप से भर उठता है। यदि मुझे ज्ञात होता कि तुम ऐसा करोगी तो क्यों अपनी दाहिनी बाँह (भाई) को

काटता?)

धर्म की रक्षा हेतु नारी ने सदैव कष्ट उठाया है। एक जाँत के गीत में एक अभागिन बहन की दुखांत कहानी है जिस पर उसका सहोदर भाई ही आसक्त हो जाता है—

''एकहि राजा के सात बेटउवा, एक रे प्रेमा बहिनिया हो राम।
गइया चरावै कबौं गए लहुरवा, बरहा बरिसवा पै लौटे हो राम।
कलसा जे भरि भरि धरी है कगरवाँ, हेरै लागीं केहू उठहरवा हो राम।
एक हाथे लहुरा रे कलसा उठावै, एक हाथे पकरै दाहिन बहियाँ हो राम।
घरवाँ पहुँचिकै लहुरा बिरनवाँ, गोड़े-मूड़े तानै चदरि या हो राम।
उठ बेटा उठ भै धरमवा कै जुनियाँ, उठि कै करहु दतुइनिया हो राम।
हम तब उठबै करब दतुइनिया, सगरे क गोरिया बियाहा हो राम।
(इसी प्रकार पिता, भाई के संवाद)
उठ भइया उठ भै करमवाँ कै जुनियाँ, उठि जाहु अपनी नौकरियाँ हो राम।
हम तब उठबै करब दतुइनिया, हमसे रचावा बियहवा हो राम।
जौने बाप के बाबा गोहरायों, ससुर कइसे मुँहवाँ भाखौं हो राम।
जौनी माई के मैया गोहरायों, सासु कइसे मुँहवाँ भाखौं हो राम।
जौने बिरन के बिरन गोहरायों, जेठ कइसे मुँहवाँ भाखौं हो राम।
जौनी भौजी के भौजी गोहरायों, जेठानी कइसे मुँहवाँ भाखौं हो राम।
जौने बिरन के बिरन गोहरायों, पुरुष कइसे मुँहवाँ भाखौं हो राम।
गंगा जमुनवाँ कै मतली लहरिया, प्रेमा जे कूदैं मझधरवाँ हो राम।''

(सबसे छोटा पुत्र गाय चराने वन में जाता है। वहाँ भटक जाता है। वहाँ से जाकर 8कहीं नौकरी करने लगता है। बारह वर्षों के बाद वापस अपने गाँव लौटता है। गाँव के पनघट पर उसकी बहन प्रेमा जल भरकर खड़ी है। उससे घड़ा उठाने के लिए सहायता माँगती है। कलश उठाते समय छोटा भाई अपनी बहन को न पहचान पाने के कारण उसकी बाँह थाम लेता है। घर पहुँचकर सिर से पैर तक चादर ओढ़कर सो जाता है। प्रातःकाल माँ जगाती है, उठ बेटा, धर्म की बेला हो गई, दातून कर। पिता जगाता है स्नान के लिए, भाई कलेवा के लिए और भाभी भोजन के लिए जगाने आती है, किंतु वह सबको एक ही उत्तर देता है—मैं तब उठूँगा जब सागर पर पानी भरने वाली उस गोरी से मेरा विवाह कर दोगे। बहन भी जगाने आती है, भाई! उठो, कर्म की बेला आ गई, अपनी नौकरी पर जाओ। पर वह कहता है कि मैं तब उठूँगा जब तुम मुझसे विवाह के लिए राजी हो जाओगी। बहन दुःखी होकर कहती है किस मुख से पिता को ससुर, माँ को सास, बड़े भाई को जेठ, भाभी को जिठानी कहकर पुकारूँगी? जिस भाई को वीर कहती आई उसे पति रूप में कैसे स्वीकार करूँ। इस मानसिक अंतर्द्वंद्व से बचने का एक

ही उपाय उसे सूझता है कि वह अपने प्राणों का उत्सर्ग कर दे। गंगा-जमुना की उन्मत्त लहरों में प्रेमा कूद जाती है।)

कुसुमा नामक वीर रमणी का उज्ज्वल चरित्र एक जाँत गीत में उजागर हुआ है—

बाबा के सगरवाँ चली करैं असननवाँ,
हाथ लिहे सोने कै घइलवा हो राम।
घइला जे भरि-भरि धरी है किनरवाँ,
चीर छोरि करै असननवाँ हो राम।
घोड़वा चढ़ा आवइ एकरे तुरुकवा,
गोरिया के रुपवाँ लोभायल हो राम।
केकरि हयू तूँ धेरिया, पतोहिया,
केकरि हयू बारी धनिया हो राम।
जेठ बैसखवा कै तपती भुभुरिया,
तुँहसे जे पनिया भरावै हो राम।
बाबा कै धेरिया ससुर कै पतोहिया,
हरिजी कै हई बारी धनियाँ हो राम।
बैहियाँ पकरि तुरुका घोड़वा चढ़ावै,
टुप-टुप चूवै अँसुइया हो राम।
जौ तुँही मिरजा हो हम पै लोभाया,
बाबा ताईं हथिया बेसाहा हो राम।
भइया ताई घोड़वा बेसाहा हो राम।
जौ तुहीं मिरजा हो हम पै लोभान्या,
दूनौ क बंदि छोड़ावा हो राम।
जौ तुहीं मिरजा हो हमपै लोभाया,
चनन कै डँडिया फनावा हो राम।
हँसि-हँसि मिरजा हो हाथी घोड़ा बेसाहैं,
रोई-रोई चढ़ैं भइया बाबा हो राम।
हँसि-हँसि मिरजा हो डँडिया फनावै,
रोई-रोई चढ़ै कुसुमा बहिनी हो राम।
एक बन गई हैं दुसरे बन गईं,
तिसरे म बाबा कै सगरवा हो राम।
तनी एक डँड़िया छिपावौ मैया कहँरा,
बाबा के सगरवाँ पनियाँ पियबै हो राम।

यहिरे सगरवा कै ढाबर पनियाँ,
हमरे सगरवाँ पनियाँ पीइउ हो राम।
तुहरे सगरवाँ मिरजा नित उठि पियबै,
बाबा कै सगरवा दूलम होइहैं हो राम।
एक घूँट पीयै दूसर घूँट पीयै,
तिसरे म भईं तरबोरवा हो राम।
रोई-रोई मिरजा हो जलवा बहावै,
बाझि आवै घोंघवा सेवरवा हो राम।
हँसि-हँसि बिरना हो जलवा बहावैं,
बाझि आवै नाकि कै नथुनिया हो राम।

(जल भरने और नहाने गई कुसुमा को बाबा के सागर पर एक मुगल घुड़सवार देख लेता है। उसका परिचय पूछता है और रानी बनाने का प्रलोभन देकर साथ ले जाना चाहता है, किंतु उसके मना करने पर बलपूर्वक अपहरण करता है। पिता और भाई के प्रतिरोध पर उन्हें बंदी बना लेता है। कुसुमा धैर्य नहीं खोती। चतुराई का आश्रय लेकर शर्त रखती है कि मैं तुम्हारे साथ तभी चलूँगी, जब मेरे पिता व भाई को बंधनमुक्त करके उनके लिए हाथी और घोड़ा तथा मेरे लिए चंदन की पालकी का प्रबंध करोगे। मुगल हँस-हँसकर उसकी शर्तें पूरी करता है। रो-रोकर पिता और भाई हाथी-घोड़े पर सवार होते हैं। उन्हीं के समक्ष उनके कुल की मर्यादा जा रही है, पर वे विवश है। बाबा के सागर पर पहुँचकर कुसुमा कहारों से पालकी रोकने का आग्रह करती है। मुगल पानी को गंदा बताकर अपने सागर का निर्मल जल पीने के लिए कहता है, पर वह कहती है कि तुम्हारे सागर का जल तो नित्य पीऊँगी, पिता का सागर दुर्लभ हो जाएगा।

जल पीना तो मात्र बहाना था, जिसके सहारे वह वीर रमणी जल-समाधि लेने का अवसर पा सकी। भाई के जाल डालने पर उसकी नाक की नथ, जो मर्यादा की प्रतीक है, फँस आती है। मिर्जा के जाल में घोंघे और सेवार फँसते हैं।)

यह गीत 'अवधी', 'भोजपुरी' दोनों में उपलब्ध है, नाम और कहानी के थोड़े अंतर से। बुंदेलखंडी लोकगीतों में भी इस भाव का एक गीत मिलता है जिसमें 'मथुरावली' को मुगल बंदी बनाकर ले जाता है। वह अपने सतीत्व की रक्षा के लिए जलकर प्राण दे देती हैं—

''सरग उड़ती एक चीलरी, आधे सरग मँडराय,........
राखौ बहन पगड़ी की लाज ठाढ़ी जरे मथुरावली।''

(रामचरन मित्र हरायण 'बुंदेलखंड की संस्कृति और साहित्य', भूमिका, पृष्ठ 57)

राजा गोपीचंद का जोगी बनकर निकल जाना अनेक लोकगीतों का वर्ण्य विषय है।

प्राय: जोगी लोग इनकी कथा को गा-गाकर सुनाते हैं। जाँत के गीतों में भी इस कथानक को स्थान प्राप्त है—

"भँटवा मैं चिरि-चिरि भजिया बनायौं,
लौंगा के दिह्यो है धुँगरवा हो राम।
जेंवन बैठे हैं गोपीचंद रजवा,
मैया नयनवाँ निरवा ढुरै हो राम।
किय सुधि आई रे माई लहुरी बिटियवा,
किय रे बहुअवा कुछु कहै हो राम।
नाहीं सुधि आई बेटा लहुरी बिटियवा,
नाहीं रे बहुअवा कुछू कहें हो राम।
तुहरे सरीखे मैया तोरा बाप रहे,
वनहूँ भये रावल जोगिया हो राम।
देत्यू न मैया हो अपनी गुदरिया,
हमहूँ जे होबै रावल जोगिया हो राम।
जौ तुहूँ होब्यो मोरे पूता रावल जोगिया,
दुधवा कै मोलवा दिहे जाया हो राम।
सरग तरइया मइया भले गिनि जइहैं,
माई के दुधवा अनमोल हो राम।
जौ तुहूँ होब्यो मोरे पूता रावल जोगिया,
बहिनी नगरियाँ जिनि जाया हो राम।
सबकी नगरिया मैया घूमि फिरि अइबै,
बहिनी नगरिया धूनी लगइबै हो राम।
सुपवा म लिहीं बहिनी तिल अउर चउरा,
जोगिया के डारै चलीं भिखिया हो राम।
धै राखा ए बहिनी तिल अउर चउरा,
हम खाबै लरिकवन कै कलेउवा हो राम।
किरिया मैं खावँ अपने गोपीचंद भइया,
नाहीं बाटैं लरिकन क कलेउवा हो राम।
हमही हई तोहरा गोपीचंद बिरना,
दै देहु हमका कलेउवा हो राम।
हमहीं त हई तोहरा गोपीचंद बिरना,
हमहीं भये रावल जोगिया हो राम।

बहिनी जे देखीं है रावल जोगिया,
छतिया पीटिय मरि जाथीं हो राम।''

(बैंगन काट-काट कर भाजी बनाई, लौंग का धुँगार दिया। गोपीचंद राजा भोजन के समय माँ की आँखों में आँसू देखकर विकल हो कारण पूछते हैं। माँ कहती हैं तुम्हें तुम्हारे पिता की अनुकृति सी देखकर मुझे उनकी स्मृति हो आई। जो घर से निकलकर 'रावले जोगी' बन गए थे। इतना सुनते ही गोपीचंद भी पिता के पदचिह्नों पर चलने को प्रस्तुत हो माँ से गुदड़ी (फटे-पुराने कपड़ों से निर्मित झोली) माँगते हैं। माँ आशंकित हो उठती है। पति तो गया ही था; पुत्र भी जा रहा है। उसे रोकने के लिए शर्त रखती है। हे पुत्र! यदि तुम जाना ही चाहते हो तो जाओ, किंतु दूध का मोल चुकाकर जाना। पुत्र उत्तर देता है— माँ! आकाश के तारों की गणना करना तो संभव है किंतु दूध का मोल चुकाना असंभव है।

माँ समझ गई, अब पुत्र को विचलित नहीं किया जा सकता। तब वह कहती है कि बहन तुम्हारा योगी वेश नहीं देख सकेगी वहाँ न जाना। पर गोपीचंद कहते हैं—

सबकी नगरी में घूम-फिर आऊँगा। बहन की नगरी में तो धूनी रमाऊँगा। अब तो ममता के बंधन काटने ही हैं। इसके अतिरिक्त यह विश्वास भी है कि जोगी जब तक अपने कुल, गोत्र तथा संबंधियों के यहाँ भिक्षा में कच्चा भोजन न खा ले उन्हें सिद्धि नहीं मिलती। बहन तिल-चावल लेकर 'जोगी' को भिक्षा डालने आती है। वे कहते हैं— अपना तिल-चावल भूमि पर रख दो, मुझे बच्चों का कलेवा चाहिए। बहन भाई गोपीचंद की सौगंध खाती है कि कलेवा नहीं है, तब वह अपना परिचय बता देते हैं, सुनकर बहन का असह्य व्यथा से अंत हो जाता है।)

निरवाही (सोहनी)

श्रम गीतों में निरवाही गीतों का विशेष महत्त्व है। खेत निराते समय ये गीत मधुर स्वरों में वातावरण को गुँजायित करते हैं। श्रम गीत एक ओर कृषक की दिनचर्या का अंग है तो दूसरी ओर वे उसकी ॠतुचर्या से भी संबंध रखते हैं। निरवाही का कार्य वर्षा ॠतु में, प्राय: रिमझिम बरसती बूँदों के बीच संपन्न किया जाता है। लोक-मानस प्रकृति के सान्निध्य में स्वयं को खोलता सा प्रतीत होता है। उसकी सुख, दु:खात्मक अनुभूतियों को निरवाही गीतों में वाणी मिली है।

खेत निराते समय स्त्रियाँ प्राय: एक पंक्ति में बैठकर अनावश्यक घास चुन-चुनकर निकालते हुए गीत गाती जाती हैं। वास्तव में कार्य करने की यह मुद्रा स्मृति पटल से मुक्त अवकाश प्रदान करती है। विगत काल की सुखद-दु:खद स्मृतियाँ रह-रहकर मस्तिष्क में घनीभूत होती हैं और दुर्दिन का संयोग पाकर गीतों के रूप में द्रवीभूत हो

उठती हैं।

हमारे पारिवारिक जीवन की अनेक मधुर, कटु समस्याएँ, उलझनें और परस्पर विरोधी परिस्थितियाँ निरवाही गीतों में अभिव्यक्त हैं।

"निरवाही करते समय स्त्रियाँ जिन गीतों को गाती हैं उन्हें निरवाही के गीत कहा जाता है।"

(पं० रामनरेश त्रिपाठी, 'कविता कौमुदी' (भाग 3), पृ० 559)

सोहनी (निरवाही) के वर्ण्य-विषय—निरवाही गीतों में प्राय: कोई-न-कोई कथानक वर्णित हुआ है। इस कारण इनका कलेवर बड़ा है। निरवाही गीतों के वर्ण्य-विषय विविध हैं। पारिवारिक जीवन की कटुता, प्रेम, द्वंद्व आदि इनमें मुखर हुए हैं। नारी-जीवन पति से दूर रहकर कितना असुरक्षित है। अपना ही देवर यदि उसके रूप पर आसक्त हो धृष्ट प्रस्ताव करे, तो नारी कैसे सहन करे, किंतु किस प्रकार यह विवेक, बुद्धि और धैर्य से धर्म और कुल-मर्यादा की रक्षा करती है, अवलोकनीय है—

"अपुना त चल्या देवरा, पुर्बी बनिजियाँ हो राम,
देवरा हमकाँ तूँ काव लै अइबा हो राम।
कइकै बनिजिया हम जब लौटबै हो राम,
भौजी तुहैं लैबे रेसमी चोलियवा हो राम।
छवहिं महिनवाँ पै लौटे देवरवा हो राम,
भौजी थामि लेहु रेसमी चोलियवा हो राम।
हम तौ हई देवरा राम रसोइयाँ हो राम,
देवरा टाँगि देहु चनन की खुटियाँ हो राम।
चोलिया पहिरि किहीं सोरहो सिंगरवा हो राम,
रामा सुधि आई हरि कै सुरतिया हो राम।
काहें के भौजी तोरा मनवाँ मलीन हो राम,
भौजी काहें तोरा होंठ कोम्हिलाने हो राम।
पिया की सुधियाँ मोरा मनवाँ मलीन हो राम,
देवरा पान बिनु होंठ कोम्हिलाने हो राम।
खातिउ न भौजी मघैया ढोली पनवा रे ना,
भौजी सोवत्यू न हमरी सेजरियाँ रे ना।
अगिया लगावौं देवरा तुहरी अकिलियाँ हो राम,
देवरा हम जैसे तोरी महतरिया हो राम।
एक बन गए देवरा, दूसर बन गए हो राम,

रामा तिसरे म भइया कै नोकरिया हो राम।
अगिया लगावौं भइया तोहरी नोकरियाँ हो राम,
भइया! भौजी राखैं हमैं हरवहवा हो राम।
लाओ न भइया! मोरी ढाल तरुवरिया हो राम!
भइया धनियाँ मारन हम जाबै हो राम।
भितरा से निसरी हैं पतरी तिरियवा हो राम,
रामा कहहु प्रभु! जिया कुसलतिया हो राम।
अगिया लगावौं धनिया तोरी कुसलतियाँ हो राम,
धनिया छोट भैया राख्यू हरवहवा हो राम।
अगिया लगावौं राजा तोहरी अकिलियाँ हो राम,
देवरा राखै चाहैं मोहि बहुअवा हो राम।
लाओ न धनिया मोरी ढाल तरुवरिया हो राम,
रानी भइया मारन हम जाबै हो राम।
हमरा के मारे प्रभु दुसरी लै अइबा हो राम,
राजा भइया के मारे बँहियाँ टूटै हो राम।''

(देवर जी! आप तो पूर्वी देश में व्यापार के लिए जा रहे हैं, मेरे लिए क्या ले आएँगे? उसके प्रश्न के उत्तर में देवर रेशमी चोली लाने का आश्वासन देकर जाता है। लौटने पर स्पर्श-सुख की कामना से चोली पकड़ने को कहता है। वह राम रसोई में अपनी व्यस्तता बताकर खूँटी पर टाँगने को कहती है। शृंगार करके चोली धारण कर खड़ी होती है तो प्रिय की सुध मन को उदास कर जाती है। देवर के द्वारा कारण पूछने पर बताती है कि प्रिय के बिना मन मलीन है, पान के बिना होंठ कुम्हलाए हैं। देवर धृष्ट प्रस्ताव करता है। नारी उसे धिक्कारती है। अपमान की ज्वाला से वह दग्ध हो उठता है। भाई के पास पहुँचकर भाभी की शिकायत करता हुआ कहता है कि वे मेरे साथ हलवाहे जैसा व्यवहार करती हैं। बड़ा भाई पत्नी के अविवेक पर क्रुद्ध हो उठता है। पत्नी उसे सच्चाई से अवगत कराती है, जिसे सुनकर पति भाई को मारने को तत्पर हो उठता है। पर वह देवर को क्षमा दिलवा देती है, यह कहकर कि मुझे मारने के बाद तुम्हें दूसरी पत्नी तो मिल जाएगी, पर भाई के मार देने से दाहिनी बाँह टूट जाएगी, सहोदर भाई मिलना दुर्लभ है।)

निरवाही गीतों में दांपत्य जीवन की कटु, मृदु अनुभूतियों के भी चित्र स्थल-स्थल पर दिखाई देते हैं ।

पति का परस्त्री में अनुराग नारी-जीवन का चरम कष्ट है। वही सौत यदि घर आ जाए तो उस स्थिति में परिवार की सुख-शांति ही छिन जाती है।

"ऊँचेहि कुँवना कै निचली जगतिया हो राम,
रामा पनियाँ भरै एक सुनरिया हो राम।
घोड़वा चढ़ल आवै एक राजपुतवा हो राम,
सुन्नरि बूँन एक पनियाँ पियावौ हो राम।
पनियाँ पियावत झलकीं बतिसिया हो राम,
राजा गोरिया के रुपवाँ लोभायन हो राम।
सुन्नरि लागौ न हमरे गोहनवाँ हो राम,
सुन्नरि तोहके राखब जैसे घिउ गागरि हो राम।
उँचवहि चढ़िकै निहारै बियहिया हो राम,
सासू! तोरा पूता ओढ़री लै आवैं हो राम।
चुप रहु बहुअरि, चुप रहु बहुअरि हो राम,
बहुअरि! ओढ़री से गोबरा कढ़ैबौं हो राम।
रेसमे कै सरिया छोड़ि देहु ओढ़री हो राम,
ओढ़री पहिरि लेहु फटही लुगरिया हो राम।
हथवा म लेहु ओढ़री बाँसे कै डेलरिया हो राम,
ओढ़री सरिया म काढ़ौ गोबरा हो राम।
गोरी गोरी बहियाँ दिउलिया ऐसी मथिया हो ना,
सासू कौने हाथे गोबरा मैं काढ़ौं रे ना।
जीरा ऐसी फुफुनी दिउलिया ऐसी मथिया रे ना,
सासू कौने मूड़े गोबरा मैं ढोवउँ रे ना।।
बरहा बिंजन बनवै बियहिया हो राम।
मैया आजु कै जेंवनवाँ नाहीं बना हो राम।
मकरा कै रोटिया औ बथुआ कै सगवा हो राम,
रामा जेंवना बनावै जब ओढ़री हो राम।
माई आजु कै जेंवनवा खूबै बना हो राम।
बियही औ ओढ़री करें झोंटी क झोंटा रे ना,
रामा डेहरी बैठि राजा झंखैं रे ना।
के काँ मैं मारौं मइया के काँ निसारौं रे ना। मइया के काँ मैं तिलरी गढ़ावौं हो राम।
ओढ़री के मारा बेटा देसवाँ निसारौं हो राम। बेटा बियही के तिलरी गढ़ावा हो राम।
सोनवाँ कै टकवा देबौं तोके गोड़ियवा हो राम। गोड़िया ओढ़री के परवाँ उतारौ हो राम।
गोड़िया बियही के बोरौ मझधरवाँ हो राम।
बियही कै नइया राम परवाँ उतारैं हो राम, रामा ओढ़री बूड़हिं मझधरवाँ हो राम।

ओढ़री कै सोचि अब छोड़उ हो राम, पूता! बियही के घर माँ मनावो हो राम।''

(प्यासा पथिक कुएँ पर पानी भरती सुंदरी के मंद हास्य तथा 'बतीसी' की झलक पर मुग्ध हो जाता है। उससे साथ चलने का आग्रह करता है, आश्वासन देता है कि तुम्हें घी की गागर की भाँति सहेजकर रखूँगा।

पति के साथ सौत को आते देखकर पत्नी सास को सूचित करती है। सास उसे आश्वासन देती है कि तुम चिंता न करो। 'ओढ़री' (भगाकर लाई गई स्त्री) से गोबर साफ कराऊँगी। 'ओढ़री' (सौत) सास की यह कठोर आज्ञा कि रेशमी साड़ी उतारकर, फटी साड़ी पहनकर गोबर साफ करो, सुनकर सहम जाती है—गोरे-गोरे हरी चूड़ियों भरे हाथ से गोबर कैसे उठाऊँ, छोटे कोमल माथे पर, पतली कमर पर गोबर कैसे ढोऊँ?

यहाँ लोक कवि ने 'सौत' की मानसिक व्यथा को भी उजागर किया है। गौरवर्णी शृंगारप्रिया तन्वंगी, जिस कोमलांगी को घी की गागर सा सहेजने का आश्वासन मिला था उसे यह कठोर आज्ञा आहत कर देती है। ('जीरा सी फुफुनी' और 'दिए जैसा माथा' उसके तन्वंगी होने का संकेत हैं)।

नायक को विवाहिता पत्नी के हाथ का स्वादिष्ट, उच्चकोटि का भोजन भी अरुचिकर लगता है पर 'मकरा' की रोटी और बथुआ के साग में षटरस व्यंजन का स्वाद मिलता है, क्योंकि वह प्रेमिका ने बनाया है। विवाहिता और प्रेमिका का कलह ही इसका स्वाभाविक परिणाम है। नायक नित्य की कलह से व्यथित होता है—

वह माँ से पूछता है कि किसे मारकर निकालूँ और किसे प्रेम का हार पहनाऊँ? किसे पार उतारूँ, किसे मझधार में छोड़ दूँ? माँ विवाहिता का पक्ष लेकर उसे समझाती है। पर प्रेमिका के प्रति वह कठोर नहीं हो पाता। केवट को स्वर्णमुद्रा का प्रलोभन देकर विवाहिता की नाव को मझधार में डुबाने का आदेश देता है। पर ईश्वर की कृपा से विवाहिता पार हो जाती है और प्रेमिका की नाव डूब जाती है। व्यथित नायक को उसकी माँ विवाहिता पत्नी के सम्मान की रक्षा करने और उससे क्षमा माँगने की सीख देती है।)

निरवाही के गीतों की करुणा ह्रदय को द्रवीभूत कर देती है।

''सब रे विदेसिया विदेसे जाथै, कौड़ी के लोभन हो राम।
राजा! हम धना वारी वयसवाँ, जियब हम कैसे हो राम।
धना! नैहर पठयू सनेसवा, बीरन के बोलाइ लिहू हो राम।
धना! गोदिया में लिहू भतिजवा, नगर घूमि आइउ हो राम।
राजा! अंतहि जन्मीं भौजिया, भतीज छोरि लेहैं हो राम।
राजा! फटि जइहैं बजर की छतिया, करेज मोरा बिहरै हो राम।
धना! देवरा क सीझू रसोइया उहै दिन बितैहैं हो राम।
हनि लिहीं बजर केंवड़िया सोवथीं घँवराहरि हो राम।

बरहै बरिसवा में लौटे राजा, दुअरवा पै गोनी धरैं हो राम।
आपनि मैया बोलावै त पूछैं, धनिया कौने रंग हो राम।
मैया बड़े रे साहेब कै बिटियवा, राखैं कुल आपन हो राम।
उहाँ से गोनिया उठावैं, दलनियाँ में गोनो धरै हो राम।
बहिनो बोलाई आपन पूछै, धनिया कौने रंग हो राम।
मैया बड़े जिलेदार कै बहिनियाँ, रखैं कुल आपन हो राम।
उहाँ से गोनियाँ उठावैं, रसोइया में गोनी धरैं हो राम।
आपनि भौजी बोलाइ भेद पूछैं, त धनिया कौन रंग हो राम।
बाबू! हनि लिहीं बज्र केंवड़िया, सोवहि घँवराहरि हो राम।
खोलि दिहे बज्रा केंवड़िया, देखईं घवराहरि हो राम।
अँगिया त खाई देवँकिया, जमै कुस डाभर हो राम।
धनिया बरहा बरिस की कमैया, त केकाँ दखावौं हो राम।।

(पति का विछोह नारी-मन को असह्य लगता है। वह पति को परदेश जाने से रोकती है, पर धनलोलुप प्रिय प्रिया की प्रार्थना की अवहेलना करता है। 'वारी वयस' प्रिया को भाई के घर जाकर भतीजे में मन लगाकर रहने का निर्देश देता है। प्रिया भाभी के दुर्व्यवहार की आशंका से वहाँ नहीं जाना चाहती। वह देवर की देखभाल में व्यस्त रहने को कहकर चला जाता है। मानिनी दुःखी पत्नी यह निष्ठुरता और अपनी विनय की अवहेलना पर स्वयं को अपमानित अनुभव करती है। क्रोध और दुःख के अतिरेक में शयन-कक्ष का द्वार भीतर से बंद करके एकांत में समाधि ले लेती है। बारह वर्षों की दीर्घ अवधि पूरी कर धन और अरमानों का अंबार लेकर नायक लौटता है। माँ-बहन से प्रिया का समाचार पूछता है। वे कहती हैं कि उसने अपने कुल की मर्यादा रखी है। भाभी उसे सच्चाई का ज्ञान कराती है कि वह तो बारह वर्षों से किवाड़ बंद किए पड़ी है।

किवाड़ खुलने पर प्रिया का दुःखद अंत देखकर वह शोक-संतप्त हो उठता है, वहाँ का दुश्य देखकर प्रिय का हृदय हाहाकार कर उठता है। इस गीत से परिवार में उस नारी की उपेक्षा की ओर भी संकेत है जिसका पति परदेश गया हो। बारह वर्षों से बंद कपाट को खोलकर उसकी दशा देखने का प्रयास किसी ने नहीं किया था। बहू की अँगिया दीमकों ने खा ली थी, शरीर पर कुश-घास उग आए थे।

'बारह वर्षों की कमाई अब किसे दिखाऊँ' इस पंक्ति में अथाह व्यथा है, रुदन है।)

संयुक्त परिवार में सास के शासनादेश में बहू की क्या दुर्दशा होती है, यह इन गीतों में स्वाभाविक स्वर में उभरा है।

"अरे हमरी सासु बैरिनियाँ हो राम, अरे हमका बेचेनि डोमवाँ हाथे हो राम।

बरहे बरिस मोरे पिया आए हो राम, अरे उतरे कदम जूड़ छहियाँ हो राम।
मइया लइके दउरी हैं चनन पिढ़इया हो राम,
अरे बहिनी लिहे जूड़ पनियाँ हो राम।
मइया मैं देख्यों, बहिनयाँ मैं देख्यों हो राम,
अरे एकु नाहीं देख्यों आपनि रनियाँ हो राम
गाँव मा रहीं सितलहिया हो राम,
पूता! धना जी का माता लै गईं हो राम।
मइया! धना जी कै कपड़ा देखावौ हो राम,
मइया! धना जी कै माटी देखावो हो राम।
पुरवा की आँधी, पछिम केरा पानी हो राम,
पूता धना जी कै माटी गईं बहिया हो राम।
पूता गाँव मा भई चोरहइया हो राम,
पूता धना जी कै कपड़ा चोराइ गए हो राम।
हाथे के लिहिन ढाल तलवरिया हो राम,
अरे बगल के लिहिन कटरिया हो राम।
एक बन गये, दूसरे बन गए हो राम,
अरे पहुँचे हैं जाय ससुररिया हो राम।
आओ ननदोइया बइठो मोरे अँगना हो राम,
आव कूँचौ महोबे के बीरा हो राम।
अगिया लागै तुहरे बीराँ हो राम,
भउजी अपनी ननदी देखावौ हो राम।
हमरी तौ ननदी डोमवाँ हाथे बिकि गईं हो राम,
अरे केहिका मैं ननदी बनावौं हो राम।
हुवना से उठिगै हैं राजा हो राम,
अरे सोये हैं ओढ़ि चदरिया हो राम,
ऊपर महल मा राजा उनके सोवैं हो राम।
नीचे रानी जो बेंचै सूप चलनियाँ हो राम,
अरे काव लै देबू सूप चलनियाँ हो राम,
अरे काह मोल की सुरतिया हो राम,
एकु टका क मोरा सूप चलनियाँ हो राम,
राजा! दमरिउ कै नाहीं है सुरतिया हो राम,
अरे हमकाँ बेचेनि डोमवा हाथे हो राम।"

(ईर्ष्या—द्वेष से युक्त सास पुत्र के विदेश जाने पर पुत्रवधू को डोम के हाथ बेच देती है। पुत्र लौटकर आता है तो पत्नी को न देखकर पूछता है कि 'माँ! सबको देखा पर अपनी पत्नी को नहीं देख रहा हूँ।' माँ कहती है कि वह शीतला के प्रकोप से चल बसी। पुत्र उसके वस्त्र, मृत शरीर देखना चाहता है। माँ कहती है कि अस्थि और शव तो बाढ़ में बह गया। वस्त्र चोरी चले गए। दुःख से बावला वह अपनी ससुराल पहुँचता है। वहाँ सरहज उसे सच्चाई बताती है। व्यथित हृदय वह आकर अपनी महल की अटारी पर मुख ढँककर लेट जाता है। महल के नीचे उसकी पत्नी सूप, चलनी बेचती है। आवाज पहचानकर वह पूछता है कि कितने टके की तुम्हारी सूप-चलनी है तथा कितने का तुम्हारा रूप है। वह पति को पहचानकर दुखी मन से कहती है कि एक टके की मेरी सूप-चलनी है, पर मेरा सौंदर्य तो दमड़ी के मूल्य का भी नहीं। मैं तो डोम के हाथ बिकी हुई हूँ।)

समाज में जहाँ सुंदर सत्य होते हैं वहीं कभी-कभी जीवन के कुत्सित असुंदर चित्र भी दृष्टिगोचर होते हैं, जो प्रतिभा साहित्य में सांस्कृतिक मर्यादा से च्युत होने के कारण वर्ण्य-विषय प्रायः नहीं बन पाते। किंतु आलोचना के भय से मुक्त समाज का यथार्थ चितेरा उन कुत्सित चित्रों के प्रति अपनी घृणा की अभिव्यक्ति के लिए उनका वर्णन करता है।

ऐसा ही एक घृणित चित्र हमें एक निरवाही गीत में प्राप्त होता है, जिसमें पिता अपनी पुत्री के रूप-यौवन पर आसक्त होने के कारण उसका सौभाग्य ही समाप्त कर देता है।

"अपने ओसारे बेइलरि मुड़वा जे झारैं हो ना,
रामा बपई निरीखैं बेटी मँगिया हो ना।
बेटी के रूप लोभान बपइया हो राम, भेजैं दमाद के न्योता हो राम।
मरन अनेसा पावैं इनलू हो राम, मुला जाई पहुँचैं ससुररियाँ हो राम।
बपई ज माँजैं गँड़सवा हो राम, बालि दिहे इनलू गरदनिया हो राम।
आगे आगे चलै इनलू क अरथिया हो राम, पाछे चला बेला क डोलवा हो राम।
जौ तुहूँ होब्या मोरे बारे कै बियहवा रे ना, पियवा अँचरे से अगिनी धधाकै हो राम।

अपने बरामदे में बेला केश-शृंगार कर रही है, उसका पिता उसकी माँग देखता है। बेटी पर वह मुग्ध हो जाता है। गौना ले जाने के बहाने वह अपने दामाद को बुलाता है। मृत्यु का आभास पत्र द्वारा पाकर 'इनलू' (दामाद) व्यथित होता है। परिजन उसे वहाँ न जाने और दूसरा विवाह करने का निर्देश देते हैं, पर वह अपनी विवाहिता पत्नी के उद्धार की कामना से प्राणों का मोह छोड़ ससुराल आता है। इधर पुत्री पिता को हथियार तैयार करते देख पिता से प्रश्न करती है, जिसके उत्तर में वह बकरा काटने का बहाना करता है। दामाद का वध करके भी वह बेटी को रोक नहीं पाता। पति की अरथी के आगे-आगे वधू का डोला चल पड़ता है। ससुराल पहुँचकर वह ससुर, सास, जेठ,

जिठानी सबसे पति के अंतिम संस्कार करने का प्रबंध करने को कहती हैं। चिता सज जाती है, पतिव्रता प्रार्थना करती हैं। मैं अपने पति की विवाहिता निष्ठावान पत्नी हूँ, तो मेरे आँचल से आग धधक उठेगी।

और इस प्रकार धर्म की रक्षा में सती नारी अपने प्राणों की आहुति दे देती है।)

पनियाँ भरन चलैं सब सखियाँ हो राम,
अपुसै म करैं बतकहिया हो राम।
सब सखि बियहलि सब सखि थवहलि हो राम,
रामा एक काहें बारी कुवाँरी हो राम।
मचियहिं बैठी बेटी क मइया हो राम,
मइया! हम काहें बारी कुँवारी हो राम।
तुहरा बियाह बेटी नन्हवे म कीहेंव रे ना,
बेटी तोर वर राम हरि लीना हो ना।
राम ही जाने, राजा दसरथ किरिया,
हम तुहरा जियरा बचौबै रे ना,
भौजी हमरा तूँ भेदवा बतावा रे ना,
ननदी तोरा बर पटने कै रजवा रे ना।
केन तोरा दयवा रे केन मुद्दइया रे ना,
बेटी के तोरा भेदवा बतावै रे ना
सोवत रह्यों सपन एक देख्यों रे ना,
मैया मोरा हरि पटने कै रजवा रे ना।
बढ़ि आवो बढ़ि आवो भगीरथ भतिजवा रे ना,
भैया धोबिया (बनिया, अहिर आदि) कै मुसक चढ़ावो रे ना।
झँझरी खिरिकिया से चितवैं रनियवाँ रे ना,
राजा के तोरा लूटैं बजरिया रे ना।
चुप रहु, चुप रहु बारी धनैतिन रे ना,
धनिया बियहलि लूटै बजरिया रे ना।
हथिनी से उतरै रे चुटपुट दौरे रे ना,
धना भितरी पलँग चढ़ि बैठे रे ना।''
तुहीं बैठा रनियाँ हो चढ़िकै पलँगिया रे ना,
सवती से गोबरा कढ़ावौ रे ना।''

(एक युवती सखियों के साथ पनघट पर जाती हैं। सब सखियाँ विचार करती हैं कि हममें सभी विवाहिता हैं, एक सखी (वह युवती) कुमारी क्यों है?

घर आकर वह अपनी माँ तथा अन्य परिजनों से कारण पूछती है। उसे उत्तर मिलता है कि तुम्हारा तो बचपन में ही हुआ था पर ईश्वर ने तुम्हारे वर का हरण कर लिया।

भाभी उसे वास्तविकता से अवगत कराती है, इस शर्त पर कि मेरी प्राण रक्षा करना। ननद आश्वासन देती है कि मेरा भेद बताओ, मैं तुम्हारी प्राण-रक्षा करूँगी।

अब वह माँ से हथिनी, पिता से घोड़ा, भाई से भगीरथ भतीजा, भाभी से चटकी (गाढ़े रंग की) चूनर माँगती है कि मैं पटना के युद्ध में जाऊँगी। माँ, पिता आदि आशंकित होकर कह उठते हैं कि किस शत्रु ने तुम्हारा भेद बता दिया।

वह कहती है कि मुझे किसी ने बताया नहीं। मैने स्वप्न देखा है कि मेरा पति पटना का राजा है।

राज्य-मद में पत्नी को भूल जाने वाले पति की खोज में वह साहसी रमणी चल पड़ती है, उसके पास विवाहिता का अधिकार जो है। मार्ग में राजा के अहीर, धोबी, बनिया को बाँधकर कैद करने की भतीजे को आज्ञा देती है।

उनका अपराध यही है कि वे उस राजा के सेवक हैं जो उसे भूल गया है। धोबी उस रानी के वस्त्र धोता है जो उसकी सौत बनी है। राजा की बाजार लूटने की आज्ञा देकर वह आगे बढ़ती है। खिड़की से नारी बाजार लुटते देखकर राजा से प्रश्न करती है, "राजन्! तुम्हारी बाजार कौन लूट रहा है?" राजा उसे चुप रहने को कहते हैं। उन्हें ज्ञात हो गया कि इतने अधिकार-पूर्वक विवाहिता ही आ सकती है।

"चुप रहो मेरी छोटी प्रिया! चुप रहो। रानी! मेरी ब्याहता बाजार लूट रही है।"

हथिनी से उतरकर शीघ्रतापूर्वक चलकर विवाहिता महल में साधिकार पलंग पर बैठ जाती है। अब राजा को अपना परिचय देकर उनसे पूछती है कि कब तुम देश से विदेश आए? कब मेरी सौत लाये? तुमने तो अपने माता-पिता को भी भुला दिया। राजा उत्तर देते हैं कि बाल्यकाल में ही घर से चला आया था, तभी यहाँ विवाह किया। पत्नी के कहने पर वह घर वापस चलने को तैयार हो जाता है। विवाहिता पत्नी से क्षमा माँगते हुए कहता है कि "रानी! तुम पलंग पर चढ़कर बैठना। अपनी सौत से गोबर साफ करवाना।")

रोपनी गीत

'धान' रोपते समय जो गीत गाए जाते हैं उन्हें 'रोपनी गीत' कहते हैं।

इन गीतों में भी अभावों की अटूट श्रृंखला है। पर कहीं-कहीं मौसम और परिस्थिति का उल्लास भी गीतों में फूट पड़ता है। श्रम के हेतु आह्वान प्राणों में हर्ष और उत्साह का संचार करता है। रिमझिम फुहारों में मिल-जुलकर धान रोपने का अपना विशेष आनंद है—

रिमझिम बरसत पनियाँ, आवा चली धान रोपै धनिया।
लहरत बा तलवा म पनियाँ, आवा चली धान रोपै धनिया।
सोने की थरिया म ज्योंना परोसैं, पिया काँ जेंवावै आईं धनिया।
झँझरे गेंडुआ म गंगा जल पनियाँ, पिया काँ घुटावैं आईं धनिया।
लौंगा इलाइची क बीरा जोरावैं, पिया काँ कुँचावै आईं धनिया।
धान रोपि कै जब घर आयों, नाच्यों गायों खुसी मनायों।
भरि जइहैं कोठिला ए धनियाँ, आवा चली धान रोपै धनिया।

(रिमझिम पानी बरस रहा है प्रिये! आओ चलें धान रोप आयें। तालाब में पानी लहरा रहा है। सोने की थाली में प्रिया ने भोजन परोसा। प्रिय को भोजन कराने खेत में पहुँची, झंझर गेडुवे में जल लेकर पानी पिलाने पहुँची, लौंग-इलायची का पान बीरा बनाया और अपने प्रिय को पान कुँचाने पहुँची। धान रोपकर जब दंपति घर आए तो नाच-गाकर प्रसन्नता व्यक्त की, इस आशा से कि सभी कोठिले धान से भर जाएँगे।)

निरंतर श्रम की चक्की में पिसते रहने पर भी जीवन की मौलिक आवश्यकताएँ भी यदि न पूरी हों तो मन नैराश्य-खिन्नता से भर उठता है। हृदय में असंख्य स्वप्न और सुख-सुविधाओं के अरमान लेकर प्रिय के घर आने वाली वधू निर्धनता की चोट से व्यथित हो उठती है। रात-दिन श्रम करते-करते पोषण के अभाव में उसकी कोमल काया सूख जाती है। सुख-चैन का स्वप्न, स्वप्न ही रह जाता है। पति को भी निरंतर मालिकों के घर कोल्हू में जुते बैल की भाँति श्रम करना पड़ता है। एक ही ढर्रे का काम, जहाँ न कोई आनंद है न उत्साह, फिर भी पेट भर भोजन तक दुर्लभ है—

जहिया से आयों पिया तोहरी महलियाँ, रतिया दिना करौं टहलिया रे पियवा।
देहियाँ झुरानी मोरी करति टहलिया, सपना भै सुख कै सपनवाँ रे पियवा।
बखरी कै हरा तुहूँ जोत्या रात दिनवाँ, तबहूँ न भर पेट भोजनवाँ रे पियवा।
चिपरी पाथत मोरी अँगुरी खियानी, तबहूँ न तन कै कपड़वा रे पियवा।

(प्रिय! जब से तुम्हारे घर आई, रात-दिन काम में जुटी रहती हूँ। मेरा शरीर लगातार परिश्रम करते-करते सूख गया। सुख का सपना तो सपना ही हो गया। तुम भी मालिक के घर रात-दिन हल चलाते हो, तब भी तुम्हें भरपेट भोजन नहीं मिलता। गोबर के कंडे-उपले पाथते-पाथते मेरी उँगलियाँ घिस गई हैं, फिर भी शरीर ढँकने को आवश्यक कपड़ा नहीं मिल पाता।)

यथार्थ चित्रण है, दैन्य और विवशता का।

कोल्हुई

कोल्हुई गीत प्रमुखतया पुरुष वर्ग का गीत है। श्रम का क्षेत्र खेतों तक ही सीमित

नहीं है। भिन्न-भिन्न वर्ग के श्रमिकों के कार्य-स्थलों तक इसकी परिधि फैली हुई है। खेत से ईख कटकर आ जाती है, गन्ने को कोल्हू में पेरकर रस निकालने की क्रिया प्रारंभ होती है। रात भर कोल्हू एकरसता के साथ चलता है, गन्ने का मधुर रस बड़े-बड़े पात्रों में एकत्र किया जाता है और साथ-ही-साथ गीतों का मधुर रस लोक-मानस रूपी बृहत् पात्र में संग्रहीत होता है।

श्रम गीतों में श्रम की भावना से संबंधित गीत प्राप्त होते हैं। श्रम का सुख संतोष, संपन्नता और उदार भावनाएँ प्रदान करता है।

कोल्हुई गीत 'कोल्हार' (जहाँ गुड़ बनने की प्रक्रिया होती है) में तो गाए ही जाते हैं साथ ही यही गीत तेली अपना तेल का कोल्हू पेरते समय भी गाते हैं। वस्तुत: इन गीतों की धुन कोल्हू की धुन से बँधी हुई है। इनके द्वारा श्रम-परिहार, मनोरंजन तो होता ही है निद्रा देवी को दूर हटाने का कार्य भी होता है। रात्रि की निस्तब्धता में कोल्हू की चरमर ध्वनि, बैलों के पैरों की आहट, कोल्हू हाँकने वालों के बैलों को दिए गए निर्देश, रह-रहकर गाँव के कुत्तों का उभरता स्वर, इन सबके बीच यह मधुर स्वरलहरी प्राणों का आह्वान करती सी प्रतीत होती है।

कोल्हुई गीतों में श्रम की महत्ता को प्रतिपादित करने के लिए एक कर्मठ नारी का चित्रण किया गया है, जो अर्द्धरात्रि से ही तेल की घानी लगाकर कार्य में व्यस्त हो जाती है। ब्राह्ममुहूर्त का ज्ञान कोयल की मीठी वाणी सुनकर उसे होता है। यह क्षण आदर्श गृहिणी के लिए स्वच्छता के कार्यक्रम में जुट जाने का होता है। स्वच्छता के उपरांत पानी भरकर लाने का। दैनिक जीवन की इन्हीं व्यस्तताओं का चित्र एक 'कोल्हुई' गीत में प्रस्तुत है। इतनी व्यस्तता के बाद भी प्रियतम की याद, उनकी प्रतीक्षा, मन के कोने से बार-बार उठकर मीठी पीर दे जाती है। सागर का एकांत पाकर प्रियतम के सान्निध्य की कामना और बलवती हो जाती है, वह वहीं आतुर भाव से प्रतीक्षा करती है—

"कौनी की जुनियाँ तेलिनि घनियाँ लगावैं, अरे कौनी जुनियाँ ना।
कोइलरि सबद सुनावैं कौनी जुनियाँ ना।
आधी कि रतियाँ तेलिनि धनियाँ लगावैं, कि पिछली रतियाँ ना।
कोइलरि सबद सुनावैं कौनी जुनियाँ ना।
कोइलरि सबद सुनि कै जागैं साँवरि गोरिया, बढ़निया लैकै ना।
सुन्नरि अँगना बहारै बढ़नियाँ लैके ना।
अँगना बहारि सुन्नरि घुरवा पै फैकैं, घइलवा लैके ना,
सुन्नरि चलैं सागर पनियाँ घइलवा लइकै ना।
घइला बोरि बोरि धरैं कगरवाँ,

कि जोहैं लागीं ना, परदेसिया कै बटिया कि जोहै लागीं ना।''

(किस समय तेलिन घानी लगाती है और किस समय कोयल अपनी कूक सुनाती है। आधी रात में तेलिन घानी लगाती है और रात के पिछले प्रहर में कोयल शब्द सुनाती है। कोयल की कूक सुनकर सभी साँवली, गोरी गृहणियाँ जग जाती हैं और झाड़ू लेकर सुंदरियाँ आँगन बुहारने लगती हैं। आँगन बुहार कर घूरे में कूड़ा फेंकती हैं और घड़ा लेकर पानी भरने सागर तट पर चल देती हैं। घड़ा भर-भरकर कगार पर रखती हैं और नहा-धोकर अपने परदेशी प्रिय की बाट जोहने लगती हैं।)

कोल्हुई गीतों में पौराणिक आख्यानों को नए ढंग से, नई घटनाओं एवं संदर्भों से युक्त करके प्रस्तुत किया गया है। राम-लक्ष्मण वन में शिकार के लिए भटक रहे हैं। उनके कष्ट की कल्पना लोक-जीवन की वास्तविक परिस्थितियों के माध्यम से की गई है।

राम-लक्ष्मण वन मृगया को जाते हैं। भगवान् भास्कर अपने वंशजों को छाया देने के लिए बादलों की ओट में छिप जाते हैं।

''मैं तोसे पूँछौं पढ़ला पण्डितवा,
कौने गुनवाँ भै बदरी कै घमवाँ कौन गुनवाँ।
राम लछिमन बन खेलथैं सिकरवा,
वही रे गुनवाँ, भै बदली कै घमवा वही रे गुनवाँ
हथिनी त मारि राम भुइयाँ गिरावैं,
तूरन लागै हो, गज हथिनी कै दँतवा, तुरन लागैं हो।
दँतवा तुरत, राम होइगै पियासा कि बुन एक हो,
लछिमन पनिया पियवत्या, त बुन एक हो।।
नाही बाँटे भइया इहाँ अवध नगरिया,
नाही राजा जनक बउलिया हो।
ऊँचे चढ़ि चारिउ ओर चितवैं भइया लछिमन,
देखाई एक माली फुलवरिया हो।
लै लेहु मलिया हो सोनवा क टकवा,
बून एक पनियाँ पियावा हो।
धै राखा लछिमन सोनवा क टकवा,
धै जाहु आपन धनुहा औ बान हो।
धनुहा औ बान लछिमन गिरौ धै आइन,
कि लै आइन हो।
राम कँ पनियाँ पियावै कै लै आइन हो,
राम लछिमन आवैं माली फुलवरियाँ।

छोड़ाइ लिहिन हो, आपन धनुहा औ बनवाँ
छोड़ाइ लिहिन हो।''

(हे विद्वान् पंडित! मैं तुमसे पूछता हूँ कि बदली की धूप किस कारण हुई अर्थात् बादलों के बीच से सूरज क्यों झाँक रहे हैं? पंडित उत्तर देते हैं कि राम-लक्ष्मण वन में शिकार खेल रहे हैं इसीलिए बदली की धूप हुई है, अर्थात् धूप की तेजी कम हो गई है। राम हाथी का शिकार करते हैं, पृथ्वी पर गिराकर उसके दाँत तोड़ते-तोड़ते श्रम के कारण प्यास से व्याकुल हो जाते हैं। श्रीराम लक्ष्मण से कहते हैं कि एक बूँद पानी पिला दो, मुझे बहुत प्यास लगी है। किंतु लक्ष्मण स्थिति से अवगत कराते हैं कि न तो यह अवधपुर नगर है और न ही यहाँ राजा जनक की बावड़ी है। फिर भी प्रयत्न करना अपना धर्म समझकर वे ऊँचे टीले से चारों ओर देखते हैं। उस घनघोर वन में भी एक माली की फुलवारी देखकर हर्षित होकर जल लेने पहुँचते हैं। माली को जल के बदले में स्वर्ण-मुद्रा देना चाहते हैं पर वह कहता है कि मैं तुम्हें जल तभी दूँगा जब अपना धनुष-बाण मुझे दे दोगे। लक्ष्मण शर्त मानकर धनुष-बाण बंधक रखते हैं।

स्वर्ण मुद्रा से अधिक मूल्य धनुष-बाण का है, इस तथ्य की ओर संकेत है। वीरों के लिए उसे छोड़कर जाना असंभव है, इसी विश्वास के आधार पर लक्ष्मण की मोहिनी छवि के पुनर्दर्शन और राम के मोहक रूप के दर्शन की अभिलाषा के कारण ही संभवतः माली यह शर्त रखता है।

पानी पीकर राम संतुष्ट होकर जल प्राप्ति का साधन जानना चाहते हैं। ज्ञात होने पर माली के घर दोनों भाई आकर अपना धनुष और बाण बंधक से छुड़ाते हैं। बदले में माली को दर्शन की ही तो लालसा थी।)

एक अन्य कोल्हुई गीत में देवर लक्ष्मण का सीता भाभी के प्रति असीम स्नेह और आदर का भाव प्रदर्शित है। वे सीता भाभी के साथ हास-परिहास युक्त देवरोचित स्वाभाविक व्यवहार करते हैं।

''चारि चौखुंटा मोरे बाबा कै बखरिया,
तेहि म सोवै सीता भौजइया तेहि बिचवाँ ना।
दुधवा के फहवाँ जगावैं लछिमन देवरा,
कि उठु भौजी ना, होइगै भोर भिनुसरवा कि उठु भौजी ना।
तुहरे जगाए देवरा तब हम उठबै, रँगाइ हो देब्या ना।
तूँ दखिनवाँ रंग छिटिया रँगाइ हो देब्या ना।
लेहु न रंगरेज सोनवाँ कै टकवा कि रँगि देहु ना,
हे दखिनवाँ रंग छिटिया कि रँगि देहु ना।
कौने बरन तुहरी सीता भौजइया, कौन रंग ना,

हम रँगी छीट सरिया कौने रंग ना।
गोरे बरन हमरी सीता भउजइया,
सबुज रंग माँ, तूँ रंगा हो छींट सरिया सबुज रंग माँ''।

(यहाँ लक्ष्मण सीता भाभी के चरणारविंद की ओर ही नहीं देखते, बल्कि सोई सीता को प्रात:काल रूई का फाया दूध में डुबाकर उससे स्पर्श कर जगाते हैं।

दूध के फाहे से जगाने में कोमलता और स्नेह का भाव व्यंजित है। कोमलांगी भाभी को जगाने के लिए आवाज देना, झकझोरना आदि असभ्यता होगी। जगाने का इससे कोमल साधन और क्या हो सकता है। मानस के लक्ष्मण सीता को माँ कहकर संबोधित करते हैं पर यहाँ स्वाभाविक संबोधन 'भौजी' में निकटता का आभास मिलता है। लोकगीतों की सीता भी देवर के साथ पुत्रवत् नहीं मित्रवत् आचरण करती हैं। उनके सुख-दु:ख का एकमात्र सहायक 'विपतिया के साथी' या नायक 'लछिमन देवरा' ही तो हैं। सुख के क्षणों में मधुर परिहास भी चलता है। तुम्हारे जगाने से तो तभी जगूँगी जब मेरे लिए दक्षिणी रंग की छीट में साड़ी रँगवा लाओगे, सीता की प्यार, अधिकार भरी यह शर्त सुन देवर लक्ष्मण रंगरेज का पता पूछकर वहाँ पहुँचते हैं। रंगरेज से भाभी के रूप-रंग का वर्णन करके उनके अनुरूप रंग में साड़ी रँगने का आदेश देते हैं। गौरवर्ण की मेरी भाभी हैं, हरे रंग में साड़ी रँगना।

साड़ी रँगवाकर लक्ष्मण प्रसन्नचित हो भाभी को सस्नेह अर्पण करते हैं।)

पौराणिक आख्यानों में भगीरथ के अनवरत प्रयास से गंगावतरण और शिव का उनके वेग को रोकने के लिए जटा में धारण करने का प्रसंग मिलता है। परंतु लोकगीतों में इस कथा का सर्वथा मौलिक और नवीन रूप उपलब्ध है एक कोल्हुई गीत में।

''काहे चनन तोहरी सोरिया निखरही,
काहें पलवना कोम्हिलाने।
गंगा की लहरियाँ मोरी सोरिया निखरहरी,
सुरुज जोतियाँ मोर पलउना कोम्हिलाने।
कौनी की जुनियाँ आवैं गंगा की लहरिया,
कौनी जुनिया आवैं सुरुज कै घमवाँ।
आधी कि रतियाँ आवै गंगा की लहरिया,
कि भिनहिया होत ना आवै सुरुज की जोतिया।
घुरवाँ घुरवाँ सिउवा करसी बटोरें,
चननवाँ के तरवाँ, सिउवा धुनिया रमावै।
आधी कि रतियाँ आवैं गंगा की लहरिया,
लपकि सिउवा धरैं, गंगा गोरी बहियाँ।

छोड़ो न सिव! मोरी अलहसि बँहियाँ,
कि टूटि जइहैं ना अमरिसवा कै कड़वा।
चुड़िला के बदले गंगा चुड़िला हम देबै,
चला न गंगा ना तूँ हमरे गोहनवाँ।
का करै चली हम तोहरे गोहनवाँ,
घराँ म तुहरे बाटी गौरा रनियवाँ।
बरहा बरिसवा भै गोरा के मरे,
भौरिया लिटिया लगावत मोर जरे मुँह हथवा।
बरहा बरिस जब गौरा के मरे भै,
देखावा सिउ हमे गौरा अभरनवाँ।
बरहा बरिसवा से परा झूरा कलवा,
हम बेंचि खायन हैं गौरा अभरनवाँ।
बरहा बरिस जब गौरा के मरे,
देखावा सिउ हमैं गौरा क कपड़वा।
बरहा बरिसवा से आए बाढ़-बूड़ा,
बहि गए गौरा के कपड़वा।
जौ हम चली सिउवा तोहरे गोहनवाँ,
त कैसे कैसे ना हमके रखबा छिपाई त कैसे कैसे ना।
दिनवाँ म रखबै गौरा लटिया के बिचवाँ,
कि रतिया कै ना रखबै रतुली पलँगिया।
यतनी बचनियाँ सुनै नारद मुनि भैने
त गौरा अगवाँ जाइके लुगुरी लगावैं,
सिड सवतियाँ लावैं मामी तोहरे उपराँ ना।
पैंया हम तुहरी लागी नारद मुनि भैने,
त कैसे कैसे हो देखी सवती सुरतिया,
हथवा म लै ल्या मामी तूँ मधु तेलवा,
लगाइ आवा हो सिउवा की लटियाँ।
हथवा म लिहीं गौरा अब मधु तेलवा,
त बिहँसति ना, आईं सिउ की मढ़ियाँ।
लमवै से देखि सिउवा गौरा की सुरतिया,
त बोलै लागैं हो सिउवा गौरा से बतिया।
बरहा बरिस भये गौरा किहे बियहवा,

त कबहूँ न हो, तूँ लगायू मधु तेलवा।
अब लग रह्यो सिउवा लरिका नदनवाँ,
त नाहीं चीन्हेंन हो सिउवा! अपना परउवा।
अब हम भयन सिउवा बारी बयसवा,
कि चीन्हैं लागेन हो सिउवा अपना परउवा।
एक लटि बिउरै, दूसरी, निसरें घोंघवा सेवरवा,
तीसरी लटियाँ गंगा बही हैं धधाय।
अरे-अरे बहिनी गंगा, तू तौ बहिनि रह्यू,
तीन लोक बहिनी वर नाही पाइउ, मोरी पीठी दरिउ हय अँगरवा।
सरिया म गोबरा काढ़ब ए बहिनी, लरिका खेलउबै तोहार,
सिव की सेजरियाँ परग नाही देबै,
न होबै सवति तोहार।''

(गंगा-यमुना के मध्य में गंगा तट पर एक चंदन वृक्ष की जड़ों के खुरदुरे, उघड़े होने और पल्लवों के कुम्हलाने का कारण शिवजी उसी वृक्ष से पूछते हैं। वृक्ष कहता है—गंगा की लहरों के बार-बार स्पर्श से जड़ें खुरदुरी, उघड़ी हैं, सूर्य की ज्योति से पल्लव मुरझाए हैं। शिव के पूछने पर कि किस समय गंगा की लहरें आती हैं और कब सूर्य ज्योति? वह बताता है कि आधी रात को गंगा की लहरें आती हैं और प्रातः काल सूरज की धूप। इतना सुनकर शिव चंदन वृक्ष तले धूनी रमा लेते हैं, घूरे-घूरे जाकर करसी (गोबर के सूखे टुकड़े) बटोरकर ढेर लगाने और धूनी रमाने में एक आतुर प्रणयी का रूप दृष्टिगोचर होता है। अर्द्धरात्रि को गंगा की लहर के आते ही आतुर प्रणयी शिव लपककर गंगा की धवल बाँह थाम लेते हैं। गंगा के प्रतिरोध पर कि मेरा 'अमरीस कड़ा' टूट जाएगा वे दूसरा कड़ा देने का आश्वासन देकर साथ चलने का आग्रह करते हैं। गंगा कहती हैं कि मैं कैसे तुम्हारे घर चलूँ, तुम्हारे घर तो गृहिणी गौरा हैं ही। शिव असत्य भाषण करते हैं कि गौरा की मृत्यु हो गई। अपने हाथ से बनाते-खाते तंग आ गया हूँ। बाटी, लिट्टी लगाते मेरा हाथ, मुँह और दाढ़ी जलती है। गंगा प्रमाणस्वरूप गौरा के आभूषण देखना चाहती हैं। प्रणयी पुनः झूठ का आश्रय लेता है कि सूखा और अकाल में बेंचकर मैंने खा लिया। यदि गौरी मर गईं तो उनके कपड़े दिखाओ? शिव कहते हैं कि बाढ़ आई और उनके कपड़े बह गए।

गंगा पुनः प्रश्न करती हैं कि यदि मैं चलूँ तो मुझे कहाँ छिपाओगे। दिन में जटा के मध्य, रात्रि में शय्या पर, शिव उत्तर देते हैं।

इस प्रणय रहस्य का ज्ञान नारद मुनि को हो जाता है। वे अविलंब गौरा के समक्ष रहस्योद्घाटन करते हैं।

गौरा सौत को देखने का नारद से उपाय पूछती हैं। उन्हीं के निर्देशानुसार मधु-तेल लेकर शिव को लगाने जाती हैं। दूर से ही गौरा को आते देखकर शिव कह उठते हैं। बारह

वर्ष तुमसे विवाह किए हो गया, कभी मधु-तेल नहीं लगाया। आज क्या है? गौरा कहती हैं कि अब तक मैं अबोध अल्पवयस्का थी, अब अपने भले-बुरे की पहचान हो गई है। अब पत्नी के कर्तव्य-बोध के प्रति सजग हूँ।

गौरी शिव की लटें सुलझाने लगती हैं। पहली-दूसरी लट में घोंघे और सिवार मिलते हैं पर तीसरी लट के छूते ही गंगा वेग से बह निकलती हैं। गौरी कहती हैं कि अरे बहन गंगा, तीन लोक में तुम्हें और कोई वर नहीं मिला, जो मेरी पीठ पर ही तुमने अंगार दला। गंगा उत्तर देती है कि बहन, इस बावरे शिव ने हम दोनों को ही छला है, लेकिन मैं तुम्हें वचन देती हूँ कि तुम्हारी गोशाला में गोबर साफ करूँगी, तुम्हारे बच्चे सँभालूँगी। शिव की सेज पर मैं कभी पाँव नहीं रखूँगी, तुम्हारी सौत नहीं बनूँगी।)

कोल्हुई गीतों में दैनिक जीवन के स्वाभाविक चित्र भी प्राप्त होते हैं। गो-पालन और तज्जन्य क्रिया-कलापों का वर्णन गीतों में हुआ है।

"साठ कोस चरैं धाँवरि हो रामा धँवरी बछियवा,
चरि चरि खरिकवाँ भईं ठाढ़ि हो।
केन दुहैं केन औटैं रामा औटि जमावैं,
केन दहियवा बेचे जायँ हो रामा।
कान्हा दुहैं जासौ औटैं हो रामा औटि जमावैं,
अल्पा दहियवा बेंचै जायँ हो रामा।
कि तौ दहियवा खइहैं तुरुका मुगलवा, हो रामा
कि तौ कन्हैया ठगहार हो रामा।"

(साठ कोस तक धँवरी गाय और धँवरी बछिया चारा चरती है। चरकर वापस आकर अपने बँधने के स्थान पर खड़ी होती हैं। उसका दूध कान्हा दुहते हैं, जसुमति मैया औटकर दही जमाती हैं। 'अल्पा' (अल्पवयस्का ग्वालिन) दही बेचने जाती है। दही बिकने से पहले ही, या तो तुर्क (मुगल शासक के कर्मचारी) बलपूर्वक ले लेंगे, या कृष्ण ठगहार छलपूर्वक खाएँगे।)

तुर्की-मुगलों के शासन में उनके बलप्रयोग की ओर यह गीत इंगित करता है। कृष्ण ठगहार को खिलाने में तो असीम सुख मिलता है।

इन गीतों में नारी-मन की गहन अंतर्वेदना अभिव्यंजित हुई है, जिसके स्पर्श से मन के तार-तार झनझना जाते हैं। कहीं विरहिणी पथिक के द्वारा उदासी का कारण पूछने पर अपनी व्यथा बताती है, कहीं सखी से मन का संताप किसी से कह देने से हल्का हो जाता है।

पुरुषों द्वारा गाए जानेवाले श्रम गीतों में करुण रस की अपेक्षा शृंगार की बहुलता है। करुणा जहाँ आई भी है तो विरह की मार्मिकता के रूप में। किंतु नारी-हृदय के उच्छ्वास स्थल-स्थल पर फूटे हैं।

4. जातीय गीत

आर्यों की वर्ण-व्यवस्था के शिथिल होते ही जाति-व्यवस्था का विकास हुआ। धीरे-धीरे जातियों की कई उपजातियाँ बनीं, जिनमें परस्पर रोटी और बेटी का व्यवहार संकीर्ण होता चला गया और शूद्रों की आर्थिक एवं सामाजिक स्थिति का ह्रास होता गया

संकीर्ण होती हुई जाति-व्यवस्था में जातियों और उपजातियों के दैनिक आचरण में पार्थक्य आता गया, उनके रहन-सहन, रीति-नीति, आचार-व्यवहार में भी पर्याप्त अंतर आ गया। इतना ही नहीं, उनके नृत्य और गीत आदि में भी पृथक्-पृथक् विशेषताओं का प्राकट्य हुआ।

लोकजीवन में विभिन्न जातियों के गीत और नृत्य आदि में यह पार्थक्य दृष्टिगत होता है। इन पृथक् जातियों के भिन्न-भिन्न प्रकार के गीत और वाद्ययंत्र हैं। अवध क्षेत्र में जाति संबंधी गीतों के निम्नलिखित विभेद मिलते हैं—

अहीरों का गीत (बिरहा), धोबियों का गीत (बिरहा), कुम्हारों का गीत, कहारों का गीत, नाइयों का गीत, तेली, भड़भूजों का गीत, मालियों का गीत, चमारों का गीत, जोगियों का गीत, गड़ेरियों का गीत।

अहीरों का गीत (बिरहा)

'बिरहा' अहीरों का जातीय गीत है। 'अहीर' जाति के लोग मांगलिक अवसरों पर तथा श्रम परिहार के लिए अथवा मौज आने पर बिरहा गाकर अपने हृदय की रागात्मक अनुभूतियों को अभिव्यक्ति देते हैं।

डॉ. ग्रियर्सन का इन 'बिरहा' गीतों के विषय में विचार है कि जनता के भीतरी विचारों और आकांक्षाओं के प्रतीक होने के कारण ये महत्त्वपूर्ण हैं। वास्तव में बिरहा एक जंगली फूल के समान हैं।

बिरहे छोटे और बड़े दो प्रकार के होते हैं, किंतु इनमें छोटे कलेवर में ही बहुत कुछ कह देने की सामर्थ्य होती है। छोटे बिरहों को 'छिटका बिरहा' कहते हैं। ये दो पदों के तथा चार पदों के भी होते हैं। चार पदों के बिरहा को 'चार कड़िया' अथवा 'चौकड़िया' बिरहा भी कहा जाता है।

बड़े बिरहों में लंबे कथानक होते हैं, जिनमें कोई कथा होती है। ये कथाएँ सामाजिक तथा धार्मिक व पौराणिक भी होती हैं।

"बिरहे बिरह के गीत हैं। विरह वर्णन के माध्यम होने के कारण ही इन गीतों को बिरहा कहते हैं।"

(डॉ. कृष्णदेव उपाध्याय, 'भोजपुरी लोकसाहित्य का अध्ययन', पृष्ठ 210)

बिरहा गाते समय गायक अपने कान में अँगुली डालकर गाता है। बिरहा गायन की यह विशिष्ट शैली है।

बिरहा के वर्ण्य विषय : बिरहा में नायक अथवा नायिका के विरह की मार्मिक विवेचना हुई है। स्मरण, पत्र-लेखन, आमंत्रण, विरह की स्वानुभूति की अभिव्यक्ति आदि बिरहा के वर्ण्य-विषय हैं।

अहीरों के निम्नलिखित बिरहा गीत में भाव-विभोर नायिका का मन अदहन के सदृश खौल रहा है, उसका संपूर्ण शरीर और प्रतीक्षा में रत आँखें चावल और दाल की भाँति उन भावनाओं में आलोड़ित-विलोड़ित हो रहे हैं तथा प्रियतम के सत्कार में उसके भोग के लिए वह भोजन बनाने के लिए लकड़ी और आग जलाने के व्यवधान को नहीं आने देती। अपना तन-मन, आँखें शीघ्रतापूर्वक समर्पित कर देना चाहती है—

''मन मोरा अदहन, तन मोरा चाउर, नयना मूंग कै दालि,
अपने बलम काँ ज्योंना जेंववतेउँ, बिनु लकड़ी बिनु आगि।''

(मेरा मन अदहन (गरम पानी) है, शरीर चावल है, नेत्र मूँग की दाल हैं। मैं अपने प्रिय को भोजन कराऊँगी, बिना लकड़ी और आग के ही तैयार करके।)

प्रस्तुत गीत का अप्रस्तुत विधान सर्वथा मौलिक उपमानों से युक्त है और ये उपमान मन की व्यग्रता और आकुलता को व्यक्त करने की पूर्ण क्षमता रखते हैं। वाचक धर्म लुप्तोपमा एवं विभावना अलंकारों का सुंदर प्रयोग तो द्रष्टव्य है ही।

लोकगीत स्वत: स्फूर्त होते हैं। हृदय से विरह उत्पन्न होता है और बिरहा के रूप में अहर्निश प्रकट होता रहता है। पंत जी ने भी लिखा है—

''वियोगी होगा पहला कवि आह से उपजा होगा गान।''

बिरहा के बारे में भी लोकगीतकार का कथन है कि—

''ना बिरहा के खेती भैया, ना बिरहा कै बनजार,
यही हिरदैया से उपजै बिरहवा, हम गाई दिन राति।''

(न तो बिरहा की खेती होती है और न तो व्यापार ही होता है। इसी हृदय में 'बिरहा' उत्पन्न होता है और हम उसे रात-दिन गाते हैं)।

अहीर जाति का बिरहा अपनी विशेषताओं के कारण प्रसिद्ध है। अन्य लोकगीतों की तरह यह भी पैतृक संपत्ति है। नए बिरहा गीतों का निर्माण भी होता रहता है। आनंद के अवसरों पर गायक अपने पैर तथा कटि प्रदेश में छोटी-छोटी घंटियाँ बाँधते हैं, जो कि गायन के समय उनकी शारीरिक थिरकन और चेष्टाओं पर सुमधुर स्वरों में बजती हैं। बंसी की धुन से एक मधुर स्वर-लहरी उत्पन्न करके नगाड़े की ध्वनि पर बिरहा गाया जाता है। बिरहा की प्रतियोगिताएँ भी होंती हैं। दो पक्ष छंदों के माध्यम से अपने-अपने

विचारों को प्रकट करते हैं।

बिरहा में संयोग के भी मादक चित्र उपलब्ध होते हैं। अहीर युवक की अपनी पत्नी में आसक्ति एक बिरहा में व्यक्त हुई है। वह पशुओं को चराने चारागाह नहीं जाता, निकट ही खेतों की मेड़ों पर चराता है और बार-बार आकर प्रिया की छवि, उसके माथे की टिकुली (बिंदी) निहारकर नेत्रों को तृप्त करता है—

"एँड़े मेंड़े गोरू चरावैं, जंगल चरावै न जायँ;
झाँकि झाँकि कै मेहरी कै टिकुली, नयना वै जुड़वायँ।"

बाजा बज रहा है, हृदय में उल्लास भर रहा है। 'अहीर' की प्रिया मेला जाने को उत्सुक है। लौटकर अपने अहीर को जगाना चाहती है। वह कहती है मेरे प्रिय! मुझे धीरे-धीरे ले चलो। प्रिय कहता है गोरी! धीरे चलो, कहीं गगरी छलक न जाए।

"बजना बाजै जिया मोर हुलसै, हमहूँ, तमसवाँ जाबै ना,
देखि तमसवा जब लौटि घर अइबै,
अपने अहिरा क लेबै जगाई,
हम्मैं धीरे-धीरे लै चला बालमा।
गोरी धीरे-धीरे चला गगरी छलकि ना जाए"

यहाँ गगरी छलकने में उसके विकसित यौवन के प्रति संकेत है।

वह प्रिय के ऊपर (नजर) 'टोना' लगाने का आरोप लगाती हुई कहती है—

"नजिराय गई बलमा मैं तोरे अँगना,
तोरा लाख रुपैया मोरा है कंगना,
तोरी सोने कै अँगूठी मोरा बाला जोबना।"

(तुम्हारे लाख रुपयों के बराबर हीरे का कंगना है मेरा, तुम्हारी सोने की अँगूठी है तो बदले में मेरा नवविकसित यौवन है।)

बिरहा में वात्सल्य रस और करुण रस के भी दर्शन होते हैं।

"हंसा हमरे मरे जिनि लाया सवतिया,
ललन कै दुरगतिया होई ना।
यतना कहि कै नारी तुरतै बोलि गई।
समुझाय बुझाय काँ वनका लोगन, दूसर करी सगाई।
वै तो साल भितरै म लावैं फिर औरतिया,
ललन कै दुरगतिया होइगै ना।
बच्चा सोआ पलंग के उप्पर, छपकि दीन गरदनियाँ,
मासु काटि कै सीझीं रसोइयाँ,

द्वारे पै हर खुरका, जानौं आवत बाटैं मोरा सँवरिया,
ललन कै दुरगतिया होइगै ना।
ड्योढ़ी म धरा बा लोटा पानी, कै ल्या आइ भोजनवाँ,
बाप पुकारै कहाँ बा बचवा, आवै त करी भोजनियाँ,
बनवै लागि तब बहनवाँ, ललन कै दुरगतिया होइगै ना।
यतना सुनिकै एक नागिन थाली पै फुफकारी जी।
पूत क मास खाय बैठा बा ,कैसन तोर करेजवा जी।
तोहके सौंपि कै मरी ऊ तिरिया।
पैरा झारै झुटकै लागै मैगल हथिया ललन कै दुरगतिया होइगै ना।''

(एक स्त्री अंतिम क्षणों में पति से वचन लेती है कि पुनर्विवाह न करना, नहीं तो नई माँ मेरे पुत्र को कष्ट देगी: किंतु पत्नी की मृत्यु के पश्चात् सबके कहने पर वह पुनः विवाह कर लेता है। नई पत्नी ने द्वेष वश सौतेले पुत्र का वध कर दिया और उसी का मांस पकाकर रखती है। द्वार पर पति के हल रखने की आहट पाकर भोजन करने का आग्रह करती है। पति बालक को भी भोजन हेतु बुलाने को कहता है। वह बहाना करती है कि कहीं बाहर खेल रहा होगा। इतना सुनते ही नागिन (पहली पत्नी ही नागिन के रूप में अपने पुत्र को देखने आई थी) थाली के ऊपर आ जाती है और व्यथित स्वर में फुफकारती हुई कहती है कि पुत्र का मांस खाने बैठे हो, कैसा है तुम्हारा कलेजा? तुम्हें सौंपकर इसकी माँ मरी थी। इतना सुनकर पिता शोकोन्माद से विह्वल होकर पुआल के ढेर झटकने लगा, व्याकुल मतवाले हाथी की भाँति।)

बिरहा में भक्ति-भावना की भी प्रधानता है। कृष्ण की बंसी से मुग्ध गोपियों की दशा का स्वाभाविक चित्र एक बिरहा में व्यक्त है—

''बंसी बाजी साम सुंदर की, वहि जमुना के तीर,
भोर होत जल भरन जात रहीं, भइ गोपिन माँ भेंट।
गगरी धरीं उतारि, सखी सब मुसकानी,
बंसी की धुन सुनीं, मगन ह्वै राह भुलानी।
सखियाँ भईं बेहाल, गले बिच परिगै फाँसी,
भूलीं घर और बार, तान सुनि सुनि बंसी कै।''

(श्याम सुंदर की बंसी बज गई। यमुना के तट पर प्रातः होते ही सखियाँ जल भरने को चल पड़ीं। गोपियों की आपस में भेंट हुई। गगरी उतारकर सभी ने रख दिया, सब मुसकरा उठीं। बंसी की धुन सुनकर सभी प्रेम मग्न हो उठीं और राह भूल गईं। सखियाँ बेहाल हो उठीं। उनके गले में कृष्ण-प्रेम का फंदा पड़ गया। वे घर और बाल-बच्चों की सुध भूल गईं, बंसी की तान सुनकर।)

आध्यात्मिक भावनाओं से संबंधित एक बिरहा में ब्रह्म, माया, जीव के संबंधों का वर्णन कितना सुंदर हुआ है—

''चिरई मत करो गुमनवा, ई नैहर नगरी,
नइहर नगरी चोरवा, आय नित मारैं डाका,
चढ़ी जवानी मस्त हुई उठा, जोबनवा बाँका,
काँटा अँखिया माँ पिराय, हो नैहर क नगरी,
जमराज कै चोरवा आय, छाय जाय अन्हियरिया,
स्वास पकरि कै खींचि लेहैं, करैं केंवरिया बंद,
झरिहैं तोहरौ सेखी सनवाँ, ई नइहर की नगरी।''

(ऐ प्राणी गर्व न कर! यह संसार तेरा मायका है। यहाँ आकर चोर नित्य डाका डालते हैं, तेरा यौवन पूर्ण विकसित एवं मदमस्त हो उठा है। तेरा बाँका यौवन देखकर लोगों की आँखों में काँटा खटकने लगा है। यमराज के चोर नित्य आते हैं और उनके आने से अँधेरा छा जाता है। वे साँस पकड़कर तुम्हें खींच लेंगे और कपाट बंद कर लेंगे। तुम्हारा सारा गर्व चूर-चूर कर डालेंगे। तुम्हारी शानोशौकत श्रृंगार बिगाड़ देंगे।)

धोबी गीत (बिरहा)

धोबी जाति का गीत भी बिरहा है, जो बहुत ही सरस शैली में गाया जाता है। करुण रस और श्रृंगार के उभय पक्षों की प्रधानता इन गीतों में रहती है। वर्तमान समय में इस गीत की लोकप्रियता के कारण यह केवल धोबियों का गीत नहीं रह गया है। विभिन्न जातियों के लोग इनका गायन और श्रवण करके आनंदित होते हैं।

परंपरा से चला आ रहा है कि धोबियों के शुभ संस्कारों के अवसर पर 'धोबी-नाच' कराया जाता है। ये गायक और नर्तक बड़े ही प्रभावशाली ढंग से इन गीतों को गाते हैं। सभी लोग इन गीतों को प्रभावपूर्ण ढंग से नहीं गा सकते। गाते समय प्राय: गायक अपने कान में अँगुली डाल लेते हैं या हाथ से कान को छुए रहते हैं। यह धोबी गीत की विशेषता है। ये बिरहे अहीरों के बिरहे की भाँति ही होते हैं, केवल गाने की लय में अंतर होता है। वर्ण्य-विषय भी कुछ भिन्न होता है। इनके वाद्य यंत्र भिन्न-भिन्न होते हैं। धोबी कपड़े धोते समय एवं शुभ संस्कार और उत्सव के समय भी बिरहा गाते हैं।

धोबी गीत (बिरहा) का वर्ण्य-विषय : इन गीतों में जीवन के विविध पक्ष चित्रित हैं। अशिक्षित निरीह धोबी की वाणी बड़ों के समक्ष मूक हो जाती है। इस भाव का एक गीत देखिए—

''भरी दुपहरियाँ नवाब कचहरियाँ,
सामी के बोलवत्या नवाब,

बतिया न आवै धोबिया के मुहवाँ,
कैसे देइहैं कौनो जवाब।''

(भरी दुपहरी में नवाब की कचहरी में मेरे स्वामी (पति) को नवाब यदि बुला लेते। उनके मुख से बात ही नहीं निकलेगी। उनके प्रश्नों का उत्तर वे क्या देंगे?)

यह कामना धोबी की पत्नी कर रही है, जो संभवत: घर में धोबी के अधिक बढ़-बढ़कर बात करने से उसे सबक देना चाहती है।

जीवन में दु:ख शाश्वत सत्य है। धोबी का जीवन प्राय: संघर्षमय ही होता है। ऐसा प्रतीत होता है कि दु:ख की गठरी (गंदे वस्त्रों के ढेर के समान) धोबी के द्वार पर ही आ गई हो, परमश्वरी देवी ने उठाकर रख दी हो, जिसमें से आधा तो वही धोता (झेलता) है, मिटाता है, आधे को सारा संसार—

''दुखवा क मोटरी उठाइ परमेसरी, लै चलु धोबिया दुआर,
आधा दुखवा उहै मटियावै, आधे म सब संसार।''

धोबी के व्यस्त जीवन के चित्र भी मिलते हैं, जहाँ धोबिन मोटी-मोटी रोटी बनाती है। क्योंकि धोबी के साथ प्रात: से जाकर दिन भर घाट पर वस्त्र धोना है। वहाँ वह टिकिया, तंबाकू और आग भी ले जाना नहीं भूलती। उसका पति उसे निर्देश देता है, न भूलने का—

''मोटी मोटी लिटिया लगावै धोबइनियाँ,
बिहने चलै क बाय घाट,
तीनि चीज जिनि भूले धोबइनियाँ,
टिकिया तमाखू और आगि।''

धोबी के घर में इतना काम रहता है कि चार पत्नियाँ हों तब काम समाप्त हो—

''धोबी के चाही चारि मेहरिया, एक घर काँ एक घाट,
एक मेहरिया रोटी पकावै, एक बिछावै खाट।''

(धोबी आकांक्षा व्यक्त करता है कि चार पत्नियाँ हों तो एक घर का काम करे, एक घाट का, एक रोटी पकाए, एक खाट बिछाए।)

आधुनिक धोबी गीतों में समाज की समस्याओं, परिवर्तनों और महत्त्वपूर्ण घटनाओं के वर्णन हुए हैं।

शास्त्रीजी की मृत्यु से संबंधित एक आधुनिक धोबी गीत (बिरहा) में असीम करुणा है—

''बीति गवा जब पुसवा महिनवाँ,
जोड़िया आइ माघ का मास।
कृस्न पक्ष तिथि रही चौथिया,

जोड़िया पिछले पहर की राति।
रहले नगरिया लोग सब सोय,
जोड़िया सिर पै बिपतिया आय।
सुरपुर गमन शास्त्री किहिन,
जोड़िया मचिगै हाहाकार।''

(पौष का महीना बीत गया, माघ का महीना आ गया। कृष्ण पक्ष की चतुर्थी तिथि की पिछले प्रहर की रात्रि में जब सारी नगरी के लोग सो रहे थे, ए जोड़ी! (साथी) सिर पर विपत्ति टूट पड़ी। श्री लालबहादुर शास्त्री ने 'सुरपुर' को प्रस्थान किया, सर्वत्र हाहाकार मच गया।)

धोबी जजमानों के यहाँ नाच दिखाने जाते हैं। वहाँ नेग पाने के लिए मालिक की प्रशंसा करते हैं, न पाने पर व्यंग्य भी—

''दइके अठन्नी पइसवा बाबू!
दिह्या झगरवा लगाय।
बीच डगरिया म लठिया चलिहै,
हमरी तिरिया राँड़ि होई जाय।
एतने बड़े मालिक के दुअरवाँ,
बड़े बड़े अरमान हमार।
अँखियाँ देखि जुड़ानी अँखियाँ,
पेटवा भरिगै सुरति निहारि।
पैसा चाहे थोंरै पायन,
बतिया से भरिगै पेट हमार।
मालिक भरिगै पेट हमार।''

(आपने अठन्नी पैसा देकर बाबूजी! झगड़ा लगा दिया। हम सभी (नर्तकों, गाने-बजानेवालों) के बीच मार्ग में लाठी चलेगी (पैसे के बँटवारे के लिए) और हमारी पत्नी विधवा हो जाएगी। इतने बड़े मालिक के द्वार पर हम बहुत बड़े-बड़े अरमान लेकर आए थे। आपकी आँखें देखकर हमारी आँखें शीतल हुईं, आपका रूप देखकर पेट भर गया। पैसा भले ही थोड़ा मिला, बातों से हमारा पेट भर गया।)

कुम्हारों का गीत (कोंहरउवा)

कुम्हारों के गीतों को 'कोहरउवा' भी कहते हैं। इनका प्रमुख गीत 'लहरा' है। लहरा दो कड़ी का भी होता है और बड़ा भी। कुछ उदाहरण प्रस्तुत हैं—एक 'लहरा' गीत में फैशनपरस्त, बढ़-बढ़कर बात करनेवालों पर व्यंग्य है—

"लंबी धोती कै पहिरैया,
गली चलावैं तीर।
यनकै आस जिनि किहेव गोइयाँ,
ई हैं भगैया बीर।
ये चिकनाये घूमैं ना,
आन की मेहरी के गोहनवाँ।"

(लंबी धोती पहनकर अपने को ये सभ्य प्रकट करते हैं, गली में ही वीरता दिखाते हैं। ये संकट में साथ न देकर भागनेवाले हैं। ऊपर से चिकने सभ्य बनकर पराई स्त्री के साथ घूमते हैं। इनका भरोसा न करना।)

पौराणिक आख्यानों के संबंध में भी ये गीत है—

"बेरिया की बेरिया बरज्यों गरभी रवनवाँ,
कि नाहीं कहवा माने हो,
तूँ सीता के हरि लाया, नाहीं कहवा माने हो।"

(मैंने तुम्हें बार-बार मना किया ए गर्वीले रावण, पर तूने कहना नहीं माना और सीता का हरण कर लाया।)

माया में आसक्ति करके मानव स्वयं को भूल गया है, कोई किसी का नहीं है—

"दुनिया माया म भुलानी केहू, केहू कै नाहीं हो।"

विरहिणी की व्यथा भी इनमें अभिव्यक्त हुई है—

"जब से बलमुआ गया परदेसवाँ,
तबै से बालमा, सेजिया होइगै मोर सपनवाँ।
दिनवाँ गिनत मोरी अँगुरी खियानी,
रहिया चितवत, अँखिया होइगै बेसरमवाँ।"

(हे प्रिय! जब से तुम परदेस गए, तभी से मेरी सेज स्वप्न हो गई। दिन गिनते-गिनते मेरी उँगली घिस गई, राहें देखते-देखते आँखें बेहया हो गईं।)

कहारों के गीत (कहँरौवा)

'कहँरौवा' गीतों की लय बहुत मधुर होती है।

प्रिया को लिवाने जानेवाले वर और प्रिय के घर जानेवाली नवेली दुलहन दोनों के मार्ग को पालकी ढोनेवाले कहारों के रस से भरे गीत अत्यधिक सरस बना देते हैं। स्त्रियाँ भी कहँरौवा गाकर रस की सृष्टि करती हैं। कहँरौवा गीत नृत्य करते समय गाने पर विशेष कर्णप्रिय लगते हैं। इसमें तुकांत होता है। टेक पद की पुनरावृत्ति होती है—

"खेलन काँ माँगै बलमा सरग तरैया हो,

सोने की थारी म ज्योंना परोस्यों,
ज्योंना ना जेवैं चरावैं लाली गइयां हो। खेलन ..
झाँझर गेंड़ुवा गंगाजल पानी,
गेंड़ुवा न घूँटै चरावैं लाली गैया हो। खेलन ..
लवँगा इलायची के बीरा जोरायों,
बिरवा न कूँचै चरावैं लाली गैया हो। खेलन ..
फूल हजारी के सेजिया बिछायों,
सेजिया न सूतैं चरावैं लाली गइयां हो। खेलन .."

(मेरे प्रिय स्वर्ग के तारे खेलने को माँगते हैं। सोने की थाली में मैने भोजन परोसा पर वे भोजन न करके लाल-लाल गायें चराते रहते हैं। उसी प्रकार झंझर और गेंड़ुवे में गंगाजल नहीं पीते, लवंग-इलायची डालकर बनाए गए पान के बीड़ों की जोड़ी नहीं खाते, फूल हजारी के फूलों की सेज पर नहीं सोते और लाल गायें चराते रहते हैं।)

'कहँरौवा' गीत लंबे कथानक के भी होते हैं पर छोटे रसपूर्ण गीतों का ही बाहुल्य है। पारिवारिक एवं दांपत्य जीवन के विविध चित्र इनमें मिलते हैं। शृंगार तथा हास्य की प्रमुखता है—

"रस ढुरि कै करेजवा म जाय हो सखी।
पनिया भरन गयों बाबा के कुँअना पर,
छोटा दुलहा गोहन लगि जाय हो सखी,
यस रिसि लागै सखी यस रिसि लागै,
मारयों रसरिया घुमाइ हो सखी। रस ढुरि कै—
रोटिया पोवन गयों बाबा की रसोइयाँ,
छोटा दुलहा गोहन लगि जाय हो सखी,
यस रिसि लागै सखी यस रिसि लागै,
मार्यों बेलनवा घुमाइ हो सखी। रस ढुरि कै—
सेजिया सोवन गयों बाबा की महलियाँ,
छोटा दुलहा गोहन लगि जाय हो सखी,
यस रिसि लागै सखी यस रिसि लागै,
मारयों तकियवा घुमाइ हो सखी। रस ढुरि कै —"

(रस ढुलककर कलेजे में जाता है। हे सखी! मैं पानी भरने बाबा के कुएँ पर गईं। बालक दुलहा मेरे संग लग गया। इतना क्रोध आया कि मैंने उसे रस्सी घुमाकर मार दिया। मैं रोटी बनाने रसोई में गई वहाँ भी पीछे-पीछे लग गया। मैंने खीझकर बेलन दे मारा। इसी प्रकार जब मैं शय्या पर सोने चली तो वहाँ भी पीछे-पीछे हो लिया। इतना

क्रोध आया कि तकिया घुमाकर मैंने उसे मारा।)

सयानी वधू और बालक वर के इस अनमेल विवाह की व्यथा हास्य-व्यंग्य के माध्यम से प्रस्तुत है लोकगीतों में।

पति के तिरस्कार और उपेक्षा पर क्षुब्ध एक नारी का चित्र देखिए, जो जीवन भर दो मीठे बोलों और पति की प्रसन्नता के लिए तरसती रही—

''चढ़ली जवनिया पिया लाते लाते कचर्‍या,
कबौं त बलमा ना,
हमके हँसि कै बोलवत्या, कबौं त बलमा ना।
सोने की थारी में ज्योंना परोस्यों,
कबौं त बलमा ना
जेवना हँसि कै तू जेंवत्या कबौं त बालमा ना।
झँझरे गेंडुववाँ गंगाजल पनियाँ,
कबौं त बलमा ना
गेंडुआ हँसि कैं तूं घोंटत्या कबौं त बलमा ना।
लवँगा इलइची कै बिरवा जोरायों,
कबौं त बलमा ना,
बिरवा हँसि कैं तूँ कुँचत्या कबौं त बलमा ना।
फुलवा चुनि चुनि सेजिया बिछायों,
कबौं त बलमा ना
सेजिया हँसि कै तूँ सोवत्या कबौं त बलमा ना।''

(मेरे विकसित यौवन के दिनों में प्रिय तुमने पैरों तले रौंदा मुझे, पर कभी तो हँसकर बोल देते, कभी तो मुझे हँसकर बुलाते। मैंने सोने की थाली में व्यंजन परोसे कभी तो हँसकर खा लेते। झांझर और गेंडुवे में गंगा का निर्मल नीर भरा, कभी तो हँसकर पी लेते। लवँग-इलायची डालकर पान के बीड़े बनाए, कभी तो हँसकर पान खाते तुम। फूल चुन-चुनकर मैंने सेज बिछाई थी, कभी तो हँसकर तुम सो लिए होते।)

पर इन्हीं गीतों में कहीं नारी पति की आसक्ति और प्रेम को समाज और समय की मर्यादा में बाँधना चाहती है—

''साँझै बोलै मोरवा सबेरे बोलै कगवा,
कोरवा छोड़ा बलमू।
जागैं नइहरे के लोगवा कोरवा छोड़ा बलमा ना।
सोने की थारी में ज्योंना परास्यों,
जेंवना जेंइल्या बलमा ना,

होइगै जेंवन कै जुनियाँ कोरवा छोड़ा बलमा ना।''

(इसी प्रकार पानी, पान, सेज के लिए भी।)

(साँझ को मोर बोलता है, सुबह काग बोलता है। प्रिय, अब तो मेरा अंक छोड़ दो, मायके के लोग जग गए हैं। सोने की थाली में भोजन, गेंडुवे में जल, पान सब रखा हैं, अब भोजन करने, जल पीने, पान खाने की बेला आ गई। मैंने फूलों को चुन-चुनकर सेज बिछाई है। अब चलो सो जाओ, सोने की बेला आ गई।)

पर प्रिय के विरह में शृंगार, भोजन, जल, शय्या कुछ भी तो नहीं भाता प्रिया को—

''जब से तूँ छाया पिया दखिनवाँ कै देसवाँ,
तबै से बलमा ना, छोड्यों आँखि कै कजरवा।
सोने की थारी म ज्योंना परोस्यों,
तबै से बलमा ना, नाहीं भावै जेंवनवा।''

(इसी प्रकार पानी, पान, सेज के लिए भी।)

(प्रिय! जब से तुम दक्षिण देश गए तभी से मैंने आँखों में काजल लगाना छोड़ दिया। सोने की थाली में परोसा हुआ भोजन, झाँझर गेंडुए का शीतल जल, पान का बीड़ा, फूलों की सेज मुझे कुछ भी नहीं भाता।)

लेकिन प्रिय जैसे ही विदेश से वापस आता है प्रिया का रोम-रोम उससे मिलने को तत्पर हो जाता है। उसका यौवन विकसित हो उठता है—

''लहर लहर लहराइ रे मोरी चढ़ली जवनियाँ,
जब मोरे सइयाँ अँगनवाँ म आये,
चोलिया के बंद खुला जाय हो मोरी चढ़ली जवनियाँ।
जब मोरे सइयाँ डेउढ़िया म आये,
अँचरा मोरा उड़ा जाय रे मोरी चढ़ली जवनियाँ।
जब मोरे सइयाँ कोठरिया म आये,
जियरा मोरा लहराय रे मोरी चढ़ली जवनियाँ।
जब मोरे सइयाँ सेजरिया पै आये,
सारा बदन थहराय रे मोरी चढ़ली जवनियाँ।''

(मेरा पूर्ण विकसित यौवन लहरा रहा है। जब मेरे प्रिय आँगन में आए कंचुकी के बंधन स्वतः खुल गए। जब ड्योढ़ी में आए तो सिर का आँचल उड़ गया, अस्त-व्यस्त हो गया, जब कोठरी में आए तो हृदय प्रसन्नता से लहरा उठा, पर जब शय्या पर आए तो पूरा शरीर रोमांचित हो उठा।)

किंतु प्रिय का प्यार भी मायके की स्मृति में कभी-कभी अप्रिय लगने लगता है, क्योंकि जिस स्नेह के लिए परिजनों को छोड़ना पड़ा वह स्नेह भी पति के विदेश चले

जाने से दुर्लभ हो गया है। भोजन, पानी, पान, सेज सब जिसके लिए तैयार करती है वह पूरब देश चला गया।

''नइहरे कै रहना छोड़ाया पियवा पापी हो,
सोने की थारी में ज्योंना परोस्यों,
ज्योंना न जेवैं, पुरुब चलि जाईं हो।
झँझरे गेंडुववाँ गंगाजल पनियाँ,
पनिया न घोटैं पुरुब चलि जाई हो।
लवँगा इलइची कै बिरवा जोरायों,
बीरा न खावैं पुरुब चलि जाई हो।
फुलवा कै चुनि चुनि सेजिया बिछायों,
सेजिया न सोवैं पुरुब चलि जाई हो।''

'गवना' हेतु डोली में बैठानेवाली नाउनि को इसीलिए वह कोसती है—

''हमकाँ डोलिया म बैठावै उहै, नउनिया काकी ना,
गवने के ढुँढ़ियाँ सबै केहू खइहैं,
मोर, अकेलै जियरा ना।
दुलहा डारे संसतिया मोर अकेलै जियरा ना।
गवने क पियरी सबै केहू पहिरी,
मोर अकेलै जियरा ना
सहे ससुरे कै संसतिया मोर अकेलै जियरा ना।
गवने कै नेग सबै केहू बेलसी,
मोर अकेलै जियरा ना
सहे नेगवा कै संसतिया मोर अकेलै जियरा ना।''

(मुझको डोली में बैठाती है वह नाउन चाची। गौने की ढूँढ़ी तो सभी खाएँगे पर दुलहा मेरे प्राण संकट में डालेगा। गवने की पियरी तो सभी पहनेंगे पर मेरा अकेला प्राण ससुराल की दुर्गति झेलेगा। गौने का नेग तो सभी लेंगे पर नेग का कष्ट केवल मुझे झेलना होगा, अर्थात् कम होने पर ताने सुनने को मिलेंगे।)

प्रिय के विदेश जाने पर चरित्र की रक्षा कर पाना कितना कठिन होता है। नायिका बेर तोड़ने जाती है वहाँ अंगुली में काँटा चुभ जाता है—

''मोरे पिछवरवाँ सासू बैरी के पेड़वा,
बैरी फरथै झोंपेदार बलमुआ परदेस गये।
लालि लालि बैरि देखि तूरै मैं गयों,
गड़िगै अँगुरिया बीचे काँट, बलमुआ परदेस गये।

गोड़ मूड़ धर्‌यों मैं लहुरे देवरवा कि,
काढ़ि दे अँगुरिया कै काँटा बलमुआ परदेस गये।
तुहँका त देबौ अँगुठिया मुनरिया,
तुहरी बहुअवा जोगे हार बलमुआ परदेस गये।
अगिया लगावों भौजी अँगुठी से मुनरिया,
बजर बहुअवा जोगे हार बलमुआ परदेस गये।
तुहरे अँचरवाँ भौजी दुइ नौरंगिया कि,
उहै लेबे कँटवा कै कढ़ौनी बलमुआ परदेस गये।''
हमरे अँचरवा देवरा दुइ नौरंगिया,
कि छुवतै भसम होइ जाबा बलमुआ परदेस गये।
जौ तुहरे अँचरवा भौजी बिख कै अँगरवा,
त कैसे जीये जेठ भाय, बलमुआ परदेस गये।''

मेरे पिछवाड़े बेर का पेड़ है ए सास जी! उसमें गुच्छों में बेर फलती है। लाल-लाल बेर देखकर तोड़ने गई, अँगुली में काँटा चुभ गया। वह देवर से प्रार्थना करती है काँटा निकालने की। बदले में उसे अँगूठी और उसकी पत्नी को हार देने का वादा भी करती है। पर वह धृष्ट प्रस्ताव करता है कि आग लगे अँगूठी में और बज्र पड़े बहू के हार पर। मैं तो तुम्हारे आँचल की दो नारंगी पाने का इच्छुक हूँ, काँटा निकालने के बदले।

वह उसकी भर्त्सना करती हुई कहती है—

मेरे आँचल की नारंगियों को छूते ही तुम भस्म हो जाओगे।

वह फिर भी निर्लज्ज भाव से कहता है—यदि तुम्हारे आँचल में विष के अंगार हैं तो मेरा बड़ा भाई कैसे जीवित रहता है।)

कहँरौवा में शृंगार की प्रधानता होती है, पर भक्ति के भी उदाहरण मिलते हैं। भक्त स्वयं को ईश्वर के सहारे छोड़ देता है—

''मोहन मानौं न मानौं हमारी अर्जी,
चाहे तारौ ,चाहे डुबावौ तोहारी मरजी।
कब से मैं तोहरे हाथे बिकानी,
जानौ न जानौ हमारि अर्जी।''

(हे मोहन! मैं तेरे हाथों बिक चुकी हूँ। मेरी विनती सुनो या न सुनो, मुझे तारो या डुबा दो, तुम्हारी मरजी जो हो।)

नाइयों का गीत 'नउवा झकोर'

नाई लोगों का एक विशेष वाद्यवृंद होता है। इनके सामूहिक गीत गायन को 'नउवा

झकोर' या 'नउवा झाकड़' कहते हैं। यह गीत धीमी गति से प्रारंभ करके द्रुत लय की ओर क्रमशः बढ़ता जाता है और फिर धीमा हो जाता है। इसी लय में नाई लोग संस्कारों के गीत और ऋतु गीत आदि गाते हैं। एक ही पंक्ति को कई बार गाते हैं। शृंगारपूर्ण रचना उदाहरणार्थ प्रस्तुत है—

''बन माँ बोयो रे मकोइया।
जौने दिन पियवा तूँ बोया मकोइया,
हमहू बोयों रे चौरइया।
तोहरी मकोइया राजा फरहू न पावै,
हमरी लहसी बाय रे चौरइया।
तोहरी मकोइया राजा तोरहू न पायों,
हमरी फाटी रे चूनरिया।
पाँच रुपइया तोंके देबौ दरजियवा,
हमरी सी द्या हो चूनरिया।
पाँच रुपइया हम ना लेबै गोरिया,
एक दिन आवा हो सेजरिया।
अगिया लगावौं दरजी तोहरी सेजरियाँ,
अपुनै सीबौं रे चूनरिया।
तूँ तौ पाल्या राजा मैना चिरैया,
हमहू पालेन हो सुगनवाँ।
तोहरी मैना राजा बोलहू न जानै,
हमरा पढ़ै लाग सुगनवाँ।।''

(वन में मकोय बो दी। जिस दिन प्रिय तुमने मकोय बोई, मैंने उसी दिन चौराई बो दिया । तुम्हारी मकोय ने फलना शुरू नहीं किया, मेरी चौराई फैलकर फल-फूलों से लद गई। तुम्हारी मकोय तोड़ भी नहीं पाई, मेरी चुनरी फट गई। पाँच रुपए तुम्हें दूँगी ऐ दरजी! मेरी चूनर सी दे। पाँच रुपए नहीं लूँगा गोरी! एक दिन मेरी सेज पर आ जाना। दरजी! तेरी सेज में आग लगाऊँ, मैं स्वयं ही सी लूँगी अपनी चूनर। मेरे स्वामी! तुमने मैना चिड़िया पाल ली तो मैंने तोता पाल लिया। तुम्हारी मैना बोलना भी नहीं जानती, मेरा तोता पढ़ने लगा।)

इस गीत में पति से किसी भी दृष्टि से स्वयं को हेय न समझने की भावना है। अपनी रक्षा स्वयं कर लेने का भी आत्मविश्वास है।

इसमें प्रत्येक पंक्ति का अंतिम चरण कई बार दुहराकर तब अगली पंक्ति गाते हैं।

तेली, भड़भूजों का गीत 'चलता'

तेलियों का एक गीत 'चलता' है। 'चलता' का उदाहरण प्रस्तुत है—

''कौनी चिरइया कै लंबी-लंबी टँगिया,
कौनी की चौरी पूंछि।
कौनी चिरैया पढ़ति बाटीं पोथिया,
कौन पढ़ै सीताराम।
हंस चिरैया कै लम्बी टँगिया,
बगुला कै चौरी पूंछि।
मैना चिरइया पढ़ति बाटीं पोथिया,
सुगना कहै सीताराम।
ऐसे-ऐसे कहबे पिया कै लैके रहबै।''

(किस चिड़िया की लंबी टाँगें हैं, किसकी चौड़ी पूँछ है? कौन चिड़िया पोथी पढ़ती है, कौन सीताराम भजती है। हंस चिड़िया की लंबी टाँगें हैं, बगुले की चौड़ी पूँछ है। मैना चिड़िया पोथी पढ़ती है, तोता सीताराम कहता है। मैं भी ऐसे सीताराम कहूँगी, प्रिय को लेकर रहूँगी।)

'चलता' में श्रृंगार की विराट् कल्पना भी मिलती है। काजल तो बादल की रेखा है और सिंदूर सूर्य की ज्योति।

''कजरा त तोर बदरवा कै रेखवा,
सेन्हुरा सुरुजवा कै जोति।
अरे अलगरजी भतार बड़ा दरजी,
चोली सियै बूटेदार।''

(उस परम सुंदरी के काजल की रेखा बादलों की रेखा है। माँग का सिंदूर सूर्य की ज्योति है। पर ऐसा लापरवाह स्वामी है उसका (ईश्वर) जो बहुत बड़ा दरजी है, वह बूटेदार चोली सिलता रहता है अर्थात् आत्मारूपी प्रिया को सांसारिकता में लिप्त किए रहता है।)

तेली 'बिरहा' भी गाते हैं। भाव और लय की दृष्टि से उनमें अन्य बिरहों से विशेष अंतर नहीं होता—

''जहाँ पंच तहाँ परमेसर,
जहाँ कुअँना तहँ कीच,
वही कीच का बना चौतरा,
सब पंच नवावैं सीस,
पंचा बैठ मड़ैया मड़ैया,

छोट बड़ा एक तूल,
केकर मैं आरती उतारौं राम जी,
केकरे खोसौं बेइली कै फूल,
पंचा कै आउब बहुत नीक लागै,
जौ घर सम्पति होय,
आवत कैं पंचा कै सीस नवावौं,
जात कै पइयाँ परिजावँ।''

इस तेली बिरहा में पंचों की महिमा का गुणगान हुआ है।

(जहाँ पंच होते हैं वहीं परमेश्वर होते हैं। जहाँ कुआँ होता है वहीं कीचड़ होता है अर्थात् जैसे कुआँ और कीचड़ का संबंध सत्य है वैसे ही ईश्वर और पंच का उसी कीचड़ (मिट्टी) का चबूतरा बना है (ऊँचा आसन है) जिसे सभी पंच सिर झुकाते हैं। सभी पंच अलग-अलग मंडपों में बैठते हैं, छोटे-बड़े सभी एक समान। मैं किसकी आरती उतारूँ? किसकी पगड़ी में बेले का फूल खोंसूँ? पंचों का आना बहुत अच्छा लगता है। यदि घर में उनके आतिथ्य सत्कार के लिए पर्याप्त संपत्ति हों, आते हुए पंच को सिर झुकाकर प्रणाम करूँ और जब वे जाने लगें तो उनके पाँवों पर पड़ जाऊँ।)

इन गीतों में शृंगार रस की प्रधानता रहती है। कोल्हू के गीतों को भी तेलियों का गीत कहा जाता है। इनका चनैनी गीत भी बहुत प्रसिद्ध है। चनैनी में बहुत लंबे कथानक होते हैं। ये रात-रात भर चनैनी गाते रहते हैं। एक चनैनी गीत की कुछ पंक्तियाँ उदाहरणार्थ प्रस्तुत हैं—

''एक ढूआय बा व्यौपरिया ना,
खैर ज लावै सोपरिया ना,
ऊ तौ लावै लवँग मिरिचया ना।
अब धैकै आवै पतरी सड़किया ना,
कहूँ न बोलै मोकमवा ना,
दिना चलै सुरुजू की जोतियाँ ना।
रतिया म फूंकै मसलिया ना।''

(एक व्यापारी आया है। कत्था और सुपारी लाया है। लवँग मिरच लाया है, पतली सड़क से आया है। कहीं पड़ाव नहीं डाला। दिन में सूरज की ज्योति में चलता है, रात में मशाल फूँककर, जलाकर।)

भड़भूजों के गीत में उनकी आर्थिक स्थिति की ओर भी संकेत है। पत्नी अपने पति का पालन भाड़ भूज-भूजकर करती है, पर सुख के क्षण जब आए तो साथ न देकर वह साथ छोड़ गया—

"भरवा भूजि स्वामी तोहके जियायों,
धोखवा दैगै बालमा,
हमरी खेलन कै उमिरिया धोखवा दैगै बालमा।"

(भाड़ भून-भून कर तुम्हें जिलाया, पर स्वामी! खेलने की उम्र में ही धोखा दे गए।)

ये जातियाँ बनजरवा गीत भी गाती हैं। इनका कथानक बहुत बड़ा होता है। इन्हें लोकगाथा भी कहा जा सकता है। संक्षेप में इसकी कथा इस प्रकार है—

'शोभा नायक' बनजारे के पुत्र को ज्ञात होता है कि उसके चाचा चतुरी का विवाह अभी नहीं हुआ है। पिता से इसका कारण पूछता है। वह कहता है अपने दादा मादिर साहु से पूछना। वह दादा के नगर जाता है। उसके वैभव से प्रभावित होता है। दादा बताते हैं कि जिससे तुम्हारे चाचा का विवाह लिखा है उस कन्या का पिता 'सुखेन साहु' किसी को अपनी पुत्री तभी देगा, जब वह उसे युद्ध में पराजित कर दे। उसे युद्ध में पराजित कर पाना असंभव है। सुनकर तेजधारी वहाँ जाता है। पहले मालिन की बहू बनकर सुखेन की पुत्री फुलझारी के महल में पहुँचता है। फुलझारी उसे पुरुष जानकर प्रणय-याचना करती है पर वह कहता है तुम मेरी मातातुल्य हो। वह रुष्ट होकर शोर मचा देती है। तेजधारी वीरतापूर्वक सबसे लड़कर महल से बाहर आकर घोषणा करता है कि अमुक तिथि को चाचा की बारात लेकर आऊँगा। सुखेन तुम्हारा वध इसलिए नहीं कर रहा हूँ कि अभी तुम्हें कन्यादान करना है। वहाँ से आकर सबको निमंत्रण देता है। भयवश कोई न्यौता नहीं लेता, महोबा के ऊदल प्रसन्नतापूर्वक न्योता लेते हैं। साँवर लोरिक को भी निमंत्रण देते हैं। वहाँ जाकर युद्ध में जीतकर चतुरी और 'फुलवाझारी' का विवाह करके सब लौटते हैं। मार्ग में एक सुंदरी कन्या पर मुग्ध हो तेजधारी उसके पिता से विवाह का प्रस्ताव करता है। उसके क्रुद्ध होने पर युद्ध करके कन्या से विवाह करता है और घर वापस आ जाता है।

उदाहरणार्थ कुछ पंक्तियाँ प्रस्तुत हैं। प्रसंग है कि 'सेन्हुर-सोपारी' ले जाने के लिए नाई बुलाया जाता है। नाई को कहीं से भनक पड़ जाती है। वह भयवश पत्नी से कहता है कि 'झिलंगा (टूटी खाट) पर मुझे लिटा दो, पानी गिराकर उस पर राख छिड़क दो। कह दो कि नाई को हैजा हो गया है। नाई न पाकर तेजधारी स्वयं सेन्हुर-सोपारी लेकर जाता है—

"तब तो नाहीं नउवा नाहीं पावै बभनवाँ ना,
फिरु वही होय घोड़वा असवरवा ना।
जाइके पहुँचावै सेन्हुरा सोपरिया ना,
रतिया दिना चलिकै पहुँचै सुखेन घरवाँ ना।
जाइके फटके अड़ाइ दिहिन घोड़वा ना,

दुइठे खड़ा रहै गोलन्दजवा ना।
भैया कहाँ से तुहरा अवनवा ना,
अरे मैं तो गढ़ गेंतुआ से आयन ना।
सुखेन घराँ लायों सोपरिया ना,
जाइके मालिक के खबरि जनावा ना।
हमके नेगवा दै द्या एक पहर कै लोहवा ना,
मारु मारु कै डंका बाजि,
छिड़ी लड़इया अब हो ना।''

इनमें एक सरल प्रवाहमयता है। प्राचीन शब्दों के रूप इनमें मिलते हैं।

माली गीत (पचरा)

माली देवी के उपासक होते हैं। शीतला माता (चेचक), हैजा या अचानक हुए शारीरिक कष्ट को देवी का प्रकोप माना जाता है। उस समय माली को बुलाकर देवी गीत 'पचरा' गवाया जाता है। माली भाव-विभोर होकर अपनी निराली लय में 'पचरा' गाते हैं और देवी को 'धार' (गुड़, लौंग, हल्दी आदि से युक्त जल जिसे 'ढरकावन' भी कहते हैं) और फूल चढ़ाते हैं।

इन गीतों में देवी की महिमा का गुणगान होता है। उनसे प्रसन्न होने, संकट से उबारने और रक्षा करने की प्रार्थना की जाती है।

कहीं-कहीं पचरा गीत 'दुसाध' नामक जाति के लोग गाते हैं, किंतु फैजाबाद जनपद में ये पचरा गीत या तो माली गाते हैं या 'भाँटिनि' (भाँट जाति की स्त्रियाँ) और ब्राह्मणी। एक पचरा गीत प्रस्तुत है—

''गहबर ऐपन मैया गहबर सेन्हुर,
घियना कै धारि चढ़ावौं मोरी मैया।
जैसे जुड़वायू मैया मालिनि भटिनियाँ,
वैसे सबै जन जुड़ायँ मोरी मैया।
जै फल मैया मोरी अमवा के दिहयू,
तै फल हमहू क देउ मोरी मैया।
अमवा कै फल मैया झरि झुरि जइहैं,
सेवका अमर होईं जायँ मोरी मैया
यहि कलयुग माँ तीनि अमर हैं,
पानी, पवन, गंगा धूरि मोरी मैया।।''

(मैं गाढ़ा ऐपन (चावल पीसकर बनाया गया घोल), गाढ़ा सिंदूर और घी की धार

चढ़ाऊँ माँ! तुम्हें। जैसे तुमने मालिन और भाँटिन को शीतल किया है वैसे ही सभी जनों को सुख देना—शीतलता देना। जितने फल माँ तुमने आम को दिए उतने ही फल हमको भी देना मेरी माँ! आम का फल तो झड़ जाएगा पर सेवक को अमर कर देना। इस कलयुग में तीन ही तो अमर हैं—पानी, पवन और गंगा की धूल।)

दलितों का गीत 'निर्गुन, कीर्तन तथा नाच गीत'

जातीय गीतों की परंपरा में दलितों के गीत बहुत ही मनोरंजक होते हैं। इनके गीतों में 'निर्गुन' कीर्तन तथा नाच के गीत प्रमुख हैं।

निर्गुन—इनमें आध्यात्मिक भावना की प्रधानता होती है—'माया' के सौंदर्य से सभी अभिभूत हैं—

"मारि डारै कटीली तोरी अँखिया।
ब्रह्मा बस कीन्हा बिस्नू बस कीन्हा।
मुनि बस कीन्हा, बजाय के बँसिया। मारि ....।
काम बस कीन्हा, क्रोध बस कीन्हा,
हरि बस कीन्हा लगाइ के छतिया। मारि ....।
गोपी बस कीन्हा, ग्वाल बस कीन्हा,
राधा बस कीन्हा गरे डारि फँसिया।
मारि डारै कटीली तोरी अँखिया।।"

(तुम्हारी कटीली आँखें सभी के प्राण हरण कर लेती हैं। ब्रह्मा को वश में कर लिया, विष्णु को वश में कर लिया, मुनि को वंशी बजाकर वश में किया। काम, क्रोध को वश में कर लिया, हरि को हृदय से लगाकर वश में किया। गोपियों को, ग्वालों को वश में कर लिया, राधा को गले में प्रीत का फंदा डालकर वश में किया।)

गोविंद का नाम नहीं गाया तो जीवन ही व्यर्थ है—

गोविंदा नहीं गाया तैने गाया क्या रे बावरे,
रत्नन कै चोरी कइके राई करन काँ दान रे।
कोठे चढ़िकै देखन लागै केतने ऊपर विमान रे,
पतिबरता भूखी मरै बेस्या चाभैं पान रे।
पतिबरता बैठी रहँ रे बेस्या करै गुमान रे,
हाथी छुट गया डार से रे निकरि गया उस पार रे।
निर्धन गिरा पहाड़ से कोई न पूछै बाति रे,
साहूकार के काँटा चुभ गया पड़ गई हाहाकार रे।"

(तुमने गोविंद नाम नहीं गाया तो और क्या गाया रे बावरे। रत्नों की चोरी करके यदि

राई भर का दान कर दिया तो कोठे पर चढ़कर देखने लगे कि स्वर्ग ले जानेवाला विमान अभी कितने ऊपर है। पतिव्रता स्त्रियाँ तो भूखों मरें और वेश्याएँ पान चबाती हैं। पतिव्रता तो बैठी रहें, वेश्या गर्व करें। हाथी डाल से छूट गया और उस पार चला गया, निर्धन पहाड़ से गिर गया तो कुछ नहीं, धनी को काँटा भी चुभ गया तो हाहाकार मच गया।)

इसी प्रकार समाज में धर्म के बाह्याडंबर और विसंगतियों के सुंदर चित्र इनमें मिलते हैं। निर्धन का भीषण दु:ख भी समृद्ध व्यक्ति की नाममात्र की पीड़ा की बराबरी नहीं कर सकता। निर्धन वर्ग के इस गीत में उसका अपना आक्रोश व्यक्त हुआ है।

दलितों के नाच के गीत—मांगलिक अवसरों पर यह जाति समूहबद्ध होकर नृत्य गान करती है। इनके अतिथि संबंधी ही नर्तक और गायक होते हैं, जिनमें यह गुण होता है, उन्हें इनके समाज में बहुत महत्त्व दिया जाता है।

नृत्य-दल में कुछ लोग वाद्य-यंत्र लिए होते हैं। नाचनेवाले व्यक्ति प्राय: स्त्रियों के वस्त्र धारण कर लेते हैं। एक व्यक्ति प्रत्येक दल में हास्य अभिनेता की भूमिका निभाता है, जिसे 'करिंगा' कहा जाता है। इसकी वेश-भूषा विचित्र होती है। कमर में घंटियों से युक्त पेटी बँधी रहती है, जो उसकी नृत्य-मुद्राओं के क्रियान्वयन के साथ बजती रहती है। कमर के नीचे का वस्त्र रंग-बिरंगे वस्त्रों को जोड़कर बनाया जाता है। पीठ पर वस्त्र के ऊपर काले चमड़े का गोलाकार या चौकोर टुकड़ा सिला होता है। वह जन-समाज का मनोरंजन करने के लिए जब भी हास्यप्रद या व्यंगयुक्त कोई वाक्य कहता है तो नृत्य-मंडली का एक सदस्य, जो उससे प्रश्न करता रहता है, उसकी पीठ पर चमड़े के हंटर से मारता है। इसकी ध्वनि बहुत तेज सुनाई देती है। प्रत्येक प्रहार पर "है काका" कहता है वह करिंगा बना व्यक्ति। ये लोग काली के 'चौरा' पर हरि-कीर्तन करके नृत्य करते हैं।

जोगियों के गीत

जोगियों का मुख्य पेशा गा-गाकर भिक्षा माँगना है। फैजाबाद जनपद में जोगीपुर नामक एक ग्राम ही है, जहाँ जोगियों की बस्ती है। इनकी वेश-भूषा विशेष प्रकार की होती है। लंबा गेरुआ कुरता, गेरुए रंग की लुंगी और गेरुए रंग की पगड़ी, बगल में भिक्षा की बड़ी झोली, बाएँ कंधे पर सारंगी, एक हाथ में चिकारा—यह है जोगी की वेशभूषा। बचपन से ही इन्हें गीत गाकर और सारंगी बजाकर भिक्षा माँगने का अभ्यास कराया जाता है। इनके गीतों में शिव-पार्वती, राम-कृष्ण आदि की कथाएँ, श्रवण कुमार, भक्त प्रह्लाद आदि की पौराणिक गाथाएँ वर्णित होती हैं। राजा गोपीचंद एवं राजा भरथरी के गृहत्याग कर योगी बनने की लंबी गाथा भी इनके गीतों में प्राप्त होती है। इसके अतिरिक्त छोटे-छोटे कथानक के गीत एवं विभिन्न भावों के गीत भी गाए गाते हैं। सारंगी बजाकर सास-बहू का झगड़ा सुनकर तो ये हास्य रस का संचार ही कर देते हैं।

एक जोगी गीत में श्रवणकुमार की गाथा प्रस्तुत है। घर से श्रवण कुमार खेलने निकलते हैं। श्रवण के नेत्रविहीन माता-पिता प्रसन्नता और उत्साहपूर्वक सुंदरी कन्या से श्रवण का विवाह करते हैं पर वह आते ही सास-ससुर का निरादर करने लगती है—

"घर से निसरे सरवन पूत,
ई बालक अन्हरी कै होय, ई बालक सुरवा कै होय।
सरवन तनिकी भये सयान,
माता पिता रचि दिहिन बियाह,
तिरिया सुन्नरि सरवन केरि।
अउतै घर मा लाग कोंहाय।
ई अन्हरी मोरे जिउ कै काल,
ई सुरवा मोरे जिउ कै काल,
अन्हरी क मारि पण्डौहे म डारउँ
सुरवा के मारि कुआँ म डारउँ।
चाहे यनका मुँगरी से मार।"
अरे तै कैसन बाटै नारि,
माता पिता के यस ना बोल,
माता पिता गुलरि के फूल,
लगी घाम जइहैं कोम्हिलाइ।"
"हँड़िया म नून पसर दुइ चार,
ऊ भोजन सुरिया-सूर खायँ,
अन्हरी सूखि लकड़ि हो जाण,
सुरवा सूखि बबुर होइ जाए"

(ये अंधा-अंधी तो मेरे प्राणों के जंजाल हैं। अंधी को मारकर नाले में डाल दो। अंधे को मारकर कुएँ में। इन्हें मुँगरी से मारो। श्रवण उसकी भर्त्सना करते हुए समझाते हैं। अरे! तू कैसा बोलती है। माता-पिता तो गूलर के फूल हैं, धूप लगते ही कुम्हला जाएँगे। तब वह कुम्हार से दो भागवाली हँड़िया बनवाती है, उसमें मीठी और नमकीन दो प्रकार की खीर पकाती है।

एक हँड़िया में ढेर सारा नमक डालकर अंधे-अंधी के लिए खीर पकाए तो उसे खाकर अंधी सूखकर लकड़ी हो गई, सूरदास सूखकर बबूल हो गए। श्रवण कुमार उनके दुर्बल होने का कारण जानने के लिए एक दिन पिता से थाली बदल लेते हैं। भेद जानकर पत्नी को दंड देते हैं, वह मायके जाती है, वहाँ से भी तिरस्कृत होकर पुनः सास-श्वसुर और पति की शरण में आती है और क्षमा माँगती है। श्रवण काँवरि बाँधकर माता-पिता

को लेकर तीर्थाटन कराने चल पड़ते हैं। इसके पश्चात् दशरथ के बाण से आहत होकर, उनकी मृत्यु, वृद्ध दंपति का दशरथ को शाप आदि वर्णित है)।

गड़ेरियों के गीत

गड़ेरियों का प्रमुख पेशा भेड़ पालना है। कृषक वर्ग अच्छी खाद के लिए भेड़ों को अपने खेत में बैठाता है। इसके लिए गड़ेरिया मूल्य लेता है। जब भेड़ें खेत में बैठ जाती हैं तो गड़ेरिया अपना खाली समय गा-बजाकर मनोरंजन करके बिताते हैं। गड़ेरिया भी अधिकतर बिरहा ही गाते हैं, पर इनके अन्य गीत भी हैं। इन गीतों में इनके जीवन की सच्ची झाँकी मिलती है। इनके एक मुख्य गीत का नाम सिउरिया और दूसरे का पड़ोकी मार है। सिउरिया की कुछ पंक्तियाँ प्रस्तुत हैं—

"बँगला बिच सोवै सिउरिया रे,
हरै ऊ बँगला कैसन छावा,
झिर-झिर बरसै मेहा रे।
हरे बँगला चूवन लागा,
बूँदा गिरै मोरी छतियाँ रे,
मैं गिरि गयों खटिया के तरवाँ।
आजु रोवै सिउरिया बँगला मा,
बिनु बलमा कौन उठावै रे।"

(सिउरिया नामक स्त्री सो रही है। बँगला प्रिय के दूर रहने के कारण फिर से छाया नहीं गया, जिससे वर्षा की बूँदें टपक रही हैं। वक्षस्थल पर वर्षा की बूँदें गिरकर उसमें कामोद्दीपन करती हैं। वह विकल होकर चारपाई से नीचे गिर पड़ती है पर प्रिय के बिना कौन उठाए)।

इस प्रकार जातीय गीतों में प्रत्येक जाति के व्यावहारिक जीवन के यथार्थ चित्र मिलते हैं।

5. मुस्लिम संप्रदाय के गीत

मुस्लिम संस्कृति पर हिंदू लोक संस्कृति का विशेष प्रभाव है। ग्रामीण मुस्लिम समाज में इसका जीवंत रूप परिलक्षित होता है। मुस्लिम गीतों पर हिंदू ग्राम्य गीतों का भी प्रभाव स्पष्ट दृष्टिगोचर होता है। ग्रामीण जन-जीवन का चित्रण इन गीतों में भी अधिकांश हुआ है।

कुछ ग्रामीण मुसलमान प्रायः कहते हैं कि हमारे मजहब में गाने की धार्मिक मनाही है किंतु उनके यहाँ भी संस्कारों के अवसर पर गीत गाए जाते हैं। इनके गीतों को

दो भागों में वर्गीकृत किया जा सकता है—1. हर्षदायक अवसर के गीत, 2. दाहा रोने के गीत (शोक गीत)।

हर्षदायक अवसर के संस्कार गीत

अवध के ग्रामीण मुस्लिम समाज में संस्कारों के अवसर पर गीत गाए जाते हैं। संक्षेप में उनके बारे में कुछ उदाहरण सहित प्रस्तुत हैं।

संतान जन्म—मुसलमानों में संतान-जन्म के अवसर पर प्रसन्नता की अभिव्यक्ति हेतु गीत गाए जाते हैं। मुसलमानों के यहाँ भी हिंदुओं में प्रचलित सोहर का उलारा गाने की परंपरा है। केवल भाषा में कुछ अंतर यत्र-तत्र दिखाई देता है, वह है उर्दू शब्दों के अधिक प्रयोग की प्रवृत्ति। एक सोहर (उलारा) प्रस्तुत है—

"अल्ला ने करिली दुआ कबूल,
हमारे घर बच्चा पैदा हुआ।
बच्चा कै दादी खुसी भई हैं,
जच्चा ने किया कमाल हमारे घर बच्चा पैदा हुआ।
मौला ने करिली दुआ कबूल, हमारे घर बच्चा पैदा हुआ।
बच्चा कै अम्मी खुसी भई हैं,
जच्चा ने किया कमाल हमारे घर बच्चा पैदा हुआ।
खुदा ने करिली दुआ कबूल, हमारे घर बच्चा पैदा हुआ।
बच्चा कै फूफी खुसी भई हैं,
जच्चा ने किया कमाल हमारे घर बच्चा पैदा हुआ।"

(इसी प्रकार सभी परिजनों के लिए)।

खतना—खतना के अवसर पर बालक के स्वास्थ्य की मंगल-कामना हेतु ईश्वर से प्रार्थना की गई है—

"अल्ला सन्नल से बोझी हमरी नाव,
गाजी मियाँ पार लगावा।
लोहे कै छुरिया गढ़ावै कौन मियाँ,
(बाबा, अब्बा, चाचा, फूफा का नाम),
कौनी बेगम अल्ला मनावैं,
(दादी, अम्मी, फूफी, चाची आदि का नाम)
गाजी मियाँ पार लगावा।"

(अल्लाह! संकट के भरी मेरी नाव है, हे गाजी मियाँ! पार लगाना। अमुक मियाँ (बच्चे बाबा आदि) ने लोहे की छुरी गढ़वाई है। अमुक बेगम (दादी, माँ आदि)

अल्लाह से विनती कर रही हैं।)

मँगनी—मुसलमानों की विवाह-पद्धति में सर्वप्रथम मँगनी की रस्म होती है। इसमें नौशे (वर) का पिता दुलहन के पिता से कन्या का हाथ वर के लिए माँगता है। वर-पक्ष 'मेहर' के रूप में कन्या को एक धनराशि प्रदान करता है।

मंझा—विवाह-उत्सव 'मंझा' से प्रारंभ होता है। इसमें एक चारपाई पर दुलहा-दुलहन को विवाह हेतु बैठाया जाता है। वर पक्ष की ओर से आई मेंहदी दुलहन के हाथों में रचाई जाती है।

नहान और दूल्हे का श्रृंगार—वर के नहाते-सजाते समय गीत गाए जाते हैं। एक गीत प्रस्तुत है—

"कलमे के जोर से मक्के मदीने जइबै,
जोड़ा अरस से उतरा पहिरैं नबी रसूल।
सेहरा अरस से उतरा पहिरैं नबी रसूल।
मकना अरस से उतरा बइठैं नबी रसूल,
दुलहिन अरस से उतरी बेलसैं नबी रसूल।"

(कलमा पढ़ने की शक्ति से मक्का-मदीना जाऊँगी। दूल्हे का जोड़ा वरदान से उतरा है, उसे दुलहा नबी रसूल पहन रहे हैं। इसी प्रकार सेहरा पहनकर 'मकना' हाथी पर बैठ रहे हैं। दुलहन वरदान से मिली उसके साथ विलास कर रहे हैं।)

जिस प्रकार हिंदू संस्कार गीतों में वर राम, शिव, कृष्ण हैं, उसी प्रकार यहाँ 'नबी रसूल'।

'बेलसै' शब्द हिंदू संस्कार गीतों में बहुत बार आया है।

कपड़ा पहिनाते समय गाया जाता है—

"जोड़ा लावो ए दरजी जोड़ा लावो,
जोड़ा देखु ए दादी जोड़ा देखु रे।
सेहरा लावो ए माली सेहरा लावो,
सेहरा देखु ए दादी सेहरा देखु रे।
जूता लावो ए मोची जूता लावो,
जूता देखु ए दादी जूता देखु रे।"

(दरजी जोड़ा लाओ, माली सेहरा लाओ, मोची जूता लाओ, दादी तुम यह सब देखो।)

सेहरा—मुसलमानों में 'मौर' के स्थान पर फूलों का 'सेहरा' पहनाया जाता है। 'सेहरा' गाने का ढंग 'गजल' जैसा है। एक 'सेहरा' प्रस्तुत है—

"खुशनुमा क्यों न हो परियों ने बनाया सेहरा

इस सेहरे की खुशी अब्बा के दिल से पूछौ,
जब से देखा है दूल्हे के सिर पै सेहरा।''
(इसी प्रकार चाचा, फूफा, मामू आदि सभी परिजनों के लिए गाते हैं।)

इन्हीं के प्रभावस्वरूप अब शहरों में हिंदुओं के विवाह के अवसर पर भी 'सेहरा' गाया जाने लगा।

निकाह—इसके पश्चात् 'निकाह' होता है। दुलहा-दुलहन से उनकी मरजी पूछकर काजी के समक्ष 'कुबूल' करवाया जाता है। दोनों की मरजी से 'निकाह' संपन्न होता है।

रुखसती—भरे मन और भरी-भरी आँखों से 'रुखसती' की रस्म अदा की जाती है।

इस प्रकार इनकी विवाह की रस्म बहुत सादी है। एक ही दिन में विवाह संपन्न हो जाता है।

दाहा (ताजिया) रोने के शोकगीत

'इस्लाम' में मृत्यु के पश्चात् रोने तक की मनाही है तथा मूर्ति पूजा का भी निषेध है। पर ताजिए के रूप में प्रतीक पूजा और दाहा रोने का प्रचलन है।

धार्मिक ग्रंथ 'कुरान' के अतिरिक्त मुसलमानों में 'हदीस' भी मिलते हैं। वास्तविक 'हदीस' जितनी संख्या में थे उनमें हिंदू पुराणों के प्रभाव स्वरूप वृद्धि होती गयी। हिंदुओं के कीर्तन का प्रभाव भी आज मसजिदों में मुस्लिम त्यौहारों के अवसर पर गाये जानेवाले गीतों के रूप में देखा जा सकता है। दाहा गीत 'मुहर्रम' में 'नवीं' की संध्या से गाए जाते हैं और दसवीं के दिन भी। चौक पर जहाँ ताजिया' बिठाया जाता है उसी के पास बैठकर स्त्रियाँ करुण स्वर में 'दाहा' रोते हुए गाकर सबके मन में करुणा का संचार करती हैं। इन गीतों में उनके पूर्वजों के शौर्य और बलिदान की गाथा तो रहती ही है, उसके साथ ही उनके परिजनों का करुण कंदन भी।

चौक पर 'फातेहा' समाप्त होते ही गीत गाने शुरू हो जाते हैं। गायिकाओं की आँखों से आँसू बहने लगते हैं। प्रत्येक गायिका, दादी, माँ, पत्नी, बहन-स्वरूपा हो जाती है। ताजिए कागज के निर्मित उनके प्रतीक न रहकर उनकी दृष्टि में साकार हसन-हुसैन बन जाते हैं।

ये गीत सामान्य नारी के हृदय के उद्गार हैं। उस क्षण वह न हिंदू है न मुस्लिम। नारी की वेदना को अभिव्यक्ति देती हुई मात्र नारी जाति होती है, जिसके हृदय में ममता, करुणा, प्रेम की सरिता युग-युग से प्रवाहित है, वह चाहे जिस काल की हो, चाहे जिस देश की।

मुस्लिम संस्कृति के ये गीत हिंदू संस्कृति से पूर्णतया प्रभावित हैं। ग्रामीण मुस्लिम घरानों में हिंदू रीति-रिवाज और वेश-भूषा का प्रभाव भी पड़ा है। इस बात का प्रमाण ये

लोकगीत हैं। माँग में सिंदूर लगाना, विधवा होने पर सिंदूर धोना और छींक को अपशकुन मानना आदि लोकविश्वास मुसलमानों में भी देखे जाते हैं। जिस दिन ताजिए बिठाए जाते हैं उसके दूसरे दिन जब तक ताजिए (प्रवाहित) ठंडे नहीं कर दिए जाते वे रोजा रखते हैं। घर में मिट्टी (लाश) पड़ी हो तो उपवास करने की भावना भी भारतीय है। उदाहरणस्वरूप कुछ दोहा गीत प्रस्तुत हैं—

"हसन बैठे चउकवा रे हाय,
उपराँ भँवरा भहनाय,
पाँच मुसाफिर बगिया म उतरै,
दादी वनके पूछैं बाति,
कहा तू मुसाफिर, करबले की हलिया,
हाल खबर नाहीं मिली।
का कहौं दादी! करबले की हलिया, लासन कै ढेर लगी,
हम तौ दादी खबर जनावैं,
सिर जुदी मट्टी पड़ी,
तीर चली है तरवार चली है,
बरछी चली जब सिर कटी।
यतना सुनि कै दादी रोय पड़ीं,
दसइ दिनवाँ कै नान्हीं दुलहिनियाँ,
नवेली दुलहिनियाँ रे अल्ला,
नन्हवइ से परिगै बिपतिया रे हाय,
मुड़वौ न बान्है पायौं, तेल न लगावै पायौं,
आईं गई काफिर से खबरिया रे हाय।
सेन्हुरौ न लगावै पायौं, मँगियौ न भरै पायौं,
आई गई मरन कै हवलिया रे हाय।"

(चौक पर 'हसन' का ताजिया बैठा। ऊपर भौंरा मँडराने लगा। उसे देखकर नारी के कोमल मन को करबला की भयंकर जंग का स्मरण हो जाता है। जब पाँच मुसाफिर बाग में उतरे, उनसे हसन की दादी अपने लाड़लों की कुशलता का प्रश्न करती हैं, पर मुसाफिरों का उत्तर कितना भयानक है। युद्ध की विभीषिका का वर्णन कैसे करूँ? दादी! सिर अलग, मिट्टी (शरीर) अलग पड़े हैं। तीर, तलवार, बरछे चले हैं। लाशों के ढेर लगे हैं। अपने पौत्रों के दुःखद अंत को सुनकर दादी का कोमल हृदय दुःख से विकल हो जाता है। शहीदों की नवेली वधुओं के लिए उनका हृदय करुणा से भर जाता है। वे फूट पड़ती हैं, नन्हीं अबोध दुलहन पर कच्ची उमर में ही दुःख का इतना भीषण प्रहार। कभी

बालों में तेल लगाकर चोटी न कर सकी, सिंदूर से माँग न भर सकी और सब-कुछ समाप्त हो गया, काफिर की ऐसी खबर आ गई।)

एक दूसरे दाहा गीत का उदाहरण प्रस्तुत है—रणभूमि से वीर के लिए निमंत्रण आ पहुँचा। जाति और 'कौम' की रक्षा का प्रश्न है, पर मातृ-हृदय के लिए बेटे का प्यार 'कौम' तथा देश से भी ऊँचा है—

कंकड़ चुनि-चुनि महल उठायों,
कफिरा कहत है घर मेरा रे।
मक्के के आगे पीछे फिरत है कफिरा,
माँगत है मक्का मदीना रे।
भितरा से बोली हसन कै अम्मा! सैयद कै अम्मा,
बेटा दइद्या मक्का मदीना रे।
ना देबै अम्मा मक्का मदीना।
मक्के के खातिर कतल होइ जाबै शहीद होइ जाबै...।
उठहु न मोरी बहिनी जैनब सकीना,
देउ न सेहरा सवारी रे हाय,
देऊ न मकना सवारी रे हाय,
कैसे क सेहरा सँवारी मोरे भइया।
सेहरा सँवारी का मैं पइहौं,
हमका देहु बताय मोरे भइया,
जो मोरी बहिनी लड़इया जीति अइहौं,
जुझइया जीति अइहौं,
मोतियन मँगिया भरउबै, मोतियन मँगिया गुँथइबै।
छिंकतै हसन मियाँ घोड़वा पलाने बछेड़वा पलाने,
छिंकतै भयो असवरवा रे हाय,
घोड़े क लगाम धरि समझावैं ओनकर दादी,
दूरि लड़इया जिन जाएउ रे हाय।

(कंकड़ चुन-चुनकर महल बनाया, काफिर कहता है कि यह घर मेरा है। मक्का के आगे-पीछे फिर कर कहता है कि मक्का-मदीना हमें दे दो। भीतर से हसन की दादी, माँ बोलती हैं—बेटा! मक्का-मदीना दे दो, जंग न करो। किंतु रणबाँकुरे वीर के लिए तो देश और जाति की रक्षा का भार प्रमुख है। वह उसके लिए शहीद तक होने को सर पर कफन बाँधकर तैयार है—

माँ! मक्का-मदीना नहीं दूँगा। उसके कारण शहीद हो जाऊँगा, कत्ल हो जाऊँगा।

वह बहनों से सेहरा बाँधने और सवारी का प्रबंध करने का आग्रह करता है, किंतु बहन अपने लाड़ले भाई को कैसे मौत के मुँह में भेजने को प्रस्तुत हो?

बहन जैनब, सकीना! उठो हमें सेहरा दो। हमें 'मकना' हाथी की सवारी दो। कैसे सेहरा बाँधू, भाई! कैसे सवारी दूँ, सेहरा सँवारने से मुझे क्या मिलेगा? मेरी लाड़ली बहन! जब मैं युद्ध जीतकर आऊँगा, तो मोतियों से तेरी माँग भर दूँगा, मोती गूँथ दूँगा।)

किंतु भावी प्रबल है, घोड़े पर बैठते ही अपशकुन हो गया, छींक सुनकर दादी और माँ का हृदय काँप उठा।

दूरि कै लड़इया दादी हम लड़ि अउबै, कतल होई जाबै,
सहिद होइ जाबै यहि रे उम्मतिया के खातिर।
दूरी कै लड़इया भइया छुरिया चलति है, कटरिया चलति है,
चमचम चलै बरछी भलवा रे हाय।

छींकते ही हसन मियाँ ने घोड़े की लगाम पकड़ी और छींकते ही घोड़े पर सवार हुए। घोड़े की लगाम पकड़कर उनकी दादी, माँ, बहन, भाभी सभी समझाती हैं, हसन दूर लड़ाई में मत जाओ। किंतु रणभूमि को उठे पाँव किसी भी बाधा को मानने को तैयार नहीं, क्योंकि देश की रक्षा का प्रश्न है।

(उम्मत—किसी विशेष अवतार या पैगंबर को माननेवाला समुदाय, उर्दू–हिंदी शब्दकोश, पृ०–682)

इसी प्रकार सभी को उत्तर देते हैं।

दादी, माँ! बहन, भाभी! दूर की लड़ाई मैं लड़ने जाऊँगा, वहाँ भले ही कत्ल कर दिया जाऊँ, शहीद हो जाऊँ अपने मजहब की रक्षा के लिए। ए भाई! दूर की लड़ाई में छुरी, कटारें चलती हैं, चमचमाते बरछे, भाले चलते हैं, मत जाओ मेरे वीर। पर सभी को एक ही उत्तर देते हैं और चले जाते हैं।)

इसलाम के पैगंबर के शहजादों का यह बलिदान प्रति वर्ष मुहर्रम में स्मरण किया जाता है। उस ऐतिहासिक दिन और घटना की याद में ताजिए के पास यह दाहा गीत रोकर गाए जाते हैं। हसन की दादी का हृदय अपने हृदय के टुकड़ों के लिए चीत्कार कर उठता है—

"हसन क दादी चउक धरि रोवैं,
जरैं मोर जमिन असमनवाँ रे हाय।
अगिया जो लागति जल से बुझवत्यों,
दूध से बुझवत्यों कोखिया अगिन के बुझावै रे हाय।
दादी के रोउबे भीजै अँचरवा, भरिगै है दरिया,
दादा के रोउबे धरती फाटै रे हाय।

बनवा में रोवे बन की हरिनियाँ,
जंगल कै हरिनियाँ,
जल में रोवै मैना मछरिया रे हाय।
मुँहवा पटुक दैके रोंवे हसन कै दादी, सैयद क दादी,
अइसन हसन नाहीं पउबै रे हाय।
हसन क अम्मा लट छिटकाय रोवैं,
अइसन हसन नाही पउबै रे हाय।
हसन क वीबी लट छिटकाय रोवैं,
माँग सेन्हुर धोइ रोवैं, हाथे मेंहनी पोंछि रौवै,
अइसन हसन नाही पउबै रे हाय।"

(चौक पर दादी रो रही हैं। उनके लिए जमीन-आसमान सब-कुछ जलकर खाक हो गया है। आग लगने पर तो पानी और दूध से बुझाया जा सकता है, किंतु कोख की अग्नि कैसे बुझ सकती है। आँसू भी इसे बुझाने में असमर्थ हैं। रोते-रोते आँचल भीग गया, दरिया भर गई, किंतु कोख की आग नहीं बुझी। दादा के रुदन से धरती, जो धैर्य का साकार रूप है, उसका भी हृदय विदीर्ण हो गया। सारी प्रकृति, समस्त वातावरण इस बलिदान पर रो रहा है। जंगल की हिरनी और जल की मछली, समस्त प्राणी दुःख से विह्वल हैं। आँचल से मुँह ढाँककर दादी, माँ तथा पत्नी माँग का सिंदूर धोकर, हाथ की मेंहदी पोंछकर, लट बिखराकर रो रही हैं। ऐसे हसन अब नहीं मिलेंगे।)

माँ और दादी नवेली पत्नी के प्रति उनके उत्तरदायित्व की याद दिलाकर उन्हें रोकने का प्रयत्न करती हैं, किंतु पत्नी का मोह भी उन्हें रोक नहीं पाता, तब अपनी वृद्धावस्था की असहायता और अनुराग का वास्ता देती हैं—

"तुम तो चल्या सैयद रन कै लड़इया,
जंगल कै लड़इया,
सुघरी रनियवाँ केहिका सौंपेउ रे हाय।
सुघरी रनियवाँ दादी तोहहीं के सौंपब,
रनिया महल बिच राखेउ रे हाय।
तूँ तो चल्या सैयद रन की लड़इया,
तोहरी सूरति कइसे बिसरे रे हाय।
तूँ त चल्या सैयद रन की लड़इया,
हमरा बुढ़ापा कैसे कटिहैं रे हाय।
तोहरा बुढ़ापा दादी हम नाही कटबै,
तोहरा बुढ़ापा अल्ला कटिहैं रे हाय।

हमरी सुरति दादी अठईं का देख्यू, नवई के देख्यू,
दसवीं के सहीद होइ जाबै रे हाय।
जौने हसन के मैं दुधवा से पालेवँ, मलिदवा से पालेंव,
वनही क सुरति कइसे बिसरै रे हाय।''

(तुम तो सैयद रन में लड़ने को चल दिए, अपनी सुघर वधू किसको सौंपकर जा रहे हो? सुघर वधू दादी! तुम्हीं को सौंप रहा हूँ, महल में मेरी रानी को सहेजकर रखना। पत्नी को महल में दादी के संरक्षण में रखकर वे उसकी आबरू के प्रति निश्चिंत होते हैं और कहते हैं कि मेरी सूरत 'अठईं' और 'नवीं' को देखिएगा, 'दसईं' को मैं शहीद हो जाऊँगा। जिस 'हसन' को दूध-मलीदे से पाला-पोसा, हाय उसकी सूरत कैसे बिसारूँ?)

रणभूमि की ओर वह वीर प्रस्थान कर देता है। दादी और माँ का रुदन करुण कहानी बन गया।

हसन का पूरा परिवार उनके विछोह की पीड़ा से संतप्त है—

''हसन की दादी पातरी, पहिरे कुसुम रंग चूनरी,
ओढ़ि पहिरि दादी चलीं मदीने, वहीं मदीने बिचे आगि लगी।
कोयला अगिनि सबही बुझावैं, कोखिया अगिनि बुझती नहीं।''

(इसी प्रकार अम्मा, चाची, आदि के लिए भी।)

(दुबली-पतली दादी, माँ, चाची आदि कुसुमी चूनर पहनकर श्रृंगार करके मदीने जाती हैं। उन्हें क्या पता कि वहाँ वज्र टूट पड़ेगा। मदीने में आग लगेगी। ऐसी आग, जो उनके संपूर्ण सुख, कामनाओं, आशा और अरमानों को जलाकर खाक कर देगी। कोयले की आग हो तो बुझाई जा सकती है, पर भला कोख की अग्नि कैसे बुझ सकती है? यह तो तिल-तिल करके उन्हें जलाती रहेगी आजीवन।)

कोख की आग', 'कोयला अग्नि' आदि शब्दों पर भी हिंदी लोकगीतों, मुहावरों का प्रभाव है।

रणभूमि को जाने से पहले वीर थोड़ी देर के लिए विश्रांति और आमोद-प्रमोद की इच्छा प्रकट करता है। कौन जाने आज का यह विश्राम, आज का यह मनोरंजन अंतिम हो। इसके बाद यह घर, यह परिवार सब सदा-सदा के लिए छूट गया। वह अपनी दादी, माँ आदि से कहता है—

''ऐ दादी पटु खोल केवड़िया,
खेल लेई हम एक घड़ी,
खेल-खेल ले बेटे दुइ चार घड़ी,
आखिर मौत पै धूम मची।
गोरे बदन उजली कफन,

चद्दरि ओढ़ावो हाय रे हाय,
नंगे पैर जलती भुभुरिया, करबले में धूम मची।।"

(ऐ दादी! तनिक दरवाजा खोल दो। हम एक घड़ी खेल लें। दादी वेदना-विह्वल वाणी में कहती हैं कि मेरे लाल! एक ही नहीं दो-चार घड़ी खेल ले, क्योंकि अब जीवन का कोई भरोसा नहीं, मृत्यु का नंगा नृत्य हो रहा है। कब किसे दबोच ले कौन जाने? गोरे-गोरे शरीर पर श्वेत कफन की चादर, चारों ओर हाय-हाय मची है, नंगे पैर तपती भूभुरि में भगदड़ मची है, करबले में विनाश की धूम मची है)।

काफिरों ने घर-घर में सेवक-सेविकाओं के रूप में अपने जासूस रखे थे। अली और उनके घरवालों को क्या पता कि हमारी सेविका दुश्मन से मिली है—

"अली यस घर आए सिकार करिकै,
दादी पनिया पियावैं सिकम भरिकै,
दादी मँगावैं घड़ा भरिकै
उनकै चेरिया लै आवे जहर घोरि कै घड़ा भरिकै।"

(अली शिकार से प्यासे लौटे हैं, दादी पानी पिलाती हैं 'सिकम' भरकर के। दासी को घड़े में पानी लाने का आदेश देती हैं, वह उसमें विष डालकर लाती हैं।)

हसन की दादी आदि काफिरों से कहती हैं कि मैंने बार-बार तुम्हें मना किया है कि रास्ते में बेल न बोना—

"बेरिया की बेरी तुहैं बरिजौं कफिरवा,
बेलवा बोवाया रहिया छोड़िके,
जौनी की रहियाँ जैहै हसन दुलरूआ,
कँटवा गड़ै उनके पाँव में।"

रास्ता छोड़कर बेल लगाना, क्योंकि मेरे लाड़ले हसन उसी राह से जाएँगे, उनके पैर में काँटा चुभ जाएगा। यहाँ बेल बोने से तात्पर्य विरोध करने और रार बढ़ाने से है। दादी नहीं चाहतीं कि मेरे लाड़ले को युद्ध और विरोध के काँटे सहने पड़े। अत: वह शत्रु से समझौता चाहती हैं कि तुम उसके रास्ते में कोई संकट न पैदा करो। दादी का वश चले तो वह अपने लाल के मार्ग में फूल ही फूल बिखेर दें।

माँ, बहन और चाची आदि को शृंगार करते और वस्त्राभूषण धारण करते देख वीरबाँकुरा उन्हें आगाह करता है कि हे माँ, बहन आदि, तुम ओढ़नी को सँभालकर ओढ़ना, क्योंकि आज कतल की रात है, बलिदान की रात है—

"हमरी ओढ़नियाँ नील की, घुँघरू लगे चौफेर से।
ऐ अम्मा सँम्भारि कै ओढ़िउ, आजु कतल की रात है।

ऐ बहिनी सँम्भारि कै ओढ़िउ, आजु कतल की रात है।''

यहाँ ओढ़नी से तात्पर्य मर्यादा से है। परिवार के पुरुष आज शहीद होने को तत्पर, सिर पर कफ़न बाँधे रणभूमि को जा रहे हैं, अब स्त्रियों की रक्षा कौन करेगा। इसलिए उन्हें स्वयं अपनी रक्षा करनी पड़ेगी। अपने कुल की आन की, मर्यादा की रक्षा का भार अब उनके स्वयं के कंधे पर है। अत: वह चेतावनी देता है चलते-चलते कि मर्यादा की ओढ़नी में दाग न लगे, उन्हें सँभालकर ओढ़ना।

मसजिद के अंदर अंजीर का पेड़ लगा है। वहाँ से आसमान तक डोरी लगी है। डोरी पकड़कर दादी, माँ, चाची, भाभी, फूफी, बहन आदि रो रही हैं कि आज बेटे की कुरबानी है—

''मसजिद के अंदर अंजीर क पेड़वा,
डोरिया लगी है असमान में,
अल्ला डोरी लगी है—असमान में।
डोरिया पकरि ओनकी दादी ञे रोवैं,
आजु बेटा कुरबान भये,
डोरिया पकरि मत रोआ रे दादी,
आजु बेटा कै कुरबानी है।''

आसमान में डोरी से तात्पर्य संभवत: जन्नत की ओर उनके प्रस्थान मार्ग की ओर संकेत है। बेटे के निधन से शोकग्रस्त माँ की वेदना इतनी घनीभूत हो जाती है कि उन्हें लगता है कि अंजीर के वृक्ष से ऐसी डोरी लगी है, जो आसमान अर्थात् जन्नत (स्वर्ग) को जाती है और उनका बेटा उस पर चढ़कर स्वर्गारोहण कर रहा है। दादी, माँ, चाची आदि डोरी पकड़कर विलाप करने लगती हैं। उनका प्रिय पुत्र उन्हें स्वर्ग से सांत्वना देता प्रतीत होता है कि तुम रोओ मत। मैं तो बलिदान होकर स्वर्ग जा रहा हूँ, शोक की क्या आवश्यकता?

शोकोन्माद का सजीव चित्रण है और तज्जन्य प्रलाप की अभिव्यक्ति भी अत्यंत मार्मिक है। सैयद हसन, सैयद हुसैन की मृत्यु का दु:ख उनके परिजनों को ही नहीं, उनके घोड़े और हाथी को भी है—

''घोड़वा रोवे घोड़सारि मँ, हथिनी रोवे मैदान में,
रंगी महल दादी जी रोवैं, आजु बेटा कुरबान,
रंगी महल अम्मा जी रोवैं, आजु बेटा कुरबान।''
(इसी प्रकार बहन, भाभी, वीबी के लिए भी रोकर गाया जाता है।)

घोड़ा घोड़साल में रो रहा है, हाथी मैदान में, मूक पशु अपनी वेदना किसी से भी

नहीं कह सकता। दादी, माँ, बहन, भाभी और पत्नी रंगमहल में अपने प्रिय की कुरबानी सुनकर रो रही हैं।

इन गीतों के अध्ययन से यह बात स्पष्ट हो जाती है कि ये गीत भारतीय परिवेश, हिंदू संस्कारों और उनके गीतों से पूर्णतया प्रभावित हैं। रेगिस्तान में बेल आदि न बोने की दुश्मन की चेतावनी देना भी यहाँ की ही कल्पना है। युद्ध-स्थल रेगिस्तान में था, पर भारतीय मुसलमानों की कल्पना भारतीय परिवेश की ही है। बेल के काँटे प्रतीकात्मक हैं।

मुसलमानों के गीतों का संग्रह और उनका अध्ययन अभी उतना नहीं हो सका है, जितना कि अपेक्षित है। इस ओर किया गया प्रयास लोक साहित्य के अध्ययन में एक महत्त्वपूर्ण योगदान होगा। इनके यहाँ 'मरसिया' आदि गाने का भी प्रचलन है, पर वह प्रातिभ साहित्य की कोटि में आता है।

6. धर्म-दर्शन, व्रत-अनुष्ठान और पूजन आदि के गीत

'भक्ति' शब्द संस्कृत की 'भज्' 'सेवायाँ' धातु से क्तिन्=(ति) प्रत्यय करने पर निष्पन्न होता है। भक्ति का उद्भव और विकास विस्तृत विवेचन का विषय है, किंतु अधिकांश विद्वान् वैदिक साहित्य को ही भक्ति का स्रोत मानते हैं।

भक्ति का संबंध भक्त की भावना से है। चाणक्य नीति में इस बात का उल्लेख इस प्रकार हुआ है—

"न देवो विद्यते काष्ठे न पाषाणे न मृण्यमे।
भावे हि विद्यते देव तस्माद् भावोहि कारणम्।।"

लोक में भी यही भाव व्यक्त हुआ है—"मानो त देव नाहीं पाथर"। (मानो तो देवता नहीं तो पत्थर) भावना के प्राधान्य के कारण ही भक्ति में साधक की आस्था के आधार पर निराकार और साकार भक्ति के भेद किए गए हैं तथा उसी के विकास होने पर अनेक संप्रदायों का जन्म हुआ। जब भक्ति के क्षेत्र में प्रेम ने श्रद्धा के समकक्ष स्थान प्राप्त करना प्रारंभ कर दिया तब वैधी भक्ति (विधि-विहित) और रागानुगा (राग का अनुसरण करनेवाली) भक्ति के विभाग अपना-अपना स्वतंत्र अस्तित्व लेकर उपस्थित हुए।

लोक गीतकारों ने अपनी-अपनी रुचि के अनुसार इन भेदों को अभिव्यक्ति दी है। फलतः लोकगीतों में भक्ति के सभी प्रमुख रूपों का प्रतिफलन देखा जा सकता है। लोकगीत किसी एक पंथ को लेकर नहीं चले हैं।

"श्रद्धालु एवं धार्मिक जनता की यह सामान्य प्रवृत्ति रही है कि किसी भी धार्मिक महापुरुष के नेतृत्व में विश्वास रखकर स्वयं को एक संयुक्त परिवार का सदस्य समझने लगती है और अपनी सामुदायिक एकता को अक्षुण्ण बनाए रखने का प्रयत्न भी करती है। कबीर के सिद्धांतों में विश्वास रखनेवाले व्यक्तियों ने जिस प्रकार कबीर-पंथ को जन्म दिया, उसी

प्रकार अन्य धर्म-प्रचारकों का ध्यान भी अपने पंथ को परिवर्तित करने की ओर प्रेरित हुआ। फलतः उत्तर भारत में लाल-पंथ, दादू-पंथ, मलूक-पंथ आदि प्रचलित हो गए।

(परशुराम चतुर्वेदी, 'उत्तर भारत की संत-परंपरा', पृ०-386-87)

लोकगीतों में विभिन्न संप्रदायों, पंथों का प्रभाव है और विभिन्न पंथों ने उनसे प्रेरणा भी ग्रहण की है।

अवधी का केंद्र अवध (अयोध्या) प्राचीन भारतीय संस्कृति का प्रधान केंद्र है। धार्मिक विश्वास, पौराणिक मान्यताएँ लोक-साहित्य का आधार होती हैं, अतः यहाँ के लोकगीतों में धार्मिक भावना की बहुलता है।

"भारतीय संस्कृति में समन्वय और नए उपकरणों को पचाकर आत्मसात् करने की अद्भुत योग्यता प्राचीन समय में थी।"

(रामधारी सिंह दिनकर, 'संस्कृति के चार अध्याय', भूमिका-जवाहरलाल नेहरू, (पृ०-6))

इसी कारण हिंदू धर्म विभिन्न संस्कृतियों के आश्रय में रहकर भी अक्षुण्ण रहा। उसकी अक्षुण्णता का सर्वाधिक श्रेय लोक-साहित्य को है। विभिन्न आक्रमणकारियों ने हमारे लिखित धार्मिक साहित्य को नष्ट कर दिया, मंदिर तोड़ दिए, किंतु वे उस लोक-भावना को, लोक-साहित्य को नहीं मिटा सके, जिसके ज्ञान का और प्रसार का आधार पुस्तकें नहीं थी।

लोकगीतों के माध्यम से सामाजिक एवं धार्मिक मान्यताएँ, विश्वास, रूढ़ियों का प्रचार-प्रसार पीढ़ियों तक निरंतर स्वतः ही होता रहता है। लोकगीत ही इस बात के साक्षी हैं कि आदि मानव युग से ही किस प्रकार नदी, पहाड़, वृक्ष, पृथ्वी और पशु-पक्षी समाज में पूजा के आधार और मानव के इष्ट रहे हैं। विभिन्न देवी-देवताओं की पूजा की प्राचीनता भी इन्हीं गीतों के माध्यम से जानी जा सकती है।

धार्मिक भावना संबंधी गीतों का प्रवृत्ति के आधार पर वर्गीकरण करना अधिक सुविधाजनक होगा।

व्रत, उपवास, त्योहार, दान, स्नान एवं पर्व के गीत

पर्व-त्योहार एवं व्रत-अनुष्ठान वह साधन है, जिनके द्वारा हम अपनी प्राचीन संस्कृति का पर्यवलोकन करते हैं और आगे बढ़ने के लिए मार्ग-विलोकन करते हैं। इनसे हमें शिक्षा, प्रेरणा, उत्साह एवं शांति मिलती है।

मानव-जीवन परिवर्तन का इच्छुक होता है। एकरस जीवनयापन 'ऊब' का सृजन करता है। अतः सपाट जीवन में परिवर्तन लाने का कार्य ये व्रत, त्योहार एवं पर्व करते हैं।

आज विज्ञान का युग है। मानव ने अपने मस्तिष्क को विकसित किया है—किंतु लगता है कि हृदय को संकुचित करता जा रहा है। व्रत, त्योहार एवं पर्व को शिक्षित

समाज भूलता जा रहा है। किंतु ग्रामीण समाज इनके महत्त्व को अभी भी नहीं भूला है। इसका प्रमाण ये लोकगीत हैं। लोकगीतों में इनकी परंपरा अक्षुण्ण बनी है। जितने भी व्रत और त्योहार होते हैं, वे हमारे आध्यात्मिक संस्कारों से संबद्ध होते हैं। उदाहरणार्थ कोई भी व्रत या उपवास किया जाता है तो उसके मूल में धार्मिक भावना, आत्मशुद्धि, पवित्रता एवं आस्था का प्राधान्य होता है। भावनाप्रवण हृदय अभिव्यक्ति के लिए छटपटा उठता है। इन भावों की छटपटाहट ही लोकगीत को जन्म देती है।

जन-जीवन मे ार्थ, पूजा, व्रत, दान आदि का विशेष महत्त्व है। इनके द्वारा अभीष्ट फल की प्राप्ति की जा सकती है। एक सुंदर पुत्र-रत्न की प्राप्ति का कारण नव प्रसूता के विचार में उसके पूजा-व्रत-दान आदि हैं। सास, ससुर, जेठ के प्रश्नों के समाधान में वह सहज भाव से उत्तर देती है।

''बहिनी बोलैं लागी रतन चिरैया होरिल बड़ा सुन्नर हो।
बहिरै से ससुरू आए बहुअरि से पूछन लागे,
बहुअरि कौन-कौन व्रत किह्यू होरिल बड़ा सुन्नर हो।
भूखल रहेउं एकादसिया दुअसिया के पारन,
ससुरू विधि के भूख्यौं इतवार होरिल बड़ा सुन्नर हो
बहिरे से सासू आईं बहुअरि से पूछन लागीं।
बहुअरि कौन-कौन दिह्यू दान होरिल बड़ा सुन्नर हो।
पियासे क पनिया पियावौं हो तुलसी नहवायों हो।
सासू भूखल बभना खियायों होरिल बड़ा सुन्नर हो।
बहिरे से आवैं भसुरू त भयहू से पूछैं,
भयहू कौन-कौन तप किह्यू होरिल बड़ा सुन्नर हो।
माघे मास नहायों अगिनि नाहीं तापेउं,
नित सरजू में कीन्हेउँ स्नान होरिल बड़ा सुन्नर हो।''

(अरी बहन! रत्न चिरैया 'चिड़िया' बोलने लगी कि बालक बड़ा सुंदर है। बाहर से ससुर जी आए, आकर बहू से पूछने लगे, बहूरानी! तुमने कौन-कौन सा व्रत किया, बालक बहुत सुंदर है। ससुर जी, मैं एकादशी का व्रत करती थी, द्वादशी को पारण (अन्न ग्रहण) करती थी। विधिपूर्वक इतवार का व्रत रखती थी, तभी बालक सुंदर है। बाहर से सास जी आकर पूछती हैं—बहू! तुमने कौन सा दान किया, बालक बहुत सुंदर है। सास जी! मैंने प्यासे को पानी पिलाया, तुलसी को स्नान कराया (जल चढ़ाया), भूखे ब्राह्मण को भोजन कराया, तभी बालक सुंदर है। बाहर से जेठ जी आए, बहू से पूछते हैं, बहू! कौन-कौन सा तप किया तुमने, बालक बहुत सुंदर है। मैं माघ महीने में नहाती रही, अग्नि नहीं तापा (आँच से सेंककर शरीर को गरमी नहीं पहुँचाई), नित्य सरयू में स्नान

किया तभी, बालक बहुत सुंदर है।

पवित्र सरयू नदी का स्नान, तुलसी-पूजन, दान, व्रत, उपवास आदि ही पुत्रवती की सफलता के एकमात्र साधन हैं। ऐसा उसका विश्वास है।

वैदिक काल में यज्ञ को विशेष महत्त्व दिया जाता था।

ऊँ अग्निमीले पुरोहितं यज्ञस्य देवमृत्विजम् होतारं रत्नधातमम्। (ऋग्वेद का सर्वप्रथम मंत्र) 1/1/1

लोकगीतों में भी यज्ञ को महत्त्वपूर्ण माना गया है एवं यज्ञों का वर्णन है। राम के अश्वमेध यज्ञ का वर्णन देखिए, जो धर्मपत्नी के अभाव में सूना लग रहा है—

''चैतहि कै तिथि नवमी त राम जग्गि रोपैं,
हो अरे बहिनी बिनु रे सितल जग्गि सूनी त जग्गि मोरी के देखै।''

यज्ञ में हवन की प्रमुखता होती है। उसका वर्णन भी स्थल-स्थल पर प्राप्त होता है—

''गैया के घियना कै होमिया करायौं
धुँववाँ जे लागे है अकास।''

अब क्रमशः व्रत, त्यौहारों और पर्वों के लोकगीतों और उनमें वर्णित इनके महत्त्व का संक्षिप्त विवेचन प्रस्तुत है—

चैत्र रामनवमी

चैत रामनवमी में अयोध्या का विशाल मेला लगता है। राम-जन्म की प्रसन्नता में पूरे देश में सोहर व भजन गाए जाते हैं—

''चैत रामनवमी श्री राम जी के जनम भये चैत रामनवमी।
धगरिन त नेग माँगैं नार कै छिनौनी
कौशल्या रानी क हार माँगै राम नहवौनी।
श्री राम जी के जनम भये चैत रामनवमी।
पंडित त नेग माँगै साइत बिचरौनी
राजा दशरथ क हार माँगै नाव की धरौनी।
श्री राम जी के जनम भये चैत रामनवमी।
गोतिनि त नेग माँगै मंगल गवौनी
रानी सुमित्रा क हार माँगै नाच कै नचौनी।''

(चैत्र रामनवमी को श्रीराम जी का जन्म हुआ। दाई नाल काटने का नेग माँग रही है, कौशल्या का हार माँगती है, नहलाने का नेग। नाइन उबटन लगाने, चौक लिपाने का नेग माँग रही है कैकेयी का हार। पंडित साइत (शुभ घड़ी) का विचार करने, नामकरण

करने का नेग माँग रहे हैं—दशरथ का हार। गोतिनें (गोत्र की स्त्रियाँ) मंगल गाने और नाचने का नेग माँग रहीं। सुमित्रा रानी का हार माँग रही हैं।)

राम के जन्म से प्रजा को बड़ी-बड़ी आशाएँ हैं, उन्हें माँगने का अवसर मिला है। चैत रामनवमी के मेले में भजन और कीर्तन भी गाए जाते हैं। मेले जाती हुई स्त्रियाँ केवल भजन से ही संतुष्ट नहीं होतीं, उनमें नई नवेलियों का मेले जाने का उत्साह छलका पड़ता है। नित्य की बँधी-बँधाई गृहस्थी के क्रिया-कलापों से मुक्त परिवर्तन से उल्लसित वे हँसी-व्यंग और प्रसन्नतासूचक गीत भी मार्ग में गाती हैं। बड़ी-बूढ़ियों की आलोचनाएँ चलती रहती हैं कि भजन गाओ, पर कोई-न-कोई चपल कुलवधू या कुलबाला उन्हें छेड़ने के लिए प्रणय गीत भी छेड़ देती हैं। पर अधिकतर धार्मिक गीत ही गाये जाते हैं।

सरयू स्नान के पश्चात् ही यात्रीगण 'मुँह जुठारते' जलपान करते हैं। एक बारहमासी सोहर में बालक से प्रार्थना की गई है कि वह चैत्र में जन्म न ले, क्योंकि चैत्र रामनवमी को स्नान करने जाने में बाधा पड़ेगी—

"हे रतनारे होरिलवा चैत जिनि जनम्या,
हो मोरे ललना चैतहि के रामनवमी नहाये कैसे जाबै।"

ऐ रतनारे लालन, चैत्र में जन्म न लेना। चैत्र में रामनवमी का पर्व होगा, मैं नहाने कैसे जाऊँगी।

जगन्नाथ पूजन

शुक्लपक्ष में सोमवार के दिन (वैशाख में) जगन्नाथ जी से लाई हुई छड़ी की पूजा होती है और भजन गाए जाते हैं। एक भजन प्रस्तुत है—

"हे जगन्नाथ तूँही जग के अधार।
तोहरे चरन की जे सेवा करिहैं
वही भगत कै होई उद्धार।
जेकरी नइया कै तुम हो खेवैया
वही क होई बेड़ा पार।
तुहरी दया कै जग है भूखा,
माया तिहारी है अपरम्पार।"

(हे जगन्नाथ, तुम्हीं संसार के आधार हो। तुम्हारे चरणों की जो सेवा करेगा उसी का उद्धार होगा। जिसकी नाव के तुम खेवनहार हो उसी का बेड़ा पार लगेगा। तुम्हारी दया का भूखा सारा संसार है। तुम्हारी माया अपार है।)

बरगदाही (वट-पूजन)

'जेठ' की अमावस्या को वट-पूजन होता है। बरगद की पूजा करके परिक्रमा लगाते समय गाया जाता है।

"बरगद बाबा कै फेरी लगावौं।
पहिली फेरी म माँगौ माँगि कै सेन्हुरा,
दुसरी फेरी म चूड़ी भरि बाँहि, बाबा कै फेरी लगावौं,
तिसरी फेरी म माँगौ लाल पियर चुनरी,
एँड़ियाँ महावर लाल, बाबा कै फेरी लगावौं।
चौथी फेरी म माँगौं पायल, बिछुवा,
गोदी म बारो लाल, बाबा कै फेरी लगावौं।
पँचयें फेरी म माँगौ अन धन सोनवाँ।
बाढ़ै नैइहर ससुरारि, बाबा कै फेरी लगावौं।"

(इस गीत में प्रत्येक फेरे में क्रमशः माँग का सिंदूर, चूड़ी, लाल चूनर, महावर, पायल, बिछुआ आदि सौभाग्य चिह्न, गोद का बालक, अन्न-धन, मायके, ससुराल की समृद्धि और पति की दीर्घ आयु माँगी गई है।)

नागपंचमी

श्रावण मास की शुक्ल पक्ष की पंचमी को नागपंचमी कहते हैं। नागों को खील-दूध चढ़ाया जाता है। बिलों के पास मिट्टी के छोटे-छोटे बरतनों में दूध भरकर रख दिया जाता है। गाँव की एक ब्राह्मणी सबके घर से धान का लावा और दूध लेकर नागपंचमी के दिन तालाब के किनारे झाड़ियों के पास चढ़ाती है। इस दिन नाग को प्रसन्न करने के लिए नाग-पूजा संबंधी गीत और कजली सावन गीत गाए ज़ाते हैं।

हरतालिका तीज

भादौं की शुक्लपक्ष की तृतीया को यह व्रत किया जाता है। स्त्रियों का समूह तीन बार नदी या तालाब पर स्नान हेतु जाता है। मार्ग में आते-जाते समय शिव-पार्वती से संबंधित कजली गीत गाए जाते हैं। एक उदाहरण प्रस्तुत है—

"हरे रामा पिये भंग के गोला संकर भोला रे हरी।
हाथे में वन के डमरू बाजै, तन सोहै मृगछाला रामा।
हरे रामा नन्दी बैल असवार, भेस अलबेला रे हरी।
बाएँ अंग विराजति गौरा, दूनौं बालक गोदियाँ रामा।
हरे रामा नाग छोड़त फुफकार, सिर गंग की धारा रे हरी।।
"हरे रामा पिये भंग के गोला संकर भोला रे हरी।"

(भोले शिव शंकर भंग का गोला पिए हुए हैं। उनके हाथ में डमरू है, तन पर मृगछाला है, नंदी बैल पर सवार हैं। वेश उनका अलबेला (विचित्र) है। बाएँ अंग में गौरी विराजमान हैं, दोनों बालक गोद में हैं, नाग फुफकार छोड़ रहा है (फूत्कार कर रहा है), सिर पर गंगा की धारा है।)

यह व्रत 'निर्जला' रखा जाता है। सायंकाल शिव-पार्वती की पूजा की जाती है। दूसरे दिन ब्रह्म मुहूर्त में उठकर पार्वती जी से सुहाग (सौभाग्य सिंदूर) लेकर जितने भाई हों उतने भीगे चने पानी के साथ निगलकर तब जल ग्रहण किया जाता है। कुमारी कन्याएँ भी अपने भावी वर एवं भाई की मंगल-कामना के लिए यह व्रत करती हैं।

हरछठ (हलषष्ठी-बलराम जयंती)

भादों की कृष्ण पक्ष की षष्ठी को पुत्रवती स्त्रियाँ यह व्रत करती हैं। हल से 'जुते' खेत में जाना, 'जुते' खेत की वस्तु खाना, गाय का दूध पीना इसमें वर्जित है, क्योंकि बैल (बछड़ा) पुत्र का प्रतीक है। इसमें सोहर गीत गाए जाते हैं और छठी माता (हल षष्ठी) की कथा होती है। महुआ तथा 'तीनी' (पसई) का चावल और भैंस के दूध की दही चढ़ाई तथा खाई जाती है।

श्रीकृष्ण जन्माष्टमी

इसमें कृष्ण-जन्म संबंधी सोहर एवं सभी प्रकार के भजन एवं सोहर गाए जाते हैं। ऐसे सोहर गीतों का बाहुल्य है, जिनमें कृष्ण-जन्म के उत्साह का वर्णन है। एक गीत प्रस्तुत है—

आजु गोकुल में नंदलाल पैदा भये।
वसुदेव जी की आँखों के तारे भये,
मातु देवकी के दिलदार पैदा भये।
नंद बाबा की आँखों के तारा भये,
मातु जसुदा के दिलदार पैदा भये।
गोपी ग्वालों की आँखों के तारा भये।
वृज वासिन के दिलदार पैदा भये।

(आज गोकुल में नंदलाल उत्पन्न हुए। वसुदेव बाबा की आँखों के तारा हुए। देवकी माँ के दिलदार ने जन्म लिया। नंद बाबा की आँखों के तारे, यशोदा माँ के दुलारे ने जन्म लिया।)

बालकृष्ण की छठी-बरही भी मनाई जाती है और गीत गाये जाते हैं।

बहुला चौथ एवं अनंत चतुर्दशी

ये व्रत भी भादों में ही पड़ते हैं। इनमें भी भजन गाए जाते हैं तथा इनकी कथाएँ कहकर पूजन किया जाता है।

नवरात्र

यह व्रत चैत्र और आश्विन के शुक्ल पक्ष के प्रतिपक्ष से लेकर नवमी तक रहता है। इसमें भी देवी के गीत, पचरा गाकर रात्रि-जागरण एवं व्रत रखा जाता है। 'पचरा' गीत प्रस्तुत है—

"बछरू चरावन निसरी हैं काली मैया कि कहाँ जाबू हो,
तूँ तो अलप वयसवा कि कहाँ जाबू हो।
हमसे टिकोरिया जिनि करा अकबर रजवा कि
हरि लेबै हो तुहरी चढ़ली जवनियाँ।
लोहवा की कोठरी उठैबै मोरी मैया,
कि कैसे लेबू तूँ पैठरिया कि कैसे लेबू ना।
लोहवा की कोठरी उठैबा अकबर रजवा,
कि भौंरा भेसवाँ लेबै हम पैठरिया कि
हरि लेबै ना तुहरी चढ़ली जवनियाँ।
तसवा खेलत तुहरा पुतवा जे मरबै,
कि पतोहिया तोहरी हरबै राम रसोइयाँ।
बीच कचहरियाँ अकबर तुहँके जे मरबै,
कि रनिया तोहरी मरबै फुलवा की सेजियाँ।"

(माता 'काली' बछरू चराने निकलती हैं। अकबर राजा उनसे परिहास करता है कि अरे तुम तो नवयौवना अल्पवयस्का हो, कहाँ जा रही हो? माता उत्तर देती हैं—हे अकबर राजा! मुझसे ठिठोली न करो। तुम्हारे चढ़ते यौवन का मैं हरण कर लूँगी (जिस यौवन के वशीभूत होकर तुम मुझसे परिहास कर रहे हो)। अकबर लापरवाही से उत्तर देता है कि अरे काली माता! मैं लोहे का भवन बनवाऊँगा, जिसमें तुम्हारा प्रवेश पाना असंभव होगा। तुम कैसे अनिष्ट करोगी। माता उसको अल्प बुद्धि जानकर उत्तर देती हैं—अरे अकबर! तू कहाँ भूला है? कौन सा स्थान ऐसा है, जहाँ मेरा प्रवेश न हो सके? लोहे की कोठरी में मैं भ्रमर वेश में आकर तुम्हारा गर्व चूर्ण करूँगी। बीच कचहरी में तुम्हारा, ताश खेलते हुए तुम्हारे पुत्र का, भोजन बनाती हुई पुत्रवध, पुष्पशय्या पर सोई तुम्हारी रानी का जीवन हरण करूँगी।)

इन गीतों के गाने का उद्देश्य जगदंबा की असीम शक्ति का दिग्दर्शन कराना एवं उनके प्रति श्रद्धायुक्त भय की भावना का संचार करना है। माँ की कृपा से कुछ भी दुर्लभ नहीं है, किंतु जिस पर माँ की कोप-दृष्टि हो जाए उसे संसार की कोई शक्ति नहीं बचा सकती। हिंदी के प्रातिभ साहित्य में बादशाह 'अकबर' की ऐसी आलोचना नहीं हुई है पर लोक-गीतों ने उन्हें भी नहीं बख्शा। बादशाह अकबर सत्ता के प्रतीक बन गए हैं।

दशहरा—मेले और स्नान हेतु जाने वाली स्त्रियाँ विविध धार्मिक गीत गाती हैं। इसकी कथाएँ बहुत मिलती हैं।

कार्तिक अमावस्या (दीपावली)

इस त्योहार पर लक्ष्मी-गणेश का पूजन करके उनकी प्रसन्नता हेतु कहीं-कहीं देवी के गीत तथा गणेश की कथा होती है।

देवोत्थान-एकादशी

कार्तिक शुल्क एकादशी (डिठौन) को यह व्रत होता है। बच्चे दीपावली से ही चिल्ला-चिल्लाकर गाने लगते हैं—

"दिउली दाली कोने काँ, बारह रोज डिठौने काँ।"

'डिठौन' देवोत्थान का ही तद्भव रूप है। देवोत्थान-देवउठान-डिठौन के दिन से ईख चूसी जाती है। घर का 'कोना-कोना' साफ किया जाता है, क्योंकि बिना साफ किए उसमें दरिद्र छिपा रह जाएगा। रात में गन्ना देवों को चढ़ाकर चूसने का शुभारंभ होता है। एकादशी की रात के अंतिम प्रहर में गन्ने की पोर से सूप पीट-पीटकर दरिद्र भगाते हुए स्त्रियाँ गाती हैं—

"ईसर आवें दलिद्दर जायँ, लक्ष्मी आवैं दलिद्दर जायँ।"

स्त्रियाँ लौटकर स्नान करती हैं, जूड़ा खोलती हैं कि कहीं दरिद्र उसमें घुसा, शरीर से लिपटा न हो, पुनः प्रवेश न ले, इस भय से वह पुनः सोती नहीं हैं। पर फिर दूसरे ही दिन से शुरू होती हैं अभावों की वही शृंखला जिसे लाँघकर लक्ष्मी और ईश्वर भी आना नहीं चाहते। धन्य है ये लौकिक विश्वास, जो जीवन में संघर्ष करने की एक आस्था तो देते हैं। इसी दिन ईश्वर अपनी निद्रा त्यागकर उठते हैं। जहाँ ईश्वर का निवास हो वहाँ दरिद्र कैसे टिक सकता है। नई फसल ईख भी इसी दिन से घर में आना प्रारंभ होती है। अतः लक्ष्मी का आगमन और अभावों का निष्क्रमण स्वाभाविक है।

कार्तिक पूर्णिमा

इस दिन नदियों में यात्री स्नान करते हैं तथा दान देकर भजन-कीर्तन करके तब

जलपान करते हैं—

"कार्तिक कै पुन्नवासी सब सखी जार्थीं नहाय,
केहू सखी गंगा, केहू सखी जमुना, केहु सखी सरजू नहायँ।"

(कार्तिक की पूर्णिमा को सभी सखियाँ नहाने जाती हैं। कोई सखी गंगा में, कोई यमुना में, कोई सरयू में स्नान करती हैं।) इसलिए भावी पुत्र से प्रार्थना की गई है कि कार्तिक में जन्म न ले—

"हे रतनारे होरिलवा कातिक जिमि जनम्या,
हो मोरे ललना कातिक कै पुन्नवासी नहाये कैसे जाबै।"

तुलसी विवाह

कार्तिक का महीना धार्मिक दृष्टि से बहुत महत्त्वपूर्ण है। पूरे महीने तुलसी का चौरा लीपकर उनका पूजन और दीपक-दान किया जाता है। तुलसी-विवाह पूर्णमासी को किया जाता है। भावी पुत्र से फिर प्रार्थना करती है कि तुम कार्तिक माह में जन्म न लेना क्योंकि मैं कार्तिक में तुलसी को दीप नहीं जला सकूँगी—

"हे रतनारे होरिलवा कातिक जिनि जनम्या,
हो मोरे ललना कातिक तुलसी के दियना लेसन कैसे जाबै।"

हे रतनारे प्रिय पुत्र, कार्तिक में जन्म न लेना। मैं तुलसी को दीया नहीं जला पाऊँगी।

राम-विवाह

अगहन की शुक्ल पंचमी को राम-विवाह, धनुष-यज्ञ होता है। इस समय विवाह संस्कार के गीत और भजन गाए जाते हैं।

पौष मास के रविवार के व्रत

पौष के प्रत्येक रविवार को व्रत रखा जाता है। पाँच रविवार पूरा करने के लिए अगहन के अंतिम या माघ के प्रथम रविवार को भी व्रत किया जाता है। यह सूर्य का व्रत है। इसमें भी भजनों का गायन और विविध धार्मिक लोककथाएँ सुनी जाती हैं।

माघ स्नान

पूरे महीने (माघ महीने) में प्रातः स्नान किया जाता है। इस माह में मकर संक्रांति और माघ की अमावस्या को पवित्र नदियों में स्नान और दान का विशेष महत्त्व है। प्रयाग में कल्पवास और स्नान का विशेष महत्त्व है। माघ में भी बच्चे से जन्म न लेने की प्रार्थना

की गई है, वरना माघ में मकर स्नान करने कैसे जा पायेगी माँ?

"हे रतनारे होरिलवा माघ जिनि जनम्या,
हो मोरे ललना माघहि मकर नहनवा नहाये कैसे जाबै।"

माघ मास में स्नान करने और आग न तापने से पुण्यफल मिलता है—

"माघहि मास नहायों अगिनि नाहीं ताप्यों,
हो मोरी सासू गंगा नहाइ दिह्यों दान होरिल फल पायों।"

(माघ महीने में स्नान किया, आग नहीं तापा, गंगा नहाकर दान दिया तभी पुत्र मिला।)

तीर्थों में स्नान का महत्त्व लोक-जीवन में अत्यधिक है। स्नान से जो पुण्य मिलता है उससे कुछ भी दुर्लभ नहीं रह जाता। एक गीत में स्नान और दान के फलस्वरूप पुत्र प्राप्ति होने का वर्णन प्राप्त होता है—

"मचियहिं बैठी सासू त बहुअरि अरज करैं,
हो मोरी सासू लाग बा अजोध्या नहनवा नहाये हम जाबै।
कौने हि कुंड नहाबू कौने कुंड बैठबू,
हो मोरी बहुअरि! कौन कुंड देबू दान कौन फल पइबू।
चंद्रहि कुंड नहाबै सुरुज कुंड बैठब,
हो मोरी सासू! सरग दुवरिया देबै दान होरिल फल पउबै।

मचिया पर बैठी सास से बहू प्रार्थना करती है कि अयोध्या में स्नान लगा है, मुझे जाने की आज्ञा दें। सास पूछती है किस कुंड पर नहाओगी? किस कुंड पर बैठोगी? किस कुंड पर दान दोगी और कौन सा फल पाओगी? बहू कहती है कि मैं चंद्रकुंड पर नहाऊँगी, सूर्य कुंड पर बैठूँगी, 'स्वर्ग-द्वार' पर दान दूँगी और पुत्र का फल पाऊँगी।

अयोध्या में चंद्रकुंड, सूर्यकुंड (दर्शन नगर) तथा स्वर्गद्वार आदि अवध के ऐतिहासिक एवं महत्त्वपूर्ण स्थल है।

बसंत पंचमी

बसंत ऋतु मस्ती, उल्लास और प्रसन्नता लेकर आती है। इसी दिन होलिका स्थापित की जाती है और फाग गीत गाने प्रारंभ हो जाते हैं।

शिवरात्रि

फाल्गुन महीने में कृष्णपक्ष की त्रयोदशी को शिवरात्रि का व्रत होता है, जिसमें गाये जाने वाले फाग गीत भक्ति-भावना से परिपूर्ण होते हैं। एक गीत में कुमारी कन्या शिव से वर माँगती है—

"फागुन मास परी सिवरतिया,

करिना भुखैं सिवराति, अँगिया रंग भरी।
घर घर करिना हो सखिया पुकारै,
चला सखी सिउ बाबा परिछन, अँगिया रंग भरी।
घुमरि-घुमरि करिना सिउ बाबा परिछैं,
सिउ बाबा हँसइ ठठाई, अँगिया रंग भरी।
जौन मंगन तूँ माँगा हो करिना,
तौन मंगन हम देब, अँगिया रंग भरी।
राजा दसरथ यस ससुरू माँगैं
कौसिल्या ऐसी माँगैं सासु अँगिया रंग भरी।
लछिमन ऐसन देवर माँगैं,
पुरुष माँगथीं भगवान् अँगिया रंग भरी।।"

(घर-घर से कन्याएँ सखियों को बुलाकर शिव-पूजन हेतु जाती हैं। उसके अंग-अंग में भक्ति और अनुराग का रंग भरा है, उसकी चोली रंगीन है। उसे परिक्रमा करते देख भोले बाबा ठहाका मारकर हँसते हैं और वर माँगने को कहते हैं। वह कौशल्या जैसी सास, दशरथ जैसे श्वसुर, लक्ष्मण-सा देवर, पति श्री राम-सा अपने लिए माँगती है।)

शिव जी भंग के नशे में बेसुध सो रहे हैं, किसी के जगाने से जग ही नहीं रहे हैं—

"सिव भोले न जागैं जगाय हारी।
ब्रह्मा जगावैं विस्नू लगावैं,
नारद जगावैं बजाय तारी, शिव बाबा न जागैं जगाय हारी।
गंगा जगावैं, जमुना जगावैं, सरजू जगावैं लहर मारी,
सिव बाबा न जागैं जगाय हारी।"
राधा जगावैं, रुक्मिनि जगावैं, गौरा जगावैं हिलाय दाढ़ी,
शिव बाबा न जागैं जगाय हारी।

(ब्रह्मा, विष्णु और ताली बजाकर नारद जगा रहे हैं। गंगा-यमुना और सरयू लहर मारकर जगा रही हैं। राधा, रुक्मिणी और दाढ़ी हिलाकर गौरी जगा रही हैं।)

शिव जी सभी कामनाओं को पूरा करते हैं। जानकी उनसे वर माँगती हैं—

"राजा जनक की बारी दुलारी चलीं सिव पूजन,
सिया सरजू कै तीर ज माँगै,
वे तो माँगै अयोध्या ससुरारि चली शिवपूजन।"

(सरयू का पवित्र तट, अयोध्या जैसी पावन नगरी, दशरथ-कौशल्या ससुर-सास के रूप में, देवर रूप में लक्ष्मण, पति रूप में भगवान् राम को पाने का वरदान वे शिव से प्राप्त कर लेती हैं।)

डॉ. विद्या विंदु सिंह—लिखित 'दिन-दिन पर्व' पुस्तक में विस्तार से व्रत, पर्व, त्योहारों का सोदाहरण विवरण दिया गया है। (यह ग्रंथ नेशनल पब्लिशिंग हाऊस, दिल्ली से प्रकाशित है।)

विभिन्न देवी-देवताओं संबंधी गीत

लोक-जीवन का दृष्टिकोण बहुदेववादी हैं। धार्मिकता से युक्त लोकगीतों में खंडन-मंडन की प्रवृत्ति नहीं है। विशुद्ध आस्था से युक्त हैं ये गीत। इनमें बहुदेववाद के प्रचलन का मूल कारण मनुष्य को अपनी कामना-पूर्ति हेतु अनेक देवों की प्रार्थना करना है जिन्हें वह देवताओं की कृपा से पूर्ण होता हुआ अनुभव करता है। अत: वह विभिन्न देवी-देवताओं के प्रति अपनी आस्था व्यक्त करने के लिए आतुर रहता है। तुलसी ने भी श्रीराम से संबद्ध अनेक देवी-देवताओं की वंदना की है—कहीं भी अपनी गुहार करो वह सुन लेगा।

भक्ति संबंधी लोकगीतों में प्राथमिकता किसी विशेष भक्तिधारा को नहीं दी गई है, किंतु सभी प्रकार की उपासना-पद्धति का एक सामंजस्यपूर्ण विधान है जिसमें देवियों और देवों का बाहुल्य है, पर ग्राम-देवियाँ और ग्राम-देवता प्रमुख हैं।

इस प्रकार के गीतों को दो भागों में बाँटा जा सकता है—

1. देवियों के गीत।
2. देवों के गीत।

देवियों के गीत

माता भवानी के गीत—किसी भी शुभ कार्य में सर्वप्रथम माता भवानी के गीत गाए जाते हैं। एक देवी गीत, जो प्राय: सभी संस्कारों में सबसे पहले गाया जाता है, इसकी राग, लय आवश्यकतानुसार बदल ली जाती है। पुत्र-जन्म, मुंडन और जनेऊ तथा पूजा-यज्ञ के अवसर पर इसे सोहर छंद में गाया जाता है और विवाह-गौने के अवसर पर इसे विवाह गीत की लय में गाया जाता है। सभी ग्राम-देवियों के लिए क्रमश: कहा जाता है कि वे माली की फुलवारी में फूल चुनने जाती हैं। वहाँ फूल का लोभी भौंरा उनके आँचल की मादकता में खोकर उनके आँचल में विलास करता है। फलस्वरूप आँचल का रंग 'धूमिल' हो जाता है। प्रत्येक ग्राम-देवता बारी-बारी से प्रत्येक ग्राम-देवी से (ग्राम देवियों को उनकी बहन कहा गया है) आँचल के धूमिल होने का कारण पूछते हैं। देवियाँ कहती हैं कि मैं माली की फुलवारी में फूल चुनने गई थी, वहाँ फूल के लोभी भौंरे ने हमारे आँचल से विलास किया। जिस प्रकार घी के बिना

हवन नहीं हो सकता, दूध के बिना खीर नहीं बन सकती, उसी प्रकार पत्नी के बिना धर्म और पुत्र के बिना सोहर भी असंभव है। अतः दाम्पत्य सुख आवश्यक है। यह सुंदर प्रतीकात्मक व्यंजना प्रस्तुत गीत में है—

''फूल लोढ़े चली हैं भवानी मैया,
(काली, अंकोतरि, सीतला, जालपा आदि भी)
हाथ डलरिया लिहे।
फुलवा कै लोभल भँवरवा, अँचरवा धैकै बेलसै।
हँसि-हँसि पूछैं अगुवान चन्द,
(डीह, भैरव, ठाकुर बाबा, लालचन्द, नाथ बाबा)
अपनी बहिनी से।
बहिनी! सगरी चुनरिया तोहरी लाली, अँचरवा काहें धूमिल।
फूल लोढ़े गयौं फुलवरियाँ, मलियवा की बरिया,
भैया! फुलवा के लोभल भँवरवा, अँचरवा हमरा बेलसै।
बिन घिया होमिया न होइहैं, दुधहि बिन जाउरि,
भैया! बिनु धना धर्म न होइहैं, पुतहि बिन सोहर।''

व्यक्ति को घनिष्ठता किसी से तभी मानी जाती है जब उसमें कोई औपचारिकता न हो। लोक कवि दैवी शक्तियों से अपने को इतना अधिक घनिष्ठ मानता है कि वह उन्हें लौकिक स्तर पर लाकर उनसे हास-परिहास भी कर लेता है। उनको मर्यादा का मुखौटा चढ़ाकर अपने से दूर नहीं रखता। अपने जैसी लौकिक भावनाओं से युक्त करके उन्हें अपना बना लेता है।

प्रस्तुत गीत से यह विदित होता है कि हमारी लोक संस्कृति में देवियों को प्रधानता दी गई है। देवियों के द्वारा पुष्प-चयन मांगलिक संस्कारों के शुभारंभ का परिचय देता है। ग्राम-देवियाँ और ग्राम-देवता ग्राम की भद्र नारियों और संभ्रांत पुरुषों के आगामी शुभ कार्यों को प्रारंभ करने की विधि का निर्देशन करते प्रतीत होते हैं। पूजा में पुष्पों की सर्वप्रथम आवश्यकता होती है। उसके लिए प्रायः नारियों को ही पुष्प चुनने जाना पड़ता है। मधु के लोभी भँवरों के उत्पात भी उन्हें सहने ही पड़ते हैं। ग्राम-देवी के सौंदर्य का वर्णन भ्रांतिमान अलंकार के माध्यम से व्यक्त हुआ है। उनके आँचल को भँवरा एक सुरभित, सरस सुमन ही समझ बैठता है।

नारी की अपने सौंदर्य के प्रति सजगता और उसकी सहज भाव से अपने भाई से भी कह देने की क्षमता अत्यंत स्पृहणीय है। यही ग्राम्य जीवन की विशेषता है। उनकी निश्छलता इस देवी गीत में अपने संपूर्ण सौष्ठव के साथ मुखरित हुई है। इस सौंदर्य के चित्रण के साथ-साथ देवी के द्वारा लोक-मंगल की भावना का प्रकटीकरण, सौंदर्य में

पवित्रता का विलक्षण संयोग उपस्थित कर देता है।

नारी-सौंदर्य का आकर्षण अनुराग को, अनुराग संयोग को, संयोग पुत्र को प्रतिफलित करता है। पुत्र के लिए दूध और घृत की व्यवस्था करनी ही पड़ती है। और इस प्रकार गृहस्थी का संपूर्ण संभार जुड़ता है। इस समृद्धि के माध्यम से हो सकते हैं—यज्ञ, हवन तथा अन्य धार्मिक कृत्य। और इस प्रकार नारी मूल कारण है धर्म का। जो इसी गीत में 'धना' के रूप में प्रतिष्ठित है। यही 'धन्या' धनधान्य की अधिष्ठात्री है। धर्म भी बिना अर्द्धांगिनी के अधूरा है। ऐसा ही कुछ भाव प्रस्तुत गीत में प्रस्फुटित हुआ है। देवियों के माध्यम से नारी का गौरव प्रतिबिंबित हुआ है, जो पुरुष की प्रबलतम प्रेरणा शक्ति है। भवन की शोभा उसमें सुशोभित भवानी से ही होती है। यह भवानी का गीत जन-मानस की भव्यतम अभिव्यंजना करने में सफल है। पारलौकिक क्षेत्र में जो भवानी भव (संसार) की स्वामिनी है, लौकिक क्षेत्र में वही भवन (गृह) की लक्ष्मी के रूप में सुशोभित होती है।

लोकगीतों में दुर्गा-पूजन और उनकी कृपा से वर की प्राप्ति का उल्लेख हुआ है। जगदंबा सीता भी गिरिजा-पूजन के लिए जाती हैं और उनसे प्रश्न करती हैं कि माँ, मैं विवाह योग्य हो गई हूँ, कब तक कुँवारी रहूँगी? देवी उन्हें सांत्वना देती हैं कि जगत्पिता राम तुम्हारे पति होंगे और तुम उनकी अर्द्धांगिनी जगदंबा के रूप में प्रतिष्ठित होगी।

"देवी कब तक रहबै कुँवारी, उमरि मोरी बारी।
जगदंबा पूजन काँ सीता, साजि चलीं फुलवारी,
करि पूजा माँगत बर हरि काँ,
देवी आरति लेत उतारी उमर मोरी बारी।"

लोकगीतों की सीता सामान्य कन्या की भाँति विवाह के प्रति अपनी इच्छा व्यक्त करके वर की याचना करती हैं। प्रातिभ साहित्य की सीता मर्यादा एवं देवत्व के आवरण में लोक-जीवन से कुछ दूर हो जाती हैं। पर लोकगीतों की सीता लोक से सदैव जुड़ी हैं।

शीतला माई के गीत—शीतला ग्रामीण जनता की महत्त्वपूर्ण देवी हैं। उनकी प्रसन्नता से ही 'पसुपरानी' (परिजन और पशुधन) का स्वास्थ्य ठीक रह सकता है। चैत्र और सावन की सप्तमी को शीतला देवी की पूजा की जाती है। रात भर जगकर पकवान बनाये जाते हैं और प्रातःकाल तालाब में ले जाकर, देवी के नाम पर कुछ पकवान गाड़ दिया जाता है, जिसे 'दह बैठाना' कहते हैं। तालाब का शीतल जल शीतला का प्रतीक है। रोग और ताप से रक्षा के लिए उनका पूजन किया जाता है। प्रातःकाल बासी भोजन प्रसाद रूप में ग्रहण किया जाता है। कोई भी गरम या ताजा भोजन उस दिन नहीं खाया जाता है। सब शीतल रहें इसलिए शीतल-शीतल भोजन-पानी करते हैं। 'शीतला' देवी का गीत है—

''छोटिहि बहिनी सीतला माई, गोड़वा घुँघरू सोहैं,
माता ठाढ़ी जमुनवा के तीर, त गोड़िया पुकारैं।
अरे अरे गोड़िया बेटउवा, तूँ नइया ले आवा,
गोड़िया मोरी लसकर परवाँ उतारा, मैं देस देखै जाबौं।
काव तू देसवा देखन जाबू, त देसवा भियावन,
मइया घर घर हनिगै केंवरिया, त लोगवा दुखित भये।
जातै केंवरिया खोलइबै, त दियना बरइबै,
गोड़िया! गरबी क गरब नेवरबै, दुखित जुड़वइबै।।''

(छोटी बहन शीतला माँ के पैरों में घुँघरू सुशोभित है, माता यमुना तट पर खड़ी होकर केवट को नाव लाने के लिए पुकारती हैं कि मेरी लश्कर को पार उतार दो, मैं देश देखने जाऊँगी। देश की दशा, महामारी, गरीबी, अत्याचार और दु:ख के कारण भयंकर हुई है। केवट माँ शीतला से कहता है कि वहाँ दर्शनीय कुछ नहीं है। हे माँ! तुम्हारे जाने योग्य देश नहीं है। भय से त्रस्त लोग अपने-अपने घरों को बंद कर बैठे हैं। (लोगों के ज्ञानचक्षु बंद हैं, कोई आपको पहचान नहीं पाएगा)।

लोक-प्रचलित विश्वास है कि चेचक का भयंकर रोग शीतला के प्रकोप से होता है। अत: जब वे लश्कर के साथ जमुना पार आने के लिए केवट से नाव माँगती हैं तो भयाक्रांत केवट पहले से ही अपने गाँव की भयावहता और मलिनता का वर्णन करके उन्हें रोकना चाहता है। वह डरता है कि लश्कर सहित देवी के पहुँचने पर पूरे देश का सर्वनाश हो जाएगा। पर उसकी शंका का निवारण करते हुए शीतला माता अपने नाम के अनुरूप ही शीतल वाणी में उत्तर देती हैं कि ''मैं तो केवल घमंडियों का दर्प दलन करूँगी और सभी दु:खियों के दु:ख का निवारण करके, ज्ञान की ज्योति प्रज्वलित करके, अंधकार को नष्ट करके, बंद कपाटों को खोल दूँगी।''

राम के आने पर केवट ने प्रेम के कारण अटपटे बैन कहे थे और नाव लाने में आनाकानी की थी, पर यह केवट बेचारा शीतला माता से पिंड छुड़ाने और बला टालने की गरज से नाव लाने में टाल-मटोल करता है।

देवी की कृपा असीम है। संसार में उनकी कृपा से कुछ भी दुर्लभ नहीं है। तभी तो माता के गुणगान में भावुक भक्त कह उठता है—

''यहि जग माँ दुर्गा महरानी।
दुर्गा माता कै ऊँच मण्डिलवा,
लाली धुजा फहरानी। यहि जग...
दियना बारि धरेउँ मण्डिल माँ,
जगमग जोति बखानी। यहि जग...

अन्हरन काँ आँखि मैया,
कोढ़िन कँ काया, बाँझिनि लाल मँ भिरानी।
दुर्गा मैया क ध्यान धरै जे,
दूध पूत दुर्गा बरदानी। यहि जग···
तीन लोक उजियारी मैया तुहँसे,
काहें मोरी रहिया भुलानी। यहि जग···''

(इस संसार में बस दुर्गा महारानी ही हैं। दुर्गा माता का ऊँचा मंदिर है, लाल ध्वजा वहाँ फहराती है। दीपक जलाकर मंदिर में रखा है, जगमग ज्योति जलती है। अंधों को माँ आँख देती हैं, कृष्ठ रोगियों को स्वस्थ काया, बंध्या को पुत्र देकर उसमें व्यस्त करती हैं। जो दुर्गा माँ का ध्यान करता है उसको दूध-पूत का वरदान देती हैं। माँ से तीनों लोक प्रकाशित हैं। मेरी राह क्यों भूल गई हो माँ!)

कलकत्ता की काली—कलकत्ते की काली की वंदना भी गीतों में की गई है। स्तुति करनेवाली का पति कलकत्ता में प्रवासी है। अत: उसकी रक्षा का भार कलकत्ता की काली माँ पर है। इस गीत में 'काली' और 'भवानी' (माँ शक्ति के दो रूपों) की पूजा-विधि का भी उल्लेख है। 'काली' शक्ति का वह भयंकर रूप है, जो दुष्टों का दलन करती है। उनके कोप का भाजन बनकर कोई बच नहीं सकता। उनकी पूजा तांत्रिक विधियों और बलि आदि से की जाती है। माता का एक दूसरा सौम्य रूप है, जो भक्तों को अभय प्रदान करता है। उनका भवानी रूप विश्व-विमोहक है। वे केवल हल्दी की धार से ही प्रसन्न हो जाती हैं और जन-कल्याण करती हैं। इसी गीत में 'मरी माई' आदि की भी स्तुति की गई है—

''काली भवानी कलकतवा की रानी।
काला कल से राखू ना, कलकतवा मँ कहाँर काँ,
तनी कुसल से राख्यू ना।
काली के चढ़े रामा करिया खँसियवा,
महरानी जी के ना चढ़ै हरदी के धरिया महरानी जी कँ ना।
काली क गावौं, भवानी के गावौं, अरे मरी के गावौं ना,
डीह बाबा के सुमिरि के अगुवान चन्द के गावौं ना।

बंबा देवी (मुंबा देवी), फया देवी, चीना देवी—मुंबा देवी को भी लोकगायक इतनी दूर से पूजते हैं। 'मुंबई' नाम भी मुंबा देवी के नाम पर ही पड़ा, जो बंबई बन गया। गीतों में उनकी वंदना हुई है, साथ ही कलकत्ता की काली, रंगून की फया देवी तथा चीना देवी का भी स्मरण किया गया है—

''बंबई में बंबा देवी, कलकत्ते में माँ काली,

रंगून सहर माँ फया ब्रखानी,
फया कै निसानी, चीना ब्राम्हिनी
तोर छोकरिया खड़ी नजरिया मारै ना।"

बंबई में बंबा देवी, कलकत्ता में 'काली', रंगून शहर में प्रसिद्ध फया देवी का बखान करूँ। फया की निशानी चीना ब्राह्मणी देवी! तुम्हारी कन्या खड़ी होकर नजर मार रही है (सबकुछ देख रही हैं दिखा रही हैं माया)।

एक गीत में देवी से प्रश्न किया गया है कि हे माँ! तुम कहाँ से आ रही हो? कहाँ जा रही हो? और किस पुर में भूल से पहुँचकर मंगल किया। माँ कहती है—मैं पूरब से आकर पश्चिम जा रही हूँ। इस पुर में (जिस गाँव में बच्चा उत्पन्न हुआ है) मंगल किया है। अब वह आह्लाद से भरकर कहती हैं कि माँ! यदि मुझे तुम्हारे आगमन का ज्ञान होता तो स्वागत का समुचित प्रबंध करती।

"कहँवा से आयू भवानी मैया कहँवा के जाबू,
हो मोरी मैया कौन पुर पर्‌यु भुलाई त केहि घर मंगल।
पुरुबहिं से हम आयेन पछुवाँ का जाबै,
हो मेरी रनिया यही पुर (ग्राम का नाम) पर्‌यों भुलाई,
कौने राम (परिजनो का नाम) घर मंगल।
जौ मैं जनत्यों भवानी मइया यही रहिया अउबू।
मैया रहिया म डरत्यों हिंडोलवा, झूलिहि झूलि अउतिउ।
मैया रहिया म बगिया लगवत्यों, जूड़ेहि जूड़े अवतिउ।
जौ मैं जनत्यों सीतला मइया! यही रहियाँ अइबू,
मइया रहिया म पोखरा खनवत्यों, डभैया मारत अवत्यू।"

(यदि मुझे मालूम होता कि माँ! तुम इस मार्ग से आओगी तो रास्ते में हिंडोले डलवा देती, झूलती हुई आती, बाग लगवा देती, छाया में छँहाती हुई आतीं, पोखरा खुदवा देती, डुबकी मारती, नहाती हुई आतीं।)

सरस्वती माता—बनजरवा गीत के गायक तथा आल्हा गवैया तथा सभी गायक गायन से पूर्व माता सरस्वती की स्तुति करते हैं। बनजरवा गायक की सुमिरनी की कुछ पंक्तियाँ उदाहरणस्वरूप प्रस्तुत हैं—

"सूरसती मोरी मतवा ना,
माता बइठि रहा दहिनी बगलियाँ ना।
माता हाथ लैल्या कलम दवतिया ना,
माता जौन मुख भूले अच्छरवा ना।

माता लिखा उ जिभिया के उपरां ना,
सुमिरन के ओर नाहीं पेड़वा ना,
सुमिरन कै छोड़ा पँवरवा ना।''

(सरस्वती मेरी माता हैं। माँ! मेरी दाहिनी ओर बैठ रहना। माँ हाथ में कलम-दावात ले लेना। जो मेरे मुख से अक्षर भूल जाये उसे मेरी जीभ पर लिख देना। सुमिरन का कोई ओर-छोर नहीं। इसीलिए अब सुमिरन का पँवाड़ा (कथा, गीत छेड़ रहा हूँ।)

औसान माई (संकटा माता)—सात सुहागिनों को आमंत्रित करके औसान माई की 'दुरदुरिया' चबवाई जाती है या संकटा की सुहागिनें खिलाते हैं। गाय के गोबर से पृथ्वी लीपकर चादर बिछाई जाती है, उसके चारों ओर सात सुहागिनें और आठवीं, जो भिक्षा ले (जिसके घर दुरदुरिया हो) वह सातों सुहागिनों से भीख लेती है, बैठ जाती है। सात ढेर चना, मिठाई या लाई-चना, गुड़ अथवा 'हरीरा पूड़ी' तथा दही पेड़ा के लगाए जाते हैं। सातों सुहागिनें अपने-अपने भाग में से भीख देती हैं। सिंदूर से गौरी और सुहागिनों की माँग तथा सात मिट्टी के ढेलों को टीका जाता है। 'अगियारी' (हवन) करके पान के सात टुकड़े चढ़ाए जाते हैं। औसान (संकटा) की कथा होती है और गीत गाया जाता है—

''देवी औसान घरे आय गई अपने।
सोने की थारी मैं ज्योना परोस्यों,
जेवैं क मैया घरे आइ गई अपने। देवी···
झाँझर गेंडुआ गंगा जल पानी,
घूँटै क देवी घरे आइ गई अपने। देवी···
लवंग इलायची क बीरा जोरायों,
कूँचै क मैया घरे आइ गई अपने। देवी···
फूल मैं चुनि चुनि सेज बिछायों,
सूतै क मैया घरे आइ गईं अपने। देवी···''

(देवी औसान माता हमारे घर आ गईं। सोने की थाली में भोजन करने, झंझर और गेडुवे में भरा गंगा जल पीने, लवंग-इलायची युक्त पान का बीड़ा खाने, फूल चुन-चुन कर बिछाई गई सेज पर सोने, माँ आ गईं।)

गीत और कहानी समाप्त होने पर सब मिलकर चादर को समेटती हैं और बैठकर 'दुरदुरिया' चबाती हैं।

कुछ आय देवी गीत प्रस्तुत हैं-

देवी गीत

"हँसि हँसि पूछैं श्री भगवान् सारदा माई कै बहिनी?
पहिली बहिन परबत पै बिराजैं, जिनकै पारबती नावँ।
दुसरी बहिन मैहर मा बिराजैं, जिनकै सारदा नावँ।
तिसरी बहिन बिंध्याचल मा बिराजैं, जिनकै विंध्यवासिनी नावँ।
चौथी बहिन कलकत्ता बिराजैं, जिनकै कालिका नावँ।
पँचवीं बहिन पावागढ़ मा बिराजैं, जिनकै दुर्गादेवी नावँ।
छठवीं बहिन कामरू मा बिराजैं, जिनकै कामाख्या नावँ।
सातवीं बहिन हिंगलाज मा बिराजैं, जिनकै चन्द्रिका नावँ।
सारदा सात बहिनी।"

(हँसकर श्री भगवान् पूछते हैं कि शारदा कितनी बहनें हैं? पहली बहन पर्वत पर विराजती हैं, उनका पार्वती नाम है। दूसरी बहन मैहर पर्वत पर विराजती हैं, उनका शारदा नाम है। तीसरी बहन बिंध्याचल पर्वत पर विराजती हैं, उनका विंध्यवासिनी नाम है। चौथी बहन कलकत्ता में विराजती हैं, उनका कालिका नाम है। पाँचवीं बहन पावागढ़ में विराजती हैं, उनका दुर्गा नाम हैं। छठवीं बहन कामरूप में विराजती हैं, उनका कामाख्या नाम है। सातवीं बहन हिंगलाज में विराजती हैं, उनका चंद्रिका नाम है। शारदा सात बहनें हैं।)

देवी गीत

"बारि आयउँ हो, मैं जलाय आयउँ हो,
जगतारन घर दियना।
कंचन थार कपूर की बाती,
उतारि आयउँ हो अपनी माता के आरती ।
कंचन थार मा लडुवा सजायउँ,
लगाय आयउँ हो अपनी माता के भोगवा।
हथवा जोरि माई अरजी सुनायउँ,
बढ़ाय आयउँ हो अपनी मँगिया के सिंदुरवा।
चौका लगाय के माथा झुकायउँ,
माँगि आयउँ हो अपनी गोदिया होरिलवा।
बारि आयउँ हो, मैं जलाय आयउँ हो,
जगतारन घर दियना।"

(जगततारिणी माँ के मंदिर में मैं दीपक जला आई हूँ। सोने की थाल में कपूर की बाती से मैं अपनी माँ की आरती उतार आई हूँ। सोने की थाली में लड्डू सजाकर माँ को भोग लगा आई हूँ। हाथ जोड़कर माँ से विनती की और अपना सौभाग्य सिंदूर बढ़वा आई। चौक पूरकर माँ को सिर झुकाकर अपनी गोद के लिए संतान माँग आई हूँ।)

देवी गीत

''दुर्गा मइया अइहैं मोरे अँगना
निहुरि कै पइयाँ लागौं।
केथुवा पै मइया कै आसन लगाई,
केथुवा से पाँव पखारी। निहुरि कै पइयाँ लागौं।
चंदन पिढ़इया पै आसन लगाई,
गंगाजल पाँव पखारी। निहुरि कै पइयाँ लागौ।
केथुवा से मइया के पूजन करिबै,
केथुवा कलेवा कराई। निहुरि कै पइयाँ लागौ।
नरियर से मइया कै पूजन करिबै,
गुड़ चना कलेवा कराई। निहुरि कै पइयाँ लागौं।
काव देखि मइया मगन भई हैं
काउ देखि मुसुकायीं। निहुरि कै पइयाँ लागौं।
पूत देखि मइया मगन भई हैं,
पतोह देखि मुसुकायीं। निहुरि कै पइयाँ लागौ।''

(माँ दुर्गा मेरे आँगन में आईं, मैं झुककर चरण से लगती हूँ। माँ को बैठने के लिए क्या आसन दूँ, किससे उनके चरण धोऊँ? चंदन की पटिया पर माँ को बिठाऊँ, गंगाजल से माँ के चरण धोऊँ। किससे माँ का पूजन करूँ, क्या भोग लगाऊँ? नारियल से माँ का पूजन करूँ, चना-गुड़ का भोग लगाऊँ। क्या देखकर माँ मगन हुई है? क्या देखकर मुस्कराई हैं? पुत्र देखकर माँ मगन हुई हैं, पुत्रवधू देखकर मुस्कराई हैं।)

देवी गीत

''अमृत क बरसै बदरिया अंबे माँ की दुवरियाँ।
दादुर मोर पपीहा बोलै
कोयल सुनावै रगिनियाँ। अंबे माँ की दुवरियाँ।

चंदा सूरज आरती उतारैं ,
पवन बोहारै डगरिया। अंबे माँ की दुवरियाँ।
ब्रम्हा, विस्नू, संकर नाचैं,
मोहन बजावै बाँसुरिया। अंबे माँ की दुवरियाँ।
अन्धा लँगड़ा अरज सुनावै,
बाँझन पसारै अँचरिया। अंबे माँ की दुवरियाँ।
निर्धन कोढ़ी अरज सुनावैं,
कन्या पसारै चुनरिया। अंबे माँ की दुवरियाँ।''

(माँ के द्वार पर अमृत के बादल बरस रहे हैं। मेंढक, मोर और पपीहे बोल रहे हैं। कोयल भी अपनी रागिनी सुना रही हैं। सूरज और चंदा माँ की आरती उतार रहे हैं, पवनदेव रास्ता बुहार रहे हैं। ब्रह्मा, विष्णु तथा शिव जी नृत्य कर रहे हैं। भगवान् श्रीकृष्ण बाँसुरी बजा रहे हैं। अंधे, लँगड़े विनती कर रहे हैं। बंध्या स्त्री अपना आँचल पसारकर पुत्र की कामना करती है। निर्धन कोढ़ी विनती करते हैं तथा कन्या सुघर वर पाने के लिए अपनी चुनरी पसारती हैं माँ के द्वार पर।)

देवी गीत

''अढ़उल कै फुलवा लोभानिउ
गजब निक लागै ए मइया।
केहुक त दिहिउ मैया कोठा से अटारी,
हमका टुटही झोपड़िया,
गजब दुःख दिहिउ ए मइया।
सबके त दिहिउ मइया अन धन बलकवा
हमका बाझिन बनाइउ,
गजब दुःख दिहिउ ए मइया।
केहू क मैया भरा ये भंडरवा,
हमका निर्धन बनाइउ ये मइया।
सबके त दिहिउ मैया कंचन काया,
हमका कोढ़ी बनाइउ,
बहुत भिनकाइउ ये मइया।
अढ़उल कै फुलवा लोभाइउ ,गजब निक लागै ए मइया।''

(माँ गुड़हल का फूल बहुत सुंदर लगता है, जिस पर तुम लुभा गईं। किसी को तो दिया माँ कोठा, अटारी, मुझे टूटी झोपड़ी देकर बहुत दुःख दे दिया। सबको दिया माँ अन्न, धन और बालक, मुझे बंध्या बनाकर बहुत दुःख दे दिया। किसी को तुमने भरा भंडार दिया, मुझे निर्धन बना दिया। सबको तो माँ तुमने कंचन सी काया दी, मुझे कुष्ठ रोगी बनाकर घृणा का पात्र बना दिया।)

देवी गीत

"अढ़उल के फुलवा माँ कौन गुना हो माई गइउ लोभाय।
कोठा अंटारी मैया मनही न भावै,
टुटही झोपड़िया माँ कौन गुना हो, मइया गइउ लोभाय।
अनधन सोना मैंया मन ही न भावै,
निर्धन भगतवा मा कौन गुना हो माई गइउ लुभाय।
पूड़ी, कचौड़ी मैया मन ही न भावै, मन ही न भावै।
गुड़ और चना मा कौन गुना हो मंइया गइउ लुभाय।
पीला पीतांबर मैया मन ही न भावै,
ललकी चुनरिया माँ कौन गुना हो, माई गइउ लुभाय।"

(गुड़हल के फूलों में कौन सा गुण हैं, जिस पर माँ लुभा गईं?

कोठियाँ और अटारियाँ माँ के मन को नहीं भातीं, टूटी हुई झोपड़ी में कौन से गुण हैं, जो माँ लुभा गईं। धन-धान्य और सोना-चाँदी आदि माँ के मन को नहीं भाता है। माँ! निर्धन भगत में कौन से गुण हैं कि आप लुभा गईं। माँ को पूड़ी, कचौड़ी आदि व्यंजन मन को नहीं भाते, गुड़ और चने में कौन सा गुण हैं कि माँ लुभा गईं और पीतांबर माँ के मन को नहीं लुभाता, लाल चूनर में कौन से गुण हैं कि माँ को भा गई है।)

देवों के गीत

लोकनायक श्री राम

राम—लोकनायक राम की स्तुति, गुणगान तथा उनकी लीलाओं का वर्णन सभी प्रकार के लोकगीतों का प्रमुख विषय है। जिसने राम को नहीं जाना उसका तो जीवन ही व्यर्थ है—

"राम नाय जान्या त और जाने काव भै।
फूल तौ उहै जौ राम जी के सोहै,
नाहीं त बेला लगाए से काव भै। राम···

कपड़ा त उहै जौ राम जी के सोहै,
नाहीं त गुलाबी रँगाए से काव भै। राम···''
''पूत त उहै जे बाप काँ सेवै,
नाहीं त पाजी के जनमे से का भै।
तिरिया त उहै जे दूनौ कुल तारै,
नाहीं त माई कोखिया आए से का भै। राम···''

(फूल तो वही है, जो राम को सुहाए, नहीं तो बेला लगाने से क्या लाभ? कपड़ा तो वही है, जो राम को सुहाए, नहीं तो गुलाबी रँगाने से क्या लाभ?)

(पुत्र तो वही है जो पिता की सेवा करे। नहीं तो दुष्ट के जन्म लेने से क्या लाभ? स्त्री तो वही है, जो दोनों कुल का उद्धार करे, अन्यथा माँ की कोख में आने से ही क्या लाभ?)

लोक-मानस राम की केवल पूजा ही नहीं करता, उनके आदर्श चरित्र का अनुकरण भी करना चाहता है। राम जैसा पुत्र का आदर्श, सीता जैसा नारी-जीवन का आदर्श और कहाँ मिल सकता है?

राम का नाम तो मिश्री की भाँति मीठा है—

''राम कै नाम सदा मिसरी, जौन सोवत जागत ना बिसरी।''

(राम का नाम तो सदैव मिश्री-सा मीठा है, जो सोते-जागते कभी नहीं भूलता।)

लोकनायक श्री कृष्ण

कृष्ण की लीलाओं का लोकरंजक रूप जन-जन को सदा से लुभाता रहा है। भक्त कहता है कि गोविंद के गुणगान के अतिरिक्त और गाने से लाभ ही क्या—

''गोविंदा नाहीं गाया तूँने गाया क्या रे बावरे।''

वह तो कृष्ण की ही शरण में रहना चाहता है, क्योंकि वे भक्तों की प्रत्येक अभिलाषा पूरी करते हैं—

''सिरी किसना मैं तोरे सहारे से।
कृसना दुवारे एक निर्धन पुकारै, झोली खाली न जाए दुआरे से।
कृसनां दुवारे एक बाँझिनि पुकारै, गोद खाली न जाए दुआरे से।
कृसना दुवारे एक कोढ़ी पुकारै, काया रोगी न जाए दुआरे से।''

(हे श्री कृष्ण! मैं तुम्हारे सहारे से हूँ। कृष्ण के द्वार पर एक निर्धन पुकार रहा है, उसकी झोली खाली न जाने पाए। कृष्ण के द्वार पर एक बंध्या पुकार रही है, उसकी गोद खाली न जाने पाए। कृष्ण के द्वार पर एक कोढ़ी पुकार रहा है, उसकी काया रोगी ही

वापस न जाये।)

कृष्ण का बाल रूप और रसिक शिरोमणि रूप लोकगीतों में जितना उभरा है उतना ईश्वरीय रूप नहीं।

श्री शिव

लोक-जीवन में शिव का सर्वाधिक महत्त्व कहा जा सकता है। प्रत्येक ग्राम के घर-घर में शिवलिंग पूजे जाते हैं। शिव से संबंधित पौराणिक आख्यानों की बहुलता है। वर के रूप में शिव आदर्श हैं। संभवत: पार्वती की कठिन तपस्या से उनकी प्राप्ति ही इसका कारण हो। कहावत है—"सुपवहि से करिना बर माँगै जो पति राखै भगवान्।" (उत्पन्न होते ही सूप में से कन्या वर माँगती है, ईश्वर ही मर्यादा की रक्षा करे)। पार्वती ने भी जन्म से शिव वर की कामना की थी। इसीलिए कन्या को पार्वती का रूप माना जाता है। शिव हैं भी तो बहुत भोले। तनिक सी पूजा से प्रसन्न हो जाते हैं—

"शंकर जी होंय भोले-भाले, जटा के बाल काले,
गले में नाग डारे हैं।
कृष्ना बजावै बाँसे कै बँसुरी,
संकरजी हैं डमरू वाले, जटा के बाल काले हैं।
कृष्नाजी ओढ़े हैं काली कमरिया,
संकरजी हैं बाघंबर वाले, जटा के बाल काले हैं।
कृष्नाजी खात हैं माखन मिसरी,
संकरजी हैं भंग वाले, जटा के बाल काले हैं।
कृष्नाजी चरावैं, लाली काली गइयाँ,
संकरजी हैं बैल वाले, जटा के बाल काले हैं।"

(शंकरजी भोले-भाले हैं, उनकी जटा के बाल काले हैं। कृष्ण बाँस की वंशी बजाते हैं, शंकर जी डमरू। कृष्ण काली कमली ओढ़ते हैं, शंकर बाघंबर। कृष्ण खाते हैं माखन- मिश्री और शंकर खाते हैं भंग। कृष्ण चराते हैं लाल-काली गायें और शंकर के पास हैं बैल।)

पार्वती और शिव के युगल रूप की विचित्रता पर लोककवि भी विस्मयाभिभूत है—

"बम भोला औ गौरा सुकुवारि, कैसी जोड़ी बनी।
गौरा त हुई नगराज दुलारी,
नाग भोला गले कै हार कैसी जोड़ी बनी ।"

(भोले शंकर और सुकुमारी गौरी की कैसी जोड़ी है। गौरी पर्वतराज की दुलारी हैं और नाग भोला के गले का हार है।)

श्री हनुमान

नागपंचमी के पश्चात् के प्रथम मंगल को 'बुढ़वा मंगल' कहते हैं। उस दिन हनुमानजी को घी और मेवा दूध में सानकर मीठे पूये (रोट) चढ़ाकर गीत-भजन गाए जाते हैं। एक गीत में भक्त हनुमान् जी से उनका परिचय पूछता है—

"तुँहैं त हम चीन्हित नाय महाबीर।
केकर पुत्र केकर हया पायक,
केकरे रहथ्या हुजूर।
अंजनी क पुत्र राम कर पायक,
सीता के रहिथै हुजूर।"

(हे महावीर! हम तुम्हें नहीं पहचानते। तुम किसके पुत्र हो, किसके सेवक हो, किसकी सेवा में हाजिर रहते हो? मैं अंजनी का पुत्र हूँ, राम का सेवक हूँ, सीता की सेवा में हाजिर रहता हूँ।)

श्री सत्यनारायण (ठाकुर जी)

प्राय: सत्यनारायण की कथा के अवसर पर सोहर गाया जाता है। सोहर मंगल का प्रतीक है, अत: हरछठ, गणेश चौथ और सत्यनारायण की कथा के अवसर पर इस मंगलगीत का विधान है। इन अवसरों पर भजन-कीर्तन भी गाए जाते हैं।

एक गीत में 'सत्यदेव' भगवान् के आगमन पर उनके स्वागत की तैयारी, उनका आसन पर स्थापित होना और उनके पीतांबरधारी स्वरूप का वर्णन है, साथ ही उनके आगमन के प्रति अपनी अज्ञानता के कारण उनके विधिवत् स्वागत की असमर्थता पर खेद प्रकट किया गया है। किंतु वे तो दयालु हैं। पत्र-पुष्प से ही प्रसन्न हो जाते हैं, अत: उनसे वरदान स्वरूप स्वर्ण, रजत, पुत्र और पुत्री की माँग की गई है।

"गउवा कै गोबरा मँगैबै, त बेदिया लिपउबै, गजमोती चौक पुरइबै,
तेहि चढ़ि बैठे सत्यनारायण बाबा, ओढ़े पितंबर।
जौ मैं जनत्यों सत्यनारायण बाबा, मोरे घर अइहैं,
मैं धैकै चरन चढ़ौत्यों, मंगन कुछ मँगत्यौ।
सोनवा त मँगत्यों हरदी यस, चँनिया दहिया यस,
पुतवा त मँगत्यों नरियर यस, बिटिया चनन यस।
सोनवा त माँग्यों नाकि जोगे, चंदिया मरै की खातिर,
पुतवा त माँग्यों है अगम खातिर, धेरिया धरम खातिर।"

(गाय का गोबर मँगवाकर वेदी लिपवाऊँगी, गजमुक्ताओं से चौक पुरवाऊँगी। उस चौक पर सत्यनारायण भगवान् बैठे हैं, पीतांबर ओढ़कर। यदि मैं जानती कि सत्यदेव मेरे

घर आएँगे, तो चरन माथे से चढ़ाती और कुछ वर माँगती। हल्दी-सा सोना, दही-सी चाँदी, नारियल-सा पुत्र और चंदन-सी कन्या माँगती उनसे। सोना माँगा है नाक के लिए, चाँदी मृत्यु के लिए, पुत्र माँगा है अगम (अज्ञात भविष्य) की सुरक्षा के लिए, कन्या माँगी है धर्म के लिए।)

नारियल बाहर से कठोर पर भीतर आर्द्र और कोमल होता है। पुत्र ऐसा हो तो जीवन सार्थक हो। पुत्री का चंदन जैसा रूप हो, उसके गुणों की सुगंधि चतुर्दिक फैले। सोने की उपयोगिता है कि वह नाक की शोभा बढ़ाता है। यहाँ नाक के योग्य कहने में सम्मान का भाव भी छिपा है। स्वर्ण वैभव का प्रतीक है। वैभव से प्रतिष्ठा बढ़ती है। चाँदी धरोहर रूप में रखना चाहता है, अपनी वृद्धावस्था के लिए।

ठाकुर जी से जीवन बेड़ा पार करने की प्रार्थना एक गीत में की गई है, क्योंकि उन्हीं की शरण में सुख है—

"हम गाई ठाकुर बाबा ना,
जेकरी सरन में डारी डेरवा ना,
ठाकुर खेइ के लगावा बेड़ा परवा ना।"

(हम ठाकुर बाबा का गुण गाते हैं जिनकी शरण में डेरा डाला है, वही खेकर पार करेंगे।)

श्री डीह बाबा (डिउहार बाबा)

डीह बाबा का निवास खंडहर के अवशेष से बने टीले पर होता है, जिसे 'डीह' कहते हैं। न जाने कितनी जातियों की संस्कृतियाँ इन 'डीहों' के अंतराल में सो रही हैं।

एक गीत में इस तथ्य की ओर संकेत है—

"डिहवा लइगै अडबरवा ना, डिहवा क मरिगै मसनवा ना।"

'डीह' की पूजा की जाती है अनिष्ट से रक्षा हेतु। डीह बाबा ग्राम-देवताओं में प्रमुख देव हैं। वे बड़े सीधे देवता हैं, किसी को अनायास दंड नहीं देते। अगुवानचंद (गंमेश), सोचान बाबा, लालचंद आदि के नाम भी डीहबाबा के साथ लिए जाते हैं।

श्री सूर्यदेव

सूर्योपासना वैदिक काल से ही प्रारंभ हो गई थी। ऋग्वेद में सूर्य के तीन रूपों का वर्णन मिलता है—उत, उत+तर—उत्तर, उत्+तम—उत्तम, जो क्रमशः माहात्म्य में बढ़कर है। सूर्य की उस ज्योति का नाम उत् है, जो इस भुवन के भौतिक अंधकार के अपनशमन में समर्थ होती है। देवों के मध्य में जो देवरूप से निवास करती है, वह उत्तर हैं। इन दोनों से बढ़कर एक विशिष्ट ज्योति है, उसकी संज्ञा उत्तम है। अतः सूर्य के आधिभौतिक,

आधिदैविक तथा आध्यात्मिक स्वरूपों का संकेत है। (1/20/10) 'सूर्य आत्मा जगत् स्थुभश्च' (जंगम तथा स्थावर समस्त विश्व की आत्मा सूर्य है)। "आत्मा शब्द स्पष्टतः सूर्य के परमात्म-तत्त्व को लक्ष्य कर प्रयुक्त किया गया है।"

(बलदेव उपाध्याय, 'वैदिक साहित्य और संस्कृति', पृष्ठ 157-158)

यजुर्वेद में सूर्य का वर्णन हुआ है—

"आकृष्णेन रजसा वर्तमानो निवेशयन्नमृतं मर्त्य च,
हिरण्येन सविता रथेन देवी याति भुवनामि पश्यतः।।"

(चारों ओर से काली-काली धूल से आवृत मृत्युलोक को अमृतरूपी प्रकाश-किरणों को प्रवेश कराकर स्वर्ण रथ में बैठकर विश्व के कर्म में प्रेरित करनेवाला (सविता) सूर्य संसार को देखता हुआ गतिशील होता है।)

सूर्य के पृथक् मंदिर देश में कोणार्क आदि कई स्थानों पर हैं। कुछ मंदिरों में भी सूर्य की रथारूढ़ प्रतिमा के दर्शन होते हैं, किंतु लोक-जीवन में सूर्य की उपासना उनके प्रत्यक्ष स्वरूप की ही होती है।

रविवार को सूर्य के व्रत का अत्यधिक महत्त्व है। इसमें लवणरहित भोजन, एक समय सूर्यास्त से पहले किया जाता है। सूर्यास्त के उपरांत व्रती फलग्रहण भी नहीं करते।

सूर्य की उपासना के असंख्य लोकगीत मिलते हैं। सूर्य इतने कृपालु देवता हैं कि उनकी प्रार्थना करते ही मनोरथ की सिद्धि हो जाती है—

"खिरकी बहुआ नहानी सूरुज पैंया लागी,
हो अरे सुरुजू झीना अंचर फहराने, त गर्भ जनावैं।"

(पिछवाड़े वधू ने नहाकर सूर्य को प्रणाम किया। प्रणाम करते ही उसके झीने आँचल में हलचल हुई और वह गर्भवती हो गई। 'रजोदर्शन' के पश्चात् स्नान से शुद्ध होकर सूर्य को प्रणाम करने से तेजस्वी, कांतिवान् और सुंदर बालक उत्पन्न होता है, ऐसा लोक-विश्वास है। (सूर्य के पश्चात् पति और सुंदर बालक के दर्शन से भावी बालक का उससे आकृति-साम्य होता है। इसे ही परछाहीं पड़ना कहते हैं।) 'अंचल में हलचल होना' संकेत है कि सूर्यदेव ने अपनी किरणों के द्वारा उसे गर्भवती होने का वरदान दे दिया।) सूर्य द्वारा गर्भाधान महाभारत के कुंती प्रसंग का रूपातरण है।

लोक में अरुणोदय के सूर्य का विशेष महत्त्व है। इसीलिए उगते सूर्य से मनौती माँगने की बात बार-बार कही गई है—

"उगत कै सूरुजू मनावौ, होरिल तोहरे होइहैं।"

बाल रवि के महत्त्व को लोक कवि भी समझता है। पुराणों में भी कहा गया है कि अरुणोदय में यदि जल दिया जाए तो अमृत तुल्य होता है। उससे एक प्रहर पश्चात् दुग्ध और उसके पश्चात् जल तुल्य होता है। और दिन चढ़ने पर जल चढ़ाना व्यर्थ हो जाता है।

लोक-संस्कृति आशावादी है, बाल रवि में विकास का अवसर है। भविष्य के प्रति सुनहरी आशाओं का रंग मुकुलित रहता है। अतः सूर्य लोक-जीवन की इन भावनाओं के प्रतीक हैं। यही कारण है कि लोकगीतों में उदीयमान सूर्य की वंदना की गई है।

कुमारी कन्याएँ इच्छित वर-प्राप्ति हेतु सूर्य की उपासना करती हैं। पति सरल स्वभाव का तथा सुंदर है, इसका श्रेय सूर्य की पूजा को है—

"अँचरन सुरुजू मनायों तबैं साधू बाबा (या बलम पतरेंगवा) के पायों।"

(आँचल पसार-पसार कर सूर्य की वंदना की तब साधू पति या छरहरे अंगोंवाला पति मिला)।

'ननद' अपनी भाभी को पुत्रवती होने के लिए सूर्य से प्रार्थना करती है—

"नहाइ धोइ ननदी ठाढ़ी भई सुरुजू मनावै,
हो मोरे सुरुजू भौजी के देहु ललनवाँ उठाई लै जाबै।।"

(नहा-धोकर ननद खड़ी हुई सूरज से प्रार्थना करने लगी हे सूर्य! मेरी भाभी को पुत्र दो, जिसे मैं ले जाऊँगी)।

रविवार के व्रत में सूर्य के गीत गाए जाते हैं, जिसमें उनसे प्रकाश की याचना की गई है—

"सुरुजु बाबा लेहु पूजा हमारि।
गंगा जमुना कै जल भरि लायौं,
सोने के गेंड़ुवा से डारौं धारि। सुरुजु···
अच्छत, फूल बतासा चढ़ावौं,
लेहु मैं अरती उतारि। सुरुजु···
हाथ जोरि के तुहँका मैं बिनवौं,
दै दहु आपन उजियार। सुरुजु···

(हे सूर्य भगवान्! हमारी पूजा लो। गंगा-यमुना से जल भर लाई, सोने के गेंड़ुवा से धार डालूँ। अक्षत, फूल, बताशा चढ़ाऊँ, आरती उतारूँ, हाथ जोड़कर तुमसे विनय करूँ, अपना प्रकाश दे दो।)

पौराणिक आख्यान संबंधी गीत

गीतों के लिए ही नहीं अपितु साहित्य की प्रत्येक विधा के लिए कुछ-न-कुछ मूल प्रेरणा-स्रोत अवश्य होते हैं। पुराण हमारे पुरा इतिवृत्त के प्राथमिक ग्रंथ हैं। यह बात दूसरी है कि इस समय उनका रूप बदल गया है। उनमें वर्णित कथानक और आख्यान हमारी मनोभावनाओं को प्रेरणा और आनंद देते हैं। हरिश्चंद्र, ध्रुव, प्रह्लाद, बलि आदि के संबंध

में जो लोकाख्यान प्रचलित हैं, उनके प्रति जनता की रागात्मक वृत्ति में अपना स्वाभाविक अनुराग व्यक्त हुआ है। अतः ये इतिवृत्त लोकगीतों में मुखर हो गए हैं।

लोक में पौराणिक मान्यताओं के प्रति बड़ी श्रद्धा है। अतः लोकगीतों में पौराणिक आख्यानों का बाहुल्य है। कुछ पौराणिक आख्यान संबंधी गीतों का उल्लेख प्रस्तुत है—

राम से संबंधित आख्यान : राम के जन्म, विवाह, वनगमन, राज्याभिषेक, चारों भाइयों के प्रेम, सीताहरण, रावण-वध, अयोध्या को पुनः वापसी और राज्याभिषेक तथा सीता का निर्वासन, राम का अश्वमेध-यज्ञ, सीता को निमंत्रण, सीता का वन्य जीवन, सीता की लज्जा, उनका भूमि में विलय आदि प्रसंग गीतों में विविध रूपों में अभिव्यक्त हैं।

रामकथा के इतने विविध प्रसंग हैं, इतना विशद् वर्णन है कि लोक-मानस की राम-कथा अपनी मौलिक छटा बिखेरती हुई निरंतर उद्भासित है। यह विवेचना एक स्वतंत्र ग्रंथ का विषय है। पर निःसंदेह लोक-मानस की राम-कथा, पौराणिक और साहित्यिक राम-कथा की तुलना में प्रभाव की दृष्टि से कहीं भी शिथिल नहीं है।

(लोक गीतों में रामकथा के विषय में विस्तार से उदाहरण है—'सीता सुरुजवा क ज्योति' तथा रामकथा इन अवधी फोकलोर, ग्रंथों में प्रकाशित है। प्रकाशक नेशनल पब्लिशिंग हाऊस, दिल्ली)

कृष्ण संबंधी आख्यान : बालक कृष्ण के जन्म, बाल-लीला, दान-लीला, मान-लीला तथा अन्य विविध प्रणय-प्रसंग सभी प्रकार के लोकगीतों में मिलते हैं। चीर-हरण का मनोहारी दृश्य एक कजली में प्रस्तुत है। गोपियाँ अपने वस्त्र पाने के लिए प्रार्थना कर रही हैं—

"नटवर नंदलाल गिरधारी, दै द्या चीर हमारी ना।
चीर क लैके कदम चढ़ि बैठे, जल माँ नारि उघारी ना।
चीर तौ तुहरी तबै हम देबै, जब जल से होव्यू न्यारी ना।
पुरइन पात पहिरि राधा निसरीं, कृष्ण लगावैं तारी ना।।"

कृष्ण वस्त्र तभी देंगे जब वे जल से बाहर आयेंगी। हारकर राधा 'पुरइन' (कमल पत्र) पहनकर निकलती हैं। कृष्ण ताली बजाते हैं।

इसी प्रकार कभी मनिहारिन वेश में, कभी गोदनेवाली के वेश में गोपियों से छल करते हैं। कभी केवट बनकर नदी पार कराने का पारिश्रमिक माँगते हैं—

"ग्वालिन आजु रैनि बसि जात्यू मैं भोरवै उतरबौं।"

एक कजली में विविध पौराणिक आख्यानों का स्मरण करके बनवारी कृष्ण से विनय सुनने का आग्रह किया गया है—

"नटवर नंदलाल बनवारी! सुन ल्या विनय हमारी ना।

भीर पड़ी प्रह्लाद भगत पैं, पिता दिए दुख भारी ना।
नरसिंह रूप धरे प्रभु आए, हरिनाकसिपु रिपु मारी ना।
भरी सभा माँ द्रोपती पुकारैं, जाती लाज हमारी ना।
खींचत चीर दुसासन हारे, भारी होइगै सारी ना।
जब गजराज ग्राह गहि लीनो, तब हरि नावँ पुकारी ना।
विनती सुनतै तूँ उठि धाया, तजि के गरुड़ सवारी ना।''

(हे नटवर! नंदलाल! बनवारी! मेरी विनय सुन लो। प्रह्लाद भक्त पर भीर पड़ी, पिता ने भारी दुःख दिया, तब नृसिंह रूप धारण कर आए, हिरण्यकश्यप का वध किया। भरी सभा में द्रौपदी पुकार रही थी, प्रभु मेरी लाज जा रही है। उस समय उनकी साड़ी इतनी भारी कर दी कि दुःशासन खींचते-खींचते हार गया। जब गजराज को ग्राह ने पकड़ लिया, तब उसने हरिनाम स्मरण किया। विनती सुनते ही तुम उठकर दौड़ पड़े थे, गरुड़ की सवारी छोड़कर।) इसमें नृसिंह अवतार, द्रौपदी की लाज-रक्षा, गजेंद्र-मोक्ष के प्रसिद्ध आख्यान वर्णित हैं।

द्रौपदी के चीरहरण का प्रसिद्ध पौराणिक आख्यान कई गीतों में उपलब्ध है—

''सभा मँ पुकारै द्रोपती रोके जिस दम,
यहि दुनिया मँ केहू हमार नाहीं।
सभा मँ हैं बटुरे सभी धनुखधारी,
सबै ठाढ़े देखैं ई हालत हमारी।
सबन के मुख माँ ताला लगा बाय,
बचन एकौ केहू उचारै नाहीं।
गीध, गणिका, अजामिल काँ तारे,
कहाँ ले कहीं नाथ गाथा तुहारी।
सबकाँ उबार्‍या, हमहूँ का उबारा,
नाय कहि द्‍या केहू के उबारेन नाहीं।।''

(वीरों की भरी सभा में कोई भी धनुर्धारी अन्याय के विरुद्ध नहीं बोल रहा है। प्रभु तुमने तो अनेकों का उद्धार किया, मेरा भी कर दो। गीध, जटायु, अजामिल, गणिका आदि आख्यानों की ओर इस गीत में संकेत किया गया है।) सभी को उबारा, मुझे भी उबारो। अन्यथा कह दो कि किसी को नहीं उबारा।

वामनावतार—भगवान् के वामनावतार का सांगोपांग चित्र भी इन गीतों में मिलता है। राजा बलि की दानवीरता, भक्त की परीक्षा हेतु प्रभु का छल और भक्त का परीक्षा में खरा उतरकर प्रभु की कृपा प्राप्त करना इस गीत में सजीव रूप में चित्रित हुआ है। सांसारिक जीवन में अपने धर्म पर दृढ़ रहकर जीवन-यापन करने की शिक्षा इन गीत से

जन-मानस को मिलती है। किसी को छोटा न माने, प्रभु का वामनावतार इस तथ्य की ओर इंगित करने के लिए ही हुआ था। न जाने कब परीक्षा लेने भगवान् किस वेश में आएँ। अत: किसी का निरादर न करो। यह आदर्श भावना इस गीत का प्राण है।

"बलि घर प्रात समय गए बावन।
साढ़े तीन परग भुइयाँ दीजै हो, तामैं हम कुटी रमावन।
तू तौं बामन निपट दलिद्दरी, हो तूँ तौ करम नसावन।"

राजा की माँगने की आज्ञा पाकर वामन भगवान् माँगते हैं साढ़े तीन पग पृथ्वी।

राजा हँसते हैं—अरे तुमने राजा बलि से माँगा भी तो क्या माँगा? तुम तो कर्मनाशी हो दरिद्र ब्राह्मण! दरिद्र हो।

"हाहाकार मचे धरती पे, लागे चरन बढ़ावन।"

शेष आधे पग के लिए बलि ने अपनी पीठ झुकाकर शरीर को ही प्रस्तुत किया—

"पीठि नवाय राजा बलि बोले, नापि लेहु प्रभु छोटे पायँन।"

शुक्राचार्य गुरु प्रभु की लीला जानते हैं, वे राजा बलि को समझाते हैं, पर दानी राजा बलि वचन देकर कैसे बदल सकते हैं? शुक्राचार्य प्रतिरोध में अपनी आँख भी खो देते हैं। वामन के चरणों ने तीन पगों में तीनों लोक नाप लिया। प्रभु के विराट् चरणों को देखकर विश्व में हाहाकार मच गया—

पीठ झुकाकर राजा बलि ने कहा—मेरा शरीर अपने छोटे पावों से नाप लो प्रभु!)

शिव से संबंधित पौराणिक आख्यान—शिव से संबंधित विभिन्न आख्यान मिलते हैं, प्रमुखता शिव के विवाह-प्रसंग की है। शिव-पार्वती के प्रणय-प्रसंग, गंगावतरण आदि के अनेकों गीत हैं।

शिव की बारात आई है। उनकी विचित्र वेश-भूषा देखकर पूरा समाज भयभीत है—

"हाथे म वनके बेले क डण्डा माथे भभूती रमाय,
वेदी के ऊपर बैठे महादेव जइसे भाँट भिखारि।"
ऐसन रूप देखीं गौरा क माई भीतर पैठीं धधाय।
सरब सोने के मानिक दियना, भितराँ दिहीं है छिपाय।

(हाथ में बेल का डंडा, माथे पर भभूती रमाए, बेदी पर महादेव बैठे हैं, जैसे भाँट भिखारी हों। गौरी की माँ कह उठीं, ऐसे बौराह से गौरा का ब्याह नहीं करूँगी। माता के द्वारा विवाह का इनकार सुनकर और कलश आदि को भीतर छिपाते देखकर, पार्वती मक्खी के वेश में शिव से कहती हैं, 'तनिक अपनी भभूत उतारिए, जिससे नैहर के लोगों को तुम्हारे ईश्वरत्व में विश्वास तो हो जाए। शिव कहते हैं—'क्या कहती हो गौरी! भभूत तो तुम्हारा सुहाग है, जटा तो मेरा ओढ़न-बिछावन है, उसे कैसे त्यागूँ? तुम्हें

विवाह करना हो तो करो, वरना मैं लौटकर जाता हूँ।' किंतु वे पार्वती के सच्चे स्नेह को जानते थे, अतः अपना रूप-परिवर्तन कर लिया, हाथ में स्वर्ण-दंड, माथे पर तिलक रच गया, वेदी के ऊपर शिवजी ऐसे बैठे सुशोभित हो रहे थे, जैसे राजकुमार हों, गौरी की माँ प्रसन्न हो उठीं— भीतर दौड़कर गईं, समस्त सोने के दीपक उठा लाईं और उन्हें प्रज्वलित कर दिया।

गौरा लै उड़बौं, गौरा लै बुड़बौं, गौरा लैं धरती समावँ
ऐसे बौरहवा से गौरा न बियहब, बरु गौरा रहिहैं कुँवारी।
माद्दी के भेस धैके उड़ी है गौरी, बाठीं महादेव के कान
तनी एक भभुती उतारा महादेव, नइहर लोग पतियाँय।
"जटा तौ मोरे रे ओढ़न डासन, भभूती तो तोरा अहिबात,
करइ क होय गौरा करा बियहवा, नाहीं त लौटि घर जावँ।
हाथे त वनके सोने के डण्डा, माथे तिलक रमाय,
वेदी के ऊपर बैठे महादेव, जइसे राजकुमार।
यस देखि उठी हैं मैया मदागिन, भीतर बैठीं धधाय,
सरब सोने कै मानी कै दियना, दीन्हीं कलस लेसाय।।"

श्रवण कुमार की मातृ-पितृ भक्ति—श्रवण कुमार का जीवन आदर्श पुत्र के रूप में सदा से प्रेरणादायक रहा है। उनकी मातृ-पितृ भक्ति और करुण अंत एवं दृष्टिविहीन माता-पिता का राजा दशरथ को शाप देने आदि का सांगोपांग वर्णन हुआ है—

"चैतहि कै राम नवमी, त लागै तिरिथिया,
सरवन! सब जात्री जाथे तिरथिया, हमरौ जियरा लहरै।
एतनी बचन सरवन सुनैं, त सुनहू न पावैं,
सरवन चनना कै डरिया कटावैं, त डरिया फनावैं।
एक ओर बैठे हैं अन्धी, दूसरी ओर अन्धा,
सरवन बिचवाँ मँ कान्ह नेवारैं, त तीरथ करावैं।"

चैत की रामनवमी का पावन त्योहार आ गया, सभी यात्री तीर्थ को चल पड़े। 'श्रवण' के दृष्टिविहीन माता-पिता कहते हैं कि हमारे मन में भी तीर्थ की इच्छा हो रही है। यहाँ 'लहरै', शब्द में जो कामना का भाव है वह अद्वितीय है। मातृ-पितृ भक्त श्रवण कुमार चंदन की 'काँवरि' (डोली) बनवाकर उसमें माँ और पिता को बिठाकर अयोध्या की ओर प्रस्थान करते हैं। कमंडल लेकर जल भरने जाते हैं। दशरथ बाण मार देते हैं। परिणामतः श्रवण पुत्र का दुःखद अंत हो जाता है। श्रवण अपनी अंतिम इच्छा आर्त, विनम्र स्वर में प्रकट करते हैं कि मेरे माता-पिता को जल पिला दें। राजा के पाँवों की आहट भिन्न है, माँ पहचान लेती

है। यह तो मेरे लाड़ले की चींटी सी चालवाली शांत पग-ध्वनि नहीं है, यह किसकी धमक भरी पग-चाप है? दशरथ घोर पश्चात्ताप के स्वर में कहते हैं—माँ! यह तो मैं हूँ, पापी दशरथ! मृग समझकर मैनें श्रवण बेटे पर तीर चला दिया, वह तो इस लोक से चला गया—

"अन्हरी ज चौंकि के जागैं, त अन्हरू के जगावैं,
चिंउटी कै चाल पूता सरवन, केकर गोड़वा धमकै।
हम हयी ए मैया! हम हई, हम पापी दसरथ,
मैया मिरिगा समुझि बान मारेन, जुझैं बेटा सरवन।"

श्रवण के माता-पिता करुण स्वर में कहते हैं कि जिस बाण ने मेरे पुत्र के प्राण लिए, उसी बाण से हमें भी उसके पास पहुँचा दो। कितनी करुणा है इस गीत की पंक्ति में। वह बाण जो मेरे पुत्र के हृदय में बिंधा था उसी का स्पर्श मेरा हृदय भी करे, यह कामना है। मरते क्षण वे राजा दशरथ के लिए विकल हृदय से शाप देते हैं कि तुम हमें नहीं मार रहे हो तो जाओ, इसी दुःख की विकलता में तुम्हारे भी प्राण जाएँगे।

आध्यात्मिक एवं दार्शनिक भावनाओं से युक्त लोकगीत

लोकगीतों में कुछ गीत ऐसे भी उपलब्ध हैं जिनमें सगुण-निर्गुण के स्वरूप का विवेचन, रहस्यवाद, योग-साधना, नवधा भक्ति आदि की बहुत ही सुंदर विवेचना हुई है। आराध्य के प्रति अनन्य भक्ति, कण-कण में व्याप्त उस परमतत्त्व का आभास इन गीतों में मिलता है।

मंत्र, तंत्र, जादू, टोना तथा आवाहन के गीत—

विभिन्न देवी-देवताओं को अपनी कठिन साधना से प्रसन्न करके सिद्धि प्राप्त करने के प्रयास की परंपरा बहुत प्राचीन है। आज भी विभिन्न आधि-व्याधियों के उपचार के लिए विशेष मंत्र और आवाहन गीत प्रचलित हैं।

शुभ संस्कारों पर मंगल-प्रार्थना के गीत

किसी भी शुभ संस्कार या यज्ञ-हवन आदि के प्रारंभ में देवी-देवताओं का स्मरण निर्विघ्नता के लिए करना हमारी संस्कृति की परंपरा है। काव्य का प्रारंभ वंदना से ही होता है, संगीतकार सर्वप्रथम सरस्वती और गुरु की वंदना करता है, उसी प्रकार लोकगायक भी सर्वप्रथम देव-देवियों की स्तुति के गीत गाता है।

माँ! आप आकर बैठें। आपकी शरणागत होकर ही यह यज्ञ प्रारंभ किया है, इसे पूर्ण करना—

"आवो न काली, फूलमती, अँकोतरि, भुइयाँ, मरी, सातौ बहिनी, जालपा।
मैया बैठो मोरे अँगना, देबौं सतरँगिया बिछाय।
तुहरी सरन मैया मैं जगि रोप्यों, मोरी जगि पूरन होइ।"
धियना गुड़ा कै मइया होमिया करौबै मोरी जगि पूरन होय

(इसी प्रकार डीह, अगुवान चंद, लालचंद, महादेव, भैरो बाबा, ठाकुर बाबा आदि के लिए भी।)

इसमें देवियों और देवताओं का आवाहन मनोरथ और शुभ कार्य निर्विघ्न पूर्ण होने के लिए किया गया है।

आल्हा और बनजरवा आदि लंबे कथानक के गायक सर्वप्रथम स्तुति करते हैं कि मैं गीत गाने में सफल रहूँ, मेरी वाणी और स्मृति मेरा साथ देती रहे। एक 'सुमिरनी' प्रस्तुत है—

"रामा यतनी के जुनिया एतनी बेरिया रे ना,
रामा पिपरे क मनावौं देवता ना,
मामा! छिन भरे क छोड़ा वतनवाँ ना।
डिहवा क मनावौं मैं डबरवा ना,
अरे मैं मरिया लै मनावौं मसनवाँ ना।
अरे सातौ बहिनिया देवी दुर्गा ना,
अरे एकै कोखि लिहीं जनमवाँ रे ना।
केउ साँवरि जन्मैं, केउ गोरहर ना,
केउ जनमत बाटीं हरदिया कै गोभवा ना।
भैया सातौ बहिनी बसैं सात जगहियाँ ना,
जेकाँ दुनिया पूजै संसरवा ना।
मैया पंचा के करथीं रछपलवा ना,
मैया पंचा पै फेरथीं सीतल हथवाँ ना।"

(राम! इतने वक्त, इस बेला में, मैं पीपल के देवता का स्मरण करता हूँ। मामा! क्षण भर के लिए अपना स्थान छोड़कर चले जाओ। 'डीह' को मनाता हूँ और 'डबरा' को, 'मरी' माँ को मनाता हूँ और श्मशान को। सातो बहनें 'दुर्गा देवी' एक ही कोख से जन्मीं पर कोई साँवली हैं कोई गोरी, कोई हल्दी के 'गोभ' सी पीली। सातों बहनें सात स्थानों पर निवास करती हैं, जिनको संसार पूजता है। माँ पंचों की रक्षा और पालन करती हैं, पंचों पर शीतल हाथ फेरती हैं)।

सर्वप्रथम पीपल के दैत्य को 'मामा' कहकर वंदना की गई है। दुष्टात्माएँ ही अधिक उपद्रव करती हैं। उन्हें 'मामा' जैसे संबोधन से विवश कर दिया गया है कि वे

अपने भाँजों (गायक) को बाधा नहीं देंगे, क्योंकि भाँजा ब्राह्मण तुल्य होता है। यह है लोक-कवि की चतुराई। महाकवि तुलसी ने भी तो 'बहुरि बंदि खल जन सति भाये' कहकर खलों की वंदना की है।

देवी के विभिन्न स्वरूपों का वर्णन करके उनके सात स्थलों पर प्रतिष्ठापित होने का वर्णन है। देवी के विविध वर्णों में 'हल्दी के गोभ' से उपमा एक मौलिक उपमान है। उनके वरद हस्त से ही संसार का कल्याण है। गायक प्रार्थना करता है—

''मैया तुहीं हयू गीती के मलिकवा,
मैया गितिया कै खोला कोठरिया ना।
मैया जदुही के बान्हा जादू टोनवा,
मैया गितिया कै करौ अनुसरवा ना।
मैया चोरवा कै बान्हा मुसुकिया ना,
मैया चोरवा काँ टाँगा बेल बबुरवाँ ना।
मैया जैसे सुर दिहू है भँवरवा ना,
मैया गूँजत बाटैं बँसवा के पोंढ़वाँ ना।
मैया वैसे सुर दिह्यू गयकवा ना,
मैया जैसे सुर दिहू है सरंगिया ना।
सरंगी छोड़ति बा छतीसो रगिया ना,
मैया मोहै जमीन असमनवाँ ना।।''

(माँ! तुम्हीं गीतों की स्वामिनी हो। गीतों की 'कोठरी' (स्मृति के पट) खोल दो ताकि गायक सुविधापूर्वक गा सके। कोई गायन-शक्ति पर जादू या टोना न कर दे, इसलिए उन पर नियंत्रण रखो। लोकगीत का उद्‌देश्य होता है जन-कल्याण और जनरंजन। माँ! गीतों को इसके अनुकूल करो। समाज के अवांछनीय तत्त्वों पर नियंत्रण रखो, चोरों आदि की भुजाएँ बाँध दो, जिससे वे चोरी आदि उत्पात करके मनोरंजन और एकाग्रता में बाधक न बन सकें। बाँस की पोरों में गूँजनेवाले भौंरे के स्वर-सा मुझे स्वर दो। 'भौंरें' के स्वर की उपमा भी मौलिक उपमान है। सारंगी वाद्य जैसा स्वर जो छत्तीसों प्रकार की रागिनियाँ छेड़ता है, वह मुझे दो। संगीत के व्यापक प्रभाव से जड़-चेतन, पृथ्वी, आकाश-पाताल, सभी मुग्ध हैं।)

देवी माँ से सात वरदान माँगे गए हैं। प्रथम पाँच में अक्षय सौभाग्य के चिह्नों—सिंदूर, बिंदी, चूड़ियाँ, बिछुआ, महावर को अमर करने का वरदान, छठे में पति के अमरत्व तथा सातवें में अमर बालक का वर माँगा गया है—

''मैया विनती करौं मैं दूनौ कर जोरी।
मैया पहिली अरज मोरी सुनि लीजे,

मोरी माँग क सेन्हुरा अमर कीजै।
मैया दुसरी अरज मोरी सुनि लीजे,
मोरी काँच की चुड़िँया अमर कीजे।
मैया तिसरी अरज मोरी सुनि लीजे,
मोरी माथे की बिंदिया अमर कीजे।
मैया चौथी अरज मोरी सुनि लीजे,
मोरी पाँव की बिछिया अमर कीजे।
मैया पँचवी अरज मोरी सुनि लीजे,
मोरी एँड़िया महावर अमर कीजे।
मैया छठवीं अरज मोरी सुनि लीजे,
मोरी सेज कै स्वामी अमर कीजे।
मैया सतवीं अरज मोरी सुनि लीजे,
मोरी गोद मा ललना अमर कीजे।''

देवी के आगमन पर प्रसन्नता की अभिव्यक्ति करके भक्त उन्हें धन्यवाद देता है—क्योंकि बिना माँ की दया के कोई भी शुभ कार्य संपन्न नहीं होते—

''देबी दयाल भईं, भईं मोरे अँगना।
देबी के मठ पै दीप बरतु हैं, चमक भई भई मोरे अँगना।
देबी के मठ पै कन्या नाचै, छमक भई, भई मोरे अँगना।
देवी के मठ पै होम होतु है, महक भई, भई मोरे अँगना।
देबी दयाल भईं, भईं मोरे अँगना।''

(देवी माँ मेरे आँगन में दयालु हुईं। माँ के मठ पर दीपक जल रहा है, उसकी चमक हुई मेरे आँगन में। देवी के मंदिर पर कन्या नाच रही है, उसकी छमछम मेरे आँगन में हुई। देवी के मठ पर हवन हो रहा है, उसकी महक मेरे आँगन में हुई।)

इस प्रकार के भक्ति-भावना से भरपूर लोकगीतों का बाहुल्य है।

लोकगीतों में धर्म और दर्शन

मनुष्य बुद्धि संपन्न प्राणी है। इसी हेतु पशु-वर्ग से वह उच्चतर समझा जाता है। बुद्धि पक्ष और हृदय पक्ष दोनों के न्यूनाधिक प्रभाव के कारण कोई भावुक होता है तो कोई बौद्धिक। बुद्धि का संबंध चिंतन शक्ति से है और हृदय का संबंध भावुकता से है। दर्शन एक स्वतंत्र चिंतन है। अत: इसे बौद्धिक कहते हैं और धर्म भावनाप्रधान होता है। अत: उसका संबंध भाव पक्ष से है। जीवन में दोनों ही आवश्यक हैं। लोकगीतों में दर्शन और धर्म दोनों की ही झाँकी दृष्टिगोचर होती है।

धर्म मानव-जीवन को प्रभावित करता है तथा उसकी धारणाओं एवं विश्वासों के अनुकूल उसका पथ-प्रदर्शक होता है। अतः जीवन में उसका भी विशेष महत्त्व है। मान्यता तो यहाँ तक है कि धर्म की रक्षा करने पर धर्म स्वयं हमारा रक्षक बन जाता है— "धर्मो रक्षति रक्षितः।" गीता में भी व्यक्ति के लिए स्वधर्म का पालन आवश्यक बतलाया गया है और परधर्म को भयावह कहा गया है, यथा—"स्वधर्मे निधनं श्रेयः परधर्मो भयावहः।"

अब यहाँ यह प्रश्न स्वाभाविक है कि धर्म किसे कहते हैं। मीमांसा शास्त्र के अनुसार सत्प्रेरणा प्रदान करनेवाला तत्त्व धर्म कहलाता है।

अन्य आचार्यों ने अभ्युदय एवं अखिल कल्याणकारक तत्त्व को धर्म माना है—

"यतोऽभ्युदयनिःश्रेयसःसिद्धिः सधर्मः।"

वास्तव में धर्म मनुष्य के अंतःकरण की भावनाप्रधान विश्वासमयी वह स्थिति है, जो उसे जीवन धारण करने एवं निरंतर विकसित होने में सहायता करती है।

मानव-जीवन धर्म और दर्शन से विशेष प्रभावित रहता है। इसका मुख्य कारण यह है कि जीवन जीने के लिए प्रत्येक व्यक्ति को जीवन-पथ के निश्चित आयामों को समझना होता है और उसी के आस-पास अपना पथ चुनना पड़ता है। धर्म अथवा संप्रदाय में दीक्षित होने की परंपरा इसी प्रवृत्ति का परिणाम है।

हिंदू धर्म के अंतर्गत अनेक संप्रदायों का प्रचलन है, यथा—निर्गुण भक्ति, सगुण भक्ति। इनमें दीक्षित होने के लिए कोई बंधन नहीं है। प्रत्येक व्यक्ति को किसी भी धर्म या संप्रदाय को चुनने का अधिकार है। श्रद्धा नामक मनोभाव धर्म की आधारशिला है। मुख्यतया धर्म भावना पर केंद्रित होता है, श्रद्धा से पलता है और विश्वास से परिपुष्ट होता है। लोकगीत भावनाप्रधान होते हैं, अतः धर्म और लोकगीतों का तात्त्विक साम्य भावना पर आधारित है। फलतः धार्मिक लोकगीत अत्यंत सरस एवं रोचक हैं। धर्म का अर्थ धारण करना है। धारणा जैसा कि कहा गया है—

"धारणात् धर्म इत्याहुः।"

इस प्रकार संसार में जो नियम विभिन्न व्यक्तियों को एक साथ बाँधकर रखे उसे धर्म कहते हैं।

'दर्शन' शब्द दृश् धातु से ल्युट् प्रत्यय करने पर निष्पन्न होता है। सामान्यतया इसका अर्थ 'देखना' होता है। चिंतन और कुछ नहीं अंतःकरण की आँखों से देखना ही है। भारत में परंपरित शट् दर्शनों की प्रसिद्धि है, जिनमें 'वेदांत-दर्शन' सर्वश्रेष्ठ माना गया है। अतः इसका प्रभाव प्रातिभ साहित्य एवं लोक साहित्य दोनों पर समान रूप से पड़ा है।

"दर्शन का परम ध्येय है—'परमानंद की प्राप्ति'। परंतु सभी जीव इसकी प्राप्ति

करने के अधिकारी नहीं हैं, यही नहीं अपितु दुःखों से ग्रस्त रहने के कारण साधारण जन की तो दृष्टि भी इस ओर नहीं जाती।''

श्रवणायापि बहुभियों न लभ्यः।

ऋण्वन्तोऽपि बहवोयं न विद्यु— कठोपनिषद 5/3

श्री जयशंकर प्रसाद जी ने भारत को दार्शनिकों का देश कहा है, क्योंकि वहाँ के लोक-जीवन में दर्शन माँ के दूध के साथ घुल गया है।

समाजशास्त्रियों के अनुसार हम जिस धर्म को मानते हैं उस पर हमारा विश्वास होता है और उसे ही हम अपना पथ-प्रदर्शक मानते हैं। आधुनिक लोग भले ही धर्म-निरपेक्षता की बात कहें किंतु जीवन के उत्थान हेतु धर्म और दार्शनिक चिंतन की महत्ता आज भी अक्षुण्ण है। ''ज्ञान, विद्या और युग की वैभवमयी संस्कृति से वंचित एवं तिरस्कृत जनता के लिए लोकगीतों के भाव-भजन ही आत्मतोष प्रदान करने के लिए पर्याप्त है।''

(डॉ. चिंतामणि उपाध्याय, 'मालवी लोकगीत', पृष्ठ 306।)

वस्तुतः धर्म और दर्शन का परस्पर घनिष्ठ संबंध है। संभवतः इसी कारण लोकगीतों में दर्शन और धर्म दोनों का ही विशिष्ट स्थान है। इसी दृष्टि से लोकगीतों के संदर्भ में दर्शन और धर्म का प्रभाव विश्लेषित किया जाना चाहिए।

पुनर्जन्म—भारतीय संस्कृति की यह प्रमुख विशेषता है कि वह पुनर्जन्म के प्रति अपनी गंभीर आस्था व्यक्त करती है। इस मान्यता से यह लाभ है कि मनुष्य पुनर्जन्म के भय से इस जन्म में दूषित कर्म करने से डरता है। पुनर्जन्म की इस मान्यता के पीछे धार्मिक दृष्टिकोण प्रधान है। चौरासी लक्ष योनियों में भ्रमण करने की बात केवल भावना की ही नहीं अपितु चिंतन की परिधि में भी व्याप्त है, अतः दार्शनिक चेतना के इस तत्त्व को भावात्मक पद्धति से लोकगीतकारों ने व्यक्त किया है।

पुनर्जन्म की मान्यता और आस्था ने ज्योतिषियों के महत्त्व को बढ़ा दिया। व्यक्ति को अपने अगले जन्म के बारे में जानने की जिज्ञासा होती है। यही भावना गीतों में व्यक्त हुई है, एक नारी पंडित से अपना कर्मफल बताने का अनुरोध करती है—

''खोलो पंडित पोथिया करम गति बाँचौ।
पहिला जनम तोरा रनिया क होइहैं,
नाउनि कहारिन तोहरा पाँव पखरिहैं बेटी।
दुसरा जमन तोहरा अन्हरी के होइहैं,
दुनिया देखन के दुलभ होइ जइहैं बेटी।
तिसरा जनम तोहरा बँझिनी क होइहैं,
केहु न भोर तोर मुँहाँ निहरिहैं बेटी।''

(ज्योतिषी कहता है कि पहला जन्म रानी का होगा, नाइन-कहारिन चरण पखारेंगी, दूसरा जन्म अंधी का होगा, दुनिया देख पाना दुर्लभ होगा। तीसरा जन्म बंध्या का होगा, कोई भी प्रातः उठकर तुम्हारा मुख नहीं देखना चाहेगा। संभवतः लोक कवि यह कहना चाहता है कि रानी बनने के बाद उसका जीवन अहंकारपूर्ण, विलासितापूर्ण होगा जिसका परिणाम उसे भुगतना पड़ेगा। यह गीत इसी भावना की ओर इंगित करता है कि सुख मिलने पर यह न भूल जाओ कि हमें पुनर्जन्म लेकर इस जन्म के कर्मों का फल भी भोगना है।

कर्मवाद—प्रारब्ध और भाग्यवादिता के प्रति विश्वास भी लोकगीतों में अभिव्यक्त हुआ है। कर्मफल और भाग्य की व्याख्या कोई भी नहीं कर सकता। ज्योतिष विद्या, परिजनों का स्नेह और वे समस्त प्रयत्न जो काया को सुखी बनाने के लिए किए जाते हैं सब व्यर्थ हो जाते हैं, यदि भाग्य ही खोटा हो—

''करमगती कोई बांचि न सुनावै रामा।
नाहीं सुनावे नउआ रामा, नाहीं सुनावै बरिया रामा।
नाहीं सुनावै पण्डित जेन वेद उचारैं रामा। करमगती····
नाहीं सुनावै मइया रामा, नाहीं सुनावैं बाबा रामा,
नाहीं सुनावे भइया जेन लउवा परीछैं रामा। करमगती····
नाहीं सुनावैं सासू रामा, नाहीं सुनावैं ससुरू रामा,
नाहीं सुनावैं देवरा जिन भउजी गोहरावैं रामा। करमगती····।''

(कर्म की गति न नाई-बारी बता सकते हैं, जो विवाह के साक्षी होते हैं, न पंडित, जो कि वेदोच्चार करते हैं, न माता-पिता, न भाई ही जो कि लावा परीछते हैं, न सास-ससुर, न देव ही, जो कि भाभी कहकर पुकारते हैं।)

वैधव्य से बड़ा दुःख भारतीय नारी के लिए संसार में और कोई नहीं है। इस गीत में विधवा नारी का हृदयद्रावक विलाप है।

ग्रामों में प्रायः बड़े-बूढ़ों के मुख से सुनने को मिलता है कि 'विधना कै रेखा के मिटाइ सकत है, इसी भाव को इस गीत में पल्लवित किया गया है। कबीर ने भी तो कर्मफल में विश्वास व्यक्त किया है—

''करम गति टारे नाहीं टरी।''

गोस्वामी तुलसीदास ने भी लिखा है—

''विधिकर लिखा को मेटन हारा''।

भर्तृहरि के नीतिशतक में विधि के विधान को अपरिवर्तनशील कहा गया है—

''यत्पूर्वम् विधिना ललाटलिखितम् तन्मार्जितुं कः क्षमः।''

संसार की असारता—भक्ति गीतों में आध्यात्मिकता की भावना प्रधान है। आध्यात्मिक जीवन को प्राप्त करने के लिए त्याग, तपस्या और कर्मकांड सबके प्रति

लोक-मानस सचेष्ट रहता है। नश्वर शरीर का अहंकार नहीं करना चाहिए। यह भाव लोकगीतों में व्यक्त हुआ है—

"का देखि के मन भयउ दिवाना का देखि कै।
मानुस देह देखि जिन भूलहु, एक दिन माटी होय जाना,
ई देहियाँ कागज कै पुड़िया, हवा लगे उड़ि जाना।
कंचन काया मलि मलि धोयौं, चोवा चन्नन लगाना,
कबहुँ एहि पर काग मड़रैहैं, दुर्गति देख न जाना।
मानुस देंह धरम के कारज, परमारथ म लगाना। का देखि।"

इस नश्वर शरीर की सुरक्षा, इसकी साज-सज्जा में समय नष्ट न करके भगवतद्भजन और सत्कार्य में मन को लगाना चाहिए। यह शरीर तो कागज की पुड़िया है, जो हवा के एक हल्के झोंके से उड़ जाएगा, मिट्टी के ढेले के समान पानी की बूँदों से गल जाएगा। कंचन जैसी तेरी काया जिसके साज-शृंगार में तू रात-दिन लगा रहता है, इसी की एक दिन क्या दुर्गति होगी तू कल्पना तो कर। अतः इस क्षणभंगुर देह का मोह न कर। मानव शरीर का उपयोग करके परोपकार, सत्कार्य, भगवद्भजन कर तभी तेरे तन-मन की सार्थकता होगी और तू अमर हो जाएगा।

ईश्वर का भजन समस्त बिगड़ी बातों को बना देता है, किंतु मनुष्य चेतता ही नहीं। जब उसे कष्ट भोगना होता है तो उसकी भजन में रुचि भी समाप्त हो जाती हैं। अतः तुलसी के अनुसार भोगना वही पड़ता है, जो भाग्य में लिखा होता है—

"होइहैं वही जो राम रचि राखा। को करि तरक बढ़ावइ साखा।"

किंतु परमात्मा का भजन, ध्यान करने से लिखा हुआ भाग्य भी बदल जाता है। दुर्दिन को सुदिन में बदलने के लिए ईश्वर के प्रति दृढ़ विश्वास चाहिए—

"भजि लेत्यो सीताराम सबै बनि जाती।
माई बाप घर जनम लियो है, करम के नाहीं साथी।
जे दूध पियाइ के सेवैं भागि ना पावैं बाँची, भजि लेत्यो ····
सासु ससुर घर ब्याह भये हैं, करम के नाहीं साथी।
जेन अपने लाल दै दीन, धन्नि कै छाती। भजि लेत्यो ···
जेठ जिठानी घर ब्याही, ते न करम के साथी,
जेन बारे जुदा कै दीन संग के न साथी। भजि लेत्यो ····
बारे बलम संग ब्याही, जनम करम के साथी,
जेन गाँठ जोराय छल कीन, विपति भई थाती। भजि लेत्यो।····"

(सीताराम का भजन कर लेते, सब बिगड़ी बन जाती। माता-पिता के घर जन्म हुआ, उन्होंने दूध पिलाकर पाला पर कर्म के साथी नहीं, भाग्य नहीं जानते। सास-ससुर के घर ब्याह हुआ, उन्होंने अपना पुत्र दे दिया, धन्य की उनकी छाती थी। जेठ-जिठानी के घर

ब्याह कर आई, उन्होंने अपना छोटा भाई अलग कर दिया, किसी को भी मेरा भाग्य नहीं मालूम था। प्रिय के साथ विवाह हुआ, जो जन्म-कर्म के साथी थे पर गाँठ जोड़कर मुझसे छल करके चले गए। अब तो विपत्ति ही मेरी संपत्ति है। काश! मैंने ईश्वर का भजन किया होता।)

भक्त संसार के अशांतमय वातावरण से क्षुब्ध है। वह राम से धैर्य पाने की प्रार्थना करता है—

''धै देत्या राम हमारे मन धिरजा।
सबकी महलिया मै दियना बरतु है,
हरि लेत्या राम हमार अन्हियरिया।
सबकी महलिया मे ज्योंना बनत हैं,
हरि लेत्या राम तूँ भुखिया पियसिया।
सबकी महलिया मे सेजिया बिछत है,
हरि लेत्या राम तूँ हमरी निनरिया।''

(जो वस्तुएँ सुलभ नहीं हैं उनकी कामना ही से मन अशांत होता है। जब कामना नहीं रहेगी तो दुःख कैसा। कितना बड़ा सत्य इस भजन में उद्भाषित हुआ है। सबके महल में दीप जल रहे हैं और मेरे घर में अंधकार है, उसे दूर कर दो। सच्चे भक्त को संसार का प्रत्येक व्यक्ति ज्ञान की ज्योति से दीप्त जान पड़ता है। केवल स्वयं को ही वह अज्ञानांधकार में भटकता हुआ पाता है। उसे दूर करने की प्रार्थना करता है।

सबके घर में सुस्वाद भोजन की व्यवस्था है। मेरा मन स्वाद में न फँसे या मुझे अपने घर में भोजन का अभाव मन को कंटकित न करे, अतः आप मेरी भूख-प्यास का हरण कर लीजिए। पेट के लिए ही सारे कर्म-कुकर्म करने पड़ते हैं, मैं केवल भगवद्भजन और सत्कार्य में मन को रमाना चाहता हूँ। अतः मेरी सबसे बड़ी बाधा भूख-प्यास को समाप्त कर दीजिए। अन्य बाधा नींद का भी हरण कर दीजिए, जिससे मेरा समय व्यर्थ न जाए। मैं रात-दिन जगकर सत्कार्य कर सकूँ, मुझे मोह निद्रा से मुक्त करिए। यह प्रार्थना कितनी स्पृहणीय है। भक्त तृप्ति नहीं चाहता, वह उस भूख और लालसा को ही मिटाना चाहता है, जो अभाव का बोध कराए।)

प्रभु से मिलन के लिए भक्त आकुल है। वह एक के बाद एक पौराणिक आख्यानों के दृष्टांत देकर प्रभु को बाध्य करना चाहता है कि तुम मुझे भी अपनाओ, मुझे भी दर्शन दो—

''कब मिलबा दीनबंधु हमारे, कब मिलबा।
जैसे मिल्या प्रभु सती द्रोपती काँ,
खींचत चीर दुःसासन हारे।

जइसे मिल्या प्रभु भक्त प्रहलाद काँ,
खम्भ फारि हरिनाकुस मारे। कब·····
जइसे मिल्या प्रभु राजा बली काँ,
दर्शन दिह्या प्रभु साँझ सकारे। कब ······
सूरदास बलि जाउँ चरन काँ,
हमैं यस पतित अनेकन तारे। कब ···· ।''

(हे दीनबंधु! कब मिलोगे? जैसे सती द्रौपदी को मिले थे, दु:शासन चीर खींचते-खींचते हार गया। जैसे भक्त प्रह्लाद को मिले थे, खंभा फाड़कर राजा हिरण्यकश्यप का वध किया। जैसे राजा बलि को मिले थे, साँझ-सबेरे दर्शन दिया। सूरदास चरणों पर बलिहारी है।) सूर, तुलसी और कबीर का नाम लोकगीतों में प्राय: जुड़ गया है।

अकेले मुझे ही तारोगे ऐसी बात नहीं, मेरे जैसे अनेकों का उद्धार कर चुके हो। प्रभो! मेरी ओर भी कृपादृष्टि करो, यह है भक्त की कातर पुकार। इन गीतों के माध्यम से पौराणिक आख्यानों का स्मरण करके उनसे प्रेरणा प्राप्त होती है।

भक्त प्रभु से अपने ज्ञान-चक्षु खोलने का आग्रह और प्रार्थना करता है—

''प्रभु! मोरी ज्ञान केंवड़िया खोलो।
जौ तूँ दिह्या सुन्नर देहियाँ, काहें रही विख घोल,
बहुत थकायो नाच नचायो, हीरा तन अनमोल।
ऊब गवा मन तोरी नगरियाँ, बहुत बजायो ढोल,
कहना ही है बस मेरो, चलै नाहीं कुछ जोर।
अब प्रभु निसिकर नींद न आवै, मान कियो अब थोर।''

(प्रभु! मेरी ज्ञान चक्षु खोलो तुमने सुंदर काया दी थी उसे विषय-वासनाओं-रूपी विष नष्ट कर दे रहे हैं। ये सांसारिक वासनाएँ अनेकों प्रकार के नाच नचाया करती हैं, जिससे शरीर-रूपी अनमोल हीरा थक गया। तेरी इस नगरी में अब मन ऊब गया है। मैंने सांसारिक तृष्णा और कर्म-रूपी ढोल बजाकर स्वयं को थका दिया है। ये ढोल के समान भीतर से खोखले और निस्सार हैं। केवल तुमसे प्रार्थना करने भर की सामर्थ्य है। अब मुझे (निशिकर लोककवि को) नींद नहीं आती, अब मेरा अहंकार कम हो गया है। अपनी शक्ति और सामर्थ्य के प्रति, जो भ्रम था वह टूट गया, अब मुझे शरण में लो।)

भावसाम्य के लिए सूरदास का पद अवलोकनीय है—

''अब हौं नाच्यों बहुत गोपाल।
काम क्रोध को पहिरि चोलना कंठ विषय की माल।''

एक अन्य गीत में सृष्टिकर्ता को कुम्हार कहकर उससे कहा गया है कि—

''अब कोहँरा न बिगारु मोरी मटिया।

रतिया दिना तूँ गढ़त खेलौना, तनिक न करत बिसराम।
भाँति-भाँति कै बनावै खेलौना, आवै न एक्कौ तोरे काम।
काहें क रचत जरावत मटिया, अब कोंहरा ...।"

(हे कुम्हार! अब मेरी मिट्टी न बिगाड़। रात-दिन तूँ भाँति-भाँति के खिलौने गढ़ता है, तनिक भी विश्राम नहीं करता है। इनमें से एक भी खिलौना तुम्हारे काम नहीं आता। क्यों रचना करता है, उस मिट्टी को जलाता है।)

इस संसार-सागर में बिना प्रभु खेवनहार के कोई पार नहीं लगा सकता—

"अगम बहे नदिया भव सागर की।
डगमग डगमग नैया डोलैं, बहत पवन सनसन की।
घन गरजत तूफान चलत है, टेढ़ पंथ सागर की।
पाल डाँड़ पतवार न संग माँ, डरि लागत लहरन की।
निसिकर मन तब ओही समैया सुधि आवै नटवर की। अगम बहे..।"

(अगम्य, अथाह भवसागर-रूपी सरिता प्रवहमान है। उसमें जीवन-रूपी नैया डगमगा रही है। वायु की तीव्रता से ऊँची लहरों में नैया डोलती है। बादल-तूफान सांसारिक विषय-वासनाएँ हैं, जो उस परमतत्त्व की ओर बढ़नेवाली आत्मा के मार्ग में बाधा उत्पन्न करते हैं। सागर दयासिंधु ईश्वर का प्रतीक है। उस तक पहुँचने का मार्ग दुष्कर है। धर्म और भक्ति-रूपी डाँड़-पतवार भी साथ में नहीं है। अत: सांसारिक माया-जाल की लहरों से आत्मा भयभीत है। उस समय एकमात्र प्रभु का सहारा ही बचा सकता है, अत: तब ईश्वर की सुध आती है उससे पहले नहीं।)

भक्ति—इस नश्वर संसार में ईश्वर का भजन ही सार्थक है और शेष सारे कार्य तो गौण हैं। इसलिए लोकगीतकार चेतावनी देता है कि हे मानव! मन में बारंबार विचार करो और ईश्वर का भजन करो—

"नर सोचहुँ बारंबारा भजौ करतारा।
जब-जब भार पड़ा वसुधा पर, तब-तब मानुष तन धारा।
देस के दुष्ट नास करि डारत, दुनिया कर भार उतारा।
वही नाथ सबकाँ पालत हैं, नर औ मूढ़ गँवारा,
सुन्नर देह देखि कै सोवत, जब जइहैं जम के दरबारा।
मातु-पिता धन-दौलत धरती, जइहैं न साथ तुहारे,
पापी प्रान अकेले जइहैं, डूबत वैतरिनी धारा।
जेहि दिन दूत पकरि कै बँधिहैं, छूट जाय परिवारा,
सिव परसाद केउ न छोड़ावत बिनु भजन नहीं छुटकारा।"

(ईश्वर ही सबके पालक हैं, विद्वान् हो या मूढ़ गँवार, सबकी रक्षा का भार उन पर है। मानव! तू इस नश्वर सुंदर देह के अहंकार में मत भूल, उसे तो यम के दरबार में उपस्थित होना है। धन, वैभव, परिवार कोई भी साथ नहीं जाएँगे। वैतरणी धारा में डूबते-उतराते हुए तुझे अकेले ही जाना है। केवल भजन ही से मुक्ति मिल सकती है।)

गीता में भी कहा गया है—

"यदा यदा हि धर्मस्य ग्लानिर्भवति भारत।
अभ्युत्थानम धर्मस्य तदाऽऽत्मानं सृजाम्यहम्।।"

नवधा भक्ति—भारतीय लोक-जीवन ज्ञान-विज्ञान एवं वैभवमयी संस्कृति से दूर अपनी भक्ति-पिपासा की शांति भजन-कीर्तन के माध्यम से करता रहा है। नवधा भक्ति का उपदेश लोकगीतों के माध्यम से सहज व्यक्त हुआ है।

"रामहि राम रटन लागी जिभिया।
मुहवाँ कहै हम हरी गुन गाइब, कनवा कहै हम सुनब पुरान।
अँखिया कहै हम दरसन करबै, मनवा कहै हम धरबै धियान।
गोड़वा कहै हम तीरथ करबै, हथवा कहै हम देबै दान।
जियरा कहै हम सतसंग करबै, मथवा कहै करबै गुरू काँ प्रनाम।"

सत्संग, हरिकथा में रति, गुरु-पद-सेवा, हरि-गुण-गान, मंत्र-जप, दृढ़-विश्वास, वेदविहित भजनों का स्तवन, त्याग (विरति), ब्रह्ममय जगत् की अनुभूति, यथालाभ संतोष, निश्छल प्रभु-विश्वास, आदि में से एक के प्रति भी दृढ़ आस्था ईश्वर का सामीप्य लाने में समर्थ है। इस लोकगीत में भी जिह्वा से राम-नाम (स्मरण), मुख से हरि-गुण-गान (कीर्तन), कान से पुराण आदि का सुनना (श्रवण), नेत्रों से हरि का दर्शन, मन से ध्यान (मनन-चिंतन), पैरों से तीर्थयात्रा (तीर्थाटन), हाथों से दान (विरति त्याग), हृदय से संत-समागम की चाह (सत्संग), मस्तक से गुरुचरणों में प्रणाम (गुरु-पद रति) आदि नवधा भक्ति का सुंदर निरूपण हुआ है।

भक्त शिरोमणि संत तुलसी के नवधा भक्ति के वर्गीकरण में भी इसी लोकगीत की आत्मा बोल चुकी है—

"**नवधा भक्ति कहहु तोहि पाहीं। सावधान सुन धरु मन माही॥**"

(गोस्वामी तुलसीदास—'रामचरितमानस', अरण्यकाण्ड, दोहा-35)

श्रीमद्भागवत में भी नवधा भक्ति का उल्लेख है—

"श्रवणं कीर्तनं विष्णो, स्मरणं पाद सेवनम्।
अर्चनं वन्दनं दास्यं, सख्यमात्मनिवेदनम्।।"

(श्रीमद्भागवत 7/5/23)

भक्त जानता है कि भक्ति भाव से दृढ़ विश्वास के साथ यदि प्रभु का स्मरण किया

जाएगा तो अवश्य उनकी प्राप्ति होगी। वे नहीं आते इसका कारण है। इममें वह दृढ़ आस्था, वह विश्वास नहीं है जो द्रौपदी की पुकार में, शबरी के बेरों में और कौशल्या के वात्सल्य में थी, किंतु अब तो तुम्हारे नाम की रटन लगी है चाहो तो पार करो—

"अब तो रटन लागी तोहरे नाम की,
राम जी, राम जी।
जो तूँ कह्या भगवन बोलतै नाहीं,
द्रोपती भाव से तूँ बोलवत्या नाहीं
जो तूँ कह्यो भगवन खातैं नाहीं,
सेबरी भाव से तूँ खियवत्या नाहीं।
जो तूँ कह्या भगवन सोउते नाहीं,
कौसिल्या भाव से तूँ सोवउत्या नाहीं।"

भक्ति गीतों में राम के नाम के महत्त्व को बहुत सुंदर ढंग से व्यक्त किया गया है। एक गीत में सांग रूपक के माध्यम से यही बात कही गई है। यह रूपक किसान के जीवन के अनुरूप है। श्रम की पर्याप्त प्रतिष्ठा है। राम नाम उसकी सक्रिय साधना का विषय है—

"हमरे त राम नाम धन खेती।
मन कर बैल ग्यान हरवाहा, जब चाही तब जोती। हमरे ···
राम नाम कै बीज बोवायों, उपजत हीरा मोती। हमरे ···"

(मेरे तो राम नाम का धन और खेती है। मन मेरा बैल है, ज्ञान मेरा हलवाहा है। (यह ज्ञान सेवक है। शुष्क ज्ञान व्यक्ति पर हाबी नहीं है, भक्ति को ज्ञान से ऊँचा दिखाने का भाव है) जब इच्छा हो तभी मैं अपना राम-नाम रूपी खेत जोत सकता हूँ। राम नाम का ही उसमें बीज भी बोता हूँ, उपज होती है हीरा-मोती की। हीरा-मोती प्रतीक रूप में आए हैं अर्थात् समस्त सुख-समृद्धि की उपलब्धि राम नाम लेकर श्रम करने से संभव है।)

भावसाम्य के लिए तुलसी की पंक्तियाँ अवलोकनीय है—

"सुखी मीन जहँ नीर अगाधा। जिमि हरि सरन न एकौ बाधा।।"

इन गीतों पर संत साहित्य का स्पष्ट प्रभाव है। प्रतीक साम्य एवं भाव साम्य दोनों ही अवलोकनीय हैं।

वरदान की याचना—लोकगीतों में सहज शब्दों में इष्टदेव या देवी से वर की याचना की गई है—

"कैसे क दरसन पावों रे मैया तोरी सँकरी दुअरिया,
मैया के दुआरे एक अन्हरा पुकारै,
देहु नयन घर जाउँ रे मैया तोरी सँकरी दुअरिया।

मइया के दुआरे एक कोढ़ी पुकारै,
देहु काया घर जाँव रे मइया तोरी सँकरी दुअरिया।
मइया के दुआरे एक बाँझिन पुकारै,
देहु बालक घर जाँव रे मइया तोरी सँकरी दुअरिया।
मइया के दुआरे एक निर्धन पुकारै,
देहु माया घर जाँव रे मइया तोरी सँकरी दुअरिया।
मइया के दुआरे एक बालक पुकारै,
देहु विद्या घर जाँव रे मइया तोरी सँकरी दुअरिया।

(माँ! तेरा दर्शन कैसे पाऊँ? द्वार बहुत सँकरा है (साधना मार्ग कठिन है), माता के द्वार पर एक अंधा पुकार रहा है, नेत्र दे दो घर जाऊँ माँ! तेरा द्वार बहुत सँकरा है। इसी प्रकार कुष्ठ रोगी काया की, बंध्या पुत्र की, निर्धन धन की, और विद्यार्थी विद्या की याचना करता है।)

ईश्वर को विश्वासपूर्वक भक्त आदेश भी देता है कि याचक तुम्हारे द्वार से निराश न लौटे। और ईश्वर उस विश्वास की मर्यादा रखते हैं—

"श्री कृस्ना मैं तेरे सहारे से।
कृस्ना दुआरे एक मँगता पुकारै, झोली खाली न जाए दुआरे से।
कृस्ना दुआरे एक बाँझिन पुकारे, गोद खाली न जाए दुआरे से।"

(हे कृष्ण! मैं तेरे सहारे हूँ। कृष्ण के द्वार पर एक भिखारी खड़ा है, बंध्या खड़ी है, झोली या गोद खाली न जाए।)

इसी प्रकार सबकी अभिलाषा-पूर्ति के लिए भक्त अपने भगवान् को बाध्य कर देता है। वर न पाने पर वह उन्हें उपालंभ भी देता है कि मेरे तो तुम्हीं एकमात्र संबल थे, तुमने मुझे ये अभाव क्यों दिए—

"तुहीं प्रभुनाथ मोरी नैया कै खेवैया हो,
धन भल दीह्या दौलत भल दीह्या,
एक नाहीं दिह्या मोरी गोदी के खेलैया हो।"

आगे फिर कहता है कि तुम्हारे दिए हुए ऊँचे-ऊँचे महल व्यर्थ हैं यदि आँगन में खेलनेवाला नहीं। गाय-भैंसों की बहुलता भी दूध पीनेवाले के अभाव में व्यर्थ है।

विभिन्न देवी-देवताओं में समन्वय की भावना—लोककवि प्रत्येक देवी-देवता का भक्त है। वह सबको प्रसन्न रखना चाहता है। वह ज्ञान की ऊँची साधना के योग्य स्वयं को नहीं पाता, उसे तो देवी-देवताओं को प्रसन्न करके सहज भक्ति में जीना आता है। इष्टदेवों के गुणगान और स्मरण के माध्यम से वह अपनी भावना प्रकट करता है।

एक भजन में कृष्ण और शिव की तुलना की गई है। वैष्णव और शैव मत की एकता का कितना **सुंदर उदाहरण है—**

''संकर जी हैं भोले भाले, जटा के बाल काले,
गले माँ नाग डारे हैं।
कृस्ना जी ओढ़ैं काली कमरिया,
शंकर जी होंय बाघंबर वाले, जटा के बाल काले हैं।
कृस्ना जी खाथैं माखन मिसरी,
शंकर जी होंय भंग वाले, जटा के बाल काले हैं।
कृस्ना बजावथें बाँस की बँसिया,
संकर जी होंय डमरू वाले, जटा के बाल काले हैं।
कृष्णा चरावथें लाली, काली गैया,
संकर जी होंय बैल वाले, जटा के बाल काले हैं।''

दो आराध्य देवों की वेश-भूषा, आदत, खान-पान का सुंदर तुलनात्मक वर्णन है। एक ही साथ दोनों का आराधन दोनों में एकत्व की ओर संकेत है। तुलसी ने भी तो शैव और वैष्णव का समन्वय करते हुए राम से कहलाया है—

''सिव द्रोही मम दास कहावा, सो नर सपनेहुँ मोहि न पावा।''

एक अन्य गीत में शिवजी की महानता का वर्णन और देवों-देवियों के साथ उनकी गहन मैत्री का बहुत सुंदर दृश्य उपस्थित किया गया है। शिव के नृत्य से सारी सृष्टि प्रभावित होती है। 'कैलाश' पर्वत पर नृत्य हो रहा है। शिव-पार्वती नृत्य कर रहे हैं। जगदंबा पार्वती के घुँघुरुओं की झनकार और शिव के डिम-डिम डमरू का निनाद वातावरण को मधुमय कर रहा है। उसे सुनकर प्रकृति मुग्ध है। घुँघुरू की ध्वनि सुनकर देवतागण अपनी-अपनी अर्धांगिनी के साथ उस मादक नृत्य में सम्मिलित होने के लिए पधारते हैं—

''कैलास परबत पे बाजि रहे घुँघुरू,
नाचि रहे सिव जी बजाय रहे डमरू।
घुँघुरू की धुनि सुनि ब्रह्मा दल आये,
ब्रह्मा दल आए संग ब्रह्माणी जी काँ लाये।
पार्वती-ब्रह्माणी जी कै बाजि रहे घुँघुरू,
नाचि रहे सिव जी बजाय रहे डमरू।''

ब्रह्मा दल ब्रह्माणी को, विष्णु दल लक्ष्मी को, राम दल जानकी को, कृष्ण दल राधिका को, इंद्र दल इंद्राणी को लेकर आए। ब्रह्माणी, लक्ष्मी, सीता, राधा, इंद्राणी सभी के घुँघुरू पार्वती के साथ छनक उठे।

काली (शक्ति) और हनुमानजी दोनों ही साहस और बल का संचार करते हैं। लोक-कवि एक साथ ही दोनों का स्मरण करता है—

"काली औ महाबीरा सुमिरि लेउ।
कहाँ बसैं काली माई, कहाँ बसैं महाबीरा सुमिरि लेउ।
कलकत्ता मा बसैं काली माई, अवधपुरी महाबीरा सुमिरि लेउ।
काउ चढ़ै काली माई काँ, काउ चढ़ै महाबीरा सुमिरि लेउ।
खँसी चढ़ै काली माई काँ, लड्डू चढ़ै महाबीरा सुमिरि लेउ।।"

हिंदू-मुस्लिम संस्कृतियों के प्रति भी समन्वय भावना हमें लोक-जीवन में मिलती है। ग्रामीण मुसलमान हिंदुओं के होली, दीवाली, दशहरे में पूरी तरह से सम्मिलित होकर आनंद लेते हैं। उनके मुहर्रम, ईद में हिंदू बराबर भाग लेते हैं। मुसलमान संतों की कब्र, सूफी और सैयदों के मजार पर हिंदू फूल चढ़ाते हैं, हिंदू ललनाएँ चादर चढ़ाती हैं, दीप जलाती हैं और मनौती करती हैं।

एक गीत द्रष्टव्य है जहाँ स्त्रियाँ सब भेद-भाव भुलाकर अल्ला मियाँ की बारादरी के दर्शन को जा रही हैं—

"चला देखि आई अल्ला की बारादरी।
अल्ला मियाँ काँ काव काव चढ़त है,
नीबू नौरंगी छुहारा गरी।"

गरी भारतीय पूजन-सामग्री का विशिष्ट फल है, जो देवी को चढ़ता है। प्राय: देवी के गीतों में इसका वर्णन आया है—

"तोहरी जगमग ज्योति जगै काली।
के रे चढ़ावै मैया धजा नारियल,
के रे चढ़ावै रुपैया डाली। तोहरी। ..."

एक बनजरवा गीत में कहा गया है कि कलकत्ते की काली को हिंदू-मुसलमान दोनों ही पूजते हैं—

"मैया छठयीं बहिनियाँ देवी दुर्गा अब हो ना,
मैया जाइके बसथीं कलकतवा अब हो ना,
मैया जेके दूनौं पूजैं हिंदु मुसलमनवा ना।
हिंदू चढ़ावैं खँसिया और भेंड़ा, मुसुरमान चढ़ावैं मुरुगवा ना।"

हिंदू बकरे की बलि चढ़ाकर तथा मुसलमान मुरगे की बलि देकर माँ को प्रसन्न करने का प्रयास करते हैं।

ईश्वर—लोकगीत आध्यात्मिक संदर्भों से परिपूर्ण हैं। लोक-जीवन में परमात्मा की अलौकिक सत्ता के प्रति सहज विश्वास है। अनादिकाल से चले आते हुए उनके

गीतों में ईश्वर की सर्वज्ञता और सर्वशक्तिमत्ता के प्रति दृढ़ आस्था और विश्वास प्रकट होता है। मानव-जीवन की सफलता ईश्वर का प्रेम और अनुकंपा को प्राप्त करने में ही समझी गई है। चाहे निर्गुण और निराकार उपासना के भजन गाए गए हों अथवा सगुण साकार ब्रह्म की विचित्र लीलाओं का गुणगान किया गया हो, सभी गीतों में ईश्वर के प्रति भक्ति-भावना का प्राचुर्य है। मानव-जीवन की सार्थकता, ईश्वर की भक्ति, और जन-जन की सेवा, कीर्तन (गुणगान) और भजन तथा लोक-कल्याण करने में है। लोकगीतों में भी इस संसार और उसके संबंधों को झूठा समझा गया है। मानव-शरीर नश्वर है, किंतु ईश्वर की प्राप्ति का वह श्रेष्ठ साधन है। संसार की विषय-वासनाएँ आध्यात्मिकता की दृष्टि से त्याज्य हैं, क्योंकि ये ईश्वर-प्राप्ति में बाधक हैं। लोक-जीवन में ईश्वर पद सहज विश्वास है।

इस देश की संस्कृति में अव्यक्त सत्ता के प्रति श्रद्धा और पूज्य भावना वैदिक काल से ही रही है। उपासना के क्षेत्र में निर्गुण मार्ग एवं सगुण मार्ग दोनों का प्रचलन भी पर्याप्त प्राचीन है। वास्तव में निर्गुण और सगुण में कोई अधिक अंतर नहीं है। तुलसी ने इसको इस प्रकार स्पष्ट किया है—

"फूले कमल सोह सर कैसे, निर्गुन ब्रह्म सगुन भै जैसे।"

निर्गुण ब्रह्म निरुपाधि है और सगुण ब्रह्म सोपाधि तथा विशेषणों से युक्त है। यदि प्रथम निरावृत सत्य है तो द्वितीय सुंदरम् से परिपूर्ण सत्य है। लोक-जीवन में ये दोनों मान्यताएँ स्वीकार की गई हैं। कबीर आदि निर्गुण पंथियों ने निर्गुण की जो झलक अपने गीतों में प्रस्तुत की है उसकी सरसता पर किसी को संदेह नहीं। इसी प्रकार राम और कृष्ण विषयक सरस गीतों को सूर और तुलसी आदि ने जिस स्वाभाविक गति से गा दिया है, लोक-जीवन ने ललककर उसे अपना लिया। अगम तथा सुगम पथ के नाम से दोनों पर आस्था व्यक्त की गई। निर्गुण को प्रतीक-पद्धति से व्यक्त करने की परंपरा इसलिए चलाई जा सकती थी, जैसा कि कबीर ने किया था। अतः लोकगीतों में निर्गुण को व्यक्त करने की पद्धति प्रायः प्रतीकात्मक ही रही है और आज भी है। लोकगीतों में हमें निर्गुण और सगुण के इन्हीं रूपों का प्राधान्य प्रतीत होता है जैसा कि निम्नलिखित उद्धरणों से स्पष्ट है।

सगुणोपासना—भक्ति के अनेकों रूप हैं। भक्त भगवान् की माधुरी छवि का अवलोकन कर कभी सख्य भाव से भक्ति करता है, कभी उनके करुणामय रूप का ध्यान करके दैन्य भाव से। कुछ भक्तों को प्रभु का बाल रूप लुभाता है, वे वात्सल्य भाव से प्रभु की उपासना करते हैं—

"चला देखि आई राम के चरन कैसे।

हमरे राम जी कै छोटा-छोटा गोड़वा,

चला देखि आई राम जी चलथे कैसे।
हमरे राम जी कै छोटा-छोटा हथवा,
चला देखि आई राम जी जेंवथे कैसे।
हमरे राम जी कै छोटि-छोटि दँतुली,
चला देखि आई राम जी हँसत कैसे।
हमरे राम जी कै बड़ी-बड़ी अँखिया,
चला देखि आई राम जी तकत कैसे।'

बालक राम का नन्हें-नन्हें पाँवों से चलना, छोटे-छोटे हाथों से भोजन करना, नन्हीं-नन्हीं दँतुलियों से भोजन चबाना, हँसना, विशाल नेत्रों से उनका निहारना, यह सभी दृश्य कल्पना में भक्त को आनंद विह्वल कर देते हैं। वह उनके समस्त क्रिया-कलापों का दर्शन करना चाहता है, उस छवि को हृदय में धारण कर लेना चाहता है।

लोकगीतों में सगुणोपासना का ही बाहुल्य है। संघर्षमय जीवन में शांति पाने के लिए मानव ने विभिन्न देवी, देवों की शरण ढूँढ़ी। इससे उसे विपत्ति में धैर्य, शांति और भौतिक सुख उपलब्ध हुए। मानव की इस अटूट श्रद्धा, आस्था और विश्वास ने विभिन्न वृक्षों, पत्थर और पशुओं में भी परम ब्रह्म के दर्शन किए। विविध लोकगीतों में इस तथ्य की पुष्टि हुई है।

निर्गुण भावना—कुछ भजनों में निर्गुण की महत्ता है। अध्यात्मवाद की अटपटी वाणी और योग-साधना को लोककवि अपने शब्दों में अभिव्यक्ति देता है। इन गीतों में प्रायः कबीर का नाम जुड़ा है। कबीर का निर्गुण संप्रदाय से विशेष संबंध होने के कारण जहाँ भी निर्गुण की बात आती है उसका संबंध कबीर से मान लिया जाता है। एक निर्गुण गीत प्रस्तुत है—

"गंगा जमुनवा कै अवघट घटवा हो राम,
बिचवा माँ जोगी छावै मड़ैया हो राम।
जोगी की मड़ैया बाजै अनहद बाजन,
तहँ नाचै सुरति सोहागिन हो राम।
गगन माँ बदरा गरजे, रिमझिम मेहा बरसे,
बिच बिच बिजुरी चमाकै हो राम
सागर भरि गै है फूल एक फूलि गे हैं,
तेहि फूल भँवरा लोभायल हो राम।
सागर सूखि गे, फूल कोम्हिलाइ गै,
भँवरा कै मना बिसमादल हो राम।"

गंगा-यमुना का अवघट घाट है। बीच में योगी ने अपनी कुटी बनाई है। गंगा-

यमुना इड़ा-पिंगला नाड़ियाँ हैं। अवघट घाट उसे कहते हैं, जहाँ कोई सामान्यतया स्नान नहीं करता है। योगी ने अपनी चित्त-प्रवृत्तियों को केंद्रित करने के लिए एक निवास-स्थान बना लिया है। जब सांसारिक वासनाएँ नि:शेष हो जाएँ तो निरति कहते हैं। जब ईश्वर में मन रम जाता है तो उस अवस्था को सुरति कहते हैं। सुरति (ईश्वर की अनुरक्ति) को सुहागिन के रूप में चित्रित किया गया है, जो योगी की मड़ैया में नृत्य करती है। शून्य गगन (ब्रह्मांड) में बादल (स्नेह के) गरजते, (अनहद नाद) बरसते हैं और रह-रहकर स्मृति-रूपी बिजली चमक जाती है। उस स्नेह-रूपी जल से मानस-सागर भर जाता है और वहाँ सहस्रार कमल विकसित होता है। उसमें चित्त-रूपी भ्रमर लुब्ध होता है, किंतु अकस्मात् उसे प्रतीत होता है कि आनंद का वह सागर सूख गया है और कमल कुम्हला गया है, भौंरा विषाद-विह्वल हो जाता है।

कुछ लोकगीतों में निर्गुण भाव की प्रमुखता है। आत्मा की परमात्मा से मिलन के लिए विदाई होती है—

"गवना मोरा लेवे क आये कहाँर।
चारि कहाँर मिलि आनै आये,
छेंकि लिहे बाबा क खिरकी मोहार।
छेंकि लिहे भैया क नौरंग बाग,
मिलि लेव मइया मिलि लेव बहिनियाँ,
फिर न अइहैं मिलन की बहारि,
मिलि लेव सखिया मिलि लेव सहेलरी।"

कन्या की विदाई के ये लौकिक प्रतीक पारलौकिक अर्थ की व्यंजना करते हैं। विदाई के लिए चार कहार और डोली आने पर कन्या के पिता और भाई को विवशत: कन्या की विदाई करनी ही पड़ती है, क्योंकि वे उनका खिरकी, दरवाजा और नौरंग बाग घेरकर बैठ गए हैं। कन्या दु:खी मन से सखियों और प्रियजनों को मिलने के लिए पुकारती है कि आज मिल लो अब मैं तुमसे दूर जा रही हूँ, अब मिलन के ये सुखद क्षण नहीं आएँगे, मेरे चलने की बेला आ गई। चार कहाँर (यमदूत) पालकी लेकर गवना लेने आये हैं, परिजन-प्रियजन असमर्थ और विवश हैं, उन्हें अलग होना ही है। बिना लिए यमदूत द्वार से हटेंगे नहीं।

परमात्मा-रूपी प्रियतम से मिलने के लिए आत्मा-रूपी प्रिया छटपटाती रहती है। प्रियतम की सेज तो गगन-रूपी अट्टालिका पर है, उस पर किस प्रकार चढ़े—

"संता चढ़ि चला गगन अटरिया, सेजरिया जहाँ साहब की।
चढ़ी अटारी सुरत सँवारी, लगी राम की डोरिया,
आठ मोहारा नौ दरवाजा, जामें लगी केंवरिया।

चाँद सुरुज दुइ तमुआ बने हैं, तेहि बीच भूली बा डगरिया।
परदा उघारि पिया काँ चितवैं, देखि परे झापरि झलरिया।
पाँच पचीस चालीस घर बनिया, जहाँ लगै उर्दू बजरिया।''

ब्रह्मांड-रूपी अट्टालिका में चढ़ने के लिए सुरति-निरति-रूपी लंबी डोर (रस्सी दो रस्सियों से बटकर बनती है) लगी है, जिसके सहारे प्रियतम की सेज तक पहुँचा जाता है। इस डोर को राम की डोर कहते हैं। सूर्य और चंद्रमा के दो तंबू तने हैं। इड़ा-पिंगला क्रमश: चंद्र और सूर्य को कहा गया है (ज्योतिष में भी पिंगला का स्वामी सूर्य को माना गया है। धर्म में इसका साम्य मिल जाता है)। इन दोनों के बीच में आत्मा मार्ग भूल गई है। सूर्य ज्ञान-मार्ग का प्रतीक है और चंद्रमा प्रेम-मार्ग का। प्रकाश दोनों में है। अत: निर्णय कर पाना कठिन हो जाता है कि किस मार्ग से ईश्वर तक जाएँ। अज्ञान-रूपी परदे को हटाकर दर्शन करने पर प्रियतम की झलमलाती हुई देदीप्यमान छवि के दर्शन होते हैं।

सांख्य दर्शन के अनुसार पाँच तत्त्व (पंचतत्त्व) हैं। सूक्ष्म भेद करने पर पचीस भेद माने गए हैं। योगदर्शन में ईश्वर की भी गणना एक तत्त्व रूप में की गई है।
पुरुष, प्रकृति, महत् तत्त्व, बुद्धि, आकाश (शब्द), वायु (स्पर्श), अग्नि (रूप), जल (रस), पृथ्वी (गंध), मन, दस इंद्रियाँ।

पाँच पचीस चालीस घर बनिया से तात्पर्य है—पंचतत्त्व और सूक्ष्म भेद करने पर पचीस तत्त्व, ईश्वर को तत्त्व न मानने पर चौबीस तत्त्व और सोलह विकार, चौबीस+सोलह = चालीस हो जाते हैं। इस प्रकार इन सबकी उर्दू बाजार लगी है।

उर्दू बाजार शासकीय हाट को कहते थे। यहाँ आध्यात्मिक बाजार है, जहाँ चाहे ज्ञान लो, चाहे भक्ति, चाहे तत्त्व चिंतन। चाहे सांख्य मार्ग लो चाहे योगदर्शन। चिंतक सभी मार्गों का सूक्ष्म दर्शन करता है। इस हाट पर ईश्वरीय नियंत्रण है। ईश्वर सर्वोपरि शासक है। अत: उर्दू बाजार कहा गया है। जिस प्रकार व्यापारी अपनी-अपनी वस्तु की श्रेष्ठता प्रमाणित करते हुए ग्रहकों को अपनी ओर आकृष्ट करते हैं उसी प्रकार पृथक्-पृथक् शास्त्रीय चिंतन साधक को अपनी-अपनी ओर आकृष्ट करने की चेष्टा करते हैं। मार्ग अनेक हैं, गंतव्य एक है। अपने-अपने मार्ग की श्रेष्ठता सभी प्रमाणित करते हैं। श्रीमद्भागवत के 11वें स्कंध में कहा गया है—''नव द्वारे पुरे देही जीवो गच्छति निर्भय:।'' नौ द्वारवाले नगर में देहवासी जीव निर्भीक हो विचरण करता है।

इस गीत पर कबीरपंथी प्रभाव है। गगन अटरिया ब्रह्मांड का प्रतीक है। ब्रह्मांड में सुरति-निरति की एकता और आत्मा-परमात्मा के मिलन की, जो बात कबीर कहते हैं वही इनमें कही गई है। पारिभाषिक शब्दावली लगभग एक जैसी है। मीरा ने भी गगन-मंडल पर और सूली ऊपर पिया की सेज बतायी है।

बिना सतगुरु के उद्धार असंभव है। भक्त कातर पुकार करता है। इस भव-सरिता

से प्रभो इस बार उद्धार करो—

"सतगुरु अबकी लेहु उबारी।
मैं अपराधी कोटि जनम कै, फाँसि लिह्यो नव नारी,
पाँच तत्त्व माँ नाच नचाया, उलट पुलट कै जारी।
बालापन बल ही माँ बीता, खेलकूद माँ हारी,
भयन जवान जब काम सताइस, घर घर खोजत नारी।
करम धरम सब छूट गया है, घेर लिया अँधियारी,
तातै सूझि परै ना साहब, कैसे चरन सिर डारी।
अब तो आस भरोस तुम्हारी, तारि सको तो तारी,
गुरु सरन पति गुरु आस तुहारी, सुमिरन दास पुकारी।"

(हे सद्गुरु! अब की बार उद्धार करो। मैं कोटि जनम का अपराधी हूँ। मुझे नौ नाड़ियों ने फँसा लिया है। पंचतत्त्वों में नाचता रहा, उलट-पुलट कर जलाया। बचपन बल में और खेल-कूद में बीत गया, यौवन काम की तृप्ति में खो दिया, धर्म-कर्म सब छूट गया। अज्ञान के अंधकार ने घेर लिया है, कुछ दिख नहीं रहा है, तुम्हारे चरणों में कैसे सिर डालूँ? अब तो तुम्हारा ही भरोसा है, उद्धार कर सको तो करो। हे श्रीगुरुशरण गुरु! तुम्हारा ही सहारा है, मैं सुमिरनदास पुकार रहा हूँ।)

इस गीत में भी पूर्व परंपरित भक्त कवियों का प्रभाव है। सूर के इस पद से साम्य है—

"अबकी राखि लेहु भगवान्,
हम अनाथ बैठे द्रुम डरिया पारिधि साधे बान।"

'सतगुर' शब्द कबीर-परंपरा का विशिष्ट शब्द है।

विद्यापति ने भी तीनों पन को व्यर्थ गँवाने की बात निर्वेद शीर्षक छंद में व्यक्त की है—

"माधव हम परिनाम निरासा, तुहूँ जग तारन दीन दयामय,
अता तोहार विश्वासा। तीनों पन हम ऐस गँवायन। ...."

सांख्य दर्शन में यह तात्त्विक चिंतन मूल रूप में है।

परमात्मा की अलौकिक कला तथा महानता के विषय में भी लोककवि ने अनेकों गीतों की सृष्टि की है—

"निरंजन अजब कला है तेरी,
तीन लोक रच्यो एक क्षण माँ, आपनी माया फेरी,
स्वाँस सार का गारा दीन्ही, कहाँ से लायौ हेरी।
पाँच तत्त्व का महल उठाये, खंभा तिरगुन केरी,

प्रवृत्त की छाजन छायो, ऐसो चरित्र घनेरी।
पाँचों वायु नौकर राखे, ये सब ऐंजन पेरी।
अन्न जला का कोयला दीनों, चलत है अनहद टेरी।
अण्डज पिंडज खान बनायो, उडभिज स्थावर केरी,
लाख चौरासी कोल्हू नाघे, सबै जीव काँ पेरी।
बिन सतगुर केहु न पार करै, सार सबद बिन हेरी,
कोटिन करै उपाय जगत माँ, काल मरन दिन हेरी।
सुमिरन दास सबद वह सुनि के, सतगुरु पद सिर टेरी,
गुरु सरन पति गुरु मिले हमारे, सार सबद दिए टेरी।''

'निरंजन' भी कबीर का विशिष्ट शब्द है। 'अंजन' तमस् पक्ष का प्रतीक है। इससे रहित को निरंजन कहते हैं। अंजन माया और कलंग का अर्थ में भी प्रयुक्त किया जाता है। जो मायारहित, निष्कलंक निर्दोष है वही निरंजन है। उसी की माया से पल भर में तीनों लोकों का निर्माण हुआ है। प्रभो! प्राण वायु का माध्यम रखकर पाँचों तत्त्वों का महल उठाते हो। सत-रज-तम रूपी तीनों गुणों का उसमें खंभा लगाते हो। प्रवृत्ति की छाजन बनाते हो ऐसा तुम्हारा सघन चरित्र है। सघन से तात्पर्य रहस्यात्मक से है।

प्रवृत्ति-निवृत्ति दो अवस्थाएँ होती हैं। प्रवृत्ति की छाजन बनाकर जीव को कर्म में प्रवृत्त कराते हो। पाँचों वायु सेवक हैं, जो शरीर-रूपी इंजन का संचालन करते हैं। अन्न और जल शरीर-रूपी इंजन को चलाने हेतु कोयले के समान है। अनाहत् नाद जिसके कारण निरंतर चलता रहता है, जिस क्षण यह नाद रुक जाये जीवन समाप्त हो जाता है। अंडज (जो अंडे से उत्पन्न हों पक्षी आदि), पिंडज (पिंड से उत्पन्न मानव, पशु आदि), स्वेदज (स्वेद से उत्पन्न चीलर, जुआँ आदि) तथा उद्भिज (पृथ्वी को फोड़कर ऊपर निकलनेवाले वनस्पति आदि, 'उद्भिद्यन्ते इति उद्भिजा:', तथा स्थावर-जंगम जितने पदार्थ हैं सबकी खान तुम्हीं रचते हो।

चौरासी लाख योनियाँ कोल्हू के समान हैं, जिनमें सभी जीव पेरे जाते रहते हैं। बिना सतुगुरु के कोई इनसे बच नहीं सकता, इनसे पार नहीं पा सकता। सार शब्द 'ऊँ' अर्थात् परमात्मा का ज्ञान सद्गुरु के बिना असंभव है। सद्गुरु के बिना कोई लाखों उपाय करे काल से बच नहीं सकता। 'काल' (मृत्यु) निरंतर मृत्यु का क्षण ढूँढ़ती रहती हैं। लोककवि सुमिरनदास की गुरु 'गुरुसरन पति' ने सार शब्द का ज्ञान करा दिया। अत: वह विनम्रतापूर्वक सद्गुरु के चरणों में शीश झुकाता है।

कण-कण में सत्ता का आभास—राम नाम व्यापक ब्रह्म का है। कण-कण में उसकी सत्ता व्याप्त है। इस भाव को एक भजन में स्पष्ट किया गया है—

''अब मन राम नाम गुन गाई।

बन मा जाब पात न तूरब, ना बिरिछा के सताई,
पात पात पर राम रमत हैं, वनहू से सीस नवाई। अब…
जंगल जाब बूटी ना लाइब, ना घर वैद बुलाई,
गलियाँ गलियाँ राम घुमत हैं, वनहीं से नारी देखाई। अब…
तीरथ जाब पाँव ना धोइब, ना मूरति नहवाइब,
नदिया एक घाट बहुतेरे, काया क मलि मलि धोवाई। अब…।''

(हे मन! अब राम नाम के गुण ही गाना है। समस्त जगत् में राम रमता है। उसी में सारी परिकल्पनाएँ हैं। वन में जाकर पत्ता नहीं तोड़ूँगा और न वृक्ष को सताऊँगा, क्योंकि पत्ते-पत्ते पर राम रमता है। अतः वृक्षों और पत्तों को भी शीश झुकाकर प्रणाम करूँगा। जंगल से बूटी नहीं लाऊँगा और न ही घर में वैद्य को बुलाऊँगा। हर गली में, हर घर में राम घूमते हैं, उन्हीं को नाड़ी दिखाकर रोग का निदान और उपचार कराऊँगा। राम से बड़ा वैद्य और कौन है, जो भव-रूपी रोग का निवारण कर सके। मैं तीर्थस्थान जाऊँगा। वहाँ नहाने की कौन कहे पाँव भी नहीं धोऊँगा और न ही मूर्ति को जल चढ़ाऊँगा। इन सब बाह्याडंबरों की क्या आवश्यकता है। राम तो सर्वत्र हैं, फिर तीर्थ और मूर्ति में उन्हें मानना तो उनकी व्यापकता को सीमित करना है। नदी एक है, घाट अनेक हैं। राम-रूपी सरिता में स्नान करने के लिए चाहे जिस घाट पर स्नान करें अर्थात् चाहे जिस रूप में उपासना करें, उसकी प्राप्ति होगी।)

भक्ति के 'विचारणा' तत्त्व की श्रेणी में यह गीत आता है। विचार करते-करते जहाँ किसी निष्कर्ष पर पहुँचकर उसके आधार पर अपने पूर्व कार्यों की भक्त आलोचना करता हुआ पश्चात्ताप करता है उसी का नाम 'विचारणा' है।

परमात्मा के अस्तित्व का जिसे ज्ञान हो जाए वही ज्ञानी है। ज्ञान की यही चरम अवस्था है। ईश्वर को मीरा ने भी वैद्य कहा है—

''दरद की मारी बन-बन डोलूँ बैद मिला ना कोय,
मीरा की प्रभु पीर मिटेगी जब बैद सँवरिया होय।''

योग-साधना—योग-साधना का भी वर्णन इन गीतों में मिलता है—

''अजिर जिर बरसै अनहद नाद।
बिनु मुख मुरली, संख, नगारे,
बिनु कर बजत मृदंग, सितारे,
बिनु नभ चंदा, रबि, ससि, तारे,
देखि परत आकास। अजिर…
बिनु भुइँ माली बागि लगावै,
बिनु जल सींचै रस पहुँचावै,

बिनु डाली बिनु पत्र पुष्प के,
बिनु फल चाखै स्वाद। अजिर…
बिनु सरिता तिरबेनी संगम,
बिनु आधार सदा साबित सम,
कहैं पुरसोत्तम सब माँ हरदम,
देखि परत आबाद।। अजिर…।"

(अनहद नाद की वर्षा चिरकाल तक ब्रह्मांड-रूपी आँगन में होती रहती है। चिर को जिर कह दिया गया है। अनहद नाद की कई प्रक्रियाएँ होती हैं। स्थूल नाद (रव) प्रारंभ में सुनाई पड़ती है। सूक्ष्म रव बाद में। ये सारे वाद्य आत्मा की झंकार हैं। इड़ा-पिंगला नाड़ियाँ ही चंद्र-सूर्य हैं। सूक्ष्म नाड़ी यंत्र तारे हैं, जिनसे ज्ञान का प्रकाश होता है। आध्यात्मिक तत्त्व-रूपी सौरभ अनहद नाद की स्थिति में बिखरता है। जिस प्रकार उद्यान में माली वृक्षों, लताओं को सींचता है और तरह-तरह के पुष्प एवं फल उसमें विकसित होते हैं उसी प्रकार अनाहत नाद की स्थिति में मस्तिष्क की समस्त शिराओं में नवीन-नवीन चेतना विकसित होती है। इड़ा, पिंगला, सुषुम्ना तीनों नाड़ियाँ तीन नदियाँ हैं। इनका ही मिलन त्रिवेणी का संगम है। निराधार होता हुआ भी वह पूर्ण ब्रह्म अपने विकसित रूप में सर्वत्र दिखलाई पड़ता है, ऐसा अनाहत नाद की स्थिति में ही होता है। समस्त नाद आघात से उत्पन्न होते हैं। केवल यही नाद बिना किसी आघात के उत्पन्न होता है।)

साधनात्मक रहस्यवाद—लोकगीतों में साधनात्मक रहस्यवाद की भी झाँकी दिखाई पड़ती है। इस गीत में इसी तत्त्व का प्रतिपादन किया गया है—

"ऊपर कुआँ नीचे डोरी, जल भर रहीं चोरा चोरी।
कुएँ के ऊपर गिरनी चक्कर खावै,
तहँ मधुर मधुर धुनि होय त मोहि सुहावै।
जब लगि यहि कुआँ म डोरी आवै जावै,
तब तलक ई कुआँ ना झुराय पावै।
पनघट पर पानी भरथीं हजारों गोरी,
जल भर रहीं चोरा चोरी।"

ब्रह्मरंध्र-रूपी कुएँ में सहस्रारचक्र-रूपी 'गरीं' लगी हुई है। जब साधक आत्माएँ इसकी सहायता से ब्रह्मानंद-रूपी जल भरती हैं उस समय अनाहत नाद की जो विचित्र ध्वनि होती है, बड़ी मधुर लगती है। जल भरने की यह प्रक्रिया रहस्यात्मक है। अतः इसको 'चोरा चोरी' का रूप दिया गया है। यहाँ एकांतिक साधना से तात्पर्य है जब तक यह आध्यात्मिक साधना की डोर बनी रहती है तब तक ब्रह्मानंद का यह कूप सूखता

नहीं अर्थात् जब तक अध्यात्मिक साधना चलती रहती है तभी तक आनंद मिलता है उसके बाद नहीं। ब्रह्मांड-रूपी कूप से शरीर की समस्त शिराओं को आनंद-रूपी जल की उपलब्धि होती है। यही वे ललनाएँ हैं, जो रहस्यात्मक ढंग से ब्रह्मांड कूप के आनंद-रूपी जल को प्राप्त करती हैं। इस गीत पर कबीरपंथी प्रभाव पूर्णतया दृष्टिगोचर होता है।

प्रेम-भावना—लोकगीतों में प्रेम-भावना के दर्शन भी होते हैं। महाकवि देव ने शृंगार का सार किशोर-किशोरी (कृष्ण-राधिका युगल रूप) को स्वीकार किया है—

"देव सबै सुखदायक संपत्ति,
संपत्ति सों सुख दंपत्ति जोरी।
दंपति दीपति प्रेम प्रतीति,
प्रतीति की रीति सनेह निचोरी।
नेह तहाँ गुन रीति विचार,
विचार की बानी सुधारस बोरी।
बानी को सार बखान्यो सिंगार,
सिंगार को सार किसोर किसोरी।"

शृंगार में भी दो तरह की स्थितियाँ होती हैं। एक लौकिक, दूसरी ईश्वर के शृंगार का वर्णन होने के कारण अलौकिक। रहस्यवाद की प्रेम-भावना को स्पष्ट करने के लिए प्रायः शृंगार के लौकिक पक्ष के वर्णन के माध्यम से अलौकिक प्रेम को अभिव्यंजित किया गया है—

"बूँदन भींजै मोरी सारी,
मैं कैसे आवों बालम।
एकतौ मेह झमाझम बरसै,
दूजे पवन झकोरे,
जाऊँ तौ भीजै मोरी पचरंग चुनरिया,
नाहिं त छुटत सनेह।
नाहीं डर बहुअरि भीजै क चुनरिया,
डर बहुअरि छूटै क सनेह।
नेहिया से चुनरी बहुत होइहैं बहुअरि,
चुनरी से होई न सनेह।"

(एक नवोढ़ा विवाहिता अपने प्रियतम को संबोधित करती हुई कहती है कि मैं तुम्हारे पास कैसे आऊँ? मेरी साड़ी वर्षा की बूँदों से भीग जाएगी। न पहुँचने पर स्नेह छूटने का भय है। अब किस विकल्प को अपनाया जाए, चूनर बचाई जाए अथवा स्नेह।

ऐसी संकल्प-विकल्पों के बीच दुविधाजनक मन:स्थिति में उसकी सास कहती है कि वास्तविक भय चूनर भीगने का नहीं है बल्कि स्नेह छूटने का है, नि:शंक होकर तुम्हें स्नेह की ही रक्षा करनी चाहिए, क्योंकि प्रेम की साधना से अनेक चुनरियाँ प्राप्त की जा सकती हैं पर 'चूनर' की रक्षा-मात्र से प्रेम की प्राप्ति नहीं होगी।)

इन सीधी-सादी पंक्तियों में लोकगीतकार ने प्रेम को उजागर किया है। प्रेम के पथ में साड़ी भीगने की चिंता छोड़नी ही अधिक वांछनीय है। अंतत: रति परिपाक तथा दैहिक संबंधों की सघनता में वसन के व्यवधानों से निश्चिंत होना ही अधिक काम्य कहा जा सकता है।

पारलौकिक अर्थ में मेह बरसना, पवन और उसका झकझोरना, साड़ी का भीगना, प्रतीक-पद्धति के अनुसार भिन्न अर्थ रखते हैं। प्रियतम-रूपी परोक्ष सत्ता के सम्मिलन में ये सारी चीजें अवरोध उत्पन्न करती हैं। मेघ की वृष्टि परोक्ष सत्ता के स्नेह की प्रतीक है। नवोढ़ा नायिका नई साधक या आराधिका है। पंचरंग चूनर पंचतत्त्वों (क्षिति, जल, पावक, गगन, समीर) से निर्मित शरीर है, जिसके भीगकर रंग उतर जाने का भय सा उस स्नेह की सघन वर्षा से इस नए साधक को लगता है। परोक्ष सत्ता के मिलने के लिए शरीर का मोह एक बाधा है। इस मोह का निराकरण आवश्यक है। पवन का झकझोरना संशय और संकल्प-विकल्पों के साधना-पथ से डिगा देनेवाली बाधाओं का प्रतीक है। सास-रूपी गुरु नए साधक को समझाती हुई कहती है कि वास्तविक भय शरीर-रूपी चूनर के स्नेह से भीगने में नहीं है वरन् स्नेह के समाप्त हो जाने का होता है।

शरीर-रूपी चूनर की सार्थकता परमात्मा के स्नेह की उपलब्धि में है। परमात्मा का प्रेम रहेगा तो शरीर-रूपी अनेक चूनरें मिल सकती हैं। किंतु चूनर के मोह में पड़कर स्नेह गँवाना पड़ सकता है। रहस्य-भावना में यह संयोग पक्ष का गीत है।

ये गीत मुझे लोक के कंठ से ही सुनने को मिले हैं। इसमें हो सकता है कि ये संतों के ही छंद हों, जो लोक के कंठ में रच बसकर लोक के हो गए हैं।

लोकभाषा में सहज ढंग से कही हुई बातों में भी कितना रहस्य है। लोकगीतों में वर्णित दार्शनिकता को शास्त्रीय विवेचन का उल्था (अनुवाद) नहीं कह सकते।

7. लोरी और पालने के गीत

भारतीय संस्कृति में संगीत जीवन की लय के साथ समाया हुआ है। यहाँ प्रकृति के कण-कण में और उसकी हर गति में, हर थिरकन में, हर ध्वनि में संगीत की उपस्थिति देखी और मानी जाती रही है। इसका एक प्रमाण है जन्म से लेकर अंतिम यात्रा तक भारतीय जीवन-शैली में संगीत की उपस्थिति।

मानव जन्म से ही संगीत-प्रेमी है, इस बात का प्रमाण है बच्चों के खेल के गीत

और लोरियाँ। लयात्मक ध्वनि शिशु को भी सुखद लगती है। प्यार भरी थपकियों के साथ बच्चे को सुलाने और बहलाने के ये गीत शिशु का मानसिक और शारीरिक विकास करते हैं। वह भाषा का प्रथम पाठ इन्हीं लयात्मक ध्वनियों एवं शब्द-समूहों से ही सीखता है।

इन लोरियों का इतिहास बहुत प्राचीन है। आदि मानव के हृदय में जब वात्सल्य का संचार हुआ होगा तभी लोरियों का जन्म हुआ होगा। मदालसा का उपाख्यान लोरियों की प्राचीनता का प्रमाण है। मदालसा लोरी के माध्यम से अपने पुत्र अलर्क को वेदांत के गूढ़ तत्त्व सिखाती है। उसे सुलाते हुए वह कहती है—"त्वमसि तात् ! शुद्ध बुद्ध! निरज्जन ! भवमायावर्जितज्ञाता। भव त्ववनं च मोहनिद्रा त्यज मदालसाह सुतं माता।"

लोरी गीतों की परंपरा चिर पुरातन है। इनमें अर्थगत सौंदर्य की अपेक्षा लय की प्रधानता होती है। कर्णप्रिय शब्दों का इनमें सुंदर प्रयोग किया गया है। अनुप्रास का ध्वनि-सौंदर्य शिशु-मन को भी भाता है। ये लोरी गीत सार्वभौम हैं, किसी भी देश या किसी भी भाषा में देखिए सर्वत्र लोरी के मधुर छींटे वात्सल्यपूर्ण हृदयों को रससिक्त करते हुए प्रतीत होते हैं। स्वर और लय प्रधान ये गीत अनादिकाल से मानव शिशु को सुलाते आ रहे हैं। इनके माधुर्य की चर्चा डॉ. ग्रेसरीज ने भी की है—"माताएँ बालक को सुलाते समय निन्नी, नेन्ने, नुन्नी आदि शब्दों को बड़े आरोह-अवरोह के साथ गाती हैं। इन शब्दों का कोई अर्थ नहीं होता। इनकी प्रधान मनोहरता माता के स्वरयुक्त उच्चारण में है। इन गीतों में कभी-कभी अर्थ स्पष्ट होता है, किंतु प्राय: अर्थ की श्रृंखला बीच-बीच में टूटी हुई भी मिलती है।

"बच्चों के मनोरंजन के लिए जो उक्तियाँ कही जाती हैं, उनका एक मनोवैज्ञानिक पहलू अवश्य होता है। किंतु काव्यमयी अभिव्यक्ति और भावों की गुरुता की उनसे आशा नहीं की जाती।"

इन लोरियों का मनोवैज्ञानिक प्रभाव बच्चे का ध्यान सब ओर से हटाकर केवल माता के गीत और थपकियों पर केंद्रित करना है और यह अवस्था माँ की निकटता, स्नेह का बोध कराकर बच्चे को निर्भय तथा निश्चिंत बनाकर सुला देती है। अंग्रेजी में भी इस प्रकार के पालने के गीतों की प्रचुरता है जो निरर्थक हैं और उन गीतों का उद्देश्य यही है कि बालक को सुखद संगीत का श्रवण कराया जाए।

श्री ग्रेसरीज ने 'क्रेडिल सांग्स एंड नर्सरी राइम्स' में लिखा है कि—"पालने के गीतों में दो या तीन से अधिक शब्द नहीं होते। गाए जानेवाले इन गीतों की आवाज झुलाए जानेवाले पालने की आवाज के समान होती है। इनका शिशुओं के स्नायुओं पर बड़ा अच्छा प्रभाव पड़ता है। खेल के गीत बालक की मूल प्रवृत्तियों और उनकी जिज्ञासा वृत्ति को सन्मार्ग प्रस्तुत करते हैं।"

माँ का हृदय-हिंडोला टूटे-फूटे झोपड़े में पड़े या राजमहल के रत्नजटित खंभों में, उसकी उमड़ती हुई ममता और फूटा पड़ा वात्सल्य लोरियों के स्निग्ध छिद्र से कलेजे के टुकड़े को रसप्लावित किए बिना नहीं रहता। तभी तो—'संगीत-माधुर्य से सिक्त मातृ कंठ द्वारा उच्चरित लोरियों के स्वरों को कानों से पीकर ही तो शिशु के रूप में महा-आनंद भी आंदोलित लहरियों के झूले पर झूले थे।'

लीला पुरुषोत्तम भगवान् कृष्ण ने सूर के स्वर में अपनी लीला का प्रादुर्भाव यशोदा के पालने ही से किया है—

''यशोदा हरि पालने झुलावै,
हलरावै, दुलराइ मल्हावै ,जोई सोई कछु गावै।
मेरे लाल को आव निनरिया काहें न आनि सोआवै।''

मर्यादा पुरुषोत्तम राम भी इस आनंद में सराबोर हुए। तुलसी की वाणी में माँ कौसल्या के आंतरिक भावों की अभिव्यक्ति है—

''पौढ़िये लालन पालने हौं झुलावौं।
कर पद मुख चख कमल लसत सखि,
लोचन भँवर भुलावौं।''

लयात्मकता लोरी की प्रमुख विशेषता है। बच्चों को सुलाने के साधनों में झूला और लोरी प्रमुख है। झूले में गति और यति की क्रमबद्ध योजना मिलती है। लोरी की लय में भी यही नियम लागू होता है। लोरी में स्वर के आरोह-अवरोह की एक विरामदायिनी नाद-पद्धति का अवलंबन किया जाता है। लोरी और झूले की डोरी का संयोग अभिनव वातावरण का सृजन करता है।

शिशु को सुलाने में तो मानो नारी चेतनाशक्ति केंद्रीभूत हो जाती है। शिशु पूरे अवधान का विषय बन जाता है। लोरी माँ के प्यार की डोरी से बँधी होती है। अनादिकाल से सार्थक-निरर्थक किंतु लयपूर्ण गीतों ने माँ की प्यार भरी थपकियों के साथ नन्हे-मुन्नों को सुलाया है। श्रमिक स्त्रियाँ प्रायः खेत की मेड़ पर लकड़ी (डंडा) गाड़कर फटे-पुराने कपड़ों से 'छाया' करके अपने नन्हों को सुला देती हैं। धरती की कठोरता, धूप की उष्णता इन निरर्थक लोरी गीतों की मधुरिमा में दब जाती है—

''निनिया आवै निनर बन से, खटिया गोनरी पटने से,
तोसक तकिया बनारस से, बच्चा आवै ननियउरे से
निनिया सोवैं अटरियाँ, बच्चा सोवै पलंगिया।''

(नींद तो आई नींद वन से, चारपाई और चटाई पटना से । तोशक-तकिया बनारस से, मुन्ना ननिहाल से। नींद अटारी पर सोती है, मुन्ना पलंग पर)

ये गीत किसी प्रकार अभावों को कल्पना के तोशक-तकियों से भर देते हैं। माँ की

सारी चेतना केंद्रीभूत है—सारी दुनिया में आग लगे तो क्या, उसका लाल सुख से सो जाए—

"आउ रे चिरइया वन झोंझिया लगाइ जा,
तोरी झोंझी आगि लागै,
मोरे बच्चे काँ सोवाय जा।"

(आ री चिड़िया ! वन में घोंसला लगा जा। तेरी झोंझ में आग लगे (अर्थात् तू उसी घोंसले में बैठी न रहो), मेरे बच्चे को आकर खिला जा, और खिलाकर सुला जा।)

थोड़ा बड़ा होते ही बालक खेल-कूद में इतना व्यस्त हो जाता है कि भूख-प्यास तक भूल जाता है। ऐसी अवस्था में माँ का वत्सल हृदय चिंतित हो उठता है। 'लालन' की क्षुधा-पिपासा तृप्ति माँ की नैसर्गिक तृप्ति है। वह लोरी द्वारा बालक की चपलता को स्थिरता देकर उसके शारीरिक पोषण का प्रबंध करती है।

सूरज-चाँद भारत में हर आँगन में आकर हर बच्चे के साथ खेलते हैं। चंदा चिर-परिचित बाल खिलौना है। अब क्रियाशील बालक उसके साथ खेलना चाहता है। माँ गाती है—

"चंदा मामा! आरे आवा बारे आवा,
टाटी ब्योंड़ा मारे आवा
नदिया किनारे आवा,
खिचड़ी पकाये आवा,
घिउ कै लोना लिहे आवा,
बच्चा के मुँहा म घुटूक।"

स्पष्ट है कि चंदा मामा के अपने घर में 'टाटी ब्योंड़ा' (दरवाजा) लगाकर साथ में घी पड़ी खिचड़ी या पकवान, सोने की कटोरी में दूध-भात लेकर आने की कल्पना से बालक स्थिर-चित्त मुग्ध होकर माँ के हाथ का रूखा-सूखा भोजन भी 'घुटूक' के साथ खा जाता है।

माँ का हृदय अपनी ही तृप्ति से संतुष्ट नहीं होता, वह बच्चे को खिला-पिलाकर संतुष्ट करके, स्वजनों को भी तृप्त कर देती है, क्योंकि बालक सभी का 'जिउ' (प्राण)है—

"मोर भैया मोर भैया सब कर जिउ,
हाँड़ी-हाँड़ी भात खाँय, खोरवन घिउ।
खाँय मोर भैया, जुड़ाय सबकर जिउ।"

यहाँ 'हाँडी-हाँडी' भात और कटोरे भर घी से तात्पर्य बालक को भोजन भट्ट बनाना नहीं है, बल्कि भोज्य पदार्थों की समृद्धि की कामना की गई है। एक ग्रामीण माँ की कल्पना घी और भात को ही श्रेष्ठ भोज्य पदार्थ मानती है।

नन्हे-मुन्नों को प्राय: दादी की गोद और सेवा अधिक मिलती है। माँ तो अधिकतर गृह-कार्य में ही लगी रहती है। इसीलिए अधिकांश लोरियाँ बच्चे दादी के मुख से ही सुनते थे। स्वाभाविक है कि अधिकंाश लोरियों का निर्माण वयोवृद्ध महिलाओं, दादी आदि ने किया होगा। एक लोरी द्रष्टव्य है, जिसमें दादी अपनी प्रशंसा और बहू की आलोचना बच्चे के मुख से सुनना चाहती है—

"भैया रे तोर आजी कैसनि,
मचिया बैठीं रानी अइसन,
भैया रे तोर बाबा कैसन,
सभवाँ बैठे राजा अइसन।
भैया रे तोर काका कैसन,
हाथ धनुहिया लछिमन अइसन।
भैया रे तोर बुआ कैसन,
हाथ गुडुई राजकुवँरि अइसन।
भैया रे तोर माई कैसन,
घर-घर घूमै बिलरिया अइसन।
भैया रे तोर काकी कैसन,
मूड़ फेकारे बनमनसिन अइसन।"

(दादी मचिया पर बैठनेवाली रानी जैसी है। बाबा सभा के राजा, पिता ज्ञानी पंडित, चाचा धनुष लिए वीर लक्ष्मण जैसे हैं, बुआ गुड़िया खेलती राजकुमारी सी हैं, किंतु माँ घर-घर घूमनेवाली बिल्ली जैसी और चाची सिर खोले हुए वनमानुष स्त्री (जाति विशेष) की भाँति जंगली जैसी हैं।)

दादी का मनोविज्ञान, पुत्रवधुओं के प्रति उनकी आत्मीयता और अनौपचारिकता के परिहास के माध्यम से स्पष्ट है। पर इस लोरी को सुनकर हर बहू पुलकित होती है और स्वयं को भाग्यशाली मानती है कि यह लोरी सुनने का अवसर ईश्वर ने दिया।

कोमल शब्द-समूह जिन्हें गुनगुनाया, गाया जा सके जिनमें लय हो, माधुर्य हो, वही लोरी है।

"अलर बलर गुड़ पाकथै,
कोंइछे चीलर नाचथै,
एक चिलरवा काना,
बच्चे क लागै नाना।"

(अलर-बलर करके गुड़ पक रहा है, आँचल में चीलर (कपड़ों का जुआँ) नाच

रहा है। एक चीलर काना है—(एक आँख का) है, वह शिशु का नाना है।)

यह लोरी भी शिशु की दादी द्वारा निर्मित प्रतीत होती है। समधी-समधिन से परिहास करना उनका अधिकार है। इसे सुनकर नाना-नानी भी खुश होते हैं और शिशु की माँ भी इस परिहास का आनंद लेती है।

एक 'लोरी' में पुत्र के सुंदर मुख की उपमा चंदन से देती हुई माँ गाती है—

''भैया आवै टाँड़े से
गुर घिउ काढ़ै भाँड़े से,
सोने क कटोरा कोने से,
झिनवा क भात रसोइया से।
खाय ल्या बच्चा तूँ,
तोर चन्नन ऐसन मुँह,
चन्नन है कस्तुरिया,
तोर माई करै लुरखुरिया,
तोर बाप देय पुटपुरिया।''

(मेरा शिशु टांडा (शहर) से आया है, अपने आप सब भोज्य सामग्री लेता है। गुड़ और घी 'भाँड़े' (मिट्टी के पात्र)से, दही सीके पर रखे 'नदवा' (मिट्टी के पात्र) से, सोने का कटोरा कोने से, रसोई से झिनवा चावल आदि परोस लेता है। मेरे बच्चे! तू खा ले, तेरा मुख चंदन की भाँति सुंदर है। ऐसा चंदन, जो कस्तूरी की भाँति सुगंधयुक्त होता है। तेरी माँ तेरे प्यार में तेरे साथ खिलवाड़ करती है। तेरा पिता तुझे बढ़ावा, उत्साह देता है, तेरी बातों का समर्थन करता है।)

माँ और दादी का सपना होता है कब उसका लाल बड़ा होगा समर्थ होगा।

''कब लाल बड़ा कै होइहैं,
कब बाबा की बगिया जैहैं,
कब आम घवदि लै अइहैं,
कब आजी क जियरा जुड़इहैं।
कब घर भर कै जियरा जुड़इहैं,
कब सब कर मन हरसइहैं।''

(वह कब बाबा के बाग से आम के गुच्छे तोड़कर लाकर दादी के आगे रखेंगे और सबके हृदय शीतल होंगे, मन हर्षित होंगे।)

इन लोरियों में संयुक्त परिवार के सौहार्दभाव की जो कल्पना है वह आज दुर्लभ होती जा रही है। परिवार का हर बच्चा पूरे परिवार की प्रसन्नता का कारण बनता था।

पूरा परिवार उसके उत्कर्ष की कामना करता था। आज यह भाव सपना होता जा रहा है, तब इन लोरियों की सार्थकता और महत्त्व के बारे में अनुभव करना आवश्यक हो गया है।

माँ की कल्पना का कोई अंत नहीं। कब पुत्र बड़ा होगा, उसकी बहू आएगी? साथ ही माँ यह भी कल्पना करती है कि पुत्र उसे अनुशासन में रखेगा।

उसका अचेतन मन इस कल्पना से संतुष्ट होता है कि अनुचित बात होने पर पुत्र पत्नी को समझाएगा और मैं उस बहू का पक्ष लेकर पुत्र से प्रश्न करूँगी कि क्यों बहू को परेशान करता है? पुत्र मुझसे पत्नी की भूल बताकर सफाई देगा—

"भैया-भैया बनवारी,
बहुअवा काहें मारी?
बहू माँगै, खैर सोपारी,
खैर सोपारी हटियाँ,
बहू माँगै आधी रतियाँ।"

(ओ मेरे लाल! ओ मेरे बनवारी! बेटा! तुमने बहू को क्यों डाँटा? क्यों मारा? माँ! वह कत्था-सुपारी माँग रही है। आधी रात में कत्था-सुपारी की माँग करती है, जबकि मालूम है कि घर में वह नहीं है बल्कि बाजार में है, कैसी बुद्धिहीनता की बात है? अत: माँ, मैंने उसकी जिद के कारण डाँटा है।)

कितनी मनोवैज्ञानिक कल्पना इस लोरी के माध्यम से अभिव्यक्त हुई है। माँ की वह भावना, जिसमें पुत्र पर अपना अधिकार मानना और पुत्रवधू को अनुशासन में पुत्र द्वारा रखने की अचेतन मन की कामना सहज व्यक्त हुई है।

कुछ लोरियों में केवल लयगत सौंदर्य होता है, अर्थ की विशेषता नहीं होती—

"लल्लर ललोरी, दूध कै कटोरी,
दूध माँ बतासा, मुन्ना, मुन्नी करै तमासा।"

शिशु के रोने पर माँ उसे चुप कराते हुए गाती है—

"बच्चा केथुआ काँ रोवै?
लाल डोरवा काँ, पट्ट घोड़वा काँ,
बाप कनियाँ काँ, माई दूधू काँ।"

(मेरा लाल क्यों रो रहा है? लाल डोरे के लिए या पट्ट घोड़े के लिए? पिता की गोद के लिए या माँ के दूध के लिए?)

प्यार भरे हाथों की मधुर थपकियों से किसी के सान्निध्य का आभास गीतों की लय का सम्मोहन, बालक के रुदन को कम करते-करते चुप करा देता है और बालक सुख की नींद सो जाता है।

माता की गोद ही आर्थिक अभावग्रस्त परिवार के शिशु के लिए सर्वोत्तम पालना

है। गरीब माँ गोदी में ही झुलाकर ये गीत गाती है। इसी कारण इन गीतों को पालने के गीत न कहकर 'लोरी गीत' कहना अधिक समीचीन होगा।

प्यार में कभी-कभी बच्चे के विचित्र नाम भी रख दिए जाते हैं, उसी प्रकार उन्हें विचित्र-विचित्र संबोधन भी, यहाँ तक कि 'भकुआ' तक कहा गया है—

"भैया-भैया भकुआ!
गुर खाब्या कि सतुआ?
बिल मा कै मुसवा,
भैया कै मउसवा।"

(भकुआ से तात्पर्य भोले-भाले 'माटी के माधो' से है। यहाँ यह संबोधन केवल अज्ञानता और निर्दोष भोलापन प्रकट करने के लिए है। आगे की पंक्तियाँ तो भकुआ की तुकबंदी हैं, साथ ही परिहास भी। गुड़-सत्तू बालक का प्रिय भोज्य पदार्थ है। बच्चे की मौसी प्राय: शिशु-परिचर्या के लिए बुलाई जाती है। उसके साथ परिहास होता है। बिल का चूहा मुन्ने का मौसा है।)

प्यार में अपने लाड़ले को कुछ भी कह देने से प्यार की सघनता ही अभिव्यक्त होती है। एक लोरी में पुत्र को चोर कहा गया है, जो अपने हाथीनशीन, संपन्न, प्रतिष्ठित बाबा का घोड़ा चुराता है—

"भैया भैया चोर,
चोरावै बाबा कै घोड़
दुआरे बान्हीं हाथी,
बड़े बाबा कै नाती
नाती होंय नतीजा,
अपनी बुआ कै भतीजा।"

(मेरा मुन्ना चोर है, बाबा का घोड़ा चुराता है। द्वार पर हाथी बँधा है। वह बड़े बाबा का नाती है। बुआ का भतीजा है।)

बच्चे को चोर कहने में माखन चोर और चितचोर कन्हैया का प्रतिरूप होने का भाव व्यंजित है। भारतीय लोकसंस्कृति में हर शिशु श्रीराम और श्रीकृष्ण हैं।

बालक को लोरी के माध्यम से विभिन्न शब्द समूहों का ज्ञान करानेवाले भी अनेक लोरी गीत हैं। जिनमें केवल शब्द योजना की लयात्मकता होती है। अर्थ भी कहीं-कहीं बीच से झाँक उठता है—

"भैया की छेरियाँ, भेंड़ बुकरियाँ चरन पहारे जायँ,
झरना कै पानी पियें, घास-पात सब खायँ।"

(मेरे मुन्ने की भेड़-बकरियाँ पहाड़ पर चरने जाती हैं। झरने का पानी पीती हैं और घास-पात खाती हैं)।

पशु-पक्षी शिशुओं के आकर्षण के प्रमुख केंद्र हैं। उनका नाम सुनते ही रोता बालक चुप होकर इधर-उधर देखने लगता है। उनके प्रति शिशु के मन में कौतूहल-ही-कौतूहल भरा रहता है। मानव जाति से अलग जिन्हे वह छू नहीं पाता, जो उससे बोलते नहीं, वह क्या है, कौन है? उसके इस कौतूहल का लाभ उठाकर, उसे रोते से चुप कराने के लिए लोरी गाई जाती है, जिनमें पशु-पक्षियों का उल्लेख रहता है—

"बन कै चिरैया बन दौरति जाय,
पकरै (बच्चे का नाम) बच्चा हाथ उठाय।
रीन्है फलानी (बच्चे की बहन का नाम) बहिनी झुलनी झुलाय।
जेवन बैठइ बाबा भइया, मोछि फहराय।
भइया बाबा जेंवइ लागे मांगथी भँइसिया,
तीत भइ पहितिया, लुआठ ल्या भँइसिया।"

(बन की चिड़िया वन में दौड़ती जाती है, बच्चा हाथ उठाकर पकड़ता है। बच्चे की बहन नाक में पहनी झुलनी (आभूषण विशेष) झुलाते हुए भोजन बनाती है। बाबा और भाई मूँछें फहराते हुए भोजन करने बैठते हैं। भैया, बाबा भोजन करने लगते हैं तो बहन भोजन बनाने के नेग में भैंस माँगती है। लेकिन पहिती (दाल) कड़ुई हो गई, इसलिए भैंस के बदले ठेंगा मिलेगा।)

लोरियों की एक बात की ओर संकेत करना यहाँ समीचीन प्रतीत होता है कि कन्याओं और बालकों के लिए एक ही तरह की लोरियाँ गाई जाती हैं। भैया मुन्ना, बाबू के स्थान पर बहिनी, मुन्नी, बबुनी, रानी का प्रयोग कर लिया जाता है।

बच्चों को गुदगुदाकर हँसाने का गीत—बच्चे का हाथ पकड़कर उसकी हथेली में गुदगुदाते हुए ऊपर हाथ बढ़ाते जाते हैं। उसकी बगल (काँख) में गुदगुदाते हैं—

"खरा खात, पनिया पीयत,
ललकी गैया, ललका बछउवा,
कहाँ गै? कहाँ गै?
इहाँ गै, इहाँ गै।"

(घास खाती, पानी पीती लाल गाय और लाल बछड़ा कहाँ गए? कहाँ गए? कहाँ गए? यहाँ गए, यहाँ गए।)

लेटकर घुटने मोड़कर उस पर बालक को बिठाकर पैर झुलाते हुए एक लोरी गीत गाया जाता है। इसका भाव है कि एक कानी कौड़ी से पुरुषार्थ के बल पर घोड़ा तक प्राप्त किया जा सकता है।

"कंता मंता लेइथै, कानी कौड़ी पाइथै,
गंगा में बहायित है, गंगा माई बालू दें,
ऊ बालू भड़भुजवा काँ देई।
भड़भुजवा हम्मै लावा देय
ऊ लउवा घसिकटवा काँ देई,
घसिकटवा हम्मै घासि देय
ऊ घसिया हम गइया काँ देई,
गइया हम्मै दूध देय
ऊ दुधवा हम राजा काँ देई,
राजा हम्मैं घोड़ा देयँ
घोड़ा चढ़े आइत है,
घोड़ा चढ़े जाइत है,
मौनी डलवा बीनित है,
राजा कँ देखाइत है,
पान-फूल पाइत है।
नई भीति उठत है, पुरान भीति गिरत है।
बूढ़ी माई आपन हाँड़ी कूँड़ी, बरतन भाँड़ा
सँभारे रहिउ, हमार मुन्ना जात बा। मुन्नी जाति बा।
पुलूलुलू पुलूलुलू पुलूलुलू"

(कंता-मंता खेलता हूँ, कानी कौड़ी पाता हूँ, उसे गंगा में बहा देता हूँ। गंगा माता हमें बालू देती हैं, उसे भड़भूजे को दे देता हूँ। भड़भूजा मुझे लावा देता है (भुने हुए धान या मक्के का लावा) लावा मैं घास काटनेवाले को दे देता हूँ। घास काटनेवाला मुझे घास देता है। वह घास मैं गाय को दे देता हूँ, गाय मुझे दूध देती है। वह दूध मैं राजा को देता हूँ, राजा मुझे घोड़ा देते हैं। घोड़े पर चढ़कर आता हूँ, घोड़े पर चढ़कर जाता हूँ। मौनी डलवा (मूँज और कुश-कांस की बनी डलिया) बुनता हूँ, राजा को दिखाता हूँ, पान-फूल पाता हूँ। नई दीवाले उठती हैं पुरानी दीवाले गिरती हैं। वृद्धा माता! अपनी हंड़िया और बरतन भाँड़ सँभालकर रखना, मेरा मुन्ना जा रहा है। पुलूलुलू करके हम उसे ऊपर उछाल रहे हैं।)

राजा-रानी के गीत, राजा-रानी की कहानियाँ बच्चों को एकाग्रचित कर देती हैं। राजा-रानी उनके लिए कौतूहल के विषय हैं—

"राजा रानी आवत होइहैं,
पोखरा खनावत होइहैं।

पोखरा की आरी-आरी,
इमली लगावत होइहैं।
इमली के खोंड़रे मँ बत्तिस अंडा,
रामचरन फटकारैं डंडा।
डंडा गिरा रेत मँ, मछरी के पेट माँ।
मुन्ना जाए खेत माँ,
कौआ कहै काँव-काँव
बिलारि कहे झपटौं,
मँगरू क टांग पकरि कै
अरहरी मँ पटकौं।''

(राजा-रानी आ रहे होंगे, पोखरा खुदवा रहे होंगे, पोखर के चारों ओर इमली लगवा रहे होंगे, इमली के कोटरों में बत्तीस अंडे हैं, रामचरन (कोई भी नाम) डंडा फटकारते हैं। डंडा रेत में गिरता है, मछली के पेट में जाता है और मुन्ना खेत में जाता है। कौआ काँव-काँव बोलता है, बिल्ली कहती है कि मैं झपटूँगी, मँगरू (नाम) की टाँग पकड़कर अरहर के खेत में पटकूँगी।)

इस गीत को छोटे शिशुओं के लिए बड़े लोग गाते हैं और बच्चे इसे स्वयं गाकर भी आनंद लेते हैं। इस एक गीत के द्वारा बालक को राजा, रानी, पोखरा, इमली का वृक्ष, कोटर, बत्तिस की संख्या, अंडा, डंडा, रेत, मछली, बिल्ली, कौआ की बोली, टाँग, अरहर आदि कितने शब्दों और वस्तुओं का ज्ञान कराया गया है।

लोक के इन लोरी गीतों में शिक्षण की जिस पद्धति का अनजाने ही प्रयोग होता रहा है। आज उन्हीं को आधुनिक शिक्षण पद्धति कहकर विदेशी प्रस्तुत कर रहे हैं और हम उन्हें साभार स्वीकार कर रहे हैं। इस प्रकार के गीत हमारे यहाँ चिरकाल से चले आ रहे हैं। अंग्रेजी भाषा में इन्हें 'नर्सरी राइम्स', क्रेडिल सांग्स तथा पुलविस कहते हैं।

लोक-जीवन में प्रत्येक क्रिया किसी-न-किसी गीत की लय में बँधी होती हैं। 'बालक के क्रिया-कलापों से संबंध रखनेवाले गीतों को बाल गीत कहा जाता है।

''काचर कूचर कौआ खाय,
दूध भात मोर बच्चा खाय,
दोना चाटैं बाबा।''

(इसी प्रकार सभी स्वजनों के लिए कहा जाता है।)

(कच्चा और उच्छिष्ठ कौआ खाता है, दूध-भात मेरा बच्चा खाता है, दोना चाटते हैं बाबा।)

इस 'दोना चाटने' में कितना अपनत्व और प्यार है। सर्वप्रथम बालक को तृप्त

करके ही बड़े खाते हैं। दशरथजी भी तो राम की जूठन खाकर अलौकिक आनंद से भर उठते थे।

व्यायाम का गीत—तेल उबटन के पश्चात् व्यायाम कराना आवश्यक है। मालिश के समय का द्रुतलय और तीव्र स्वर का शिशु रुदन व्यायाम प्रारंभ होते ही समाप्त हो जाता है। शिशु कभी मंद हास्य बिखेरता है तो कभी किलक उठता है—

''सू औ सा, ऐ सू औ सा,
ऐ कोल्हू की मोटाई लागै,
जाँत कै चकराई पावैं,
कातरि कै लम्बाई लागै,
हनुमत कै बलाई लागै,
बुढ़ऊ बाबा कै आई लागै।
कुबेर कै खजाना पावैं,
मोर भैया खूब बड़ा होय जायँ।
पुलूलुलू - पुलूलुलू।''

(सू-सा में दोनों हाथ और दोनों पैर आपस में मिलाए जाते हैं। अगली दो पंक्तियों में बारी-बारी से एक पैर तथा एक हाथ मिलाकर कोमलतापूर्वक खींचा जाता है तथा पैर को नाक से स्पर्श कराया जाता है। फिर उछालते समय कोल्हू की मोटाई, चकिया की चौड़ाई, हनुमान के बल और वयोवृद्ध बाबा की आयु लगने तथा कुबेर का खजाना पाने की कामना है।)

चुंबन लेने का गीत—शिशु का चुंबन केवल माथे पर लेने का आदेश है, जिससे पुत्र यशस्वी बने। उसका कारण स्पष्ट किया गया है—

''गोड़ जिनि चूमा परदेसिया होइहैं,
हाथ जिनि चूमा हथकरिया परिहैं,
चूमा लिलार भइया टिकइत होइहैं।''

(पैर मत चूमो, विदेश चले जाएँगे, हाथ मत चूमो, हथकड़ियाँ पड़ जाएँगी, माथा चूमो, जिससे माथे पर यश का टीका लगे।)

पाँव न चूमने की सीख इसलिए है कि पाँवों को सुकुमार नहीं बल्कि मजबूत और संघर्षशील, अथक चलने वाला बनाना है। उसी प्रकार हाथ को भी कर्मठ बनाना है। हाथ कर्मठ नहीं होंगे तो श्रम से कमाई नहीं करेंगे, गलत तरीके से जीविकोपार्जन करेंगे और हथकड़ी पड़ेगी। यह विश्वास किया जाता है कि माथे का चुंबन लेने से दीर्घायु और यश प्राप्त होता है।

आज भी गाँव के लोगों के कंठ में असंख्य लोरियाँ सुरक्षित हैं, उनसे लेकर उन्हें

संरक्षित और प्रसारित करने की आवश्यकता है।

भारतीय लोक साहित्य की लोरियों का महत्त्व स्पष्ट है। आज जब अंग्रेजी नर्सरी राइम्स को विद्यालयों में बच्चों को रटाया जाता है, जिनका कि उन्हें अर्थ भी नहीं मालूम है। उनके समानांतर यदि भारतीय लोरियों और शिशु गीतों का संस्कार उनमें डाला जाए तो उनके भीतर भारतीय संस्कार और अपनत्व की भावना हम जगा सकते हैं। इन लोरियों में संयुक्त परिवार का जो असीम स्नेह बरसता है, उससे आज का बच्चा वंचित हो रहा है। उसे लोरियों का स्नेह मिलता रहे तो उसके व्यक्तित्व का संतुलित विकास होगा और वह अपने को समाज के एक अंग के रूप में अनुभव करने का संस्कार पा सकेगा। उसका व्यक्तित्व खंडित और अपूर्ण होने से बच जाएगा। आज लोरियों के महत्त्व का स्मरण अभिभावकों को विशेषकर नई पीढ़ी के माता-पिता को जानना अधिक आवश्यक हो गया है।

8. बच्चों के खेल संबंधी गीत

बच्चों के जीवन में खेल का महत्त्व मनोविज्ञान सिद्ध है। खेल मनोरंजन एवं सीखने का साधन भी है। आधुनिक शिक्षा प्रणाली में भी खेल द्वारा शिक्षण-पद्धति पर विशेष बल दिया जा रहा है।

खेल बालक की अतिरिक्त ऊर्जा का निष्क्रमण करते हैं, जिससे बालक का स्वस्थ विकास होता है। खेल ज्ञानेंद्रियों के सम्यक् प्रयोग और संतुलन का साधन है। खेल से सामाजिक भावना तथा व्यक्तित्व का विकास होता है। गीत गा-गाकर खेलने से तो और भी अनेक लाभ हैं। खेल के गीतों से बच्चों को लय, राग, ध्वनि आदि का ज्ञान प्रदान कर उनकी भाषा-शक्ति का विकास किया जाता रहा है।

ये गीत प्रायः समवेत स्वर में गाए जाते हैं। इससे बच्चों में सहयोग की भावना विकसित होती है। कुछ गीत ऐसे भी हैं जिनमें बारी-बारी से एक-एक पंक्ति गाई जाती है। इस अभ्यास से उनमें अनुशासन, दूसरों की बातों को ध्यान से सुनना आदि गुण स्वतः आ जाते हैं।

''बाल साहित्य का सृजन प्रकृति की गोद में पले हुए, सीधे-सरल ग्राम्य बालक-बालिकाओं द्वारा होता है। यही भविष्य में लोक साहित्य के रूप में परिणत हो जाता है। इसकी प्रेरणा मिलती है खेतों की हरी-भरी बालों से, मधुर स्वर से चहचहाते हुए वन-पक्षियों से, इठलाते हुए सुवासित वन-पुष्पों से तथा गर्जन करते हुए मेघों से।''

(रामचरण हयारण मित्र, 'बुंदेलखंड की संस्कृति और साहित्य' पृष्ठ 354)

स्वयं खेलते समय बच्चे जो गीत गाते हैं उनमें अधिकांश निरर्थक होते हैं और कुछ सार्थक भी। फिर भी लौकिक, सामाजिक वातावरण की पूरी छाप इनमें मिलती है।

वर्तमान लोकतंत्र की व्यापक भावना का प्रभाव नन्हे-मुन्नों के मानस-पटल पर जो पड़ता है उसका उदाहरण एक 'खीरा-खीरा' क्रीड़ा-गीत के रूप में प्रस्तुत है। गीत अभिनयात्मक है—

एक राजा, एक माली, एक कोतवाल तथा कुछ बच्चे खीरा की बेल के रूप में सामने आते हैं। खीरा की बेल माली द्वारा सींची जाती है, बेल लहराती है। राजा-कोतवाल आते हैं प्रसन्न मुद्रा से पूछते हैं—

''हमरी बारी के रखवार,'' (हमारी बाड़ी का रखवाला कौन?)

बच्चे उत्तर देते हैं—

''यह बारी कै हम रखवार'', (इस बाड़ी के रखवाले हम हैं।)

माली जोर से कहता है—

''राजा कोतवाल आया'' (राजा का कोतवाल आया।)

बच्चे प्रश्न करते हैं—

''राजा का माँगे'', (राजा क्या माँग रहे हैं?)

उत्तर—

''अत्तल चाउर, पत्तल चाउर, राजा पठये खीरा काँ।''

(अतला पतला चावल, राजा ने खीरा लेने को भेजा है)

बच्चे गाते हैं—

''अबहीं बतिया लगत बा, अबही गदरान ना बा।''

(अभी 'बतिया लगी हैं, अभी गदराई नहीं है।)

माली कोतवाल से आँख बचाकर खीरा बेच डालने का अभिनय करता है। कोतवाल के धमकाने पर खीरा बने हुए बच्चे आ जाते हैं। राजा के दरबार में बुलाने पर राजा को नोचते-खसोटते हुए गाते हैं—

''राजा खिरवा न खायँ,
राजा सुअरी कै लेंड़ दही गुड़ खायँ।''

(राजा खीरा नहीं खाता, सुअर का मल और दही-गुड़ खाता है।)

उसके बाद राजा मैदान से भागने का अभिनय करता है।

इस प्रकार समाजवाद, साम्राज्यवाद पर विजयी होता है। यह है युग-प्रभाव की नन्हे बाल-मन पर स्वाभाविक प्रतिक्रिया।

एक गीत में सभी बच्चे वृत्ताकार बैठ जाते हैं। एक बालक सबकी उभरी रखी हथेली पर अँगुली रखकर एक-एक शब्द कहता जाता है। दक्क और पचक्क, जहाँ आ जाता है उसकी हथेली पिचका दी जाती है और अगली बारी में उस हाथ को छोड़कर अन्य हाथ छुए जाते हैं। इसी प्रकार अंतिम बार जिसका हाथ बचा रह जाता है। वह

बच्चा चोर बनता है और सबको वह ढूँढ़ता है। गीत इस प्रकार है—

"ओका बोका, तीन तलोका,
लइया लाठी, चंदन काटी,
भादों मास करेली पाकी,
ऊ करेली का होई,
अमुनी, जमुनी, दिवुली दाली दक्क,
ढोंढ़वा पचक्क।"

(इसका-उसका तीन त्रिलोक, लाओ लाठी चंदन काटकर, भादों मास में करेली पकी, उस करेली का क्या होगा, आमुन-जामुन, दिया भर दाल चुकी, पेट पिचके।)

अब सभी पिचकी हुई हथेलियों के ऊपर चुटकी से पकड़कर खेल का प्रमुख बालक बारी-बारी सबसे प्रश्न करता है—

"चिउँटा लेबा कि चिउँटी?"

जो बालक चिउँटी की माँग करता है उसे हाथ में धीरे से चिकोटी काटी जाती है। चिउँटा माँगनेवाले बच्चे को जोर से चिकोटा काटकर उसके हाथ को अपने हाथ में रखता है। इस प्रकार जब सबके हाथ नीचे-ऊपर हो जाते हैं, तो प्रमुख खिलाड़ी दाएँ हाथ से उनके हाथों पर मारता हुआ गीत गाता है—

"अम्मा अम्मा आम दे,
ई आम सरकार कै,
जाए दरबार कां,
उपरां क ले जै।"

(अम्मा! अम्मा! आम दे। यह आम सरकार का है, दरबार को जाएगा। ऊपर का ले लो।)

इस प्रकार कहकर बारी-बारी से सबका हाथ उठाते हैं।

ये गीत बालक-बालिकाएँ दोनों ही गा-गाकर खेलते हैं।

वर्षा ऋतु में लगातार बदली से सबका मन ऊब जाता है। बच्चे तो और भी ऊब जाते हैं, क्योंकि उनके खेलने-कूदने पर प्रतिबंध लग जाता है। वे चिल्ला उठते हैं—

"राम बाबा घाम करा, सुगवा सलाम करा।"

(हे राम बाबा! धूप निकालिए, तोते! ईश्वर को प्रणाम करो)

ऊँट का गाँव में आना बच्चों के लिए कौतूहल का विषय है। ऊँट को देखकर ग्रामीण बच्चे समवेत स्वर में गाते हैं—

"ऊँटवा घुरघुटवा मदारे पिया पू,
गाजीपुर क दुलहिन, लियाये पिया पू।"

(वो ऊँट! घुरघुटे! मतवाले! पानी पियेगा, पू, पू बोलेगा। गाजीपुर की दुलहिन ले आएगा। पू, पू बोलेगा या ठेंगा दिखाएगा?)

निरर्थक शब्द योजना—बालकों के कुछ गीत निरर्थक शब्द-योजना-मात्र होते हैं, कुछ अर्थछटाएँ उसमें से झाँक जाती हैं—

"सायँ-सायँ सकुली, राजघर बकुली,
परी बबुरिया, आँखें ढपना, काने जंजीर,
मैं तो होबौं राजा अमीर।
राजा अमीर कै कटबै कान,
कुल्हिन चिरैयन कै कटबै कान।
एक चिरैया लेदी बेदी,
निकरि गई फटकारी बेदी,
फटका भैया सूमन सैया,
असी कोस खट मेघवा बियैया।"

(साँय-साँय की आवाज, राजघरों में स्त्रियों की बकुली जैसी बेचारगी और विवशता, चारों ओर बबूल के काँटे, आँखों पर पट्टी (अर्थात् देख करके भी अनदेखी करने की विवशता), कानों में जंजीर (अर्थात् किसी भी रहस्य को कहने सुनने की पाबंदी), यह सब जो साध ले वही राजा और अमीर बनता है, मैं राजा-अमीर बनूँगा और दूसरे राजा-अमीरों के कान काटूँगा (अर्थात् उनसे अधिक राजनीति करूँगा)। सभी उड़नेवाली चिड़ियों के कान काटूँगा, जो चालाकी दिखायेंगी। एक अल्हड़ भोली-भाली चिड़िया अपने पंख फटकाकर बचकर निकल गई। जिनका अच्छा मन है वे फटककर निकल जाते हैं, अस्सी कोस तक मेघ बनकर छा जाते हैं।)

इन लोरियों का पूरी तरह भावार्थ और शब्दार्थ करना कठिन है। एक अन्य गीत में बच्चे गाते हैं—

"लाली लाली पुरिया, घिउ में चोभरिया,
हम खाई कि भौजी खायँ, धरे कान मिरोरिया।"

(गरम-गरम पूड़ियाँ, घी में डूबी हुई, हम खाएँ या भाभी खाएँ, कान मरोड़कर पकड़े।)

पृथ्वी पर सबकी हथेली रखकर क्रमशः उसे उठाते हुए यह गीत गाया जाता है। गीत समाप्त करते ही क्रमशः जिनके-जिनके हाथ उठते जाते हैं वह अपने बगल के बच्चों का कान पकड़ता जाता है। अंत में परस्पर कान पकड़े हुए समवेत स्वर में झूम-झूमकर गाते हैं—

"चिउँटा हो चिउँटा!

चिउँटी की गगरिया काहे फोर्‌यो?
हो चिउँटा!''
(अरे चींटा! तुमने चींटी की गागर क्यों फोड़ दी।)

पुनः कान छोड़कर वृत्त में बैठे हुए अपने पैरों को वृत्त केंद्र की ओर फैलाते-समेटते हुए गाते हैं—

''झाउँ माउँ, झाउँ माउँ, झाउँ माउँ।''

पैर समेटकर बैठते ही सबकी हथेलियाँ खुलकर नीचे-ऊपर क्रमशः रख दी जाती हैं। ऊपर के हाथवाला खिलाड़ी अपने दूसरे हाथ से पेड़ काटने का अभिनय करते हुए बारी-बारी सबके हाथ पर मारते हुए गीत गाता है—

''ताड़ काटी, तरकुल काटी, काटी वन कै खाझा,
हाथी पर कै घुघुरू चमके, चमके बन कै राजा,
राजा कै रजाई जरै, रानी कै दुपट्टा,
घूस मार, घूस मार मुसरी के बच्चा।''

(ताड़ और तरकुल काटूँ, वन का झंखार काटूँ, हाथी के ऊपर घुँघुरू और वन का राजा चमक रहा है। राजा का राज्य जले, रानी का दुपट्टा जले, चूहे के बच्चे को घूँसा मारा।)

यहाँ सामान्य व्यक्ति के पक्ष में उच्च वर्ग के प्रति विद्रोह का भाव है।

गुल्ली-डंडे का गीत : गुल्ली-डंडा बालकों का प्रिय खेल है। एक डंडे से लकड़ी की बनी गुल्ली पर चोट करते हैं, वह यदि छिटककर दूर चली जाती है तो गाते हैं—

''गुल्ली हेरान डंडा रोवत बाय,
गुल्ली क माई रोटी पोवत बाय।''
(गुल्ली खो गई, डंडा रो रहा है। गुल्ली की माँ रोटी पका रही है।)

अगर गुल्ली खेलते समय गुल्ली खो जाए तो गुल्ली लोकनेवाला दल कहता है—

''वही गुल्ली वही दाँव,
दूसर गुल्ली मोर दाँव।''

(गुल्ली यदि खो गई तो वह दाँव फेंकनेवाले का नहीं रह जाएगा। लोकने वाला उसके स्थान पर नई गुल्ली होने पर दाँव का अधिकारी होगा।)

कबड्डी—कबड्डी खेलते समय साँस को रोकना पड़ता है, जब तक कि विपक्षी को छू न ले, या अपने घर में वापस न आ जाए। उसके लिए गीत की पंक्तियाँ गाई जाती हैं। जहाँ कड़ी टूटी, विपक्ष को ज्ञात हो जाता है। जिसकी साँस विपक्षी घर में ही टूट जाए उसे मरा (अर्थात् हारा हुआ) मान लिया जाता है—

"जितली हमार हरली तोहार
बुढ़वा बानर बाप तोहार बड़् बड़् बड़्"
(जीत मेरी, हार तुम्हारी, बूढ़ा बंदर पिता तुम्हारा अर्थात् पूर्वज है।)

इसके अतिरिक्त रामायण की चौपाइयों को भी इस खेल में प्रयुक्त करते हैं। अन्य गीत बोल हैं—

'चल कबड्डी यारा, भगत मोर सारा
भगतिनिया मोर जोय।
तुमड़ी म आगि लागि, धूम धड़ाका होय,
भैया धूम धड़ाका होय, भइया होय होय।"

(कबड्डी खेलने चलो दोस्त! भगत मेरा साला (पत्नी का भाई) है, भगतिन मेरी पत्नी है। तुंबे में आग लगी, खूब धूम-धड़ाका हुआ।)

कबड्डी के अनेकानेक गीत हैं—

"चल कबड्डी चना कै दालि,
खींचेउँ पट्टा मींजेउ गाल,
मिजनी मिजनी गई पाताल।"

(चलो कबड्डी खेलें, चना की दाल, पट्टा खींचा, मल दिया गाल, मींजते-मींजते गई पाताल।)

इन कबड्डी गीतों के बोलों में प्राय: अटपटे शब्दों की योजना है। इनमें प्राय: तुकबंदी मात्र होती हैं—

"चित्त कबड्डी, चित्त क माटा,
तेलिया कै बर्धा नाटा।"

(कबड्डी खेलनेवाला चित्त होकर गिर पड़ा, चित्त पड़े खिलाड़ी के ऊपर माटा (पेड़ पर रहनेवाले बड़े भूरे चींटे) की तरह विपक्ष का खिलाड़ी चिपक गया। तेली का बैल छोटे कद का है।)

इन गीतों के बोलों का उद्देश्य साँस रोकने के लिए एक सहारा देना मात्र है। अर्थ की योजना महत्त्व नहीं रखती—

"ऐंठन की गोइठन लपेटन कै डार,
सीसा कै गोली बन्दूखन कै मार,
झलेझल तलवारि, झलेझल तलवारि।"

(ऐंठना, गोठना, लपेटना कर डालो, शीशे की गोली, बंदूकों की मार, झलझलाती तलवार।)

जिसके साथी की साँस दूसरे के घेरे में टूट जाती है, या विपक्षी का सदस्य जिसे छूकर वापस अपने घर में पहुँच जाता है, उन्हें 'मरा हुआ' कहते हैं। अपने साथी की हार पर खेद प्रकट करते हुए यह गाते हुए दल का दूसरा सदस्य जाता है—

"गोइयाँ मरा भारी, करो कफन की तैयारी।"

(बड़ा मित्र मर गया। अब कफन की तैयारी करनी है।)

"हमार गोइयाँ मरा केउ लकड़ी न देइ,
सुरहुर पेड़ केउ काटै न देय,
झम झम तरवारि, झम झम तरवारि।"

मित्र के क्रिया-कर्म के लिए कोई लकड़ी नहीं दे रहा है। चिकने तनेवाले वृक्ष को कोई काटने नहीं दे रहा है। तलवार झम-झम बज रही है। इसी प्रकार अन्य तुकबंदियाँ मिलती हैं—

"कबड्डी बीर बाना, घर सोने क तंबू ताना।"

× × ×

"हुर कबड्डी अड्डा, बाप तेरा बुड्ढा।
माई तेरी लंगड़ी, पकड़ ले बेटा टँगड़ी।"

× × ×

"छल कबड्डी अत्ता, डोले पिपरे क पत्ता।"

× × ×

"छूल कबड्डी आल-ताल, मरि गे बिहारी लाल
उनकै मोछिया लाल, लाल, लाल, लाल।"

× × ×

"चल कबड्डी अंगना
भेंड़ी मारै बभना
साईं मारै गाय
मियाँ मारै मुरगी
हजम होय जाए"

× × ×

खेलते समय में प्रश्नोत्तर शैली में भी दोनो पक्ष बोलते रहते हैं—

एक खिलाड़ी दल कहता है—

"घिउ खैहो कि मट्ठा,?"

यदि उत्तर मिले—

"मट्ठा"

तो विपक्षी दल कहता है—

"चले आओ पट्ठा।"

यदि उत्तर मिले

"घिउ"

तो विपक्षी दल कहता है—

"बचाओ आपन जिउ (प्राणवायु)।"

गीत की कड़ी समाप्त होने पर मुँह से बड्-बड्-बड्-बड् की ध्वनि वह खिलाड़ी तब तक लगाए रहता है, जब तक वापस अपने घेरे में नहीं आ जाता। ध्वनि करना इसलिए जरूरी है कि वही इस बात का प्रमाण है कि साँस नहीं टूटी। इसके लिए उसे विपक्षी दल से लड़ना भी पड़ता है, क्योंकि वे उसे कसकर पकड़े रहते हैं कि हमारे घेरे में ही इसकी साँस टूट जाए और यह 'मरा' घोषित कर दिया जाए।

कुछ गीत ऐसे भी होते हैं जिन्हें बच्चे कबड्डी में भी गाते हैं और अनायास भी गाकर आनंद लेते हैं। इनमें भी लय की मधुरिमा ही प्रमुख रहती है—

"इमिली पर से गिरी जंजीर,
भुइयाँ लागे ठक्कर,
केउ घिव खाय केउ कंकर,
केउ गुड़ खाय केउ सक्कर।"

(इमली पर से जंजीर गिरी, पृथ्वी की ठोकर लगी। कोई घी खाता है, कोई कंकड़ (चुपड़ी और रूखी-सूखी), कोई गुड़ खाता है, कोई शक्कर।)

आर्थिक विषमता की ओर इस गीत में इंगित किया गया है।

केवल गाकर आनंद लेने के लिए बच्चों के जो गीत हैं उनकी अलग छटा है। न कोई वाद्य यंत्र, न कोई राग-रागिनियों का बंधन, समवेत स्वर में पूरी शक्ति से इन गीतों को वे बड़े प्रेम से गाते हैं—

"एक चिरैया लेदी बेदी,
पनिया पियत कुकुरवन खेदी।
एक चिरैया लेदी बेदी,
पान खाय भटकैया छेदी
एक चिरैया ऐदी बेदी।"

खेल संबंधी गीतों में बच्चों का एक प्रिय बुझौवल का गीत है, जिसे वे बूझने के लिए नहीं, गाने के लिए गाते हैं—

"नारे नारे जाइत है, लाल लाल पाइत है,
राजा काँ देखाइत है, राजा के बेटवा नवाब कै नाती,

सौ सौ रुपया कै बान्हैं गाँती, जंगल माँ दौरावै हाथी,
हाथी कै दाँत, सुवंसे क छाता, जे बुज्झै ते पंडित राजा।''

(नाले के किनारे-किनारे जाते हैं, लाल-लाल पाते हैं, राजा को दिखाते हैं, राजा के बेटे, नवाब के नाती, सौ-सौ रुपयों की बाँधे गड्डी, जंगल में दौड़ाएँ हाथी। हाथी के दाँत, सुवंश का छत्र, जो बूझ ले वही पंडित राजा।)

एक अबूझ पहेली बच्चों से बड़े लोग पूछते हैं और जब बच्चे नहीं बता पाते तो शर्त रखते हैं कि यह काम पूरा कर लो या इस काम में सफल हो जाओ तब अर्थ बताएँगे। यह पहेली वरिष्ठ साहित्यकार श्री शिवमूर्ति जी ने सुनाई थी और बताया था कि यह पहेली पूछकर उनकी बड़ी बहन ससुराल चली गई थीं और कहा था कि वापस आऊँगी तो बताऊँगी। पहेली इस प्रकार है—

''दुइ जन बइठे मेंड़े पै
बिन गोड़े बिन मूँड़े कै,
एक कहेन—आज बहुत डर लागत बा।
दूसर पूछेन—केकर?
जेकर नौ बित्ता कै निकुरा बा।
के बताइस?
जेकर मुँह सिया बा।''

(दो जन मेड़ पर बैठे हैं बिना सिर बिना पैर के। एक ने कहा—आज बहुत डर लग रहा है, दूसरे ने पूछा—किसका डर? उत्तर मिला—जिसके नौ बालिश्त की नाक है। फिर प्रश्न हुआ—किसने बताया? उत्तर मिला—जिसका मुँह सिला है।)

मैं भी इसका उत्तर अभी नहीं लिख रही हूँ। पाठकों की जिज्ञासा के उत्तर मैं मैं बताऊँगी।

इसी प्रकार की अनेकानेक ज्ञानवर्धक और सोचने को विवश करनेवाली पहेलियाँ बच्चों के बीच खेल के रूप में प्रस्तुत होती रही हैं।

यदि बच्चों की टोली पंक्तिबद्ध होकर कहीं जा रही होती है तो बीच के बच्चे गाते हैं—

''आरी आरी खर पताई,
बिचवा मं सोने कै राई।''

(आगे-पीछे घास-फूस है, बीच में सोने का राजा है।)

किनारेवाले बच्चे यदि भोले-भाले हुए तो बीच में घुसने का प्रयत्न करते हैं, क्योंकि खर-पतवार (कूड़ा-करकट) बनना किसे रुचिकर होगा? सभी सोने का राजा

बनना चाहते हैं। उनके बीच में आते ही तेज और बड़े बच्चे गा उठते हैं—

"आरी आरी कौआ, बीच माँ गू खौवा।"

अब फिर चिढ़कर वे बच्चे किनारे आते हैं।

कुछ गीत तो बच्चे व्यंग्य के रूप में गाते हैं। जैसे बच्चे किसी बच्चे को टोपी लगाकर इतराते देखकर गा उठते हैं—

"दुइ पैसा कै टोपी दैकै झारे रहु महँगुआ।"

(दो पैसे की टोपी लगाकर अपने को विशिष्ट और महँगा पहननेवाला दिखा रहा है। नाम भी महँगू रख लिया है।)

'करिया' नामक बच्चे को कभी किसी ने चिढ़ाने के लिए कहा होगा—

"करिया क माई बरिया पोवैं
करिया ठाढ़ दुअरियाँ रोवै।"

(काले की माँ बड़ा बना रही हैं, वह द्वार पर खड़ा रो रहा है।)

यह तुकबंदी अब बच्चों का मनोरंजक गीत बन गई।

एक खेल गीत में 'सुदीन' नामक बच्चे की खिल्ली उड़ाई गई है, जो खेल में काफी देर तक अपना दाँव हारता रहा।

"एक दुइ तीन, पादैं सुदीन,
मुरगी क बच्चा खेलावैं रामदीन।"

(एक-दो-तीन खूब पैदल दौड़े सुदीन, मुरगी का बच्चा खेलावें रामदीन)

अपनी बारी और दाँव की प्रतीक्षा में बच्चे ईश्वर से प्रार्थना करके कहते हैं—

"राम खबरिया लेबै करिहैं,
दाया लागी देबै करिहैं।"

(भगवान् खबर जरूर लेंगे। दया लगेगी तो जरूर देंगे।)

कुछ खेलों में एक बच्चे को चोर बनाया जाता है, जो सबको ढूँढ़ता है तथा कुछ में प्रथम पारी एक लड़का प्रारंभ करता है। ये दोनों ही प्रकार के कार्य कौन करे? इसका निर्णय करने के लिए एक गीत गाया जाता है। इसमें वृत्ताकार सब बच्चे खड़े हो जाते हैं। एक बच्चा सबके हृदय पर बारी-बारी हाथ रखकर गीत का एक-एक शब्द गाता जाता है—

"अक्कड़ बक्कड़ बंबे बोल, अस्सी नब्बे पूरे सौ,
सौ मँ लागा धागा, चोर निकल कै भागा,
चोर को पकड़ लो, रसरी से जकड़ लो।
माफी माँगे छोड़ दो।"

"राजा की बेटी सोवत रही,
फूलन कै माल पहिरत रही,
रेल चलै झम्मकझम,
आलू बेटा नक्कड़दम।"

जिसके हृदय पर 'छोड़ दो' या 'दम्म' शब्द आता है उसे वृत्त से क्रमशः अलग करते जाते हैं। अंत में जो बच्चा बचा रहे उसे चोर या प्रथम पारी का खिलाड़ी बनना पड़ता है।

"अटकन बटकन दही चटक्कन
लइया क लासा बन कै कासा।
बन फूलै बनवारी फूलै,
सावन मास करैला फूलै।
एक करइल का काव नाव,
गंगा, जमुना, सिरसा, महुआ।
खेखसी धतूर बाबा,
बड़े बड़े फूल बाबा।
बाबा गए दिल्ली,
उहाँ से लाये बिल्ली।
एक बिलरिया कानी,
बच्चन कै लागै नानी।"

(अटकल, बटकल, दही के चटखारे, लाई का लासा, वन की कांस, वनफूला, वनवारी हर्ष से फूले, सावन मास में करेला फूले, एक करेले का क्या नाम? गंगा, जमुना, शिरीष, महुआ, खेखसी, धतूरा और बड़े-बड़े फूल खिल गए। बाबा दिल्ली गए। वहाँ से बिल्ली लाए, एक बिल्ली कानी। वह लगती है बच्चों की नानी।)

एक खेल में सभी बच्चे मिलकर एक गोला बनाते हैं और घूमते हुए गाते हैं

"जंगल में मंगल, आग लगी मूरती बनो।"

जिस बच्चे का मूर्ति बनने का अभिनय सबसे अच्छा होता है उसे विजयी घोषित किया जाता है।

आजकल अंग्रेजी माध्यम के स्कूलों में इसी की नकल करके 'स्टेच्यू' बनने का खेल बच्चों के बीच प्रचलित किया गया है।

सेर पहितिया या सियार डंडी या लच्ची डाँड़ी—यह खेल पेड़ पर चढ़कर खेला जाता है। चोर बना लड़का एक डंडी लेकर अपनी टाँगों के बीच से पीछे की तरफ को फेंकता है और गाता है—

"सेर पहितिया प्यारे।"

उसके बाद सब चोर बने लड़के के स्पर्श से बचने के लिए पेड़ पर से कूद-कूदकर लकड़ी छूने का प्रयास करते हैं। क्योंकि लकड़ी छूने के बाद वे जीत जाएँगे और चोर नहीं बनना पड़ेगा। इस प्रकार काफी देर तक यह खेल भाग-दौड़ कर खेला जाता है। बच्चे पत्तों के बीच छिपकर बोलते है—"सेर पहितिया प्यारे"।

जब तक चोर लड़का उस बोलनेवाले के पास पहुँचे तब तक वे कूदकर लकड़ी का स्पर्श कर लेते हैं। इस खेल से साहस, चालाकी, पेड़ पर चढ़ने की कला आदि का विकास होता है।

खेल में दाँव न देकर भाग जाना कायरता और स्वार्थ का द्योतक है। बाल समाज की आलोचना का पात्र भी खिलाड़ी को बनना पड़ता है और उसे गाली सुननी पड़ती है—

"हमार दउवाँ न देय ओकर माई कुबरी,
खाय गिरगिटवा बियाय मुसरी।"

(जो हमारा दाँव न दे उसकी माँ कुबड़ी होगी और गिरगिट खाएगी, और चुहिया को जन्म देगी)।

दाँव न देने पर विरोधी पक्ष सौगंध (किरिया) भी दे देता है, जिसका भार उतारना आवश्यक है। अत: बाल-मन उसका सहज समाधान गीतों में ढूँढ़ लेता है—

"खटर खटर पावा बोलै खटरी सोपारी,
राम जी की बगिया मँ किरिया उतारी।"

(खटर-खटर चारपाई का पावा बोलता है और खट-खट सुपारी कटती है। राम जी के बाग में सभी सौगंध उतर जाती है।)

रामजी पर बच्चों को अगाध विश्वास है। राम जी की बाग से बड़ा आश्रय और कोई नहीं। राम की बाग यह संसार है। अत: यहाँ किसी भी सौगंध का दुष्प्रभाव ठहर नहीं सकता।

'किरिया' धरानेवाले को अभिशाप देने के लिए भी गीत की रचना कर ली जाती है—

"यहि पार नदिया वही पार बाँस,
किरिया धरइया कै सत्यानास।"

(इस पार नदी है उस पार बाँस है। सौगंध देनेवाले का सत्यानाश हो जाता है।)

बणवासुर (बाणासुर) का खेल—इस खेल में एक वर्ग के चार भाग बनाए जाते हैं। दो या चार बच्चे एक-एक पक्ष में होते हैं। एक पक्ष के बच्चे लाइन पर खड़े होते हैं दूसरे पक्ष के खानों के अंदर। खानों में खड़े बच्चे सभी खानों में जाने का प्रयास करते हैं। लाइन पर खड़े बच्चे उन्हें छूने का प्रयास करते हैं। खाने में खड़े बच्चे फिर एक खाने में

आकर समवेत स्वर में गाते हैं—

"बोल गोइयाँ बणवा सुर्र"।

यदि वे छू लिए जाते हैं तो उन्हें चोर बनकर लाइन पर खड़ा होना पड़ता है। लाइन पर खड़े बच्चे गाते रहते हैं—

"तोरी खड़ियवा (चिह्नवा) पै धान कूटी"

(तुम्हारे निशान पर धान कूटूँ)।

इस प्रकार बच्चों के अनेकानेक खेल के गीत हैं।

बालिकाओं के खेल के गीत—बालिकाएँ अधिकतर गुड़िया के खेल ही खेलती हैं, जिसमें गृहिणी के क्रिया-कलापों का अभिनय होता है, जिसमें समयानुकूल सोहर, विवाह, गारी, नाच के गीत आदि चलते रहते हैं। कुछ गीत बालक-बालिकाएँ दोनों ही गाकर खेलते हैं। बालिकाओं को गुड़िया और घुमरी परैया का खेल बहुत प्रिय है।

घुमरी परैया का गीत—इस खेल में बच्चे वृत्ताकार खड़े होकर गोलाई में घूमकर चक्कर खाते हैं—

"घुमरी परैया रैया, लाल बिहतुइया,
घुमरी परैया रैया, लाल बिहतुइया।"

'सखी जोराने' का गीत—बालिकाओं को 'सखी जुराने' (सखी बनाने) में बहुत आनंद आता है। यह भी बचपन का एक खेल ही होता है, किंतु इस संबंध को वे जीवन-पर्यंत निभाती हैं। वे भोली-भाली किंतु दृढ़प्रतिज्ञ कन्याएँ जीवन भर एक-दूसरे का नाम नहीं लेतीं।

जिन कन्याओं को परस्पर सखी बनना होता है, वे वृत्ताकार खड़ी होकर मिष्ठान या पान का बीड़ा लेकर बारी-बारी से काटकर जूठा करके एक-दूसरे को खिलाती हैं। पुनः अपनी-अपनी अनामिका अँगुली एक-दूसरे की अँगुली में फँसाकर उस संयुक्त हाथ के पास अपने-अपने मुख झुकाकर अँगूठा अपने ओंठों पर रखकर गीत गाती हैं—

"सखी सखोलवा, पेट माँ गोलवा,
सखी के घर माँ बानर कूदा,
सखी कहैं मोर भतरै कूदा,
माइ छूटैं बाप छूटैं,
सखी-सखी कबहूँ न छूटैं।"

(सखी, सखा, पेट में गोला, सखी के घर में बंदर कूदा, सखी ने कहा कि मेरा पति कूदा। माँ छूट जाएँ, पिता छूट जाएँ, पर सखी का संबंध कभी न छूटे। पेट में गोला भले बन जाए, सखी का रहस्य छिपाने की शपथ जीवन भर रहेगी।) सखी को गंगाजल भी कहते हैं। गंगा सत्य और संकल्प की प्रतीक हैं।

"सखी सखाना महुआ गोदाना,
सखी क पेट फूलै, सखा बौराना।
जात रही अगरी नगरी,
भूलि गईं मथुरा नगरी
मथुरा नगरी के लोग बड़े हैं रगरी
देते हैं टेढ़ी टोपी,
फोरत हैं सिर की गगरी
कुछ आप हँसे कुछ नैना,
कुछ नैना के भीतर हँसै कजरा।"

इस गीत को गाकर सब बारी-बारी से परस्पर हाथों को चूमती हैं, नाम से संबोधित करती हैं, इसके उपरांत परस्पर 'सखी' संबोधन से। यह एक प्रकार की शपथ है। जीवन भर नाम न लेने की।

कठिन शब्दों के उच्चारण संबंधी उक्तियाँ—कुछ खेल के गीत ऐसे होते हैं जिनमें उच्चारण में बाधा होती है। बालक इस प्रकार प्रयत्न करके उच्चारण शुद्ध कर मनोरंजन करते हैं। कुछ उदाहरण द्रष्टव्य हैं—

"राजा के बाग में चारि काँच पाकल पाँच आम।"

चार-पाँच बार इसे कहने को कहा जाता है। अशुद्धि होने पर कहनेवाले की खिल्ली उड़ाई जाती है और यदि कोई शुद्ध उच्चारण प्रत्येक बार कर ले गया, तो उसकी विजय मानी जाती है। इसी प्रकार के कई उदाहरण हैं। जैसे—

"भैंसी क छ सात छोत गोबर।"

बच्चे तो क्या सयाने भी इसको लगातार दो बार से अधिक शुद्ध उच्चारण शीघ्र नहीं कर पाते।

एक अन्य गीत भी इसी प्रकार है—

"राजा कै बागि रानी कै फुलवारी,
गईं रखवारी टूटि गै डारी।
एक आम तूरयों लपकमल टपकमल।"

(राजा की बाग, रानी की फुलवारी, रखवाली करने गई, डाल टूट गई, एक आम तोड़ा लपककर एक टपक गया।) लपकमल के उच्चारण में अशुद्धियाँ हो जाती हैं।

एक खेल में बच्चे अपनी जीभ पकड़कर एक वाक्य कहते हैं—

"माई रे माई हँसियवा लाव तरबूज काटी।"

इसके उच्चारण में 'तरबूज' में प्राय: अशुद्धियाँ हो जाती हैं।

पाश्चात्य देशों में भी इस प्रकार के खेल गीत हैं, जिन्हें 'टंग ट्विस्टर' कहा जाता है।

जल क्रीड़ा के गीत—लड़कियाँ तालाब, पोखर या नदी में जल-विहार के समय कुछ गीतों को गाकर क्रीड़ा करती हैं। नाक अँगुली से दबाकर सिर को पीछे करके जल में डुबकी लेते हुए कहती हैं—

"भौजी रे भौजी मोरि मँगिया सँवारु,
तोर लाल-लाल बेटवा खेलौबौं।"

(भाभी! मेरी माँग सँवार दे, तेरे लाल-लाल बेटे खिलाऊँगी।)

जल से बाहर आने पर बाल सँवरे हुए होते हैं, जल-प्रवाह के कारण।

सब सखियाँ अपना आँचल जल में फैलाकर एक घेरा बनाती हैं या परस्पर हाथ पकड़कर घेरा बनाती हैं और बीच में कोई वस्त्र फैला लेती हैं, जल के ऊपर। फिर सब समवेत स्वर में गाती हैं—

"केतना पानी घघ्घा रानी।"

फिर कमर पकड़कर जल में झुकती हुई गाती हैं—

"यतना पानी घघ्घा रानी।"

इसी प्रकार जल में तैरना, परस्पर छूने का खेल भी खेलती हैं।

सिकड़ी/गिप्पल/चिभ्भी—

यह खेल दो पक्षों द्वारा/दो बालक या बालिकाओं द्वारा खेला जाता है। इसमें खड़िया या कोयले से जमीन पर तीन या चार वर्गाकार खानो की दो पंक्ति बनाई जाती है। एक-एक पंक्ति दोनों बालकों/बालिकाओं के लिए होती है, जिसे उनका घर कहा जाता है। इसे खेलने के लिए एक छोटी सी गोलाकार सिकड़ी (ईंट या खपड़ा के टुकड़ें से पतली गोलाकार छोटी गिट्टी) बनाई जाती है।

खेल शुरू करनेवाले अपने खाने/घर के पहले खाने में सिकड़ी डालकर दूसरे बालक के घर से लँगड़ी (एक पैर एक खाने में रखते हुए चलना) चलकर अपने पहले खाने में जिसमें कि सिकड़ी पड़ी होती हैं आकर एक पैर से ही उसे बाहर की ओर ठेलकर ले जाता है। इसी तरह क्रमशः दूसरे, तीसरे और फिर चौथे खाने तक पहुँचता है। चौथा खाना आराम करने का होता है, जिसमें खेलनेवाला दोनों पैर रख सकता है।

गोट्टी/गोटी—यह खेल बालिकाएँ अधिक खेलती हैं। इसमें पाँच या सात कंकड़ या ईंट के छोटे टुकड़े हाथ में रखकर उछालते हैं और लपककर पकड़ लेते हैं। यदि गोटी नीचे गिर जाती है तो वह निकाल दी जाती है। इस खेल में कई चरण होते हैं। अंतिम चरण तक पहुँचनेवाला ही विजयी होता है। यह कई प्रकार से खेली जाती है। जिसमें लोक्का, कैंची, थपाक और घर आदि कई विधियों से गोटी खेली जाती है।

लोरियाँ और खेल के गीत अनंत हैं। इनका संग्रह करके शिशुओं और बालकों की शिक्षा में उपयोग किया जा सकता है। इसमें बालकों में वाक्य-विन्यास की क्षमता,

सामाजिकता, अनुशासन, आत्माभिव्यक्ति आदि गुण स्वतः ही आ जाते हैं।

9. मुक्त चेतना का काव्य गारीगीत

लोक साहित्य में मर्यादा के प्रतिमान हैं। इसीलिए उनमें अनेक वर्जनाएँ और प्रतिबंध होते हैं। ऐसे प्रतिबंधों की सामाजिक परंपराओं में गोपनीयता का भाव होता है। इस प्रतिबंध की अवहेलना करके, जो शाब्दिक कथन चेष्टाएँ या अन्य प्रकार के प्रदर्शन किए जाते हैं, उन पर अश्लीलता का आरोपण किया जाता है। अश्लीलता का विवेचन करते हुए डॉ. नामवर सिंह लिखते हैं—

वस्तुतः श्लील-अश्लील का प्रश्न मूलतः गोपनीयता या प्राइवेसी का प्रश्न है। यौन-प्रसंग या स्त्री-पुरुष संबंध से उसका सीधा संबंध नहीं है। ये बातें या तो आनुसंगिक हैं या परोक्षतः प्रभावित हैं।

—**डॉ. नामवर सिंह** (कला और साहित्य, पृष्ठ-76)

आचार्य मम्मट अश्लीलता का कारण व्रीड़ा या जुगुप्सा को मानते हैं। उन्होंने अश्लीलता के संदर्भ में 'कुमारसंभव' के सातवें सर्ग का उल्लेख नहीं किया। यद्यपि दोष के प्रकरण में उन्होंने एक-से-एक श्रृंगारिक पदों का उल्लेख किया है। विश्व के प्रायः सभी देशों में बहुत सी साहित्यिक रचनाओं को और विशेषतः विद्रोही कलाकृतियों को भी अश्लील कहकर दबा देने की प्रवृत्तियाँ राजनैतिक स्तर पर सक्रिय रही हैं। फ्रांस के सुप्रसिद्ध लेखक फ्लावेयर पर उनकी 'मदाम बोबेरी' कृति को अश्लील आरोपित करते हुए मुकदमा चलाया गया। इसी प्रकार डी.एच. लारेंस की 'लेडी चटर्जीज लवर' पर भी अश्लीलता का आरोप लगाया गया।

डॉ. नामवर सिंह के अनुसार तो—

'इन रचनाओं का मुख्य अपराध दरअसल यह रहा है कि उन्होंने पूँजीवादी व्यवस्था के नैतिक ढोंग का उद्‌घाटन किया है।

—**डॉ. नामवर सिंह** (श्लील और अश्लील—कला और साहित्य, पृष्ठ-73)

राजनैतिक विद्रोहियों पर भी शासन द्वारा बहुधा उनकी चरित्रहीनता का दोषारोपण किया जाता है। अश्लीलता, चरित्रहीनता पूँजीवादी व्यवस्था के तरकश के अमोघ अस्त्र हैं।

(वही)

इस प्रकार श्लील और अश्लील का विवेचन बहुत ही विवादास्पद है। काव्य के क्षेत्र में श्लील तो महत्त्वपूर्ण है ही। पर यदि अश्लील के साथ 'सत्यं शिवं सुंदरम्' का सुयोग हो तो वह भी त्याज्य नहीं। श्री सुमित्रानंदन पंत ने श्लील-अश्लील के विषय में अपना विचार प्रकट किया है—

"श्लील-अश्लील मूल्य दो हाथ, असुंदर-सुंदर युगस्थित पात्र।

द्वंद्व अतिक्रम कर रच कल्याणि सत्य शिवमय शोभा गात्र।''

—श्री सुमित्रानंदन पंत (अमर शिल्पी लोकायन से)

अत: श्लील-अश्लील के विवेचन के पचड़े में न पड़कर यदि हम लोक मानस के धरातल पर खड़े होकर लोक साहित्य पर विचार करें तो इसमें उन्मुक्त आकाश दिखाई देता है। यह मानसिक कुंठाओं से घिरा हुआ नहीं है। यहाँ मानव सुलभ व्यापक अनुभूतियाँ अचेतन मन में ढकेली जाकर मानसिक जकड़न नहीं पैदा करतीं, बल्कि उनके उमंग भरे फाग गीतों या गारी गीतों आदि के माध्यम से प्रस्फुटन होता रहता है। यहाँ वासनाओं का दमन नहीं किया जाता, वरन् हँसी से उन्हें प्रकट किया जाता है।

मनुष्य की सुखमय जीवन बिताने की कामनाओं की पूर्ति के मार्ग में अनेक वर्जनाएँ आती हैं। ज्यों-ज्यों सभ्यता का विकास हुआ जीवन में कृत्रिमता के आवरण बढ़ते गए और साथ ही मानव की निसर्ग प्रवृत्तियों का गोपन तथा दमन परंपरागत रूप में दृढ़ होता गया। सभ्यता और संस्कारों के स्तर सघन होते-होते दुर्भेद्य होते गए। पर मानवीय मूल प्रवृत्तियाँ अपने प्राकृतिक और सहज रूप को प्रकट करने के लिए छटपटाती और अभिव्यक्तिकरण का मार्ग ढूँढ़ती रहती हैं और इनकी अभिव्यक्ति कभी गीत के रूप में होती है, कभी फैशन के रूप में। कभी धार्मिक उत्सवों में देवताओं की प्रसन्नता और प्रसाधन के रूप में ये प्रकट होती हैं तो कभी शुभ संस्कारों पर स्वाँग और खेल तमाशे के रूप में। पौराणिक आख्यानों में देवताओं का विलासी जीवन तत्कालीन मानवीय उद्दाम वासनाओं के उदात्तीकरण का एक रूप समझा जा सकता है। सामाजिक मर्यादाओं के कारण अश्लील समझी जानेवाली वस्तु या भाव का उदात्तीकरण या मार्गांतीकरण समाज में कविता कला और संगीत के माध्यम से एवं लोक साहित्य में विभिन्न संस्कारों तथा ऋतुओं के गीतों के रूप में भी होता आया है।

यह मानव का स्वभाव है कि जो वस्तु वर्जनाओं के घेरे में आ जाती है, उसकी ओर वह तीव्र आकर्षण का अनुभव करता है और उसकी प्राप्ति में वह सुख की कल्पना करता है। मनोवैज्ञानिक रूप में भी प्रत्येक प्राणी सुख की उपलब्धि और दु:ख तथा बंधनों का निराकरण चाहता है। सुख की इसी भावना को आगे बढ़ाकर कृत्रिम चरम सुख को प्राप्त करने की महत्त्वाकांक्षा रखता है। यह बात दैहिक, मानसिक और आध्यात्मिक तीनों स्तरों में अपना महत्त्व रखती है। भारतीय दर्शन के अनुसार भी ब्रह्म का स्वरूप सच्चिदानंदमय है और इसी आनंद की उपलब्धि मानव जीवन का परम लक्ष्य है। सामान्य मानव के जीवन में मनोरंजन का कम महत्त्व नहीं है और अपने मनोरंजन के अवसर पर वह केवल अपने समाज के लोगों को ही नहीं शामिल करता, बल्कि सभी देवता और देवियाँ भी उसमें भाग लेते हैं। यही कारण है कि विवाह आदि के अवसर पर देवी-देवताओं को 'गारी' सुनाई जाती हैं। देवों-देवियों को पहले 'गारी' गाकर तब

अन्य स्त्रियों, पुरुषों को गाई जाती हैं। इसका उदाहरण है—तेल चढ़ने (तेलवाई) के दिन अवध क्षेत्र में तालाब के किनारे भूमि को तेल और सिंदूर से टीकते समय का गीत जिसमें प्रतीकों के माध्यम से बात कही गई है—

"काली माई बैठीं धूरि मा, शीतला माई बैठीं धूरि मा,
काली माई के बीछा मारै हो, शीतला माई के बीछा मारै हो।
कि गिरि परु बदका बीछिया।
डीह बाबा ऐसन रसिया, अगुवान चंद ऐसन रसिया
वै आइ कै बीछा झारैं हो, काली माई कै लहरि उतारैं हो॥
कि गिरि परु बदका बीछिया।"

इसी प्रकार विवाहोपरांत तालाब पर मौर सिराते समय (मौर को पृथ्वी में गाड़ दिया जाता है, जिससे कि वह शीतल रहे और वर-वधू भी सुखी शीतल रहें), जब स्त्रियाँ गड्ढा खोदती हैं तो पहले देवियों को गाली गाकर फिर अन्य स्त्रियों के लिए गाया जाता है—

माटी छुवै बैठीं वहि मटिखनवाँ,
झिंगवा पैठिगै काली माई के लहँगवा।
उलारि मारै झिंगवा, दुलारि मारै झिंगवा।

प्राय: यह देखा गया है कि यदि किसी की निंदा करना हो या उपालंभ देना हो तो अपने आखेट पर छींटा उछालने से पहले वक्ता उसी बात को अपने ऊपर पहले कह लेता है। इससे कथन की अप्रियता या कटुता कम लगती है। इसी प्रकार लोक साहित्य में अपनी अभद्र बात को देवी-देवता (जो पूज्य हैं) के प्रति कहकर उसका आरोपण उस व्यक्ति पर किया जाता है कि जो उसका सही लक्ष्य होता है। इस प्रकार ये ग्रामदेव और ग्रामदेवियाँ जाने कब से इन मधुर गालियों का श्रवण करते आ रहे हैं।

गारीगीतों को शुद्ध साहित्य की दृष्टि से अश्लील भले ही समझा जाय, पर लोक साहित्य ने उन्हें वर्जना के क्षेत्र के बाहर रखा है। अपने प्राकृतिक परिवेश में इनके गायन में कोई प्रतिबंध नहीं है, बल्कि अधिकांशत: जनसमाज इसमें रुचि लेता है। ये गीत ग्रामीण समाज में हेय नहीं समझे जाते। उन्हें पूर्णतया निरुपादेय नहीं कहा जा सकता, क्योंकि मानसिक कुंठाओं के शिथिलीकरण में इनका योगदान महत्त्व रखता है। लोक संस्कृति में सामान्य जनजीवन वर्जनाओं के घेरे में जकड़ा हुआ है।

ये गारीगीत सीलन भरे बंद अँधेरे कमरे की वे खिड़कियाँ हैं, जो यदा-कदा ही मुक्त वायु और प्रकाश के लिए खोली जाती हैं, नहीं तो जीवन दुर्वह हो जाए। लोकजीवन ऊँची चहारदीवारी से घिरे हुए प्रकाश और वायुवर्जित प्रांगण में विद्यमान पौधे के समान

हैं। विशिष्ट गारीगीत, फगुआ, कबीर आदि के आयोजन कुछ समय के लिए खुलनेवाले झरोखे के सदृश हैं, जिनसे होकर स्वच्छ वायु और प्रकाश उस कुम्हलाते पौधे को नवीन संजीवनी शक्ति एवं स्फूर्ति प्रदान करते हैं, जिससे जीवन की जटिलता और दुर्वहता कुछ हल्की पड़ जाती है। लोकसाहित्य बताता है कि हमारा निसर्ग जीवन कुंठाओं और वर्जनाओं से मुक्त था। सभ्यता और संस्कारों की परतों ने उसको कालांतर में पूर्णतया आच्छादित कर लिया। अब लोकगीतों और लोकजीवन में परस्पर विरोधाभास स्पष्ट परिलक्षित होता है। कहाँ तो लोकसाहित्य की 'गारी', 'फगुआ' (फाग) आदि में वर्णित संभोग शृंगार के आवरणहीन चित्र और कहाँ जीवन की दमघोंट वर्जनाएँ। परंपरा में प्रवहमान ये गीत हमारी आदिम प्रवृत्तिगत चेतना का प्रतिनिधित्व करते हैं। लोकगीतों में 'गारी' को 'गाली' न समझने की प्रार्थना भी की गई है—

"यहि गारी के गारी न बूझा, ई है प्रेम पियारीजी।
ई त प्रेम रस बोरी जी।"

गारीगीतों के माध्यम से आत्मीय भाव प्रकट किया जाता है, विवाह द्विरागमन आदि के प्रीतिभोजों के अवसर पर जेंवनार की 'गारी' गाने की प्रथा हमारी भारतीय संस्कृति का अंग रही है। दो अपरिचित परिवारों के बीच संबंध जुड़ता है। औपचारिकता की सीमाएँ टूटती हैं और अनौपचारिक रूप में सौहार्द और प्रेम का वातावरण दृढ करने के लिए महिलाओं द्वारा गाई जानेवाली 'गारियाँ' पुरुषों के भोजन समय में मनोविनोद के साथ ही औपचारिकता को भंग करने की उद्घोषणा सी करती प्रतीत होती है। भोजन के समय हास-परिहास, चुटकुले आदि कहने की प्रथा प्रायः प्रत्येक सुसंस्कृत देश में है। इससे भोजन का आनंद बढ़ जाता है और एक रोचक वातावरण की सृष्टि होती है। किसी कवि ने गारीगीतों की प्रशंसा की है—

"फीकी पै नीकी लगैं, कहिए समय विचारि।
सबके मन हर्षित करें, ज्यों विवाह में गारि॥"

इन गीतों का उद्देश्य मानसिक आघात पहुँचाना या ईर्ष्या द्वेषभाव प्रकट करना न होकर रागात्मक निखार लाना होता है। तुलसीदास की भाँति ही लोकगीतकारों ने भी राम-लक्ष्मण के लिए जनकपुर में गारी गाये जाने का वर्णन किया है। राम-लक्ष्मण को गारी सुनकर संकोच होता है कि यह तो माता-पिता के प्रति अभद्रता है। सखियाँ उन्हें समझाते हुए उपालंभ देती हैं—जब ऐसा भय था तो फिर ससुराल क्यों आए? तुम इसे गाली समझ रहे हो, भोले हो। अरे यह तो प्रीति के प्यारे-प्यारे बोल हैं, तुम अपना मन खिन्न न करो। इससे गाली नहीं पड़ती, गाली सुनना तो ससुराल का अनिवार्य विषय है। जिसमें इसे सुनकर आनंद लेने की क्षमता न हो, उसे ससुराल नहीं जाना चाहिए।

जेवन बैठे लखन रघुराई, देर्थीं सखी सब गारी हाँ सीताराम से बनी।
काहें सखिन सब गारी तूँ देति हो, माता-पिता के परै गारी हाँ सीताराम से बनी।
माता-पिता के गारी जौ परिहै, काहें के आया ससुरारी हाँ सीताराम से बनी।
यहि गारी काँ गारी न समझा, ई तौ प्रेम कै गारी हाँ सीताराम से बनी।

गारीगीतों में अभिव्यंजना शक्ति के माध्यम से भी बात कही गई है। राम-लक्ष्मण के श्याम-गौर वर्ण को देखकर नाउनि परिहास करती हैं कि तुम्हारी माँ की कोख धन्य है। एक ही कोख से राम साँवले और लक्ष्मण गोरे कैसे हो गए?

राम क निरखै नउनियाँ त बहु मुसकाय,
काहे काँ राम भये साँवर त लछिमन गोर।

पर अधिकांशत: अभिधा शक्ति का ही प्रयोग इन गीतों में हुआ है। इसमें हमें भले अश्लीलता दृष्टिगोचर हो, पर लोकजीवन में इसको बहुत ही सहज ढंग से गाया और सुना जाता है।

एक अन्य गारीगीत में राम की माता को स्पष्ट रूप से 'गारी' गाई गई हैं। विदेह राजा जनक यहाँ एक नए रूप में प्रस्तुत हैं—

नान्ही नान्ही बुनियन मेह बरिस गै, आँगन परिगै काई कि हाँ जी,
तहाँ सिरी राम कै मैया रपटि गिरी हैं, हम जानी नजरानी कि हाँ जी।
हमरे जनक राजा रसिया बैदवा, धरहि समधिन कै नारी कि हाँ जी
नारी धरतै बुधि उपराजी, चलहु न महल हमारी कि हाँ जी।
दान दहेज देबै रूप रुपैया, नेगे म मोहरि अढ़ाई कि हाँ जी।
घुँघटा टारि जब देखै जनक जी, समधिन तौ निपट पुरानी कि हाँ जी।
दैद्‌या समधिन रुपया मोहरिया, मोरे घरे जोरू रिसाई कि हाँ जी।
काहें के देंव समधी रुपया मोहरिया, मोरी गाढ़ी कमाई कि हाँ जी।

स्पष्ट है कि ये गीत साधारण समधी-समधिन को लक्ष्य करके गाए गए हैं, किंतु इसमें राम की माँ और समधी जनक का नाम जोड़ दिया गया है, जो कि लोकजीवन में समधी-समधिन के प्रतीक बन गए हैं।

इस गीत में दहेज-प्रथा और नेगचार की प्रथा के ऊपर भी व्यंग्यपूर्ण परिहास किया गया है।

काव्य में हमारी वासनाओं का उन्नयन (सब्लीमेशन) होता है। मनुष्य की आदिम प्रवृत्तियाँ उसका कच्चा माल (रॉ मैटीरियल) हैं। इस कच्चे माल से तैयार होती हैं परिष्कृत काव्य-रचनाएँ। किंतु इस प्रक्रिया में कुछ भाग अनगढ़ कच्चे या अधपके रूप में शेष रह जाता है, जिसका नाम भी बहुधा अश्लील साहित्य के अंतर्गत सम्मिलित कर लिया जाता है।

वासनाओं के उन्नयन के लिए जिन यवनिकाओं का संबल ग्रहण किया जाता है, उनका वितान विभिन्न वादों के रूप में होता रहता है। रहस्यवाद, छायावाद, प्रतीकवाद आदि ही वे विभिन्न यवनिकाएँ हैं, जो उस उन्नयन की साधन सामग्री हैं। लोकगीतकार बहुधा इन यवनिकाओं से अपरिचित होता है और अपनी मूल वासनाओं को उनके प्रकृत रूप में ही अभिव्यक्त कर देता है। क्योंकि लोकजीवन उसकी रचनाओं में अपना सहज रूप प्रकट कर देता है। यही हमारी मानसिकता का सच्चा प्रतिबिंब है।

वैसे तो हिंदी की उद्‌भव कालीन परिस्थितियों में वाममार्गी सिद्धों तथा नाथों के काव्य की अनेक पंक्तियों पर भी अश्लीलता का आरोपण सरलतापूर्वक किया जा सकता है। यद्यपि वे वामाचार साधना की पद्धति के स्पष्टीकरण हेतु लिखी गई हैं।

सूरसागर में दानलीला और मानलीला के प्रसंगों में अंगों के उपमानों का वर्णन करके अंगों का दान लेने की कामना व्यक्त करके अश्लीलता का निर्वाह किया गया है। पर लोकगीतों में ऐसा वर्णन उपमेय द्वारा ही अपने प्रकृत रूप में किया गया है। गोपियाँ कृष्ण के मार्ग रोकने पर उनसे कदम-पत्र तोड़ने और उसमें दही चखने का आग्रह करती हैं, पर वे आँचल में ही दही चखने के इच्छुक हैं—

घर से निसरीं गुवालिनि-2 बेंचन दान दही रे दही।
आँतर मिलि गै कन्हैया-2 रोकत राह गली रे गली॥
तोड़ौ कदम कै पाता 2 चीखउ दान दही रे दही।
पत्ता लागे हैं झाँझा 2 अँचरे म चिखबै दही रे दही,
आँचर है मेरो जूठा 2 लरिकन लार बही रे बही,
कहिया गयू तूँ गवनवाँ 2 कब तुहरे लरिका भये रे भये।
नैहर भैया भतिजवा 2 वनहीं कै लार बही रे बही॥
झूँठ बोला न गुवालिनि 2 दै देहु अँचरे दही रे दही।

आँचल में दही चखने का वर्णन प्रतीकात्मक है। गोपियाँ आँचल को बच्चों की लार गिरने से जूठा हुआ बताती हैं। कृष्ण उनसे प्रश्न करते हैं कि कब गौना हुआ? कब बच्चे हुए? इन प्रश्नोत्तरों में संकेत है। गोपियाँ अंत में सफाई देते हुए कहती हैं कि छोटे भाई-भतीजों की लार गिरी है। और तब कृष्ण बरजोरी करते हैं।

इसी प्रकार एक गारीगीत में कुआँ और डोरी की प्रतीक योजना से बात कही गई है—

कहँवा कै कुअना कहाँ लागी डोर, सुन भँवरा रे।
फलाँपुर कै कुअँना, फलाँपुर की लगी डोर सुन भँवरा रे।
तहाँ कौने राम कै बहिनी पानी भरै जायँ, सुनु भँवरा रे।
उहाँ हमरे कौने राम झाँकि झाँकि आवें, सुनि भँवरा रे।

गाल बने हैं जैसे गधरा आम, सुनु भँवरा रे।
दुइ देखे मोरा दाँत सोहराय सुनु भँवरा रे।
महुआ के कूँच देखे हाथ सोहराय सुनु भँवरा रे।

गालों की उपमा गधरा आम (पकना शुरू होने की प्रारंभिक स्थित) से कितनी सटीक है तथा मौलिक कल्पना है। इसमें लालिमा सुचिक्कन व सुडौल होने का भाव है। काव्यगत सौंदर्य की दृष्टि से भी यह गीत भरपूर है। इसमें उत्प्रेक्षा, उपमा, रूपक उक्ति वैचित्र्य आदि में अलंकारों की छटा दर्शनीय है।

इन गारीगीतों से सामाजिक प्रवृत्ति और समाज की नैतिकता के मानदंड क्या थे और क्या हैं, इनका भी ज्ञान होता है, नृत्य और गायन में पहले कुछ विशेष वर्ग की स्त्रियाँ ही निपुण होती थीं। कुलीन स्त्रियाँ सीखती तो थीं, पर जन समाज के बीच उनके प्रदर्शन पर समाज की आचार संहिता लागू थी। अत: नाचने के गीत में यही संकेत किया गया है—

मुरली वाले मुरलिया बजैहो कि नाय।
कौने राम कै बहिनी, कुछ आज नचिहैं
कुछ बिहान नचिहैं,
कुछ कौने राम की महफिल के बीच नचिहैं।

एक अन्य गीत में भी लोककवि व्यंजना के माध्यम से अश्लीलत्व के दोष को बचा गया है। पान का बीड़ा खाते ही गर्भ धारण करने में व्यंजनात्मक सौंदर्य है।

तोरे बीरा म अजब बहार बरइनि बीरा लगाव
से बीरा खाई हैं कौने राम कै बहिनी
खातै गरभ रहि जाय, बरइनि बीरा लगाव।
दमरी और दुकरा बटोरा फलाने राम
तोहरी बहिनी गरुवाँय, बरइनि बीरा लगाव।
जेकर मन होय लै जाय, बरइनि बीरा लगाव।

बारात में आए प्रत्येक छोटे-बड़े व्यक्ति को गारी गाई जाती हैं, जिससे कोई स्वयं को उपेक्षित न समझे। बारात के नाई, कहार, बाजे वाले सब आज सम्मानित अतिथि हैं। साम्यवाद की यह भावना केवल लोकमानस में देखी जा सकती है। अत: बाजेवाले, नाई, कहार, बारी, पंडित, माली, दरजी, सुनार, लुहार सभी को गारी के मधुर छीटे रससिक्त करते हैं। विवाह में बाजेवाले ज्यों ही बाजा बंद करते हैं, उन्हें सुनने को मिलता है—

बजनिया काहें चुपान, बजावत काहें नाहीं रे।
तोहरी बहिनी को ले गए पठान, बजावत काहें नाहीं रे।
तोहरी बहिनी को ले गए डोमार, बजावत काहें नाहीं रे।

क्या बहन को पठान या डोमार ले गया? इसलिए चिंतित हैं। अरे बजाओ, यह घटना तो प्रसन्नता की है।

विवाह-मंडप में दोनों पक्षों का लावा मिलाते समय गीत गाया जाता है, जिसमें लावा मिलने के साथ-साथ दोनों पक्षों के मधुर मिलन का संकेत परिहास के रूप में किया जाता है। इसमें पंडित, समधी, नाई, कहार सभी के लिए वरपक्ष से जोड़ी माँगी जाती है—

मोर लउवा, तोर लउवा एक्कै माँ मिलाय दे।
मोर पंडित, तोर पंडिताइन दूनौ काँ मिलाय दे।
मोर कहरा, तोर कहारिन दूनौ काँ मिलाय दे।
मोर लरिकन, आपन बिटियन दूनौ काँ मिलाय दे।

नाई-नाइन विवाह आदि के अवसर पर महत्त्वपूर्ण भूमिका निभाते हैं। छाया की भाँति वर-वधू के साथ नाई-नाइन लगे रहते हैं। अतः ये गारी के श्रवण सुख से वंचित क्यों रहें? गारी के मधुर छींटे उड़-उड़कर उन पर भी पड़ते रहते हैं—

नउवा कॉ दिहे हैं घोड़ा, नाउनि नकबेसरि हो,
नउवा तो चढ़हू न जानै, नउनिया क लै गै चोर।

दोनों को नेग देने का परिणाम हास्यास्पद रहा। नाई घोड़े पर चढ़ना ही नहीं जानता। नाइन ने बेसर पहनी, परिणामतः चोर बेसरि समेत नाइन को भी ले गया।

विवाह में लावा माँगने के लिए भड़भूजे के घर जाकर स्त्रियाँ परस्पर और भड़भूजे की पत्नी को गारी का लक्ष्य बनाती हैं।

ए भुजइनियाँ ऐ भुजइनियाँ, तोरे खेते बोयों साठा,
आपन साठा मैं काटि लै आयों, तोके लै जाय बाँठा।
ए भुजइनियाँ ऐ भुजइनियाँ, तोरे खेते बायों रहिला,
आपन रहिला मैं काटि लियावौं, तोके लै जाय गदहिला।

वर को सजाने के लिए पंडित, सुनार, दरजी, मोची आदि आते हैं, तब नेग के साथ साथ उनका गारी गीतों के माध्यम से दूल्हे की माँ, बहन, बुआ आदि के साथ मधुर संबंध भी जोड़ा जाता है।

जैसे—जोड़ा पहनाते समय गीत गाती हैं—

"जोड़वा के भूखे दुलहे रामा, जोड़वा जोड़वा करैं,
बहिनी बन कै गयीं दरजिया धराँ, अँखिया कजर दिहे,
मँगिया सेंहुर दिहे।"

वर पक्ष से बारात का प्रस्थान होने के पश्चात् गाँव भर की लड़कियाँ भागकर किवाड़ बंद कर लेती हैं। गाँव की बहुएँ किवाड़ खुलवाने के लिए गारीगीतों के माध्यम

से प्रार्थना करती हैं और वे उत्तर में गारी गाकर ही नेग माँगती हैं।

खोल-खोल बिटियवै केवांरी मैं देखौं—
देहु देहु रुपइया, मोहरिया मैं देखौं—

इनमें तुकबंदी करके शरीर के अंगों के उपमान जुटाए जाते हैं। लगभग घंटे भर तक इन गीतों की बौछार दोनों ओर से होती है।

माँग पूरी होने पर ही पट खुलता है। इसके बाद पूरी रात्रि जगकर स्त्रियाँ तरह-तरह के स्वाँग, मजाक करके मन बहलाती हैं और घर की रखवाली भी करती हैं।

नकटौरी के दिन (विवाह के दूसरे दिन) पूरा दिन इसी प्रकार के स्वाँग और गीतों की धूम रहती है। इस दिन सुलाखी-बुलाखी का गीत बहुत आवश्यक माना जाता है। आटे की पुतली की सिंदूर से माँग भरी जाती है, कौड़ी जड़ी आँखों में काजल रचाया जाता है। लाल चूनर पहनाकर सूप में लिटाकर छत या खपरैल पर रख दिया जाता है। एक स्त्री सीढ़ी पर चढ़कर उस पुतली को संबोधित करती हुई गाती है। नीचे खड़ी स्त्रियाँ उसके उत्तर में गाती जाती हैं—

ए सुलाखी।
का बुलाखी।
राति कहाँ रह्यू?
मटिखनवाँ।
काव करति रह्यू?
फलाने की बहिनी काँ दीया देखावत रह्यों
तूँ बच्यू?
हाँ, मैं बच्यों, बनाय बनाय,
सुलखिया हौले हौले आवै। सुलखिया दियना बारे आवे।

इसके पश्चात् गाँव भर के उपस्थित और अनुपस्थित (बारात गए हुए) लोगों के नाम पुकार-पुकारकर गारी गाती हैं। फिर 'देवतही' (विवाह का शुभ कर्मट करनेवाली स्त्री) को लोढ़े का पुत्र पैदा होने का स्वाँग किया जाता है। यह समस्त स्वाँग और क्रिया-कलाप विवाह के प्रमुख उद्देश्यों के प्रति संकेत करते हैं। संभवत: किशोर-किशोरियों को विवाह के इन उद्देश्यों से परिचित कराने के लिए ही इन गारीगीतों का सृजन हुआ है। खजुराहो और पुरी आदि धार्मिक स्थलों की कला का जो उद्देश्य था, संभवत: वही उद्देश्य इन गारीगीतों का है।

आज के मनोवैज्ञानिक किशोर-किशोरियों को काम-शिक्षा देने पर बल देते हैं। संभवत: लोकमानस ने इस आवश्यकता को समझकर ही इन गीतों का प्रणयन किया हो। क्योंकि ग्रामीण समाज में 'काम' एक हौआ समझा जाता है, जिसके प्रति कोई

जिज्ञासा या कौतूहल प्रकट करना किशोर-किशोरियों के लिए अशोभनीय समझा जाता है। अतः ये गारीगीत ही उनके लिए काम-शिक्षा के ग्रंथ सिद्ध होते हैं। चूँकि इनका श्रवण आबाल-वृद्ध सभी नर-नारी करते हैं।

अब वर्तमान परिप्रेक्ष्य में उसका दुष्प्रभाव यदि पड़ता है तो उसके लिए केवल गारीगीत ही जिम्मेदार नहीं, बल्कि वे तमाम परिस्थितियाँ और वातावरण भी हैं, जिनमें आज का किशोरमन पल रहा है। केवल गारी गीतों के माथे ही अश्लीलता का दोषारोपण करके हम भूल जाते हैं कि आज का सस्ता साहित्य, आज की फिल्में उससे भी कहीं अधिक नग्न चित्र देकर उन्हें गुमराह कर रही हैं।

आज के बदलते परिप्रेक्ष्य में जब कि काम-शिक्षा के अन्य साधन सुलभ हैं, उन गारीगीतों की उपादेयता निस्संदेह उतनी नहीं रह गई है। पर आज भी हमारे गाँवों में अभी भी जाने कितने घर पड़े हैं, जिन्हें शिक्षा और स्वस्थ मनोरंजन के नाम पर कुछ भी उपलब्ध नहीं है।

ननद-भाभी, देवर-भाभी, जीजा-साली, नंदोई-सलहज आदि रिश्ते हास-परिहास के लिए सर्वाधिक स्वतंत्रता रखते हैं। इन रिश्तों के परिहास पर समाज की आचार संहिता के द्वारा कोई रोक-टोक नहीं और न ही सुननेवाले को बुरा लगता है। इन सबके पीछे भी संभवतः वही उद्देश्य है, जो गारीगीतों के पीछे है।

भतीजे के जन्मोत्सव पर शिशु की बुआ को तरह-तरह के परिहास सुनने को मिलते हैं। वह बधावा लेकर आई है। उसमें लाई गई प्रत्येक वस्तु के लिए कहा जाता है कि उसे बुआ ने 'अपनी कमाई' से प्राप्त किया है। 'अपनी कमाई' ही गाली है—

लालन के बुआ रसीली हो, बधाव लैके आइ गई हो।
सोनार भतार किहीं, सोनरा के घरे गईं
अपनी कमाई से, गोड़हरा गुजहरा लै आइ गईं हो।

इन गीतों के द्वारा सोनार, दरजी, हलवाई आदि के साथ अपना संबंध जुड़ता सुनकर बुआ न तो रुष्ट होती हैं, न अपना अपमान समझती हैं, उसे अपने पतिव्रत धर्म पर इस कथन के छींटों से पाप की कीचड़ कालिमा लगाने का भी तनिक भर भी ध्यान नहीं जाता, बल्कि उसे प्रसन्नता होती है कि ईश्वर ने मुझे बुआ बनाकर यह दिन तो दिया कि इन गालियों को सुनने का सौभाग्य मिला।

इस सोहर गीत के माध्यम से गाई जानेवाली गाली को ननद की भाभियाँ ही नहीं गातीं, बल्कि सभी उपस्थित स्त्रियाँ गाती हैं, चाहे मुन्ने की बुआ उनकी पुत्री या पौत्री ही क्यों न लगती हो।

नवजात शिशु के नाना-नानी, मामा-मामी, मौसी आदि को भी परिहास का लक्ष्य बनाया जाता है, एक गीत में पंडितजी को बुलाकर शिशु के पिता और माँ के गोत्र के

विषय में पूछा गया है। पिता के गोत्र में सभी ज्ञानी विद्वान् कुलीन और ऐश्वर्यशाली हैं, पर जच्चा रानी के मायकेवालों के साथ परिहास किया गया है। पंडित बताते हैं—

बपवा त नट बहुँचरिया त माई वन कै बेड़िनि हो,
सातौ भइया खझड़ी बजावैं, बहिनी नगरनाचनि हो।

पिता नट है माँ नाचने-गाने का पेशा करनेवाली। भाई बजनियाँ और बहन भी नाचनेवाली है। इस 'गारी' को सुनकर नाना-नानी, मामा आदि असीम प्रसन्नता और आह्लाद का अनुभव करते हैं। न तो ये गीत कटुता पूर्ण ह्रदय से गाए जाते हैं और न ही कटु प्रभाव डालते हैं।

विवाह और गौने के अवसर पर वरपक्ष के लोगों को 'गारी' गाने की प्रथा है। कन्या पक्ष के लोग जब वर के यहाँ तिलक चढ़ाने जाते हैं, तब और जब विदाई के चौथे दिन 'चौथी लेकर एवं सावन में तीज लेकर जाते हैं, तब वर पक्ष की स्त्रियाँ उन्हें गारी गाती हैं। बेटी को विदा कराने जब वे कन्या की ससुराल जाते हैं, तब भी 'गारी' सुनते हैं। इसके अतिरिक्त समधी, दामाद जब भी कभी आते हैं तो उनके सम्मान में गारीगीतों का आयोजन होता है। शिक्षा के प्रभाव ने इस प्रथा को अधिकांशत: समाप्त कर दिया है, परंतु अभी भी कुछ परिवारों में यह प्रथा चलती आ रही है।

जेवनार की 'गारी' के कुछ उदाहरण प्रस्तुत हैं—

आम पके खरबूजा पाके, पाकन लागीं कलियाँ, हाँ चलु जाने दे।
बहिनी हेरानी तोहरी कौने राम, हेरैं गलियाँ-गलियाँ, हाँ चलु जाने दे।
हाट लै निसरी बजार लै पहुँची, केहू न पूछै बतिया, हाँ चलु जाने दे।
बजाजा म गई सराफा म गई, केहू न पूछै बतिया, हाँ चलु जाने दे।
हमरे कौने रामा मोहि गए हैं, जेनकर लंबी धोतिया, हाँ चलु जाने दे।
जेन कर बड़ी बड़ी मोछिया, हाँ चलु जाने दे।
बतिया पूछे छतिया लगावें, लै पौढ़ावें खटिया, हाँ चलु जाने दे।

कलयुग में पारिवारिक संबंध, गुरु-शिष्य संबंध और जाति-व्यवस्था के खोखलेपन की ओर संकेत गारीगीतों में हुआ है—

वाल्मीकि तुलसीजी से कहि गए, ऐसा कलयुग आवैगा, सीताराम सीताराम
बेटा मातु पिता ना चिन्हिहै, तिरिया से नेह लगावैगा, सीताराम सीताराम।
चेला अपना गुरु ना चिन्हिहै, अपने गुरु को मारैगा, सीताराम सीताराम।
छत्री होइकै रन से भागैं, सूद्रहि राज चलावैगा, सीताराम सीताराम।

एक अवधी सोहर गीत में राधा द्वारा कृष्ण से नदी पार किए जाने की प्रार्थना है, बदले में राधा सारे आभूषण देना चाहती हैं, पर कृष्ण का एक ही हठ है—केवल आज की रात रुक जाओ, भोर होते ही उतार दूँगा। राधा कहती हैं—घर में मेरी प्रतीक्षा हो रही

होगी, मैं नहीं रुक सकती, लेकिन बरबस कृष्ण उनकी बाँह थाम लेते हैं और उनके साथ यमुना जल में उतरकर स्नेह जोड़ते हैं—

"गोरी ग्वालिन बड़ी सुन्नरि, बात बोल चौकस,
भौंहन चढ़ी है कमान, दहिय बेंचै निसरैं।
दहिया बेंचि गुवालिनि लौटैं, कन्हैया रहिया रोकैं।
ग्वालिनि! दै देहु मोरी उतरैया मैं परवाँ उतारौं।
लै लेहु कनवा कै कुंडल, हथवा कै मुन्नर,
कान्हा लेहु गजमोतिया कै हार त परवा उतारौ।
अगिया लगावौं कनवा कुंडल, बजर परै मुन्नर,
सुन्नरि आजु रैनि बसि जात्यू, मैं भोरवैं उतारौं।

बसंत ऋतु की मादकता तथा श्रृंगार-प्रसाधनों का इन गारीगीतों में विशेष उल्लेख मिलता है—

"गुलमेहँदी मँ आई बहार, फूल रही हैं कलियाँ, हाँ चलु जाने दे।
चलु बाग तमासे औ जनवासे, तोरन दे हम्मैं कलियाँ, हाँ चलु जाने दे।
कौन राम की बहिनी घूमैं निसरीं, सिर पै बाँका जूरा, हाँ चलु जाने दे।
नयना माँ कजरा, माथे पे बिन्दिया, मोतियन माँग भराई, हाँ चलु जाने दे।
रेसम चोली कसिकै गोरी, पहिरि लिहीं पटसारी, हाँ चलु जाने दे।
अतलस क लहँगा कमर माँ बाँधे, ऊपर ओढ़े चदरिया, हाँ चलु जाने दे।

स्वतंत्रता की चेतना की लहर के समय अंग्रेजों की स्त्रियों को भर्त्सना की दृष्टि से लोक ने देखा। एक गारीगीत में अंग्रेज स्त्रियों के प्रति उसका यह भाव व्यंग्यात्मक रूप में प्रकट हुआ है। यहाँ पर निश्चय ही गारीगीत का लक्ष्य मधुर नहीं लगता। अपने नेता जवाहर लाल के प्रति अवश्य मृदु भाव से ही कहा गया है—

हमरे जवाहिर लाल गै रहिन बिलाइत,
घेरि लिहीं ओनहूँ के गोरवन कै नारि, झमकोइया मोरे लाल।

सुराजी (स्वराज्य की) गारी का आजादी के साथ ही जोरों से प्रचलन हुआ। शिक्षित परिवारों में इन्हें गाने की ही छूट थी। इनमें स्वतंत्रता-प्राप्ति के प्रयत्न, चरखा आंदोलन तथा समाज-सुधारों आदि की विस्तृत चर्चा हुई। इनमें अश्लील गारीगीतों को छोड़ने का सुझाव दिया गया है—

हम भारतवासी-2 पाए सुराज सही रे सही।
मिले गांधी जवाहिर-2 एकहि बाति कही रे कही।
सब कातउ चरखा-2 सुख कर मूल यही रे यही।
छोड़ौ कपड़ा विदेशी-2, खद्दर लेहु गही रे गही।

छोड़ौ फूहर गारी-2 मानहु बात सही रे सही।
प्यारा भारत देसवा-2 भोजन बिन तड़पैं सभी रे सभी।
लाज भारत के मारी-2 कपड़े बिन नंगे सभी रे सभी।
सुंदर चरखा चलावा-2 तब घर बार बनी रे बनी।
पहिरो खद्दर मोटा-2 सुनौ नर-नारि सभी रे सभी।
प्यारे हिंदू मुसलमां-2 आपस मा मेल चही रे चही॥

एक गारी गीत में भारतवासियों को जागरण का संदेश दिया गया है—

भारतवासी सोवत बाट्या,
उठि परा होइगै सबेरा कि वाह वाह।

आजाद भारत की सरकार की ओर जनता विश्वास और आस्था भरी निगाहों से देख रही थी। उसकी प्रशस्ति में गारीगीत भी पीछे नहीं रहे—

आय काँगरेसी जमाना कि वाह वाह।

देश में हुए नवनिर्माणों और योजनाओं का उल्लेख भी गारीगीतों में खूब हुआ—

नहर गंग, शारदा, भाखड़ा, खेतवन का पानी पियावैं कि वाह वाह।
बनै ट्यूबवेल कहूँ सड़क पै पथरी जात बिछायी कि वाह वाह।
मोटर घरी घरी पै आवैं, नैहर सासुर दिखावैं कि वाह वाह।
नवा नवा सब धंधा खुलि गै, अब भईं खतम बेकारी कि वाह वाह।
अंबर चरखा काततिं बाटीं, लरिकन की महतारी कि वाह वाह॥

इस प्रकार गारीगीतों में केवल अश्लील तत्त्व ढूँढ़नेवाले उसके अन्य रूपों पर भी दृष्टिपात कर लें तो वे गारीगीतों के शिव पक्ष को भी पहचान सकेंगे।

लोक साहित्य की यह विधा शनैः-शनैः लोप हो रही है। इनमें प्रयुक्त प्राचीनतम शब्दों की खोज भाषा शास्त्रीय अध्ययन के दृष्टिकोण से भी महत्त्वपूर्ण है। इनमें प्रयुक्त प्रतीक योजना का परिमार्जित रूप साहित्य को भी अश्लीलत्व दोष से बचा सकता है।

यहाँ उद्देश्य गारीगीतों की वकालत करना या उनको समाज के लिए उपयोगी सिद्ध करना मात्र नहीं है। आज के बदलते परिवेश में जहाँ साहित्य, चलचित्र और मीडिया के अन्य अनेक साधनों के माध्यम से वही उद्देश्य पूरा करने की कोशिश की जा रही है, वहीं अश्लील कहे जाने वाले गारी गीतों की उपादेयता के संबंध में भी फिर से सोचने की आवश्यकता है। इस सशक्त विधा के द्वारा हम शिवम् का प्रसार भी कर सकते हैं। गारीगीतों की धुनें बहुत आकर्षक और प्रभावी हैं। गीतों के साथ ये धुनें भी लुप्त हो रही हैं। अतः उस आत्मीय सौजन्यपूर्ण प्रथा को शिक्षित होने के दंभ के कारण समाप्त कर देना उचित नहीं लगता। इसलिए लोप होती हुई इस सांस्कृतिक धरोहर का संग्रह और संरक्षण आवश्यक है।

कुछ प्रश्न उठ सकते हैं कि जो परंपरा समाप्तप्राय है, उसकी निरुपादेयता स्वयंसिद्ध है, अतः उनका अध्ययन समय और शक्ति को नष्ट करना है। पर इस दृष्टि से देखें तो इतिहास की खोज भी व्यर्थ सिद्ध हो जाती है। गारीगीत हमारी सांस्कृतिक धरोहर हैं और उनका इतिहास अत्यंत प्राचीन है। जिसका स्रोत हमें संस्कृत साहित्य में भी मिलता है। इसकी प्राचीनता के साक्षी हैं, प्राचीन कवियों की कृतियों में इनका उल्लेख।

इन गीतों का पुनरावलोकन करके ईमानदारी से निर्णय लेने की आवश्यकता है। ईमानदारी केवल अपने हित के लिए ही नहीं, बल्कि पूरे इस लोकमानस के प्रति भी होनी चाहिए ।

विसंगतियाँ कहाँ नहीं होतीं? हर समाज, हर वर्ग और हर क्षेत्र में होती हैं, लेकिन विसंगतियों को अपने परिवेश के अनुसार ढालना ही विवेक है। और जहाँ विवेक है, वहाँ श्लील और अश्लील, ग्राह्य और अग्राह्य का भेद भी बड़ी आसानी से समाप्त हो जाता है। आज के प्रबुद्ध समाज को इस विवेक की आवश्यकता है।

10. प्रणय संबंधी शृंगार रस के गीत

शृंगार रस को रसों में राजा कहा गया है। काव्य का मूल आधार सौंदर्य है। कवि सौंदर्य का पुनर्सृजन करना चाहता है। उसे प्राकृतिक एवं मानवीय दोनों प्रकार के सौंदर्य प्रभावित करते हैं। कीट्स ने लिखा है—'ए थिक ऑफ ब्यूटी इज एंजॉय फार एवर।' अर्थात् एक सुंदर वस्तु शाश्वत आनंद है।

प्रणय का संबंध वास्तव में आकर्षण हो अथवा गुण का या दोनों का। जिस वस्तु या व्यक्ति में रहस्य जितना अधिक होगा, उसके प्रति जिज्ञासा, कौतूहल और आकर्षण उतना ही अधिक होता है। परिवर्तन भी कौतूहल तथा आकर्षण की वृत्तियों का उन्मेष करता है।

प्रणय गीतों का संबंध बहुत कुछ सौंदर्य से है। आकर्षण का कारण रहस्यमयता होती है। सौंदर्य एक ऐसा रहस्य है, जो आदिम युग से लेकर अभी तक रहस्य ही बना है। सौंदर्य के जिस अन्वेषण को आदिमानव ने प्रारंभ किया था, वह अब भी जारी है।

प्रणय का उन्मेष प्रेमी अथवा प्रेमिका द्वारा किसी पात्र के गुण-श्रवण, चित्र-दर्शन, स्वप्न-दर्शन तथा प्रत्यक्ष दर्शन प्राप्त करके होता है। रूप का वर्णन (गुण श्रवण), चित्र-दर्शन अथवा स्वप्न-दर्शन से वास्तविक दर्शन की ओर उसका सान्निध्य प्राप्त करने की कामना उत्पन्न होती है। यह कामना या अभिलाषा एक प्रकार का लोभ है, जिसमें कौतूहल की वृत्ति प्रमुख रूप से क्रियाशील रहती है। शनैः-शनैः यह पूर्व राग एक व्यसन का रूप धारण कर लेता है। प्रिय-मिलन की कामना बलवती होती जाती है।

संदेशवाहकों, दूतों, दूतियों के द्वारा प्रिय-मिलन के प्रयत्न जारी रहते हैं, और अनेक विघ्न-बाधाओं पर विजय प्राप्त करते हुए संयोग के क्षण उपस्थित होते हैं। यह संयोग परिणय अथवा विवाह में प्रतिफलित होता है। दो प्रेमी हृदयों के बीच के रागात्मक संबंधों की अभिव्यक्ति प्रणय गीतों का वर्ण्य-विषय है। पूर्व राग से प्रारंभ होकर मिलन और विरह के तटों को छूती हुई प्रणय की सरिता प्रवहमान रहती है। रूप और गुण का आकर्षण, प्रिय के सान्निध्य की बलवती कामनाएँ और प्रिय-मिलन हेतु किए गए अथक प्रयास, संयोग, सुख और केलिक्रीड़ा, विरह की नाना अंतर्दशाएँ और पुनर्मिलन आदि के अनेक मार्मिक अवसर एवं विरहजन्य पीड़ाएँ इन प्रणय गीतों में अनुस्यूत (गुँथी) रहती हैं।

प्रणय का उत्स 'काम' है। यह वासना का पर्याय नहीं है, अपितु सृजनेच्छा का परिणाम है, जिसे कि दार्शनिक भाषा में पुत्रेषणा कहा गया है। महाकवि प्रसाद ने भी कामायनी में इस बात का उल्लेख निम्नलिखित पंक्तियों में किया है—

"काम मंगल से मंडित श्रेय, सर्ग इच्छा का है परिणाम।
तिरस्कृत कर इसको तुम भूल, बनाते हो असफल अवधाम।"

(जयशंकर प्रसाद—'कामायनी' श्रद्धा सर्ग से।)

लोकगीत सुदृढ नैतिक आस्थाओं पर आधारित हैं। चारित्रिक अध:पतन अथवा ह्रास का वर्णन अपवादस्वरूप ही कहीं-कहीं पर हुआ है। प्राय: इनके संवाद विनोदपूर्ण और व्यावहारिक हैं। इनमें वर्णित क्षणिक उल्लास के चित्र भी मन को विभोर कर देते हैं।

डॉ. गोविंद चातक प्रणय गीतों के विषय में चर्चा करते हुए गढ़वाल के प्रणय गीत 'छोपती' के विषय में अपना विचार प्रकट करते हैं—

"उनमें आदर्श प्रेम की सी तथाकथित पवित्रता, स्थिरता अथवा नैतिकता नहीं होती, किंतु जीवन के भौतिक सुखों के प्रति उनमें तीव्र उत्कंठा व्यक्त हुई मिलती है।...इनकी तुलना हींग के तड़के से की गई है।"

(डॉ. गोविंद चातक
'गढ़वाली लोकगीत—एक सांस्कृतिक अध्ययन' पृष्ठ-142)

प्रणय गीतों को किसी वर्गीकरण की सीमा में नहीं बाँधा जा सकता, क्योंकि प्रणय जीवन की गहराई को स्पर्श करनेवाला भाव है। प्राय: सभी प्रकार के गीतों में प्रणय संबंधी गीत उपलब्ध होते हैं। फिर भी कुछ गीत-शैलियाँ ऐसी हैं, जिनका प्रणय ही वर्ण्य-विषय है। "विषय की दृष्टि से सभी प्रणय गीत प्रणय और शृंगार की अनुभूति को अभिव्यक्त करते हैं, किंतु शैली की दृष्टि से उनके लोक में अनेक भेद प्रचलित हैं।"

(वही, पृष्ठ-141)

प्रणय संबंधी गीतों के निम्नलिखित विभेद किए जा सकते हैं—

1. संस्कार गीत, 2. ऋतु गीत, 3. नकटा, 4. पूर्वी, 5. झूमर, 6. नाच के गीत, 7. लचारी, 8. विदेसिया, 9. गजल।

1. संस्कार गीत एवं 2. ऋतु गीत

प्रणय संबंधी संस्कार गीतों और ऋतु गीतों के उदाहरण मेरी अन्य पुस्तकों में विस्तार से दिए गए हैं। वे कृतियाँ हैं—'ढोलक रानी मोरे नित उठि आयू', 'एक बँसुरी एक बाँस', 'अवधी लोकगीतों में प्रकृति पूजा'। अतः यहाँ उनके बारे में केवल उल्लेख किया जा रहा है।

3. नकटा

प्रणय भावना को अभिव्यक्ति देने में नकटा गीतों का विशेष महत्त्व है। ये गीत कभी भी किसी भी प्रसन्नता के अवसर पर गाए जाते हैं। मेले में जाते हुए, खाली समय में तथा वरपक्ष में बारात के प्रस्थान से लेकर और कन्यापक्ष में विवाह हो जाने के बाद से 'मौर सिराने' तक ये गीत गाए जाते हैं। इनके वर्ण्य-विषय असीम हैं। इनमें कहीं प्रणय के संयोग पक्ष की मधुरिमा है तो कहीं विरह की कातर पुकार। कहीं हास्य के छींटे उड़ते हैं तो कहीं व्यंग्य के, कहीं सामाजिक समस्याएँ उभरकर सामने आई हैं तो कहीं उनके समाधान।

"'नकटा' शब्द नाटक का अपभ्रंश प्रतीत होता है।"

(सरोजिनी रोहतगी—'अवधी का लोक साहित्य', पृष्ठ-195)

विवाह में जब 'बड़हार' के दिन ये गीत वर पक्ष में गाए जाते हैं तो उस गीत मालिका को 'नकटौरी' या 'नकटौरा' कहते हैं।

गाँव के अधिकांश पुरुष बारात में चले जाते हैं, स्त्री समाज स्वच्छंदतापूर्वक हास-परिहास, स्वाँग, नृत्य आदि के द्वारा अपनी प्रसन्नता की अभिव्यक्ति करता है, साथ ही 'रतजगा' करके गाँव-घर की रक्षा भी।

हमारे पारिवारिक जीवन का गठन संयुक्त परिवार का होने के कारण दांपत्य जीवन में मिलन के अवसरों में बाधा और व्यवधान आते हैं। रहीम ने ऐसे अवरोधों को दृष्टि में रखकर कुछ बरवै लिखे हैं। शास्त्रीय दृष्टि से इन नायिकाओं का कोई वर्गीकरण प्राप्त नहीं होता। रहीम का ऐसा ही एक उदाहरण है—

"आगि लागि घर जरिगा बड़ सुख कीन,
पिय के हाथ घइलवा भरि भरि दीन।"

लोकगीतों में पारिवारिक जीवन का यह पक्ष महत्त्वपूर्ण बन गया है। इन अवरोधों

के कारण उत्पन्न अकुलाहट एवं व्यग्रता को लोकगीतों ने स्वर दिया है—

"उइगै बैरिनि जोन्हैया मैं का करौं,
बिनती मैं करि करि जोन्हैया डुबायों,
जागै मोरी ससुइया मैं का करौं।
मीजि माँजि जब सासू सोवायों,
जागै मोरी ननदिया मैं का करौं?
दै के गुड्इया जब ननदी भगायों,
जागै लहुरा देवरवा मैं का करौं?
गेंदा दइकै जब देवरा भगायों,
जागै मोरी सवतिया मैं का करौं?
लड़ि झगड़ि जब सवती सोवायों,
जागै गोदी कै बलकवा मैं का करौं?
ठोंकि ठाँकि जब लरिका सोवायों,
बोलै रतनी चिरैया मैं का करौं?
ढेला मारि मारि चिरई उड़ायों,
होइगै भोर भिनुसरवा मैं का करौं?"

अभिसारिका पत्नी के लिए चाँद वैरी हो उठा। अनेक प्रार्थनाओं के पश्चात् किसी प्रकार जब चाँद छुपा तो सास के जगते रहने का संकोच उसके उठे पग रोक देता है। सास के पाँव दबाकर किसी तरह सुलाया तो ननद रानी जग पड़ीं। गुड़िया देकर उन्हें, फिर गेंद देकर देवर को सुलाया तो 'सौत' का सामना पड़ा। किसी प्रकार लड़-झगड़कर उसे सुलाया तो गोद का पुत्र रो उठा। लोरी सुनाकर उसे सुलाया तो भोर की चिड़िया बोल उठी, उसे कंकड़ मारकर उड़ाया कि अभी सबको मत जगा, पर तब तक भोर हो चुकी थी। मिलन की प्यास अनबुझी ही रह गई। तुलसी की पंक्तियाँ भी उसकी व्यथा से साम्य रखती हैं—

"डासत ही गई बीति निसा, कबहूँ न नाथ नींद भरि सोयों।"

इसी प्रकार प्रिय के मुँदरी बनने से निरंतर उनके संयोग-सुख की कामना कितनी स्पृहणीय है—

"जौ तूँ पिया मुनरी होइ जात्या।
बिचली अँगुरिया म मुनरी पहिरत्यों,
घुँघुटा के काढ़त टारत देखात्या।
मुँह धोवत कै गलवा म लगत्या,
काजर बुनका लगावत देखात्या।

काहें के तरसत हमरा परनवाँ,
रतिया दिना हिरदैया म लगत्या।''

प्रिय मुँदरी बनकर अँगुलियों में रहते तो घूँघट डालते-उठाते सदैव दिखाई देते। मुख धोते समय गालों को स्पर्श-सुख मिलता, काजल-बिंदी लगाते समय उनकी छवि दिखाई देती। जब-जब हृदय पर हाथ रखती प्रिय के आलिंगन का सुख मिलता। प्रणय की कितनी तीव्र अनुभूति है इस गीत में।

प्रिय विदेश जाने को प्रस्तुत है, पत्नी उससे वचन लेती है कि मेरी सुध रखना—

''रेसम कै डोरी बटुअवा हो, गले डारे रुमाल,
जहाँ-जहाँ जेंया जेवनवाँ हो, सुधि राख्या हमारि।''

(हाथ में रेशम का बटुवा, गले में रूमाल, इसी छवि की स्मृति वह करेगी। तुम भी जहाँ भोजन-जलपान ग्रहण करना और शयन करना, मेरी याद करना, क्योंकि इन सब का आयोजन मैं ही करती थी।)

एक नायिका प्रिय के सान्निध्य की कामना करती हुई लोक-लाज एवं संकोच को भी महत्त्व नहीं देती। उसे अपना पति सदैव उच्च पदस्थ अधिकारी लगता है, वह स्कूल में पढ़ाने जाए या कचहरी में, सदा साथ रहना चाहती है।

''जिलेदार तोरी बगिया मा सैर करबौं
तूँ चलब्या मदरसा मैं साथ चलबौं,
तूँ पढ़इब्या लरिकां मैं पास करबौं,
तूँ चलब्या कचहरी हम साथ चलबै,
तूँ करबा मोकदमा हम पेस करिबै।''

वह अपने प्रिय को निस्संकोच मिलन का आमंत्रण देती है। पारिवारिक संकोच आदि की बाधाओं को प्रिय से तोड़ने का आग्रह करती है—

''दिल पटे कै यारी चला यार खोला केंवारी।
सासू ससुर कै डरि जिनि किह्या,
वनकै कोठरी अन्हियारी चला यार खोला केंवारी।
जेठ जिठानी क डरि जिनि किह्या,
वनकै ऊँची अटारी, चला यार खोला केंवारी।
देवर-देवरानी क डरि जिनि किह्या,
वनकै सेज उड़ासी, चला यार खोला केंवारी।''

(सास-ससुर से मत डरो, क्योंकि उनकी कोठरी अँधेरी है। जेठ-जिठानी की अटारी ऊँची है, देवर-देवरानी की सेज उड़ासी (परस्पर मनोमालिन्य) है, अतः तुम निस्संकोच मेरे साथ शयनकक्ष में चलो।)

वह प्रिय को अपनी झुलनी की छाया में दुपहरी बिताने को कहती है तथा भोजन-

पानी, पान और सेज का सुख लेने का आग्रह करती है—

"हमरी झुलनियाँ की छँहियाँ बलमु दुपहरिया बिताये जा,
सोने की थारी म ज्योंना परोस्यों
हमरी झुलनियाँ की छँहियाँ बलमु जेंवना त जेंये जा।"

(इसी प्रकार जलपान आदि के लिए भी)

विवाहिता मायके से प्रिय के विरह से दु:खी होकर पति के पास संदेश भेजती है कि मेरा गौना ले जाओ। उसे मायका जंगल सा लगता है, क्योंकि वहाँ उस पर सामाजिक बंधन अधिक हैं। वह कहती है कि मेरा यौवनपूर्ण विकसित हो गया है, अभी न ले चलोगे तो यौवन ढल जाएगा, उस पर ठगहार लगे हैं। यदि तुममें मुझे ले चलने का साहस नहीं है तो मुझसे उधार ले लो—

"चढ़ली जवनियाँ हमार मोरे राजा,
लै चला गवना हमार मोरे राजा।
नैहर कै रहना जंगल कै रहना,
हम पै लगे पहरेदार मोरे राजा।
सोरह बरिस कै मोरी उमरिया,
जोबन भये रसदार मोरे राजा।
नाहीं मोरे राजा जोबन ढलि जइहैं,
जोबन पै लागे ठगहार मोरे राजा।
जो मोरे राजा हिम्मत नहीं है,
हमसे तूँ लैल्या उधार मोरे राजा।"

लज्जा और संकोच भी विरह की आशंका होने पर मुखर हो उठते हैं। प्रणय गीतों में विरह के क्षण आने पर हृदय की व्याकुलता शब्दों में फूट पड़ती है—

"चलती बेरियाँ नजर भरिके देखिल्या"
न मैं चुप्पी ना रे बतूनी,
लाज की मारी नयन भरिके देखिल्या।
ना मैं नाटी ना मैं लंबी,
मँझला कद है नजर भरि कै देखिल्या।
ना मैं गोरी ना मैं काली,
गेहुँआ रंग है नजर भरि कै देखिल्या।"

(मैं न तो चुप्पी हूँ, न बातूनी; लाज से भरी हूँ, मुझे भर नजर देख लो। न बहुत छोटी हूँ, न लंबी, मध्यम (औसत) कद है। मैं न तो गोरी हूँ, न काली, गेहुआँ रंग है, अत: मेरी ओर चलते समय भर नजर देख तो लो, जिससे तुम्हें मेरी सुध बनी रहे।)

इस गीत का भावसाम्य एक बुंदेलखंडी लोकगीत में भी है। अंतर मात्र इतना है कि यह नायक का उद्‌गार है—

"चलती बेर नजर भर के हेरो, दिल भर जावै मेरो।"

(बुंदेलखंड की संस्कृति और साहित्य, पृष्ठ-365)

अटारी पर काग बोला, ननद रानी! कोई आ रहा है। हे सगुनिया काग! यदि मेरे प्रियतम आ रहे हों तो पश्चिम दिशा में उड़ जाना। काग सगुनिया उड़ भी नहीं पाया कि प्रिय द्वार पर आ पहुँचे। सास-ननद के तो पैर छू लिये, पर मेरी ओर आँखें लाल किए रहे (क्रोध किया)। काग फिर बोला। इस बार पूरब दिशा में उड़ना कागा! यदि मेरे वीर (भाई) आ रहे हों। काग सगुनिया उड़ भी नहीं पाया कि भाई द्वार पर खड़े हो गए। भाई ने पहले सास-ननद की ओर देखा भी नहीं और मेरे पैर छू लिये।

विदेश से लौटे पति ने पारिवारिक संकोचवश प्रिया से प्रेम-प्रदर्शन नहीं किया, वह इसे अपनी उपेक्षा समझकर मायके जाने को तत्पर हो जाती है। प्रिय रोकता है। तब उलाहना देती है कि उस दिन तो तुमने मुझसे बात नहीं की, अब क्यों रोकते हो। तब पति अपनी सफाई देता है कि माँ-बहन की लाज कर रहा था, वरना तुमसे अधिक प्यारा कौन है?

"अट्टे बोलै काग काहें ननदी?
उड़ि जा रे कागा जइहा पछिम दिसि,
सइयाँ आवै आजु जौ सगुनी।
कागा सगुनिहा उड़हूँ न पाए
सइयाँ ठाढ़े द्वार मोरी ननदी।
सासू ननद के पइयाँ परतु हैं,
हमसे आँखें लाल काहें ननदी।
अट्टे बोलै काग काहें ननदी।
उड़ि जा रे कागा जइया पुरुब दिसि,
भइया आवैं आज जौ सगुनी।
कागा सगुनिया उड़हू न पाए,
भइया ठाढ़े द्वार मोरी ननदी।
सासू ननद से मुख से न बोलैं,
हमरे छूवैं पाँव मोरे बिरना।
पहिरि ओढ़ि कै ठाढ़ी अँगनवा,
सैंया पकरैं चीर काहें गोरिया।

तब तो राजा हो मुख से न बोल्या,
अब काहें पकरा चीर मोरे राजा।
माई बहिनि कै लाज लगत है,
तुहँसे प्यारा कौन मोरी गोरिया॥''

4. पूर्वी

यह गीत उत्तर प्रदेश के पूर्वी क्षेत्र में अधिक गाया जाता है, इसलिए इसका नाम 'पूर्वी' पड़ गया। इसकी लय का माधुर्य श्रोता को भावविभोर किए बिना नहीं रहता।

''ये गाने द्रुत गति से गाए जाते हैं, गाते समय ऐसा मालूम होता है कि एक शब्द दूसरे शब्द को धक्का देकर आगे बढ़ रहा हो।''

(डॉ. कृष्णदेव उपाध्याय—
'भोजपुरी लोकसाहित्य का अध्ययन' पृष्ठ-223)

पूर्वी गीतों का वर्ण्य-विषय विस्तृत है। इसमें शृंगार रस के दोनों पक्षों का वर्णन मिलता है। पौराणिक आख्यानों के विस्तृत वर्णन भी मिलते हैं, ये गीत कलेवर में बड़े और छोटे दोनों प्रकार के उपलब्ध होते हैं।

पूर्वी गीतों में संयोग के सुंदर वर्णन मिलते हैं। एक नायिका का पति पूरब देशों में व्यापार हेतु गया था। वहाँ से लौटकर आया तो स्नेह रस से सिंचित बेंदी और बिंदी ले आया और पुन: विदेश चला गया—

''सैंया मोरा गए हो पुर्बी बनिजियाँ,
त लै न आए हो रस बेनुली टिकुलिया।
टिकुली मैं साटि के बैठ्यों अटरियाँ,
कि चमकै लागै ना,
मोरी बेनुली टिकुलिया कि चमकै लागै ना।
घोड़वा चढ़ल आवै एक राजपुतवा कि,
धड़कै लागे ना, मोरा भितरै करेजवा कि धड़कै लागे ना।
खोलु खोलु धनिया रे बजर केंवड़िया कि आजु तोरा ना,
आए सइयाँ परदेसिया कि आजु तोरा ना।''

(प्रियतम की लाई हुई 'टिकुली' (बिंदी) माथे पर चिपकाकर प्रिय की याद में वह अटारी पर बैठी। उसकी टिकुली चमक रही थी। घोड़े पर चढ़ा एक राजपूत आया, जिसे देखकर उसका हृदय धड़कने लगा। वह पुकारता है कि ऐ मेरी रानी! ये वज्र के पट खोल दे, यह मैं हूँ, तेरा परदेशी पिया विदेश से लौट आया है।)

एक अन्य पूर्वी गीत में प्रिय अपनी प्रिया को विदेश जाते समय तोता दे जाता है। वह प्रिय की सिखाई बोली बोलकर दिन-रात प्रिय की स्मृति लाता है और भोर होते ही हरिनाम सुनाकर मन में शांति और धैर्य प्रदान करता है—

"पिया मोरा गइले रामा पुरुबी बनिजियाँ
कि दइ हो गए ना, एक पढ़ल सुगनवा कि दइ हो गए ना।
दिन राति बोले सुगना हरि जी कै बोलिया
कि होत भोर ना बोलथै सीताराम कि होत भोर ना।"

वह प्रिय के पास उसे भेजती है। उसे पगड़ी से उतारकर जाँघ पर बैठाकर प्रिय घर का हाल पूछता है। प्रिय को वह तोता प्रिया की दयनीय स्थिति से अवगत कराता है—

"पगरी उतारि सामी जाँघ बइठाइन कि कहा हो सुगना,
मोरे घरा कै हवलिया कहा हो सुगना।
मैया तोहरी कूटैं बहिनी तोरी पीसैं,
कि तोरी धना ना, किहीं दउरी दुकनिया कि तोरी धना ना।"

तुम्हारी माँ लोगों का धान कूटती हैं, बहन अनाज पीसती है और पत्नी ने दुकान कर लिया है।

आधुनिक पूर्वी गीतों में सामाजिक समस्याओं, राजनीतिक परिवर्तन, महापुरुषों के जीवन-चरित, पौराणिक आख्यानों आदि के विविध चित्र मिलते हैं।

पूर्वी गीतों में शृंगार के मादक चित्र भी मिलते हैं। एक पूर्वी गीत का प्राचीन रूप प्रस्तुत है, जिसकी लय और भाषा में भी अंतर स्पष्ट है—

"तू माली के छोकरा, कि का आवो का जाव,
चनन खम्हियवाँ ओठँगि के,
तूँ आपन दरद कहि जाव, गूजरी मैं गोकुल कै।
बात कहत मैं डरि मरौं, की बातैं कहत लजावँ,
तू गोरी मैं भँवरा गूजरि,
कहौ त रस लै जावँ, गूजरी तूँ गोकुल कै…।
रस के रसिया और हैं कि तूँ हो कच्चे फूल,
थोरे रसा मँ डूब जाब्या,
तुहरा मरि जाय तहमूल, गूजरी मैं गोकुल कै…।
रस काटौं रस बाँटिये, कि रस की कली चबावँ,
चोली टारि के कूँचि मरौं,
कोड़ करत धर जावँ, गूजरी तूँ गोकुल कै।
एँड़ बेंड़ की टट्टी बान्हौं, राख्यों पहरूदार,

लाल पलंग पै हम धना सोई,
ऐसे रसा लै जाव, गूजरी मैं गोकुल कै।
एँड़ बेंड़ की टाटी तूरौं, मारौं पहरूदार,
लाल पलंग पै तूँ धन सोवा,
मैं मचकावौं खाट, गूजरी तूँ गोकुल कै।''

('तुम माली के पुत्र हो, बार बार क्यों आ जा रहे हो? मैं गोकुल की गूजरी हूँ। चंदन के खंभे से टिककर तुम अपनी व्यथा कह जाओ।' वह बोला—बात करते हुए डरता हूँ और लाज भी आती है—तुम गोरी हो मैं भ्रमर हूँ, कहो तो रसपान कर जाऊँ? 'अरे जाओ, रस के रसिया और हैं, तुम तो अभी कच्चा फूल (अल्पवयस्क) हो, थोड़े ही रस में डूब जाओगे, तुम्हारा सारा उत्साह मर जाएगा।' 'वह बोला—मैं रस काटकर रस बाँट सकता हूँ, कच्ची कली को चबा सकता हूँ। तुम्हारी कंचुकी हटाकर रसपान कर मर सकता हूँ और हँसते-खेलते घर जा सकता हूँ। तूँ गोकुल की गूजरी है, जानता हूँ।' 'आड़ी-तिरछी टटिया बँधाई हैं, पहरेदार रखा है, लाल पलँग पर सोती हूँ। रस ले जाने की चुनौती है?' 'मैं आड़ी-तिरछी टटिया तोड़ूँगा, पहरेदार को मारूँगा और तुम जिस लाल पलँग पर सोती हो, उसे खाट की तरह मचका दूँगा (चरमरा दूँगा)'।

5. झूमर

झूमर भी प्रणय भावना प्रधान गीत है। इनके गाने का कोई विशेष अवसर नहीं होता, बल्कि ये प्रत्येक प्रसन्नतादायक अवसर पर या मनोरंजन हेतु गाए जाते हैं।

'झूमर' नामकरण का कारण बताते हुए डॉ. कृष्ण देव उपाध्याय लिखते हैं—

''स्त्रियाँ एक साथ मिलकर झूम-झूमकर इस गीत को गाती हैं, इसीलिए इसका नाम 'झूमर' पड़ गया है। जिन्होंने इस गीत को गाते हुए देखा है, वे सहज ही समझ सकते हैं कि झूमने से झूमर का कितना घनिष्ठ संबंध है। झूमर मस्ती का गाना है, अतः इसे गाते समय विशेषकर झुंड में स्त्रियों का झूमना स्वाभाविक ही है।''

'झूमर' की लय और भाषा उसके भावों के अनुरूप ही होती है। शृंगार के संयोग पक्ष के चित्र इनमें अधिक उपलब्ध होते हैं।

''झूमर द्रुत गति से गाया जाता है। शब्दों का उच्चारण शीघ्रता से किया जाता है, जिससे गाने की विधि में एकरसता सदा बनी रहती है।''

गीत की पंक्ति के प्रारंभ और अंत में द्रुत लय होती है, मध्य में कुछ मंद। उदाहरण के लिए एक झूमर प्रस्तुत है—

''यही ठइयाँ टिकुली हेराइ गई गोइयाँ रे।
कुँअना प हेर्‌यों, जगतिया प हेर्‌यों।

महरा से पुछत लजाइ गयों गोइयाँ रे।
बागा म हेर्यों बगैचा म हेर्यों,
मलिया से पुछत लजाइ गयों गोइयाँ रे।
महला म हेर्यों दुमहला मे हेर्यों
देवरा से पुछत लजाइ गयों गोइयाँ रे।
सेज पे हेर्यों, सुपेती प हेर्यों,
सइयाँ से पुछत लजाइ गयों गोइयाँ रे।''

(ऐ सखी! इसी स्थान पर मेरी टिकुली (बिंदी) खो गई, कुएँ पर, जगत् पर ढूँढ़ा, कहाँर से पूछते हुए शरमा गई। इसी प्रकार बाग, बगीचे, महल, दुमहलों में ढूँढ़ा, सेज पर ढूँढ़ा और माली, देवर तथा प्रिय से पूछते शरमा गई।)

इसमें 'यही ठइयाँ' और 'गोइयाँ' का उच्चारण शीघ्रता से किया जाता है।

(यह गीत चइता की धुन में भी थोड़े अंतर के साथ गाया जाता है। गाते समय 'रामा' और 'हो रामा' शब्द उसमें जुड़ जाते हैं और यही गीत 'चइता' में वियोग श्रृंगार का बन जाता है।)

टेक पदों की पुनरावृत्ति प्रत्येक अंतरे के पश्चात् की जाती है। बहुधा प्रथम टेक पद के अंतिम शब्द प्रत्येक दूसरी पंक्ति में दुहराए जाते हैं, जैसे निम्नलिखित गीत में 'टिकुली कैं रंग उड़ि जाय' प्रत्येक दूसरी पंक्ति में गाया जाता है।

''सुरुज मुँहा ना जाबै ना जाबै राम,
मोरी टिकुली कै रंग उड़ि जाय,हाँ मोरी टिकुली कै रंग उड़ि जाय।
टिकुली साटि कै मैं ठाढ़ी अँगनवाँ,
ननदिया के जियरा ललचाय, मोरी टिकुली कै रंग उड़ि जाय।
टिकुली साटि मैं ठाढ़ी ओसरवाँ,
देवरा दिहिन नजराय, मोरी टिकुली कै रंग उड़ि जाय।
टिकुली साटि मैं गयों सेजरियाँ,
मोरे सइयाँ कै मन मड़राय, मोरी टिकुली कै रंग उड़ि जाय।''

(सूर्य की ओर मुख करके नहीं जाऊँगी, क्योंकि मेरी बिंदी का रंग उड़ जाता है। टिकुली लगाकर आँगन में खड़ी हुई ननद का मन ललचा उठा। बारामदे में खड़ी हुई तो देवर ने नजर लगा दी, सेज पर गई तो प्रिय का मन उसी के चारों ओर मँड़राने लगा।)

झूमर गीतों का कलेवर लघु होता है, कोई एक केंद्रीय भाव अपनी पूर्ण अभिव्यक्ति और मार्मिकता के साथ इसमें व्यक्त होता है। बिहारी के दोहों की भाँति छोटा होते हुए भी सशक्त भावाभिव्यक्ति में ये सक्षम हैं।

6. नाच के गीत

नृत्य करते समय जो गीत गाए जाते हैं, उनमें नकटा, कहँरौवा, उतारा कुछ भी हो सकते हैं, किंतु कुछ गीतों को 'नाच के गीत' ग्रामीण नारियाँ कहती हैं। प्राय: 'नाच के गीत' द्रुत लय में होते हैं। उनके कुछ उदाहरण प्रस्तुत हैं।

गोपियाँ कृष्ण को उलाहना देती हैं कि तुमने वंशी बजाकर हमें शीघ्र आने को क्यों विवश कर दिया? हम तो अपने पति को भोजन, जल-पान, शैया से संतुष्ट करके आ ही रही थीं—

"बंसी काहें के बजाया मैं तो आती रही,
सोने की थारी म ज्योंना परोस्यों,
अपने हरि जी के ज्योंना जेंवाती रही।"

(इसी प्रकार जल-पान और सेज के लिए भी)

कृष्ण कन्हैया के मार्ग रोकने पर गोपी प्रतिरोध करती है। वे उसका परिचय पूछते हैं, गोपी उत्तर देती है कि मैं गोकुल से आ रही हूँ, वृंदावन जा रही हूँ तथा मैं वृषभानु की पुत्री ललिता हूँ। वह कृष्ण को उलाहना देती हुई कहती है—तुमने हमारी दही तो खायी ही, सिर की मटकी भी फोड़ दी, कितना नुकसान किया। तुमने मेरी साड़ी फाड़ दी, चोली मसका दी, मुझे बदनाम किया, मुझे कितनी गालियाँ दीं—

"हमारे घरे काज हम्मैं जाये द्या मुरारी।
कहवाँ से आती, कहाँ को धना जाब्यू
काव तोहार गाँव, हयू केकरी दुलारी।
गोकुल से आयों, वृंदावन जाब्यों,
ललिता मोरा नाम, वृषभान की दुलारी।
दहिय मोरी खाया, मटुक सिर फोर्‌या,
किह्या नकसान दिह्या, लाखन गारी।"

हास्य-भावना की प्रधानता भी इन गीतों में मिलती है—

"राजा जी गए बजरिया हो, जिया जरिगै हमार।
सास क लाए पेड़ा, ननद काँ लाए बरफी,
हमकाँ लै आए जलेबिया हो, जिया जरिगै हमार।
सास खायँ पेड़ा, ननद खायँ बरफी,
तखवा पै चूवै जलेबिया हो, जिया जरिगै हमार।
सास क लाए तोता, ननद क लाए मैना,
हमका लै आए बनरिया हो, जिया जरिगै हमार।
सास क पढ़ै तोता, ननद क पढ़ै मैना,

छप्पर पै कूदै बनरिया हो, जिया जरिगै हमार।''

(मेरे प्रिय बाजार गए, मेरा तो जी जल गया। सास, ननद के लिए पेड़ा, बरफी ले आए, वे खाती हैं। मेरे लिए जलेबी ले आए, वह आले पर पड़ी चू रही हैं। सास-ननद के लिए तोता-मैना ले आए, वे पढ़ते हैं, मेरे लिए बँदरिया लाए, वह छप्पर पर कूदती है। मेरा तो जी जल गया।)

7. लचारी

'लचारी' गीतों में विवश नारी की विवशता का चित्र होता है। कभी वह देवी, ईश्वर से कातर प्रार्थना करती है, कभी अपने पति से। देवी के दर्शन हेतु आकुल स्त्री का स्वाभाविक वर्णन है—

''कैसे क दरसन पावों रे मैया तोरी सँकरी दुअरिया।
मइया के दुआरे एक कोढ़ी पुकारै, देहु काया घर जाउँ रे,
मैया तोरी सँकरी दुअरिया।
मइया के दुआरे अन्हरा पुकारै, देहु नयन घर जाउँ रे,
मैया तोरी सँकरी दुअरिया।
मइया के दुआरे एक बाँझिन पुकारै, देहु बालक घर जाउँ रे,
मैया तोरी सँकरी दुअरिया।''

(माँ कैसे तुम्हारा दर्शन पाऊँ? तुम्हारा द्वार बहुत सँकरा है। तुम्हारे द्वार पर कुष्ठ रोगी स्वस्थ काया के लिए, अंधा आँख के लिए, वंध्या पुत्र के लिए पुकार लगा रही है। सब की अभिलाषा पूरी करो, सब अपने घर जाएँ।)

माँ के मंदिर का द्वार बहुत सँकरा है, भक्तों की भीड़ है। इसमें कठिन साधना-पथ की ओर संकेत है।

एक स्त्री की मंदिर जाने की लालसा पूरी नहीं हो पाती, क्योंकि उसे जाने की आज्ञा कोई नहीं देता—

''मोरा जियरा लहरिया लेय देवी तोरे दरसन काँ,
मोरा ससुरू न जाए देयँ, देबी तोरे दरसन काँ,
बौहरि घरहीं से माँगा बरदान, हाथ जोरि बिनती करा।''

(इसी प्रकार जेठ, देवर, पति के लिए भी)

मेरा हृदय लहरा रहा है तुम्हारे मंदिर में दर्शन के लिए। पर ससुर, जेठ, पति और देवर सभी कहते हैं कि घर से ही हाथ जोड़कर विनती करके वरदान माँग लो।

ईश्वर का दर्शन, प्यार पाने की साध है और किसी वस्तु की कामना नहीं—

''दरसन देव दीनानाथ! मोरा मन लागा दरस काँ,
धन-दौलत हम्मैं कछु ना चाही, दै द्या आपन दुलार,

मोरा मन लागा दरस काँ।
जस और मान कछू ना चाही, दै द्या आपनि छाँह,
मोरा मन लागा दरस काँ।''

(प्रभु! मुझे दर्शन दो, मुझे धन-दौलत, मान-सम्मान, यश कुछ भी नहीं चाहिए। बस तुम्हारा दुलार, तुम्हारी छाँह चाहिए।)

इसी प्रकार विवश नारी पति से प्रार्थना करती है कि व्यापार के लिए पूर्व देश न जाओ। वहाँ की सुंदरी नारियाँ तुम्हें रूप-जाल में उलझा लेंगी, जिससे तुम्हारे मुख की कांति, तेजस्विता क्षीण हो जाएगी। मेरे साथ शयन करने से तुम्हारी रूप-श्री बढ़ेगी—

''बेरिया की बेरि तुहैं बरज्यों ऐ राजा कि पुरुबी बनिजियाँ जिनि जाउ,
पुरुबहि देसवा कै सुन्नरि रनियाँ, तोहँके लेइहैं बेल्हमाइ।
वनकी सेजरिया जिनि जाया मोरे राजा, उतरि जइहैं रुपवा तोहार।
हमरी सेजरियाँ सुख सोवा मोरे राजा, तुहरी बढ़ै रूप जोति।''

प्रिया प्रिय से विनम्र प्रार्थना करती है कि नदी पार जाकर सौत न लाना—

''नदी नारे न जाया स्याम पइयाँ परौं।
नदी नारे ज जाया त जाबै किह्या,
बीच धारे न जाया स्याम पइयाँ परौं।
बीच धारे ज जाया त जाबै किह्या,
उहि पारे न जाया स्याम पइयाँ परौं।
उहि पारे ज जाया त जाबै किह्या,
ससुररिया न जाया स्याम पइयाँ परौं।
ससुररिया ज जाया त जाबै किह्या,
संग सवतिया न लाया स्याम पइयाँ परौं।
सवतिया ज लाया त लइबै किह्या,
गरे बहियाँ न डार्‌या स्याम पइयाँ परौं।
गरे बहियाँ ज डार्‌या त डरबै किह्या,
हमैं न बिसराया स्याम पइयाँ परौं।''

(हे प्रिय! नदी-नाले मत जाना, जाना भी तो बीच धार में और उस पार न जाना। जाना भी तो ससुराल न जाना, वहाँ से सौत न लाना, लाना भी तो गले में बाँहें न डालना, डालना भी तो मुझे न भुला देना।)

यह गीत 'मुझे जीने दो' फिल्म में कुछ परिवर्तित रूप में ले लिया गया है।

वास्तव में नारी-जीवन की निपट लाचारी प्रकट है इस लचारी गीत में।

8. विदेसिया

विदेसिया जैसा कि उसके नाम से ही प्रकट है प्रवासी प्रिय की स्मृति की मीठी कसक से भरा गीत है। इसकी लय भी बहुत मधुर है। प्रिय ने 'गवना' कराकर घर बिठा दिया और तड़पता छोड़कर विदेश चल दिए। मेरा यौवन बैरी हो गया है। अब प्रिय के बिना कौन क्लेश दूर करे। कैसे उन्हें अपनी पीड़ा लिखकर पत्र में भेजूँ, किससे उनका संदेश पढ़ाऊँ। प्रिय के लिए मैं भभूत रमाकर योगिनी का वेश धारण करूँगी, क्योंकि दिन तो मेरा प्रतीक्षा में बीतता है और रातें जाग-जागकर—

"गवना कराइ सइयाँ घर बइठाए,
अपुना गइन परदेस रे विदेसिया।
बैरिनि भई मोरी चढ़ली जवनियाँ,
के न मोरा हरिहैं कलेस रे बिदेसिया।
कइसे मैं लिखि-लिखि पतिया पढ़इबौं,
कइसे पढ़ैबौं सनेस रे बिदेसिया।
तुहरे कारन सैयाँ रमैबै भभुतिया,
धरबै जोगिनियाँ कै भेस रे बिदेसिया।
दिनवाँ त बीतै मोरा जोहि-जोहि बटिया,
रतिया बितथै जागि-जागि रे बिदेसिया।"

मायके में अल्हड़ बाला का गौना कराने उसका पति स्वयं गया है। वह मायके के विछोह और प्रिय-मिलन की उमंग तथा प्रिय पर दया आदि दोनों भावनाओं से युक्त हो कह उठती है—

"हम तौ खेलत रहेन बाबा की बखरियाँ,
आइ गए डोलिया कहाँर रे बिदेसिया।
नाहीं संग नउवा-बारी, नाहीं रे बभनवाँ,
आइ गए पियवा हमार रे बिदेसिया।
एक ओरियाँ लागै नइहर कै मोहिया,
एक ओरियाँ पिया कै रंग रे बिदेसिया।"

9. गजल

ग्रामीण नारियाँ कुछ गजलें भी गाती हैं, जिन पर उर्दू और हिंदी का स्पष्ट प्रभाव परिलक्षित होता है। इनमें 'इश्क, मुहब्बत', 'गुलशन' आदि शब्दों का बाहुल्य है। इनमें प्रणय भावना की प्रधानता होती है। ग्रामीण नारी समाज द्वारा गाए जाने के कारण ही इनको लोकगीतों की श्रेणी में रख दिया है, अन्यथा ये भाषा की दृष्टि से लोकगीत से

भिन्न हैं। कुछ उदाहरण प्रस्तुत हैं—

"अगर मैं बागबाँ होता, त गुलशन को लुटा देता,
जो होता बाग का माली, लगाता फूल की डाली,
गुँथा कर हार फूलों का, सो दिलवर को पिन्हा देती।
जो दिल मेरा पतंग होता, उड़ाता गम की डोरी से,
लगाकर इश्क का मंझा, पतंग तेरी कटा देती।"

इसी प्रकार एक अन्य गजल में गुलशन से हवा आने तथा पेड़ कटाने का उल्लेख है—

"कटा दो पेड़ मधुबन का, हवा गुलशन से आती है,
भरा है दोना बरफी से, मगर मैं खा नहीं सकती,
खिलावैगा वही प्यारा, कि जिसने दिल लिया सारा।"

इसी प्रकार एक गीत में प्रिय को माली, कहाँर, मेहतर, देवर या पति किसी भी रूप में आकर मिलने की प्रार्थना की गई है, क्योंकि प्रिया प्रिय-मिलन की आकांक्षा से बाग, कुआँ, सड़क, महल और सेज पर मारी-मारी फिर रही है। यह गीत भी भाषा आदि की दृष्टि से आधुनिक है—

"मेरे कमरों में दो दरवाजे, सीटी के बजाने वाले,
स्याम तोरी मुहब्बत के मारे, बागों में फिरूँ मारे-मारे,
मलिया बनिके आइजा मोरे प्यारे! गजरा के गुँथाने वाले।"

(इसी प्रकार कुएँ पर महरा बनकर, सड़क पर भिश्ती बनकर, महल में देवर और सेज पर प्रिय बनकर आने की प्रार्थना है।)

इस प्रकार प्रणय संबंधी गीतों का अगाध भंडार ग्रामीण अंचलों में उपलब्ध है, जिनमें मिलने की लालसा है, संयोग की मादकता है, विरह की कटु अनुभूति है, दांपत्य जीवन की मृदुता एवं कटुता है और हैं हृदय की तीव्र अनुभूतियाँ जो मन को छू जाती हैं।

आज जब दांपत्य जीवन में बहुत शीघ्र दरारें पड़ती जा रही हैं, चाहे प्रेम-विवाह हों या परिवार द्वारा स्वीकृत विवाह हों, सभी टूटने में देरी नहीं लगा रहे हैं, इन गीतों की संवेदना मनों को जोड़ने का और परस्पर गहरी संवेदना जगाने का काम बहुत ही आत्मीयता के साथ कर सकती है। इस दिशा में आवश्यकता है कि इन गीतों की संवेदना को व्यापक स्तर पर प्रसारित किया जाए।

इन्हें ग्रामीण अशिक्षितों की वस्तु कहकर त्याज्य समझना अपनी संस्कृति का अपमान होगा।

□

7

लोकगीतों में सामाजिक-यथार्थ

लोकगीत समाज का यथार्थ प्रस्तुत करने में सक्षम है, किंतु इसका यह अर्थ नहीं कि उनमें सत्यं, शिवम् का अभाव है। समाज में यथार्थतः जो शिव और सुंदर है वह तो लोकगीतों में वर्णित है ही। हमारी प्राचीन सभ्यता और संस्कृति लोकगीतों में अमर है। सभ्यता और संस्कृति की व्याख्या करते हुए श्रीमाली जी कहते हैं—"वे सभी रूप अथवा पहलू जिन्हें संस्थाबद्ध व्यापार कहा जाता है एवं जिनसे विश्व गतिमान रहता है। सभ्यता के उपकरण कहे जाएँगे एवं वह स्थिति जिनसे मानव पूर्णतः पशुत्व से मुक्ति पाकर मनुष्यत्व के क्षेत्र में प्रवेश करता है। संस्कृति का क्षेत्र कहा जाता है।"

(नारायणदत्त श्रीमाली, संस्कृति और सभ्यता (प्रेरणा-जोधपुर), जुलाई 1964)

लोकगीत समाज के सामान्य वर्ग की थाती है, इसी कारण उसमें समाज की सांस्कृतिक चेतना को पूर्ण अभिव्यक्ति मिली है। सभ्यता के विकास की कहानी सुनाते हैं ये लोकगीत।

गीत वैयक्तिक चेतना प्रधान होते हैं, किंतु लोकगीतों में सामाजिक चेतना का प्रमुख स्थान है। उसमें लोक की अनुभूतियाँ, उनके प्रचलित विश्वास और मान्यताएँ मुखरित हो उठी हैं। ये लोकगीत युग-सत्य के प्रतीक हैं। जीवन की बिखरी हुई अनुभूतियाँ इनमें स्थान पाकर, जब स्वाभाविक रूप से प्रस्फुटित होती हैं, तो उनकी ध्वनि से श्रोता के अंतस्तल झनझना उठते हैं। इनमें हृदय को स्पर्श करने की अद्‍भुत क्षमता है। भावनाप्रधान होने के कारण वे सरल, सरस एवं सुबोध हैं। इनमें कृत्रिमता का नाम नहीं। अनुभूति पर आधारित होने के कारण ये लोक-जीवन के सच्चे प्रतिनिधि हैं। विश्व मानव की एकता का दिग्दर्शन इन लोकगीतों में होता है।

"लोक साहित्य के अमर वैतालिक सांस्कृतिक समता की घोषणा मानवी शाश्वत

भावनाओं की आदिम अभिव्यक्ति के रूप में करते ही रहते हैं और कहते हैं हम सब प्रकृतित: एक हैं।''

(डॉ. देवराज उपाध्याय, लोकायन की भूमिका, पृष्ठ (ग)।)

आज भी लोक जीवन में एकता, सहयोग, सौहार्द के दर्शन होते हैं। प्रसन्नता या आपत्ति के क्षणों में पूरा ग्राम एक परिवार बन जाता है। साथ हँस-गाकर, साथ रोकर ये अपनी प्रसन्नता और दु:ख बाँटते हैं। गिण्डिग्स का कथन है कि ''समाज वह संगठन है, जिसमें भाग लेनेवाले व्यक्ति एक-दूसरे के साथ व्यावहारिक संबंधों से बँधे होते हैं।''

(सत्यव्रत विद्यालंकार, समाजशास्त्र के मूल तत्त्व, पृष्ठ-23 से उद्धृत।)

इन विशेषताओं के दर्शन प्रातिभ साहित्य की अपेक्षा लोक साहित्य में अधिक होते हैं। ''लोक साहित्य और लोकगीत साहित्य को लोक के आत्म-कथात्मक और आलोचनात्मक उत्स की संज्ञा दी जा सकती है। इसीलिए लोक साहित्य केवल लोक साहित्य नहीं रह जाता। उसके एक ही अंश में काव्य, कथा, नाटक, इतिहास, धर्म, दर्शन, नीति सभी का सुष्ठ समावेश हो जाता है। यही कारण है कि उसमें आभिजात्य साहित्य की अपेक्षा सामाजिक तत्त्व कहीं अधिक होता है।''

(डॉ. गोविंद चातक, गढ़वाली लोकगीत : एक सांस्कृतिक अध्ययन, पृष्ठ-289।)

''लोकगीत वस्तुत: किसी समाज विशेष के हृदय और मस्तिष्क की अभिव्यक्ति करता है, और उसमें काव्य के निर्माता के व्यक्तित्व का सर्वथा अभाव रहा करता है।''

(श्री श्रीकृष्णदास, 'लोक गीतों की सामाजिक व्याख्या', पृष्ठ 15/19)

लोकगीतों की सृष्टि में जीवन की गहरी संवेदनाएँ समाई रहती हैं। उनमें समाज की पीड़ाएँ खुलकर बोलती हैं। उनकी रीतियाँ, प्रथाएँ एवं मानसिक विशेषताएँ इन लोकगीतों में इतनी ईमानदारी के साथ व्यक्त होती हैं कि उनमें यथार्थ का वास्तविक रूप झलकता हुआ प्रतीत होता है। समाज की समस्याएँ उसके सुख-दुख, उसमें होनेवाले परिवर्तन, सामाजिक उन्नति, अवनति ये सभी विशेषताएँ गीतों का रूप ले लेती हैं। इन गीतों में समाज की उस संस्कृति के दर्शन भी होते हैं, जिसके परिवेश में हमारा समाज संचरणशील होता है। गर्भाधान संस्कार से लेकर अंत्येष्टि पर्यंत संस्कारों में से कुछ संस्कार ऐसे हैं, जिनके चित्रण में लोकगीत विशेष सफल हुए हैं।

इनमें संस्कारों के अतिरिक्त वर्ण-व्यवस्था, जाति-व्यवस्था, आर्थिक जीवन, दंड-विधान, न्याय, आध्यात्मिक चिंतन, उपासना, व्रत-त्यौहार, खान-पान, रहन-सहन, वेश-भूषा एवं कलात्मक अभिरुचि आदि से संबद्ध गीत उपलब्ध होते हैं। इन सबका उद्देश्य सांस्कृतिक चेतना की व्यापक अनुभूति और उसकी अभिव्यक्ति करना है।

श्री श्रीकृष्णदास जी के शब्दों में—''हमारे लोकगीत हर युग, हर प्रदेश, हर जाति

और हर समय के प्रहरी के रूप में रहे हैं। वे सदैव से लोकमानस के संस्कारकर्ता और जयगायक रहे हैं। इस रूप में वे सदैव वंदनीय रहे हैं, और रहेंगे।''

(श्री श्रीकृष्णदास, 'लोक गीतों की सामाजिक व्याख्या', पृष्ठ-21)

किसी भी जाति का लोक साहित्य अपने समाज की सच्ची छवि प्रस्तुत करता है। समाज का उत्थान-पतन, सुख-दुःख, हर्ष-विशाद सब इसमें देखा जा सकता है। लोकगीतों के द्वारा समाज का इतिहास पढ़ा जा सकता है।

इसलिए आवश्यक है कि हम अपने समाज का अध्ययन लोक साहित्य के माध्यम से करने का प्रयास करें, क्योंकि इसमें हमारे समाज की संस्कृति का रंग घुला है।

लोकगीतों में वर्ण-व्यवस्था

वर्ण-व्यवस्था आदिकाल से ही व्यक्ति के सामाजिक स्तर एवं संबंधों का निर्धारण करने के लिए की गई थी। वर्ण-व्यवस्था का प्रथम उल्लेख ऋग्वेद के पुरुष सूक्त में मिलता है—

''ब्राह्मणोऽस्य मुखमासीत् बाहूराजन्यः कृतः।
उरु तदस्य पदवैश्यः यद्भ्याम् शूद्रो अजायत।''

श्रीमद्भगवद्गीता के अनुसार भी भगवान् ने चारों वर्णों की सृष्टि स्वयं की है।

''चातुर्वर्ण मया सृष्टं गुणकर्म विभागशः।
तस्य कर्तारमपि मां विद्धय कर्तारमव्यम्।''

(श्रीमद्भगवद्गीता, अध्याय-4, श्लोक-13)

समाज में चौबीस वर्षों की शिक्षा का विधान था, पच्चीसवें वर्ष कर्म तथा गुण के अनुसार उपाधि प्रदान की जाती थी। शिक्षा की आठ श्रेणियाँ थीं—ब्रह्मर्षि, महर्षि, ऋषि, ब्राह्मण, क्षत्रिय, वैश्य तथा शूद्र।

शनैः-शनैः वर्ण-व्यवस्था के इस संतुलित क्रियान्वयन का ह्रास होता गया। इस का आधार कर्म न होकर जन्म हो गया। परिणामस्वरूप कर्म का महत्त्व कम होता गया।

लोकगीतों में चारों वर्णों का उल्लेख मिलता है।

ब्राह्मण

ऋग्वेद के अनुसार ब्राह्मण की उत्पत्ति मुख से हुई है। 'अध्ययन काल में जिसे प्रथम चरण (बारह वर्ष के अध्ययन) में ब्राह्मण की उपाधि मिल जाती थी वही आगे ऋषि, महर्षि, ब्रह्मर्षि की उपाधि अपनी योग्यतानुसार द्वितीय चरण (चौबीस वर्षों के अध्ययन के शेष बारह वर्ष) में प्राप्त करने का अवसर पाता था। प्रथम चरण में ब्राह्मण की उपाधि प्राप्त न कर पानेवाला विद्यार्थी द्वितीय चरण में अध्ययन करने पर भी ब्राह्मण

की श्रेणी तक ही उपाधि प्राप्त कर सकता था और आगे की नहीं। ब्राह्मण को द्वितीय चरण में भी शिक्षा ग्रहण करना अनिवार्य था। स्पष्ट है कि उच्च मस्तिष्क का व्यक्ति ही ब्राह्मण बन सकता था, जिसका कार्य ज्ञानार्जन और ज्ञान का प्रसार एवं प्रशिक्षण करना होता था। ब्रह्म का अणु (अंश) ब्राह्मण कहा जा सकता है। गीता में कहा गया है—

"शमोदमस्तप: शौचं क्षान्तिरार्जव मेव च।
ज्ञानं विज्ञानमास्तिक्यं ब्रह्म कर्म स्वभावजम्।"

(श्रीमद्भगवद्गीता-18/42,)

लोकगीतों में इसका प्रमाण मिलता है। वेद-शास्त्र के अध्ययन की आवश्यकता हो, भविष्यफल जानना हो या शुभ कर्म संपन्न करवाना हो तो 'पंडित' बुलाकर शुभ नक्षत्र- घड़ी पूछी जाती है—

"आवहु न पंडित बइठउ त पोथिया विचारौ,
कौनी घरी नखतवाँ ललन कै जनम भये।"

कोई भी संस्कार ब्राह्मण के बिना पूरा नहीं हो पाता। यज्ञोपवीत संस्कार में पंडित वेदोच्चारण करते हैं। एक पंडित जनेऊ होनेवाले गृह को ढूँढ़ रहे हैं। उन्हें बताया जाता है कि जहाँ ब्राह्मण पुत्र भोजन कर रहे हों, पंडित वेदोच्चारण कर रहे हों उसी घर में जनेऊ हो रहा है—

"गलिया की गलियाँ पंडित घूमैं, हथवाँ पोथिया लिहे।
कौन बखरिया राजा दसरथ, राम कै जनेऊ।
बाँसन धोतिया सुखत होइहैं, बरुआ जेंवत होइहैं
पंडित वेद पढ़े।"

ब्रह्मचारी को काशी न जाकर घर में ही वेद पढ़ने के लिए कहा गया है, क्योंकि घर में ही बाबा, पिता, चाचा आदि विद्वान् हैं—

"नाहीं मोरे सतुआ, नाहीं गुड़ गेड़ुवा,
तोरे दादा हैं विद्वान् घर ही म वेद पढ़ि ल्या।"

ज्योतिष-गणना के अनुसार पंडित अगले जन्म के विषय में भविष्यवाणी करता है, जो कि अप्रिय और कटु होते हुए भी रानी सुन रही हैं, क्योंकि वह सत्य है—

"खोलौ पंडित पोथिया करम गति बाँचौ
पहिला जनम तुहरा, रनिया क होइहैं बेटी,
नाउनि कहाँरिन तुहरा पाँव पखरिहैं रामा।
दुसरा जनम तुहरा अन्हरी कै होइहैं बेटी,
दुनियाँ देखन काँ दूलम होइ जइहैं रामा।
तिसरा जनम तुहरा बँझिनि कै होइहैं बेटी,
केहु न सबेरे उठि मुँहवा निहरिहैं रामा।

चौथा जनम तुहरा बेवा कै होइहैं रानी,

काँच की चुड़िया दुलम होइ जइहैं रामा।''

(पंडित! पोथी खोलकर मेरे कर्मों की क्या गति होगी, बता दीजिए। पंडित बताते हैं—पहला जन्म तुम्हारा रानी का होगा, दासियाँ तुम्हारे चरण पखारेंगी। दूसरा जन्म अंधी का होगा, दुनिया का दर्शन दुर्लभ होगा। तीसरा जन्म तुम्हारा बंध्या का होगा, कोई भी प्रातः उठकर तुम्हारा मुख नहीं देखेगा। चौथा जन्म तुम्हारा विधवा का होगा, काँच की चूड़ियाँ दुर्लभ हो जायेंगी।)

कन्या का वर ढूँढ़ने में पंडित का विशेष हाथ होता है। ज्ञानी पंडित से कन्या का पिता अपनी व्यथा कहता है। राजा जनक भी सीता के विवाह हेतु चिंतित हैं कि मेरा जीवन व्यर्थ है, मेरे घर में सीता कुमारी हैं—

''सोने के सिंहासन बैठे जनक जी सुनु बभना! मोरी बाति।

जियरा जनम मोरा सब रे अकारथ मोरे घर करिना कुँवारि।''

ऐसे ही एक विप्र की वेश-भूषा का सजीव चित्रण प्रस्तुत है, जो बेटी का वर खोजने गया है, हाथ में लोटा, कंधे पर धोती—

''हाथ लिहे लोटिया रे कान्ह लिहे धोतिया,

पोथिया बगलियाँ दबाइ।

चलत-चलत विप्र गए हैं अजोधिया,

ठाढ़ भये दशरथ दुवार।''

कन्या ज्ञानी पंडित को वर रूप में पाने की कामना करती है, जो दिन भर पोथी पढ़े और रात में सुख-सेज पर विश्राम—

''पंडित बर तूँ खोज्या मोरे बाबा हमके बड़ा सुख होय,

दिन भर पंडित पोथिया विचरिहैं

रतिया क मोरी सुख सेज।''

पंडित की पोथी में दुर्गा का निवास है—

''तिसरी बहिनियाँ देवी दुर्गा अब हो ना,

मैया बसथीं, पंडित की पोथियाँ अब हो ना।''

ब्राह्मण का दर्शन स्वप्न में भी शुभ माना जाता है। एक कुलवधू की सास स्वप्न का फल बताती है कि पोथी लिए हुए पंडित ईश्वर हैं—

''बभना त देख्यों पोथिया लिहे, दियना डिउढि बरै।

हो मोरी बहुअरि! बभना त होयँ नरायन,

दियना लछिमी मैया।''

एक अन्य सोहर गीत में ब्राह्मण को राजा दशरथ द्वारा शाप दिए जाने की घटना का उल्लेख है। ब्राह्मण देवता लंबी प्रतीक्षा के बाद भी दान लेने नहीं आये—

"ओदिन धोतियाँ राजा दशरथ थर थर काँपैं,
हो अरे राजा दसरथ मरथे पिसि बभन नाहिं आवैं।
अरे अरे सतयुग के बभना लगै देहु कलजुग,
हो अरे बभना! घरे घरे मँगब्या चुटुकिया तबौ न पेटवा भरिहैं।"

(गीली धोती में राजा दशरथ थर-थर काँप रहे हैं। प्यास से व्याकुल हैं। ब्राह्मण को दान दिए बिना जल ग्रहण नहीं कर सकते, वस्त्र नहीं बदल सकते, पर ब्राह्मण देवता दान लेने आ ही नहीं रहे हैं। राजा दशरथ आक्रोश में भरकर शाप देते हैं—अरे सतयुग के ब्राह्मण! कलयुग आने तो दो। तुम घर-घर फिरकर चुटकी (भिक्षा) माँगोगे तब भी पेट नहीं भरेगा।)

इस गीत से ब्राह्मण की दान लेने की प्रवृत्ति और अधिकार की भावना पर प्रकाश पड़ता है। ब्राह्मण का शाप भी प्रसिद्ध है। इसलिए ब्राह्मण के क्रोध से बचने के लिए कौसल्या रानी राजा दशरथ को समझाती हैं कि ब्राह्मण को दुःखी न करो। वह शाप दे देंगे तो राम दुःख पाएँगे—

"मचियहिं बैठी कौसिल्या सुना हो राजा दसरथ,
हो अरे राजा! बभना दुखित होइ जैहैं त राम के सरपिहैं।"

एक कुमारी भी ब्राह्मण को इसलिए शाप देती है कि वह अभी तक वर नहीं खोज सका—

"जरै नउववा रे तोरी नउवहिया, जरै बभनवाँ तोरा वेद,
विछुरैं बबैया तोरा राज दुलरुआ जे न मोकाँ राखै कुँआरि।"

बाह्मण निमंत्रण या संदेश पहुँचाने का काम भी करते हैं, विवाह की हल्दी लेकर मायके से ब्राह्मण आए हैं—

"पुरुबहि देसवा से आवै बभनवा हथवाँ हरदिया कै गाँठि,
बैठौ न बभना रे चनन पिढ़इया कहहु नैहरवा कुसलाति।"

ससुराल में पुत्री को कष्ट मिलने पर ब्राह्मण को ही दोषी माना जाता है कि कैसे सुदिन, सुघड़ी, मुहूर्त का विचार किया था कि मेरी बेटी अकेली सोती है।

ब्राह्मणों के स्वभाव के बारे में भी व्यंग्य हुआ है।

"बाभन कूकुर नाऊ, आपन जाति देखि गुर्राऊ।"

× × ×

"बाभन कूकुर हाथी, अपनी जाति कै ये ना साथी।"

ब्राह्मणों के न्यौता खाने पर भी एक करारा व्यंग्य है—

"आन कै आँटा आन कै घिउ। खाइल्या बाबा दै कै जिउ।"

(दूसरे का आटा दूसरे का घी। बाबा जी! प्राण देकर भी खा लो।)

इसी प्रकार ब्राह्मणों के बारे में अनेकानेक उदाहरण मिलते हैं, पर ये वर्णन वर्ण-

व्यवस्था की ओर उतना संकेत नहीं करते जितना कि जाति-व्यवस्था की ओर।

क्षत्रिय

शरीर की रक्षा हेतु हाथ का जो महत्त्व है वही समाज की रक्षा हेतु क्षत्रिय का। गीता में क्षत्रिय का लक्षण बताया गया है—

"शौर्य तेजो धृतिर्दाक्ष्यं युद्धे चाप्यपलायनम्।
दान-मीश्वर भावश्च क्षात्रं कर्म स्वभावजम्।"

(श्रीमद्भगवद्गीता—18/43)

क्षत्रिय के लक्षण लोकगीतों में भी बताए गए हैं।

एक लोकगीत में वर न मिलने से कन्या का पिता निराश हो गया है। कन्या अपने पिता से क्षत्रिय वर की पहचान बताती है—

"धोतिया कचारैं बाबा, पोथिया विचारैं, हाथे गुलेल मुख पान।
वनहीं कै तिलक चढ़ाया मोरे बाबा मिलि जैहैं दुलरू दमाद।।"

इस गीत में क्षत्रिय को पवित्रता, ज्ञान, शौर्य और विलास से युक्त बताया गया है। 'धोती कचारना' पवित्रता का, 'पोथी' बाँचना ज्ञान का, 'हाथ में गुलेल' उनके शौर्य का और 'मुख में पान' वैभव-विलास का प्रतीक है।

रणभूमि में प्राणों की बाजी लगाकर युद्ध करना क्षत्रिय का धर्म माना गया है। कलियुग में क्षत्रिय का क्या रूप होगा, लोकगीतों में भविष्यवाणी हुई है—

"छत्री होइकै रन से भगिहैं,
सूदहि राज चलावैगा सीताराम सीताराम।"

क्षत्रियों की वीरता और शौर्य की गाथा ही 'आल्हा' का आधार है। कायर का जीवन तो मृत्यु से भी बुरा है। इसीलिए युवावस्था के पश्चात् क्षत्रिय जीना भी नहीं चाहता—

"बारह बरिस ले कूकुर जीयें, औ सोलह लै जियैं सियार।
बरसि अठारह क्षत्रिय जीयें, आगे जीवन को धिक्कार।।"

क्षत्रियों की अनेकों उपजातियाँ हैं। एक लोकोक्ति में उसकी तुलना चावल से की गई है—

"क्षत्री और चाउर कै जाति अनगिनित है।"

वैश्य

वैश्य पर समाज के भरण-पोषण का भार होता है—

"कृषि गोरक्ष वाणिज्यं वैष्यकर्म स्वभावजम्।"

(श्रीमद्भगवद्गीता-18/44)

आज भी वैश्य व्यापार, उद्योग-धंधों में रत हैं। लोकगीतों में वैश्यों का वर्णन इसी संदर्भ में हुआ है। राजा दशरथ दान हेतु द्रव्य लाने की आज्ञा वैश्य को ही देते हैं।

''हक्रहु नग्रा के बनिया बेगेहि चलि आवहु,
बनियाँ! लावहु पीतम्बरी औ धान रतन जड़ि लावहु।''

एक गीत के अनुसार व्यापारी घर से दूर व्यापार हेतु जाकर, पर-स्त्री पर आसक्त हो जाता है। छोटा भाई उसके पास जाकर भाभी के दु:खों का वर्णन करके व्यापार समेटकर घर वापस चलने का आग्रह करता है—

''हथिया त बाँधौ लवँगि डारी, घोड़वा सोपारी डारी,
हो मोरे भैया लादौ बरदी बनिजरवा त घर कॉ सिधारौ।''

'लौंग' के व्यापार का वर्णन कई गीतों में हुआ है। व्यापारी पति के विछोह की कल्पना से पत्नी दु:खी है—

''मोरे पिछवरवाँ लौंगिया के बिरवा, लौंग चुवै आधी रात।
लौंग मैं बिनि बिनि ढेरिया लगायौं, लादि चले हैं बनिजार।''

साथ ले चलने का आग्रह करने पर पति व्यापारी के कठोर जीवन और रास्ते के कष्ट का वर्णन करके उसे रोकता है। तब व्यापारी पति का पता वियोगिनी पत्नी अपनी सास से पूछती है—

''मचियहिं बैठलि सासू बढ़ैतिनि सुना सासू अरजि हमारि।
जौनी बनिजियाँ सासू तोरा पूता गइलै उहै रहिया देतू बताय।:''

व्यापार से लौटा पति पत्नी के लिए शृंगार-प्रसाधन की वस्तुएँ लाया है, जिसके कारण वह बहुत प्रसन्न है। एक पूर्वी गीत की पंक्तियाँ हैं—

''सैंया मेरा गए हो पुरबी बनिजियाँ,
त लै ना आए हो रस बेनुली टिकुलिया वै लै न आए हो।''

एक चौमासा गीत में विरहिणी इसलिए दु:खी है कि उसका पति व्यापारी है और विदेश गया है, कौन उम्र पार करे? हृदय बेचैन है—

''चौथा मास कुवार, मोरा पिया बनिजार।
दिल में आवै न करार, पार के करी उमिरिया अरे साँवरिया।।''

एक देवी गीत में मार्ग में बनिया बसाकर 'धार' और 'लौंग' लेकर चढ़ाने की कामना की गई है—

''जो मैं जनत्यौं भवानी मैया यही रहियाँ अइहैं,
मैया रहिया म बनिया बसवत्यौं लवँगिया लै चढ़वत्यौं।''

वैश्य (बनिया) के स्वभाव के विषय में भी मनोरंजक लोकोक्तियाँ हैं—

''बनियाँ कै जिउ धनियाँ।''

(बनियाँ के प्राण 'धनिया' में रहते हैं।)

उसी प्रकार उसकी कृपणता और भीरूता पर करारा व्यंग्य है—

"अम्मा नेब्बू बानियाँ, दाबे से रस देयँ।"

(आम और नीबू तथा बनिया से दबाव डालकर ही (रस) अर्थ प्राप्ति की जा सकती है)।

'बनजरवा' गीत में बनिया की जाति को नायक ने कठोर कहा है—

"तब बोलत बाय तेजवा धरिया ना,
दादा बनिया कै जतिया कठोरवा ना।"

इस प्रकार वैश्यों के वर्णन से लोकगीत साहित्य भरा पड़ा है।

शूद्र

'श्रीमद्भगवद्गीता' में इनका स्वभावजन्य कर्म अन्य वर्णों की सेवा करना बताया गया है—

"परिचर्यात्मकं कर्म शूद्रस्यापि स्वभावजम्।1"

(श्रीमद्भगवद्गीता 18/44)

लोकगीतों में इनके कर्म, व्यवहार और स्वभाव आदि का स्वाभाविक वर्णन हुआ है। आज जब जाति-व्यवस्था कर्मणा न होकर जन्मना हो गई है तब उनका कर्म-क्षेत्र भी परिवर्तित हो गया है।

इनमें अनेक जातियाँ-उपजातियाँ हैं, जिनका कार्य-क्षेत्र भिन्न-भिन्न है। इनकी समाज में आवश्यकता इतनी अधिक है कि जन्म लेते ही शिशु पहले जिसकी बाँहों में जाता है, वह इसी वर्ण की धगरिन होती है। आसन्न प्रसवा को सर्वप्रथम दाई की आवश्यकता प्रतीत होती है, जो आकर मनचाहा नेग प्राप्त करती है। सर्वप्रथम, दुग्धपान दाई ही कराती थी, यह वर्णन भी मिलता है—

"धगरिन त नेग माँगै नार की छिनौनी,
कौसिल्या रानी कै हार माँगै दूध कै पियौनी।"

धगरिन पहले गाँव में एक या दो ही योग्य होती थीं, किंतु कालांतर में 'नेग' के लोभ के कारण अब सभी 'हलवाहों' की पत्नियाँ यह कार्य करने लगीं।

लोकोक्तियों में यह धारणा व्यक्त है कि पददलित होने के कारण बात का प्रभाव उन पर नहीं पड़ता उन्हें मंद जाति कहा गया है।

"ऊँच क जाति बतियाये कै, बेर्‌ह (बेढ़) बतियाये कै,
मंद जाति लतियाये क।"

खेत के चतुर्दिक बाड़ा बनाया जाता है तो उसे 'बेर्‌ह बतियाना' कहते हैं। जिस प्रकार 'बेर्‌ह' बाती लगाने पर ही ठीक खड़ा रहता है उसी प्रकार मंदबुद्धि लोग बिना दंड पाये नहीं सुधरते।

इन लोकोक्तियों के आधार पर उन निरीहों पर कम अत्याचार नहीं हुआ है। ये लोकक्तियाँ समाज की विकृतियों को उकेरती है।

लोकगीतों में विभिन्न जातियों का वर्णन

वर्ण-व्यवस्था ही कालांतर में जाति-व्यवस्था के रूप में विकसित होती गई, पर उनमें यही मौलिक अंतर था कि इनका आधार कर्म नहीं जन्म था। जाति-व्यवस्था के कारण समाज में जो परिवर्तन आया उसका संपूर्ण एवं यथार्थ चित्र हमें लोकगीतों में मिलता है। लोकगीतों में प्रत्येक वर्ग के कार्य, अधिकार और कर्तव्य संबंधी गीत मिलते हैं। यहाँ तक कि इन वर्णों की जातियों-उपजातियों के भी वर्णन मिलते हैं। कुछ जातियाँ ऐसी हैं, जिनका अपने व्यवसाय के आधार पर नामकरण हुआ था, किंतु अब जातियों का आधार जन्मना होने के कारण चाहे उनके यहाँ वह व्यवसाय हो या नहीं वे उसी नाम से पुकारे जाते हैं। उनका वर्णन लोकगीतों में उनके व्यवसाय के संदर्भ में भी हुआ है।

सोनार (स्वर्णकार)—इस जाति का उल्लेख आभूषणों के गढ़ने और पहनाने के संदर्भ में ही हुआ है। पहले दाँतों में ये स्वर्ण मंडित किया करते थे, जो शृंगार-प्रसाधन का प्रमुख अंग था—

"जड़े सोनार दाँत में कीली, नयना हैं रतनारे।"

'सोनार' स्वभाव से ही चालाक होता है। वह नायिका का मित्र है, फिर भी चालाकी करता है। एक गोत में यही भाव व्यक्त है—

"सोनरा सब दिनवाँ कै साथी सो करत चलाकी।"

वर को सजाते समय बाला पहनाने सोनार का आना और तत्संबंधी गीत गाना आवश्यक है। दूल्हे को बाला का चाव है, उनकी बहन शृंगार करके सोनार के घर गईं, बाला ले आईं—

"बलवा के भूखे दुलहे रामा बलवा-बलवा करैं,
बहिनी उनकी गईं सोनार घराँ अँखियाँ कजर दिहे,
मँगियाँ सेन्हुर दिहे।"

कहीं वर अपनी वधू की गलियों में सुघड़ 'सोनार' बसाने की कामना करता है—

"कड़वा भी लाऊँ छड़वा भी लाऊँ,
अजी सुघर सोनार बसाऊँ नाजो तेरे लिए।"

कहीं कन्या का पिता कन्या के लिए आभूषण गढ़ने का आदेश सोनार को देता है—

"गढ़ु सोनरा! अंगन, गढ़ु सोनरा कंगन, गढ़ु सोनरा! टीका भरि माँगि।"

पति अपनी रूठी हुई पत्नी की इच्छापूर्ति के लिए तिलरी गढ़ने का आदेश देता है—

''हक्रहु नग्रा के सोनरा हलिय बेगे आवहु,
सोनरा! सतलरि गढ़हु तिलरिया मैं धना के मनावौं।''

लोहार (विश्वकर्मा)—समाज के लिए यह जाति उतनी ही उपयोगी है जितनी कि देवताओं के लिए विश्वकर्मा। पुत्र-जन्म के अवसर पर कजरौटा बनाकर, विवाह में वर-कन्या के लिए लोहे की मुँदरी, लोहे का कड़ा और कजरौटा लाकर नेग प्राप्त करने आदि के प्रसंग में इनका उल्लेख है। अग्नि-परीक्षा के लिए धर्म की कड़ाही गढ़कर लाने की प्रार्थना लुहार से कुलवधू करती है—

''मोरे पिछवरवाँ लोहार भैया मितवा, धर्मे करहिया गढ़ि लावहु हो ना।''

कुर्मी—एक खेल के गीत में कुर्मी का उल्लेख हुआ है। इस जाति का अलग से कोई गीत नहीं होता—

''अहिर गड़ेरिया, कुर्मी, चोर, भागा जायँ अहिरौली की ओर।''

यह गीत संभवत: किसी चोर दल के पकड़े जाने पर बनाया गया, जिसमें कुर्मी भी रहा होगा।

एक लोककथा है कि लंका विजय के बाद अयोध्या लौटने से पहले श्रीराम ने लक्ष्मण से कहा कि लंका वासियों को बुलाकर पूछ लीजिए कि किसी को कोई कष्ट तो नहीं है। सब लोग वहाँ आये लेकिन एक हल चलाने में तल्लीन व्यक्ति बुलाने पर भी नहीं आया। लक्ष्मण ने उसके पास जाकर पूछा कि आप क्यों नहीं आये? और आप इतनी तल्लीनता से खेत क्यों जोत रहे हैं क्योंकि लंका में तो अब कुछ भी नहीं बचा है, न यहाँ कोई रहना चाहता है। उसने उत्तर दिया—मैं आप लोगों से रुष्ट हूँ, क्योंकि आप लोगों ने मेरी लंका का नाश कर दिया। मैं तल्लीन होकर हल चला रहा हूँ क्योंकि मैं अपनी काम करने की आदत बनाये रखना चाहता हूँ। मुझे विश्वास है कि परिश्रम से यह धरती फिर अन्न उगायेगी। लक्ष्मण जी उसकी निष्ठा से प्रसन्न हुए और प्रार्थना की कि आप हमारे साथ अयोध्या चलिए और वहाँ के लोगों को परिश्रम की शिक्षा दीजिए। वह किसान अयोध्या आया और कहा जाता है कि कुर्मी जाति उसी के वंशज हैं। वे परिश्रमी किसान के रूप में आज भी जाने जाते हैं।

गड़ेरिया—यह जाति भेड़ पालती है, उनके दूध और ऊन से आजीविका चलाती है। अच्छी खाद के लिए भेड़ों को खेत में बैठाया जाता है, बदले में गड़ेरिया भोजन की सामग्री तथा पारिश्रमिक लेता है। वहीं खेत में 'दाल बाटी' अलाव पर बनाकर खाता है। इनके अलग गीत हैं। गड़ेरिया की जीवनचर्या एक गीत में देखें—

''खेतवा म भेड़िया बैठाये बाय गड़ेरिया।
जब रे गँड़ेरिनि खेतवा म आई, भौरी औ दालि परोसै गँड़ेरिया
खाइ के गँड़ेरिनि जब मुँह धोवै, भेड़िया कै दूध पियावै गँड़ेरिया।

कमरी बिछाइ कै गँड़ेरिनि जब वलरै, मीठी-मीठी बोलियाँ रिझावै गँड़ेरिया।"

(गड़ेरिया खेत में अपनी भेड़ों को बैठाए हुए है। जब उसकी पत्नी खेतों में आती है, तब वह दाल और बाटी उसे परोसता है। जब वह खाकर मुख धोती है, तब उसे भेड़ का दूध पिलाता है। भेड़ के ऊन की बनी 'कमरी' (कंबल-दरी) बिछाकर जब वह लेटती है, तब मीठी-मीठी बातों से वह उसे रिझाता है।)

कुम्हार—लोकगीतों में कुम्हार का वर्णन उनकी उपयोगिता के संदर्भ में हुआ है। कलश की सुंदरता का कारण कुम्हार की दक्षता है—

"कलसा तो बड़ा सुन्नर, ना जानौ कौने गुना,
ना जानौ कोंहरा के गढ़बे, त ना जानौं माटी गुना।"

अग्नि परीक्षा के लिए कुम्हार से धर्म की गगरी गढ़कर लाने की प्रार्थना की गई है एक गीत में—

"मोरे पिछवरावाँ कोंहार भैया मितवा रे ना।
भैया धरमें गगरिया गढ़ि लावहु रे ना।।"

कहीं कुम्हार से देवी को चढ़ाने के लिए मिट्टी का 'घोड़ा पियाला' बनवाकर न चढ़ा पाने पर पश्चात्ताप किया गया है—

"जौ मैं जनत्यों भवानी मैया, यही रहियाँ अइहैं।
मैया रहिया मँ कोंहरा बसवत्यों, घोड़वा लै चढ़वत्यों,
पियाला लै चढ़वत्यों।।"

बढ़ई—विवाह संस्कार के अवसर पर वर-कन्या को बैठने के लिए ये पीढ़ा और मंडप में टाँगने के लिए 'सुग्गा' बनाकर नेग लेते हैं। जेंवनार के लिए चंदन की चौकी (पिढ़ैया) गढ़कर लाने का निर्देश गीतों में हुआ है—

"चन्नन रुखवा कटायौ बढ़ैया भैया, पिढ़ई गढ़ावौं सौ साठ कि हाँ जी।"

बंध्यात्व के कष्ट को भूलने के लिए एक दुःखी नारी बढ़ई से काठ की पुतली गढ़ने की प्रार्थना करती है—

"मोरे पिछवरवाँ बढ़ैया, तुहि त भैया मितवा,
हो मोरे भैया गढ़ि लावौ काठे कै पुतरिया, मैं जियरा बुझावौं।"

विवाह के अवसर पर मंडप-निर्माण हेतु बाँस काटना, खंभे बनाकर गाड़ना आदि बढ़ई का ही कार्य है—

"खंभा तौ बड़ा सुन्नर, ना जानौ कौने गुना,
ना जानौ बढ़ई के गढ़े, त ना जानौ बाँस गुना।"

अग्नि परीक्षा हेतु बढ़ई से धर्मपूर्वक चैला (लकड़ी) काटकर लाने का आग्रह किया है—

"मोरे पिछवरवाँ बढ़ैया भैया मितवा रे ना,
भैया धर्मे कै चैला चीरि लावहु हो ना।"

बरई—यह जाति पान बेचती है और शादी-विवाह के अवसर पर मंडप छाया करती है। लोकगीतों में उसके ये दोनों कार्य वर्णित हैं—

"तोरे बीरा में अजब बहार, बरइन बीरा लगाव।"

पान की खेती करने का कार्य यह जाति करती है। इसके बनाए हुए मंडप की प्रशंसा लोकगीतों में हुई है—

"माँड़व तौ बड़ा सुन्नर, ना जानौ कौने गुना,
ना जानौ बरई के छाये, त ना जानौ पान गुना।"

पत्नी रूठे हुए पति को मनाने के लिए बरई को शीघ्र पान का पंचरंग बीड़ा लगाने का आदेश देती है—

"हक्रहु नग्रा के बरई, बेगेहि चलि आवहु,
बरई पंचरंग बिरवा जोरावौ, मैं सैंया के मनावौं।"

पहले 'मंडप' प्रत्येक शुभ संस्कार पर बनाया जाता था। मुंडन संस्कार के अवसर पर भी बरई को बुलाकर मंडप छाने के लिए कहा गया है—

"नउवा हाली बेगे बरई बोलावउ, माँड़व छवावौ,
नाउनि गजमोती चौक पुरावौ, मैं लफरी मुड़ावौं।"

इस जाति को कहीं-कहीं 'तमोली' भी कहा जाता है—

"कहवाँ से आवा बनिया कै बेटा, कहवाँ से आवा तमोली का।"

तेली—विवाह संस्कार के अवसर पर ये तेल पेरकर लाते हैं। वर-कन्या को तेल चढ़ाया (लगाया) जाता है। उस समय तेलिन को स्मरण किया जाता है—

"तेलिनि तेलिनि तूँ बड़ी रानी रे, कहवाँ कै तेलवा तूँ कहवाँ सँचारू हो।"

पतिव्रता नारी अग्नि-परीक्षा देने के लिए तेली से धर्म का तेल पेरकर लाने का आग्रह करती है—

"मोरे पिछवरवाँ तेलिया भैया मितवा, धर्मे कै तेलवा पेरि लावहु रे ना।"

कोइरी—वर-वधू को विवाह के अवसर पर जब हल्दी लगाई जाती है, उस समय 'कोइरिन' को अवश्य स्मरण किया जाता है, जो हल्दी बोकर उपजाती है और बेंचकर एक स्थान से दूसरे स्थान तक पहुँचाती है—

"कोइरिनि कोइरिन तूँ बड़ी रानी रे,
कहवाँ कै हरदी तूँ कहवाँ सँचारू हो।"

कोइरी की पत्नी को अपने व्यवसाय, अपने परिवार और जीवन से पूर्ण संतुष्टि है। एक श्रम गीत में राजा कोइरिन को राजमहल की रानी बनाने का प्रलोभन देते हैं, किंतु वह

अपने सुख का वर्णन करके उस प्रस्ताव को ठुकरा देती है—

''पोहता के पतवा कै टटिया बनायों,
मुरई के व्योंड़ा लगायौं रे ना।
आपन कोइरी लैकै सोवौं सेजरिया,
हँसि बोलि करौं भिनुसरवा रे ना।''
(पोस्ते के पत्तों की टटिया बनाई है,
उसमें मूली का व्योंड़ा लगाया है।
अपने कोइरी के साथ सेज पर सोती हूँ। हँस-बोल कर सबेरा करती हूँ।)

'कोइरी' जाति की एक विशेषता है कि वे 'बकरी' नहीं पालते। उसका कारण बताते हैं कि यह जीव पालने पर कसाई के यहाँ जाएगी तो अप्रत्यक्ष रूप से हत्या का भागी बनना पड़ेगा, जीवित रही तो 'बाड़ी' चर जाएगी। बकरी का चरा हुआ पौधा पुनः पनप नहीं सकता। पौधों का पालक पौधों के भक्षक को घर में क्यों रखे? इसी भाव को प्रकट करती हैं ये पंक्तियाँ—

''छेरी जिनि पाले कोइरियवा, चाहे पेट भरै, चाहे नायँ।
चिकवा के गए हत्तियारी लगिहैं, जीयत छेरी बारी खायँ।''

माली—शुभ संस्कारों और पूजा-व्रत, अनुष्ठान के अवसर पर इनका विशेष महत्त्व है। वर को प्रसन्न करने के लिए सुंदरी मालिन से पान खिलाने का आग्रह किया गया है—

''नौसे क पान खियाव रे अलबेली मालिनि।''

मालिन 'मौर' (वर का मुकुट) बनाकर लाई है। उसमें हीरा-मोती जड़ने का निर्देश दिया गया है—

''सिर सोहै फूलन का मौरू,
मौरू में हीरा मोती जड़ाव रे अलबेली मालिन।''

मालिन का सौंदर्य कभी-कभी कुलवधुओं के लिए अभिशाप बन जाता था। अपनी सास से पति के प्रवास का मार्ग पूछकर ढूँढ़ते-ढूँढ़ते पत्नी जब अपने प्रवासी पति को पा जाती है तब पति के साथ मालिन को सेज पर देखकर उसका हृदय व्यथा से भर उठता है—

''अपुना त सोवैं मलिनियाँ की सेजियाँ मालिनि बेनिया डोलाय।''

एक अन्य गीत में मालिन अपने ऊपर आसक्त राजा के घर पुत्र-जन्म का मंगल वाद्य सुनकर राजा से प्रश्न करती है कि तुम तो केवल मुझे प्यार करते थे फिर तुम्हारे घर पुत्र कैसे हुआ?

''मोरे पिछवरवाँ बगियवा त माली फुलवरिया,
सखिया! मोर हरि ठाढ़ फुलवरियाँ मालिनि संग विहँसैं।
बाजै लागीं अनंद बधैया, उठन लागे सोहर

राजा केहि पर बजत बधैया त केहि घर सोहर।
हमरी बारी बियहिया, त वनहीं के लाल भये
मालिनि मोरे घर बजत बधैया त मोरे घर सोहर।
तूँ तौ कह्या मोरे राजा कि मालिनि सब केहू—
राजा अब कैसे भये नंदलाल तुहरे घर सोहर।।''

मालिन कुलवधुओं के दुःख-सुख की संगिनी भी है। एक वधू अपने भाई से आग्रह करती है कि मेरा दुःख जाकर मालिन की बेटी से सुन लीजिए—

''जाइके बइठ्या भैया मलिनी दुअरिया,
मोर दुख कहिहैं मालिनि धेरिया रे ना।''

माली-मालिन पर देवी की असीम कृपा होती है। इसलिए चेचक या अन्य देवी प्रकोप स्वरूप उत्पन्न व्याधियों के निवारण के लिए माली को बुलाकर पूजन कराया जाता है। देवी तो माली की फुलवारी में निवास ही करती हैं—

''दुसरी बहिनियाँ देवी दुर्गा अब हो ना,
मैया बसति बार्टी, माली फुलवरियाँ अब हो ना,
मैया दूनौ जुनियाँ लेथीं फुलवा बसिया अब हो ना।''

देवी माता नीम के वृक्ष में हिंडोला झूलते-झूलते प्यास से व्याकुल होकर माली की फुलवारी ढूँढ़ रही हैं। वहाँ पहुँचकर मालिन से पानी माँगती है—

''भीतर बाट्यू कि बाहर मोरी मालिनि कि बून एक ना,
मालिनि पनियाँ पियवतिउ कि बुन एक ना।।''

मालिन मनचाहा वरदान पाकर ही उन्हें जल देती है, पहले बहाने करती रहती है, यह उसकी विशेष निकटता का और विशेष कृपा-पात्री होने का उदाहरण है। इसीलिए तो मालिन जैसी आशीष पाने की याचना की गई है—

''जौनि असिसिया मैया मालिनि के दिह्यू, उहै असिसिया ना।
मैया दिह्यू फलाने (नाम लेकर) राम काँ।''

मार्ग में माली बसाकर फूल-माला चढ़ाने की कामना की गई है—

''जौ मैं जनत्यों भवानी मइया, यही रहिया अइहैं,
मैया रहिया में मलिया बसवत्यों, गजरवा लै चढ़वत्यों।''

लोकगीतों में बाहर से आया हुआ पथिक मालिन के यहाँ ठहरकर विश्राम लेता है। इसका कारण बाग-बगीचों की शीतल छाया, फुलवारी का सुखद वातावरण, मालिन का मृदु स्वभाव ही हो सकता है। एक भाई बहन के घर आया है। पहले मालिन के यहाँ रुकता है। बहन के घर मंगल वाद्य सुनकर वह पूछता है—

''बरहे बरिसवाँ वीरन लौटे, मलिनी द्वारे ठाढ़ भये।
मालिनि केहि घर बजत बधैया त केहि घर मंगल।।''

अहीर—लोक गीतों में इनका वर्णन इनके व्यवसाय कृषि और पशुपालन के संबंध में हुआ है। राजा दशरथ राम के जन्म के समय गोदान करने के लिए अहीर को गाय लाने का आदेश देते हैं जिससे कौशल्या गोदान कर सकें—

"हक्रहु नग्रा के अहिरा बेगेहि चलि आवहु,
अहिरा धेनु गइया लै आवहु कौसिल्या के छुवावहु।"

कृष्ण संबंधी गीतों में तो अहीर (ग्वाला-ग्वालिन) का बहुलता से वर्णन हुआ है। दान-लीला, मान-लीला के अनेक चित्र इस जाति के उल्लेख के साथ भरे पड़े हैं। कृष्ण के विरह में गोपियों की बिरह-व्यथा तो अकथनीय है—

"तलफत वृज बाला गवारी, बिना हो बनवारी।"

देवी के मार्ग में अहीर बसाकर दही से भरा मिट्टी का पात्र लेकर चढ़ाने की अभिलाषा की गई है—

"जौ मैं जनत्यों शीतला मैया यही रहिया अइहैं,
मैया रहिया में अहिरा बसवत्यों दहेड़िया लै चढ़वत्यों।"

हलवाई—ननद अपने भतीजे होने की प्रसन्नता में बधाव लेकर आई हैं। बुआ को गाली और परिहास सुनने को मिलता है कि हलवाई के घर बसकर मिष्ठान्न ले आई हैं—

"हलवइया भतार किहीं, ओकरे घर बसि गईं,
लड्डू औ पेड़ा लैके आइ गईं, लालन कै बुआ।"

इसी प्रकार शिशु की मुँडन कराने की तैयारियाँ हो रही हैं। हलवाई को बड़े-बड़े लड्डू बनाने का निर्देश दिया गया है—

"हकरहु नगरा के हलवइया बेगेहि चढ़ि आवहु,
बड़े-बड़े लडुवा बनावा गोतिनि माँ बँटैबौं।"

रँगरेज (रंगहार)—शृंगारप्रिय नारी-समाज सदैव से रंगीन और छपे हुए वस्त्रों की ओर आकर्षित होता रहा है। भाभी देवर के जगाने पर कहती है कि मैं तो तभी जगूँगी जब तुम मेरे लिए दक्षिणी रंग की छींट छपाकर लाओगे। देवर रंगरेज की हवेली ढूँढ़कर उससे चूनर छापने को कहता है—

"लेहु रंगरेजवा तुहूँ रुपया से पैसवा कि छापि देत्या ना,
हे दखिनवा रंग छिटिया कि छापि देत्या ना।"

रंगरेजों की हेवली का वर्णन कई गीतों में मिलता है। लक्ष्मणजी भी अपनी सीता भाभी के निर्देश पर रँगरेज के यहाँ छींट रँगाने पहुँचे हैं। वे राजकुमार हैं। अत: वे स्वर्णमुद्रा देकर छापने का आदेश देते हैं। रंगरेज उनसे उनकी भाभी का रंग, वर्ण पूछता है—

"कौनी वरन तोहरी सीता भौजइया, कौने रंग माँ,
मैं रंगौं छीटि सरिया कौने रंग माँ।"

इस गीत से स्पष्ट है कि रँगरेजों को रंगों के सामंजस्य का भी ज्ञान था। तभी उसने पहनने वाली के वर्ण के बारे में प्रश्न किया।

नाई—जन्म से लेकर मृत्युपर्यंत प्रत्येक संस्कार में नाई की उपस्थिति अनिवार्य होती है। संतान जन्म पर धगरिन का कार्य समाप्त होते ही नाउनि का कार्य प्रारंभ हो जाता है। वह भी उबटन लगाने का मनचाहा नेग प्राप्त करती है—

"नाउनि त नेग माँगै बुकवा कै मिजौनी,
कैकेयी रानी कै कंगन माँगै नेहछू की धरौनी।"

पुत्र-जन्म का शुभ समाचार नाई ही सब जगह पहुँचाता है। इसे 'रोचना' कहते हैं—

"हक्रहु नगरा के नउवा, बेगेहि चढ़ि आवहु,
हो अरे नउवा रगि रगि पीसहु हरदिया, रोचना पहुँचावौ।"

लव-कुश के जन्म का समाचार सुनाकर नाई हाथी, आभूषण और कटार से पुरस्कृत होता है—

"राजा दसरथ दिहे हथिया, कौसिल्या रानी अभरन,
हो अरे राजा लछिमन फाँड़े कै कटरिया,
रहँसि नउवा घर चले।"

नाई ही पहले कन्या के लिए वर ढूँढ़ने जाया करते थे। वर का टीका करने भी वही जाते थे। यदि कन्या ससुराल में दुःख पाती थी तो नाई को कोसा जाता था—

"जरै नउवा रे तोरी नउवइया, मोरी बेटी जरैं ससुरारि।"

अग्नि-परीक्षा को तत्पर निरीह बहू नाई से ही मायके संदेश भेजना चाहती है—

"मोरे पिछवरवाँ नउवा भइया मितवा, नैहरे खबरिया जनावौ हो राम,
जाइ कह्या मोरे बाबा के अगवाँ, तोरी घिया चढ़िहैं किरियवाँ हो राम।"

बारी—नाई के साथ बारी का नाम भी प्रायः जुड़ा रहता है। इसका कारण है कि दोनों का कार्य प्रायः एक सा है। यह जाति भी संदेश पहुँचाने का कार्य करती है—

"धउतइ नउवा रे धउतइ बरिया, बाबा आगे खबरि जनाउ।"

बारिन का कार्य बरतन माँजना है। एक लोकगीत में बारिन कहती है कि मेरा काम बरतन माँजना है, दूती का काम मुझसे नहीं होगा—

"भितरा से निसरैं जनक जी कै बारिनि, राम पूछैं अरथाय,
जे यहि पुतरी उरेहा मोरी बारिनि तेकर रूप बताव,
घर घर जनक राजा बसना मजावैं, हमसे दुतैया न होय,
जे यह पुतरी उरेहा हो राजा, तौन सीता सुरुजू कै जोति।"

एक भक्ति गीत में कर्म-फल और भाग्य की विवेचना की गई है कि कर्म की गति कोई भी बता नहीं सकता। ब्याह करानेवाले नाई, बारी भी नहीं सुना सकते—

"नाहीं सुनावें नउवा रामा, नाही सुनावै बरिया रामा,
नाहीं सुनावै पंडित जेन बेद उचारैं रामा।"

एक आसन्नप्रसवा अपनी ननद से प्रार्थना करती है कि आँगन से उठाकर मेरी पलंग ओबरी (कोठरी) में डाल दो, किंतु वह कहती है—भाभी! मैं तुम्हारे डोले के साथ आई दासी या नाइन, बारिन नहीं हूँ, किस नाते तुमने मुझे आदेश दिया—

"किय तोरी भौजी मैं नउनियाँ किय रे बरिनियाँ,
भौजी किय तोरे डोला संग आयवँ कौने नाते अरहिउ।"

कहार—नाऊ-बारी की भाँति यह जाति भी घरेलू काम-काज करती थी। पानी भरना, पालकी ढोना, बरतन माँजना इनका प्रमुख कार्य था। पानी भरने के कार्य का उल्लेख एक विवाह गीत में हुआ है। कहारिन राम से कहती है कि मैं घर-घर पानी भरती हूँ, पर दूती का कार्य नहीं करती—

"घर पर जनक राजा पनियाँ भरावैं हमसे दुतैया नाहीं होय।"

पालकी ढोने का कार्य तो कहार का प्रमुख कार्य है। एक गीत में कृष्ण कहारों को पालकी तैयार करके भंगिन का वेश धारण करनेवाली रुक्मिणी को घर पहुँचाने का आदेश देते हैं—

"हक्रहु नग्रा के कहँरा हलिय बेगे आवहु,
हो मोरे कहँरा चनना कै डँड़िया फनावौ हेलिनि पहुँचावौ।"

इसी प्रकार एक गीत में मानिनी नायिका का पति जब उसे मनाता है फिर भी वह मान नहीं त्यागती, तो वह कहारों को आदेश देता है कि उसे उसके मायके पहुँचा आओ—

"हक्रहु नग्रा के कहँरा बेगेहि चढ़ि आवहु,
कहरा! हाली बेगे डँड़िया फनावौ, धना नैहर पहुँचावौ।"

मुगल द्वारा अपहृत हिंदू ललना को पालकी ढोते कहार भाइयों पर पूरा विश्वास है। वह उनसे डोली रोककर, छिपाने की प्रार्थना करती है—

"तनी एक डँड़िया छिपावौ भैया कहँरा,
बाबा के सगरवाँ पनिया पियबै हो ना।"

'कहार' जाति भड़भूजे का कार्य भी करती है। वैसे भड़भूजे की अलग जाति भी है किंतु कहारों का भी यह प्रमुख कार्य है। विवाह के अवसर पर वर पक्ष की स्त्रियाँ बारात जाने से पहले 'भूज' के घर लावा माँगने जाती हैं। वहाँ उसके साथ हास-परिहासयुक्त गाली गीत गाये जाते हैं—"तुम्हारे खेत में साठा धान बोया था, काट ले आयी, तुझे नट उठा ले गया—"

"ए भुजइनियाँ! ए भुजइनियाँ! तोरे खेते बोयों साठा।

आपन साठा मैं काटि मँगायौं, तोकाँ लै जाय नाटा।।''

'कहार' मृत्युदूतों के लिए प्रतीक रूप में भी आए हैं। एक निर्गुण में देखिए—

''गौना मोरा लेवै क आये कहार,
चारि कहार मिलि आनैं क आये,
छेंकि लिहे बाबा कै खिरकी मोहार।''

केवट (मल्लाह)—इन्हें 'गोड़िया' भी कहते हैं। कहारों की भाँति इनका कार्य भी पानी भरना, बरतन माँजना आदि रहा है, किंतु इनका प्रमुख कार्य नाव चलाना और मछली पकड़ना है। जैसे-जैसे बाँध बनते गए, आवागमन के साधनों का विकास होता गया, इनका काम घटता गया, किंतु आज भी नाव और नाविक दोनों ही का महत्त्व है। एक लोकगीत में पति से रूठी पत्नी केवट से नदी पार करवाने की प्रार्थना करती है—

''सेजिया कै रुठली रनियवाँ जमुना तीरे ठाढ़ि भई
केवटा पुकारै लागै हो राम।
केवटा एहि घाट नैया लै आवहु तौ परवाँ उतारौ हो राम।''

पारिश्रमिक के रूप में केवट उससे एक रात्रि का सहवास माँगता है। रानी अपने सब आभूषण देना चाहती हैं किंतु वह नहीं लेता। इस गीत से स्पष्ट है कि उस समय केवट का कितना महत्त्व था और वह किस प्रकार लोगों की विवशताओं से लाभ उठाने की चेष्टा करता था। एक अन्य श्रम गीत में नायक अपनी दो पत्नियों के कलह से दुःखी होकर दोनों को लेकर नदी पार कराने के बहाने ले जाता है। नाविक को स्वर्णमुद्रा का प्रलोभन देकर विवाहिता को डुबोने और प्रेयसी को पार करने की प्रार्थना करता है—

''सोनवा कै टकवा मैं तोकाँ देबौं हो ना,
गोड़िया ओढ़री के परवाँ लगावौ हो ना।''

केवट (खेवट) शब्द खेवनहार के अर्थ में प्रयुक्त हुआ है। केवट कहीं-कहीं पालकी ढोने का कार्य भी करते हैं। पुत्री के योग्य पालकी तैयार करने का आदेश दिया गया है—

''हक्रहु नग्रा के केवटा बेटउवा, धिया जोगे डड़ियाँ फनावौ हो राम।''

'गोड़िया' की दिनचर्या का वर्णन एक गीत में हुआ है। दिन भर नाव चलाना, रात को मछली लेकर लौटना—

''दिन भर गोड़िया रे नैया चलावै, सँझवा कै लावै मछरिया रे ना।''

नदी के किनारे देवी दुर्गा का निवास है, जहाँ मल्लाह (गोड़िया) उनकी पूजा करते हैं—

''पहली बहिनियाँ देवी दुर्गा अब हो ना,
मैया बसति बाटी नदिया के किछरवाँ अब हो ना,
जेका पूजत बाटैं गोड़िया औ मल्लहवा अब हो ना।''

शीतला माता को भी देश देखने जाने हेतु नदी पार करने के लिए 'गोड़िया' की आवश्यकता पड़ती है। वे कहती हैं मेरी लश्कर (सेना) पार उतार दो—

"छोटिनि बहिनी सीतला माई, गोड़वाँ घुँघरू सोहै,
माता ठाढ़ी जमुनवा के तीर, त गोड़िया पुकारैं,
अरे अरे गोड़िया बेटउवा, तू नइया लै आवहु,
गोड़िया मोरी लश्कर परवाँ उतारौ, मैं देस देखै जावौं।"

वर केवट से नाव मँगवाकर शीघ्र ही ससुराल जाने के लिए नदी पार हो जाता है—

"नदिया के तीरे तीरे दुलहा पुकारै, केवट नइया लै आउ।
लपकि झपकि केवटा नइया ले आवे, दुलहा उतरि गए पार।"

पति के बिना स्त्री की तुलना बिना केवट के नाव से की गई है—वह किस डाल का सहारा ले—

"बिनु रे केवटवा कै नइया, कौने घाटे लगिहैं,
बिनु रे पुरुषवा कै तिरिया, केकरी डारी लगि हैं।"

धोबी—धोबी और धोबिन का लोककथाओं तथा लोकगीतों में विशेष महत्त्व है। कृष्ण तुलसी से विवाह रचाकर लौटते हैं। उनके पीले वस्त्रों को देखकर राधा प्रश्न करती हैं कि आज कृष्ण के वस्त्र पीले क्यों हैं? वे बहाना करते हैं प्रिये! धोबी के पुत्र ने मेरी धोती पीली कर दी—

"हम तो गयन प्यारी धोबी धोबिघटवाँ,
धोबिया बेटउवा पियर कै दीन।"

धोबी तभी अच्छा कहा जाता है जब वह बगुले के पंख सदृश स्वच्छ, धवल वस्त्र धोये—

"अच्छा धोबिया तबै निक लागै, धोवै बगुला कै पाँखि।"

बिना धोबी के गाँव अधूरा होता है। नवविवाहिता अपने पति से कहती है कि या तो धोबी लाकर बसाओ अन्यथा मैं धोबी के यहाँ चली जाऊँगी। मेरी गौने की चूनर मलिन हो गई है—

"धूमिल होइगै गवने क चुनरी, बिन धोबिया के गाँव,
की धोबिया पिया लाइ बसावा, की धोबिया के जाउँ।"

एक 'धोबिन' की सुंदरता और दंत-पंक्ति की शोभा देखकर एक राजा आसक्त हो जाते हैं। 'धोबिन' अपने जाति के श्रम को गौरवपूर्ण समझती है। वह राजा को तभी प्यार कर सकती है, जब वह धोबी बनना स्वीकार करें। अत: राजा उसके साथ नदी किनारे 'रेह' बटोरने लगते हैं—

"एक हाथे राजा हो रेहिया बटोरैं, एक हाथे पोंछथे अँसुइया रे ना।
जनम दिहिन मोरा मैया से बाबा, करम लिखा धोबिनी सथवाँ रे ना।"

बिसाती—यह जाति शृंगार-प्रसाधन की छोटी-बड़ी वस्तुएँ लेकर गाँव-गाँव घूमकर बेचती है। इसी से ग्रामीण स्त्रियों के लिए इनका आगमन आह्लादकारी होता है। गीतों में अपनी पत्नी या प्रिया को देखने के लिए बिसाती बनकर जाने के वर्णन बहुत हैं।

वर अपनी नवेली दुलहन की गलियों में सुघर बिसाती ही बसा देने का वचन देता है—

"सेन्हुर भी लायौं सुरमा भी लायौं, बिंदी भी लायौं टिकुली भी लायौं
ए जी सुघर बिसतिया बसावौं नाजो तेरे लिये।"

मनिहार (चुरिहार)—नारी का सौभाग्य चिह्न काँच की चूड़ियाँ बेचनेवाली इस जाति का समाज में विशेष महत्त्व है। कोई भी शुभ कार्य या त्योहार हो, ये अपनी चूड़ी भरी डलिया लेकर घर-घर पहुँचकर नेग प्राप्त करते हैं, ठनगन करते हैं। कृष्ण तो गोपियों से मिलने के लिए कितनी ही बार मनिहार बने हैं—

"हरे रामा कृष्ण बने मनिहारिन ओढ़ि लिये सारी रे हारी।"

मनिहार से शायद गोपियाँ संकोच करें अत: वे मनिहारिन बने हैं—

"मोहन चले सहर बरिसाना धैके रूप जनाना ना।
चूड़ी वाली लेकर डाली चोली बन्द सहाना ना।"

वर अपनी नवेली वधू को चूड़ी और लहेठी लाने तथा सुघर मनिहार उसकी गलियों में बसाने का बचन देता है—

"चूरी भी लायों, लहेठी भी लायों,
अजी सुघर चुरिहार बसावों नाजो तेरे लिये।"

पटहार—यह जाति सूत या रेशम की विविध वस्तुओं को बनाने की कला में प्रवीण होती है। आभूषणों का गूँथन। 'चोटी', 'फुलरा', 'धागा', करधनी (धागे की), पहुँचा (धागे का) आदि बनाना इस जाति का प्रमुख कार्य हैं। सूत की राखियाँ, रेशम की डोर भी ये बनाते हैं। एक लोकगीत में पति परिवार से छिपकर पत्नी से मिलने आता है। गर्भाधान होने पर सास-ननद उसको लांछित करती है। तब वह पटहार से निवेदन करती है कि रेशमी डोर बना दो। मैं चोर को फँसाऊँगी, सास को दिखाऊँगी—

"मोरे पिछवरवाँ पटहरवा तुहिन मोरा मितवा,
हो मोरे भैया रेसमे कै डोरी गँछि लावौ
मैं चोरवा बझावौं, त सासू के देखावौं।"

इनको पटेहरा भी कहते हैं।

दरजी—दरजी अधिकतर मुसलमान ही होते थे। यह कोई विशेष जाति नहीं है। पैत्रिक व्यवसाय को अपनाने के कारण किसी परिवार में पीढ़ी-दर-पीढ़ी यह कार्य होता

रहता है। लोकगीतों में इनका वर्णन उनके कार्य के संबंध में ही हुआ है—

"पाँच रुपइया तोंहके देबौ दरजियवा हमरी सी द्या हो चुनरिया,
पाँच रुपइया हम ना लेब गोरिया एक दिन आवा हो सेजरिया।"

(पाँच रुपया तुम्हें दूँगी ओ दरजी! मेरी चुनरी फटी है, सिल दो। दरजी कहता है मैं पाँच रुपया नहीं लूँगा। एक दिन मेरी सेज पर आ जाना।)

इस गीत में दरजी का महत्त्व स्पष्ट है। यहाँ तक कि अपनी उपयोगिता का वह दुरुपयोग करने की धृष्टता करता है।

वर अपनी नवेली वधू के लिए सिले हुए वस्त्र लाने और सुघर दरजी को उसकी गलियों में बसाने की कामना करता है—

"साया भी लायों चोलिया भी लायों,
अजी सुघर दरजियवा बसाऊँ नाजो तेरे लिये।"

वर को जोड़ा-जामा पहनाने दरजी आता है। उस समय गीत गाया जाता है कि वर की माँ शृंगार करके दरजी के घर गईं, जोड़ा (वस्त्र-विशेष) ले आईं—

"जोड़वा के भूखे दुलहे रामा जोड़वा जोड़वा करैं,
जमवाँ-जामा करैं,
माई वनकै गईं दरजिया घर अँखिया कजर दिहै,
मँगिया सेन्हुर दीहे।"

जुलाहा—इस 'बुनकर' जाति का वर्णन कबीर की ही भाँति लोक में भी आध्यात्मिक चिंतन के संबंध में प्रायः निर्गुण गीतों में हुआ है।

जाति के रूप में भी वर्णन हुआ है। एक राजकुमार 'जुलाहिन' के रूप पर मुग्ध हो उससे पानी पिलाने का आग्रह करता है। तब वह कहती है कि मैं तुम्हें पानी कैसे पिलाऊँ? जुलाहिन हूँ—

"कैसे क पनियाँ पियावौं राजपूतवा हो ना,
राजा जतिया त मोरी जोलहिनियाँ हो राम।"

धुनियाँ—यह जाति रुई धुनने का कार्य करती है। प्रायः मुसलमान ही धुनियाँ होते थे। ब्रह्मचारी अपनी दादी से जनेऊ के लिए सूत कातने की प्रार्थना करता है। दादी के पूछने पर बताता है कि चंदन की मेरी धुनकी हे, चमड़े की ताँत है, गोरे वर्ण का धुनियाँ है, वह कपास धुनता है—

"केथुवा की है तोरी धुनिकी, केथुवा के री-ततिया,
ओ अरे बरुआ कौने बरन कै धुनियवा, त धुनहि कपास।
चन्नन की है मोरी धुनकी, तौ चमवा केरी तँतिया,
हो अरे आजी गोरे वरन कै धुनियवा, त धुनहि कपास।"

पासी—पासी शब्द 'पाश' (जाल) डालकर शिकार करने वाले के लिए प्रयुक्त हुआ। पासी शिकार के लिए प्रसिद्ध थे। "नवाबी में अवध के पासी तीर चलाने में बड़े सिद्धहस्त थे और सौ गज का निशाना मार लेते थे।"

(लाला सीताराम, अयोध्या का इतिहास, पृ०-58)

ऊधमी पासी पुत्र के द्वारा पक्षी पकड़ने के कार्य का उल्लेख लोकगीतों में हुआ है—जो हर डाल पर लासा लगाता है, कोयल पत्तों में छिपती फिरती है, किस वृंदावन में जाऊँ?

"डारी डारी पसिया रे लसिया लगावै, पाते पाते कोइलरि लुकायँ,
यस उदबसिया रे पसिया बेटउवा, कौने वृंदावन जावँ।"

मोची—इस जाति का काम जूते बनाना और बेचना है। विवाह आदि के अवसर पर अब जूते बाजार से ही आते हैं, किंतु लोकगीतों में आज भी मोची याद किया जाता है—

"जुतवा कै भूखे दुलहे रामा मोचिया-मोचिया करैं।"

भंगी (हेला)—इनका कार्य सफाई करने का है। निरवंशी राजा दशरथ का मुँह प्रात: काल एक 'हेलिन' देखकर भुनभुनाकर कहती है कि आज का दिन जाने कैसे बीतेगा। राजा सुनकर दु:खी हो जाते हैं। वन तपस्वी से राजा अपना दु:ख प्रकट करते हैं—

"तपसी! दुवारा बहारति हेलिनया कहै निरबसिया।"

रुक्मिणी रानी को, रूठे कृष्ण को मनाने के लिए, भंगिन का रूप धारण करने की सखियाँ सीख देती हैं—

"एक हाथे लेहु कुचरिया, त एक हाथे डलरिया,
हो मोरी रुक्मिनि! हेलिन भेलस धैकै जात्यू, कन्हैया के दरस काँ।"

डोम—इनका मुख्य कार्य सूप आदि बनाना और बेचना है। कहीं-कहीं भंगी और डोम एक ही जाति को कहा जाता है। एक गीत में सास अपनी बहू को डोम के हाथों बेच देती है।

ग्रहण लगने पर डोम को दान देना पुण्यकारी माना जाता है।

"उजड़ी गढ़ियों, उनके नामों और उनके विषय में जनश्रुतियों से प्रकट होता है कि डोम, डोमकटर, डोमड़े या डोवर हिंदुस्तान में किसी समय में बड़े शक्तिशाली थे। विशेषकर घाघरा के उत्तर के जिलों में।"

(मिस्टर नेसफील्ड, ब्रीफ रिव्यू ऑफ दि कास्ट सिस्टम ऑफ द नार्थ वेस्टर्न प्राविंसेज एंड अवध, पृ०-101)

अवध क्षेत्र में इनके भग्नावशेष मिलते हैं।

वनमानुष (वनराजा)—ये लोग वन में झोपड़ी डालकर रहते हैं। वन का फल, लकड़ी और पत्तों का पत्तल तथा जड़ी-बूटियों की औषधि बेचकर अपनी आजीविका चलाते हैं। इनका जीवन कठोर और अभावग्रस्त होता है। एक लोरी गीत में बच्चे की चाची की तुलना 'बनरानी' से की गई है—

"भैया रे तोर काकी कैसन, मूँड़ फेंकारे बनमनसिन ऐसन।"

'बन मनसिन', 'वनमानुष' वन का निवासी होने के कारण इनका नाम पड़ा है। इस गीत में उसका सजीव चित्र अंकित हो उठा है। 'मूँड़ फेंकारे' में उसकी व्यस्तता, उसकी स्वतंत्रता, अकृत्रिमता आदि के भाव स्पष्ट हो जाते हैं। वन में समाज तो है नहीं जहाँ उसे परदा या आवरण की आवश्यकता है।

प्रकृति की उन्मुक्त गोद में प्राकृतिक जीवन जीनेवाले प्राणी होते हैं ये। विवाह के अवसर पर इनका कार्य बढ़ जाता है। हजारों की संख्या में पलाश पत्र के पत्तल और दोना बनाकर ये पहुँचाते हैं। इन्हें मुसहर भी कहते हैं, तथा बनराजा भी।

बनजारा (कंकाली)—इस भ्रमणशील जाति के अस्थायी निवास को 'कंकाली का डेरा' कहते हैं। ये लोग जादू-टोने, खेल-तमाशे आदि के द्वारा अपनी आजीविका चलाते हैं। 'बनजरवा' गीत संभवतः इसी जाति का हो, किंतु जब तो सभी लोग इसे गाते हैं। लोकगीतों में इनका वर्णन व्यापारी के रूप में अधिक हुआ है—

"लौंग मैं बिनि बिनि ढेरिया लगायौं, लादि चले हैं बनिजार,
लादि चले हैं बनिजरवा कै पुतवा, लादि चले हैं पिया मोर।"

लोकगीतों से ज्ञात होता है कि किसी समय में ये बनजारे बहुत ही संपन्न होते थे। उनमें कुछ तो विद्वान् भी थे, जिनके यहाँ पोथियों का ढेर लगा था—

"बोलत बाय सोभा बनिजरवा ना,
मादिर साहु हइन हमरे कुल खुँटवा कै ना,
जेकरे बर्दिन धरी बाय पोथिया ना,
सबसे बड़ा हइन मादिर सहुआ ना,
जेकरे द्वारे पै लागि बाटी तोपिया ना,
द्वारे खड़ा बाटे गोलन्दजवा ना।"

कंकाली को थारू जन जाति का भी कहते हैं। कुछ दिन एक स्थान पर टिककर ये डेरा उठाकर पुनः अन्यत्र चले जाते हैं।

नट—यह जाति स्थायी निवास बनाकर रहती है और दूर-दूर तक घूम-घूमकर खेल-तमाशे दिखाना, अखाड़ा बनाकर कुश्ती की शिक्षा देना, सरकस करना, नाचना, गाना इनका प्रमुख पेशा है। इनकी स्त्रियाँ गोदना गोदने, भिक्षा माँगने दूर-दूर तक जाती हैं। शुभ संस्कारों पर इन्हें गीत गाने के लिए बुलाया जाता है। इनके पास लोकगीतों का

अक्षय भंडार है। ये अपने गीत-नृत्य से प्रसन्न करके मनचाहा नेग प्राप्त करते हैं। लोकगीतों के संग्रह में इनसे बहुत सहायता मिल सकती है, किंतु ये उसे अपनी निजी संपत्ति समझकर किसी को बताते नहीं। नट का वर्णन एक लोकगीत में देखिए, जो हाँक लगा रहा है गोदना गोदवाने की—

"पुरुबहि देसवा से आवैं नटुवा कै छोकरवा मोरे हरी के लाल,
केहू साँवरि गोदना गोदइबू मोरे हरी के लाल।"

रजभर—'रजभर' या 'भर' जाति के लोगों का कहीं-कहीं पूरा ग्राम ही है, जो 'भरकै पुरवा' के नाम से जाना जाता है। लाला सीताराम ने लिखा है—"दूसरी जाति जो अब तक प्रबल रही है भरों की है। इनमें कुछ रजभर कहलाते हैं, जिनके नाम से ही प्रकट होता है कि इस जाति के लोग पहले राजा थे। अवध प्रांत में अब भी भरों के गढ़ों के भग्नावशेष पाए जाते हैं।"

(लाला सीताराम, अयोध्या का इतिहास, पृ०-56)

इनके अलग से गीत नहीं मिलते, पर 'भर' स्त्रियों के पास लोकगीतों का अपूर्व खजाना सुरक्षित है।

एक पंक्ति में 'भरों' को मारकर 'भदोहियों' के शासन करने का वर्णन मिलता है—

"भर मार भदोहिया, भदोहिया मार तियार, तियार मार बचगोती।"

इसमें इतिहास-क्रम की कितनी प्रामाणिकता मिलती है। भर राजा को मारकर भदोही, भदोही को मारकर तियार और तियार को मारकर बचगोती राजा शासक बने।

लाला सीताराम के मत से और भी जातियाँ पहले रही होंगी, जो अब एक हो गई हैं— "इसके अतिरिक्त कितनी ही पुरानी जातियाँ आर्यों के बीच में रहकर उनसे मिल-जुल गई हैं।"

(लाला सीताराम, अयोध्या का इतिहास, पृ०-58)

इसके अतिरिक्त एक-एक जातियों की विभिन्न उपजातियों के वर्णन भी लोकगीतों में मिलते हैं। ब्राह्मण, क्षत्रिय, वैश्य और शूद्रों की अनेकों उपजातियाँ जो अब समाज में प्रचलित हैं उनके भी उल्लेख प्राप्त होते हैं।

समाज के विभिन्न संस्कारों का वर्णन

व्यक्ति के सर्वांगीण विकास के लिए आर्यदर्शन के अनुसार संस्कार वे धार्मिक कृत्य या अनुष्ठान हैं, जो व्यक्ति के शारीरिक, मानसिक तथा बौद्धिक परिष्कार के लिए किए जाते हैं। संस्कारों का मुख्य उद्देश्य व्यक्ति का सर्वांगीण विकास है।

"हिंदू संस्कारों में अनेक आरंभिक विचार, धार्मिक विधि-विधान, उनके सहवर्ती

नियम तथा अनुष्ठान भी समाहित हैं, जिनका उद्देश्य केवल औपचारिक दैहिक संस्कार ही न होकर संस्कारित व्यक्ति के संपूर्ण व्यक्तित्व का परिष्कार, शुद्धि और पूर्णता भी है।''

(डॉ. राजबली पांडेय, हिंदू संस्कार, पृ०-19)

पुत्र-जन्म, मुंडन, यज्ञोपवीत, विवाह, द्विरागमन तथा मृत्यु आदि सभी संस्कारों का विस्तृत विवेचन हमें लोकगीतों में मिलता है। एक ही गीत में प्राय: सभी प्रमुख संस्कारों का वर्णन (केवल मृत्यु संस्कार को छोड़कर) एक ढोलक पूजने के गीत में हुआ है—हे ढोलक रानी! तुम जन्म, छठी, बरही, चटावन (अन्नप्राशन) मुंडन, छेदन, जनेऊ (यज्ञोपवीत), विवाह, गौना (द्विरागमन), पौत्र, प्रपौत्र के समस्त संस्कार सब में आना—

''ढोलक रानी मोरे नेवते आइउ,
ढोलक रानी मोरे नित उठि आइउ।
भये म आइउ छट्ठी म आइउ,
ढोलक रानी मोरे बरही म आइउ।
मुड़नी म आइउ छेदनी म आइउ,
ढोलक रानी तूँ चटावन म आइउ।
जनेयी म आइउ बियाहे म आइउ,
ढोलक रानी तूँ गवने म आइउ।
नाती में आइउ पनाती में आइउ,
ढोलक रानी तूँ छनातिन म आइउ।''

यह गीत इस बात का प्रमाण है कि भारतीय लोक समाज में संस्कारों का कितना महत्त्व है तथा प्रत्येक संस्कार पर लोकगीत, लोकवाद्य और लोकनृत्य महत्त्वपूर्ण होते हैं।

पारिवारिक जीवन का चित्रण

संपूर्ण समाज नाते-रिश्तों के परस्पर सूत्र में आबद्ध है। सामूहिक अनुष्ठान, मंगल संस्कार या आपत्ति-विपत्ति के अवसर पर एक होकर पारस्परिक सहयोग से कार्य को संपन्न किया जाता है। अत: लोकगीतों में वर्णित परिवार संयुक्त परिवार की परिभाषा से भी बड़ा होता है।

परिवार समाज की इकाई है। परिवार के सदस्य कितने ही संबंधों के केंद्र होते हैं। संयुक्त परिवार केवल भारतीय समाज की देन है। आज संयुक्त परिवार बिखरते-बिखरते समाप्तप्राय होता जा रहा है। लोकगीतों में संयुक्त परिवार का विशद् वर्णन है। कोई भी कार्य परिवार के सभी सदस्यों और संबंधियों के एकत्र हुए बिना नहीं हो सकता। आज भी ग्रामीण जीवन में यह विशेषता पाई जाती है।

एक विवाह गीत में वर से उसकी ससुराल में सब परिहास करती हैं कि तुम इतने सुंदर हो फिर भी अभी तक कुँवारे क्यों थे? इसमें ब्याज के माध्यम से वे यह कहना चाहती हैं कि तुम्हारे परिवार में अवश्य कोई खोट है, जिसके फलस्वरूप अभी तक तुम्हारा विवाह रुका था। वर अपने अब तक कुँवारे रहने का कारण बताता है कि मेरे पिता व्यापार हेतु पूर्व प्रदेश, चाचा दक्षिण प्रदेश गए थे। बड़े भाई जीरा के व्यापार हेतु बाहर गए थे। इसी कारण मेरा विवाह अभी तक रुका था। अब मेरे सभी स्वजन वापस आ गए हैं, अतः अब मेरा विवाह हो रहा है—

''मँडये में बैठे दुलहे कौने रामा, सारी सरहजि पूछैं बाति,
यतना सुनर तुहीं बाट्या मोरे दुलहे, काहें रह्या अब ले कुँवार।
बाबा मोरा गए रे पुरुबी बनिजियाँ, काका दखिनवाँ के देस,
भैया मोरा गए सरहजि! जीरा की लदनियाँ, एही गुना रह्यों कुँवार।''

लोकगीतों में सुंदर-असुंदर संबंधों का चित्रण

समाज में विभिन्न प्रकृति के व्यक्ति होते हैं। उनके चरित्र-चित्रण से सुंदर-असुंदर दोनों प्रकार के संबंध सम्मुख आते हैं।

जहाँ एक में त्याग, अजस्र प्रेम और सहयोग की धारा प्रवाहित होती है वहीं दूसरे में ईर्ष्या, क्रोध, द्वेष, व्यंग्य आदि के मनोवैज्ञानिक चित्र भी मिलते हैं।

लोकगीतों में पारिवारिक संबंध

सुंदर संबंध अपने स्नेह के औदार्य से मन की कोमलतम अनुभूतियों को छूते से प्रतीत होते हैं, पर इसके विपरीत असुंदर संबंधों में भी कटु यथार्थ का चित्र मिलता है। प्रायः कटु संबंधों की लोकगीतों में भी आलोचना हुई है। लोकगीतों में ससुराल की विभिन्न परिस्थितियों का चित्रण करके, उनके मार्मिक स्थलों की सुंदर अभिव्यंजना हुई है। परिवार में व्यवहार की शालीनता अपना विशिष्ट महत्त्व रखती है। व्यक्ति की व्यक्तिगत विशेषताएँ परिवार के हित के लिए हों, यही संयुक्त परिवार का आदर्श है, यही लोकगीतों का आदर्श है।

पिता-पुत्री का संबंध

प्रायः यह देखा गया है कि पुत्र से भी बढ़कर ममता कन्या पर होती है। इसके पीछे सदैव यही भावना रहती है कि यह तो पराया धन है, हमसे दूर हो जाएगी। जब तक है जितना चाहे स्नेह-वर्षा कर लो, फिर तो यह अधिकार छिन जाएगा। पिता का स्नेह विवाह गीतों में अभिव्यक्त हो उठा है। पुत्री भी पिता का प्यार पाना अपना अधिकार समझती है—

"बेरिया की बेरि तुहैं बरज्यौं ए बाबा झँझरा मड़ौवा न छाव,
झँझरे मँड़ौवां सुरुज जोति बाबा! गोरा बदन कोम्हिलाइ।"

(बाबा! तुमसे बार-बार कहा कि झीना मंडप न छवाना, क्योंकि सूर्य की ज्योति से मेरा गोरा बदन कुम्हलाएगा।)

पिता चिंतित हो उठता है। वह पुत्री को धूप से बचाने के लिए 'छत्र' छवाने या सूरज को ही अदृश्य करने का विचार प्रकट करता है—

"कहतू त मोरी बेटी! छत्र छववत्यों, कहतू सुरुजू अलोप,
कहतू त मोरी बेटी! मंडिल छवावौं नाही लगै तोहरे घाम।"

(किंतु कन्या कह उठती है, "एक दिन के लिए उतना उपक्रम क्यों करेंगे बाबा! कल तो मुझे जाना ही है सुंदर वर के साथ।")

"काहे के मोरे बाबा छत्र छवउब्या, काहे के सुरुजू अलोप,
आजु रैनि बाबा तुहरे मड़उवाँ, बिहने सुनर बर साथ।"

पिता को उसकी इस स्पष्टवादिता से कष्ट पहुँचता है। सब-कुछ जानते हुए भी मन भ्रम पालना चाहता है। वह भ्रम टूटता है, तो मन व्यथित होता है। 'अरे बेटी! कच्चा दूध पिलाया, मलाईदार दही खिलाई पर, सब नेकी, सारा स्नेह भूलकर तुम चल दीं।

"काँचहि दुधवा पियावौं मोरी बेटी! दहिया खियायों सढ़िवाल,
एकहू कै नेकिया न मान्यू मोरी बेटी! चललू सुनर बर साथ।"

इस पर पुत्री उत्तर देती है, जो व्यंग्य, मार्मिकता, व्यथा और सत्य से आपूरित है— 'क्यों खिलाया बाबा इतना? क्यों इतना दुलार किया? जानते तो थे न कि बेटी पराया धन है?'

"काहे के मोरे बाबा दुधवा पियाया, दहिया खियाया साढ़िवाल,
जानत रह्या बाबा, बेटी पराई काहें किह्या एतना दुलार।"

एक अन्य गीत में पिता कल्पना करता है कि यदि मैं चील्ह होता तो अपनी बेटी को लेकर कहीं दूर आकाश में छिप जाता, जहाँ से कोई मुझे उससे दूर न कर पाता—

"मोरी चिरैया के दूनौ दल उमड़े कहवाँ मैं राखौं छिपाय,
बाबा कहैं बेटी! चिल्हिया ज होत्यों, लै अकासे मँड़राउँ।"

बेटी के विवाह के प्रति पिता की चिंता और कष्ट से कन्या को अपार दुःख और ग्लानि होती है। वह अपने भाई से प्रार्थना करती है कि "पिता का भार तुम उतारो। मैं तुम्हारी ढाल-तलवार चूमूँ, तुम्हारे सिर की पगड़ी चूमूँ, परिवार-रूपी बाग के तुम रखवाले बन जाओ।"

"चूमूँ तोरा भइया रे ढाल तरवरिया, औरो चुमौं सिर पागि।
बाबा कै भरवा उतारा मोरे भैया! बगिया कै होइजा रखवार।"

वह अपने पिता से ह्रदय की व्यथा निःसंकोच भाव से व्यक्त करती है। बारह वर्ष के पश्चात् पितृगृह जब लौटती है, तो आनंदित होकर पिता उससे दुःख-सुख पूछता है, "कहो बेटी! ससुराल का, जी का हाल कहो।"

"बरहौं बरिस बेटी ससुरे म रही, बाबा मरमिया न जान।
तेरहे मा मोरी बेटी नइहर आईं, बाबा कै जियरा जुड़ाय।।
कहा मोरी बेटी हो जिया कै हवलिया, कैसे रह्यू ससुराल।।"

पुत्री अपनी व्यथा और असंतोष व्यक्त करती हुई कहती है, "क्या देखकर बाबा तुमने आसन डाला था, क्या देखकर बेटी का संकल्प किया था, तुम्हारी बुद्धि कहाँ मारी गई थी?"

"काउ देखि मोरे बाबा आसन मार्‍या, काउ देखि कै हन्या निसान,
काउ देखि मोरे बाबा बेटी के संकल्प्या, भल मति मारी तुहारि।"

पिता का ह्रदय पुत्री के दुःख की आशंका से व्यथित हो जाता है। वह अपनी सफाई देता है, "धन देखकर बेटी मैंने वहाँ आसन डाला था, दौलत देखकर 'निशान' लगाया था। बारह बैल चरनी पर बँधे देखा था, पोथी पढ़ते हुए ईश्वर तुल्य वर को देखा था।"

"धन देखि मोरी बेटी आसन मार्‍यों, दौलत देखि हन्यो निसान,
बरहा बैल बेटी चरनी पै बान्हा, पोथिया बिचारैं भगवान।"

इतना सब तो देखा था धन-दौलत, विद्वान् वर, फिर यह असंतोष क्यों? पुत्री अपनी व्यथा कहती है, "पिताजी! खाँड़ चिरौंजी का भोजन करती हूँ, तेल से स्नान करती हूँ, सात-सात पर्तों के गुलगुले बिछावन पर सोती हूँ, पर अकेली ही। सारा वैभव व्यर्थ है।"

"खाँड़ चिरौंजी बाबा हमरा भोजनवाँ, करुवाहि तेल स्नान,
सात सुपेती कै ओढ़न डासन, मैं बाबा सोवौं अकेलि।"

इतना सुनते ही पिता व्यथा से भर उठता है।

हर पिता अपनी पुत्री के लिए अच्छा अनुरूप वर ढूँढ़ने का प्रयत्न करता है। पुत्री भी इस सच्चाई को जानती है, "बाबा पीतांबर वस्त्र डालकर मेरा वर ढूँढ़ने चले हैं। कम आयु को देखकर नहीं करेंगे, अधिक बड़ी आयु का वर भी उनकी नजरों में नहीं समायेगा।"

"बाबा जे चले हैं मोरा बर हेरै, पाट पितंबर डारि,
छोट देखि मोरे बाबा करबै न करिहैं, बड़ा नाहीं नजरे समाइ।"

पुत्री अपने पिता से निर्भीकतापूर्वक अपनी रुचि व्यक्त भी करती है। "बाबा मेरे लिए सुंदर-सुघर वर ढूँढ़ना।"

"अरे अरे बाबा सुघर बर हेर्‍यो हम तोहरी बेटी पियारि।"

इसी प्रकार वह वृद्ध बालक और लंपट वर न ढूँढ़कर पंडित वर ढूँढ़ने की प्रार्थना करती है, जो दिन भर पोथी पढ़े और रात को सुख-सेज पर शयन करे—

''पंडित वर तूँ हेर्या मोरे बाबा, हमके बड़ा सुख होय।
दिन भर पंडित पोथिया बिचारैं, रतिया क सोवैं सुख सेज।''

पिता दस-पाँच और पुत्रियाँ चाहता है, जिससे समधी और दामाद बार-बार आयें।

''दूनौं कर जोरे बाबा सुरुजू मनावैं, दस पाँच धिया औरौ होंय,
समधी दामाद दुनौं दल उतरैं, धनि-धनि भागि हमारि।''

पुत्री अपने पिता से रुष्ट हो जाती है कि उसे दूसरे के घर क्यों भेजा जा रहा है। उसके उपालंभ में कितनी व्यथा है—''सभा में बैठे अपने बाबा के हृदय से लगकर रोई, बाबा! अब तुम्हारी चौपाल नहीं लीपूँगी, मुझे वनवास दे दिया।''

''संभवहिं बैठा आपन बाबा जे भेट्यों, भेंटि लिह्यों हिरदय लगाय,
अब नाही बाबा लीपब चौपरिया, हमके दिह्या बनवास।''

एक अन्य स्थल पर पुत्री पिता से कहती है कि मुझे पराए घर भेज रहे हैं। आपके बाग की रखवाली कौन करेगा? पिता कहता है, ''तुम्हारे भाई करेंगे, तुम चिंता न करो।''

''अमवा जे लागे हैं टिकोरवा, त सुगना गौंज करैं,
बाबा केन तोरा अमवा रखैं है, हमैं भेजथ्या सजन घराँ।''

इस पर पुत्री पिता से मान करती है, जिसमें पिता के प्रति उसका अगाध प्यार छिपा है—

''मैया से मिल्यों घरी दुइघरी भइया भौजी पहरन,
हे जी मिलि लिह्यों सखिया सहेलरि ऐसन बाबा ना मिल्यों।''

(माँ से घड़ी-दो-घड़ी तक मिली, भाभी-भाई से प्रहरों तक। सखियों से मिल आई पर ऐसे बाबा से नहीं मिलूँगी, रूठी हूँ।)

माता-पुत्री

पारिवारिक जीवन में माँ-पुत्री जैसा प्रीतकर संबंध अन्यत्र दुर्लभ है। माँ को अपनी प्रत्येक संतान प्रिय होती है, कन्या पर उसका विशेष स्नेह उसकी निरीहता के कारण है। माँ जानती है कि मेरे पास रहकर जितना सुख और प्यार इसे मिल रहा है, कौन जाने वह पराए घर में मिले कि नहीं। वह अपनी बेटी को 'घी की गागर' की भाँति छिपाकर रखती है, जिससे कोई उसे ले न जाए। यहाँ तक कि वह अपने पति से भी अपनी पुत्री को छिपाती है—

''बरहा बरिस बेटी पाल्यों अहो बेटी पाल्यों,
बेटी राख्यों मंडिलवाँ छिपाय त बाबा न जानैं।''

पति के पूछने पर वह असत्य भाषण करके कन्या होने की बात छिपा जाती है। किंतु सत्य कब तक छिप सकता है। कन्या से विलग होने की घड़ी आ जाती है। पिता जल से मछली की भाँति बेटी को घर से निकाल देता है—

"मैया जे बेटी के छिपावैं, जइसे घिउ गागरि,
बाबा जे बेटी निसारैं, जइसे जल माछरि।।"

एक अन्य गीत में पति से लोहे का पिंजरा बनवाने का आग्रह करती है, जिसमें अपनी पुत्री को छिपा सके—

"मचियहिं बइठी बेटी कै माता, सुनु प्रभु बिनती हमारि,
लोहवा कै पिंजरा लै आवो मोरे प्रभु, बेटी के राखौं छिपाय।"

किंतु पति कहता है कि बेटी को तो वनवास लिखा है। सोने का पिंजरा बहू के लिए होगा।

"बाउरि भयू तो बेटी क मइया, के न मति मारै तुहारि।
मोनवाँ के पिंजरा ललन कै बहुरिया, बेटी के लिखा बनवास।"

बारात आ गई है। माँ कहाँ छिपा ले अपनी लाडली बेटी को। यदि नागिन होती तो लेकर बिल में घुस जाती—

"मैया कहैं बेटी नागिनि होत्यों लै बिलिया म घुसि जाउँ।"

पुत्री की विदाई की करुणा पत्थर हृदय को भी द्रवीभूत कर देती है। विदा होते हुए माँ के हृदय लगकर कन्या बिलखती हुई कह उठती है—माँ! अब तुम्हारी कोख से जन्म नहीं लूँगी, तुम्हारा दूध नहीं पीऊँगी, मुझे पराए घर भेज रही हो—

"मचियहिं बैठलि मइया जे भेंट्यो भेंटि लिह्यों हिरदय लगाय,
अब नाहीं मइया हो तोरी कोखी जनमब ना पीबै दुधवा तोहार।"

पुत्री को अपनी माँ के स्नेह पर अगाध विश्वास होता है। वह जानती है कि माँ मेरा तनिक भी दुःख नहीं सहन कर पाएगी। इसीलिए भाई से कहती है—

"ई दुख जिनि कह्या भैया! मइया के अगवाँ,
छतिया पीटिय मरि जइहैं हो राम।"

(कभी पुत्री अपनी माँ से अपनी समस्त व्यथा कहकर हल्की होना भी चाहती है। माँ से अधिक सगा जगत् में और कौन है। वह माँ से प्रश्न करती है कि माँ! तूने इतने कष्ट झेलने के लिए जन्म क्यों दिया, मेरे कर्म की साथी नहीं बन सकती थीं तो?)

"काहे के मइया हो दिह्यू जनमवाँ,
नाहीं भयू करमे कै सथिया हो राम।"

इस पर माँ अपनी विवशता करुण शब्दों में प्रकट करती है। मैंने तो जन्म देकर धर्म के साथ दूध पिलाकर पाला था बेटी! तुम्हारा कर्म नहीं जानती थी—

''जनम दिहन बेटी करम न जानेन,
दुधवा पियावौं धर्मे सथवाँ हो राम।''

माँ अपनी पुत्री को सदैव सहनशीलता का पाठ पढ़ाती है। वह पुत्री के प्रश्न करने पर कि ''मुझे कुछ नहीं आता, ससुराल में गाली कैसे सह पाऊँगी।'' उसे समझाती हुई कहती है—

''सिखि लिह्यू बेटी हो छल चतुरइया, सिखि लिह्यू राम रसोई,
सासू ननद भैया बाबा गरियइहैं, सहि लिह्यू माथ नवाय।''

(मेरी लाड़ली धीरे-धीरे सब चतुराई और कार्य-कुशलता सीख लेना। सास-ननद द्वारा पिता-भाई को दी हुई गाली को भी वरदान समझकर सह लेना, कभी उन्हें उत्तर न देना यह है भारतीय नारी का आदर्श, धरती-सी सहिष्णुता का।)

माता-पुत्र का संबंध

ऐसा अपनत्वपूर्ण संबंध अन्य नहीं। माता के रक्त-मांस से निर्मित, उसके दुग्ध से पालित पुत्र माता के प्यार और प्रशिक्षण के सहारे ही पूर्ण मनुष्य बन पाता है। भारतीय संयुक्त परिवार में माता आजीवन पुत्र के जीवन में प्रभावशाली भूमिका निभाती है।

पुत्र-प्राप्ति की प्रबल कामना में ही पुत्र के प्रति अगाध प्रेम देखा जा सकता है। वह पुत्र से प्रार्थना करती है कि मेरे घर जन्म लो, मेरा उजड़ा नगर बसा दो, मुझ दुखिया को शीतल करो—

''जनमहु ए लालन जनमहु मोहिं दुखिया घर,
हो मोरे लालन उजरी नगरिया बसावौ हमैं जुड़वावहु।''

किंतु पुत्र टूटी खाट पर सुलाने और अनादरपूर्वक पुकारने की आशंका से नहीं आना चाहता—

''मैया टुटहे झिलिंगवां वलरबू, टुकारि गोहरइबू।''

माँ वचन देती है रंगीन पलंग पर सुलाने और बाबुल तथा ललन कहकर बुलाने का एवं अपने साज-शृंगार और भौतिक सुखों के परित्याग का भी—

''बेटा रतुली पलंगिया वलरबै, बबुल गोहरैबै,
छोड़ि देबै मँगिया कै सेन्हुर, नयन भरि काजर,
हो मोरे पूता छोड़ि देबै हरि कै सेजरिया, तुहीं पै चित लइबै।''

माता पुत्र से कहती है कि तुम आभूषण धारण किए हो, दूर खेलने न जाना, नहीं तो ढूँढ़ने कौन आएगा। पुत्र कहता है कि आभूषण निकाल लो। मैं तो दूर जाऊँगा। पुत्र के आने में विलंब माँ की ममता को चुनौती देता है। परिवार की मान-मर्यादा, अपना मान, सबकुछ भूलकर वह बावरी बनी पुत्र को ढूँढ़ने निकल पड़ती है। गायों के चरवाहों से

पूछती है—मेरे लाल को कहीं देखा है?

"एक घरी बीते हैं, दुसरी घरी, दुपहर होइगै,
हो अरे ललना! होइगै कलेउवा कै जुनियाँ, ललन नाही लौटे।
अरे अरे गौवा चरवहवा! त खेलत लरिकवा,
हो मोरे लरिकै! कहूँ देख्या हमरा कन्हैया, अबहिं नाहीं लौटेनि।।"

पुत्र माता के द्वारा कही गई बात व्यंग्य से दुहराता है कि माँ! तुम तो सात भाइयों की बहन हो, अपने पिता की दुलारी हो और पति की प्रिया हो, मुझे ढूँढ़ने कैसे आ गई? तब माँ अपने हृदय का वात्सल्य अपनी वाणी में भरकर कहती है कि मैं सोलहों शृंगार, बारहों आभूषण, मान सब तुम्हारे लिए छोड़ दूँगी। जैसे कुम्हार की आवाँ निरंतर भीतर-ही भीतर धधकता है उसी प्रकार माँ का हृदय पुत्र का चिंता में भभक-भभक कर जलता है। 'भभक-भभक' में रह-रह कर चिंता तीव्र हो जाने का भाव है—

"छोड़ि देबौं सोरहौं सिंगार, तौ बरहौ अभोखन,
हो मोरे पूता भुलिबौं मैं आपन मान, तुहीं के लैके रहबौं।
जइसे कोहरवाँ कै अउवाँ, त धधकि धधकि बरै,
हो मोरे पूता! वइसै माई कै करेजवा, त भभकि भभकि बरै।।"

माता कौसल्या का हृदय राम-लक्ष्मण के वियोग से विदीर्ण हो जाता है। वह राम को अपने आँख की पुतली, लक्ष्मण को कुल का नायक और सीता को हाथ की 'करछुल' कहती है। सावन-भादों की अँधेरी रात में बादलों का गर्जन सुनकर आशंका और भय से व्यथित माँ दैव से न बरसने की प्रार्थना करती है, क्योंकि जाने किस वृक्ष तले राम-लक्ष्मण-सीता भीग रहे हों—

"सवना भदौना कै निसि अन्हियरिया,
उमड़ि घुमड़ि दयवा गरजै हो राम।
कवने बिरिछि तराँ भींजत होइ हैं,
राम लखन दूनौ भइया हो राम।।
नाही बरस्या दयवा हो वही कजरी बनवाँ,
नाहीं भिजिहैं मोरा लरिकवन हो राम।।"

पुत्र का माँ के प्रति क्या कर्तव्य होता है माता उसे समझाती है। जोगी बनने को तत्पर पुत्र को माँ मना करती है, न मानने पर अपना अंतिम अस्त्र प्रयुक्त करती है कि मेरे प्रति तुम्हारा कुछ दायित्व है, उसे छोड़कर यदि जाना चाहते हो तो मेरे दूध का मूल्य चुकाकर तब जाओ—

"जौ तुहूँ होब्या पूता रावल जोगिया,
दुधवा कै मोल दिहे जाया हो राम।।"

किंतु पुत्र जब अपनी असमर्थता प्रकट करते हुए कहता है कि माँ! स्वर्ग के तारे भले गिने जा सकते हैं, माँ का दूध अनमोल है—

"सरग तरैया माई भले गिनि जइहैं,
दुधवा क मोलवा नाहीं चुकि हैं हो राम।।"

तब पुत्र का दृढ़ निश्चय जानकर अपने स्वार्थ हेतु उसे माँ रोकती नहीं है।

पुत्र जब विवाह हेतु जाने लगता है, तो माता का मन पुत्र के पराया हो जाने की आशंका से भर उठता है। अब उसके प्यार की अधिकारिणी, जो स्त्री वधू रूप में आयेगी, वह जाने किस स्वभाव, विचार की होगी। अतः वह पुत्र को कर्तव्य-बोध हेतु अपना दुग्धपान कराती है। एक गीत में माँ पुत्र से दूध का मूल्य चुकाकर उसको विवाह करने जाने की आज्ञा देना चाहती है। पुत्र माता के प्रति कर्तव्य-पालन का वचन देता है, क्योंकि दूध का मूल्य चुका पाना असंभव है। वह कहता है कि मैं पिता की सेवा में रहूँगा, मेरी पत्नी तुम्हारी दासी बनेगी—

"गौरी बियहि जब लौटब माता, यतनी वचन सुनि लेहु,
हम तौ होबै मैया बाबू कै सेवकवा, मोरी धना चेरिया तुहारि।।"

एक अन्य गीत में बारात बिदा हो जाती है किंतु 'सोहगैला' घर पर ही छूट जाता है। वर लौटकर लेने आता है, माँ कपाट बंद कर भोजन कर रही है। पुत्र खोलने का आग्रह करता है। वह उत्तर देती है—

"तू तौ चल्या पूता बिफैया बियाहन,
आत्मा के लेई जुड़वाय,
बिहने से अइहैं पूता तोहरी बहुरिआ,
आत्मा के बड़ा दुख होय।।"

'आज भरपेट खा लूँ, कल से तुम्हारी बहू पता नहीं दे या न दे।' इतना सुनते ही पुत्र अपने विवाह का विचार ही बदल देता है, वह विवाह न करने का प्रण करता है, बाजा-गाजा लौटाने का आदेश देता है, क्योंकि माँ को विवाह से कष्ट होगा—

"फिरि जाहु आजन फिर जाहु बाजन, फिर जाहु साजी बरात,
अपना बियहवा रे हम नाहीं करबे, मैया के बड़ा दुख होय।"

किंतु माँ उसे समझाकर भेज देती है।

ससुराल से लौटे पुत्र के मुँह से सास की बड़ाई सुनकर माँ की ईर्ष्या उसके शब्दों में प्रकट हो उठती है—नौ महीने मेरे उदर में रहा पुत्र, मेरे स्तनों को छककर पिया, केवल एक रात के लिए ससुराल गया और सास की प्रशंसा कर रहा है—

"नवै महीना बेटा ओदरी म राख्यों,
दूनौ थन पिया डभकोरी हाँ सीता राम से बनी।

एकहि राति बेटा गया ससुरारी,
सासू की किह्या बड़ाई हाँ सीता-राम से बनी।''

इतना सुनकर पुत्र, माँ की प्रसन्नता के लिए ससुराल न जाने का प्रण करता है।

एक माता की शर्त है कि बहू को उसके मायके भेज दो, तभी मैं पानी पीऊँगी। माँ की बात मानकर पुत्र अपनी पत्नी का त्याग तक कर देता है, तो कभी अग्नि-परीक्षा भी लेता है—

''आजु कै पनिया बेटा तब हम ग्रसबै,
तिरिया पठइ द्या नइहरवाँ हाँ राम,
हक्रहु नग्रा के कहँरा बेटउवा,
धना जोगे डँड़िया फनावौ हो राम।''

पिता और पुत्र का संबंध

पितृ सत्तात्मक परिवार में पिता का विशेष महत्त्व है। वही परिवार का पालक होता है। पुत्र का नाम पिता के नाम से चलता है। हर पिता की हार्दिक अभिलाषा होती है कि पुत्र मुझसे बढ़कर विद्वान्, वैभवशाली एवं सच्चरित्र बने।

पिता को पुत्र का बहुत चाव है। वह अपनी पत्नी से कहता है कि मेरी सोहर सुनने की इच्छा है—

''हो मोरी रानी हमरे सोहरवा कै साधि, सोहर हम सुनबै।''

पुत्रहीना स्त्री यह सुन व्यथित होकर सूर्य से पुत्र का वर माँगती है। पुत्र-जन्म के उपरांत वह पति को आँगन में सोहर सुनने का आमंत्रण देती है—

''हो मोरी चेरिया अँगने बिछावो सतरँगिया, बलम सुने सोहर।''

'हेलिनि' के द्वारा निरवंशी कहे जाने पर राजा दशरथ दुःखी हो वन में जाकर तप करने लगते हैं। तपस्वी से अपने तप का कारण पुत्रहीनता बताते हैं—

''सकल पदारथ मोरे घर छठयें नरायन,
हो मोरे तपसी जतिया कै पतरी हेलिनियाँ कहहि निरबसिया।''

राम का जन्म होता है। ज्योतिषी भविष्य बताते हैं कि राम वन जाएँगे। राजा दशरथ पुत्र-विछोह की कल्पना से व्यथित हो कौसल्या का 'उछाह' देखकर उन्हें समझाते हैं कि इतनी प्रसन्न मत हो—

''बाउरि हयू रानी कौसिल्या, त के न मति मारै,
हो मोरी रानी धीरे-धीरे पटना लुटावो, रमैया वन जइहैं।''

यहाँ 'धीरे-धीरे पटना लुटाने' में धन के प्रति मोह का भावार्थ न होकर प्रसन्नता

और उछाह में कमी लाने का भाव छिपा है, क्योंकि अधिक प्रसन्नता अधिक दु:ख का कारण बनती है।

श्रवण कुमार की मातृ-पितृ-भक्ति के कथानक को लेकर अनेक गीत रचे गए हैं। आज्ञाकारी पुत्र को 'श्रवण पूत' कहा जाता है। श्रवण अपनी पत्नी के मुख से माता-पिता के लिए कटु वचन सुनकर उसे धिक्कारते हैं—

''अरे तूँ कइसन बाटे नारि, माता पिता के यस ना बोल,
माता पिता गुलरि कै फूल, लगी घाम जइहैं कोम्हिलाय।''

(तू कैसी स्त्री है? माता-पिता के लिए ऐसे बोल न बोल। वे गूलर के फूल जैसे दुर्लभ हैं, धूप या दु:ख से मुरझा जाएँगे।)

वह पत्नी की अवज्ञा का दंड उसको घर से निकालकर देते हैं। वह जब पुनः उनसे क्षमा माँगती है तो कहते हैं कि माता-पिता से चरणों पर गिरकर क्षमा माँगो, मुझसे नहीं—

''मोसे विनती करौ तूँ काव, माई बाप चरन भहराव।''

पुत्र की प्रत्येक उचित इच्छा को पूरी करने के लिए पिता तत्पर रहता है। पुत्र मूँज के 'जनेऊ' (यज्ञोपवीत) के लिए हठ करता है। पिता उसे सोने का बनवाकर देने का वचन देता है। उसी प्रकार पुत्र 'छेदन' करवाने के लिए मचलता है तो उसे सोने का बाला बनवाने का आश्वासन देता है—

''चुप रहु बेटा तूँ चुप रहु, थोड़ा धीरज धरौ,
हो मोरे पूता सोने कै बाली बनवउबै, करउबै छेदन।''

भाई-भाई का संबंध

यह संबंध रक्त का संबंध होने के कारण घनिष्ठ होना स्वाभाविक है। एक ही परिवेश में पले हुए दो भाई कुटुंब की एकता के आधार पर होते हैं। इनके संबंधों को बाह्य प्रभाव ही बिगाड़ते हैं। अन्यथा हृदय से यह स्नेह-सूत्र में ही आबद्ध रहते हैं। माता-पिता का अविवेक, विपरीत स्वभाववाली पत्नियाँ, स्वार्थपरता आदि ही इनके मध्य में ईर्ष्या और विद्वेष की दीवार खड़ी करते हैं। लोकगीतों में इस संबंध में मधुर-कटु दोनों प्रकार के उदाहरण मिलते हैं।

भाई अपने भाई को 'दाहिनी बाँह' कहता है। छोटे भाई के मुख से पत्नी की आलोचना सुनकर उस पर विश्वास कर लेता है और पत्नी को मारने तक को तत्पर हो जाता है। बारह वर्षों के उपरांत पत्नी के पास पहुँचता है पर उसकी आशाओं पर तुषारापात करता हुआ कह उठता है—

''अगिया लगावौं धनियाँ तुहरी कुसलियाँ, रे ना,
धनिया भैया के राखिउ हरवहवा हो ना।''

(तुम्हारी कुशलता को आग लगाऊँ, तुमने मेरे भाई को हलवाहे सा रखा।)

पत्नी के मुख से भाई की लोलुपता का वर्णन सुनकर क्रोध के वशीभूत होकर भाई को मारने का निश्चय करता है—

''प्रभु तोरा भइया राखैं चाहैं बहुअवा हो राम,
देत्यू न धनियाँ रे ढालि तरवरिया,
भइया मारन हम जाबै रे ना।''

एक अन्य गीत में लोलुप ज्येष्ठ भाई अपनी भ्रातृवधू को प्राप्त करने के लिए लघु भ्राता का वध कर डालता है। उसकी भ्रातृवधू अपने पति को बड़े भाई के आग्रह पर शिकार खेलने जाने से यह कहकर रोकती है कि जेठजी की नियत अच्छी नहीं है, तुम मत जाओ—

''जिनि जाहु मोरे राजा खेलै के सिकरवा,
भसुरू कै नेतिया बिगड़लि बाटी रे ना।''

किंतु छोटा भाई उसकी बात न मानकर चला जाता है और बड़े भाई के हाथों मारा जाता है। बड़ा भाई अपना अपराध स्वीकार करता हुआ कहता है—

''जो मैं जनत्यों भयहू ऐसन करबू,
काहें के काटित दाहिनि बहियां हो राम।''

(यदि मैं जानता बहू! तुम ऐसा करोगी, तो क्यों अपनी दाहिनी बाँह काटता।)

भाई-भाई के प्रेम के भी असंख्य उदाहरण हैं।

भाई-बहन का संबंध

भाई-बहन के संबंध में जन-मानस की बहुत कोमल कल्पनाएँ हैं। इस पवित्र प्रेमपूर्ण संबंध की सुंदर झाँकी लोकगीतों में मिलती है।

भाई अपनी बहन की मान-रक्षा और प्रेम में कुछ भी कष्ट उठाने को तत्पर रहता है। भाई से रूठी हुई बहन घर में विवाह होने पर भी भाई को निमंत्रण नहीं भेजती, किंतु जब सभी संबंधी आ जाते हैं और भाई नहीं आता तो बहन का हृदय हाहाकार कर उठता है—

''सासू भेटहिं आपन भैया, ननद आपन देवर,
अरे मोरी बजरा की छतिया न फाटै मैं केहि उठि भेटौं।''

वह पुनः भौंरा को बुलाकर भाई को निमंत्रण दे आने का आग्रह करती है। भाई कहीं से बहन के घर विवाह का समाचार सुनकर स्वयं ही पत्नी के साथ उपहार-सामग्री लेकर पहुँचता है। बहन प्रसन्नतापूर्वक भाई-भाभी से भेंट करती है। भाई कहता है कि बहन! तुमने मुझे निमंत्रण यह जानकर नहीं दिया कि भैया आर्थिक कष्ट में हैं, कैसे न्यौता ले आएगा, किंतु मुझे अपनी कटारी बेचकर भी लाना पड़ता तो भी तुम्हारा न्योता

लेकर अवश्य आता—

''यस जिनि जान्यू मोरी बहिनी कि भैया दुखित बाटैं,
बहिनी बेंचत्यों मैं फाँड़े कै कटरिया नेवत लै अवतेवँ।''

बहन की बारात आ गई है। भाई सोचता है कि काश! यदि मैं तोता होता तो बहन को लेकर नंदनवन में छिप जाता—

''भैया कहैं बहिनी सुगना ज होत्यों लैके नन्दन वन जावँ ।''

भाई से बहन पुत्र-जन्म के उपलक्ष्य में नेग स्वरूप भतीजा ही ले जाने का वचन ले लेती है। पत्नी के न देने पर वह उसे समझाता है कि बहन ससुरालवाली है, परदेसी है, उसकी माँग न ठुकराओ, उसे बालक दे दो। पत्नी के इनकार करने पर वह उसे धमकी देता है कि मैं विदेश चला जाऊँगा, लौटकर नहीं आऊँगा—

''हो मोरी रनियाँ जइबौं दखिनवाँ के देस, लौटि नाही अइबौं।''

भाई को योगी के वेश में देखकर बहन इतनी व्यथित हो जाती है कि अपने प्राण ही त्याग देती है—

''यतनी बचन जब सुनी हैं बहिनियाँ,
छतिया मुड़वा पीटि मरि गईं हो राम।''

बहन अपनी व्यथा केवल भाई से कहती है, सुनकर भाई व्यथित हो उठता है, किंतु यह व्यथा वह किसी से भी न कहने का वचन लेती है—

''हमरी ई बिपति गठरिया मोरे बिरना,
गंगा जमुना बीचे छोर्‌या हो राम।''

भाई बहन की ससुराल पहुँचता है। वहाँ बहन के द्वार पर सभा लगी देखकर वृक्ष के नीचे खड़ा हो जाता है। बहन गोबर फेंकने के लिए निकलती है। गोबर फेंककर आतुर हो भाई से मिलने को दौड़ पड़ती है—

''खँचिया के गोबर लैकै निसरीं बहिनियाँ,
भैया विरिछ तराँ ठाढ़ा हो राम,
खँचिया के गोबरा बहिनी फैंकै घोड़सरियाँ,
जाइके भेंटहि बीरन भैया हो राम।''

भाई यदि बहन की रक्षा का भार ग्रहण करने का अपना दायित्व समझता है तो बहन भी अवसर आने पर भाई की रक्षा में अपने प्राणों तक की बाजी लगा देती है। भाई और पिता को बंधनमुक्त कराने का वह मुगल से वचन लेती है—

''जौ तूँ मिरिजा हो हम पै लोभान्या,
भैया के बंदी छोड़ावा हो राम।''

एक अन्य श्रम गीत में 'मिर्जा' भाई जयसिंह से उनकी बहन का हाथ माँगता है।

वह इनकार कर देते हैं—

"आपनि बहिनी बियहब बीर राजा घरवाँ,
तोंहसे न करबै बियहवा हो ना।"

इतना सुनते ही मिर्जा उसे बँधवा देता है। भाभी यह समाचार सुनकर अपनी ननद को धिक्कारती है—"कुसुमा! तुम्हारे रूप को आग लगे, मेरे पति को हथकड़ी लग गई"

"तुहरी सुरतियाँ कुसुमाँ अगिया जे लागै,
मोरे हरि लागी हथकड़िया रे ना।"

कुसुमा व्यथित हो, भाभी के आभूषण माँग, शृंगार करके भाई को छुड़ाने जाना चाहती है। वहाँ मिर्जा से भाई को छोड़ने की प्रार्थना कर तंबू के भीतर सोने की आज्ञा माँगती है और वहीं तंबू में आग लगाकर स्वयं को समाप्त कर अपने सतीत्व और कुल-मर्यादा की रक्षा करती है—

"देतू न भौजी हो अपना गहनवाँ,
भैया छोड़ावैं हम जाबै रे ना।"

'रुदमलि' नामक एक बहन को मायके के ब्राह्मण द्वारा यह सूचना मिलती है कि उसके सातों भाई कारागार में हैं। वह अपने ससुर, जेठ, पति, देवर सबसे भाइयों की सहायता की प्रार्थना करती है, किंतु वे सभी यह कहकर उसे मना कर देते हैं कि हम तुर्क की लड़ाई में नहीं जाएँगे। निराश होकर वह स्वयं पुरुष वेश में जाकर भाइयों को बंधनमुक्त कराती है। भाइयों को लेकर वह जब वापस लौटती है तो ऊँचे से दूर देखती हुई उसकी भाभियाँ कह उठती है—"ननद जी! तुमने हमारा बिगड़ा सुहाग बना दिया"

"ऊँचवहिं चढ़ि कै निहारैं सातौं भउजी,
ननदी बिगड़ा अहिबतवा बनायू रे ना।"

कहीं भाई की निर्धनता के कारण बहन उसका उचित आदर नहीं करती। भाई को मैली-कुचैली धोती में आता देखकर उसकी आर्थिक स्थिति का अनुमान लगाकर अपने गृह का कपाट बंद कर लेती है, बुलाने पर बोलती नहीं—

"मैलीहि धोतियाँ बिरन भैया, बहिनी के देस गए,
बहिनी हनि लिहीं बजरा केंवरिया बोलाये नाहीं बोलैं।"

वह पहले अपनी दासी को भाई की गठरी देखने के लिए भेजती है। दासी आकर बताती है कि वह तुम्हारे लिए पियरी, होरिल (बच्चे) के लिए झबला, और गोड़हरा, गुजहरा लाए हैं तब वह प्रसन्न हो किवाड़ खोलकर भाई के स्वागत-सत्कार का प्रबंध करती है।

इसी प्रकार धनवान् बहन को सम्मान, नेग में सेर भर मोती मिलती है पर निर्धन दुखिया बहन को तिरस्कार और सेर भर कोदो। कोई बैठने तक को नहीं कहता, राजा

वीर के घर में—

''सुखिया त बैठीं चढ़ि कै पलँग पर,
दुखिया कवहिया के ठाढ़ि अही राजा वीरन के।''

पर इस प्रकार के चित्र बहुत कम हैं।

पति-पत्नी के संबंध

आदिकाल से ही पति-पत्नी के संबंध को पूर्ण शारीरिक, मानसिक समर्पण का अधिकार मिला है। इस संबंध में रति भावना के साथ ही मैत्री, परस्पर अन्योन्याश्रितता आदि की भावना भी जुड़ी रहती है। पति अपनी पत्नी से पूर्ण समर्पण चाहता है। साथ ही परिवार के लिए आदर्श कुलवधू के रूप में भी देखना चाहता है। पत्नी भी पति से अपेक्षा करती है कि वह भी मेरे लिए अपना सर्वस्व निछावर करे। लोकगीतों में इस प्रकार के अनेक भाव मिलते हैं।

पति के द्वारा प्रीतिपूर्वक बिछाई गई सेज की उपेक्षा पत्नी की बेचैनी का कारण बन जाती है। पति कारण पूछता है कि क्या तुम्हें ज्वर है या शीत है, क्यों रह-रहकर करवटें बदल रही हो? पर वह क्या उत्तर दे, क्या बताए—

''रतन चरित्र चदरिया मैं झारि के बिछायों,
हो अरे राजा एकहू सौकिया न राख्या मैं नहकै बिछायों।
कि तोरे आवै जर जुड़िया, कि मुँड़वा धमाकै,
हो अरे रानी उठि उठि लेथ्यू करवटिया त नींद नाही लागै।''

उसका संकोचपूर्ण मौन पति को क्रोधित कर देता है। वह मधुवन चले जाने की धमकी देता है। पत्नी दु:खी होकर सास से पूछती है कि प्रिय के बिना दिन कैसे कटेंगे। सास मायके जाकर भाई-भतीजों में दिन काटने की सलाह देती है, किंतु वधू को भाभी के द्वारा अपमानित होने की आशंका है। प्रिय से दूर वह कहीं नहीं सुखी रह सकती। यह गीत पति-पत्नी के संबंधों की प्रगाढ़ता, आक्रोश, मान तथा खिन्नता को अभिव्यक्त करता है।

इस भावना के लोकगीत असंख्य हैं। पत्नी सावन में कजली खेलने 'नैहर' जाना चाहती है। पति उसके आसन्न विरह से आशंकित हो उससे माँग का टीका तथा अन्य आभूषण सेज पर रखकर जाने का आग्रह करता है, जिसकी चमक देखकर प्रिया के सेज पर शयन करने का भ्रम बना रहे—

''जौं तूँ बारी धनियाँ जाबू नैहरवाँ,
टिकवा धरे जायू रे सेजरियाँ।
टिकवा कै पतिया चमकै सारी रतियाँ,
कि जनु धना बाटी रे सेजरियाँ।''

पति कहीं भी रहे, किसी के साथ भी उसका संपर्क हो, पर पत्नी का स्थान उसके हृदय में ऊँचा ही रहता है। एक गीत में वह पत्नी की तुलना स्वर्ण की थाली से करते हुए अपनी प्रेयसी को पत्तल सदृश कहकर तिरस्कृत करता है—

''बियही त सोने कै थरियवा, त नित उठि जेंइबै।
मालिनि तूँ तौ हयू पाते कै पतरिया, जुठारि कै बहउबै।''

विदेश से बारह वर्षों बाद लौटे पति के नेत्र अपनी प्रिया को ढूँढ़ रहे हैं। उसे न देखकर वह संकोच छोड़कर बहन से पूछ ही लेता है—

''सबकाँ त देखौं बहिनी बहिरी से भितरियाँ,
नाहीं देखों पतरी तिरियवा हो राम।''

पति-पत्नी का आमोद-प्रमोद लोकगीतों में स्थल-स्थल पर परिलक्षित होता है। गर्भवती होने के कारण हुए परिवर्तनों को लक्ष्य करके पति उन परिवर्तनों का कारण जानना चाहता है, किंतु पत्नी विनोद करती हुई उसे झूठे बहाने बताती है—मुख का पीला होना हल्दी पीसने के कारण, उरोजों की कालिमा काजल पारने से लगी कालिख के कारण, बढ़ा हुआ उदर कचौड़ी खाने से बादी होने के कारण है—

''काहे को राजा दीवाने भये हो, खायों कचौड़ी बादी किया।''

वर को अपनी नवेली वधू के रूप में झलक पाने की असीम उत्कंठा रहती है, जिसके आवेग को वह छिपा नहीं पाता—

''कब हम देखब बाग बगैचा, कब रे देखब जनवास,
कब हम देखब बारी दुलहिनियाँ, देखत नैन जुड़ायँ।''

(कब ससुराल के बाग-बगीचे देखूँगा, कब जनवासा देखूँगा, कब बालिका दुलहन देखूँगा, जिसे देखकर मेरे नेत्र शीतल होंगे।)

पनघट पर गई बेटी हाथी पर सवार अपरिचित से हाथी हटाने का आग्रह करती है, जिससे वह वस्त्र पहनकर घर जा सके। वह बरबस उसे हाथी पर चढ़ाकर ले जाना चाहता है—

''पनियाँ हि की पनिहारिन गोरी, नउवा न जानौ तुहार,
आपनि हथिया मैं सोझवैं बढ़ैबौं, तुहँ कै चढ़ाये लिहे जावँ।''

वह अपने बचाव के लिए मायके के नाई और बारी से दौड़कर बाबा तक इस संकट का संदेश पहुँचाने की करुण पुकार करती है, तब अपरिचित कह उठता है—

''का करिहैं नउवा रे का करिहैं बाबा,
का करिहैं गउवाँ के लोग,
जेकरि हयू तुँही बारी बियहिया,
हथिया चढ़ाये लिहे जायँ।''

जो तुम्हें हाथी पर बैठाकर ले जा रहा है उसकी तुम विवाहिता पत्नी हो, अतः कोई भी रोक नहीं पाएगा। इस गीत में पति के अधिकार के साथ ही उसके प्रेम का आधिक्य भी ध्वनित है। वह उससे मिलन के लिए इतना आतुर है कि परिवार और समाज की उपेक्षा करके उसे ले जा रहा है।

समाज के द्वारा स्वीकृत इस संबंध पर भी सामाजिक मर्यादा का अंकुश रहता है, समाज के हित के लिए, शालीनता बनाए रखने के लिए। मंडप में नववधू गरमी से व्याकुल हो पति से पंखा करने का आग्रह करती हैं, क्योंकि पसीने से चूनर भीग रही है—

"अंग पसीजै चूनर भीजै, सिउ वर बेनिया डोलावौ ना।"

किंतु 'वर' लोक-मर्यादा की ओर उसका ध्यान आकृष्ट करते हुए कहता है—तुम्हारे बाबा मंडप में बैठे हैं—

"कैसे क बेनियाँ डोलावों मोरी रानी, बाबा बैठ तोरे मँड़ये माँ।"

इसी प्रकार वर के आग्रह पर एक अन्य गीत में वधू पंखा झलने में संकोच का अनुभव करती है, क्योंकि आधे मंडप में मायके के लोग बैठे हैं, आधे में ससुराल के—

"आधे मड़ौवाँ बैठे नैहरे कै लोगवा, आधे में सजना तुहार।
कैसे क बेनियाँ डोलवौं मोरे प्रभु! लाजि सरम रोकै पावँ।"

एक नकटा गीत में अभिसारिका पत्नी पूरी रात संकोचवश पति-मिलन का अवसर नहीं पाती। प्रातः होने पर व्यथित होकर कह उठती है—

"होइगै भोर भिनसरवा मैं का करौं।"

पारिवारिक लोक-मर्यादा में संकोच का बड़ा स्थान है। पति विदेश से ब्राह्मण द्वार घर को संदेश भेजता है। ब्राह्मण के लौटने पर सबसे अंत में पत्नी के विषय में पूछता है। माँ-बहन, गाँव के लोग कैसे हैं? मेरी फूल सी पत्नी कैसी है?

"कहहु न बभना रे घर कुसलतिया,
कैसन हई मोरी मैया रे ना,
केसन हुई हमरी लहुरी बहिनियाँ, कैसन गउँवा के लोगवा रे ना,
कैसन हई मोरी बारी बियहिया,
फुलवा बरन सुकुवारी रे ना।"

इसमें अनेक भाव छिपे हैं। मेरी विरह-व्यथा से वह पुष्पमयी मुरझा तो नहीं गई है, वह यह भी जानना चाहता है।

एक नवयुवती अपनी भाभी से अपना 'गवना' कराने की प्रार्थना करती है पर कोई नहीं सुनता। यौवन की भूल के परिणामस्वरूप वह एक पुत्र की माँ बन जाती है। ससुराल में डोला पहुँचने पर कहार व्यंग्य करते हैं कि बहू परछोगी कि नाती? सास

क्रोधित हो उठती है किसका पुत्र है यह?

"परिछन निसरी हैं मैना के सासू,
कहँरा जे बोलिया बोलै बारी गोइयाँ,
नाती परिछबू कि पतोह बारी गोइयाँ।
सुपवा बहाई सासू मुसरा बहाइ दिहीं,
केकर जन्मा होरिलवा बारी गोइयाँ।
हाथ जोड़ि ठाढ़ भये मैना के कन्ता,
हमरै जन्मा होरिलवा बारी गोइयाँ।
दिन भरि रह्यों मैया दर दरबरवाँ,
रतिया बितायों ससुरारि बारी गोइयाँ।"

युवती का पति उसकी मर्यादा का रक्षक बनकर खड़ा होता है और माँ से कहता है—"क्षमा करना माँ! मैं दिन भर तो नौकरी करता था पर रात में ससुराल पहुँच जाता था। यह मेरा ही पुत्र है।" परिवार और पत्नी की मर्यादा-रक्षा के लिए वह विष के घूँट पी लेता है।

परिजनों के विछोह से दुःखी और ससुराल के दुर्व्यवहार की कल्पना से आशंकित नववधू को उसका पति आश्वासन देता है—मेरे देश चलो, वहाँ सभी तुम्हारे अपने हैं—

"धना चली चला हमरे हि देसवाँ जहाँ तुहरे सब केऊ ।"

वह अपने परिजनों के द्वारा भी इतना स्नेह मिलने का विश्वास दिलाता है कि माता-पिता की सुध भूल जाएगी—

"धना हमहूँ हिरदैया लगइबै त मैया बिसरि जैहैं।
मैया मोरी जनिहैं भुखिया त बहिनी पियसिया,
रनिया हम रे जगैबै आल्हरि निनियाँ त बाबा बिसरि जैहैं।"

पत्नी की पति-निष्ठा के अनेक उदाहरण मिलते हैं। पनघट पर साथ चलने का प्रलोभन देनेवाले घुड़सवार को वह फटकारते हुए कहती है—

"अगिया लगावौं राजा तोहरी महलिया,
तुहीं चला हमरे गोहनवाँ रे ना।
लौटि कै अइहैं मोरा बाँका सिपहिया,
वनकी पनहियाँ पिटवैबौं रे ना।"

(तुम्हारे महल में आग लगाऊँ, तुम्हीं मेरे साथ चलो, जब मेरे बाँके सिपाही (पति) लौटकर आएँगे तो उन्हीं के जूते से तुम्हें पिटवाऊँगी।)

वह घुड़सवार सिपाही धन्य-धन्य कर उठता है। वास्तव में वह उसका पति ही था जो उसकी परीक्षा ले रहा था और जिसे वह पहचान नहीं सकी थी। पत्नी की उमर चुकने

लगती है पर वह पति की प्रतीक्षा में मर्यादा की ज्योति जलाए बैठी रहती है।

पति की पत्नी-निष्ठा के भी अनेकानेक उदाहरण मिलते हैं। पत्नी के त्याग और बलिदान पर, अपनी भूल पर पश्चात्ताप करता हुआ एक पति कहता है कि दूसरे विवाह को आग लगाऊँ माँ! बारह वर्षों तक मेरी प्रतीक्षा करती रही। ऐसी सती पत्नी की तुम लोगों के कारण अविश्वास करके अग्नि-परीक्षा ली, वह जीत कर मायके चली गई, मेरा बसा घर किसने उजाड़ दिया—

''अगिया लगावौं मैया दुसरे बियहवाँ,
बजर परै दूध भतवाँ रे ना।
बरहा बरिसवा ले बाटि मोरी जोहीं,
छुटि गई मोरी सतवन्ती रे ना।
चाँद सुरुज ऐसन छुटीं मोरी रनियाँ,
के घर बसा मोर उजाड़िस रे ना।''

''लोकगीतों के मुख्य विषयों में पति-पत्नी का कोमलतम और स्नेहपूर्ण सूक्ष्म संबंध भी है। इन गीतों में वस्तुतः उन भावनाओं का काव्यात्मक और संगीतात्मक उल्लेख रहता है, जो मनुष्य के एकनिष्ठ प्रेम को औसत रूप से स्वीकार करते हैं।''

(कोमल कोठारी, साहित्य संगीत और कला, पृष्ठ 25)

दाम्पत्य जीवन की कटुता का चित्र

जहाँ पति-पत्नी के मधुर संबंधों की झाँकी है वहीं दांपत्य जीवन की कटुता, परस्पर अविश्वास आदि के भी दर्शन होते हैं। किंतु यह ध्यान देने योग्य बात है कि जब भी यह संशय हुआ है उसके पीछे पारिवारिक आदर्श की रक्षा का भाव ही रहा है। कभी माँ, बहन, भाई की प्रसन्नता के लिए, कभी कुल-मर्यादा की रक्षा के लिए। विदेश से लौटा पति माँ-बहन से पत्नी के विषय में जानना चाहता है। वे उसे ईर्ष्यावश गर्वीली और पथभ्रष्ट कहती हैं। उसकी अग्नि-परीक्षा लेने को वह तत्पर हो जाता है। इसी प्रकार पुरुष वेश में जाकर एक स्त्री जब अपने भाइयों को मुक्त कराकर घर लौटती है तो अन्य परिजनों की भाँति उसका पति भी द्वार नहीं खोलता।

पति अपनी बहन की माँग पूरी न करने पर पत्नी को धमकी देता है कि वह विदेश चला जाएगा। द्रष्टव्य है कि पति जब भी पत्नी पर आक्रोश व्यक्त करता है उसे अपने विदेश जाने और कभी लौटकर न आने तथा सौत लाने की धमकी देता है, क्योंकि उसे लगता है कि इससे बड़ा दंड और नहीं हो सकता।

गर्भ-स्थापना पर सास-ननद द्वारा लांछित पत्नी एक रात छिपकर मिलते अपने चोर (पति) को रेशम के जाल में बाँधकर सास को दिखाती है। बँधे हुए लज्जित पति

एवं सास-ननद के अनुनय-विनय पर पत्नी उसे छोड़ देती है। छूटते ही पति का आक्रोश फूट पड़ता है—

"छूटल पियवा अड़पि बोलै औरौ तड़पि बोलै,
धना! जइबौं दखिनवाँ के देस,
सवति लै अइबौं, झगरवा मचैबौं।"

पत्नी व्यंग्य करती है कि वह समय याद करो जब बँधने पर वचन दे रहे थे कि तुम्हारा लाल सँभालूँगा, सौरगृह की रखवाली करूँगा—

"समझहु ये पिया उहै दिन, जौने दिन पटियाँ बान्ह्यों,
हो मोरे राजा आजु तुहरी लाली लाली अँखिया,
सवतिया सुनावै।"

पति अपनी साध्वी पत्नी को छोड़कर अन्य स्त्रियों से संपर्क रखता है, पर पत्नी से सती-साध्वी बनी रहने का वचन लेता है। पति को मालिन की सेज पर देखकर भी पतिव्रता, सहनशील नारी पूछती है—

"कहहू त मोरे राजा तेलवा लगावौं, कहहु त दाबौं पाँव,
कहहू त एक छिन बेनियाँ डोलावौं, कहहु लौटि घर जाँव।"

परस्त्री पर आसक्त धृष्ट पति लज्जा अनुभव करने की कौन कहे उसके मर्म को और चोट पहुँचाता हुआ उसे वापस जाने को कहकर उससे सती-साध्वी बनी रहने तथा अपनी 'पगिया' ऊँची रखने का वचन चाहता है—

"उँचवहि उँचवहि जायू मोरी रानी खलवाँ परग नाहीं देहु,
पराये पुरुखवा की ओरियाँ न चितयू, राखिउ पगिया हमारि।"

पत्नी वचन देती है कि ऐसा ही होगा किंतु अंतिम पंक्ति में उस सहनशीला का क्षोभ और व्यथा ध्वनित हो उठती है। 'कब ले जोहौं तोहरी बाटि' में अपने अंधकारपूर्ण भविष्य के प्रति प्रश्न भी छिपा है—ऊँचे-ऊँचे ही जाऊँगी, नीचे पग नहीं दूँगी, पराए पुरुष सब मेरे भाई-भतीजे हैं, पर कब तक तुम्हारी राह देखूँ?

"ऊँचवहि उँचवहि जाबै मोरे प्रभु, निचवाँ परग नाहीं देब,
परावा पुरुख मोरा भइया भतिजवा, कब ले जोहौं तोरी बाटि।"

दांपत्य जीवन की मानसिक कुंठाओं और व्यथा के भी सजीव चित्र मिलते हैं। पति की उपेक्षा से पत्नी का हृदय व्यथित होता है, पति के प्रति स्नेह का स्रोत भी सूख जाता है, यह कटु सत्य सहज शब्दों में व्यक्त है—कड़वे बोलों से चित्त फट जाता है, वह मिले कैसे—

"लहँगा त फटत झकोरन से,
चित फाटत राजा की बोलन से।"

सास अपनी बहू से कहती है कि कहो तो मैं तुम्हारे रूठे पति से तुम्हारा मिलन कराऊँ। पर दु:खी तथा मानवती पत्नी की उक्ति कितनी मार्मिक और सजीव है, लोक जगत् के उपमान से कथन और प्रभावशाली हो गया है—

"जौन पेड़वा जरि से उखरिहैं, त हरियर कैसे होइहैं,

हो मोरी सासू जौन राम चित से उतरिहैं, मिलन कैसे होइहैं।"

जो पेड़ जड़ से उखड़ जाए वह हरा कैसे होगा? जो प्रिय चित्त से उतर गया उससे मिलन कैसे होगा?

देवर-भाभी का संबंध

'देवर' शब्द संस्कृत के 'द्वितीयोवर:' का अपभ्रंश है। अत: इस संबंध की घनिष्ठता इसके नाम से ही स्पष्ट है। लोकगीतों में देवर-भाभी का संबंध अत्यधिक मधुर दिखाया गया है। विपत्ति का सहायक देवर ही होता है। वन में सीता भाभी का साथ देनेवाले लक्ष्मण देवर के प्रतीक बन गए हैं। 'अरे अरे लछिमन देवरा विपतिया कै नायक' तथा 'लहुरा देवर मोरा विपति कै सथिया, आदि पंक्तियाँ लोकगीतों में स्थल-स्थल पर मिलती हैं।

ससुराल में वधू केवल देवर से अपने मन की बात नि:संकोच कह सकती है, वह उसका समवयस्क भी होता है। पति का पत्र वह उसी से पढ़वाती है। पति विदेश जाकर उसे भूल जाता है। वह अपना दु:ख देवर से कहती है—

"अरे-अरे लछिमन देवरा, विपतिया कै नायक,

हो अरे देवरा तोरा भैया छाये मधुवनवाँ त कबहूँ न घर आवैं।"

देवर भाभी की आज्ञा से चंदन कटवाकर, पलँग बनवाकर रंगों से चित्रित करके भाभी से कहता है—

"भौजी लैकै बिछावौ गज ओबरि, त भैया संग सोवौ।"

प्रात:काल भाभी से परिहास करता है—कौन-कौन सा फल चखा? मुझे बताओ न भाभी!

"बड़े सबेरे देवरा आये, दुअरिया पै ठाढ़ भये,

भौजी! कौन कौन फल चाखिउ, त हमसे बतावा।"

किंतु भाभी दु:खी होकर उससे अपनी व्यथा कहती है कि तुम्हारे भाई ने तो मेरी ओर देखा तक नहीं—

"काउ कहौं लछिमन देवरा, कहत लाजि लागै,

हो अरे देवरा! तोरा भैया मुखवाँ न बोलैं, उलटि नाहीं चितवैं।"

देवर-भाभी का संबंध हास-परिहासयुक्त होता है। कहीं-कहीं तो देवर ने सीमा पार करने की चेष्टा भी की है। धृष्ट देवर का प्रस्ताव कि 'मेरा दिया हुआ पान खाकर

मेरी सेज पर आओ,' सुनकर भाभी धिक्कारती है, तब वह भाई से उसकी झूठी शिकायत करता है। क्रोधित पति को जब पत्नी देवर की धृष्टता बताती है तो बड़ा भाई क्रोधित हो उठता है, तब त्यागमयी नारी गरिमापूर्ण वाणी में कह उठती है कि मुझे मारकर दूसरी पत्नी तो पा जाओगे पर सहोदर भाई फिर नहीं पाओगे।

कहीं भाभी की उदासी देखकर देवर व्यथित होकर कारण पूछता है और कष्ट दूर करना चाहता है—भाभी! तुम्हारे होंठ क्यों कुम्हलाए हैं, मन क्यों खिन्न है—

इसी प्रकार भाभी को देवर कोमलतापूर्वक जगाता हुआ दिखाई पड़ता है।

श्वसुर-दामाद का संबंध

पुत्री के विवाह योग्य होने पर उसे दामाद को सौंपकर पिता निश्चिंत हो जाता है। पुत्री के लिए हर प्रकार से योग्य वर ढूँढ़ने का प्रयास करता है, जो पुत्री के संरक्षण का भार सुचारु रूप से उठा सके एवं उसे आजीवन स्नेह, सुख दे सके। श्वसुर दामाद को अपनी कन्या सा ही स्नेह करता है, किंतु यदि कन्या को अपने पति से स्नेह, सम्मान न मिलकर उपेक्षा या तिरस्कार मिले तो श्वसुर का समस्त स्नेह द्रोह तथा विद्वेष बन जाता है। वह दामाद से अपनी आँखों की पुतली पुत्री को स्नेहपूर्वक रखने का आश्वासन लेता है—

"आवौ दुलरुआ पलँग चढ़ि बइठौ, देबौं दहेज तीनों लोक।
बेटी त हईं मोरी अँखिया कै पुतरी, राख्या हिरदइया के बीच।"

श्वसुर अपने दामाद को उसी प्रकार दान देता है जैसे बादल आद्रा नक्षत्र में जल—

"बरसौ ये बाबा बरसौ, जेसे अद्रा कै बून,
लूटौ ये बर लूटौ, जैसे लुटहिं नवाब।।"

सास-दामाद का संबंध

अवधी में एक कहावत है कि "डइनिउ का दामाद पियार होथिन" अर्थात् 'डायन' जो सबको खा जाती है उसे भी दामाद प्रिय होता है। अतः स्पष्ट है कि लोकगीतों में सास और दामाद का संबंध प्रीतकर ही होगा।

एक लोकगीत में दामाद अपनी सास की उपमा गंगा के पवित्र शीतल जल से देता है—

"सासू गंगा जल पानी।"

सास अपने दामाद तथा उसके परिजनों को देखने के लिए अत्यंत उत्साहित है—

"पाने कै पात झलामलि बाबा, सासू निहारैं दमाद,
कौन हैं दुलहा, कवन जेठ भइया, कवन दुलरुआ कै बाप।"

वह सुंदर दामाद को देखकर प्रसन्न हो जाती है। दस-पाँच और पुत्रियों की कामना करती है, जिससे ऐसे ही सुंदर और दामाद घर में आवें। बारात आ गई है, सब लोग नाच, बाजा और बाराती देखते हैं, किंतु सास केवल अपने दामाद को एकटक निहार रही है—

"सब केहू देखैं अरतिया बरतिया, सासू निहारैं दमाद।"

ननदोई-सरहज

रागात्मक संबंधों में ननदोई और सरहज का संबंध बहुत ही मधुर और हास-परिहास के अधिकारों से युक्त माना जाता है। ननदोई को भी 'सरहज' और सालियाँ बहुत प्रिय लगती हैं—

"सारी और सरहजि बहुत पियारी।"

ससुराल जा रहे वर को सिखाया जाता है कि तुम हास-परिहास में सरहजों से हार न मानना—

"सारी सरहजि तुहरी छेंकिहैं दुअरिया,
धक्का मारि-मारि जाया दूल्हे धीरे-धीरे।"

अपने घर ननदोई के आने पर सरहज उसका आसन, पान से उचित सत्कार करती है—

"आवो नन्दोइया पलँग चढ़ि बइठौ,
कूँचौ महोबे कै पनवाँ हो राम।"

एक विवाह गीत में ननदोई की अभ्यर्थना करती हुई सरहज उससे कहती है कि मेरी वैरिन को ले जाओ। इस संबंध में एक बात ध्यान देने योग्य है कि ननद से तो ईर्ष्या और द्वेषभाव रहता है, किंतु ननदोई से प्रीतिपूर्ण। संभवत: इसलिए यह संबंध इतना मधुर है कि वह ननद को इस घर से दूर ले जाता है—

"आवो ननदोइया पलँग चढ़ि बइठौ, लै जाहु बैरिनि मोरि।"

किंतु ननदोई उसे वैरिन कहने से मना करते हुए कहता है—

वैरिन क्यों कह रही हैं इसी के कारण तो तुम्हारा देश देखा—

"बैरिनि बैरिनि मति करु सरहजि, बैरिनि प्रान अधार।
यही बैरिनिया के कारन सरहजि, देख्यों मैं देस तुहार।"

साला-बहनोई

कहावत है कि 'सारी खुदाई एक ओर, जोरू का भाई एक ओर'। किंतु लोकगीतों में साले को इतना महत्त्व देनेवाले गीत कम ही मिलते हैं। अधिकतर साले का विनम्र तथा बहनोई का हठीला रूप ही दिखता है। 'लाल परेवना' को दहेज में समधी के माँगने पर कन्या का पिता इनकार कर देता है, किंतु वर जब अपने साले के पास यही माँग

लिखकर भेजता है तो 'साला' विनम्रतापूर्वक अपने बहनोई से कहता है—पान, फूल-सी बहन दिया तो 'परेवा' की क्या बिसात!

"चिठिया हि एक लिखि दिहे हैं सारे रामा,
दिह्या बहनोइया के हाथ।
असहँड़ देबै दुलहे कसहँड़ देबै,
बरहा बरद धेनु गाय,
पान फूल ऐसन बहिनी संकल्प्यों,
परेवना कौनी बुनियाद।"

बहनोई अपने ससुर के बगीचे में पत्नी के आग्रह पर नारंगी तोड़ते हुए पकड़ लिया जाता है। पकड़ लिए जाने पर 'साला' इस घटना पर खेद व्यक्त करते हुए क्षमा माँगता है— बहन! यदि जानता कि घर का ही चोर है तो सोने का हार डालता, आओ प्रिय, नौरंग बाग ही तुम्हें देता हूँ।

"जौ में जनत्यों बहिनी, घर ही कै चोरवा,
डरत्यों मैं सोनवाँ कै हार।
आवो बहनोइया पलँग चढ़ि बइठौ,
लै लेहु नौरंग बाग।"

इसी प्रकार जब बहनोई दहेज में सागर न पाने पर वधू को छोड़कर जाने की धमकी देता है तब वधू का भाई उसे सागर देने का वचन देता है—

"सभवहिं बैइल सरवा कौने राम, सुन बहनोइया मोरी बाति।
सोनवा ऐसन आपनि बहिनी संकलप्यों,
सगरा कै कौनी बिसाति।"

जिठानी-देवरानी का संबंध

दो भिन्न पारिवारिक परिवेश में पली कन्याएँ ससुराल में वधू बनकर एक साथ रहती हैं। उनके संस्कार, स्वभाव, आदतों आदि में वैषम्य स्वाभाविक है। नए घर में दोनों का समान अधिकार होता है। जिठानी बड़ी होने के कारण देवरानी से सम्मान की अपेक्षा करती है और देवरानी स्नेह तथा सहयोग की। इन्हीं स्थितियों में तनिक भी असावधानी होने से पारिवारिक विद्वेष की कटु परिस्थितियों के आने की संभावना होती है। लोकगीतों में जिठानी-देवरानी के मधुर और कटु दोनों प्रकार के संबंधों के दर्शन होते हैं।

देवरानी अपनी जिठानी का आदर सास और ननद से भी अधिक करना चाहती है, क्योंकि वह जिठानी को रुष्ट नहीं होने देना चाहती—

"राम भये हैं दयाल, बोलावा पिया गोतिनियाँ,

सासु के भेज्यों नउवा, ननद के भेज्यों बरिया,
जेठानी के तूँ पिया जाव, जेठानी मोरी गोतिनियाँ,
सास क दिह्यों खटिया, ननद क दिह्यों मचिया,
जेठानी के पलँग बिछाव जेठानी मोरी गोतिनियाँ।''

जिठानी के बिना देवरानी किसके पास बैठे? वह कहती है—

''जँघिया जोरि केकरी बैठौं, त अपनी जेठानी बिना।''

उसी प्रकार झगड़ा करने के लिए देवरानी भी आवश्यक लगती है—

''बाँहि पसारि कैसे झगरौं त अपनी देवरानी बिना।''

देवरानी को पुत्र-रत्न की प्राप्ति हुई सुनकर देवरानी के घर जिठानी अपने पति की सीख और आज्ञा कि बिना बुलाए न जाना, का उल्लंघन करके पहुँचती है, किंतु पुत्रहीन जिठानी को देवरानी अपना पुत्र नहीं दिखाती—

''संभवहिं बैठल राजा, त रनियाँ अरज करैं,
हो अरे राजा तोहरी भयहू के भये हैं लाल,
त हम देखि आई।
किय आए नउवा से बरिया कि देवर अनवइया,
रानी बिनु रे बुलाये जिनि जायू,
अदर नाहीं पइबू।''

उसके पहुँचते ही सास और ननद ने तो सत्कार किया, किंतु उसके बिछुओं की झंकार सुनते ही देवरानी ने अपने पुत्र को छिपा दिया—

''सासू अदर से बोलाई, ननद बैठाईं हो,
हो अरे छोटकौ सुनि बिछिया कै झनकारी,
ललन लुकवावैं।''

अपमानित होकर जिठानी अपने बंध्यात्व के प्रति अपार ग्लानि का अनुभव करती है, पंडित भविष्यवाणी करते हैं कि तुम्हें पुत्र होगा। पुत्रजन्म पर वह अपनी देवरानी को नाई-बारी से सगुन-संदेश भेजकर पति को लिवा लाने को भेजती है—

''नउवा त भेजहू सगुनिया, त बरिया सनेसिहा,
हो मोरे राजा तुहूँ जाहू छोटकौ के आनै, ललन मुख देखैं।''

वह आदरपूर्वक बुलाकर उसकी गोद में पुत्र डालकर कहती है कि अपना पुत्र लो और मुझे आनंद दो—

''आवहु मोरी देवरनियाँ, पलँग चढ़ि बइठौ,
बहिनी आपन ललना खेलावौ, हमहिं जुड़वावौ।''

वह देवरानी के व्यंग्य-बाणों का बुरा नहीं मानती। कहती है कि न वह व्यंग्य मैं सुनती और न दुःखी होकर भगवान् से प्रार्थना करती और न ही मुझे पुत्र मिलता—

"जौं नाहीं बोलतिउ बिरहिया, न सलतै करेजवाँ,
छोटकौ! नाहीं हम देवता मनवत्यों होरिल नाहीं पवत्यों।"

सखी-सखी का संबंध

बाल्यकाल से ही जिसके साथ घर-घरौंदे, गुड़ियों के खेल खेलती रही, साथ घूमती रही, प्यार में रूठना-मनाना चलता रहा, वही सखियाँ तथा बहनें पराए घर जाने से विलग हो जाती हैं। कन्या के जीवन में विरह का यह अवसर बहुत ही कष्टकर होता है। सखियाँ-सहेली रोती हैं, अब किसके साथ खेलने जायेंगी?

"बहु रोवै अटइल, बहु रोवै बटइल,
बहु रोवै कुइयाँ पनिहार।
रोवथीं सीता क सखियाँ सहेली,
केकरे गोहन खेलै जाब।"

बहन-बहन का संबंध

गुड़िया खेलती हुई, छोटी बहन को छोड़कर जाना तो हृदय को असीम व्यथा से भर देता है। उसे भेंटते हुए बहन कह उठती है—"अब एक माँ की कोख से फिर कहाँ जन्म होगा? अब एक-दूसरे को 'ठुनकी' की मार हम नहीं मार पायेंगी।"

"गुड़िया खेलत आपन बहिनी जे भेट्यों,
भेंटि लिह्यो हिरदै लगाय,
अब नाहीं बहिनीं हो एक कोखी जनमब,
न मरबै ठुनुकिया कै मार।"

वह अपने भाई से अपनी व्यथा को छोटी बहन से कहने को मना करती है—

"ई दुःख जिनि कह्या भैया छोटी बहिनी अगवाँ,
इहै सुनि ससुरे न जइहैं हो राम।"

अधिकतर लोकगीतों में छोटी बहन के बारे में उल्लेख हुआ है।

सास-बहू का संबंध

पारिवारिक जीवन में सास-बहू का संबंध अत्यधिक महत्त्वपूर्ण है। सास के पास होता है जीवन का मधुर, कटु अनुभव, पुत्र को जन्म देने और स्नेहपूर्वक पालकर सक्षम बनाने का गर्व। उधर बहू जीवन में प्रवेश करनेवाली अनुभवहीन, सुखद संसार की कल्पना में खोई हुई एक अबोध, जो अभी कल तक किसी की लाड़ली कन्या, बहन और ननद थी। पति के प्रति सर्वस्व समर्पण और सर्वस्व प्रतिदान पाने की भावना से भी

युक्त वह होती है। सास के पास अपने जीवन के उतार-चढ़ाव से प्राप्त संवेग और मन:स्थितियाँ होती हैं। पुत्र के स्नेह पर अभी तक उसी का अधिकार था। अब पुत्र का पत्नी के प्रति झुकाव और उसके अधीन होना देखकर उसके अवचेतन को एक ठेस पहुँचती है, जो कि मनोवैज्ञानिक सत्य है। उधर बहू सास के अंकुश और पति के ऊपर उसके अधिकार तथा पति की मातृभक्ति के कारण पति द्वारा प्राप्त प्रताड़ना के फलस्वरूप सास को मन-ही-मन अपनी प्रतिद्वंद्विनी और शासिका समझने लगती है।

जिस 'सास' ने विवेकपूर्वक अपने अवचेतन मन की ठेस को सहन कर लिया तथा अपने पूर्व वधू रूप को ध्यान में रखकर बहू के साथ व्यवहार किया उसका घर सुख-स्वर्ग बन जाता है। इसके विपरीत स्थिति में कलह, कटुता, वैमनस्य के बीज जीवन में विष घोल देते हैं। सास का स्थान वधू के लिए माँ जैसा माना गया है। कहावत भी है कि 'एक माई बाप छोड़ै त दूसर माई बाप मिलथिन'। अत: सास के मातृवत् आचरण के भी दर्शन लोकगीतों में मिलते हैं। वधू अपनी कोई समस्या सास के समक्ष रखती है तो सास प्रेम और विवेकपूर्वक उसका समाधान बताती है—

"मचियहिं बैठलि सासू बढ़ैतिनि सुना सासू अरज हमारि,
जौनी हि रहियाँ सासू गइन राउर पूता, उहै रहिया देतू बताय।
हाथ लेहु बहुअरि तेलवा फुलेलवा, औरे गंगाजल पानी,
पूछत पूछत चली जाइउ मोरी बहुअरि, जहाँ बसैं कन्ता तुहार।"

तेल-फुलेल लेकर जाने के लिए कहने में यह उपदेश भी छिपा है कि पति की सेवा करना, गंगाजल साथ रखना उसकी पवित्रता का प्रतीक है अर्थात् तुम्हें गंगाजल जैसी पवित्र देखकर मेरा पुत्र प्रसन्न होकर घर वापस आ जायेगा।

वधू को पुत्रवती देखने के लिए सास उससे उगते सूर्य की उपासना करके पुत्र का वरदान माँगने की सीख देती है—

"हथवा कै लेहु तिल चाउर, गेंडुवा जूड़ पनियाँ,
हो मोरी बहुअरि उगत कै सुरुजू मनावौ, होरिल तुहरे होइहैं।"

आसन्न प्रसवा वधू की वेदना देखकर सास उसके मुख पर पंखा झलती है—

"सासु मुख बेनिया डोलावैं, ननद मुख चुम्मैं,
बहुअरि! छिन एक बेदना नेवारौ, होरिल तुहरे होइहैं।"

किंतु बहू को उस क्षण सास का यह प्रेम स्वार्थयुक्त लगता है। वह कहती है कि अपनी माँ होती तो पीड़ा हर लेती—सास जी तो 'बच्चा होगा' कह रही हैं बार-बार—

"आपनि मैया जो होती त पीर हरि लेतीं,
हो अरे बहिनी! हरि जी के मैया निरवेदनी, त होरिल होरिल करैं।"

पति के रूठने पर सास पुत्र को मनाकर मिलन कराना चाहती है—

"मचियहिं बैठी सासु कौसिल्या त बहुअरि से अरज करैं,
हो मोरी बहुअरि कहहु त राम के मनावौं त मिलन करावौं।"

एक वधू प्रिय-मिलन को जाना चाहती है, किंतु वर्षा से चूनर भीग जाने का भी भय है। वहाँ सास उसे उचित सीख देती है—चुनरी से अधिक स्नेह मूल्यवान् है, उसे बचाओ—

"मत डरु ए बहुअरि भीजै के चुनरिया,
डरु बहुअरि छूटै के सनेह।"

वधू भी सास का सम्मान करती है, सास के अभाव से वह दुःखी है—

"निहुरि के पइयाँ केकरी लागौं, त अपनी सासु बिना।"

सास के उग्र रूप का दर्शन भी लोकगीतों में बहुलता से होता है। प्रायः सास के द्वारा वधू को मारने और अपशब्द कहने का वर्णन हुआ है। एक अबोध कन्या अपने विवाह का समाचार जानकर अपनी माँ से कहती है—

"नाहीं सीख्यों मैया रे छल चतुरइया, नाहीं सीख्यों राम रसोई,
सासू, ननद, भैया, बाबा गरियइहैं, मोरे बूते सहियों न जाय।"

सास-ननद के द्वारा गाली देने का उल्लेख भी गीतों में हुआ है—

"सासु ननद नित देतीं गारी, सुनत-सुनत मैं हारी रामा।"

अपनी पत्नी की आँखों में आँसू देखकर पति पूछता है—क्या माँ ने मारा है, बहन ने कुछ कहा है?

"किय मोरी रनियाँ हो मैया मोरी मारीं,
किय हो बहिनियाँ बोलिया बोलै रे ना।"

पत्नी के श्रम-परिहार के लिए रसोई घर में पंखा झलते हुए पुत्र को देखकर सास रुष्ट हो जाती है कि वह पत्नी का गुलाम हो गया है—

"अपने झरोखवाँ से चितवै ससुइया,
मोरा पूता बौहरि के गुलमवा हो राम।"

माँ को प्रसन्न करने के लिए पुत्र को विवशतः पत्नी को मायके भेजने के लिए तैयार करना पड़ता है। शृंगारयुक्त होकर विदा होती पत्नी को देखकर व्यथित हृदय पति इस आशा में कि शायद बहू की भोली सूरत देखकर माँ को दया आ जाय, कहता है कि माँ! तनिक बहू का रूप देख लो, कितनी भोली है। किंतु माँ तिरस्कारपूर्वक उत्तर देती है— तुम्हारे लिए बहू कठपुतली है, पर मुझे तो वह काली नागिन लगती है—

"तोरे लेखे बेटा! धना तोरी कठपुतरिया,
मोरे लेखे कारी नगिनियाँ हो राम।"

और इस प्रकार वह अपने हठ के कारण पुत्रवधू को घर से निकाल देती है।

'सास दरुनियाँ' रूप का दर्शन ही स्थल-स्थल पर मिलता है। वधू अपने सास के दिये हुए कष्टों का वर्णन करती है—आधी रात को ही सारे कार्य कराती है, पीसने के अनाज में कंकड़, चूल्हे में पानी डाल, गगरी में छेद कर और सेज पर काँटा बिछाकर जिससे वह पति के संग का सुख न पा सके। सेज पर काँटा बिछाने में कलह की ओर भी संकेत है।

''सासुइया मोरी दुख ही दुख राखै।
आधी राति पठवैं चकिया पिसन काँ,
अनाजे में काँकरा भरि राखैं।
आधी राति हमैं रोटिया क पठवैं,
चुल्हिया म पनिया भरि राखैं।
आधी राति हमैं पानी क पठवैं,
गगरिया मँ छेदवा करि राखैं।
आधी राति हमैं सोवन क पठवैं,
सेजरिया मँ कंटवा बोइ राखैं।''

सास के क्रूर शासन से वधू के भाग्य में क्रंदन और विवशता के आँसू ही आते हैं। यदि पति विदेश हो तब तो यह पीड़ा अनंत बन जाती है।

गढ़वाली में एक लोकगीत है, जिसमें सास को तेल की गरम कड़ाही और वधू को भुनती हुई सब्जी कहा गया है—

''तेल कड़ाही जनु लायो साग,
तनो मेरी सासु ब्बै तनी मेरी भाग।''

(डॉ. गोविंद चातक, गढ़वाली लोकगीत: एक सांस्कृतिक अध्ययन, पृष्ठ-295)

बारह वर्षोपरांत लौटे हुए पुत्र के मुख से पत्नी के विषय में प्रश्न सुनकर सास उसकी झूठी शिकायत करती है—

''तोहरी बहुअवा पूता गरभा गुमानी,
जाइके सोवहिं धँवराहरि हो राम।''

जबकि पुत्रवधू का पति के स्वागत में दौड़कर न आना संकोच और शालीनता का प्रमाण माना जाता है।

पुत्री अपने पिता को अपनी उदासी का कारण बताती है कि सुनती हूँ सास बड़ी कठोर है। पिता उसे समझाता है—कितने दिन सास का राज्य रहेगा। आखिर में तो तुम्हारा ही राज्य होगा—

''सुनत हौं मोरे बाबा सासु दरुनिया, एही गुन मन दलगीर,

चारि दिना बेटी राजा कै रजई, चारि दिना फौजदारी,
चारि दिना बेटी सासु हैं दारुनि, आखिर राज तुहार।''

एक गीत में बहू के भाई के आगमन पर सास चकवड़ का साग और सड़ी कोदो का 'भात' बनाने का आदेश देती है। एक अन्य गीत में बटोही के हाथ से पति द्वारा भेजी पंखी लेकर पत्नी प्रिय की सुखद स्मृति में खोकर सो जाती है। हाथ से छूटकर गिरी पंखी देखकर सास उस पर परपुरुष से संबंध का आरोप लगाकर 'किरिया' लेना चाहती है। उसे विश्वास ही नहीं होता कि मेरा पुत्र मुझसे छिपकर पत्नी को उपहार भेजेगा। बटोही से यह समाचार जानकर पति आकर माँ को समझाता है कि मैंने ही पंखी भेजी थी—

''केन मोरी मैया हो तोरी मति मारै,
हमहीं पठायेन रस बेनियवाँ हो राम।''

मायके से भाई के विवाह का निमंत्रण पाकर वधू सास की साड़ी माँग, पहनकर जाती है। पिता के आँगन के 'लौंग' वृक्ष की डाल में फँसकर साड़ी फट जाती है। वह भयभीत है कि सास को क्या उत्तर देगी—

''लवँगा की डरियाँ फाटी झीनी सरिया रे,
सासू जवबवा कैसे देव।''

पुत्र की अनुपस्थिति में सास वधू को डोम के हाथ बेंच देती है। पुत्र के आने पर उसकी मृत्यु का समाचार देती है। शव और वस्त्र माँगने पर कहती है कि लाश तो आँधी-पानी में बह गई, वस्त्र चोरी चले गए। ससुराल जाने पर सरहज के द्वारा पति को सत्य का पता लगता है।

श्वसुर-पुत्रवधू

ससुर अपनी पुत्रवधू को बहुत ही स्नेह और आदर देता है। कन्या का पिता समधी से विदा होते समय पैरों पर गिरकर कहता है—

''पाँच परग बाबा पठवै क आये, समधी के पइयाँ परि जायँ,
गोबरा कढ़न के मैं सीता के दीह्यों राखेउ लाजि हमारि।''

तब वर का पिता उन्हें उठाते हुए शीघ्रतापूर्वक कह उठता है—

''ऐसन बचन जिनि बोला जनक जी मोरे बूते सहियो न जाय,
बेटी बहू मोरी सबकै सिंगारिनि, सिझिहैं राम रसोई।''

पुत्री के लिए पिंजड़ा बनवाने का आग्रह जब पत्नी करती है तो वह उसे समझाता है कि यह घर, यहाँ का बंधन, सुख-वैभव सब बहू के लिए है, पुत्री के लिए नहीं—

''सोनवा कै पिंजरा ललन कै बहुरिया बेटी के लिखा बनवास।''

बहू के हाथ का बनाया भोजन प्रीतिपूर्वक वह खाता है—

"जेंवन बैठे हैं ससुरू से भसुरू,

ससुरू जेवैं भसुरू बैठा हो राम।"

बहू ससुर से अत्यधिक संकोच करती है। उसके अभाव में वह किससे परदा करे—

"लंबा घुँघुट कैसे काढ़ौं त अपने ससुर बिन।"

ससुर अपनी बहू पर मर्यादा का अंकुश लगाए रखना चाहता है। अतः पुरुष वेश में जाकर अपने भाइयों को छुड़ाकर जब बहू वापस आती है तो पट नहीं खोलता, पुत्र पर टाल देता है—

"खोलौ न ससुरू रे बजर केंवड़िया,

मेहा बरीसे चूनर भीजै हो राम।

कैसे क खोलौ बहुअरि बजरा केंवड़िया,

जेकर हयू तेही खोलइ हो राम।"

प्रायः सभा में बैठे हुए ससुर से पुत्रवधू अपनी आवश्यकताओं और समस्याओं को कहती हुई दिखाई गई है—

"सभवहिं बैठा मोरे ससुरू बढ़ैता, भैया लड़ैया तुहीं जाया हो राम।

ससुरु अपनी हथिनियाँ हमका दीह्या हो राम।।"

जेठ-भयहु

भ्रातृवधू को जेठ की परछाईं भी छूना वर्जित है। अतः उससे वह सदैव संकोचवश परदा करती है। कहावत है कि—

"ऊ जेठ कइसा जे खोखि खँखारि न पैठा,

ऊ भयहु कइसी जे तोपि ढाँकि न बैठी।"

भयहु जेठ के अभाव में किससे परदा करे, किसकी परछाईं और राह बचाए? वह कहती है—

"केकरि रहिया बरावौं, त अपने जेठ बिना।"

एक भयहु तो 'जेठ' शब्द का भी उच्चारण नहीं करती। मार्ग में जेठ के खड़े होने के कारण जब उसे घर पहुँचने में विलंब होता है तो सास के पूछने पर वह विलंब का कारण बताती है—

"बैसाख के ऊपर वन चढ़ै, कि वन पर चढ़ैं आसाढ़,

बीच रहिया में ठाढ़ रहे, कैसे आवौं सासु।"

(वैशाख के ऊपर जो महीना लगता है (अर्थात् जेठ) और जिस पर आषाढ़ चढ़ता

है वही (पति के ज्येष्ठ भाई) बीच मार्ग में खड़े थे, मैं कैसे आती? उनसे न हटने को कह सकती थी, न उस मार्ग से आ सकती थी, क्योंकि छाया छू जाती।)

लोकगीतों में जेठ के लोलुप रूप के दर्शन भी होते हैं, जो भ्रातृवधू को पाने के लिए कृतघ्न बन जाता है, वह अपनी भयहू से कहता है—

"जौनी सेजरिया भयहू छोटे भइया दिह्यू
उहवै सेजरिया हमहूँ चाही हो राम।"

पर ऐसे उदाहरण अपवाद ही हैं। प्रायः भयहू और 'जेठऊ बढ़ैता' का संबंध परस्पर सम्मान और स्नेह का ही वर्णित है।

ननद-भाभी का संबंध

भाभी के प्रति ननद का व्यवहार प्रायः रूखा ही प्रदर्शित होता है। आज तक जिस घर में जिस भाई के स्नेह पर ननद का एकछत्र राज्य था उसी घर में उससे अधिक अधिकार लेकर भाई का पूरा स्नेह बटोरने वाली भाभी आ गई। अब उपहार उसके साथ भाभी को भी आयेगा। माँ अपनी समस्त चीजों में से बहू को भी भाग देंगी। नववधू की ओर लोग प्रारंभ में अधिक ध्यान देते हैं। यही ननद अपने को उपेक्षित अनुभव कर मन-ही-मन भाभी को प्रतिद्वंद्विनी समझने लगती है। परिणाम होता है आपसी कटुता।

किसी भी शुभ अवसर पर ननद की उपस्थिति अनिवार्य मानी जाती है। ननद के बिना कौन कलश गोंठे। उसके बिना तो मंडप ही सूना है—

"मँड़ये म ठाढ़ कौने रामा बहिनी-बहिनी करैं,
अरे बिनु रे बहिनी माँड़व सून कलस हमरा के गोंठै,
आवौ हो ननदी कौनी रानी कलस हमरा गोंठी।"

भाभी कहती है—

"मँझरे मड़ौवाँ के बइठै त अपनी ननद बिना।"

भाई का जितना अधिक आकर्षण भाभी की ओर होता है, ननद उतना ही अपने को उपेक्षित समझने लगती है। अपनी इस उपेक्षा का बदला वह भाभी को प्रताड़ित करवाकर लेती है, कभी माँ से भाभी की आलोचना करके, कभी भाई से। किंतु लोकगीतों में ननद के प्रेम का भी वर्णन हुआ है। प्रसव-पीड़ा से व्याकुल भाभी का मुख चूमकर उसे वह सांत्वना प्रदान करती है।

भाई और भाभी के प्रति ननद के मन में अपार शुभकामनाएँ होती हैं। गरीब ननद केवल सगुन की दूब लेकर ही भतीजे को देखने आती है। भतीजे के होने की प्रसन्नता ननद को सबसे अधिक होती है—

"बधैया आजु गमगम बाजै, ननदिया आजु छमछम नाचै।"

भाभी कहती है कि तुम्हारे भाई तो आज घर में हैं नहीं, तुम कितना भी नाचो कुछ मिलेगा नहीं। पर ननद प्यार और अधिकार भरा हठ करके भाभी से कंगन ले ही लेती है और फिर आशीर्वाद देती है कि युग-युग जीवे मेरा भतीजा—

''कंगना पहिरि ननदी अँगना में ठाढ़ी,
भतिजवा मोरा जुग जुग जीयै।''

ननद भाभी के लिए सगुन मनाती है, पर पुत्र होने पर कंगन अवश्य लेगी—

''हे भौजी मैं तो मनायों तोर सगुना,
जौ भौजी तोरे बेटवा होइहैं,
लेबौं रवादार कंगना।''

पुत्र-प्राप्ति के बाद जब बड़ी कठिनाई से भाभी खीझकर कंगन फेंक देती है तो वह भाभी को व्यवहार सिखाती है—बैठकर कंगन पहनाओ, झुककर प्रणाम करो—

''बैठि कै मोरी भौजी कंगना पहिरावौ,
निहुरि करौ पैलगना हे भौजी।''

कंगन पहनकर प्रसन्न हो भाभी के भाई-भतीजों के लिए भी मंगल-कामना करती है—

''बाढ़ै भौजी तोरा भैया भतिजवा, जुग जुग जियै बारा ललना।''

ननद की निष्ठुरता, भाभी के प्रति उसके दुर्व्यहार की कहानी असंख्य हैं। भाभी की कुसुंभी चूनर रँगाने की स्वप्निल इच्छा को निर्ममतापूर्वक तोड़कर उसे घर से निकालने का प्रयत्न वह करती हैं—

''सासू त बोलहीं के रहीं, ननद उठि बोलैं।
भौजी कब तुहरे भये नंदलाल, तूँ कुसमी रंगैबू।
बहिरे से आवैं ननदी कै विरना, त ननदीं अरज करैं।
भैया! भौजी त जनमैं क बाँझिनि, एन्हैं घर से निसारौ।''

ननद और भावज का यह झगड़ा चिरकाल से चला आ रहा है। संस्कृत में भी ऐसे उदाहरण प्रचुर मात्रा में मिल जाते हैं—

''श्वश्रू: पृश्यति नैव पश्यति यदि भ्रूभंगवक्रेक्षणा।
मर्मच्छेदपटु: प्रतिक्षणमसौ ब्रूते ननन्दा वच:।
अन्यासां मयि कि ब्रवीमि चरितं स्मृत्वा मन: शीर्यते।
कान्त: स्नग्धर्दषा विलोकयति मामेतावदाग: सखि।''

(डॉ. कृष्णदेव उपाध्याय, 'भोजपुरी लोकसाहित्य का अध्ययन', पृष्ठ 272 से उद्धृत।)

भाभी पर आक्षेप करती हुई ननद बारह वर्षोपरांत विदेश से लौटे भाई के मन में संशय उत्पन्न करती है—

''गोड़वा धोवावत बहिनी लागी चुगुलिया,

भौजी से लेहू किरियवा हो राम।''

इसी प्रकार भाभी से सौर गृह हेतु भूसे का घर लिपवाना चाहती है। ननद के प्रति अपना क्षोभ भाभी प्रकट करती है कि वह मुझे नहीं भातीं—

''राजा कै लागैं बहिनी ननदी हमारि,
लालन की लागै बुआ वै हम्मै नायँ सोहायँ।''

समवयस्का होने के कारण भाभी ननद को अपनी सखी भी मानती है और उससे हास-परिहास करती है, अपनी व्यथा कहती है मायके से कोई नहीं आया, कैसे जी को समझाऊँ?

''कैसे क जिया समुझावौं ननदी,
मोरी अँखिया भरि-भरि आवै ना।
गोरिया ठाढ़ि झरोखवा से चितवै,
नैहरे से केहू ना आवे ना।''

अपने पति को उसने देखा नहीं है। वह ननद से उसके वर्ण के बारे में पूछती है। ननद बताती है कि मेरा भाई साँवले रंग का है। भाभी ननद के लिए अपने नाक की बेसर तक बेचकर न्यौता ले आने की बात भी कहती है।

भाभी ननद को नेग नहीं देना चाहती। वह प्रसन्नतापूर्वक ननद का नाचना देखकर उसे चिढ़ाते हुए कहती है कि—

''चाहे ननदी नाचौ चाहे ननदी गावौ,
बिरनवाँ आजु तोरे घर नाहीं।''

ननद के हठ करने पर वह क्रोध में आकर कंगन फेंक देती है—तुम मेरी सौत हो। आज से फिर नहीं बुलाऊँगी—

''कंगना उतारि भौजी अँगना म फैंकै,
सवतिया आजु से ना बोलइबौं।''

भाभी ननद से परिहास करती है कि मैं तुम्हें बेसर नहीं दूँगी। इसके लिए तमाम बहाने बनाती है कि मैं द्वार पर बच्चा पैदा करूँगी। ननद कहती है मैं द्वार से तुम्हें भगा दूँगी। तब भाभी कहती है—जंगल में पैदा करूँगी—

''जौ ननदी तूँ बेसरि लेबू, भैया किरिया जंगल जाइ होवइबै।''

ननद हार नहीं मानती, वह कहती है जंगल को खोदकर फेंक दूँगी, यमुना उस पार बच्चा होगा तो यमुना में नाव चला दूँगी, तुम्हारे मायके में होगा तो यहाँ आकर धूम मचाऊँगी। हारकर भाभी को कहना पड़ता है कि मैं हारी, तुम्हें बेसर पहनाऊँगी—

''तूँ जीती मैं हार गई ननदी,
भैया किरिया ननदी बेसरि पहिरैबै।''

शिशु की सुंदरता का क्या कारण है? ननद परिहास करती हुई पूछती है—किस छैल का ध्यान किया भाभी?

"भौजी कवन छयल (चनिक) चित लायू,
होरिल बड़ा सुन्नर है।"

तब भाभी भी परिहास से ही उत्तर देती है कि ननदोई की ही परछाई पड़ी—

"नहाय धोय भयों ठाढ़ी, त सुरुजू मनायों हो,
ननदी! पड़ी ननदोइया कै परछइयाँ होरिल बड़ा सुन्नर हो।"

ननद की विदाई में अन्य परिजनों के आँसू नहीं थम रहे हैं, वहीं भाभी की आँखों में आँसू की बूँद नहीं—

"मैया के रोउबे म छतिया फटति हैं, बाबा के रोये भरै ताल।
भैया के रोये पटुक धोती भीजै, भौजी हैं जिया की कठोर।"

ननद के घर से चले जाने पर भाभी मुक्ति की साँस लेती है। वह कभी भी ननद को वापस नहीं बुलाना चाहती—

"मैया कहैं बेटी नित उठि आइउ, बाबा कहैं छठि मास,
भैया कहैं बहिनी कामे और काजे, भौजी कहैं कौन काम।"

बहन अपने भाई से अपने दु:ख को भाभी से न बताने का आग्रह करती है, क्योंकि भाभी को उससे सहानुभूति नहीं होगी, सुनकर ताना ही देगी—

"भइया ई दुख जाइके, जिनि कह्या भौजी आगे,
नाहीं तनवाँ मरिहैं घरी रे घरी।"

पुत्री की विदाई पर जब सभी परिजन दु:खी होकर रो कर कह रहे हैं कि मेरी बेटी का डोला वापस लाओ तब भाभी प्रसन्नतापूर्वक कह उठती है—

"लै जाव हो मोरी बैरिन कै डोलवा लै जाव हो।"

भाभी के द्वारा बैरिन कहे जाने पर ननद पूछती है किस कारण बैरिन हुई मैं भाभी?

"किय तोरा भौजी रे नोनवाँ चोरायों,
किय दिह्यों तेल ढरकाय,
किय मोरी भौजी तोरा भइया गरियायों,
काहें भयों बैरिनि तुहारि।"

भाभी के मन का दुराव, ननद का अपमान-बोध और व्यथा सहज रूप में लोकगीतों में व्यक्त है। नये अपरिचित ननदोई को अपनी ननद के गुणों से परिचित न कराकर 'बैरिन' कहकर भाभी अपनी सफाई देती है कि रसोई में व्यंग्य बोल देती हैं—

भाभी अपनी ननद को गोदना गोदने की मजदूरी के रूप में नट को दे देती है।

"किय तुहीं लेबा नटुआ साँवाँ से कोदौवा, मोरे हरि के लाल।
की हो लेब्या लहुरी ननदिया, मोरे हरी के लाल।"

नट ननद को लेकर चला जाता है। पति के पूछने पर वह दुष्टतापूर्वक ननद पर नट के साथ भाग जाने का लाँछन लगाती है।

इसी प्रकार के खट्टे मीठे प्रसंग हैं।

सपत्नी (सौत-सौत) का संबंध

किसी समय बहुविवाह की प्रथा को सामाजिक मान्यता प्राप्त थी। इसके परिणामस्वरूप नारी-जीवन के दु:ख, ईर्ष्या और पीड़ा की गहन अनुभूतियों की व्यथा। कथा को लोकगीतों ने वाणी दी है।

आजीविका के लिए ग्राम से दूर शहर जाकर कई-कई वर्षों तक न लौटने और इतने दिनों घर से बाहर रहने के कारण पति परस्त्री में आसक्त हो जाता है। वहाँ से लौटकर सौत को साथ लाना प्रतीक्षातुर विरहिणी पत्नी के मर्म को आघात पहुँचाता है। बहुपत्नी-प्रथा का कारण आर्थिक भी कहा जा सकता है। कुछ समृद्ध व्यक्ति अपने वैभव के प्रलोभन में डालकर कई सुंदर स्त्रियों को आकर्षित कर लेते थे। कुछ निर्धन माता-पिता दहेज की विभीषिका से उद्धार पाने अथवा प्रलोभनवश अपनी कन्या का विवाह विवाहित पुरुषों से कर देते थे।

पति बारह वर्षों के उपरांत लौटा भी तो सौत को लेकर। हृदय में सहस्रों अरमान सँजोए बैठी पत्नी का हृदय विदीर्ण हो जाता है—

''बरहा बरिसवा पै वै हरि लौटे,
साथ लिहे कुबरी सवतिया हरे साँवरिया।''

'कुबरी' (कुब्जा) तो सौत का प्रतीक बन गई है। कृष्ण की सभी प्रिय गोपियों में परस्पर द्वेषभाव नहीं था। वे सभी मैत्री और सद्भावना से युक्त थीं। यदि कृष्ण 'कुबरी' को भी लाकर उनके साथ पूर्ववत् व्यवहार और प्रेम से रखते तो संभवत: गोपियों का आक्रोश इतना प्रबल न होता। वही स्थिति जनजीवन में भी देखी जा सकती है। प्राय: पत्नी की पीड़ा, ईर्ष्या इसलिए अधिक उग्र हो जाती है कि नई पत्नी को पति संपूर्ण प्रेम, अधिकार दे देता है और प्रथम पत्नी पूर्णतया उपेक्षित हो जाती है।

विवाहिता पत्नी के हाथ का रुचिकर व्यंजन भी पति को अच्छा नहीं लगता, पर प्रेमिका के हाथ का रूखा-सूखा भोजन भी उसे भाता है। यह देखकर पत्नी कष्ट का अनुभव करती है।

जिसके प्रति ईर्ष्या और विद्वेष का भाव प्रबल हो उससे कलह होना तो स्वाभाविक ही है। इस कलह से देहरी पर बैठा पति पश्चात्ताप और क्षोभ से भर उठता है। वह अपनी माँ से पूछता है किसे मारूँ, किसे घर से निकालूँ? किसके लिए हार गढ़ाऊँ—

''ओढ़री बियाही करैं झोंटी कै झोंटा,

रामा डेहरी बैठि राजा झंखैं हो राम,
कवनी के मारौं माई! कौनी के निसारौं,
कौनी के तिलरी गढ़ावौं हो राम।''

पत्नी अपनी सौत के लिए विष लाने का आग्रह भी पति से करती है—

''सवति के लिए मकुनी, वहमाँ, जहर डारे आना।

पति-मिलन में सौत बाधक बनती है, उससे लड़-झगड़ कर वह उसे सोने को विवश करती है तब तक प्रभात हो जाता है।

कभी-कभी अपने प्रयत्नों से विवाहिता पत्नी जब पति का प्रेम पुनः प्राप्त कर लेती है तब सपत्नी को कष्ट देकर सारा बदला लेती है। पति विवाहिता को प्रसन्न करने के लिए क्षमा माँगकर नई पत्नी को दासी बनाकर रखने का अधिकार देता है। विवश होकर नई पत्नी सब सहती है—

''तुहीं बैठा रनियाँ हो चढ़ि कै पलँगिया,
सवती से गोबरा कढ़ावौ हो ना।
रोइ रोइ सवती हो गोबरा जे काढ़ैं,
रोइ रोइ पीसथीं गोहुँआ हो राम।''

विवाहिता पत्नी के क्रोध को देखकर प्रेयसी पत्नी को तीव्र अपराध बोध होता है। वह प्रतिज्ञाबद्ध होती है कि कभी भी तुम्हारी सवति बनने का प्रयास नहीं करूँगी। तुम्हारे प्रिय की सेज पर कभी नहीं जाऊँगी—

''तोहरे महादेव की सेजियाँ न चढ़बै, ना होबै सवति तुहार।''

समधी-समधी का संबंध

समधी अपने समधी के आगमन को अपना अहोभाग्य समझता है। उसके प्रति सदैव विनम्र बना रहता है। स्वयं कुश की चटाई पर बैठता है, पर वर के पिता के लिए गलीचा बिछाता है। कन्या की माँ यह देखकर कहती है—

''जौन हरि मोरा बैठें सभा कचहरियाँ,
सभवाँ अँजोर होइ जाय,
तौन हरि मोरा बैठे कुस की सँथरियाँ,
समधी गलैचा बिछाय।''

समधी के दहेज माँगने पर वह उसको पूरा करने का प्रयत्न करता है, किंतु कभी-कभी समधी की अनुचित माँग पर इनकार भी कर देता है। विदा करते समय समधी को पहुँचाने कुछ दूर तक जाता है और उसके चरणस्पर्श करता है। वर के पिता का दहेज के प्रति लोभी रूप ही अधिक वर्णित हुआ है। वे अपनी माँग पूरी न होने पर वधू को छोड़

जाने की धमकी देते हैं—

"नाहीं लेबै असहण नाहीं लेबै कुसहण,
बरहा बरद धेनु गाय,
बियहल धेरिया चौक पर छोड़िबै,
कइ देबै दुसरा बियाह।"

सामाजिक प्रथाएँ तथा रीति-रिवाज

लोकगीतों में आदिकालीन परंपराओं और प्रथाओं के दर्शन होते हैं, क्योंकि ये स्वयं परंपरा से ही प्राप्त होते हैं। ऐसी ही कुछ प्रमुख प्रथाओं का अध्ययन लोकगीतों के माध्यम से किया जा सकता है।

बाल विवाह

गर्भकाल को भी जोड़कर तीसरे वर्ष या अन्य विषम वर्षों में ही बच्चों के विवाह कर दिए जाते थे। नाई, नाइन अथवा अभिभावकों की गोद में सोए इन बच्चों के कानों में विवाह के मंत्रों की ध्वनि भी नहीं पहुँच पाती थी। माँ की गोद में सोई कन्या विवाह का मंगल वाद्य सुनकर चौंककर उठ बैठती है और बाल-सुलभ जिज्ञासा से पूछती है— किसका विवाह है, कहाँ बाजा बज रहा है?

"सोवति रह्यों मैं मैया के कोरवाँ,
देख्यों सपन अजगूत।
केकरे दुवारे मैया बाजन बाजै,
केकर रचा है बियाह।"

माँ कहती है मेरी नन्हीं, बावरी लाड़ली! तेरा ही तो विवाह है। तुझे ही अब चतुर सयानी समझ लिया गया है।

बाल-विवाह की प्रथा मध्यकालीन युग में एक सामान्य परंपरा थी। बड़ी उम्र के पति के साथ छोटी अवस्था की कन्याओं का विवाह हो जाता था। इन संदर्भों में निश्चय ही पति अपनी अवयस्क पत्नी से संयोग-सुख प्राप्त करने की बलवती कामना दबा नहीं पाता, किंतु विवशता है। ऐसी ही परिस्थिति में एक बालिका वधू ढाँढ़स बँधाती है, (ऐसी बालिकाएँ शीघ्र सजग हो जाती हैं) मैं बड़ी हो जाऊँगी तो मैं ही तुम्हें भोजन, शीतल जल, प्रेम का पान और सुखद शय्या का सुख दूँगी। स्वर्ण की थाली उसकी हेम आभा से युक्त शरीर का उपमान हो सकती है। भूख भोजन के साथ-साथ मानसिक और शारीरिक भी होती है। प्यास यौवन की भी होती है। हजारों मधुर इच्छाओं की सेज पर तुम्हारी अभिलाषाओं की पूर्ति मैं ही करूँगी, तुम धैर्य धारण करो—

"छोटी से बड़ी होबै धिरज धरा।
सोने की थारी में ज्योंना परोसबै,
ज्योंना हमहीं जेंवइबै धिरज धरा।
झाँझर गेड़ुवा गंगा जल पानी,
गेंड़ुवा हमहीं घुँटैबै धिरज धरा।
फूला हजारी कै सेजा बिछौबै,
सेजिया हमहीं सोवैबै धिरज धरा।"

प्रेम के प्रतिदान का रहस्य और बालिका की असमर्थता को प्रकट करते हुए लोकगीतकार ने रूपकातिशयोक्ति अलंकार के माध्यम से मनोभावों की सरस अभिव्यक्ति की है। बाल-विवाह में प्रायः बेमेल विवाह के अवसर अधिक होते हैं। कभी वर बड़ा, कन्या छोटी तो कभी वर छोटा, कन्या बड़ी। बेमेल विवाह से उत्पन्न क्षोभ के वर्णन भी सजीव हैं—

"रस ढुरिके करेजवा म जाय रे सखी।
पनियाँ भरन गयों बाबा के कुँअना पर,
छोटा दुलहा गोंहन लगि जाय रे सखी।
यस रिसि लागै सखी यस रिसि लागैं,
मार्‌यों रसरिया घुमाइ हो सखी।"

बालक पति की पत्नी की कठिनाई है कि वह कोई भी काम करने जाती है, उसका पति उसके पीछे लग जाता है। एक तो काम में व्यवधान, दूसरे बालक पति को देखकर मन में उभरता हुआ आक्रोश, वह कभी कुएँ पर रस्सी से, रसोई में बेलन से, सेज पर तकिए से पति को मारकर प्रकट किया जाता है। यह गीत वैसे हास्य रस की सृष्टि के लिए है परंतु उसमें नारी-मन की व्यथा अभिव्यंजित हो उठती है।

एक कन्या अपने पिता से छोटा वर न ढूँढ़ने की प्रार्थना करती है—"बाबा! बालक वर मत ढूँढ़ना, मुझे बहुत दुःख होगा, दिन भर बालक खेल-कूद आएँगे, रात को माँ की गोद में सो जाएँगे।"

"लरिकहि वर जिनि खोज्या मोरे बाबा
हमके बड़ा दुख होय,
दिन भर लरिका हो खेलि कूदि अइहैं
रतिया मैयरिया की गोद।"

अपनी समवयस्क सखियों के पति को सुंदर, स्वस्थ, स्वावलंबी युवक के रूप में देखकर, उनकी तुलना में दुबला, अकर्मण्य बालक पति पाकर वह व्यथा, आक्रोश, उपेक्षा और विवशता से भर उठती है। यहाँ तक कि भेड़िया द्वारा बालक पति के उठा ले

जाने की कल्पना से, उसे कोई दु:ख नहीं होता—

"सबके बलमुआ के चढ़ली जवानी,
हमार काहें लरिका हे बहिनी दीदी।
सबके बलमुआ क लागी नौकरिया,
हमार काहें ठलुआ हे बहिनी दीदी।
पुरुब दिसा से आवे बिगौना,
लैगा बलमा उठाय ऐ बहिनी दीदी।
सासू ननद मोरी रोवैं पीटैं,
हमार रोवै ठेहुना ऐ बहिनी दीदी।"

बेमेल विवाह से क्षुब्ध एक नारी कहती है—हे प्रभु! मुझे बालक पति क्यों दिया? उसे लेकर जब सोती हूँ तो गीदड़ की बोली से डरकर चारपाई के नीचे छिप जाता है—

"सियरा की बोलियाँ बलमु मोरा डरिगै,
खटिया के तरवाँ लुकाय बनवारी हो।"

वृद्ध विवाह

वृद्ध विवाह को कभी मान्यता नहीं प्राप्त हुई है, किंतु समाज में इस प्रकार के बेमेल विवाह होते ही रहे। कभी उनका कारण आर्थिक विपन्नता रही, कभी लोभ तथा कभी सामाजिक स्थिति। लोकगीतों में यत्र-तत्र इस प्रकार के वर्णन मिलते हैं—

"बाबा दान कन्या किहे नौ सै रुपया हो लिहिन,
हमके त बेंचि डरी रे डरी।"

(बाबा ने नौ सौ रुपए लेकर मुझे बेचकर कन्यादान किया।)

कन्या अपने पिता से प्रार्थना करती है कि मेरे लिए वृद्ध वर न ढूँढ़ना, जो दिन भर घूम-फिर कर आए, रात में अलसाकर सो जाए—

"बुढ़वहिं वर जिनि खोज्या मोरे बाबा, हमके बड़ा दु:ख होय,
दिन भर बुढ़ऊ हो घूमि फिरि अइहैं, रतिया के जैहैं अलसाय।"

छोटे वर के पास विकास का अवसर है। अत: मधुर क्षणों की प्रतीक्षा में मन को धैर्य मिल सकता है, पर वृद्ध वर का एक-एक पल उसे अवसान की ओर ले जाता है। अत: लोककवि की वाणी नारी मनोभावों को अभिव्यक्त कर उठती है, जो माँ की भाँति अपने पति की देख-रेख और सेवा करके सयाना बनाना चाहती है—

"छोटा बलमु मजेदार,
बुढ़वा लैके का करबै।
छोटे बलमु का दूध पियउबै,

वई होई जइहैं सयान बुढ़वा लैके का करबै।
छोटे बलमु के तेलवा लगैबै,
वई होई जइहैं जवान बुढ़वा लैके का करबै।''

दहेज-प्रथा

वैदिक काल में कन्या की स्थिति दयनीय नहीं थी। ''किंतु धीरे-धीरे उसकी स्थिति में अंतर आया। कालांतर में कन्या चिंता का विषय बन गई। योग्य वर का ढूँढ़ना, दहेज जुटाना, उसकी तनिक असावधानी के कारण परिवार की अपकीर्ति का भय और श्वसुर कुल में उसके भावी सुखमय जीवन की आशंका ज्यों-ज्यों बढ़ती गई त्यों-त्यों कन्या की स्थिति गिरती चली गई। कालांतर में कन्या-वध जैसा नृशंस कार्य भी होने लगा और दहेज के बढ़ते अभिशाप ने उसकी पारिवारिक स्थिति को और भी खराब कर डाला।1''

(डॉ. श्यामसुंदर दास, हिंदी महाकाव्यों में नारी-चित्रण, पृष्ठ-56)

दहेज का दंश हमारे समाज को निरंतर खोखला करता जा रहा है। हार्दिक प्रसन्नता के क्षण इसकी मार से क्षण भर में विषादयुक्त हो जाते हैं। कितनी ही बालाओं का डोला उठते-उठते रह जाता है। कितने माँ-बाप अपना सर्वस्व स्वाहा करके भी बेटी को सुखी नहीं रख पाते। लोकगीतों में इसकी मार्मिक व्यंजना हुई है। पुत्री की माँ सुंदर वर को देखकर अपनी कोख को धन्य मानती है, किंतु दहेज का दंश उस माँ को खिन्न कर देता है, जब नौ लाख का दहेज भी वर पक्ष को कम लगता है—

''होइगै बियाह परा सिर सेंधुरा,
नौ लाख दहेज थोर,
भितरा कै भाँड़ बहिरे दै मारैं,
सत्रू के धिया जिनि होय।''

क्रोध, विवशता का कैसा सुंदर उदाहरण है। माँ केवल अपने को कोस सकती है। घर का बर्तन उठाकर बाहर फेंकने में उस माँ की खीझ स्पष्ट परिलक्षित होती है।

स्वेच्छा से दिया गया दहेज कन्या के जीवन को प्रसन्नता और संतोष देता था। कालांतर में प्रथा बन जाने के कारण ही दहेज समाज की भीषण समस्या बन गया।

''मैया जे दीन्हीं हैं नौ मन सोनवाँ,
बाबा जे लहर पटोर,
भैया जे दिहे हैं हौंसिल घोड़वा,
भौजी सेन्हुर भरी माँग
नौ मन सोनवा मैं नौ दिन खाबौं,

फटि जैहैं लहर पटोर,
भैया कै घोड़वा मैं नगर कुदैबौं,
अमर रही अहिबात, अमर सेन्हुर भरी माँग।"

किंतु कन्या के मन में दहेज के प्रति लोभ नहीं, वह प्यार को अधिक महत्त्व देती है, इसीलिए उसे धन से अधिक प्यार और शुभकामनाओं सहित भाभी के आशीर्वाद रूप में प्राप्त सिंदूर अधिक महत्त्वपूर्ण लगता है।

सुंदरी कन्या के अनुरूप वर न मिलने से पिता निराश होकर उसे कुमारी रहने को कहता है। कन्या के द्वारा योग्य वर बताए जाने पर पिता दुःखी होकर कह उठता है—

"वै बर माँगै हाथी से घोड़ा,
माँगै मोहरा पचास,
वै वर मागैं बेटी! नौ लाख दहेज,
मोरे बूते दइयो न जाय।"

हाथी, घोड़े, पचास मोहरें, नौ लाख का दहेज देने की मेरी सामर्थ्य नहीं है। सुनकर कन्या दहेज-प्रथा पर करारा व्यंग्य करती है कि जिसकी सामर्थ्य इतना दहेज देने की न हो उसे तो हलवाहा वर ही ढूँढ़ना चाहिए—

"जेकरे न होइहैं बाबा! नौ लाख दाहेज,
से बर हेरैं हरवाह।"

पुनः पिता को धैर्य बँधते हुए वह कहती है कि शारीरिक श्रम से क्लांत, म्लान मुख-वाले वर से मेरा विवाह कर दीजिए, वह दहेज की माँग नहीं करेंगे—

"हर जोति आवैं कुदारि गोड़ि आवैं
बिहँसैं पसीना झलकाय
वनहीं कै तिलक चढ़ाया मोरे बाबा
वै नाहीं दाहेज लेंय।।"

पिता की चिंता को दूर करते हुए वह कहती है कि वर और वरयात्रियों की लोकप्रतिष्ठा के अनुरूप उनके सम्मान की व्यवस्था करिएगा। अपनी संपत्ति के अनुरूप ही दहेज दीजिएगा। वर की योग्यता और अनुरूपता पर विचार कर कन्यादान दीजिएगा अर्थात् वर के धन-वैभव पर नहीं, उसके चरित्र-स्वास्थ्य, आयु, रूप, सौंदर्य तथा कार्यक्षमता पर ध्यान दीजिएगा—

"आसन देखि बाबा डासन दिह्या,
मुख देखि दीह्या बीरा पान,
अपनी सम्पत्ति देखि दाहेज दीह्या,
बर देखि दीह्या कन्यादान।"

दहेज प्रथा एक सुंदर कन्या को मनचाहा वर प्राप्त करने में इस प्रकार बाधक सिद्ध

होती है। मनोवैज्ञानिक स्तर पर कथोपकथन में पिता और पुत्री के मन का अंतर्द्वंद्व स्वाभाविक रूप में अभिव्यक्त हुआ है। पिता की निराश और पुत्री के द्वारा धैर्य प्रदान करना दोनों ही स्थितियाँ मार्मिक हैं। विषम परिस्थिति से पिता को बचाकर उसकी आर्थिक सामर्थ्य के अनुसार विवाह करने की बात स्पृहणीय हैं। अपने सुख-भोग और ऐश्वर्य के प्रति त्याग की भावना पिता को मानसिक दुश्चिंताओं से मुक्त करने के लिए है। यह गीत भारतीय ललनाओं के लिए अनुकरणीय आदर्श प्रस्तुत करता है।

सती-प्रथा

नारी धर्म का आदर्श भारत का गौरव है। युद्ध में पति की मृत्यु के उपरांत विजेताओं के द्वारा शील हरण के भय से और अपमानित दुर्वह जीवन के भार को ढोने की अपेक्षा वीरगति पाकर स्वर्ग में जानेवाले पति की अनुगामिनी बनने का मार्ग नारी ने स्वयं चुना था। वे स्वेच्छा से जौहर करके सती हो जाना अधिक श्रेयस्कर मानने लगी थीं। कालांतर में यह प्रथा रूढ़ि बन गई और बलपूर्वक नारी को सती होने के लिए बाध्य किया जाने लगा। राजा राममोहन राय के सद्प्रयत्नों से यह प्रथा बंद करने का कानून बना। नारी अपनी मर्यादा और लज्जा की रक्षा हेतु प्राणों का बलिदान करती रही। पति का पार्थिव शरीर लेकर चिता पर बैठी पतिव्रता को पूर्ण विश्वास था कि उसके आँचल से अग्नि प्रज्वलित हो जाएगी—

"जौ तुहूँ होव्या मोरे बारे कै बियहवा,
अँचरे से अगिया धधकिहैं हो राम।
अँचरा से धधकी हैं तुरतैं अगिनियाँ,
हरि जी कै लोथिया धरीं गोदियाँ हो राम।"

भारतीय धर्मग्रंथों में सती प्रथा का समर्थन कहीं नहीं मिलता। आर्य संस्कृति में या देव संस्कृति में इसे आदर्श नहीं माना गया है। सती होने का उल्लेख राक्षस संस्कृति में मेघनाद वध के बाद उसकी पत्नी सुलोचना के सती होने का उल्लेख मिलता है।

शिव की पत्नी सती ने अपने पिता दक्ष के यज्ञ में प्राणोत्सर्ग अपने पति की मान रक्षा के लिए किया था। 'सती' शब्द का अर्थ आगे चलकर जलकर मरने के लिए रूढ़ हो गया। लोकभाषा अवधी में 'सती' शब्द का अर्थ तप करने या कष्ट सहने के अर्थ में प्रयुक्त होता है।

परदा-प्रथा

मुस्लिम-युग से परदा-प्रथा का प्रचलन कुल ललनाओं की मर्यादा-रक्षा के लिए प्रारंभ हुआ, जो कालांतर में नारी-जीवन के लिए अभिशाप बन गया। परदा-प्रथा का

प्रचलन शनैः शनैः समाप्त हो रहा है, किंतु ग्रामीण कुल-वधुएँ अभी भी उसे छोड़ने में अमर्यादा की कल्पना करके झिझकती हैं। एक वधू अपने परदेशी पति को पहचान नहीं पाती, वह उसकी प्रणय-चेष्टा को किसी लोलुप व्यक्ति की दुष्टता समझकर अपनी सास से शिकायत करती है। सास उस दुष्ट व्यक्ति का हुलिया सुनकर उसे समझाती है कि वह तुम्हारा पति है—

"सँवरे बरन तोरे ससुरू कै हथिया
त लाले झुलन छोड़ैं,
हो मोरी बहुअरि! गोरे बरन तोर पुरुष,
तुहहिं सनकारैं।"

वह अपने पुत्र से वधू के भोलेपन की चर्चा करती है तब वधू अपनी असमर्थता का कारण बताती है कि परदा-प्रथा के कारण उसने अभी तक अपने पति को देखा ही नहीं था—

"नाहीं देख्यों जोड़वा से जमवाँ, त सिर पै मौरवा।
हो मोरी सासू नाहीं देख्यों ऐंड़िया महावर, अपन कैसे चीन्हौं।"

उसने घूँघट की ओट से यदि पति की झलक देखी भी थी तो जोड़ा, जामा, सिर का मौर, ऐंड़ी का महावर ही देख सकी थी। इस परदेसी में वे चिह्न तो थे नहीं फिर वह उसे कैसे पहचानती। इसका यह अर्थ भी हो सकता है कि मैंने तो उन्हें वर-वेश में भी नहीं देखा था।

परदा-प्रथा के विरोधी स्वर भी लोकगीतों में सुनाई पड़ते हैं। आधुनिक विचारों से प्रभावित वधू परदा करने से इनकार करती है—

"मैं बेरि बेरि बगियाँ ना जानेवाली।
वहि रे बगियवाँ ससुर जी कै अवना,
मैं बेरि-बेरि घुँघुँटा न काढ़ै वाली।"

बलि प्रथा

देवी को बलि चढ़ाने का प्रचलन पहले बहुत अधिक था। इसके द्वारा इष्टदेव या देवी को प्रसन्न करके मनोवांछित फल प्राप्त करने का उद्देश्य रहता था। लोकगीतों में हिंदू-मुसलमान दोनों के द्वारा बलि चढ़ाने का उल्लेख हुआ है—

"हिंदू भैया चढ़ावैं खसी भेड़वा अब हो ना,
मुसलमनवाँ चढ़ावैं मुरुगवा अब हो ना।"

बलि देवी के रौद्र, उग्र और तामसी रूप को ही चढ़ाई जाती है। जगदंबा का सौम्य रूप हल्दी की धार से ही प्रसन्न हो जाता है—

"कराली के चढ़ै रामा काला खँसियवा,
महरानी जी के ना चढ़ै हरदी कै धरिया।"

एक स्त्री अपने भाइयों को बंधनमुक्त कराने के लिए काली को बलि चढ़ाने की 'मानता' मानती है—

"तुहँका चढ़ौबै काली खँसिया से भेंड़वा,
बन्हुअन कै डोरी खुसकावा हो राम।"

'किरिया' लेने की प्रथा

प्रवासी पति के लौटने पर सास-ननद की ईर्ष्यामय शिकायत के परिणामस्वरूप कुलवधू को अपने सतीत्व की परीक्षा देनी पड़ती थी। डॉ. उपाध्याय ने दिव्य की व्याख्या करते हुए लिखा है—

"इन लोकगीतों में दिव्य के लिए 'किरिया लेना' शब्द का प्रयोग किया गया है। 'विष्णु धर्म सूत्र' में अलौकिक प्रमाण को 'दैविकी क्रिया' कहा गया है। अत: 'किरिया लेना' शब्द इसी संस्कृत 'दैविकी क्रिया' का अपभ्रंश रूप है। धीरे-धीरे दैवि की शक्ति का लोप हो गया और क्रिया शब्द किरिया रूप में परिवर्तित हो गया।"

(डॉ. कृष्णदेव उपाध्याय, 'भोजपुरी लोक साहित्य का अध्ययन, पृष्ठ 253)

दिव्य का प्रयोग प्राचीन काल से ही होता आ रहा है। अपराधी का निर्णय करने के लिए अलौकिक साधनों का प्रयोग ही दिव्य कहा जाता था। नारद स्मृति में इसका उल्लेख हुआ है कि साक्षी के अभाव में विभिन्न प्रकार के दिव्य या शपथ के द्वारा निर्णय करना चाहिए—

"यदा साक्षी न विद्येत, विवादे वदता नृणाम्,
तदा दिव्यै: परीक्षेत शपथैश्च पृथग्विधै:।"

(नारद स्मृति-4/247)

'किरिया' लेने का दंड लोकगीतों में केवल स्त्री के लिए ही वर्णित है।

स्त्री द्वारा पुरुष वेश में स्वयं जाकर भाइयों को बंधनमुक्त कराकर लौटने पर पवित्र होते हुए भी उसे 'किरिया' देनी पड़ती है। उसका पति कहता है कि द्वार तब खोलूँगा जब तुमसे 'किरिया' लूँगा—

"जब हम खोलबे रानी बजरा केंवड़िया,
तुहँसे हम लेबै किरियवा रे ना।"

किरिया के विविध प्रकार—लोकगीतों में अग्नि, जल, सूर्य, पृथ्वी को साक्षी मानकर शपथ या किरिया लेने का वर्णन मिलता है—

"जब बहिनी चली हैं अगिनि किरियवाँ,
खौला तेल भेय जूड़ पनिया हो राम।
जब बहिनी चली हैं गंगा किरियवाँ,
गगरी गई हैं झुराई हो राम।
जब बहिनी चली हैं सुरुजू किरियवाँ,
उगा सुरुजू गए हैं छिपाई हो राम।
जब बहिनी चली हैं धरती किरियवाँ,
धरती म उठा भुँइडोलवा हो राम।"

सात भाइयों की बहन को भाभियों ने बहुत कष्ट दिया। विदेश से लौटकर भाइयों ने पूछा तो सभी ने कहा कि मैंने कष्ट नहीं दिया। उनकी अग्निपरीक्षा ली गई। बारी-बारी से खौलते तेल में हाथ डालकर वे कहती थी कि यदि ननद को सताया हो तो जल जाऊँ नहीं तो पार उतरूँ—

"ताई ताई ताई, जे नन्दा सताई, त जरि जुरि जाई, नाही त पार उतरि जाई।"

कष्ट देनेवाली छह बड़ी भाभियाँ जलकर मर गई, सबसे छोटी बच गई।

बायन बाँटने (मिष्ठान्न वितरण) की प्रथा

वधू के मायके एवं कन्या के ससुराल से आने पर तथा अन्य अवसरों पर जो मिष्ठान्न आता है, उसे पूरे ग्राम में ही नहीं आस-पास के ग्रामों में भी बँटवाया जाता है। बाँटने के लिए ले जानेवाले नाई या नाइन को उपहार में साड़ी दी जाती है, जिससे वे डलिया में रखे 'बायन' को ढँककर ले जाते हैं। जिन घरों में वे बायन देते हैं वहाँ से उन्हें अनाज या पैसा मिलता है। इस प्रथा से सामाजिक भाई-चारे का विकास होता है। संयुक्त परिवार के टूटने और एक परिवार में कई परिवार हो जाने तथा आर्थिक कठिनाइयों के कारण इस मिष्ठान्न की मात्रा घटती जा रही है—

"छोटे-छोटे लड़ुवा बन्हाव, नाउनि बैना बँटाव।
एक घर मा भै नौ नौ चूल्हा,
फोरि-फोरि लेड़ुवा लै जाव नाउनि बैना बँटाव।"

शुभ संस्कारों और पूजा, त्योहार में भी बैना बँटाया जाता है।

नेगचार की प्रथा

किसी भी शुभ कार्य या प्रसन्नतादायक अवसर पर नेग माँगने और देने की प्रथा है। नेग पाने का अधिकार गाँव के 'परजा' लोगों को भी होता है।

"जो गाँव में रहकर एक-दूसरे की सेवा करते हुए प्रत्येक कार्य के संपादन में

सहयोग प्रदान करते हैं, उन्हें परजा (प्रजा) कहते हैं। लोकगीतों में प्रत्येक पुरुष राजा है और प्रत्येक स्त्री रानी। राजा-रानी की संज्ञा प्रजा की दृष्टि से सचमुच यथार्थ है, क्योंकि ये प्रजाजन गाँव के सभी लोगों की सेवा करते हैं।''1

(इंदु प्रकाश पांडेय, अवधी लोकगीत और परंपरा, पृष्ठ 36, 37)

पुत्र-जन्म पर सास, ननद, जेठानी, देवरानी, देवर सभी को नेग दिया जाता है—

''अँगनवा में खेलै गोरी तोर ललना।
सासू जी आई चरुआ चढ़ाई,
उहै कंगना राजा उहै कंगना सासू रानी के दिह्या।''

(इसी प्रकार ननद को काजल लगाने पर कंगन या तिलरी, जिठानी को हार, देवरानी को साड़ी, देवर को घड़ी देने का उल्लेख हुआ है।)

नेगचार संबंधों की घनिष्ठता के द्योतक हैं। नेगचार प्राप्त करने के लिए किया जाने वाला 'ठनगन' हमारे संस्कारों के अवसर पर घटित होनेवाली मौलिक सांस्कृतिक विशेषता है। ये पारस्परिक संबंधों की सांद्रता एवं स्नेह संबंधों की सघनता को प्रकट करते हैं। यद्यपि समय के प्रवाह में अब कई सामाजिक विकृतियाँ भी नेगचारों के अवसर पर दृष्टिगत होती हैं। विशेषत: जब जान-बूझकर आर्थिक विवशता एवं विपन्नता को ध्यान में न रखकर दुराग्रहपूर्वक माँग की जाती है तो मधुरता की अपेक्षा संबंधों में कटुता और तनावपूर्ण स्थिति के उत्पन्न होने की अधिकाधिक संभावना होती है। किंतु नेग पा जाने पर आशीर्वादों की वर्षा भी की जाती है। रोचना ले जाने पर नेग पाकर नाई प्रसन्न होकर ईश्वर से यजमान के कल्याण की प्रार्थना करता है—

''पहिरिहि ओढ़ि नउवा ठाढ़ भये, सुरुजू मनावैं, देवता मनावैं।
हो अरे सुरुजू बाढ़ैं राजा दसरथ बेइलिया, जहाँ पै हमरा ठनगन,
जहाँ पै हमरा आदर।''

गोदना गोदाने का रिवाज

लोकजीवन में किसी समय गोदना गोदाने का विशेष महत्त्व था। गोदना सौंदर्य वृद्धि के लिए और स्नेह के प्रतीक रूप में गुदवाया जाता था। प्राय: प्रिय का नाम गुदवाने की प्रथा थी। एक गोदना माँ के घर का, दूसरा ससुराल का होना आवश्यक माना जाता था। गोदना गोदाने से भयभीत एक ग्रामवधू का चित्र देखिए—

''गोरे गोरे गाल पे गोदनवाँ हो रामा, हम ना गोदइबै।
छोटकी ननद मोरी गोदना गोदायीं,
रोइ-रोइ करथीं बयनवाँ हो रामा, हम ना कोदइबै।''

गोदना गोदने वालों को 'गोदनहारी' तथा 'गोदनहार' कहते हैं। एक विशेष जाति 'नट' तथा 'नटिनी' घर-घर घूमकर गोदना गोदती हैं।

खानपान संबंधी पदार्थों का वर्णन

'भूख' प्राणी की जन्मजात समस्या है, जिसके लिए आदिम युग से आज तक विश्व के विभिन्न क्रियाकलापों का विधान हुआ है। भौगोलिक तथा मनोवैज्ञानिक परिस्थितियों के अनुसार प्रत्येक प्राणी अपनी उदरपूर्ति करता है। मानव ने अपनी उदरपूर्ति के साधनों का विकास किया। आज उसके पास केवल उदरपूर्ति के लिए ही नहीं जिह्वा के संतोष तथा शरीर के उपयुक्त पोषण के लिए सामग्रियों की विस्तृत सूची है। 'भोजन' के लिए हमारे ऋषियों ने कुछ विधान बनाए थे, जिनमें खाद्य-अखाद्य पदार्थों, भोजन की मात्रा और उपयोग आदि का विवेचन किया गया है। ग्रामीण परिवेश और नगरीय परिवेश में भोजन के प्रकारों में अंतर हो सकता है। हमारे लोकगीतों में ग्रामीण परिवेश के खाद्य-पदार्थों का विस्तृत वर्णन उपलब्ध होता है। समय के परिवर्तन के साथ-साथ जो नई-नई वस्तुओं का उत्पादन और आयात हुआ उनका भी उल्लेख लोकगीतों में होने लगा।

अन्न

ग्रामीण समाज में मजदूरी और उपहार देने तथा शरीर पोषण हेतु अन्न के प्रयोग का वर्णन मिलता है। ज्योंनार के गीतों में सभी प्रकार के अन्नों के विविध व्यंजनों का विस्तृत वर्णन, उनको तैयार करने की विधि, प्रक्रिया तथा स्वाद के उल्लेख के साथ मिलता है।

नई फसल का नया अन्न खाने से पूर्व नवान्न का पर्व मनाया जाता है। इसमें शुभ साइत में शुभ-दिशाभिमुख होकर दही के साथ नया अन्न पंक्तिबद्ध बैठकर सभी परिजन खाकर पूरे गाँव में सबको प्रणाम करने जाते हैं, सारा वैर भाव भूलकर। प्रजाजनों को भोजन कराया जाता है।

गेहूँ, चावल आदि की विभिन्न किस्मों का उल्लेख भी इन गीतों में विविध पकवानों को तैयार करने की विधियों के साथ हुआ है।

साँवा, कोदो, मकरा आदि अन्नों के साथ भी मानवीय संवेदनाएँ किस प्रकार जुड़ी हैं यह लोकगीतों में देखने को मिलती हैं। आज ये अन्न लुप्त प्राय हो रहे हैं।

विभिन्न प्रकार की दालों और उनके विविध प्रयोग भी कुलता से वर्णित है। विविध पकवानों से लेकर रूखी-सूखी भौरी (बाटी) तथा सत्तू, चबैना तक का जिक्र ज्योंनार के गीतों में करके आर्थिक विषमता की खाई को दूर करके एक समरसता की ओर संकेत मिलता है।

शाक-सब्जी

विभिन्न शाक-सब्जियों के उगाने से लेकर उनके पकाने तक की विधि आयुर्वेद के अनुसार उनके पाचक होने के लिए दिए गए बघार एवं मसालों के प्रयोग आदि का विधिवत् उल्लेख मिलता है।

अचार तथा चटनी

एक जेंवनार गीत में अठारह प्रकार के अचारों का वर्णन है—

"नेबुला की फाँकी, आम की कलियाँ,
बने हैं अठारह अँचार कि हाँ जी।
धनियाँ की चटनी, पुदीना की चटनी, लेहसुन,
आदी के अँचार कि हाँ जी।।
आम कै गलका, पपीता कै गलका
और कटहर के अँचार कि हाँ जी।
कैथा और कमरख की बनी चटनी,
और 'करवन' कै अँचार कि हाँ जी।।
इमली कै चटनी, अमावट कै चटनी,
औ कानू कै अँचार कि हाँ जी।
आम अम्मार की बनी है फाँकी,
सिरका माँ डभकोरि कि हाँ जी।।"

मिष्ठान्न

गुड़ से बनी मिठाइयों का विशेष उल्लेख मिलता है। खाँड़, चिरौंजी, तिलवा (तिल गुड़ के लड्डू), गुड़ धनिया (गुड़ और भुना गेहूँ मिलाकर), गुड़ घी, ढूँढ़ी (चावल के लड्डू), बुनिया (बेसन और गुड़ के लड्डू) आदि के साथ ही आधुनिक मिठाइयों का भी उल्लेख ज्योनार गीतों में हुआ है।

मेवा तथा फल

विभिन्न मेवों तथा फलों के स्वाद के साथ उनकी उपयोगिता तथा उनके प्रतीकात्मक अर्थच्छटाओं के दर्शन लोकगीतों में मिलते हैं। कुछ फलों के खाने के विशेष अवसर तथा कुछ फलों के साथ विभिन्न वर्जनाओं के भी संकेत मिलते हैं।

मांस-मछली (मांसाहार)

सोहर गीतों में 'दोहद' अर्थात् गर्भवती स्त्री की भोजन की इच्छा के संबंध में वर्णन है कि उसे मांस-मछली खाने में रुचि होती है—

"पँचवा महीना जब से लागा,
मांस मछरी चित लाग मोरे राजा।"

हिरनी के मांस को उतना स्वादिष्ट नहीं माना गया है, जितना कि हिरन का—

"हरिनी कै मांस गुमसाइन और भक्साइन,

हरिना कैं मांस सुमास हरिना हम मरबै।''

एक गीत में 'सेहरी' मछली का उल्लेख हुआ है—

''खाइके सेहरी मछरिया, सइयाँ साँवर होइगै ना।''

पेय पदार्थ

पेय पदार्थों का उपयोग प्राचीनकाल से होता आ रहा है। शिशु, अस्वस्थ व्यक्ति तथा दाँतहीन व्यक्तियों के लिए पेय पदार्थों का विशेष महत्त्व है।

पेय पदार्थों में दूध, दही, मट्ठा आदि का सर्वाधिक महत्त्व है, जो सांस्कृतिक और प्रतीकात्मक अर्थछटाओं के साथ लोकगीतों में वर्णित है। घी को भी पहले पेय पदार्थ माना जाता था। खाँड़ का रस, कच्चा रस (गन्ने का रस), सिखरन (मट्ठा डालकर बनाया गया रस), लस्सी आदि पीने का उल्लेख है। भाँग भी प्रिय पेय पदार्थ था, जो होली आदि के अवसर पर विशिष्ट पेय होता था।

भाँग का वर्णन प्रायः शिव संबंधी आख्यानों में मिलता है। पार्वती ने भाँग घोंटने में आलस्य किया, शिव ने इसीलिए उनका त्याग कर दिया—

''गौरा भँगिया घोंटत अलसान्यू, यही गुना तजि दिह्यों।''

मदिरा पीने के भी वर्णन मिलते हैं, किंतु मदिरा-पान को लोकगीतों में भी हेय दृष्टि से देखा गया है और उसके कुपरिणामों की ओर ही प्रायः संकेत है।

विविध मसाले

मसालों के स्वाद, उपयोग के साथ ही मानवीय स्वभाव का संकेत भी लोकगीतों में मसालों के माध्यम से दिया गया है। हल्दी का तो शुभ प्रतीकात्मक अर्थ है। धनिया तौलते हुए पति की कृपणता पर व्यंग्य है। मिरचा स्वभाव के तीखेपन को प्रकट करता है। 'ननद' तो तीखापन (मिरचा) बेंचती है और सास हल्दी का आशीर्वाद—

''मैं पैसे वाली बलम मोर बनिया।
सासु बेचै हरदी, ननद बेचैं मिरचा।
मैं ठाढ़ी देखौं बलमु जोखैं धनियाँ।।''

'जीरा' मसाले में प्रयुक्त होने के साथ ही प्रसूता को भी पीसकर पिलाया जाता है।

जीरा और लवँग के व्यापार का उल्लेख स्थल-स्थल पर है—

''लवँगा मैं बिनि-बिनि ढेरिया लगायों, लादि चले बनिजार।''

तथा

''भइया मोरा गए हैं जीरा की लदनियाँ''

रूपगर्विता नारी काली मिर्च खाना नहीं चाहती, उसे काली होने का भय है—

"काला पानी हम ना पीबै, काली मिरिच न खाब।"

ननद अपनी भाभी के कटु वचन सुनकर प्रश्न करती है कि क्या तुम्हारा नमक चुराया था या तेल गिरा दिया था, जो मुझे तुमने 'बैरिन' कहकर पुकारा। नमक और तेल का उधार व्यवहार भी चलता है पर कोख का नहीं। नमक-तेल को अलंकार के रूप में प्रयुक्त किया गया है—

"नोनवाँ त मिलिहैं उधरवाँ त तेल ब्योहरवाँ।"

मुख शुद्धि सामग्री

पान के वर्णन से लोकगीत भरे पड़े हैं। एक स्त्री अपने पति के पास पान का बीड़ा लेकर आती है, पर पति की उपेक्षा से खिन्न हो जाती है—

"पाँच पान के बिरवा, तौ दुहरी सोपारी लागी,
हो मोरी सासू लिहे मुड़वरिया के ठाढ़ि, उलटि नाहीं चितवैं।"

एक स्त्री अपने पति से आग्रह करती है कि मेरे लिए पान का बीड़ा लगवाकर लाना, उसमें लौंग खोंस लाना—

"हमरे लिये बिरवा, वहमें लौंग खोंसे आना,

प्राय: अधिकांश गीतों में यह पंक्तियाँ मिलती हैं कि—

"लवँगा इलायची कै बीरा जोरायों।"

एक स्त्री पति के साथ रहकर सूखी सुरती खाना अधिक पसंद करती है अपेक्षाकृत प्रिय-वियोग में लौंग-इलायचीयुक्त पान का बीड़ा खाने से—

"लौंग इलायची हमैं ना भावै, सूखी सुरुतियाँ गुजर करबै।"

धूम्रपान

सामाजिक नियमोल्लंघन के दंडस्वरूप हुक्का-पानी बंद करके बिरादरी से बाहर कर दिया जाता है। हुक्का से संबंधित लोकोक्तियाँ भी प्रचलित हैं—

"एक चिलम नौ हुक्का, वही म तक्की तुक्का।"

हुक्का विभिन्न जातियों का अलग-अलग होता है। व्यक्तिगत हुक्का घर में रहता है। एक जाति के व्यक्ति दूसरी जाति का हुक्का नहीं पीते। इसमें छुआछूत का बहुत विचार किया जाता है। कच्ची रसोई में हुक्का ले जाना वर्जित है। एक बिरहा में धोबी अपनी पत्नी को तीन वस्तुएँ घाट पर ले चलने का आग्रह करता है—टिकिया, तंबाकू और आग—

"तीनि चीजि जिनि भूले धोबिनियाँ, टिकिया, तमाखू थोड़ी आगि।"

गाँजा पीनेवाला समाज में अच्छी प्रतिष्ठा नहीं पाता। उसे 'गँजेड़ी' कहकर आलोचना की जाती है। पत्नी अपने पति से आग्रह करती है कि गाँजा न पियो, लेकिन वह नहीं मानता—

''गँजवा न पीया बलमा, चढ़ी बाय जवानी।
सोने की थारी म ज्योंना परास्यों,
जेंवना न जेवैं चिलमिया सुरकानी।''

इस प्रकार लोकगीतों के संदर्भ में खान-पान के अध्ययन से स्पष्ट हो जाता है कि खान-पान से संबंधित समस्त वस्तुएँ निर्जीव वस्तु मात्र नहीं हैं उनके साथ भावनात्मक तादात्म्य है।

लोकगीतों में वेश-भूषा, आभूषण एवं शृंगार-प्रसाधन

प्रत्येक देश-जाति की अपनी विशिष्ट वेश-भूषा होती है, जिसके द्वारा व्यक्ति को देखकर ही बताया जा सकता है कि वह कहाँ का निवासी है। बाह्य जीवन पर अन्य सभ्यताओं और संस्कृतियों का प्रभाव पड़ता है। वेश-भूषा, रहन-सहन में परिवर्तन आता है, किंतु अपनी परंपरा और संस्कृति का गौरवपूर्ण मोह व्यक्ति को उस परिवर्तन के फलस्वरूप भी भिन्न बनाए रखता है। ग्रामीण समाज की कुछ विभूतियाँ अपनी पारंपरिक वेश-भूषा और रहन-सहन का स्तर दृढ़तापूर्वक पारंपरिक बनाए रखने को महत्त्व देती हैं—

लोकगीतों में धोती, कुरता, जाकेट, सदरी, कोट, गमछा, पटुका आदि पुरुषों के वस्त्रों का वर्णन मिलता है। पगड़ी या पाग मर्यादा की प्रतीक रूप में भी आई है। टोपी बाद का प्रचलन है। इसलिए इसके साथ सम्मान-मर्यादा का भाव नहीं जुड़ा है।

पगिया का मान रखने का उल्लेख बार-बार हुआ है—

''राखिउ पगिया हमारि।''

कंधे का पटुका वस्त्र के साथ ही अपने तथा दूसरों के आँसू पोंछने का संबल है, वह प्राय: ही आँसुओं से भीग जाता है—

''भइया के रोये पटुकवा भिजत है।''

पाँव की पनही भी सादृश्य अलंकार के रूप में प्रयुक्त हुई है—भइया! मेरी सुध वैसी ही बनाए रखना जैसे अपने पैर के जूते की।

भाई उत्तर देता है—पाँव की पनही तो भूली जा सकती है, तुम्हारी सुध नहीं भूल पाऊँगा—

''जइसे सुधि राख्या भइया पाँव की पनहियाँ,
वइसे सुधि राख्या हमार।
पाँव कै पनहिया बहिनी छिन एक बिसरै,
सुधिया न भूलै तुहार।''

वर की वेश-भूषा में जोड़ा-जामा, पगड़ी, कंधे पर पटुका, कान में बाला, माथे पर चंदन, सिर पर मौर, पाँवों में मखमली जूता आदि का वर्णन बार-बार दुहराया गया है।

संन्यासियों को जोगी कहा गया है। एक गीत में प्रिय के गृह-त्याग कर योगी हो जाने पर पत्नी भी योगिनी बनकर केसरिया चीर धारण करती है—

"जोगिया के सिर पै सोहै पगड़िया,
जोगिनी के लम्बे-लम्बे केस।
जोगिया रंगावै आपन जोगिया बहतर,
जोगिनी केसरिया चीर।"

बालक राम की वेश-भूषा देखिए—

"पीतांबर कै कछनी काछे, टोपी सोहै चौकनिया।"

सूर और तुलसी के बालस्वरूप का वर्णन इससे भिन्न नहीं है। परस्पर प्रभाव स्पष्ट है। स्त्रियों के वस्त्रों में लहँगा, (अतलस का), चुनरी (कुसुमी), पियरी, ओढ़नी, 'चोलिया', 'जंफर', 'झुलवा', 'सलूका' आदि का वर्णन हुआ है। अनेक गीतों में 'दखिनवाँ रंग की छिटिया' का वर्णन भी है।

एक गीत में 'बादर रेखवा' साड़ी का भी उल्लेख हुआ है—

"पहिरब पहिरब बादर रेखवा, चाहे रुपया गज बिकाय।"

एक वधू की पियरी मलिन हो गई है कौन लाकर नई दे—

"धूमिल होइगै पियरिया अरे साँवरिया।"

लहँगा, ओढ़नी और चुनरी का वर्णन बहुत अधिक हुआ है—

"सास काँ लाये लहँगा, ननद काँ लाये ओढ़नी,
हमकाँ लै आए चुनरिया हो।"

'फरिया' का उल्लेख भी मिलता है। 'फरिया' आधुनिक ब्लाउज जैसा होता था। चोली रेशम की पहनी जाती थी, जिसका रेशमी धागा बहुत बारीकी से काता जाता था—

"आट पाट की चोलियाँ, कि नगदे काता सूत,
काल्हि रह्यू गोरियाँ कि आजु खैर की खूँट।"

मुसलमान स्त्रियों में सुथना-कुरती पहनने का प्रचलन है। माहुल की बाजार से वस्त्र लाकर सुथना और कुरता सिलवाने की प्रार्थना की गई है—

"कहिया जाब्या माहुल की बजरियाँ,
सुथनवाँ मोरा फाटि गय बाय।
कपड़ा लियाय द्या दर्जी बुलाय द्या,
बिटियन के सिआय द्या कुरतिया।"

स्त्रियाँ परदा प्रथा के कारण बाहर निकलने पर साड़ी के ऊपर से पिछौरी (चादर) ओढ़ती हैं। रुक्मिणी को यशोदा चादर ओढ़कर वृंदावन जाने का सुझाव देती हैं—

"हो मोरी रुक्मिनि ओढ़ि लेहु नेतवा पिछौरा त वृंदावन चली जायू।"

वधू के वस्त्र

विवाह के दिन कन्या को हल्दी और मट्ठे के घोल में रँगी 'पियरी' पहनाई जाती है। एक गीत में राम को भविष्य फल बताया गया है—

"सीता कै पियरी धूमिल नाहीं होइहैं, तुहँके लिखा बनबास।"

रेशमी साड़ी का उल्लेख भी हुआ है—

"रेशम कै साड़ी, रेसम कै ओढ़नियाँ,"

माँ अपनी कन्या को दहेज में लहर पटोर देती है—

"मैया दिहीं लहर पटोर।"

कन्या का विवाह जिस पियरी में होता था उसे ही पहनाकर विदा किया जाता था। कुछ स्थानों पर यही पियरी पहनाकर सवा महीने उबटन लगाया जाता है और पियरी नाइन को दे दी जाती है, किंतु कुछ ग्रामों में यह पियरी सुहाग की पियरी होने के कारण वर्ष भर तक सँभालकर रखी जाती है।

आभूषण

आभूषण सदा से ही नारी को प्रिय रहे हैं। पुरुष ने उसकी इस लालसा को पूर्ण करके अपना वांछित प्राप्त किया है। लोकगीतों में स्थल-स्थल पर आभूषणों की माँग, प्रार्थना, रूठना, मनाना आदि चलता है। वस्त्र, आभूषण एवं अन्य श्रृंगार के साधन वैदिक युग से ही मानव के आकर्षण के केंद्र रहे हैं। "आभूषण पहनने का शौक स्त्री-पुरुष दोनों को था। कर्णशोभन (कर्णफूल या बालियाँ), निष्क ग्रीव (कंठहार), खादि (कंगन या कड़े), रुक्म वक्ष (छाती पर लटकनेवाला आभूषण), मणिग्रीव (मोती का हार) आदि गहनों के नाम वैदिक साहित्य में मिलते हैं।"

(डॉ. राजबली पांडेय, प्राचीन भारत, पृष्ठ 66, 67)

लोकगीतों में 'सोलहों सिंगार और बारहों अभोखन, का वर्णन है, किंतु आभूषणों की संख्या बारह से बहुत अधिक मिलती है। ग्रामीण नारियाँ प्राचीनकाल में जो आभूषण धारण करती थीं वे अब गाँवों में भी कठिनाई से दिखने को मिलेंगे। लोकगीतों में ही उनका दर्शन हो सकता है। स्त्रियों के द्वारा विभिन्न अंगों में पहने जानेवाले अलंकारों की तालिका निम्नांकित है—

अंग का नाम	आभूषण का नाम
सिर(मस्तक)	टीका, बेनी (बेंदी), मथफूल।
नाक	बेसर, झुलनी, सबुजा, छुच्छी, कील, फोंकी, नथुनी।
कान	कनफूल (कर्णफूल), ऐरन (इयर रिंग), बाला, झाला टप्प (टाप्स), झुमका।

गला	तिलरी, हार, कंठा, हँसुली, जंजीर, मटरमाला, मोहनमाला, हबेल, गुलूबंद, नकलिस (नेकलेस), लाकिट।
बाँह	बाजूबंद, टंडल, टँड़िया, भुजदंड, पहुँची।
कलाई	पछेला, अगेला, दसबंद, कंगन, (कंगना), चूड़ी, लहेठी, टोंड़रवा (तोड़ा)।
हाथ की अँगुली	अँगूठी, मुनरी (मुँदरी), छल्ला।
कमर	करधनी, पेटी।
पैर	कड़ा, छड़ा, पावजेब, पायल, छैलचूड़ी, छागल, लच्छा, झाँझ, घुँघुरू, पैजनियाँ।
पैर की अँगुली	अनवट, बिछुआ, नूपुर।

अब संक्षेप में कुछ गीतों में प्रयुक्त उक्त आभूषणों के उदाहरण देखिए—

एक कजली गीत में पति मायके जानेवाली अपनी पत्नी से कहता है कि अपने आभूषण सेज पर रख जाना—

''जौ तूँ बारी धनियाँ जाबू नइहरवाँ, टिकवा धरे जायू रे सेजरियाँ।
टिकवा के पतिया चमके सारी रतियाँ, कि जनु धना बाटीं रे सेजरियाँ।''

झुलनी पहने एक गोरी की सुंदरता से रसिकजनों पर क्या प्रभाव पड़ता है। अवलोकनीय है—

''ओठवा पै झुलनियाँ तुहारी करै मजेदारी।
साजि बुलाक नाक के ऊपर तिरछी नजर निहारी
द्विज छोटकुन कर चरन मनावत,
करबू कतलान हजारी झुलनिया तुहारी।''

झुलनी कितनी भाग्यवान् है कि तुम्हारे अधरों पर आनंद से विराजती है। इस पंक्ति में कृष्ण की वंशी के प्रति गोपियों के ईर्ष्याभाव-सा ही झुलनी के प्रति नायक का भाव दरशाया गया है। 'बुलाक' नाक के ऊपर पहना जानेवाला आभूषण है और झुलनी नासारंध्रों के मध्य भाग में पहनी जाती है। एक अन्य फाग गीत में कंठा, हार, हबेल, बाजूबंद आदि आभूषणों का मिलन के क्षणों में टूटने का उल्लेख है—

''कंठा हार हबेल बंद सब चूर चूर करि डारे।''

कंठा 'भरतू' (ठोस सोने का) और 'खोलऊ' (भीतर से खोखला) तथा लाख का बनवाकर ऊपर से स्वर्णपत्र चढ़वाकर भी बनाया जाता है। हबेल सोने के सिक्कों को गूँथकर बनती थी। सामान्य लोग ताँबे या लाख का बनवाकर ऊपर से स्वर्णपत्र चढ़वा लेते थे। ये सारे आभूषण चाँदी और सोने के बनते हैं। झुलनी कई प्रकार की होती है— 'झोपदार' या 'झपसहिया' झुलनी का प्रचलन अधिक था। बेसर भी लंबी होती थी, पर झुलनी जितनी

चौड़ी नहीं। 'सबुजा' भी झुलनी के स्थान पर पहना जाता था—

"झोंपदार चार नग संयुत बेसरि में छवि छाई।"

कुछ आभूषण जातिगत विशेषताएँ रखते हैं, जिन्हें देखकर विश्वास के साथ कहा गया है कि तुम ब्राह्मणी हो, जुलाहिन नहीं हो—

"नाके सोहैं नथिया त काने करन फुलवा,
बाँभनि! जतिया छिपावै जोलहिनियाँ रे ना।"

विवाह से पहले कन्या की वेश-भूषा बहुत ही साधारण होती है, किंतु सिंदूरदान के उपरांत उसे वस्त्राभूषणों से सुसज्जित किया जाता है और तभी बेटी पराई दिखने लगती है—

"बन्नी के माथ की बेंदियाँ, बन्नी की नाक की बेसरि।
बेंदिया के नग-नग पै लिखी रही बिदाई,
अब ले रहीं जे आपनि, ते होइ गईं परायी।"

(इसी प्रकार समस्त आभूषणों के लिए गाया जाता है।)

क्षीण कटि में करधनी की शोभा निराली है। जंजीरदार करधनी का नायक के मन पर जो प्रभाव है, वह लोककवि के शब्दों में—

"पातरि कमरि तोर अति सुन्नरि, विधना दीन सँवारी।
तापर पहिरि जंजीर झुलावति, नागिनि सम परत देखारी,
फरक रहौ प्यारी।"

शृंगार-प्रसाधन

लोकगीतों में सोलहों सिंगार (शृंगार) का उल्लेख प्रायः हुआ है, किंतु तेल, उबटन, केश-सज्जा, सिंदूर, टिकुली (बिंदी), काजल, मिस्सी, महावर, ओठ रँगना, और गोदना के अतिरिक्त अन्य शृंगार-प्रसाधनों का विवरण नहीं मिलता। बहू से सास 'सिंगार' करके प्रिय से मिलने जाने के लिए कहती है—

"कै लिहू सोरहों सिंगार ता बरहो अभोखन।"

विवाह में कन्या के तेल, उबटन, महावर लगाने व चोटी गूँथने आदि का वर्णन हुआ है—

"भौजी मोरी तेलवा लगावैं त चोटिया गुथावैं,
आई हैं नाउनि ठकुराइनि चौक चढ़ि बैठे हो,
देइ लागीं लाली महाउरि तौ चलन-चलन करैं।"

बालों को सँवारना और आँखों में काजल की रेख नारी-शृंगार के आवश्यक अंग हैं—

"लंबे केस झारि ककही से आँजन रेख सँवारी।"

तथा

"अंजन रेख नयन बिच सोभित,
मानौ कतल करै तरवारी झुलनियाँ हो प्यारी।"

तुम्हारे कटाक्ष तलवार की भाँति तीक्ष्ण हैं। यहाँ रीतिकालीन रूप चित्रण से भाव साम्य अवलोकनीय है—

"काजर दे नहिं ए री सुहागिनि,
आँगुरि तेरी कटैगी कटाछन।"

किंतु इस लोकगीत में उक्ति वैचित्र्य न होकर स्वाभाविकता है। कटाक्षों से अँगुली तो नहीं कट सकती पर रसिक हृदयों पर प्रहार स्वाभाविक है।

काजल की शोभा तो नेत्रों को सुंदर बनाती है पर उस पर यदि भौंहों के बीच माथे में ईंगुर की लाल बिंदी भी लग जाए तो कहना ही क्या—

"काजल नैन देब सिंकिया से, ईंगुर बुँद लगाई।"

दाँत में मिस्सी लगाने का प्रचलन पहले बहुत था। काली-काली मिस्सी लगे दाँतों के बीच में, दाँतों में जड़ी सोने की कीली की छटा पर लोककवि मुग्ध हैं—

"मिसिया दैके ठाढ़ी ओसारे, मोरा जिया मारें
जड़े सोनार दाँत में कीली, नयना हैं रतनारे,
तापर बाढ़ि धरत सुरमा कर।
चितवन महँ प्राण निसारे, मोरा जिया मारे।"

इन वर्णनों से समय-समय पर परिवर्तित रुचि, आर्थिक स्थिति आदि का भी अध्ययन किया जा सकता है।

लोकगीतों में लोककलाओं का वर्णन

लोककला भावुक सरस हृदयों की सहज अभिव्यक्ति है। इसकी जड़ें लोक-मानस में गहराई तक प्रविष्ट हो चुकी हैं। विभिन्न प्रतीक और अभिप्राय लोककलाओं के माध्यम से व्यक्त होते रहे हैं। इनका अध्ययन सामाजिक मान्यताओं को समझने में सर्वाधिक उपयोगी है। लोकगीतों में कुछ कलाओं का उल्लेख बार-बार हुआ है।

चौक पूरना

किसी भी शुभ संस्कार अथवा पूजन के अवसर पर सबसे महत्त्वपूर्ण कार्य चौक पूरना है। चौक अधिकांशतः सूखे आटे और हल्दी से बनाया जाता है। विभिन्न रंगों से सजाने के लिए हल्दी, रोली, सूखी मेंहदी का भी प्रयोग किया जाता है। जन्माष्टमी आदि के अवसर पर धान की भूसी तथा लकड़ी के बुरादे को रँगकर उससे विविध चित्रकारी की

जाती है। विभिन्न रंगों को घोलकर तथा गेरू, चूना और ऐपन (पिसा चावल) के घोल से भी चौक पूरा जाता है। चौक गोलाकार, त्रिभुजाकार, षट्कोण, आयताकार सभी प्रकार के बनते हैं पर सामान्यतया चौकोर चौक अधिक प्रचलित हैं।

लोकगीतों में बार-बार गजमोती के चौक पूरने का उल्लेख है—

''गज मोतियन चौक पुरावैं नउनियाँ।''

प्राय: नाइन, पंडित या गृहिणी ही चौक पूरते हैं।

'कोहबर' लिखना

विवाह संस्कार के अवसर पर दीवाल पर हल्दी और चावल के घोल से तथा गेरू के घोल से चित्रकारी करके 'कोहबर' मुख्य द्वार के दोनों ओर की दीवालों पर तथा 'कोहबर' के घर की दीवार पर भी लिखा जाता है। पंडित विवाह के सभी शुभ कृत्यों के लिए समय और दिशा का विचार करके बताते हैं। जिस दिशा की ओर मुख करके पूजन और वर-वधू का बैठना बताया जाता है उसी ओर की दीवाल में 'कोहबर' लिखा जाता है। यह 'कोहबर' वर-वधू के सम्मुख पड़ना चाहिए। इस 'कोहबर' कला का नाम ही इस 'कोहबर' घर के नाम पर पड़ा है। 'कोहबर' में वर-वधू को बैठाकर उनसे परिहास किया जाता है। एक गीत में राम सीता के पास 'कोहबर' में जाने की आज्ञा माँगते हैं। उनकी सास उन्हें उत्तर देती हैं, मेरी सीता तो अबोध बालिका हैं, तुम्हें कैसे 'कोहबर' में जाने दूँ—

''कैसे क खोलौं केंवड़िया, त राम अइबा कोहबर,
बेटा! मोरी धिया लरिका अजान, कुछौ नाहीं जानै।''

राम-लक्ष्मण को राजा जनक के घर की पहचान नगरवासी बताते हैं। जहाँ मुख्य द्वार की दीवारों पर चित्र बना हो, वही राजा जनक का घर है—

''दूनौ कवहिया के चित्र उरेहा, उहै होय जनक के दुआर।''

संभवत: पहले यह 'कोहबर' कन्या के हाथ से ही चित्रित करवाया जाता था, क्योंकि राम के पूछने पर कि यह 'पुतरी' किसने चित्रित की है, उन्हें उत्तर मिलता है—

''जौनी सीतल रानी के बियहन आया, ते यह पुतरी उरेहैं।''

शीतला का थापा

वर्ष में दो बार चैत्र शुक्ल सप्तमी और सावन शुक्ल सप्तमी को शीतला पूजन के समय हल्दी और चावल के घोल से दीवालों पर हाथ के थापे लगाकर चित्रकारी की जाती है। देवी गीतों में इसका वर्णन है।

गुड़िया बनाने की कला

भारतीय बाला का सामाजिक जीवन गुड़ियों के साथ ही प्रारंभ होता है। ये निर्जीव होते हुए भी उसके लिए सजीव और सुख-दुःख, हर्ष-रुदन की अभिन्न सहचरी होती हैं। गुड़ियों के विविध रूप मिलते हैं। लोकगीतों में गुड़ियों के प्रति कन्या के प्रेम की कहानी स्थल-स्थल पर वर्णित है। गुड़िया न खेल पाने पर कन्या दुःखी है। दादी ने तो बनाई थी गुड़िया पर बाबा निर्मोही ने गौने की लगन रख दी, मैं खेल नहीं पाई—

"लालेहि पाटे कै गुड्डइया त आजी बनावैं।
बाबा निरमोहिया लगन धरावैं खेलहि नाहीं पायौं।"

गुड़िया खेलती हुई छोटी बहन का विछोह विवाह गीतों में असह्य हो उठा है—

"गुड्ई खेलत आपन बहिनी जे भेंट्यों, भेंटि लिह्यों हिरदय लगाय,
अब नाहीं बहिनी हो एक कोखी जनमब, न मरबै ठुनुकियाँ क मारि।"

मौनी, डलवा बीनने की कला

'मूँज' और 'काँस' से विभिन्न आकार प्रकार की डलिया, संदूक और पिटारी आदि बनाई जाती है। छोटे आकार की डलिया को मौनी तथा 'कुरुई' कहते हैं, बड़ी को 'सिकहुली', 'सिकहुला' तथा डलवा भी। ढक्कनदार विविध आकार की डलियों को 'पिटारी' कहा जाता है। बहुत बड़े आकार की गोल संदूकें भी पहले बनाई जाती थीं, जिन्हें 'पेटारा' कहते हैं। बच्चों के खिलौने 'डोली' आदि भी इसी की बनाई जाती है। इसमें फूल-पत्तियाँ आड़ी, तिरछी, त्रिभुजाकार, ज्यामितीय आकृतियाँ आदि विभिन्न रंगों के बल्लों (मूँज के लच्छे) से बुनकर चित्रित किए जाते हैं। इनके बुनने की कई विधियाँ है। एक में सादे-सादे दूर-दूर 'डोभ' भरकर बुन लिया जाता है फिर ऊपर से विभिन्न रंगों की डिजाइन 'भरवाँ' बनाई जाती है। दूसरी विधि में बुनते समय ही डिजाइनें विविध रंगों की डालते जाते हैं। तीसरी में एक रंग की डिजाइन डालकर अन्य रंगों के लिए स्थान छोड़ते जाते हैं। उन्हें बाद में अन्य रंगों से भर दिया जाता है। छोटी डलियों के लिए पतली 'बारी' रखी जाती है, बड़ी के लिए मोटी। डिजाइनों में भी आकारानुसार भेद होता है। 'कास' को बीच में भरकर उसके ऊपर 'मूँज' से बरीकी से ढँकने के लिए बाँधा जाता है। नुकीले सूजे से सुराख करके मूँज को उसमें से आर-पार निकालते जाते हैं। एक बालगीत में उल्लेख देखिए—

"पान फूल खाइत है, मौनी डलवा बीनित है।"

जाड़े की धूप सेंकते हुए मौनी डलिया बुनती स्त्रियाँ अपने दुख-सुख की कहानी कहती तथा गीत गाती हैं।

पंखी (बेनिया) बनाने की कला

सींकी तथा धागे से एवं बाँस को छीलकर बनाई गई पत्तियों से विभिन्न प्रकार की डिजाइनें डालकर पंखे बनाए जाते हैं। ग्रीष्म ऋतु की तपन में ये 'रस बेनिया' बनकर मन-प्राण जुड़ाती हैं, पर जब प्रिय विदेश में हो तो बेनिया बनाना व्यर्थ हो जाता है—

"रचि रचि बेनियाँ बनायों परदेसिया, कबहूँ न सोयों डोलाय बेनियाँ।"

गोदना गोदने की कला

गोदने में विभिन्न फूल-पत्तियाँ, देवी-देवता, पशु-पक्षी, जीव-जंतुओं एवं प्रिय-प्रिया तथा ईश्वर के नाम का अंकन शरीर पर किया जाता है। बाँह, कलाई, ठोढ़ी, माथे आदि पर गोदना गोदवाने का प्रचलन है। गोदनेवाली एक जड़ी-बूटी के रस का लेप करके सुइयाँ चुभोती हुई गोदना गोदती है और गीत गाती जाती है, जिसमें प्राय: आशीर्वादों की वर्षा करते हुए नेग माँगा जाता है। कुछ पंक्तियाँ गोदना गोदते समय गोदनेवाली अवश्य गाती हैं—

"धन दौलत कुछ साथ न जाई, गोदना कै दाम गोहनवैं जाई।"

शरीर के विभिन्न अंगों पर प्रियतम कृष्ण की छवि और विविध नामों को गोदने का आग्रह लिलिहार (गोदनहार) वेशधारी कृष्ण से ही किया गया है—

"हरे रामा कृष्ण बने लिलिहार, त लीला गोदवाय लो प्यारी।
माथे मुकुट मुरारी गोदौ, कानन बीच कन्हैया रामा,
हरे रामा भौंहन गोदौ बुजराज, नयन बनवारी रे हारी।
गालन बीच गोपाला गोदौ, ओठ पै बंसीधारी रामा,
हरे रामा नाक पै नंद कै लाल, गले गिरधारी रे हारी।
बाँह पे गोदौ बिरिज का रसिया, छाती छबीले श्याम रामा,
हरे रामा पीठ पै माखन चोर, पेट लीलाधारी रे हारी।"

मेंहदी रचाने की कला

हाथ की हथेली एवं पाँव के तलवे में स्त्रियाँ मेंहदी लगाती हैं। विभिन्न प्रकार की आड़ी-तिरछी रेखाओं द्वारा ज्यामितीय आकार प्रदान करके तथा बिंदुओं के माध्यम से भिन्न-भिन्न आकृतियों और फूल पत्तियों को आकर्षक ढंग से सजाया जाता है। मेंहदी का सावन-भादों के महीने में विशेष महत्त्व होता है। सावन के गीतों में मेंहदी की बहार दर्शनीय है। प्रिया प्रिय से मेंहदी लाने का आग्रह करती है—

"पिया मेंहदी लै आइ द्या, छोटी ननदी से पिसाय द्या,
हमरे हथवा पै धराइ द्या काँटा कील से ना।"

कसीदा काढ़ना

कसीदा काढ़ना ग्रामीण नारी की महत्त्वपूर्ण कला है। लोकगीतों में कसीदा काढ़ने का उल्लेख हुआ है—

"रचि रचि काढ्यों कसीदा परदेसिया, कबहूँ न सोयो लगाय तकिया।"

छपाई की कला

लोकगीतों में साड़ी छापने का उल्लेख बहुत बार हुआ है—

"आरी-आरी छाप्या भैया लाल घुनघुनवाँ, कि बिचवाँ म ना।
बैठाया बन मोरवा कि बिचवाँ म ना।"

मेला

किसी भी समाज की आशाओं, आकांक्षाओं, उत्साह और उमंगों के प्रतीक रूप में मेले, पर्व और त्योहार आदिकाल से ही मनाए जाते रहे हैं। इनकी प्रतिवर्ष पुनरावृत्ति से आस्था, विश्वास और संकल्प को दृढता मिलती है। भारत को मेलों, पर्वों एवं त्योहारों का देश कहा जाता है।

पर्व के साथ मेले जुड़े हैं। मेले के मार्ग में विविध प्रकार के गीतों को गाती हुई टोलियाँ अपनी परंपरागत लय के माधुर्य से मार्ग की थकान मिटाती है। जिस पर्व से संबंधित मेला होता है उसी से संबंधित गीत गाए जाते हैं। मेला का अर्थ ही है मिलन-स्थली।

सामाजिक जीवन पर मेले का महत्त्वपूर्ण प्रभाव पड़ता है। मेले और त्योहारों का अपना अलग आनंद ही है। ग्रामवासी आधे पेट खाकर भी मेले के आनंद में अपने को डुबो देता है। मेले उसके जीवन में स्वर्णिम किरण की भाँति आकर श्रम से क्लांत व्यस्त अभावपूर्ण जीवन में रस घोलते हैं। ठहरे हुए नीरस जीवन में उमंगों की हलचल जीवन के प्रति चाव और ललक पैदा कर देती है।

मेले महत्त्वपूर्ण विभिन्न त्योहारों पर अलग-अलग लगते हैं। मेले जाती हुई स्त्रियाँ धार्मिक गीत एवं श्रृंगाररस से ओतप्रोत गीत और ऋतु से संबंधित गीत भी गाती हैं। अत: मेले के गीतों का अलग से कोई वर्गीकरण तर्कसंगत नहीं लगता। मेले की उमंग और आर्थिक चिंता व्यंग्य के माध्यम से लोकगीत में अभिव्यक्त हुई है--

"मेला चला बा धका धूम से, बटुवा म पैसा नाहीं।"

यह विवेचन लोकगीतों में सामाजिक यथार्थ का एक विहंगावलोकन है।

□

8

लोकगीतों में राजनैतिक चित्र

समाज को सुव्यवस्था प्रदान करने के लिए राजनैतिक संगठन आवश्यक है। यह संगठन समाज के विकास और व्यवस्था के कार्य तो करता ही है, बाह्य शत्रुओं से रक्षा करके समाज और उसकी संस्कृति को सुरक्षित रखता है।

ग्रामीण समाज में सर्वप्रथम 'पंचायत' का महत्त्व है। पंचायत का भय उसे अनुशासित करता है। पंचायत को पूरा अधिकार है कि वह किसी का अपराध सिद्ध हो जाने पर उसे बिरादरी से बाहर निकाल दे, हुक्का-पानी बंद कर दे या आर्थिक दंड दे। आर्थिक दंड का एक प्रकार है 'भात भोज' देना। प्रायश्चित करने पर पुन: उसे पंचायत से क्षमा भी मिल जाती है। 'पंच' परमेश्वर का रूप होते हैं। उनकी बात शिरोधार्य करना ग्रामीण अपना कर्तव्य समझता है—

"जहाँ पंच तहाँ परमेसर,
जहँ कुवना तहँ कीच,
वही कीच कै बना चौतरा,
सब पंच नवावैं सीस।
आवत कै पंचा के सीस नवावौं,
जात के पैंया परि जाउँ।"

पंचायत से न्याय न मिलने पर ही कचहरी और कोर्ट की शरण ग्रामीण लेता है।

सामाजिक जीवन पर राजनैतिक उथल-पुथल परिवर्तन एवं महत्त्वपूर्ण घटनाओं का प्रभाव पड़ता है। अत: लोकगीत भी इस प्रभाव से अछूते नहीं रह सकते।

वैदिक युग से लेकर आज तक लोकगीतों की भावधारा अविच्छिन्न गति से प्रवहमान है। हमारे सांस्कृतिक गौरव और राजनैतिक चेतना की झाँकी स्थल-स्थल पर दृष्टिगत होती है। पौराणिक आख्यानों के गीतों में इतिहास के सजीव चित्र हैं।

मध्यकालीन राजनैतिक जीवन से संबद्ध कुछ गीत अभी भी गाए जाते हैं। मुगल शासकों के अत्याचार, उनकी विषय-लोलुप प्रवृत्ति, हिंदुओं की विवशता, मुगलों से सतीत्व रक्षा हेतु भारतीय नारियों का आत्म-बलिदान आदि इन गीतों में मार्मिक रूप से व्यक्त हुआ है। 'कुसुमा' से संबंधित गीत, बैरगिया नाला का गीत आदि इसी श्रेणी में आते हैं।

ब्रिटिश शासन के प्रति भी लोक की घृणा ही अभिव्यक्त हुई है। ब्रिटिश साम्राज्य के विरोध में लोककवि गा उठा—

"फिरंगिया से देसवा बचाया भगवान,
बोलिया तिड़बिड़ बोलै फिरंगिया,
हमरे देसवा कै बोलिया बचाया भगवान्।"

उसे अपनी भाषा की भी चिंता है। अंग्रेज स्त्रियों को भर्त्सना की दृष्टि से लोक ने देखा। अंग्रेज स्त्रियों के प्रति एक गारी में उसका यह भाव प्रकट हुआ है, जिसमें पं. नेहरू के लंदन जाने पर गोरी स्त्रियों द्वारा घेरे जाने का वर्णन व्यंग्यात्मक रूप में किया गया है—

"हमरे जवाहिर लाल गै रहे बिलाइति,
घेरे रहीं ओनहूँ के गोरवन क नारि झमकोइया मोरे लाल।"

एक वर्ग अंग्रेजों का प्रशंसक भी था। एक स्त्री को उनकी भाषा प्रिय लगी, वह अपने पति को अंग्रेजी पढ़ाना चाहती है, जिसे पढ़कर वह मोटर में बैठकर घूमेगा—

"सैंया अँगरेजी बरोबर पढ़िहैं,
अँगरेजी पढ़िकै साहब बनिहैं, मोटर म बैठिकै घूमा करिहैं।"

आधुनिक युग में राजनैतिक चेतना का सूत्रपात गांधी जी के स्वतंत्रता आंदोलन से होता है। लोक-मानस में गांधी जी का अत्यधिक प्रभाव तत्कालीन लोकगीतों में दिखाई पड़ता है। लोकगायकों ने अपनी जोशीली वाणी में गांधी और जवाहर का संदेश घर-घर पहुँचाया। स्वतंत्रता संग्राम से संबंधित कतिपय उदाहरण यहाँ दिए जा रहे हैं।

गांधी का प्रभाव युवकों पर कितना पड़ा था, यह सर्वविदित है। लोकगीतों का 'दुलहा' भी तिरंगा हाथ में लिए चल रहा है—

"बन्ना हमारो गांधी के बस माँ,
तिरंगा झंडा उठा रहा है।"

कुलवधू का स्वप्न है कि मेरा प्रिय गांधी के स्वराज्य-स्वप्न को पूरा करेगा। भोजन, वस्त्र का उपभोग मिल-बाँटकर करेगा—

"गांधी तेरो सुराज सपनवाँ हरि मोर पूरा करिहैं ना।"

गांधी की जय-जयकार लोकगीतों में भी गूँज उठी थी—

"एक छोटी चवन्नी चाँदी की,
जय बोला महात्मा गांधी की।"

स्वराज्य और चरखा आंदोलन का प्रभाव भी लोकगीतों पर पड़ा—

"अपने हाथे चरखा चलउबै,
हमार कोउ का करिहै,
गांधी बाबा से लगन लगउबै,
हमार कोउ का करिहै।"

चरखा के प्रति प्रेम अधिकांश गीतों में व्यक्त हुआ है—

"गांधी बाबा कै चरखवा हमैं भावथै,
भनन भनन भन्नाय चरखवा, सरर सरर तागा लहराय,
गुंडिन कातों सूत सजनवा।"

चरखा वियोगिनी का संबल था। परदेश जाते समय पति उसे चरखा देकर जाता है। उसी चरखे को गांधी जी ने राष्ट्रीयता-बोध के लिए और स्वावलंबन के लिए प्रचारित किया, अतः वह लोकप्रिय बन गया।

चरखे का तार न टूटने पाए, वह लोक की आन बन गया—

"मोरे चरखे क टूटै न तार,
चरखवा चालू रहे।
मोती जवाहर बने बराती,
दुलहिन बनी सरकार, चरखवा चालू रहे।"

महात्मा गांधी को भगवान् का अवतार मानकर उनकी तुलना राम और कृष्ण से की गई है। राम के साथ वानर सेना और लक्ष्मण थे। श्रीकृष्ण के साथ ग्वाल-बाल तथा बलराम थे। गांधी के साथ जनता है और जवाहर हैं। रावण और कंसरूपी अन्यायी राज्य को हटाने ही गांधी आए हैं—

"अवतार महत्मा गांधी कै,
भारत कै भार उतारै काँ,
सिरी राम मारे रावण काँ,
सिरी किसन मारे कंसा काँ,
गांधी जी जग माँ परगट भये,
अन्यायी राज हटावै काँ
अवतार महत्मा गांधी कै,
भारत कै भार उतारै काँ,"

असहयोग आंदोलन से प्रभावित होकर स्वराज्य की कामना की गई है। सब की आँखें गांधी पर लगी हैं—

"सोने की थारी म ज्योंना परोस्यों,
जेंवना न जेवैं पिया माँगथे सुरजवा,

दै द्या गान्ही बाबा ! हम्मैं भारत कै सुरजवा।''

गांधी से प्रभावित हो कांग्रेस में सम्मिलित होनेवालों की संख्या बढ़ती जा रही थी—

''गान्ही कै बानी दुनिया म पसरी,
कि उहै सुनि कै ना, सइयाँ होइगै काँगरेसिया।''

एक दूसरे गारी गीत में भी स्वराज्य की कामना की गई है—

''हम भारतवासी, पाये सुराज सही रे सही,
मिले गांधी जवाहर, एकहि बात कही रे कही।
सब कातउ चरखा, सुखकर मूल यही रे यही,
छोड़ो कपड़ा विदेसी, खद्दर लेव गही रे गही।
छोड़ा फूहरि गारी, मानहु बात सही रे सही,
प्यारा भारत देसवा, भोजन बिनु तड़पै सभी रे सभी।
सुंदर चरखा चलावउ, तब घरबार बनी रे बनी।
पहिरौ खद्दर मोटा, सुनौ नर नारी सभी रे सभी,
प्यारे हिंदू मुसलमान, आपस में मेल चही रे चही।''

गांधीजी की मृत्यु तथा उनके त्यागपूर्ण व कर्मठ जीवन का वर्णन विरहा गीत में-

''गांधी बाबा की है स्वर्ग कै सफरिया,
लगनिया लागी भारत से रही।''

लोक-मानस बापू के हत्यारे को कभी नहीं क्षमा कर सकता—

''नाथू बेइमनवा के करनवाँ गांधी मारा गए ना।
नाथू गोली जब चलाइस, बापू राम राम गोहराइन।''

मातृभूमि पर प्राण न्योछावर करनेवाले सपूतों को लोक कभी भी भूल नहीं सकता। भारत भूमि वीर प्रसूता है। अतः परतंत्र भारत के कायरों को धिक्कारता हुआ लोककवि कह उठता है—

''जहवाँ रहिन जनमा वीर परताप सिंह,
औरौ चौहान से सपूत रे फिरंगिया।
देसवा की खातिर जे मरि मिटि गए,
तबहूँ न मथवा झुकाये रे फिरंगिया।
वही देसवा म आज ऐसन अधम भये,
चाटथे बिदेसिया कै लात रे फिरंगिया।''

'स्वतंत्रता संग्राम' में शहीद वीरों की गाथा भी लोकगीतों में अमर है—

''देश के करनवा केतने गइन जेहलखनवाँ,
केतने बीर फाँसी चढ़िगै ना।''

'भारत छोड़ो आंदोलन' का आह्वान लोकगीतकारों ने भी किया है—

"भारत छोड़ो हे अंगरेजों, चली जोर से आँधी,
लन्दन भागे जीति गए गांधी, नजरिया हमरी भारत पै रही।
करिके तन मन धन अरपनवा,केतने फाँसी चढ़िगै ना।
पहिले चढ़िन सरदार भगत सिंह, हँसि कै फंदा माँ सिर डारि;
केतने घर भै बिनु ललनवाँ ना।
जलियाँ वाले बाग माँ गोली खाइकै मरिगै,
भारत माँ के वीर जवनवाँ, केतने घर भै बिनु सजनवाँ ना।"

स्वराज्य के जन्म पर सोहर गाया गया है—

"जनमा सुराज सपूत त आज सुभ घरिया माँ।
सखिया! जगह मगर भै बिहान, त दुनिया अनन्द भै।
आजु सुफल भई कोखिया, त भारतमाता मगन भई,
घर-घर बाजी बधइया उठन लागे सोहर।
लहर लहर लहराइ, त फहरै तिरंगवा,
गांधी जी पूरिन चौक त मुँ से असीसैं।
आजु जवाहिर लाल, कलस धई थापिन,
सुभ घरी मिला बा सुराज इ जुग जुग जीयै।
बाढ़ै बँसवा कि नाईं त दूबि असि फइलई,
सखिया! देसवा बनै खुसहाल त सब सुख पावइँ।"

स्वराज्य आंदोलन के बाद लोकगीतों में भी नई लहर आई। इनमें देश-प्रेम और राष्ट्रीय चेतना के भाव अभिव्यक्त होने लगे। गीतों की लय, धुन वही थी, भाव बदल गए। एक गारी गीत में विदेशी वस्त्र न छोड़ने पर व्यंग्य है—

"आए कांगरेसी जमाना रे झमकोइया मोरे लाल,
छोड़ो बिदेसी, बाना रे झमकोइया मोरे लाल।
लाला भवानी कै कहना रे झमकोइया मोरे लाल,
खद्दर की सारी वनके मनवाँ भावै।
छोड़े बिदेसी बाना रे झमकोइया मोरे लाल,
भारत से भागि गए मेम कै भतार।
भारत माँ आइगै आपन राज, झमकोइया मोरे लाल।"

स्वतंत्रता के बाद स्वतंत्रता दिवस, गणतंत्र दिवस आदि नए उत्सव देश में मनाए जाने लगे। भारत माता को देवी के रूप में पूजा जाने लगा—

"भारत मंदिरवा माँ अरती उतारौ,
भारत माता काँ सीस नवावौं।"

झंडा तिरंगा की प्रशंसा में भी लोकमानस गा उठा—

''लहर लहर लहराये रे, मोरा झंडा तिरंगा।''

ब्याह के गीतों में झंडे का उल्लेख देखिए—

''बन्ना लइ लेव तिरंगा झंडा, चले जाओ ब्याहन काँ।''

भारत माता की दु:खी अवस्था का मार्मिक वर्णन देखिए—

''गंगा रे जमुनवाँ कै धारि, नयनवाँ से नीर बहै,
फूटिगै भारतीयन कै भागि, भारतमाता रोय रहीं।''

जन-जागरण के भाव 'सुराजी' गारी गीतों में प्राय: ही देखने को मिलते हैं—

''भारतवासी सोवत बाट्या,
उठि परा होइगै सबेरा कि वाह वाह।
सोवत देखि के भारतवासिन,
आय रहिन देसवा म गोरा कि वाह वाह।
हीरा, मोती, कनक,
जवाहिर, लूटि लिहिन भरि भरि बोरा कि वाह वाह।
सब धन लूटि लूटि देसवा कै,
लइगै बिलाइत की ओरियाँ कि वाह वाह।
बात कहे पर मारन धावै,
बहुतै करैं बरजोरा कि वाह वाह।
ऐसनि दसा देखि देसवा कै,
कांगरेसी मचाये हैं सोरा कि वाह वाह।''

देश में हुए नए निर्माणों और योजनाओं का वर्णन भी आधुनिक लोकगीतों में हुआ है—

''नहर-गंग शारदा, भाखड़ा,
खेतन करैं सिंचाई कि वाह वाह।
बनैं ट्यूबवेल कहूँ सड़क पर,
पथरी जाति बिछाई कि वाह वाह।
मोटर घड़ी घड़ी पै आवै,
मैका ससुरा दिखावै कि वाह वाह।
कऊ नवा नवा धन्धा खुलिगै,
अब भई खतम बेकारी कि वाह वाह।
अम्बर चरखा काततिं बाटीं,
लरिकन कै महतारी कि वाह वाह।''

भारत पर चीन के आक्रमण के समय भी कुछ गीत रचे गए—

''जागा बीर भारती देसवा के रतनवा,
मैदनवा बाटै चीन से रचा।''

माँ अपने पुत्र से देश की रक्षा का वचन लेकर अपने दूध का ऋण माँग रही है—

''रन माँ होई दुसमन से समनवाँ, गुमनवाँ बनकै तोर्‌या ललना।
नवें मास तक कोख में राखा, कष्ट सह्यों मैं भारी
दूध पियाइ खियाइके लालन, देहिया कस्यों तोहारी,
आज दुधवा कै द्‌या उरिनवाँ,
गुमनवा वनकै तोर्‌या ललना।''

भारत-पाकिस्तान युद्ध के समय भी लोककवि ने अपने उद्‌गार प्रकट किए हैं—

''देसवाँ आपन हम बचइबे, सब जतनियाँ करि कै ना,
गौरव देसवा के बढ़इबे, सब जतनियाँ करि कै ना,
गोद के देबे सलोना लाल, सोना चाँदी देब निसारि,
भारत माँ का हम बचइबे, केसरिया बनिके ना।''

चुनाव अभियानों में लोकधुनों पर प्रचार गीत बहुत रचे गए।

स्वतंत्रता-प्राप्ति के पश्चात् कांग्रेस सरकार ने जमींदारी प्रथा का उन्मूलन कर दिया। अंग्रेजी के शासनकाल में इन जमींदारों ने जनता पर जो अत्याचार किए थे उसकी प्रतिक्रिया होनी स्वाभाविक थी। जमींदारी प्रथा मिटने से ग्रामीण किसान का हर्ष इन गीतों में फूट पड़ता है-

''जनमे मोरे घर पूत, बड़ी सुभ घड़ियाँ,
देसवा मँ आय सुराज, मिटी जिमिदरिया।''

स्वतंत्रता के उपरांत भूमि-सुधार योजनाओं में चकबंदी का विशेष महत्त्व है। इसकी प्रशंसा एक लोकगीत में देखिए—

''चकबंदी आई ठाँव-ठाँव,
अब गाँव बनी बैकुण्ठ धाम।''

विकास-कार्य संबंधी प्रगति का भी उल्लेख हुआ है विकास गीतों में—

''हरे रामा गाँवन कै बिकास होइगै,
पक्की होई गई सड़किया ना।
गाँवन गाँवन खुली पाठसाला,
चौपालन बैठ पंचाइत,
हरे रामा बाँचै सबै अखबार,
फर फर चलै मोटरिया ना।''

विकास मेले के गीत भी लिखे गए—

''मोरे गउआँ लाग विकसवा के मेलवा,
बिजुली कै भै बा अँजोर।''

स्वतंत्रता प्राप्ति के बाद भी सामाजिक विषमता देखकर लोककवि क्षुब्ध हैं—

"केहू रोवत बाटै, केहू गावत बाटे गनवाँ,
जमनवाँ देखा बदलि गै ना।
केहू झोपड़िया बनावै फूस के, केहू कै बनत अटारी।
केहू लगाए गद्दा सोवै, तकियौ धरि गोड़वारी।
केहू के नाहीं बाटै तन पै ओढ़नवा,
जमनवा देखा बदलि गै ना।"

इन थोड़े उदाहरणों से ही स्पष्ट है कि लोकगीत सामाजिक और राजनैतिक परिवर्तनों से निरंतर प्रभावित होते रहते हैं। वे अपने युग को पुरातन का संदेश तथा भविष्य की प्रेरणा देते रहे हैं।

□

9

वाचिक साहित्य में नारी चेतना का स्वरूप

'प्रकृति' और 'पुरुष' सृष्टि के दोनों आधार एक-दूसरे के पूरक है। एक के भी अभाव में सृष्टि संभव नहीं। प्रकृति नारी का ही दूसरा नाम है। सच्चिदानंद परमब्रह्म परमेश्वर को भी प्रकृति, माया की अनिवार्यता स्वीकार करनी पड़ी। शक्ति के अभाव में शिव अधूरे थे। अत: वे अर्द्धनारीश्वर कहलाए। शाक्त मत की मूल व्यवस्था ही स्त्रीत्व को सर्वोपरि मानकर हुई है। भारतीय नारी की आदिम युगीन स्थिति से लेकर आज तक की स्थिति में सदियों का अंतर है। इतिहास साक्षी है कि उसकी स्थिति में कितने उतार-चढ़ाव आए। मातृसत्तात्मक परिवार में नारी की स्थिति आज के पुरुष जैसी थी, वह स्वामिनी थी।

श्री हरिदत्त वेदालंकार ने 'भारत का सांस्कृतिक इतिहास' पुस्तक में लिखा है—

''वैदिक युग का इतिहास भारतीय नारी के इतिहास का स्वर्णयुग था। वैदिक समाज की स्थिति में स्त्रियों की स्थिति जितनी ऊँची थी, उतनी बाद में कभी नहीं रही।''

वह ज्ञान से मंडित थी। ऋग्वेद की कई ऋचाओं का निर्माण स्त्रियों ने ही किया।

डॉ. बेनीप्रसाद 'हिंदुस्तान की पुरानी सभ्यता' ग्रंथ में लिखते हैं—

वास्तव में नारी के सौंदर्य और व्यक्तित्व ने वेदकालीन मस्तिष्क को अनिवार्यत: आकर्षित किया। वैदिक वेदी का ढाँचा भी स्त्री के रूप पर ही ढाला गया था। वेदी पश्चिम में चौड़ी हो मध्य में कृश और पूर्व में पुन: चौड़ी। क्योंकि इसी बनावट के कारण स्त्री की प्रशंसा की जाती है।''

कर्मकांड की जटिलता बढ़ जाने के कारण उपनिषद् काल में स्त्रियाँ पूरी यज्ञ-क्रिया करने में असमर्थ समझी जाने लगीं। अत: उनकी स्थिति में अंतर आने लगा।

वीरगाथा काल में बाल-विवाह और बहुविवाह-प्रथा तथा परदा-प्रथा के प्रचलन

ने नारी की स्थिति को दयनीय बना दिया, किंतु घोर परदा-प्रथा न थी।

बौद्ध युग में स्थिति संतोषजनक होते हुए भी गृह परिवार तक सीमित रह गई। मौर्य, गुप्त काल में कला और साहित्य की शिक्षा देकर स्थिति में सुधार लाया गया, किंतु राजपूत काल में कन्या का जन्म लज्जा एवं अमंगल का विषय माना जाने लगा। बाल-विवाह, सती-प्रथा, परदा-प्रथा इसी काल के अभिशाप है। मुस्लिम युग में सतीत्व रक्षा हेतु इनका प्रचार और बढ़ा, जिसके फलस्वरूप नारी-जीवन करुण एवं नारकीय बन गया।

आधुनिक युग में नारी की स्थिति में बहुत अंतर आया। उसकी दुरावस्था को देखकर समाज सुधारकों ने नए कानून, नई सुविधाएँ उन्हें प्रदान कीं। नारी कल्याण योजनाओं ने तो क्रांतिकारी परिवर्तन किए, किंतु अभी भी यदि हम ग्रामीण नारी की ओर देखते हैं तो लगता है कि परिवर्तन की गति उतनी तेज नहीं रही। मान्यताएँ, रूढ़ियाँ, अंधविश्वास सबको अपनी जगह से हटाने में गति का धीमा होना स्वाभाविक है। पर आज वहाँ तेजी से परिवर्तन रेखांकित किया जा सकता है। क्योंकि अब आधुनिकता की आँधी में परंपराओं की जड़ें हिलने लगी हैं, संस्कारों के प्रति अटूट श्रद्धा को भी झटका लगा है।

परिवर्तन जब भी होता है कुछ मूल्य छूटते हैं और कुछ नए शामिल होते हैं। किंतु लोकसाहित्य की नारी विषयक संवेदना अपना शाश्वत स्वरूप रखती है। उसमें नारी जीवन का इतिहास उसके सुख-दुःख, उसकी पीड़ा सभी सहज रूप में मुखरित हुई हैं।

''नारी जीवन की वेदना, हास्य, उमंग, शृंगार, अभिक्षरण, चांचल्य, राग-द्वेष, कुढ़न, घृणा आदि सभी गीतों की पंक्तियों में एक-एक कर प्रकट हुए हैं। नारी ने रीति-रिवाजों, उत्सवों, प्रथाओं और त्योहारों के निमित्त जो गाया है उसमें अनजाने ही उसके मानस के विभिन्न भावों को गति मिल गई है।''

(श्याम परमार, 'भारतीय लोक साहित्य', पृ०-125)

नारी परंपरा के प्रति निष्ठावान् होती है। अपनी संतति को अपने दूध के साथ प्राचीन संस्कृति के गौरव बोध का भी पान कराती रही है। लोकगीतों की रक्षा का श्रेय नारी के इसी परंपरा-मोह को है।

''देश का सच्चा इतिहास और उसका नैतिक और सामाजिक आदर्श इन गीतों में सुरक्षित है, इनका नाश हमारे लिए दुर्भाग्य की बात होगी।''

(रामनरेश त्रिपाठी, 'कविता कौमुदी', भाग-5, पृ०-77)

यदि हम कहें कि लोकगीतों में नारी और नारी में लोकगीत समा गए हैं तो अत्युक्ति न होगी।

नारी का महत्त्व—प्राचीन ग्रंथों ने 'यत्र नार्यस्तु पूज्यन्ते रमन्ते तत्र देवता' कहकर नारी का अभिनंदन किया है। लोक-जीवन में नारी के महत्त्व को प्रतिपादित करने के

लिए एक कहावत बहुत ही सटीक है—'बिनु घरनी घर भूत कै डेरा।' नारी ही तो गृहलक्ष्मी है। जहाँ लक्ष्मी नहीं होगी वहाँ भूतों का ही तो निवास होगा। स्वच्छता का अभाव, अव्यवस्था यही तो भूतों की उपस्थिति का डेरा है।

राम यज्ञ करने को प्रस्तुत हैं किंतु बिना सीता के यज्ञ नहीं पूर्ण हो सकता। कौन यज्ञ का कार्यभार देखे, सँभाले—

"चैतहि कै तिथि नउमी त राम जगि रोपैं,
हो मोरे रामा बिनु रे सीता जगि सूनी, त जगि मोरी के देखै।"

नारी का महत्त्व बुंदेलखंडी लोकगीतों में भी प्रकट हुआ है—

"घर है घरवारी बिन सूनौं, रात बिना दिन ऊनौ।
जैसे सब तिथियन में नोंनी, होत सिरोमन पूनौ।
सौनजुही, सेवती, निवारी, है गुलाब खुसबू नौं।
तैसेई नारी बिन नर कौं, दुख कौ दरिया दूनौं।।"

(पत्नी के बिना गृह वैसा ही सूना होता है जैसे रात्रि बिना दिवस और पूर्णिमा के बिना तिथियाँ तथा गुलाब के पुष्प के बिना उद्यान में सोनजुही, निवासी आदि की गंध। बिना नारी-सुख के नर के दुःख की सरिता दिन-दुगनी प्रवाहित होती जाती है)।

(रामचरण हयारण मित्र, 'बुंदेलखंड की संस्कृति और साहित्य', पृ०-367, 368)

नारी का महत्त्व अवधी लोकगीतों में भी प्रतिपादित किया गया है—

"अपनी तिरिया बिना, के सेवै देहियाँ।
भाई बंद सब माया के भूखे, केव नाहीं जानै जिया कै हलिया।
आय बुढ़ापा तन काँपन लागे, केव ना हरै चौथेपन कै बिपतिया।
भागि फूटि गै वहि रे पुरुष कै, जेकरे न होंय घरे धनिया।।"

भावसाम्य के लिए एक बुंदेलखंडी लोकगीत भी प्रस्तुत है—

"अब को सुध करिहैं जा तन की, को जानै जा मन की।
भाई बंधु अरु कुटुंब कबीला, चाह करैं सब धन की।
नारी बिन कोऊ नऊँ बाँटत, बिपदा चौथेपन की।
खूब परख कइ अंध लकरिया, अरधांगिन जीवन की।।"

(रामचरण हयारण मित्र, 'बुंदेलखंड की संस्कृति और साहित्य', पृ०-368)

लोकगीतों में नारी हृदय की सहज अभिव्यक्ति

नारी मन की सहज अनुभूति निष्कपट भाव से लोकगीतों में अभिव्यक्त हुई है। लोकगीत प्रायः नारी द्वारा रचे और गाए तथा अगली पीढ़ी में हस्तांतरित किए जाते रहे हैं, अतः उसमें कृत्रिमता का नितांत अभाव है। उसकी मार्मिकता हृदय को छूती है। प्रातिभ साहित्य में भी नारी मन का सजीव चित्रण है, किंतु लोकगीतों में तो उसके हृदय

की एक-एक परत खुलकर बिछती हुई प्रतीत होती है।

"इन गानों में हम मनुष्य के जीवन के प्रत्येक दृश्य को देखते हैं, कन्या के ससुराल जाने पर माता के करुण स्वर सुनते हैं, पुत्र के जन्म पर माता के आनंद की ध्वनि पाते हैं। खेतों के बह जाने पर हताश किसान के क्रंदन, ब्याह के अवसर पर बधाई के गान, गृहिणी के विरह की व्यथा, संतान की असामयिक मृत्यु पर मूक वेदना अर्थात् मानविक जीवन की नैसर्गिक कविता का रसास्वादन करते हैं।"

(अमरनाथ झा, 'मैथिली लोकगीत-भूमिका', पृ०-7)

"केवल बाह्य चेष्टाओं को देखकर ही नारी के अंतस् में उद्वेलित होनेवाली भावनाओं का अंकन कर लेना पुरुषों की मनोरम कल्पना का परिचायक अवश्य हो जाता है, किंतु उसमें नारी-मानस के सहज सौंदर्य की अनुभूतियों का यथार्थ चित्र नहीं मिल सकता। स्त्रियों की अतृप्त वासनाएँ एवं कुचली हुई आकांक्षाओं का आवेग लोकगीतों में खुलकर प्रकट हुआ है। इसी तरह यौवन की उमंगों में डूबते-उतराते नारी-हृदय की विरहजन्य व्यंजनाएँ भी बड़ी चुभती हैं। जीवन का ऐसा यथार्थ चित्रण काव्य ग्रंथों में संभव नहीं, वह लोकगीतों की अपनी वस्तु है।"

(डॉ. चिंतामणि उपाध्याय, 'मालवी लोकगीत', पृ०-365)

लोकगीतों में तीव्र मनोवेगों की अभिव्यक्ति छोटे-छोटे छंदों में तो हुई ही है, किंतु कुछ गीत अपनी प्रबंधात्मक अन्विति के साथ अपेक्षाकृत कुछ लंबे भी हैं। नारी की करुणा, क्रोध, घृणा, विवशता आदि मनोवेगों का अंकन अत्यंत सजीवता के साथ इन गीतों में हुआ है।

एक विरहिणी नायिका का आक्रोश एक लोकगीत में देखिए—

"पिया बिना हमैं कहूँ न सोहाय हो।
जौने सहरवा म मोर हरि नौकर,
लागै अगिनिया सहर जरि जाय हो।
जौने सहेबवा क मोर हरि नौकर,
आवै बिमरिया सहेब मरि जाय हो।
जौनी रनियवा क मोर हरि राखे,
डसै नगिनिया सवति मरि जाइ हो।"

(वह शहर जल जाए जहाँ प्रिय नौकर है, वह मालिक मर जाए, जो घर आने नहीं देता, उस सौत को नाग डस ले जिसने प्रिय को रिझा रखा है। मुझे प्रिय के बिना कुछ नहीं सुहाता।)

इस प्रकार के छोटे-छोटे गीतों में प्रायः आदि से अंत तक एक ही मुख्य भाव का निर्वाह हुआ है। कुछ गीतों में कई भाव एवं कई मनोदशाओं का एक साथ चित्रण है।

संसार में माता जैसा प्यार और सहोदर भाई जैसा पवित्र स्नेह कोई नहीं दे सकता।

जिस नारी की न माँ हो, न भाई, वह किसका स्नेह पाने को मायके जाय। वह ससुराल में प्रताड़ित होती रहती है, सबकी सेवा करती है पर कोई उससे दो मीठे बोल नहीं बोलता। वह सोचती है काश! माँ होती तो कुछ दिन मायके जाकर ही मन को शांत करती। काश! भाई होता तो आकर मेरी खोज-खबर लेता—

"गरुई गठरिया के बन्हिहैं, त अपनी मैया बिना,
लपकि खबरिया के लेहैं, त अपने बिरना बिना।"

'गरुई गठरिया' में माँ का समस्त ममत्व, 'क्या पाऊँ क्या बेटी को बाँधकर दे हूँ, जिससे उसे ससुराल में किसी वस्तु के लिए किसी का आसरा न देखना पड़े और जब बेटी अधिक लेकर जाएगी तो ससुराल में उसका सम्मान होगा।' यह भाव भी छिपा है। 'लपकि खबरिया' में भाई का स्नेह, बहन की कुशल-क्षेम जानने की आकुलता व्यंजित है। भाई युवक है, वह शीघ्रता से जब चाहे तब आ-जा सकता है। पिता बड़ी अवस्था के कारण उतनी शीघ्रता से नहीं आ सकता। कन्या के घर पिता बार-बार जाना भी नहीं चाहता, वहाँ उसे जल तक नहीं पीना है।

नारी-मन की व्यथा का एक सशक्त उदाहरण एक लोकगीत में अवलोकनीय है—

"ना हमरे निमिया न नीम कै पेड़वा,
केकरी मैं छहियाँ छहावौं राम।
ना हमरे अमवा ना आम कै पेड़वा,
केकरी मैं डरिया ओनावौं राम।
ना हमरे समियाँ ना घर सवतिया,
केकर ललना खेलावौं राम।"

नीम का वृक्ष, उसकी शीतल छाया, आम का वृक्ष और उसकी डाल का सहारा कुछ भी तो नहीं है उस व्यथित नारी हृदय के पास, जो कुछ सांत्वना दे सके। न तो पति है न कोई सौत ही कि उसी की संतान वह गोद में लेकर तृप्ति पा सके।

श्रम-गीतों में ग्रामीण जन-जीवन के सजीव बिंब हैं, समाज के विधान, पारिवारिक परिवेश है—

"मैया की कोखिया मँ दुइ रे बलकवा,
एक रे बहिनि एक भैया हो राम।
भैया त बियहैं बाबा उरवाँ से पुरवाँ,
बहिनी बियाहैं देसनी ओरवाँ हो राम।
बहिनी पिछवरवाँ रे घनी बँसवरिया,
वही तराँ लागै कचहरिया हो राम।
खँचिया कै गोबरा लैकै निसरीं बहिनियाँ,

भैया बिरिछ तराँ ठाढ़ा हो राम।
खँचिया कै गोबरा बहिनी फेंकी घोड़सरियाँ,
जाइके भेंटहिं वीरन भइया हो राम।
भेंटि मिलि जब बहिनी चुपानी,
भैया पूछैं बहिनी से हवलिया हो राम।"

यह कैसा सामाजिक विधान है कि "एक ही कोख की दो संतानों से अलग-अलग व्यवहार। पुत्र का तो पिता ने आस-पास के गाँव में विवाह कर दिया और कन्या को दूर देश 'देसनी ओरे' (जहाँ देश की सीमा खत्म होती हो) भेज दिया। ससुराल में बहन के घर के पीछे बँसवारी के नीचे भाई खड़ा है। बहन सिर पर गोबर लेकर निकलती है। भाई को देखकर प्रसन्नता और मोह के आवेग में गोबर को घुड़साल में फेंककर भाई को भेंटने लगती है। बहन के चुप हो जाने पर भाई उससे कुशल पूछता है।" कितना स्वाभाविक चित्र है। रुदन के आवेग में अचानक मिले भाई को बहन से पहले कुछ पूछने का समय ही कहाँ मिला? रोने से बहन का आवेग शांत, स्थिर हुआ तब पूछा। भाई से ही वह सुख-दुःख की बातें, ससुराल की प्रताड़ना, अपना असंतोष, अपनी व्यथा कहती है—

"पिछली परथनियाँ भैया हमरा भोजनवाँ,
वहू मँ कुकरा बिलरिया हो राम।
वहू मँ लुहुरी ननदिया,
वहू मँ गैया चरवहवा हो राम।
वहू मँ देवरा कै कलेउवा,
वहू मँ दुआरे पहरूदरवा हो राम।"

(मन भर वह पीसती है, मन भर कूटती है और मन भर की रसोई पकाती है। ससुराल के प्रत्येक व्यक्ति की सेवा, और घर का समस्त कार्य करती है, भोजन सबको खिलाने के बाद ही अंत में बचा-खुचा खाती है, उसमें भी उसे भाग निकालना पड़ता है।)

अपनी कहानी सुनाकर वह भाई से कहती है कि भैया! अपना दुःख तुमसे कितना कहूँ? तुम मालिन की पुत्री से मेरा कष्ट सुन लेना। भाई से अधिक देर तक बातें भी वह नहीं कर सकती, क्योंकि ससुरालवालों को यह पसंद नहीं। इसीलिए मालिन से सुनने का आग्रह करती है।

लोकगीतों में नारी के विविध रूप—वैदिक युग से आज तक नारी के जीवन के उत्थान-पतन, चिंतन, अर्जन आदि की सच्ची कहानी लोकगीतों में है जो नारी-जीवन के विभिन्न रूप मानवीय आदर्शों, मान्यताओं की व्याख्या करने में सक्षम हैं। उसके ज़ीवन का उज्ज्वल पक्ष, उसका कालुष्य एवं उसकी दयनीय स्थिति का सर्वांग

चित्र लोकगीतों में जितना स्पष्ट उभरा है, अन्यत्र दुर्लभ है।

नारी सर्वप्रथम कन्या रूप में फिर पत्नी रूप में तथा उसके पश्चात् माता के रूप में समाज में प्रतिष्ठा पाती है। गोस्वामी तुलसीदासजी ने भी माता पार्वती के तीनों रूपों की क्रमशः वंदना की है—

"जय जय गिरिवर राजकिसोरी।
जय महेस मुखचंद्र चकोरी।
जय गजबदन षडानन माता।
जगत जननि दामिनि दुति गाता।।"

नारी के इन तीनों रूपों का सजीव वर्णन लोकगीतों में हुआ है।

नारी पुत्री रूप में

लोकगीतों में पुत्र नारियल जैसा (ऊपर से कठोर और भीतर से तरल) और पुत्री हल्दी जैसी (जो पिसकर भी रंग और स्वाद देती है) हो ऐसी प्रार्थना की गई है।

कन्या की उपेक्षा का दर्द भी मुखर हुआ है। वैसे तो कन्या को देवी का रूप माना जाता है, किंतु सामाजिक विसंगतियों के कारण कन्या के जन्म का हर्ष कम होने लगा। राजपूत काल में कन्या का जन्म कलंक और अपमान का विषय माना जाने लगा था, क्योंकि मुगल शासकों द्वारा अपहरण और अपमान का भय व्याप्त था। यही कारण है कि लोकगीतों में पुत्र-जन्म का उछाह जहाँ हृदय को उत्फुल्ल कर देता है, कन्या का जन्म वहीं नैराश्य की छाया ला देता है।

पुत्री के जन्म से पृथ्वी ढाई हाथ नीचे दब जाती है, ऐसा कहा जाने लगा। यहाँ सीता के दुःख से दुखी होनेवाली उनकी धरती माता की पीड़ा व्यंजित है। माँ कहती है—जिस दिन पुत्री तुम्हारा जन्म हुआ उस दिन भादौं की अँधेरी रात हो गई। सास-ननद ने दीपक भी नहीं जलाया, पति भी रूठ गए। जिस दिन पुत्र का जन्म हुआ शुक्लपक्ष की रात हुई, सास-ननद ने दीपक जलाया और पति विहँस पड़े।

"जेहि दिन बेटी हो तुहरा जनम भये, भई भदौवाँ कै राति,
सासू ननद मोरी दियना न लेसैं, आपु प्रभु गए रिसियाय।"
"जेहि दिन बेटा हो तुहरा जनम भये, भई अजोरिया कै राति,
सासू ननद मोरी दियना लेसावैं, आपु प्रभु हँसैं ठठाय।।"

दुखी होकर माँ स्पष्ट शब्दों में कहती है कि यदि मुझे ज्ञात होता कि मेरे गर्भ में पुत्री है तो मैं मिर्च पीसकर पी लेती, जिसकी झार से कन्या मर जाती और मेरे जी का जंजाल, मेरा कष्ट छूट जाता।

"जौ हम जानित धिया कोखी जनमिहैं,
पियत्यों मरिचिया कै झारि,

मिरिची की झारीं धिया मरि जाती,
छुटि जातै जिया कै जवाल।''

देवी से प्रार्थना करते समय भी सात-पाँच भाई, सात-पाँच देवर, जेठ तथा सात-पाँच पुत्र की कामना की गई है पर बहन तथा कन्या एक माँगी गई हैं—

''माँगौं मैं सात पाँच ललना,
कन्या अकेलि, देवी के मंदिरवाँ भीतर माँगौं बरदान।''

ऐसा कहने के पीछे कारण है कि पुत्रवती माँ को जो आदर, सुविधा और स्नेह समाज, परिवार में मिलता रहा है वह पुत्री की माँ को नहीं। वह कुश के ओढ़ने-बिछौने पर सोती है, मेवा दूध के स्थान पर एक डली गुड़ उसे मिलता है, सास-ननदें ताना देती हैं, पुत्री के जन्म से अँधेरा-ही-अँधेरा है—

''रेसम ओढ़न रेसम डासन, मेवा भरिय भरि दूध,
सासू ननद मोरा मुहँवा निहारैं, पूत भये आवै सुख नींन।
कुस ओढ़न कुस डासन बाबा, एक रोरी पावौं मैं गुर,
सासू ननद मोरी ताना जे मारैं, धिया के जनमें अन्हियार।''

कन्या की अवज्ञा का कारण दहेज और उसके विवाह की चिंता है। समाज का विधान बहुत ही विचित्र है। पिता अपनी संपत्ति, कन्या, सब-कुछ वर पक्ष को देकर अपने सिर की पगड़ी तक समधी के चरणों में रख देता है, किंतु उसे बदले में सम्मान नहीं मिल पाता। तब पिता की विवशता माँ के शब्दों में फूट पड़ती है—'तालाब में पुरइन की तरह मेरे पति काँप रहे हैं। बेटी! जिस दिन तुम्हारा जन्म हुआ उसी दिन हमारे लिए तुमने अपमान मोल ले लिया'—

''जैसे तलवा मँ पुरइन काँपै, वैसे काँपै पिया मोर,
जेहि दिन बेटी हो तोहरा जनम भये, मोरे सिरे बेसहू है गारि।''

किंतु कन्यादान से बढ़कर पुण्य और कोई नहीं। इसलिए कन्या के जन्म के बिना कोख पवित्र नहीं होती। कन्या का विवाह प्रसन्नता का अवसर होता है, उसे सोने की रात कहा गया है—

''जेहि दिन बेटी हो तुहरा बियाह भये, भई सोनन केरी राति,
सासू ननदि तोर पाँव पखारैं, आपु प्रभु देथे कन्यादान।''

कन्या का जन्म आह्लादकारी नहीं होता, इसका कारण पुत्री के विवाह के अवसर पर होनेवाली कठिनाइयों की आशंका है। पुत्री की माँ अपने पति को अपमानित नहीं देखना चाहती—''जो सभा की शोभा बनते हैं ऐसे मेरे पति कुश की साँथरी पर बैठे हैं और समधी गलीचे पर—''

''जौन प्रभु मोरा बइठैं कचहरियाँ, सभवाँ अँजोर होइ जाय,
तौन प्रभु आजु बइठे कुस की सँथरियाँ, समधी गलैचा बिछाय।''

इसीलिए वह प्रार्थना करती है कि शत्रु को भी कन्या न हो—

"दूनौं कर जोरि मइया सुरुजू मनावैं, सत्रू के धिया जिनि होय,
धियवा के जनमें एकौ सुख नाहीं, ना सुख माई न बाप।"

पुत्री के लिए वर और उसके विवाह की चिंता में पिता को नींद नहीं आती—

"नीर चुवत बाबा नीर चुवत है, नीर चुवत आधी राति,
ऐसन बबैया कइसे नींद परतु हैं, जेहि घर करिना कुँवारि।"

आज अविवाहित कन्याओं की समस्या बढ़ती जा रही है। कुछ दहेज के कारण और कुछ सुयोग्य वर न मिलने के कारण तथा कुछ पुत्री पर आश्रित होने के कारण माता-पिता बेटी का विवाह नहीं कर पा रहे हैं। गीतों में इस समस्या का भी जिक्र हुआ है।

एक पिता अपनी पुत्री से कहता है कि सूखा पड़ गया है, इसलिए तुम कुमारी ही रहो। पुत्री मुखर होकर उत्तर देती है—बाबा! तुम्हारा अन्न-धन और सोना जल जाय, दुधारू गाय दूध देना बंद कर दे, तुम्हारे राजदुलारे पुत्र तुमसे बिछुड़ जायँ, जिन्होंने मुझे कुमारी रखा है। फिर जब पिता आश्वासन देता है कि अब नदियाँ उमग आई हैं अब तुम्हारा विवाह रचाऊँगा तब वह आशीष दे शुभ कामना करती है।

कन्या की माता बारह वर्षों के सुदीर्घ अंतराल तक पति से कन्या के जन्म को छिपाती है, जिससे कन्या की माता होने का कलंक न लगे। दूसरी भावना यह भी है कि पिता विवाह करके पराए घर भेज देंगे।

"बरहा बरिस बेटी पाल्यों, अहो बेटी पाल्यों,
बेटी राख्यों मंडिलवाँ छिपाइ, त बाबा न जानैं।"

किंतु पिता को कर्तव्य का बोध है। वह कन्यादान सकुशल संपन्न करके प्रसन्न होता है। उसे कन्या के विवाह की कठिनाइयाँ अपमानजनक नहीं लगतीं, उसे वह धर्म और सौभाग्य समझता है—

"दूनौं कर जोरि बाबा सुरुजू मनावैं, दस पाँच धिया अउरौ होंय,
समधी दमाद दुनौ दल उतरैं, धनि धनि भागि हमारि।"

पुत्री की तुलना गाय से करते हुए पिता कहता है कि जिस प्रकार गाय का संकल्प करके अन्य को दे दिया जाता है वैसे ही कन्या को भी। उस पर माता-पिता का कोई अधिकार नहीं—

"बाबा जे बेटी के बोलावैं त जाँघ बैठावैं,
बेटी गइया और बेटी एक जाति, त दूनाँ संकल्प्यों।"

इसी प्रकार पुत्री की तुलना चिड़ियों से भी की गई है, जो दाना चुगकर उड़ जाती है। गाय से तुलना उनकी निरीहता प्रकट करती है कि जिस खूँटे पर चाहें उन्हें बाँध दें। पिता जब कन्या के अनुरूप वर नहीं पाता तो दुःखी हो डूब मरना चाहता है। पुत्री

पूछती है कि हे पिता! आपने क्यों सेज बिछाई? क्यों रति किया? क्यों पुत्री उत्पन्न की? क्यों डूब रहे हैं? पिता उत्तर देता है—

"सोवै क ऐ बेटी सेजिया बिछायों, भोग करै के जंघजोर,
धरम क ए बेटी धिया जनमायों, भागि बुड़ावै जल पोखरि।"

कन्या के क्रय-विक्रय की करुण कथा भी ये गीत सुनाते हैं। किंतु लोकगीतों में दैन्य और अभाव के कारण कन्या का विक्रय नहीं दिखाया गया है, बल्कि सुविधाओं के उपभोग की लालसा में यह कुकृत्य करते हुए दिखाया गया है। एक भाभी गोदना गोदने वाले को गोदने के मूल्य रूप में अपनी ननद दे देती है। भाई को जब यह पता चलता है तो वह उसे तलाशता है और बहन वापस करने के बदले में उसे सोने की मोहरें और संपत्ति देने को तैयार होता है पर वह उसकी बहन को नहीं लौटाता—

"लै लेहु नटुवा! रे सोने क मोहरिया कि दै देहु हो,
मोरी लहुरी बहिनियाँ कि दै देहु हो।
अगिया लगावौं राजा सोने की मोहरियाँ कि
हमतौ पायन हो इन्हें गोदना की गोदइया
कि हमतौ पायन हो।"

अधिकारों के प्रति सचेत पुत्री समाज के विधान के प्रति प्रश्न करती है—क्यों भाई को पिता की चौपाल मिलती है और बहन को परदेश—

"एकहि बँसवा कै दुइ रे कइनियाँ, एक बँसुरिया एक बाँस,
एकै मैयरिया के दुइ रे संततिया, एक रे बहिनी एक भाय।
भैया के लिखा है बाबा चौपरिया, काहें बहिनी परदेस।"

पुरुषप्रधान समाज में कन्या या स्त्री पर केवल वर का अधिकार होता है। उसका यह कथन कि 'कोई तुम्हें मुझसे छुड़ा नहीं सकता' कन्या की निरीह सामाजिक स्थिति को स्पष्ट कर देता है—

"का करिहैं बाबा रे का करिहैं मैया, का करिहैं गउवाँ के लोग,
जेकरि हयू तुहूँ बारी बियहिया, हथिया चढ़ाये लिहे जाइ।"

मंडप में शिव से पार्वती आग्रह करती हैं कि अपना रूप बदल दो अन्यथा माँ विवाह नहीं करने देगी। पर शिव कहते हैं कि मैं जैसा हूँ वैसा ही स्वीकार करना चाहो तो करो वरना मैं तो वापस जा रहा हूँ। पार्वती उनके साथ उठकर खड़ी हो जाती हैं और कहती हैं कि मैं तो तुम्हारे साथ योगिनी बनकर रहूँगी, मुझे और कुछ नहीं चाहिए।

लोकगीतों में कन्या के द्वारा सुंदर वर की याचना करना उसकी स्वतंत्रता तथा स्वयंवर प्रथा का प्रमाण है। वह वृद्ध, बालक और चरित्रहीन पति न ढूँढ़ने की प्रार्थना अपने पिता से निःसंकोच भाव से करती है। यद्यपि उसे विश्वास है कि मेरे पिता मेरे लिए अनमेल और अयोग्य वर नहीं ढूँढ़ेंगे—

"बाबा जे चले हैं मोरा वर हेरै, पाट पितंबर डारि।
बड़ा देखि मोरे बाबा करबै न करिहैं, छोट नाही नजरे समाय।
सोहदहि बर जिनि खोज्या मोरे बाबा, हमके बड़ा दुःख होय,
दिन भर सोहदा हो जुलफैं सँवरिहैं, रतियाँ बेड़िनियाँ की सेज।"

वह सिंहासन पर बैठकर सुंदर वर की याचना करती हुई दिखाई पड़ती है—

"किनके हैं गजमस्ते हाथी कजरी के वन मां झूमैं ना।
किनकी कन्या परम सुन्नरिया, सिंहासन बइठि वर माँगै ना।"

योग्य वर न पाने से हताश पिता को पुत्री अपने वर हेतु सुझाव देती है—

"पुरुबहि हेर्‌या बाबा पछुवहिं हेर्‌या, हेरि आया पार सरुआर।
पाँच परग बाबा नग्र अयोध्या, दुइ बर बाटै कुआँर।"

माता के अधिकार से भी लोकगीतों की नारी परिचित है। पार्वती की माँ दृढ़तापूर्वक घोषणा करती हैं कि ऐसे बौराह वर से बेटी का विवाह नहीं करूँगी। भले ही बेटी कुँवारी रहे—

ऐसे बउरहवा से गौरा न बियहउँ, बरु गौरा रहिहैं कुँवारि।

नारी पत्नी रूप में—पत्नी बनकर ही नारी पूर्णता का अनुभव पाती है। पति के परिवार की सेवा में रत उसका स्नेहयुक्त सान्निध्य पाकर वह जीवन को धन्य समझती है। अपने प्रिय को अपने से दूर नहीं जाने देना चाहती, विदेश जाने से रोकती है और थोड़े में ही संतोषपूर्वक निर्वाह करना चाहती है—

"सेर भरि गोहुँआँ बरिस भर खाबै,
पिया के जाय न देबै ना, रखबै अँखिया के हजुरवाँ
पिया के जाय न देबै ना।"

फिर भी यदि प्रिय जाने को तत्पर हो जाता है तो वह साथ जाना चाहती है—

"मोरा कौड़ी के लोभी फिरा घर काँ।
बेरिया की बेरि तुहैं बरज्यों नयकवा,
हमके गोहने ल्या लेवाइ।
गँठिया जोरि तोहरी लदबै बरदिया,
देबौं जेंवनवाँ बनाइ।
उपराँ से चुवइबै धिया केरी धरिया,
झलबै अँचरवाँ बयारि।"

राम वन जाने को प्रस्तुत हैं, सीता साथ ले चलने का आग्रह करती हैं। पति के अभाव में अयोध्या का समस्त सुख-वैभव विषतुल्य है। वे उनसे अलग रहकर जीना भी नहीं चाहतीं—

"तुम्हैं बिनु खाइ जहर मरि जाबै,

तन देबै चिता पै जलाई, जात बन प्यारे।''

भारतीय नारी के पत्नीत्व का आदर्श—भारतीय नारी के पत्नीत्व का आदर्श सदा से विश्व को अभिभूत करता रहा है। पुरुष की सहचरी के रूप में उसने सृष्टि के विकास-क्रम को अक्षुण्ण रखकर मानवता की सेवा में सदैव अपने को तत्पर रखा। कन्या वधू बनकर गरिमायुक्त हो जाती है। नए परिवेश में स्वयं को व्यवस्थित कर पाना कितना कठिन है, किंतु अपनी सहनशीलता, धैर्य, प्रेम और विवेक के सहारे वह सबको अपना बना लेती है। लोकगीतों में नारी का पतिव्रता रूप ही उभरकर आया है। वह वियोग के वर्षों को तड़प-तड़प कर काटती है पर अपना सतीत्व नहीं विचलित होने देती। भले ही उसकी पूरी आयु प्रतीक्षा में चुक जाय।

''चुकै लागीं हमरी उमिरिया अबहिं ना लौटिन हो।''

पतिव्रता को एक बटोही प्रलोभन देकर अपने साथ ले जाना चाहता है। वह सहानुभूति प्रकट करता है। एक गीत में पानी भरती नारी से घोड़े पर सवार एक पथिक पूछता है— ''तुम किस निर्मोही की पत्नी हो जो तुम जैसी कोमलांगी से पानी भरवाता है। तुम्हें तो मैं हृदय और नयनों में रखता, पूरी रात पंखा करता और पान के बीड़े खिलाता—''

''कउने निर्मोहिया क धनिया, त पनिया भरावै,
ऐसन धनियाँ जौ पवतेउँ नयन बीचे रखतेउँ,
हो मोरी रानी सारी राति बेनियाँ डोलवत्यों त बिरवा कुँचवत्यों।''

किंतु वह उसका तिरस्कार करती हुई कहती है—तुम्हारे जैसा पति यदि मुझे मिलता तो मैं तुम्हें चाकर बनाकर रखती, अपने पति के पाँव की जूती तुम्हारे सिर पर रखकर ढोने को देती—

''ऐसन रजवा जौ पवतेउँ, चाकर कै के रखतेउँ,
अपने हरि जी कै पाँउ कै पनहियाँ, तौ तोंहसे ढोववत्यों।''

लोकगीतों की नारी मर्यादा की रक्षा में निरंतर सन्नद्ध दिखती है।

सीताजी नारी की आदर्श हैं। लोकगीतों में उनकी विह्वलता राम से अलग होने की कल्पना मात्र से अवलोकनीय है। वे वह सभी कठोर-से-कठोर परिस्थितियाँ सहन करने को प्रस्तुत हैं, जो उन्हें राम के संग रहकर सहनी पड़ेंगी। कष्ट भी प्रिय के सान्निध्य में मधुर हो जाएँगे। वे कहती हैं—

''रघुबर संगा जाब अब ना अवध माँ रहबै।
जो मोरे रघुबर रथ पर जइहैं,
भुइयाँ (पैदल) चली जाब, अब ना अवध माँ रहबै।
जो मोरे रघुबर बनफल खैहैं,
फोकिली चाटि लेब, अब ना अवध माँ रहबै।

जो मोरे रघुबर कुस पै सोइहैं,
भुइयाँ लोटि जाब,अब ना अवध माँ रहबैं।''

श्री राम के बिना अयोध्या का राज्य उन्हें सुख न देकर कष्ट ही देगा।

एक स्त्री साग बेचने के लिए घर से निकलती है, लौटने में संध्या हो जाती है। कोई उद्धत राजकुमार उसका मार्ग रोककर उसे महलों की रानी बनाने का स्वप्न दिखाता है—

''घोड़वा चढ़ल आवै राजा कै पुतवा,
कोइरिन के छेंकैं डगरिया हो राम,
तुहँके बनउबै कोइरिनि महले कै रनियाँ,
चली चला हमरे गोहनवाँ हो राम।''

पर वह राजपुत्र को धर्म की शिक्षा देते हुए कहती है कि मेरे परिजन और पति मेरा मार्ग देख रहे होंगे। मुझे राजमहल का सुख नहीं चाहिए। मैं अपने पति के साथ झोपड़ी में ही सुखी हूँ—

''ऐसन बोली जिनि बोला राजा पुतवा,
धरम जे तुहरा बिगड़िहैं हो राम।
जोहति होइहैं मोरी सासू ननदिया,
बटिया तकत कोइरियवा हो राम।
हमका न चाही राजा तुहरी महलिया,
अपनी झोपड़ियाँ सुख सोवौं हो राम।''

एक स्त्री पर उसके पति का ज्येष्ठ भ्राता ही अनुरक्त हो जाता है। अपनी वासनापूर्ति हेतु वह छोटे भाई का वध कर देता है। भ्रातृवधू सतीत्व की रक्षा हेतु चतुराई से काम लेती है।

इसी प्रकार कुसुमा नाम की हिंदू ललना, जिसका अपहरण मुगल के हाथों होता है, अपनी मर्यादा की रक्षा के लिए प्राणों का उत्सर्ग कर देती है।

प्रेयसी पत्नी—पति की प्रिया अपेक्षा करती है कि पति के स्नेह का केंद्र-बिंदु वही हो। परिवार में सास, जेठानी, ननद आदि के स्वभाव का वर्णन करके पति से उलाहना देती है, पारिवारिक सामंजस्य की असमर्थता व्यक्त करती है—

''श्याम तोरा पनियाँ हमसे न भरा जाय रे।
सासू हमारि बड़ी झगड़ेवाली,
रात दिन कै झगड़ा हमसे न सहा जाय रे।

(हे श्याम! मुझसे तुम्हारा पानी नहीं भरा जाएगा। सासजी की कलह-रुचि, जेठानी का नखरा (ऊँचा दिमाग) और ननद की केवल फैशन प्रवृत्ति मेरे लिए असह्य है।)

वह प्रेमपूर्वक अपनी हर बात उससे मनवाना चाहती है। उसके साथ बाग की सैर

करना तथा उसके कार्य-स्थलों पर जाना चाहती है—उसकी दृष्टि में उसका पति किसी भी उच्चपदस्थ अधिकारी से कम नहीं। वह उसे अनेक रूपों में देखती है। उसके प्रत्येक कार्य में सहायक बन सकने की अपनी क्षमता पर भी उसे गर्व और विश्वास है—

"जिलेदार तोरी बगिया मँ सैर करबै।
तूँ चलब्या कचेहरी हम संग चलबै,
तूँ करब्या मोकदमा, हम पेस करबै।"

पति के आश्वासन पर वह सहज विश्वास कर लेती है। पति उसे आश्वस्त करता है कि मैं तुम्हें इतना प्यार दूँगा कि तुम अपनी माँ और पिता को भी भूल जाओगी।

"रनियाँ हम हिरदैया लगइबै, त मैया बिसरि जइहैं।"

नारी-जीवन में पति का प्यार और आकर्षण सर्वाधिक महत्त्व रखता है। पति के व्यस्त क्षणों में भी वह अपेक्षा करती है कि वह प्रशंसापूर्ण दृष्टि से अनुरागपूर्वक उसे निहारे। वह प्रयत्नपूर्वक श्रृंगार करती है, पति की सुख-सुविधा के साधन जुटाती है। इतने पर भी यदि पति आकृष्ट नहीं होता तो उसका मन विक्षोभ से भर उठता है—आखिर कितना कठिन ह्दय है प्रिय का?

"सवना भदौना कै निसि अन्हियरिया,
जेंवनवाँ लिहे ठाढ़ी रे आँगनवाँ।
हमरे बलमुआ कै कठिन करेजवा,
पलटि नाहीं चितवैं मोरी ओरियाँ।
आँखि तुहरी फूटै जवानी तोहरी टूटै,
तनी एक नजर घुमवत्या बेइमनवाँ।
जेंवनवाँ सुफल होतै रे बालमुआ।"

इसी प्रकार 'गेंड़ुआ', 'बिरवा' और 'सेजिया' आदि को सफल करने की प्रार्थना करती है। इन सब सुविधाओं को जुटाने के पीछे जो प्रेम, लगन और श्रम का संयोग है वह तभी तो सार्थक होगा जब प्रियतम प्रेमपूर्वक अपनी प्रेयसी को निहारेगा।

पति विदेश जा रहा है। पत्नी विरह की घड़ियाँ काटने का उपाय उससे पूछती है। वह सेज खड़ी करके जाने को कहती है, क्योंकि पति-वियोग में निद्रा तो आएगी नहीं—

"कैसे दिन बीते रामा जतन बताये जा,
सेजिया पै सूत्या ऊ पलँग ठढ़ियाये जा,
अपनी सूरति हमैं ललना दिखाये जा।"

वह पति का प्रतिरूप पुत्र चाहती है जिसे देखकर मन को सांत्वना दे सके। पति के साथ दूध में पानी जैसे मिल जाना चाहती है, पति के व्यक्तित्व में तिरोहित

होना चाहती है। आकाश के पक्षियों की भाँति उसके साथ स्वच्छंद विहार करना चाहती है—

"सँवरिया रे काहें मारे नजरिया।
जइसे दूध माँ पानी मिलतु हैं,
वइसे मिलौ तोरे साथ सँवरिया।
जइसे अकास पै चिड़िया उड़तु है,
वइसे उड़ौं तोरे साथ सँवरिया।"

प्रिय वियोग में स्मृति में भी सुख मिलता है। वह किसी अन्य की प्रिय बातें नहीं सुनना चाहती—

"मीठी रे बोलिया हमैं ना भावै, पिया की सुरतियाँ गुजर करबै,
बदनामी न सहबै जियत मरबै।"

प्रिया अपने प्रिय के बिना नहीं रहना चाहती। वह कहती है कि सेर भर गेहूँ में वर्ष भर खर्च चला लूँगी, किंतु प्रिय को परदेश नहीं जाने दूँगी—

"सेर भर गोहुँआ बरिस भर खाबै, पिया के जाय न देबौ ना।
रखबौं अँखियाँ के हजुरवाँ, पिया के जाय न देबौ ना।"

वियोगिनी पत्नी—नारी की विरहजन्य मनोदशाओं के बहुत ही मार्मिक चित्र लोकगीतों में हैं। भूख, प्यास, नींद सभी कुछ प्रिय के अभाव में समाप्त हो जाती है—

"आल्हर निदिया न आवै बिरवा न भावै,
देवरा! मोरा हरि छाये मधुबनवाँ लौटि नाहीं आवैं।"

ऋतु-संबंधी गीतों में और बारामासा गीतों में स्त्री के वियोग की पराकाष्ठा है। उसे बारहों महीनों की प्रकृति दुःख देती है।

वह इसलिए दुखी है कि प्रिय बिना उससे मिले, बिना बताए चले गए। गौतम बुद्ध की यशोधरा को भी तो यही पीड़ा सालती है—'सखि वे मुझसे कहकर जाते।'

लोकगीत कहता है—

"चोरी चलि गै बलमु वहि पारे, दगा दैके मारे।"

वह अपनी सासु से पूछती है कि किस उम्र में उन्होंने नीम का पेड़ लगाया और किस उम्र में विदेश गए? सास उत्तर देती है—खेलने-कूदने की उम्र में नीम का पेड़ लगाया और मसें भीगते ही विदेश गया। वह कहती है—नीम का पेड़ बड़ा हो गया, उसकी निमौलियों के भार से डालें झुक गईं, पर मेरा परदेसी अभी नहीं लौटा।

"फरि गई निबिया, लहसि गईं डरिया,
अबहीं न लौटे मोर विदेसिया हो राम।"

वह केवल अर्थ साधना में लगे प्रिय को धिक्कारती है, जो प्रेम के महत्त्व को नहीं जानता—

"अगिया लागै जरइ तोर व्योपार,
बेदर्दी काहें लै आया गवनवा ना।"

उपेक्षिता पत्नी—लोकगीतों में जहाँ पति-पत्नी के प्रणय संबंधों की विस्तृत व्याख्या है, वहीं नारी-जीवन की उपेक्षा, असम्मान को भी सहज अभिव्यक्ति मिली है। पति प्राय: विवाहिता पत्नी को छोड़कर विदेश में जाकर परस्त्री में अनुरक्त हो जाता है। पत्नी पति को वापस लाने के लिए सास से आज्ञा लेकर वहाँ पहुँचती है। पति को अन्य स्त्री के साथ शय्या-सुख में निमग्न देखकर भी धैर्यपूर्वक उनकी सेवा करना चाहती है, पर वह उपेक्षापूर्वक उसे लौट जाने को कहता है—

"कहहू त मोरे राजा तेलवा लगावौं, कहहू त दाबौं पाँव,
कहहु त मोरे राजा बेनियाँ डोलावौं, कहहू लौटि घर जाउँ।
काहे के मोरी रानी तेलवा लगइबू, काहे के दाबौ पाँव,
काहे के मोरी रानी बेनियाँ डोलइबू, तूँ तौ लौटि घर जाव।"

इतना ही नहीं उसे मर्यादा की रक्षा करके अपनी पगड़ी की लाज बचाने का आदेश भी देता है। वह वचनबद्ध होती है किंतु उसकी निराशा और विवशता उसके उत्तर और प्रश्न में फूट पड़ती है—

"उँचवहि उँचवहि जाबै राजा, खलवाँ परग नाहीं देब,
पराया पुरुख मोर भइया भतिजवा, कबले जोहौं तोरी बाटि।"

नारी का आत्म-सम्मान-पूर्ण समर्पित नारी को यदि पति द्वारा उपेक्षा और अपमान मिलता है तो उसका हृदय विरक्ति से भर उठता है। वह पति की दया की भूखी नहीं, वह स्नेह तो उसका अधिकार है। वही स्नेह-सूत्र पति के अविवेक से टूट जाता है। जिस प्रकार वस्त्र हवा के झोंकों से अथवा घर्षण से फट जाता है, उसी प्रकार पत्नी का हृदय पति की कटु वाणी से—

"चलतु फिरत ओढ़नी मोरी फाटी, लहँगा त फटत झकोरन से।
चित फाटत राजा की बोलन से।"

प्रातिभ साहित्य में सीता का देवी रूप ही उभरकर आया है पर लोकगीतों की सीता मानवी व्यथा से युक्त हैं, कितनी प्रीति और लगन से वह देवर से चंदन का पलँग बनवाती है और राम के साथ संयोग-सुख की कामना करती हैं। प्रात:काल लक्ष्मण साधारण देवर की भाँति उनसे परिहास करते हुए कहते हैं कि भाभी कौन-कौन से फल चखे मुझे बताओ। सीता की व्यथा उनके शब्दों में फूट पड़ती है—"तुम्हारे भाई ने तो मेरी ओर देखा तक नहीं—"

"काउ कहौं लछिमन देवरा कहत लाजि लागै,
हो मोरे देवरा तोरा भइया मुखवा न बोलैं, उलटि नाहीं चितवैं।"

इसी प्रकार वनवासिनी सीता को अयोध्या वापस लाने का प्रयास असफल होता

है। गुरु के समझाने पर सीता दस पग अयोध्या की ओर चलकर उनकी आज्ञा का पालन करती हैं, परंतु राम का मुख देखना और उन्हें अपना मुख दिखाना उन्हें स्वीकार नहीं—

"तुहरा कहल गुरू करबै परग दस चलबै,
गुरुजी! राम निरमोहिया कै मुँहवाँ जियत नाहीं देखबै।"

राम स्वयं लक्ष्मण के साथ सीता के पास जाते हैं। सीता ऋषिकुटी में अपने केश सुखा रही हैं। दासी उन्हें राम के आगमन की सूचना देती है—

"अँगना बहारति ऋषि जी कै चेरिया, धाई भितरिया के जाइ,
केसिया बटोरहु जनक कै दुलारी, आवत राम तुहार।"

सीता स्तब्ध हो जाती हैं, पर शीघ्र ही पृथ्वी से व्याकुल होकर आर्त प्रार्थना करती हैं कि मुझे अपनी गोद में लो, मैं ऐसे पुरुष का मुख नहीं देखना चाहती जिसने गर्भावस्था में वनवास दिया—

"फाटहु धरती! हो फाटहु धरती, धरती गयब होइ जाउँ,
ऐसे पुरुखवा कै मुँहवा न देखौं, गरभे दिहिन वनबास।"

धरती उनकी करुण गुहार सुनकर फट जाती है, सीता समाने लगती हैं, व्याकुल राम उन्हें पकड़कर रोकना चाहते हैं। खुले केश ही हाथ में आते हैं, पर सीता को कहाँ स्वीकार है कि राम उनका केश भी स्पर्श कर सकें। अत: उनके केश कुश बन जाते हैं—तीक्ष्ण कुश जिन्हें कोई पकड़ न सके—

"धरती के फाटत सीता समानी जटा रमैया जी के हाथ,
यस सतवंती रे रानी सीतल देई कुस कै सँथरिया होइ जायँ।"

यह सीता के केशों का कुश हो जाना और कुश का आज तक संकल्प का आधार बने रहना यह प्रमाणित करता है कि नारी की उपेक्षा से उर्वर धरती परती हो जाती है, जहाँ केवल कुश उपजता है, जो बराबर याद दिलाता है कि नारी के सम्मान की निरंतर चिंता होनी चाहिए।

नारी का शौर्य—नारी ने सदैव त्याग और बलिदान के द्वारा आदर पाया है। वह एक ओर पुरुष की आश्रिता बनी रहती है तो दूसरी ओर समय और परिस्थिति आने पर अपने शौर्य और साहस की परीक्षा में भी खरी उतरती है।

एक निरवाही गीत में ऐसी ही महिमामयी नारी 'रुदमलि' के शौर्य की गाथा है, जो सब ओर से असहाय होकर भी निराश नहीं होती। वह समाचार पाकर बंदी भाइयों को मुक्त कराने को तत्पर होती है। परिवार के पुरुष जब कायरतापूर्वक कहते हैं कि मुगल से हम नहीं लड़ सकते—

"हिंदू लड़ैया होतीं हम जाइत बौहरि, तुरुक लड़ैया नाहीं जाबै हो राम।"

तब वह साहसी नारी वीर वेश में बंदीगृह के अधिकारी के सम्मुख पहुँचती है। वह उसके तेज, शौर्य और साहस से अभिभूत होकर उसकी आज्ञा मान बंदियों को छोड़

देता है। घर वापस आने पर वह साहसपूर्वक अग्नि-परीक्षा देकर अपनी पवित्रता प्रमाणित करती है।

माता का रूप—समाज में नारी की पूजा मातृरूप में ही होती रही है। 'मातृ देवो भव' कहकर मातृपद की वंदना करना हमारी ही संस्कृति का गौरव है। 'जननी जन्मभूमिश्च स्वर्गादपि गरीयसी' की कल्पना भी भारत की है। माता का हृदय जीवनपर्यंत वात्सल्य से आपूरित रहता है। यदि विचार किया जाए तो मातृगुण नारी में जन्मजात होता है। वह बचपन से ही अपनी गुड़ियों के प्रति एवं खिलौने के प्रति मातृवत् आचरण करती है। छोटे भाई-बहन एवं परिवार के अन्य बच्चों की बड़ी बहन या बुआ के रूप में संरक्षण करती हुई वह अपने मातृगुण का ही परिचय देती है। ससुराल में छोटे देवर-ननद यहाँ तक कि पति की देख-रेख, उसके खान-पान के प्रबंध में उसका मातृरूप ही परिलक्षित होता है। अत: यदि कहा जाए कि नारी जन्म से ही 'माँ' है तो अतिश्योक्ति नहीं होगी।

माता के ऋण से कोई मुक्त नहीं हो सकता, यह बात लोकगीतों में अत्यंत सहज और मार्मिक ढंग से व्यक्त हुई है। आकाश के तारे भले गिने जा सकते हों पर माँ के दूध का ऋण नहीं चुकाया जा सकता—

"सरग तरैया मइया! भले गिनि जइहैं, माई क दूध अनमोल।"

इसी प्रकार माँ की ममता के अनूठे उदाहरण हैं। माँ अपनी बेटी के लिए इतनी करुणा विगलित होती है कि उसके निर्बाध रोने से नदी बह जाती है। पिता के रोने से तालाब भरता है, क्योंकि वह मर्यादा की सीमा में रोता है—

"मइया के रोये से नदिया बहत है, बाबा के रोये भरै ताल।"

वह पुत्र के प्यार में पति का विरह भी भूल सकती है। पति धमकी देता है कि यदि तुमने अपना पुत्र नेग में मेरी बहन को नहीं दिया तो मैं दक्षिण देश चला जाऊँगा और लौटकर नहीं आऊँगा। स्त्री बहुत ही सहज भाव से उत्तर देती है कि मैं पुत्र की परिचर्या में तुम्हें भूलने का प्रयास करूँगी।

"आल्हर बँसवा कटैबै त पलना सलैबै,
हो मोरे राजा! अँगना म ललना झुलैबै तुहैं बिसरैबै।"

माता अपने पुत्र के लिए अपना श्रृंगार-प्रसाधन, पति का संसर्ग सब छोड़ने को तत्पर है।

"छोड़ि देबौ मँगिया कै सेन्हुर, नयन भरि काजर,
पूता ! छोड़ि देबौं हरि की सेजरिया, तुहीं पै चित लइबौं।"

"छोड़ि देबौ सोरहो सिंगार, त बरहो अभोखन,
ललना भुलिबौं मैं आपन मान, तुहीं के लैके रहबौं।"

नारी अपने जीवन को तभी धन्य व पूर्ण समझती है जब वह 'माँ' की संज्ञा से विभूषित हो जाती है। पुत्र के अभाव में उसकी पीड़ा असहनीय एवं अनंत है।

माँ बनने का उत्कट चाव—नारी का सबसे बड़ा सौभाग्य पति का प्रेम होता है, किंतु पुत्र के लिए वह उस सौभाग्य को भी सौत को सौंपने को तैयार हो जाती है—

"बोलिया त हम एक बोलित, जौ राजा मानौ,
हो मोरे राजा कै लेहु दुसरा बियाह, त हमरी बहिन संग।
राजा कै लेहु तिसरा बियार जहाँ मोरे केहू नाहीं।"

पुत्र के अभाव में समाज के द्वारा नारी ही अधिक लांछित और दोषी समझी जाती है। उसे 'बाँझ' (बंध्या) जैसे शब्दों से लांछित कर अपमानित किया जाता है। उसकी इस व्यथा की मार्मिक अभिव्यक्ति लोकगीतों में हुई है।

एक बंध्या नारी अपनी दासी से उसका बालक माँगती है। वह उसे उत्तर देती है कि नमक और तेल का तो उधार व्यवहार चल सकता है पर कोख का क्या उधार। यह तो ईश्वर ही पूरा कर सकते हैं। विवश नारी बढ़ई से काठ की पुतली बनवाकर उसे तेल, उबटन, काजल लगाकर बार-बार चूमती है—

"तेलवा लगाई हैं बुकउवा, नयन भर काजर,
हो अरे रानी उलटि पुलटि चुम्मा लेंहि, पुतरिया न बिहँसैं।
अरे अरे काठे की पुतरिया, तूँ रोइ के सुनावौ, हँसि कै देखावहु,
हो मोरी पुतरी जानै सहर सब लोग, बँझिनी घर बालक।"

निर्जीव कठपुतली क्या जाने उसकी भावना? वह न रोती है न हँसती है। उसके मौन से नारी की व्यथा बढ़ जाती है। "तेरा रोना सुनकर समाज को ज्ञात हो जाए कि बंध्या के घर भी शिशु है।" पुतली कहती है कि "मैं मानव निर्मित काष्ठ प्रतिमा हूँ। कैसे रोऊँ? कैसे हँसूँ?"

"राम की गढ़ली जे होत्यों, त रोइके सुनवत्यों,
रानी ! बढ़ई की गढ़ली पुतरिया रोवैया कैसे आवै।"

बंध्या नारी की कुसुंभी चूनर रँगवाने की मधुर कल्पना यथार्थ की ठोकर से चूर-चूर हो जाती है। बंध्या को क्या अधिकार है ऐसी मीठी कल्पना का? पति गृह से निष्कासित दुःखी बंध्या नारी माँ की ममता पर अखंड विश्वास लेकर मायके पहुँचती है पर माँ को उसे रख लेने से अपनी बहू और मादा पशुओं के बंध्या हो जाने का भय है। उसके दुर्भाग्य की छाया जहाँ भी पड़ेगी वहाँ की उपजाऊ भूमि बंजर हो जाएगी। यहाँ तक कि हिंसक पशु भी बंध्या होने के भय से उसे अपना आहार बनाने को प्रस्तुत नहीं होते। माँ धरती भी बंजर होने के भय से उसे अपने अंक में लेने से इंकार कर देती हैं। उसकी करुण गुहार सुनकर वन का पात-पात रो उठता है, उसका करुण रुदन वन की तपस्विनी और गंगा माता को द्रवीभूत कर देता है। वह उसके दुःख का कारण पूछती है।

"नाहीं हमैं सासु ससुर दुःख नाहीं नैहर दूरि बसै,

तपसिनि ! एक रे होरिलवा के बिना, पुरुष बोलिया बोलै, घर से निसारैं।"

वन तपस्विनी या गंगा माता के आशीर्वाद से उसे पुत्र लाभ होता है।

राम-जन्म पर रानी कौसल्या उछाह में पूरा राज्य लुटा देने को तत्पर हैं, किंतु ज्योतिषी से यह सुनकर कि राम वन चले जाएँगे, राजा दशरथ उन्हें रोकते हैं—"अरे कौशल्या! मति मारी गई है क्या? धीरे-धीरे राज्य लुटाओ, राम वन जाएँगे।" पर कौशल्या उत्तर देती हैं—"मति तो तुम्हारी मारी गई है राजा! जो ऐसा कह रहे हो। मेरा बंध्या का कलंक तो छूट गया—"

"राजा छुटला बझिनियाँ कै नाँव, भले ही बन जैहैं, लौटि फिरि अइहैं।"

बंध्या को पति का तिरस्कार भी झेलना पड़ता है। उसे आम के बाग लगाने और कोयल के शब्द सुनने का बड़ा चाव है। वह बहुत ही विश्वास, स्नेह भाव से पति से आग्रह करती है, किंतु पति व्यंग्य करता है कि मुझे भी सोहर सुनने का बड़ा चाव है—

"बोलिया त बोलिउ मोरी रानी, बोलै न जानिउ।
हमरे सोहरवा क साधि, सोहर हम सुनिबै।"

पुत्र प्राप्ति के बाद वह सतरंगिया बिछाकर पति को आमंत्रित करती है, तब पति उसकी इच्छा पूरी करता है।

बंध्या को सास-ननद के ताने भी सुनने पड़ते हैं—

"सासू मोरी कहैं बँझिनिया ननद बृजबासिनि,
जेकर बारी बियहिया ते घर से निसारैं।"

एक पत्नी श्रृंगार-प्रसाधन करके पति के लिए पान का बीड़ा लेकर आती है पर वह उसकी ओर देखता नहीं। पत्नी कारण पूछती है कि क्या मैं दरिद्र की कन्या हूँ? क्या मैं दहेज कम लाई हूँ, अथवा मैं सौंदर्यविहीन हूँ? तुम्हारी उपेक्षा का क्या कारण है? पति कहता है ऐसी कोई बात नहीं, सूर्य ज्योति-सी रूपसी हो। पर घिनौनी सुअर के भी आगे-पीछे छौने चलते देखो तो अच्छी लगती है—

"ना तूँ दुखिया कै बिटिया, न दहेज थोर पाइउ,
रानी सूरति सुरुजवा कै जोति, ताकत नाहीं बनै,
जतिया कै पतरी सुअरिया, त देखत भियावन, देखत घियावन,
रानी ! वहू के आगे पीछे छौनवाँ, घुमत निक लागै।"

कितना तीखा व्यंग्य छिपा है। तुम्हारा रूप-सौंदर्य सब व्यर्थ दिखता है। तुम कुरूप होती किंतु पुत्रयुक्त होती तो सुंदर लगती।

'विधवा' की व्यथा—विधवा नारी समाज में विवशता, व्यथा और करुणा की सजीव प्रतिमा है। उसे समाज-परिवार से कभी सहानुभूति मिलती है तो कभी तिरस्कार। किसी भी शुभ कार्य में या यात्रा के समय विधवा की छाया या उसका मुखदर्शन त्याज्य होता है। इस उपेक्षा, असुरक्षा की शिकार 'विधवा' नारी की अनंत पीड़ा इन लोकगीतों

में व्यक्त हुई है। वैधव्य का दु:ख संसार के समस्त दु:खों से बड़ा है। सुंदर काया चिंता और दु:ख की आग में जलकर भस्म हो जाती है। इसके मर्म का ज्ञान, इसकी पीड़ा का ज्ञान किसे हो सकता है? वह सोचती है, मेरे पति के सामने मेरा क्या रूप था और आज क्या हो गया है। सोने-सा रूप था जब उसका पारखी था पर आज वही रूप मिट्टी हो गया। हंस जैसी मंथर चाल अब भयभीत मृगी की चाल बन गई—

"कचन देह भसम भई रे, कोऊ मरम न जानै।
सोने रूप मोरे हरि जी के आगे, माटी मोल मैं अब भयौं रे।
हंस चाल मोरी हरि जी के आगे,
मिरिग चाल मोरी अब भई रे कोई मरम न जानै।"

'विधवा' अपनी व्यथा किसी कह भी तो नहीं सकती। सोचती है कि यदि माँ-पिता से कहूँगी तो वे रो-रोकर प्राण दे देंगे। भाई से कहूँगी तो वह विकल हो जाएँगे। भाभी से कहने पर वह व्यंग्य करेंगी। घर में कहने पर सभी मन की बात जान जाएँगे, यदि बाहर वाले सुनेंगे तो हँसेंगे और लांछन लगाएँगे। वह मन में सोचती है कि सूर्य और चंद्रमा मेरे साक्षी हैं कि अब अपने मन की बात किसी से नहीं कहूँगी—

"आपन सोच कहब हम कैसे रे।
माई से कहबै रोय मरि जैहैं,
बाबा से कहबै तजिहैं प्रान कहब हम कैसे।
भैया से कहबै वेकल होई जैहैं,
भौजी से कहबै बोलिहैं बोल, कहब हम कैसे।
घर माँ कहबै सबै कोउ जानै,
बहिरे कहबै हँसत सब लोग,
कहब हम कैसे।
दहिने हैं सुरुज औ बायें चंद्रमा,
अब हम भूलि कहब न केहू से।"

विधवा-हृदय सब ओर से निराश होकर जीवन को संबल-हीन अंधकारमय अनुभव करके चीत्कार कर उठता है—

"तुहैं बिन हमरी बिगरी प्रभु नाथ।
जौ नैहर मा बिरन मोरे होते, वनही कै करत्यों आस तुहैं बिन।
जौ ससुरे मा देवर मोरे होते, वनहू कै करत्यौं आस तुहैं बिन।
जौ दुआरे यक रुखवौ होतै, वहू के तरे होत्यौं ठाढ़ तुहैं बिन।
जौ गोदिया एकौ लालन होते, वनही मा रहत्यौं भिरान तुहैं बिन।"

पति के अभाव में बेचारी मायके के भाई और ससुराल के देवर, घर के सामने के वृक्ष तथा गोद के पुत्र से कुछ शांति पाती, संतोष करती। 'पर तेरे बिना नाथ मेरा सब

कुछ बिगड़ गया।'

कर्मठ नारी का चित्रण—ग्रामीण नारी घर की जिम्मेदारियों को निभाने के बाद बाहर खेत-खलिहान के कर्तव्य भी पूरे करती हैं। इन गीतों में उसके कर्मठ जीवन के सजीव चित्र हैं—

''आधी कि रतियाँ तेलिनि घनियाँ लगावैं,
कि पिछली रतियाँ ना,कोइलरि सबद सुनावैं, पिछली रतियाँ ना,
मुर्गा क बोली सुनि कै जागी साँवरि गोरिया,
बढ़निया लैके ना, सुन्नरि अँगना बहारैं बढ़नियाँ लैकै ना।
अँगना बहारि सुन्नरि घुरवा म फैंकैं, घइलवा लैके ना,
सुन्नरि चलैं सागर पनियाँ, घइलवा लैकै ना।''

अर्द्ध रात्रि से ही कार्यक्रम प्रारंभ हो जाता है। तेली की पत्नी तेल पेरने में व्यस्त हो जाती है। कोल्हू की जाठ पर बैठे-बैठे ही वह नींद भी ले लेती है। कोयल की कूक रात्रि के अंतिम प्रहर में उसे जगा देती है। सर्वप्रथम वह स्वच्छता का कार्य करती है, घर-आँगन स्वच्छ करके घूरे में कूड़ा-करकट डालकर खाद का प्रबंध भी करती है तत्पश्चात् घड़ा लेकर जल भरने जाने को प्रस्तुत होती है।

संयुक्त परिवार की मूल धुरी नारी—भारतीय नारी की जो छवि लोकगीतों में मिलती है वह परिवार को जोड़नेवाली है। इसका एक उदाहरण पर्याप्त होगा। वह कहती है कि सास-श्वसुर के बिना मैं किसके पाँव लगूँ? जेठ के बिना किसकी छाया से बचने की कोशिश करके उन्हें आदर दूँ? जिठानी के बिना बाँह फैलाकर किससे झगड़ा करूँ? देवर के बिना किससे सुख-दुःख बाटूँ? देवरानी के बिना किस पर हुक्म चलाऊँ, ननद के बिना किसकी पिटारी सजाऊँ?

''केकरी मैं पइयाँ उठि लागौं, त सासु-ससुर बिना,
केकरी मैं छहियाँ बरावौं, त अपने जेठ बिना।
बाँह पसारि केसे झगरौं, त अपनी जेठानी बिना,
सुख-दुःख केसे मैं बाँटौं, त अपने देवर बिना।
केह पर हुकुम चलावौं, त अपनी देवरानी बिना।
केकर सजावौं पेटरिया, त अपनी ननद बिना।''

एक कहावत है कि वह जेठ कैसा जो खाँस-खखार कर घर के भीतर न आए? वह कैसी भ्रातृवधू जो अपने अंगों को शालीनतापूर्वक ढँककर न रहे? मर्यादा के ये सूत्र वाक्य परिवार और समाज को विशृंखलित होने से बचाते थे।

बहक जानेवाली स्त्री का चित्रण—लोकगीतों में समाज का कटु नग्न यथार्थ भी उसी सहज भाव से अभिव्यक्त हुआ है जितना कि उज्ज्वल आदर्श पक्ष। पर सामाजिक

मर्यादा की सीमा में बद्ध ग्रामीण समाज में ये सत्य कम ही दृष्टिगोचर होते थे। यदि कभी दिखे तो उनका यथातथ्य वर्णन है। एक श्रमगीत में एक ऐसी ही स्त्री का चित्रण है, जो अनजाने प्रेमी के कहने से अपना सौभाग्य ही समाप्त कर डालती है। वह बंसी बजानेवाले रसिक को उलाहना देती है कि तुम सबकी नगरी में जाते हो मेरी ओर क्यों नहीं आते? बंसी बजाकर अर्द्धरात्रि में वह उसे साथ चलने को बुलाता है। कुत्ते और पहरेदारों का भय मिटाने के लिए उपाय बताता है। वह कहती है कि मेरे आँचल पर मेरा पति सोया है। प्रेमी उसे अपनी कटारी देकर मारने को कहता है। मूढ़ नारी को असमंजस और ममता घेर लेती है—

"कैसे क काटौं चुरिला हरि जी कै मुड़वा,
मुँहवा देखत मोहिया लागै हो राम।"

धूर्त्त प्रेमी उसे अपनी रूमाल देकर उससे मुख ढककर सिर काटने का सुझाव देता है। वह उसकी आज्ञा का पालन करती है—

"मुड़वहि काटि साँवरि, धरीं गोड़वरियाँ हो राम,
साँवरि चलि भईं चुरिला के गोहनवाँ हो राम।"

उसके साथ एक-दो वन पार कर चुकने के पश्चात् वह उसकी जाति पूछती है, जिसका उत्तर उसका धूर्त्त प्रेमी उसे व्यंग्यपूर्वक देते हुए कहता है कि जब तुमने मेरा जूठन खा लिया, मेरे अंग लगकर शयन किया तो फिर अब जाति पूछकर क्या करोगी?

नगरवधू नारी—नगरवधुएँ शुभ संस्कारों के अवसर पर नृत्य-गान करने के लिए बुलाई जाती थीं।

प्राय: मालिनि, बेड़िनि, आदि भी नगरवधू के रूप में प्रस्तुत हुई हैं। 'प्रेमी' के घर पुत्र-जन्म का बधाव सुनकर नगरवधू के हृदय का संताप मुखरित हो उठा है—

"हमसे त कह्या मोरे राजा तुहिंन मोरी सब केहु,
हो मोरे राजा अब कइसे भये नन्दलाल तुहँहि जुड़वावैं।"

राजा का उत्तर नगरवधू के जीवन की विडंबना को प्रस्तुत करने में सक्षम है। नगरवधू पुरुष समाज का खिलौना है, जिससे खेलकर पुरुष उसे जूठी पत्तल के सदृश फेंक देता है। नारी-जीवन के अभिशाप, उसके कालुष्य की कहानी इन पंक्तियों में मार्मिकता से अभिव्यक्त हुई है—

"तुहँसे त प्रीति लगायन, बिहँसि हँसि बोलेन,
हो मोरी मालिनि तूँ तो हयू पाते कै पतरिया, जुठारि कै बहौबे।
बियही त सोने कै थरियवा त नित उठि जेंइबै।"

आलसी, सुकुमारी स्त्री—जहाँ श्रमगीतों में श्रम के महत्त्व का प्रतिपादन है, वहीं कोमलांगी स्त्रियों के श्रमगत कष्टों का भी। एक स्त्री चक्की चलाने से दु:खी होकर चक्की का हत्था पकड़कर रो रही है—

"जतवाँ न डोलै बेनुलिया न हालै,
किलिया पकरि सुन्नरि रोवैं हो ना।"

देवर के कष्ट पूछने पर वह कहती है कि तुम्हारी माँ मुझे मारती हैं, बहन गाली देती है और तुम्हारी पत्नी मुझसे गेहूँ पिसवाती है। देवर उसे चक्की छोड़कर नदी के किनारे चलने को कहता है। वह उसके साथ घर से निकल पड़ती है। देवर उसे नदी तट पर छोड़कर भाग जाता है। 'गोड़िया' (केवट) मछली मारकर लौटता है। उससे मछली को धोने और पकाने का आग्रह करता है, किंतु श्रम से बचने के लिए ही जो अपना घर-परिवार छोड़ आई वह भला श्रम क्यों करेगी। वह उत्तर देती है—मेरी बला, मेरा रोग उसे धोएगा मैं क्यों धोऊँ-पकाऊँ। मेरे हाथों की मेहँदी नहीं छूट जाएगी? मेरा गोरा बदन कुम्हला जाएगा कि नहीं? केवट के आग्रह पर वह दाँत की मिस्सी छूटने के भय से भोजन करने से भी इनकार कर देती है। इस गीत में श्रम से जी चुरानेवाली एक ऐसी नारी की कहानी है, जो अपने रूप और कोमलता की रक्षा के लिए भोजन, घर, परिवार तक छोड़ देती है।

फूहड़ नारी—फूहड़ नारी के चित्र भी लोकगीतों में बहुत मिलते हैं। फूहड़ को 'लदभेसरि', 'बेलल्ली' आदि भी कहा जाता है। एक फूहड़ स्त्री का वर्णन है—

"मूँड़ खजुवावै, नाकि ओढ़नी माँ लगावैं,
यनकर दिदवा देखा ना।
वै तौ थूकैं चारिउ ओरियाँ,
यनकर दिदवा देखा ना।।"

कर्कशा नारी—नारी का यह रूप भी लोककवि के वर्णन से अछूता नहीं। एक कर्कशा का चित्र है—

"हुक्का फोरीं, चिलम फोरीं, डंडा दिहीं बहाय,
चारि लात भतारे क मारीं, अपुना चलीं कोहाँय,
वनकै दिदवा देखा ना, ताकै नइहरे के ओरियाँ।"

एक अन्य विरहा में कर्कशा का रूप प्रस्तुत है—

"धन्नि पुरुष तोरी भागि, लड़ाका नारि मिली,
सात घरी दिन सोइके जागीं, लिहीं बढ़नियाँ उठाय,
निहुरे निहुरे अँगना बहारैं, घर भर काँ गरियाय।"

हास-परिहास कुशल नारी

वैसे तो लोकगीतों में नारी की पीड़ा और उसके आँसू अधिक मुखर हैं, किंतु नारी का परिहास पूर्ण व्यक्तित्व भी झलकता रहता है। एक गीत में भाभी अपनी ननद से

बात करती है। ननद पूछती है कि भाभी किस पुरुष में तुमने चित्त लगाया कि बच्चा इतना सुंदर है। भाभी उत्तर देती है—नहा-धोकर खड़ी हुई सूरज की बिनती की और ननदोई की परछाई मेरे ऊपर पड़ गई, इसीलिए पुत्र इतना सुंदर है।

इसी प्रकार जब कोई सखी कहती है कि अपना पति मुझे उधार दे दो मुझे बहुत सुंदर लगता है तब वह उत्तर देती है—तौल कर दूँगी, तौलकर लूँगी, मेरा पति घटने न पावे।

अपने पति की कृपणता पर भी वह चुटकी लेती है कि मैं तो पैसेवाली हूँ और खर्च करना भी जानती हूँ, पर मेरा पति वणिक स्वभाव का है—

"मैं पैसे वाली बलम मोर बनिया,
सास खायँ पेड़ा ननद खायँ बरफी,
मैं खाऊँ जलेबी, बलम चाटैं दोनिया।"

इसी प्रकार बेमेल विवाह पर भी वह कह उठती है कि प्रेम का रस ढुलककर कलेजे में ही रह जाता है, क्योंकि पति छोटा बालक है वह प्रेम का अर्थ ही नहीं जानता।

"रस ढुरिकै करेजवा म जाय हो सखी।
पनिया भरन गइउँ बाबा के सगरवाँ,
छोटा दुलहा गोहन लगि जाय हो सखी।
यस रिसि लागै सखी यस रिसि लागै,
मार्‌यों रसरिया घुमाय रे सखी।"

एक अन्य गीत में वह अपने पति से कहती है—

"बाजार जाना रस के नीबू लै आना"

दूसरे गीत में परिहास करती है—

"मोरे अँगना मा तोहार का काम है।"

इस प्रकार डोमकच और 'पाई पसरने' आदि के गीतों में उसका प्रगल्भ परिहासपूर्ण स्वभाव परिलक्षित होता है।

कुरीतियों का विरोध करती नारी—कन्या दहेज प्रथा का विरोध करती हुई पिता से कहती है कि मेरे लिए ऐसे वर का चयन करना जो श्रम का महत्त्व जानता हो, जहाँ मेरा सम्मान हो, जहाँ मैं दहेज की वस्तु के रूप में नहीं जीवनसंगिनी के रूप में जाऊँ। वह पिता से यह भी कहती है कि धन देखकर नहीं वर देखकर कन्यादान करना। अपनी संपत्ति देखकर दहेज देना। मेरे लिए हलवाहा वर ढूँढ़ना जो पसीना बहाकर मुस्कराता हो। जो दहेज की माँग न करता हो—

"आसन देखि बाबा डासन दिह्या, मुख देखि दिह्या बीरा पान।
अपनी संपति देखि दाहेज दिह्या, वर देखि दिह्या कन्या दान।।

हर जोति आवैं, कुदारि गोड़ि आवैं, बिहँसैं पसीना झलकाय।
वनही क तिलक चढ़ाया मोरे बाबा, वै नाही दाहेज लेयँ।।"

स्पष्ट है कि लोकगीतों में नारी जीवन के हर पहलू का स्वरूप जितनी स्वाभाविकता से मुखरित हुआ है, संभवतः प्रतिभा साहित्य में उतना नहीं। नारी के द्वारा ही गाए गए ये गीत उसी की सुख-दुःख की अनुभूतियों से संयुक्त हैं तथा उसके जीवन की कथा अनेक रूपों में कहते आए हैं। समय-समय पर लोकगीतों ने नारी चेतना के स्वर उठाए हैं। नारी ने समाधान भी प्रस्तुत किए हैं। लोक साहित्य में नारी केंद्र में भी हैं और परिधि में भी। उसके अनुभव संवेदनात्मक अभिव्यक्ति पाते हैं और विचार के स्तर पर भी वह मुखर हुई है। लोकसाहित्य में नारी विमर्श का चेहरा अपनी विशिष्ट और अलग पहचान रखता है। वहाँ वह भोक्ता भी है, भावक भी है और रचनाकार भी है। आज के नारी-विमर्श को लोकसाहित्य के विमर्श से बहुत कुछ ऐसा मिल सकता है जो समाज में समरसता ला सकता है।

□

10

लोक जीवन के लोक-विश्वास

प्राचीन परंपराओं के अनुसरण को मात्र अंधानुकरण ही नहीं कहा जा सकता। लोकगीतों में वर्णित परंपरागत रूढ़ियाँ हमारे सांस्कृतिक इतिहास की सच्ची कहानी है। स्वयं लोकगीत भी तो अपनी रूढ़िगत विशेषता के कारण ही जीवित हैं अन्यथा समय के प्रवाह के साथ जिस प्रकार सभ्यता और संस्कृति विकसनशील गति में परिवर्तित होते हुए इतिहास की स्मृति मात्र रह जाते हैं वैसे ही ये भी मिटकर समाप्त हो गए होते।

लोकगीतों ने जहाँ रूढ़ियों और लोक-विश्वासों की रक्षा की वहीं इन रूढ़ियों और विश्वासों ने लोकगीतों की। इन्हीं के कारण लोकगीतों का अस्तित्व अक्षुण्ण रहा है। धर्म और दर्शन के विकास के यही आधार रहे हैं।

''प्राचीन युग की बर्बर एवं संस्कृति प्रधान वन्य जातियों में भूत-प्रेत संबंधी मान्यताएँ, बलि की प्रथा, जादू-टोने, सूर्य-चंद्र आदि गगनमंडल के ज्योति-पिंडों की उपासना एवं लोक-परलोक संबंधी धारणाओं को लेकर देवता, धर्म और दर्शन संबंधी सिद्धांतों का विकास हुआ है।''

(टेलर, 'एंथ्रोपोलोजी, भाग-दो, पृष्ठ 103-एच)

तात्विक दृष्टि से लोक-जीवन परंपराओं, रूढ़ियों और विश्वासों से प्रभावित रहता है। उसमें भावना पक्ष प्रबल होता है। सरलता की प्रधानता होने के कारण विश्वास को सर्वाधिक महत्ता प्राप्त है। पूर्वजों द्वारा कही गई बातों पर बिना तर्क के विश्वास कर लिया जाता है। पुरुष की अपेक्षा नारी अधिक विश्वासमयी होती है। उसके समस्त विश्वासों को लोकगीतों में भरपूर प्रश्रय प्राप्त है।

ग्रामीण जीवन में 'लोक-विश्वास' पग-पग पर कार्य और जीवन की दिशा का निर्धारण करते हैं। व्यक्ति स्वभाव से ही अपने भविष्य के विषय में उत्कंठित और कुशलता का आकांक्षी होता है। वह दुर्घटनाओं और असफलताओं से बचने का सतत

प्रयत्न करता है। इन लोक-विश्वासों की उत्पत्ति का यही आधार है। इन्हीं विश्वासों ने शकुन-अपशकुन को जन्म दिया है। शुभ शकुन मिलने से व्यक्ति दूने उत्साह से काम करता है, अत: सफलता भी निश्चित है। इसके विपरीत यदि अपशकुन हो जाये तो निराशा और भय उसकी कार्यकुशलता और क्षमता में गतिरोध उत्पन्न करते हैं, अत: अपशकुन होने पर असफलता मिलती है और उस अपशकुन की भयावहता के प्रति लोक-विश्वास दृढ़-से दृढ़तर होता जाता है।

शकुन—'शकुन' का शाब्दिक अर्थ है—पक्षी। प्राचीन काल में पक्षियों के उड़ने, बैठने, चहचहाने और फुदकने आदि क्रियाकलापों के आधार पर अनेक लोक-विश्वास प्रचलित थे। कालांतर में भी ये विश्वास इसी रूप में संक्रमित होते आए। चूँकि 'शकुन' (पक्षी) पर ये लोक-विश्वास आधारित थे, इसलिए इसको शकुन कहा जाने लगा। शकुन का क्षेत्र अत्यंत व्यापक है। जीवन के नाना संस्कारों के अवसर, यात्रा, मांगलिक कार्य, आगमन और अन्य जीवन-प्रसंगों में वैज्ञानिक और ज्योतिष संबंधी ज्ञान-पक्ष पर विचार करना यहाँ प्रेय नहीं है पर लोक-जीवन जो इनसे निरंतर प्रभावित होता रहा है और लोकगीतों में इनकी जो सहज अभिव्यक्ति मिलती है यहाँ उसका संक्षिप्त विवेचन आवश्यक प्रतीत होता है।

यात्रा संबंधी शकुन

यात्रा से पहले दिशा-विचार करना भी आवश्यक होता है। उसके लिए एक उक्ति को आधार माना जाता है—

"सोम सनीचर पुरुब न चालू, मंगर बुद्ध उत्तर दिसि कालू।
रबि सूक जे पच्छूँ जाय, हानि होय पथ सुख नहिं पाय।
बिहफै दक्खिन करै पयाना, ताको समझो फिरि नहिं आना।"

दिशाशूल के निवारणार्थ उपाय भी हैं। जिस दिन यात्रा का अच्छा दिन हो, यात्री का कोई वस्त्र ग्राम के 'सिवान' (सीमा) के बाहर किसी के घर रख दिया जाता है और दिशाशूल वाले दिन यात्री मार्ग में उसे लेकर आगे जाता है। इसके अतिरिक्त एक अन्य पद में दिशाशूल का दोष मिटाने के उपाय बताए गए हैं—

"रवि को पान, सोम को दरपन, मंगर को गुर धनिया चरबन।
बुद्ध मिठाई, बिहफै राई, सुक्र कहै हमैं दही चखाई।
सनीचर बाउ भिरंगी भावै, इंद्रौं क जीति कै लरिका आवै।"

कोई घर से जा रहा हो तो उसको 'टोकना' अर्थात् कहाँ जा रहे हो पूछना असगुन माना जाता है। उसी प्रकार पीछे से आवाज लगाना भी वर्जित है। जो व्यक्ति पहुँचाने जाएँ उन्हें वापस मुड़-मुड़कर नहीं देखना चाहिए। इसके पीछे यह मनोवैज्ञानिक धारणा

हो सकती है कि मुड़-मुड़कर देखना, पीछे से पुकारना, लौटकर वापस आना आदि हृदय की आशंका के द्योतक हैं। इससे शुभ कार्य में विघ्न पड़ने की संभावना होती है, क्योंकि स्वस्थ मन से ही कार्य सफल होते हैं।

व्यक्ति संबंधी शकुन

तिलकधारी ब्राह्मण, गंदे वस्त्रों का ढेर लिए धोबी, मछली तथा दही की हँडिया लिए अहीर यदि मार्ग में मिले तो शुभ होता है। बारात जाते समय इन सभी शुभ शकुनों का उल्लेख एक गीत में किया गया है—

"बभना त ठाढ़ दुअरवाँ, त मथवाँ तिलक दीहे,
धोबिया जे आवत देख्यों, त लदिया मोटरी लीहे।
देख्यों मैं सेहरी मछरिया, त दही क दहेंड़ियाँ,
अरे यतना सगुन बड़ा नीक, त साजि बराति चलै।"

(कन्या, सुहागिन स्त्री, बालक गोद में लिए पुत्रवती स्त्री, कूड़े की टोकरी लिए भंगिन, लादी लिए धोबिन, दही लिए 'अहिरिन', सिर पर पानी का भरा घड़ा लिए पनिहारिन यदि मार्ग में मिले तो शुभ शकुन माना जाता है।) एक गीत में वर को शुभ शकुनों का दर्शन करके जाने का सुझाव दिया गया है—

"ससुरू की गलियाँ सँभारि कै जाया बन्ने।
कन्या और सोहागिन कै गोड़ धैके निसर्या,
महरिन से कलसा भराया, राजा बन्ने।"

पशु-पक्षी संबंधी शकुन

बछड़े को दूध पिलाती गाय तथा हाथी (गणेश का प्रतीक) का दर्शन, दाहिने हाथ की ओर कूदकर खाई पार करते घोड़े को देखना पुरुषों के लिए शुभ शकुन होता है।

विदेश से पति लौट रहा है मार्ग में शुभ शकुन होते हैं। इसके परिणामस्वरूप घर पहुँचते-पहुँचते उसे पुत्र-जन्म की आनंद बधाई के स्वर सुनाई देते हैं—

"आए परदेसिया सगुन भै भारीं
सुरही जे बछवा पियावैं, बधैया के सबद ओनावैं।
दहिने घोड़ा कूदि गै खइयाँ, आगे गनेस पुजावैं।"

तोता का मँडराना शुभ होता है। बरात विदाई के समय गीत गाया जाता है—

"राम ज चले हैं बियाहन बहु विधि बाजन,
अरे उपराँ सुगन मँड़राय हमहूँ चलबै बियहन।"

नीलकंठ तथा खंजन (खिड़रिच) पुरुष के दाहिने हाथ की ओर और स्त्री के बाएँ

हाथ की ओर यदि दिखाई दें तो शुभ शकुन होता है। खंजन पक्षी पूरब, पश्चिम की ओर मुख किए दिखे तो वह भी शुभ होता है—

"नीलकंठ कै दरसन पायौं,
पुरुब मुहें खिणरिच देखावैं, बधैया कै सबद ओनावैं।"

पशु-पक्षी संबंधी अपशकुन

सियार (गीदड़) का दिन में बोलना तथा रात्रि में कौवे का बोलना अशुभ माना जाता है—

"राति म कौआ दिन माँ सियार, उहै गाँव होय उजार।"

बिल्ली और सियार यदि रास्ता काटकर निकल जाएँ तो भारी अनिष्ट की आशंका होती है। बिल्ली को 'सौर' गृह में नहीं जाने दिया जाता, उसका जाना अशुभ होता है। क्योंकि 'जमोगा' (डिप्थीरिया) रोग फैलने की आशंका की जाती है। कुत्ता और बिल्ली दोनों का रोना अशुभसूचक है।

मुआँ (उल्लू) का बोलना और मकान की मुँडेर पर बैठना अशुभसूचक है। यह 'मुआँ मुआँ' (अर्थात् मरा-मरा) बोलता है।

कौआ यदि किसी के सिर पर बैठ जाए या कोई काग-युगल की रतिक्रीड़ा देख ले तो बहुत बड़ा अपशकुन माना जाता है। इस दोष का परिमार्जन करने के लिए उस व्यक्ति के प्रिय संबंधी जनों के यहाँ उसकी मृत्यु का समाचार भेज दिया जाता है। यदि उस व्यक्ति के लिए सस्वर विलाप कर दिया जाता है तो दोष मिट जाता है।

संख्या संबंधी शकुन, अपशकुन

कुछ संख्याएँ शुभ मानी गई हैं तथा कुछ अशुभ। प्राय: तीन और तेरह को छोड़कर सभी विषम संख्याएँ शुभ मानी गई हैं। पाँच और नौ की संख्या शुभ है। विवाह गीतों में इन संख्याओं का वर्णन प्राय: हुआ है—

"पाँ पान, नौ नरियर।"

पंच मुख परमेश्वर होता है। जो बात पाँच व्यक्ति कह दें वह मान्य होती है। सात की संख्या भी शुभ होती है—

"सात सखी आगे चलैं, सात सखी पाछे चलैं।"

पाँच या सात कन्याएँ तथा पाँच या सात सुहागिनों को निमंत्रण देकर भोजन कराया जाता है। विवाह आदि अवसरों पर पाँच स्त्रियाँ डाली उठाती हैं तथा अन्य शुभ कार्य संपन्न करती हैं। इन संख्याओं को शुभ मानने का कारण संभवत: पंचमुख महादेव, सप्त माताएँ, सप्तर्षि और नवदुर्गा आदि हैं।

ग्यारह की संख्या भी शुभ मानी जाती है, संभवतः इसका संबंध एकादश रुद्र से हो।

शून्य (0) शून्य का प्रतीक है इसीलिए किसी को कोई वस्तु या मुद्रा देते समय शून्य अंतवाली संख्या में नहीं दिया जाता है। इसीलिए दस, बीस, पचास, सौ आदि संख्याओं में एक जोड़कर दिया जाता है। तीन को भी शुभ नहीं माना जाता है। कहावत है—'तीन तीकट महाविकट'। संस्कृत में भी कहावत है कि—'न गच्छेत् ब्राह्मणत्रयं' इसीलिए तीन वस्तुएँ या कोई वस्तु तीन की संख्या में खाने को नहीं दिया जाता और न ही दान किया जाता है। 13 की संख्या ईसाइयों के लिए भी अशुभकारी है। कारण यह है कि 'जुड़ा' नामक तेरहवें शिष्य ने ईसा को धोखा दिया था।

लोकगीतों में मांगलिक वस्तुओं का वर्णन

किसी भी शुभ कार्य या उत्सव में कुछ शुभ वस्तुओं का होना अनिवार्य है। ये हैं— सिंदूर, मंगल कलश, मंडप, पाटा (पीढ़ा), सुपारी, पान, अक्षत, नारियल, चुँदरी, केले का खंभा, हल्दी, जायफल, बाँस, गाय का गोबर, पियरी आदि। विवाह गीतों में इनका सुंदर वर्णन हुआ है।

एक देवर अपनी भाभी को सीख देता है कि शुभ तिल, चावल से उगते सूर्य की पूजा करो तो तुम्हें पुत्र सुख मिलेगा—

"कोइछे म लेहु तिल चाउर, हथवा गेंडुववा,
भौजी! उवत कै सुरुजू मनावौ, ललन तोहरे होइहैं।"

उगता सूर्य प्रखर नहीं होता, उसमें करुणा की शीतलता रहती है। वह सूर्य का बाल रूप है। बाल रूप का ध्यान और पूजन करने से बालक होगा यह मनोवैज्ञानिक सत्य भी है। अक्षत और फूल-माला, बेलपत्र, आरती आदि का वर्णन भी कई गीतों में हुआ है—

"अच्छत फूल बेल की पाती,
सिव बाबा परिछन जाइँ अँगिया रंग भरी।"
"अरती कै थार सजावैं, कपूर बरत हैं,
सिव संकर अरती उतारीं चली सिवपूजन।"

(कलश और उसके ऊपर 'कोरी परइया' (मिट्टी की कटोरी) में धान या जौ रखा जाता है, पुनः उसके ऊपर दीपक प्रज्वलित किया जाता है।)

मांगलिक अवसरों पर हल्दी और सुपारी भेजकर निमंत्रण देने की प्रथा है—

"पुरुवहि देसवा से आवै बभनवाँ रे, हथवाँ हरदिया कै गाँठ।"

चौक पर तो भाई की दी हुई पियरी ही पहनना शुभ होता है। पत्नी पति से कहती है—

"तुहरी त पियरी नितै कै त नित उठि पहिरब,
राजा! बिरना कै पियरी सगुन कै चौक चढ़ि पहिरब।"

पियरी सगुन की, वह भी 'वीरन' को लाई हुई न हो तो उत्सव का सारा रंग ही फीका लगने लगता है। पर वही पियरी जब आ जाती है तो उल्लास का क्या कहना। बहू सास से पूछती है कि वह कहाँ उतारे सगुन की पियरी—

"कहवाँ उतारौं घिउ गागरि, पियरी गहावरि।"

गंगा को पियरी की मानता मानी जाती है—

"गंगा गहबरि पियरी चढ़ैबै, होरिल जब होइहैं।"

हरी दूब पूजन और मंगल कृत्यों में अवश्य रखी जाती है। दूल्हे को हल्दी और दूब से चूमा जाता है—

"साठी कै चाउर, हरियरी दूबि,
चुम्मै जे चलीं हैं बेटी कौनी देई, बाबा रे कौन राम क धेरि।
ऐसे जियहु जेसे धरती मँ धान रे, ऐसे उगहु जेसे दुइजी कैं चाँन रे।"

गाय का गोबर और केले के पत्ते सत्यनारायण की पूजा-कथा में आवश्यक हैं—

"सुरही कै गोबरा मँगावौं, त बेदिया लिपावौं, चौक पुरावौं,
मालिनि! केला क पात लै आवहु, कथा सतिनरायन कै।"

पान सभी मांगलिक अवसरों पर खाने को दिया जाता है। पूजन में भी पान आवश्यक है।

हल्दी में रंगी हुई सुपारी पवित्रता और सम्मान तथा मंगल की प्रतीक है। बारात आने पर श्वसुर गृह की सुपारी और सिंदूर ही सर्वप्रथम कन्या के लिए भेजी जाती है, जिसे 'सेन्हुर सोपारी' आना कहते हैं। इसके साथ वस्त्र और आभूषण भी होता है। तिलक के थाल में सुपारी अवश्य होती है—

"पाँच सुपारी थार भर मोती, सुना हो सिव संकर,
राम कै तिलक चढ़ाव।"

बाँस सभी मांगलिक अवसरों पर आवश्यक है। जन्म से लेकर मृत्युपर्यंत यह मानव-जीवन के उपयोग में पालना, खटोला (चारपाई), मंडप एवं गृह-निर्माण के रूप में काम आता है और अंतिम यात्रा में वाहन बनता है।

पूजन एवं प्रत्येक शुभ संस्कार में नारियल को शुभ माना जाता है। नारियल की बलि देने से पुण्य मिलता है तथा मनोकामना पूरी होती है। इसे पुत्र का प्रतीक माना गया है—

"बिटिया त माँगौं चंदन एस, बेटवा नरियर एस।"

इसीलिए स्त्रियाँ 'नारियल' नहीं फोड़तीं।

स्वप्न संबंधी शकुनापशकुन

मानव के मन को समझने के लिए स्वप्न बहुत सहायक होते हैं। लोकगीतों में स्वप्न भविष्यवाणी करते हैं। स्वप्न दो प्रकार के होते हैं—दु:स्वप्न, सुखदस्वरूप।

स्वप्न प्रतीकात्मक होते हैं। एक संस्कार गीत सोहर में स्पष्ट किया गया है—

''अमवा त होयँ बलकवा, त पनवा सोहाग तोरा,
हो मोरी बहुअरि बभना त होयँ नरायन, दियना लछिमी मैया।''

इसमें आम पुत्र का, पान सौभाग्य का, ब्राह्मण नारायण का तथा दीपक लक्ष्मी का प्रतीक माना गया है। यह स्वप्न शुभसूचक है।

स्वप्न में लौकी, ककड़ी आदि देखने पर कन्या के गर्भ में आने की आशंका की जाती है। इसके विपरीत मिरचा, आम, संतरा, नारियल, कद्दू आदि का स्वप्न पुत्र के गर्भ में आने की सूचना माना जाता है। स्वप्न में यदि फल खाने का दृश्य देखें तो अशुभ होता है। फल उठाना, संग्रह करना और बाँटना शुभ होता है। मछली, दही का दर्शन, स्वप्न और यथार्थ दोनों में शुभ होता है।

शकुन का पूर्वाभास

प्रातिभ साहित्य में प्राय: सुखद घटनाओं के पूर्वाभास को दिखाने का प्रयत्न नहीं किया गया है। मन की भावना ग्रंथियों को सुख भी दु:ख के समान ही प्रभावित करते हैं। लोकगीत अकृत्रिम होते हैं पर सहज ही उसमें इस मनोवैज्ञानिक तथ्य का निर्वाह कहीं-कहीं मिलता है। पुत्र के गर्भ में आने या पति के विदेश से वापस आने पर स्वप्न, अंगों का फड़कना आदि के माध्यम से पूर्वाभास हो जाता है।

अपशकुनों का पूर्वाभास

लोक-विश्वास के अनुसार कोई भी शुभ या अशुभ घटना अपने आगमन की पूर्व सूचना दे देती है। मध्ययुगीन साहित्य में पाठक के कोमल मन पर त्रासद घटनाओं के दुष्प्रभाव को रोकने के लिए पहले से ही वातावरण का सृजन कर दिया जाता था और क्रमश: उस घटना को व्यक्त किया जाता था। रामचरितमानस में एवं शेक्सपियर के दु:खांत नाटकों में यही पद्धति है। लोकगीतों में भी इस प्रकार सुख या दु:ख की पूर्व पीठिका लोक-विश्वास के माध्यम से सहज ही निर्मित हो गई है। राम सिंदूर खरीदकर लौट रहे हैं, अपशकुन होता है—

''सेन्हुरा बेसहि कै लौटे हैं रामा, बायें दहिने बोलै काग,
लछिमन भैया सगुन भल जानहु, कगवा कै करहु विचार।
दान भल पइबा दहेज भल पउबा, सीता सुरुजवा कै जोति,
सीता कै पियरी धूमिल नाहीं होइहैं, तोंहके लिखा बनवास।''

इस प्रकार अपशकुन के माध्यम से कष्ट का पूर्वाभास व्यक्त हुआ है। माँग का सिंदूर यदि काला पड़ जाए या मलिन (धूमिल) दिखे तो स्त्री के वैधव्य का पूर्वाभास माना जाता है—

"दौरि कै जाइ देखै सिसवा म मँगिया,
सेन्हुरा जे भये हैं धूमिलवा हो राम।"

इसी प्रकार लोक-विश्वास है कि जिसकी मृत्यु होनी होती है उसके सिर और नाक का आकार बड़ा दिखने लगता है।

पशु-पक्षी तथा जीव-जंतु संबंधी लोक-विश्वास

पशुओं में गाय तो मातृवत् है ही, गोदान के प्रति भी प्रगाढ़ विश्वास है। राम-जन्म के समय भी कौसल्या से गोदान कराने का वर्णन हुआ है—

"राम रमैया के बिरवा अँगन मोरे लहरै,
बहिनी! घरिया घरिया राम आवैं, दरस नाहीं पावौं।
हक्रहु नग्रा के अहिरा बेगेहि चलि आवहु,
अहिरा धेनु धेनु गइया लै आवहु, कौसिल्या के छुवावहु।"

बिना गोदान के जल ग्रहण करने से दोष लगता है। ऐसा विश्वास भी इसी गीत में वर्णित है। गीले वस्त्रों में राजा दशरथ काँप रहे हैं और प्यासे हैं, किंतु बिना गोदान के जल कैसे ग्रहण करें—

"ओदिन धोती राजा दसरथ थर थर काँपैं।
राजा दशरथ मरैलैं पियासि बभन नाहीं आवै।"

व्यक्ति को अंतिम यात्रा में वैतरणी नदी पार करके स्वर्ग पहुँचने में गाय की पूँछ ही सहायक होती है। इसलिए मृत्यु के समय गोदान अवश्य किया जाता है। गाय के अभाव में किसी भी गाय की पूँछ हाथ में पकड़ाकर सवा रुपए संकल्प पढ़नेवाले ब्राह्मण को देकर गोदान करवा दिया जाता है। तीर्थ आदि में केवल कुश, जल और द्रव्य हाथ में लेकर ही मानसिक गोदान कर दिया जाता है।

कुछ बछड़ों को प्रजनन हेतु खुला चरने-खाने के लिए छोड़ दिया जाता है। ऐसे साँड़ों को देवी के लिए 'छड़ुआ' छोड़ना कहा जाता है। इन्हें मारने व बाँधने से देवी के रुष्ट होने की आशंका होती है।

भैंसा भी देवी के लिए छोड़ दिए जाते हैं। इनके शरीर पर त्रिशूल या देवी के किसी चिह्न से दाग बना दिया जाता है। इन्हें भी पकड़ना, बाँधना वर्जित है।

एक विचित्र लोक-विश्वास है कि यदि बिल्ली की 'अपरा' (प्रसव के बाद गिरने वाली थैलीनुमा झिल्ली) सावधानी से प्राप्त करके रख लिया जाए तो व्यक्ति का घर धन-संपत्ति से भर जाता है।

बिल्ली को मारने से बहुत बड़ी हत्या लगती है। गीदड़ और बिल्ली रास्ता काट दें तो अपशकुन होता है। कोई स्त्री बिल्ली का जूठन यदि खा ले तो उसके बच्चे की आँख बिल्ली के समान भूरी होती है। बिल्ली की जीभ में अमृत की भी कल्पना की गई है। अतः बिल्ली के जूठे को बहुत बुरा नहीं मानते।

कुत्ते का स्वप्न काल भैरव का प्रतीक है।

लोक-मानस हाथी को गणेश-रूप में पूजता है। विवाह में द्वार-पूजा के अवसर पर सर्वप्रथम हाथी का पूजन करके 'गणेश-पूजन' का विधान संपन्न कराया जाता है—

"बाबा की सुघरी नउनिया, गजमोतिन चौक पुरावो।
सिउबर अरती उतारौ, गनेस पुजाओ।"

कौवा की बोली शुभ मानी गई है और अशुभ भी। एक गीत में वधू कौवे से बोलने का कारण पूछती है। वह पुत्र होने की भविष्यवाणी करता है। वह भी वचन देती है कि सोने से तुम्हारी चोंच मढ़वा दूँगी, दूध-भात खिलाऊँगी—

"आजु के नवयें महिनवाँ होरिल जौ होइहैं,
हो मोरे कागा! सोनवा चढैबै तोर ठोढ़, त दूध भात भोजन।"

अटारी पर कौवा बैठना किसी के आगमन की सूचना है। उसे पुकारकर कहा जाता है—

"हे कौआ मामा यदि हमार (अभीष्ट व्यक्ति) आवत होंय तो उचकि बैठ्या।"

यदि कौवा उड़कर चला जाए या उड़कर दूसरे स्थान पर बैठ जाए तो प्रश्न का उत्तर 'हाँ' में समझा जाता है—

"अट्टे बोलै काग काहें गोइयाँ
उड़ि जा रे कागा जाया पुरुब दिसि, भैया आवैं आज कहें गोइयाँ।
कागा सगुनिया उड़हू न पाये, भैया ठाढ़े द्वार कहें गोइयाँ।"

कौवों का आपस में चारा बाँटना किसी अतिथि के आगमन का सूचक है।

कोयल कन्या मानी जाती है। कोयल का बोलना शुभ होता है—

"हो मोरे राजा पिछवारे लगावउ लखरांव,
कोइलरि बोलिया बोलै, त सबद सोहावनि।"

मोर कार्तिकेयजी का वाहन होने के कारण पूज्य है। मोर पंख घर में रखना शुभ माना जाता है।

सर्प (नाग देवता) पूजे जाते हैं। विवाह संस्कार के अवसर पर आँधी, पानी, सर्प, बिच्छू सबको आमंत्रित करके उन्हें एक मिट्टी के मटके में बंद कर दिया जाता है, जिससे वे कोई उपद्रव या अनिष्ट न कर सकें। साँप यदि दिखाई पड़ जाए तो वहाँ गर्भवती स्त्री को खड़ा कर देते हैं। लोक-विश्वास है कि गर्भवती स्त्री को देखकर साँप

मस्त हो जाता है और वहाँ से भागता नहीं। साँप निकलने पर उसका नाम नहीं लिया जाता। कहते हैं नाम सुनकर वह भाग जाता है। इसलिए साँप निकलने पर 'कीरा निकला' या 'बैल निकला' अथवा 'कुछ निकला है' कहा जाता है। सर्प युगल की रति-क्रीड़ा देखना बहुत ही अमंगलकारी समझा जाता है।

शरीर पर यदि छिपकली गिर जाए या गिरगिट पैर से चढ़कर ऊपर जाकर उतर जाए तो अशुभ मानते हैं। स्त्री के वाम अंग और पुरुष के दक्षिण अंग पर गिरने से अशुभ होता है। इसके विपरीत अशुभ नहीं होता। तिथि-वार नक्षत्र आदि को भी ध्यान में रखकर तभी परिणाम बताया जाता है—

''गिरै बिहतुइया अंग पै, या गिरगिट चढ़ि जाय,
तिथि औ वार नक्षत्र लखि, इनकर फल दरसाय।''

व्यक्ति संबंधी अपशकुन

किसी शुभ कार्य के लिए जाते समय यदि काना व्यक्ति, तेल लिए हुए तेली अथवा निर्वंशी व्यक्ति दिखाई दे जाए तो अपशकुन मानते हैं—

''देख्यों निरबसिया कै मुहँवा, दिना कैसे बितिहैं।''

बंध्या स्त्री और विधवा स्त्री का कहीं जाते समय मुँह देखना, सामने पड़ना तक अपशकुन समझा जाता है। बंध्या की छाया मात्र से लोग बचना चाहते हैं—

''तीसरा जनम तुहरा बँझिनी कै होइहैं,
''बेटी केहू न सबेरे तुहरा मुहवाँ निहरिहैं।''

''हो मोरी बेटी जौ तुहँका घराँ राखि लेबै, बहुअवा बाँझिनि होइहैं।''

ये शकुन-अपशकुन विचार शिक्षा के प्रभाव से अब अपना रूढ़ प्रभाव छोड़ रहे हैं। इनके पीछे यही भाव था कि जो भरा-पूरा हो, जिसे देखने से मन प्रसन्न हो वही शकुन होता है और जिसे देखने से मन खिन्न हो उसे यात्रा या शुभ कार्य से पूर्व देखने से बचना चाहिए।

शारीरिक क्रिया संबंधी अपशकुन—छींक आना अशुभसूचक है। काम के प्रारंभ में यदि छींक हो जाय तो वह कार्य थोड़ी देर के लिए रोक देने से अनिष्ट की आशंका टल जाती है। खाते और नहाते समय छींक का विचार नहीं किया जाता, पर कहीं जाते समय अवश्य किया जाता है—

''छींकत खाई छींकत नहाई, छींकत पराये घर कबहूँ न जाई।''

छींक यदि दो बार हो जाए तो 'असगुन' कम हो जाता है—

''एक नाक दुइ छींक, कहैं घाघ कुछ नींक।''

स्त्री का दायाँ अंग फड़कना और पुरुष का बायाँ अंग फड़कना अपशकुन होता है।

ग्रह संबंधी अपशकुन—तारे अपना स्थान परिवर्तन करते हैं। लोक-विश्वास है कि जब किसी महत्त्वपूर्ण व्यक्ति की मृत्यु होती है तभी तारा टूटता है। उस समय यदि तारा टूटते देखनेवाला व्यक्ति मिट्टी का ढेला उठा ले तो उस ढेले का 'यंत्र' बनाकर गर्भवती स्त्रियों और बच्चों को पहनाया जाता है, जिससे वे डरे नहीं।

सूर्य-चंद्रग्रहण पर बचाव—इस अवसर पर गर्भवती स्त्री यदि कुछ तोड़े, काटे तो उसके गर्भस्थ शिशु के अंगों पर दुष्प्रभाव पड़ता है। वह विकलांग हो सकता है। अत: ऐसे समय गर्भवती के शरीर (विशेषत: उदर) में गोबर लगा दिया जाता है और उसको शांतभाव से बैठकर भगवान् का ध्यान, भजन करने को कहा जाता है। सोना भी वर्जित होता है।

शुक्र विचार—नववधू या नवशिशु की माँ को प्रथम बार मायके या ससुराल जाने में शुक्र की स्थिति का बहुत ध्यान रखना पड़ता है। यदि शुक्र उसी दिशा में हो जिधर जाना है तो 'सौहैं सुक्कर' (शुक्र समक्ष होने) से शिशु की आँख को कष्ट पहुँचने की संभावना होती है।

मंत्र तंत्र और टोना-टोटका

कृषिप्रधान इस देश में पशु-पक्षी, खेती-बारी, घर-परिवार आदि की रक्षा के लिए विशेष अनुष्ठान, टोने-टोटके, मंत्र-तंत्र आदि प्रयुक्त होते हैं। "अथर्ववेद में भी इस प्रकार के अनेक मंत्र प्राप्त होते हैं। अथर्ववेद कांड-1 सूत्र 29 मंत्र 1-6 में शत्रुनाश और राष्ट्र अभिवर्द्धन की प्रार्थना की गई है। कांड 1 सूत्र 30 मंत्र 1-5 में दीर्घ आयु प्राप्त करने का विधान है। सूत्र 31 मंत्र 1-4 तक में पाशमोचन के मंत्र हैं, जिनके जप से कैदी मनुष्य मुक्त हो जाता है। कांड 2 सूत्र 7 मंत्र 1-5 तक शापमोचन का विधान है इनके जप और अनुष्ठान से अभिशापित मनुष्य शापमुक्त हो जाता है।"

लोक-विश्वास का सात्विक और मानसिक रूप पूजा-उपासना के रूप में दृष्टिगोचर होता है और उसी के तामसी रूप का दर्शन मंत्र-तंत्र और टोने-टोटके में होता है।

मंतर (मंत्र) के शुद्ध उच्चारण से अभीष्ट की उपलब्धि की जाने लगी। 'मंतर' कुछ तो संस्कृत मंत्रों के अपभ्रंश हैं और कुछ विशुद्ध लोकभाषा में रचे गए हैं। डॉ. सत्येंद्र का मत है—

"समस्त वेदमंत्र, संस्कार अनुष्ठान से संबंध रखते हैं। वे रिचुएलिस्टिक हैं। मंत्रों के साथ यह टोने-टोटके की भावना लगी हुई है कि यदि इनका उच्चारण हम सविधि करेंगे तो उनसे हमें अवश्य ही फल मिलेगा। मूलत: मंत्रानुष्ठान टोने के एक आवश्यक अंग थे।"

लोकगीतों में रूढ़ियों, अंधविश्वासों आदि का विस्तृत वर्णन मिलता है। प्रत्येक अंधविश्वास का कोई आधार होता है। वेदों और शास्त्रों की कोई मान्यता पौराणिक आख्यानों के माध्यम से लोक में पहुँचती है। कालांतर में वही रूढ़ि और टोने-टोटके का रूप धारण कर लेती है। झाड़-फूँक, मंत्र-तंत्र, टोने-टोटके, भूत-प्रेत, शकुन अपशकुन आदि लोक-विश्वास को निर्धारित करते हैं। टोने-टोटके का क्या स्त्रोत है, इसका कहीं कोई उल्लेख नहीं है। अनपढ़ समाज में 'ओझा' तथा जिनके सिर देवी-देवता आते हों (जिन्हें देव-देवी सिद्ध हो) ऐसे स्त्री-पुरुषों का बड़ा सम्मान है। कहीं वह कोई अनिष्ट न करवा दे या कब उसकी आवश्यकता पड़ जाए, कौन जानता है। जीवन की कठिनाइयों, आधि-व्याधि से मुक्ति दिलाने में उन्हें इन्हीं का आसरा होता है। टोना किसी के अनिष्ट हेतु किया जाता है। टोटका अनिष्ट के निवारण हेतु होता है।

एक विवाह गीत में टोने (नजर) से दूल्हे को बचाने के लिए कतिपय उपकरणों का वर्णन किया है जिनका प्रबंध करने से वह नजर से बच सके—

"लावो न चाके कै माटी, गड़हिया कै पानी,
लावो कारे कौआ कै चोंच औ मिरिगा कै आँखि,
बीस रूख कै पाती, बत्तीस कुआँ कै पानी,
अरे सबकर जन्तर बनावौ त बाँधों दुलहे के हाथे,
और कै टोना त ऐसन-तैसन,
अरे आजी कै टोना त जगत बखानै हो।
और कै टोना त हीलै औरौ डोलै,
अरे आजी कै टोना त धरि धमकावै हो।"

लोक में यंत्र, मंत्र, तंत्र और टोने-टोटके के प्रति अगाध विश्वास है। तमाम उपकरण एकत्र करके यंत्र बनाया गया। अब यह समस्या है कि दूल्हे के किस अंग में बाँधा जाए—

"हाथे मँ बान्हें जुआरी होइहैं, बेटी दुखित होइहैं हो,
पाँव में बान्हें परदेसी होइहैं, धेरिया दुखित होइहैं हो,
छाती प बान्हें सोइहैं सुख सेजियाँ, बेटी जनम सुख पइहैं हो।"

अभीष्ट प्राप्ति के लिए—जादू-टोना के माध्यम से मनोकामना पूर्ति की जा सकती है, ऐसा लोक-विश्वास है। नववधू कामना करती है कि वह जादू के द्वारा अपना अभीष्ट प्राप्त कर लेगी—

"लाल बने पर जदुआ डरबै।
पहिला जदुवा सासू पर डरबै,
जदुवा डारि वन्हैं बहिरी बनौबै, बैठे बाति ओनावा करिहैं।"

अपने दूल्हे बने प्रियतम पर जादू डालूँगी। सास पर जादू डालकर उन्हें बहरी

बनाऊँगी, जिससे वे हमारी प्रणय-वार्ता सुन न सकें। मैं स्वच्छंद हँस-बोल सकूँ। ससुर को जादू डालकर बूढ़ा बनाऊँगी, ताकि वे बच्चे बहलाया करें। जेठ को मुंशी बनाऊँगी, वे बैठे-बैठे कलम से लिखा करेंगे (जिससे परिवार की आजीविका का प्रश्न हल होगा,) देवर को नाच-गाने का और स्त्री जाति का शौकीन (भँड़ुवा) बनाऊँगी, जिससे वे दिन भर वेश्याओं के नाच देखा करें (इसमें देवर से मजाक (परिहास) करने की प्रवृत्ति प्रदर्शित है)। पति को अपने रूप और प्रेम के जादू से अपना बनाऊँगी, जिससे वे दिन भर बैठकर मुझसे प्रणय के वार्तालाप करते रहेंगे।

दुष्टात्माओं तथा बुरी नजर से सुरक्षा के लिए-दूल्हे की आँख में काजल लगाना, वर को पत्थर के लोढ़े (बाट) से परिछना आदि बुरी शक्तियों से रक्षा के लिए होता है। वर को घर से बाहर नहीं जाने दिया जाता, कुएँ से पानी नहीं भरने देते। वर तथा गर्भवती स्त्री लोहे की मुँदरी या चाकू सदैव साथ रखते हैं।

एक सोहर गीत में नवजात शिशु को नजर से बचाने के लिए जच्चा रानी अपने परिजनों-पड़ोसिनों तक को दूर रखना चाहती है—

"बारी उमरि हम्मैं राम दिहे ललना।
सासू जे आवैं वन्हैं दूरि-दूरि रखना,
नजरि लगि जाय हम्मैं राम दिहे ललना।"

किंतु यदि किसी की नजर लग ही जाए तो उसमें काजल की डिबिया काम आती है—

"दैया दे दैया लल्ले काँ नजर लागी, मैं काजल कै डिबिया लैके भागी।
सासू जी आई चरुआ चढ़ावन, दैया रे दैया सासू कै नजर लागी।"

बालक का जब तक मुँडन नहीं हो जाता उसे बुरी दृष्टि और दुष्ट आत्माओं से बचाने के उपाय किए जाते हैं—

"जब लग रह्या पूता बारा और गोभुवार,
लाल पियर नाहीं पहिरैं मैया तुहारि।
सोझे पैंड़वा न चलैं मैया तुहारि।"

लाल-पीले वस्त्रों के पहनने से दुष्टात्माएँ अधिक आकर्षित होती हैं तथा सौंदर्य बढ़ जाने के कारण बुरी नजर भी लगती है। अतः 'गभुआर' (गर्भ के बाल) वाले बालक की माँ लाल-पीले वस्त्रों को धारण करने से डरती है, मार्ग में यदि दुष्टात्मा का वास हो तो उस मार्ग से नहीं जाती।

इसी प्रकार किसी मंगल कृत्य में शत्रु के जादू-टोनों या कुदृष्टि से कोई विघ्न न पड़े इस कारण शुभ सूचना को प्रसारित नहीं किया जाता। एक वधू ससुर से बालक का मुंडन कराने को कहती है किंतु 'ससुर' उसे चुप रहने को कहता है—

"चुप रहु बहुअरि चुप रहु, दुसमन ना सुनैं,
आवै देहु घरिया सुघरिया मैं लफरी मुड़ैबौं।"

बिना सुदिन, सुघड़ी का विचार किए मुंडन जैसा शुभ कार्य कैसे हो सकता है अतः पंडित से परामर्श लेकर शुभ घड़ी में मुंडन कराने का निश्चय किया जाता है।

बबूल और बेल के काँटे तथा आग आदि भी दुष्ट शक्तियों से रक्षा करते हैं। इसीलिए प्रसूतिगृह के द्वार पर आग, पानी और काँटा रखा जाता है। गर्भवती सीता वन तपस्विनी से कहती हैं—

"केन देइहैं अगिया से पनियाँ, बेलेहि कै कँटिया,
तपसिन केन मोरी जगिहैं सउरिया, त रतिया विपति कै।"

"मानवी सीता को अपनी आजीविका या प्रसव-पीड़ा का भय नहीं है, पर अपने आगत शिशु की रक्षा की चिंता है। सुनसान वन में कौन अदृश्य दुष्टात्माओं से शिशु की रक्षा के लिए रात भर जगकर 'सौरी' की रखवाली करेगा?"

सौरगृह में बाहर से आए किसी व्यक्ति को सीधे नहीं प्रवेश करने दिया जाता। वह कुछ देर बाहर बैठकर, हाथ-पैर धोकर, आग में पैर सेंककर तब प्रसूतिगृह में जा सकता है। 'टोटके' के साथ ही इन सबका रोगाणुओं से रक्षा हेतु वैज्ञानिक महत्त्व भी है।

महामारी आदि की शांति के लिए ग्राम देवों को प्रसन्न करने का प्रयास गीत गाकर किया जाता है। श्री विजयदान देथा इस विषय में अपना विचार प्रकट करते हैं— "प्रार्थना के रूप में इच्छा या चाह प्रकट करने से उसका विश्वास है कि प्रकृति उसका कहा मानेगी। प्रकृति के साथ आदिम मानव का यह संबंध मंत्र, जादू-टोना, इंद्रजाल, धार्मिक अनुष्ठान तथा विधि कर्म, भूत-प्रेत, पिशाच, प्रेतात्मा आदि की भावनाओं के रूप में व्यक्त होता है। अपने वश के परे ही प्रकृति को अपनी चेतना का अंश समझने के कारण वह हर आवश्यकता पर देवी-देवताओं से प्रार्थना करता है, सामूहिक रूप से उन्हें प्रसन्न करने के लिए उत्सव मनाता है। नाचता है, गाता है।"

रोगों के निवारणार्थ टोने-टोटके—रोगों के निवारणार्थ भी कुछ टोने-टोटके प्रचलित हैं। जैसे "लूता पूता" नामक चर्मरोग (जिसमें बच्चों के शरीर पर फफोले पड़ते-पकते, फूटते हैं) को दूर करने के लिए एक टोटका किया जाता है। बच्चे को माँ की जेठानी कड़ाही में तेल खौलाती है। बाहर से देवरानी आकर पूछती है "बहिनी का करत हऊ।" जेठानी उत्तर देती है "हम लूता झारत हई।" फिर दोनों समवेत स्वर में गाती हैं—

"लूता क मरैं पूता, जेठानी क मरै भाई,

जे उपराजै लूता, तेकर मरै पूता।''

यह क्रम सात बार दोहराया जाता है। लोक-विश्वास के अनुसार गरम तवे पर आटे की परात धुलकर उसका पानी जिठानी द्वारा डाल देने से देवरानी के बच्चों को यह रोग हो जाता है। इसी कारण इस टोटके में जिठानी को शाप दिया जाता है। शाप से उपर्युक्त दोष मिट जाता है और बच्चा रोगमुक्त हो जाता है।

महामारी की शांति के लिए—ग्राम देवता किसी भी अनिष्टकारी शक्ति से ग्राम की रक्षा करने में समर्थ है। अत: कोई भी संकट आने पर उनकी वंदना की जाती है। एक गीत में उनकी प्रशंसा की गई है—

''सौचान बाबा रुइया धुनावैं हो, अड़बंगी धनुहियाँ।
आँत बोलै, ताँत बोलै, टपर टपर बोलै टेंगना हो, अड़बंगी धुपुहियाँ।''

(इसी प्रकार होले बाबा, लालचंद, अगुवान चंद, डीह बाबा आदि अनेक ग्रामदेवताओं का नाम लेकर गाया जाता है।)

सभी ग्राम देवता महामारी को दूर भगाने के लिए कृतसंकल्प हैं। रूई महामारी का प्रतीक है और ग्रामदेव 'धुनिया' के। जिस प्रकार धुनिया रूई को धुनकी से धुनकर रेशे-रेशे बिखेर देता है, उसी प्रकार ये ग्रामदेव महामारी पर प्रहार कर उसे नष्ट कर देते हैं। धुनिया जब धुनता है तो उसकी पेट की आँतों पर बल पड़ता है, आँतें बोलती हैं और धुनकी की ताँत से सुमधुर ध्वनि निकलती है। उधर धुनकी का दूसरा छोटा सिरा, जिस पर ताँत आधारित रहती है, उससे 'टपर'-'टपर' की ध्वनि निकलती है। ग्राम देवों की धनुही बड़ी अटपटी है।

ऐसा विश्वास किया जाता है कि यह गीत गाने से ग्रामदेवता प्रसन्न होते हैं और महामारी का नाश करके ग्राम की रक्षा करते हैं।

मंतर (मंत्र)—'मंतर' लोकभाषा में ही रचे गए हैं, जो प्राय: अर्थहीन होते हैं पर प्रयोगकर्ता अपनी अटूट आस्था के कारण कार्य में सफल होता है।

प्राचीन काल से ही मंत्रों द्वारा रोग-निवारण अनेक लोगों का व्यवसाय था। मंत्रों में वशीकरण की शक्ति है।

आज भी कुछ ओझा-सयाने इसी के द्वारा अपनी आजीविका कमाते हैं। कुछ केवल समाज में अपना स्थान और महत्त्व बनाने के लिए या सेवा भाव से यह कार्य करते हैं।

नजर उतारने का मंत्र—यदि बच्चे का रोना न बंद हो, उसे उदर विकार हो, दूध न पीता हो तो इन सबका कारण बुरी नजर लगना माना जाता है। मंत्र का ज्ञाता हाथ में राख लेकर निम्नलिखित मंत्र पढ़ता है और राख पर तथा 'नजर' के रोगी पर फूँक मारता जाता है—

''सूक सनीचर मंगर खरबार, तूँ का आयू हमरे मोहार, तोहरो खाबै पूत भतार।

दोहाई बजरंगबली की, दोहाई काली भवानी की,
दोहाई लोना चमाइन की।''

मंत्र पढ़ते समय पढ़नेवाले को यदि उबासियाँ आएँ और आँख से पानी निकले तो समझा जाता है गहरी नजर लगी है।

इसी प्रकार दाँत का दर्द, आँख की फूली, पीलिया आदि रोगों को झाड़ने के मंत्र हैं। कुत्ता, साँप, बिच्छू, बर्रे आदि के काटने पर भी मंत्रों से झाड़-फूँक कराई जाती है। मंत्र के ज्ञाता प्राय: मंत्रों को गुप्त रखते हैं। सीखनेवाले को साधनापूर्वक उपयुक्त नक्षत्र, घड़ी में सीखना पड़ता है।

वनस्पति जगत् संबंधी लोक-विश्वास

कुछ वृक्षों में विभिन्न देवी-देवताओं की स्थिति की कल्पना की गई है। तुलसी तो स्वयं पूज्य हैं ही उनमें शालिग्राम का वास बताया जाता है।

रविवार और मंगलवार को तुलसी का पत्ता नहीं तोड़ना चाहिए, ऐसा लोकमत है। पीपल के वृक्ष में वासुदेव भगवान् का निवास तो है ही किंतु दैत्य, भूत, ब्रह्म का निवास भी माना गया है। अत: सायंकाल, रात्रि में, गोधूली बेला में पीपल के वृक्ष के नीचे जाने से बच्चों, गर्भवती स्त्रियों, दूध पिलानेवाली स्त्रियों या लगन चढ़े हुए वर-कन्या को रोका जाता है। पीपल वृक्ष को काटना, जलाना निषिद्ध है। नीम के वृक्ष में शीतला का निवास माना जाता है। अत: शीतला (चेचक) के प्रकोप के समय नीम की टहनी लाकर टाँगना, उसी से हवा करना आदि शीतला की शांति के लिए आवश्यक है। रोगी के सिरहाने रखा हुआ जल नित्य नीम के वृक्ष में डाला जाता है। जितनी ही शीतलता वृक्ष को मिलेगी उतनी ही रोगी को, और उसका शारीरिक कष्ट दूर हो जाएगा। नीम के वृक्ष में देवी झूला झूलती है। बरगद के नीचे सावित्री ने यमराज से अपना सौभाग्य वापस पाया था। इसलिए इसका महत्त्व है। बेल के वृक्ष में शिव का निवास माना गया है। ऐसा विश्वास है कि शिव के विष की गरमी बेलपत्र से शांत होती है और वे प्रसन्न होते हैं। इसीलिए बेलपत्र पर राम-राम लिखकर चढ़ाना अधिक प्रभावशाली माना जाता है। टूटे हुए या कटे हुए बेलपत्र नहीं चढ़ाए जाते।

सूखा पड़ने पर बाँस की डाल पकड़कर कुमारी कन्याएँ रोती हैं और वर्षादेव को भाई कहंकर पुकारती हैं। ऐसा विश्वास है कि इस प्रकार रोने (गाने) से वर्षा अवश्य होती है।

आम्र पल्लव शुभ व पवित्र कार्यों में आवश्यक है। हवन के लिए आम्र की लकड़ी पवित्र मानी जाती है। आम्र का वृक्ष लगाना पुनीत कार्य है। द्वार पर इसका होना शुभ माना गया है। एक देवी गीत में बरगद, पीपल और आम का घर के पास होना वर्णित है—

"बर अगवारे पिपर पिछवारे, अमवा है धरम दुवारे मोरी मैया।"

आम्र के वृक्ष में देवी के अपनी लश्कर के साथ झूला झूलने की भी कल्पना की गई है—

"अमवा की डरिया परिगै है झुलवा, झूलै लागीं सातौं बहिनियाँ मोरी मैया।"

इसी प्रकार बबूल के वृक्ष में 'भूत-प्रेत' के निवास की कल्पना की गई है। ढाक (पलाश) के वृक्ष और कुश में छठी माता (पुत्र प्रदान करनेवाली) की कल्पना है। इसीलिए 'हरछठ' (हलषष्ठी) व्रत में पलाश और कुश की उपस्थिति अनिवार्य है। आँवले का कार्तिक महीने में विशेष महत्त्व होता है।

सुपारी में पूजन के समय गणेश की कल्पना की जाती है, इसीलिए यह अधिक महत्त्वपूर्ण है। नारियल की भाँति ही जायफल में भी जीव की कल्पना करके उसकी बलि देवी को चढ़ाई जाती है। विवाह, पुत्र-जन्म आदि के अवसर पर पहले ग्राम के काली माई के चौरा पर 'सुअर के छौने' की बलि दी जाती थी। अब यह प्रथा समाप्तप्राय है, उसके स्थान पर जायफल की बलि दी जाने लगी है। कुछ जातियों में अभी भी 'छौने' की बलि दी जाती है। ऐसा प्रतीत होता है कि जायफल-बलि का प्रचलन आसुरी बलि के स्थान पर हुआ है।

कुश को अत्यधिक पवित्र माना जाता है। कुश की बनी हुई पवित्री हाथ की अँगुली में पहनकर पूजन किया जाता है। ग्रहण लगने पर कुश तथा तुलसी अथवा गाय का गोबर भोज्य पदार्थों में रख देने से अशुद्धि-दोष नहीं लगता। गर्भवती स्त्री को भी इन वस्तुओं का स्पर्श करा दिया जाता है। कुश की पवित्रता का कारण सागर-मंथन से निकले अमृत घट को कुश पर रखना माना जाता है। पृथ्वी-प्रवेश के समय सीता के केश राम के पकड़ने से कुश हो जाते हैं, इसलिए भी कुश पवित्र हैं।

'बँवरि' नामक झाड़ी के पुष्प की सब्जी बनाई जाती है, परंतु इसको तोड़ने से पहले नाग-देवता की प्रार्थना की जाती है। इसकी लता हाथी को भी उलझा लेती है।

सावन के महीने में मेंहदी लगाना आवश्यक है। जो स्त्री सावन-भादों में मेंहदी नहीं लगती उसका अगला जन्म छछूंदर का होता है, ऐसा लोक-विश्वास है। चर्मरोगों के लिए मेंहदी की उपयोगिता विज्ञान सिद्ध भी है।

कुछ पुष्पों के साथ भी लोक-विश्वास जुड़े हैं। पुष्पों की सुगंधि को रात्रि, दोपहर या संधि-बेला में सूँघना और उसका वर्णन करना मना है। अदृश्य शक्तियों का फूलों में वास होता है। जो सुगंध के सहारे वर्णनकर्ता के ऊपर सवार हो जाती हैं, इस आशंका से बचने के लिए यह निषेध है। पुष्पों के विषय में भिन्न-भिन्न लोक-विश्वास हैं।

कनेर और गुड़हल (अड़हुल) का पुष्प देवी को चढ़ाया जाता है तथा उसमें देवी के निवास की भी कल्पना होती है। कनेर (कंडैल) का पीला पुष्प बृहस्पतिवार को

बृहस्पतिदेव को भी चढ़ाते हैं।

केवड़ा का फूल जहाँ हो वहाँ साँप अवश्य होता है, ऐसा लोक-विश्वास है। गूलर का फूल आज तक किसी ने नहीं देखा इसलिए दुर्लभ वस्तुओं को 'गूलर का फूल' कहा जाता है। यदि किसी वस्तु में अत्यधिक बढ़ोत्तरी हो जाए और बाँटने पर भी जल्दी समाप्त न हो तो कहा जाता है कि इसमें गूलर का फूल पड़ गया है। ऐसा लोक-विश्वास है कि अर्द्धरात्रि में पूरे गूलर वृक्ष में केवल एक फूल खिलता है, जो शीघ्र ही लुप्त हो जाता है।

विभिन्न शाक-सब्जियों के विषय में भी कुछ लोक-विश्वास प्रचलित हैं। जिस स्त्री के प्रथम शिशु पुत्र हो जाता है उसे आजीवन 'कुम्हड़ा' (कद्दू) नहीं खाने दिया जाता, क्योंकि वह पुत्र का प्रतीक है।

प्रथम पुत्र की माँ को जेठ में होनेवाली ककड़ी खाना भी वर्जित है। पर कुछ लोगों का मत है कि ककड़ी तो कन्या का प्रतीक है। अतः ककड़ी खानी चाहिए। 'कद्दू' को स्त्रियाँ स्वयं नहीं काटतीं। पहले पुरुष उसे फोड़ देते हैं फिर स्त्रियाँ उसे काटती हैं।

पालक, बथुआ का साग वह स्त्री नहीं काटती, जिसके पुत्री होती है, क्योंकि यह लोक-विश्वास है कि ये शाक काटने से 'दामाद' को कुष्ठ रोग होता है। एक बार का जला या गरमाया तेल दीपक में डालने पर भी यही दोष लगता है।

वृक्षों के साथ तो लोक-विश्वास जुड़े ही हैं, हरी दूब का भी लोक-जीवन में विशेष महत्त्व है। गणेश-पूजन में हरी दूब आवश्यक है। किसी के आगमन का 'सगुन' निकालने के लिए गोबर की 'गौर' बनाकर उसमें हरी दूब खोंसकर मूँज की बनी छोटी डलिया (मौनी) में रखकर पृथ्वी को गाय के गोबर से लीपकर वह डलिया हाथ में लेकर 'सगुन' उठानेवाली गाती है—

"हे गौरी माई-जौ हमार आवत होइहैं भइया (अथवा अभीष्ट व्यक्ति का नाम),
त उठिकै बैठि जायू, बाँसे की कोठी मँ बैठैबै,
तुहैं दूधे नहवउबै, तुहैं पियरी पहिरैबै।"

पाँच बार उस डलिया को आरती करने की मुद्रा में घुमाकर गोबर लिपी पृथ्वी पर पलटकर रख दिया जाता है। गौरी से प्रार्थना की जाती है कि आप उठकर बैठ जाइएगा। ऐसा विश्वास है कि यदि प्रश्न का उत्तर हाँ में होता है तो गौरी डलिया उठाने पर बैठी हुई मिलेंगी, उनका दूब मंडित सिर उठा होगा अन्यथा गौरी लोटी रहेंगी। सहज विश्वासशील नारियाँ एक बार हाँ में उत्तर न पाने पर बार-बार इसी क्रिया को दुहराती हैं। एक बार गौरी माँ उठकर बैठ जाएँ तो उन्हें श्रद्धापूर्वक किसी ऊँचे स्थान पर रख दिया जाता है। अभिलषित प्रश्न की पूर्ति के पश्चात् 'गौरी' को दूध से नहलाकर हल्दी में रँगकर नया वस्त्र पहनाकर बाँस की जड़ों में रख दिया जाता है।

श्वेत दूब के साथ भी लोक–विश्वास जुड़ा है। यदि श्वेत दूब साथ में रहे तो कुछ भी अनिष्ट या अप्रिय घटना नहीं होतीं। कुएँ पर उगी दूब सबसे अधिक पवित्र मानी जाती है। हरी दूब जैसा फैलने का आशीर्वाद दिया जाता है, क्योंकि दूब सदैव अपनी वंशवृद्धि करती रहती है—

"बँसवा की नइयाँ तूँ बाढ़ा मोरे ललना, दुबिया एस छैलाव हमेसा।"

जलाशय संबंधी लोक-विश्वास

विवाह के अवसर पर 'तेलवाई' के लिए और 'मौरी सिराने' के लिए तालाब पर जाया जाता है। वहाँ पर दैवी और आसुरी शक्तियों के निवास की कल्पना होती है। अत: तालाब की सीमा में प्रवेश करने से पहले स्त्रियाँ गाती हैं—

"ऐ भीट भिटौरी क पोखरि औरी से पोखरि,
ऐ जे एहि पोखरी म होइ, ते जाइ पईठै, हम धना आवत बाटी।"

ओ 'भीट भिटौरी' से घिरे पोखरे और पोखरी में रहनेवाली शक्तियाँ! भीतर बैठ जाइए हम स्त्रियाँ आ रही हैं (भीट भिटौरी उस चहारदीवारी या मकान के खंडहर को कहते हैं, जो तालाब के किनारे पर स्थित होता है)। उन्हें आगाह करने में यह उद्देश्य होता है कि कहीं निश्चिंत लीला में संलग्न आत्माएँ या अदृश्य शक्तियाँ मानवीय उपस्थिति को विघ्न समझकर रुष्ट न हो जाएँ।

एक अन्य भाव भी हो सकता है कि हम लज्जाशील स्त्रियाँ यहाँ उन्मुक्त भाव से बातचीत करेंगी, गाएँगी, आप दैवी शक्तियाँ पुरुष हैं, आपके सम्मुख हमें संकोच होगा। आप हमारे पूज्य हैं, आपके सामने हम कैसे आएँ। तालाब पर किया जानेवाला क्रिया–कलाप समाप्त करके जब वे घर की ओर प्रस्थान करती हैं तो पुन: गाती हैं कि अब आप निकलकर बैठ जाइए। हम यहाँ से जा रही हैं।

इसी प्रकार जहाँ मृतात्माओं के निवास कल्पना होती है अर्थात् जिस पोखरे कुएँ आदि में कोई डूबकर मर गया हो वहाँ पहुँचकर उनकी दुहाई दी जाती है, उन्हें मामा कहकर संबोधित किया जाता है, जिससे वे कष्ट न पहुँचाएँ—

"ठुइयाँ भुइयाँ धरम तोहार, तू मामा हम भैने तुहार।"

बड़ी उम्र के लोग साथ हों और छोटे बच्चे स्वयं न कह सकें तो वही उनकी ओर से कहते हैं—

"तूँ मामा लरिकै भैने (भांजे) तुहार।"

कुआँ भी जन–जीवन में पूज्य है। प्रसव के बाद कुआँ पूजकर ही शुद्धि कराई जाती है। विवाह में बारात विदा करने के पहले कुएँ की परिक्रमा और पूजन वर के द्वारा कराया जाता है। अधिक रात बीतने पर कुएँ में पानी भरने से पूर्व कंकड़ी मारकर जगा देते हैं, फिर यदि बहुत आवश्यक हो तभी भरते हैं।

शरीर के अंगों संबंधी लोक-विश्वास

जिसका सिर बड़ा हो वह भाग्यशाली समझा जाता है—

"सिर बड़ा सरदार कै।"

चौड़ा ऊँचा माथा भाग्यशाली होने का प्रतीक है—

"ऊँचा माथ, ऊँचा भाग।"

बच्चे के दाँत यदि पहले ऊपर निकलें तो मामा के लिए दोष होता है। अत: मामा तब तक उसे नहीं देखता जब तक चाँदी के कटोरे में दूध-भात न खिला ले। आर्थिक अवस्था के अनुरूप वह कटोरा अब चाँदी का न होकर किसी भी धातु का दिया जाने लगा। दाँत निकलने में भी कुछ महीनों को शुभ और बच्चे के लिए अच्छा माना जाता है। सातवें, नवें महीने में दाँत निकलना अच्छा नहीं माना जाता। सबसे अच्छा छठे महीने में माना जाता है—

"छ महीना क दँतुली, खाय दूध भतुली।"

घने दाँत नारी के हों तो वह भाग्यशालिनी मानी जाती है—

"बिड़र बार घन दंता, उहै नारि कुलवंता।"

स्त्री के बालों का घना होना लोक-विश्वास के अनुसार बहुत अच्छा नहीं माना जाता। कहते हैं कि "बाल अपनी ही छाँह मनाता है।" बालों का रंग श्याम होता है, जो कि अशुभसूचक रंग है। बालों की छाया से भाव काली अशुभ की छाया है। बालों के धोने, खोलने, कंघी करने, तेल डालने आदि के विषय में विविध वर्जनाएँ हैं। इतवार और मंगलवार को जूड़ा खोलना और सिर धोना तथा चूड़ी पहनना वर्जित है—

"एतवार मंगल न खोलै जूरा, बाँह पसारि न पहिरै चूरा।"

स्त्री की बाईं आँख फड़के तो शुभ माना जाता है, दाहिनी का फड़कना अशुभ। पुरुष का इसके विपरीत माना जाता है। इसी प्रकार स्त्री के शरीर के वाम भाग में और पुरुष के दाहिने भाग में तिल, लच्छन (लक्षण) शुभ माना जाता है।

बड़ा पैर गँवार का माना जाता है, छोटे पैर अच्छे कहे जाते हैं—

"पाँव बड़ा गँवार कै।"

जिस स्त्री के पैर का तलवा बीच से अत्यधिक उभरा हो उसे कुलक्षणी समझा जाता है।

मृतात्मा संबंधी लोक-विश्वास

मृत व्यक्तियों के लिए विश्वास किया जाता है कि वे स्वर्ग से अपने परिवार और कुटुंबियों के सुख से प्रसन्न और दु:ख से दु:खी होते हैं। इसीलिए विवाह आदि शुभ

कार्यों में उनको आमंत्रित करके उनसे अनिष्ट की रक्षा हेतु प्रार्थना की जाती है।

बारात चले जाने पर नकटौरी के दिन स्त्रियाँ स्वाँग और नृत्य-गान करती हैं। उसका कारण सरोजनी रोहतगी स्पष्ट करती हैं—"यह लोक-विश्वास है कि दुष्ट आत्माएँ भूत-प्रेत आदि वहाँ जाकर विवाह में विघ्न पैदा करें, किसी प्रकार का अनिष्ट न करें, इस कारण उनको खेल-तमाशे में भरमाकर रखा जाता है। दुष्ट आत्माओं की रुचि के अनुकूल इस कार्यक्रम को अधिक-से-अधिक अश्लील और भद्दा रूप दिया जाता है।"

विभिन्न वस्तुओं के प्रति लोक-विश्वास

दीपक को लक्ष्मी का प्रतीक माना जाता है। दीपक को मुँह से फूँक मारकर नहीं, आँचल से श्रद्धापूर्वक बुझाकर स्त्रियाँ गुनगुनाती हैं—

"लक्ष्मी माई, बासो बास बसा"

हमेशा दीपक में दो बत्तियाँ रहती हैं, चाहे एक ही जलाई जाए। दीपक का मुख दक्षिण ओर नहीं रखा जाता।

चारपाई का सिरहाना उत्तर की ओर करके बिछाना अशुभ माना जाता है, क्योंकि मृत शरीर को इस प्रकार लिटाते हैं। लेटे बच्चे को दो आदमी द्वारा चारपाई उठाकर ले जाना वर्जित है। रविवार, मंगलवार और बुधवार को चारपाई बुनना वर्जित है। गोधूली बेला या रात में चारपाई कसने से कानी लड़की पैदा होती है, ऐसा लोक-विश्वास है। लेटे व्यक्ति के सिरहाने नहीं बैठना चाहिए। चारपाई की पाटी पर सिर रखकर पृथ्वी पर नहीं बैठना चाहिए। यह सब शोकजनक स्थितियाँ हैं, इसलिए इनकी वर्जना है।

झाड़ू को भी लक्ष्मी माना जाता है। झाड़ू खड़ी करके नहीं रखनी चाहिए। रात में 'गोधूली' बेला में झाड़ू लगाना वर्जित है। प्रातःकाल झाड़ू न लगाने से लक्ष्मी रूठ जाती हैं।

घर के चौखट की भी पूजा शुभ अवसरों पर या मंदिर से लौटने पर की जाती है।

चौराहे पर ही टोने-टोटके किए जाते हैं। जो उस मार्ग से पहले निकलता है, उसी के अनिष्ट की आशंका की जाती है। संधि बेला में चौराहे पर जाने से इसीलिए बच्चों आदि को रोका जाता है। चौराहे की पूजा इसी अनिष्ट से बचाव हेतु की जाती है।

सत्कर्मों से फल-प्राप्ति के प्रति लोक-विश्वास

कुआँ खुदवाना, पोखरा (जलाशय), धर्मशालाएँ बनवाना एवं बाग लगाना फलदायक होता है। पत्नी की जिज्ञासा का पति समाधान करता है—

"कूँअना खोदाये कौन फल सुना हो मोरे राजा,
हो मोरी रानी झोंकवन भरै पनिहार तबै फल होइहैं।"

इसी प्रकार पोखरे में गायों के जल पीने, बाग में पथिकों के विश्राम लेने और फल

खाने से खुदानेवाले को तथा बाग लगानेवाले को पुण्य मिलता है।

संतान को दीर्घजीवी करने से संबंधित लोक-विश्वास

यदि किसी की संतान अल्पायु में ही मृत्यु का ग्रास बन जाती हो तो उसके आगामी शिशु की जीवन-रक्षा के लिए कुछ उपाय किए जाते हैं।

मृत्युदेव को शिशु की यहाँ अवहेलना दिखाने के लिए घूरे (कूड़े, गोबर के ढेर) पर लिटाकर घुरहू अथवा 'कतवारू' नाम रखा जाता है, जिससे कि यहाँ का तिरस्कार देखकर मृत्यु भी इसका तिरस्कार करे।

इसी भावना के वशीभूत शिशु को पत्तल या डलिया में रखकर पृथ्वी पर घसीटकर उसका नाम 'घसीटा', घिसियावन, फेंकू, बहावन आदि रखा जाता है। शिशु को दान करके फिर उसी के वजन का धन या अन्न देकर पुन: खरीदकर बच्चे का नाम बेंचू, बेंचई, मोलई आदि रखा जाता है। तौलने के कारण जोखन, जोखू, जोखई नाम भी रखते हैं। यह सब इस विश्वास से किया जाता है कि यह बच्चा मेरा नहीं है दूसरे का है, उसी के भाग्य से जीव। नवजात शिशु का कान छेदकर 'छेदी' नाम रखा जाता है।

नया वस्त्र न पहनाकर ऐसे लोगों के बच्चों के उतारे हुए वस्त्र पहनाए जाते हैं, जिनके बच्चे जीवित रहते हों। कुछ लोग अपने बच्चों के वस्त्र दूसरों को नहीं देते। इस भय से कि कहीं इस वस्त्र के साथ टोना-टोटका करके अनिष्ट न किया जाए।

शिशु को गंगा की धारा में छोड़कर अन्य व्यक्ति शीघ्रतापूर्वक निकाल लेता है। ऐसा लोक-विश्वास है कि गंगा की धारा स्वयं ही शिशु को ऊपर उछाल देती है। इस प्रकार गंगा से दानस्वरूप बालक ग्रहण करके घर लौटते हैं—

"गंगा मैया दिहीं गंगादीन, बसी बा उजरी नगरी।"

तिथिवार संबंधी लोक-विश्वास

कुछ तिथियों और दिवसों में कुछ विशेष कार्यों के करने का निषेध होता है। भाद्रपद की कलंकी चौथ को चाँद देखने से कलंक लगता है। देख लेने पर किसी के घर में पत्थर-कंकड़ फेंककर गालियाँ सुन लेने से दोष दूर हो जाता है। इतवार-मंगल को सिर धोना तथा चूड़ी पहिनना कहीं अनुचित कहीं उचित समझते हैं। उनका तर्क है कि इतवार को पहनी हुई चूड़ी के जोड़ भाग्य-विधाता के यहाँ जोड़े नहीं जाते। शेष दिवसों में पहनने पर जोड़ा जाता है और जितने 'जोड़' जिसके भाग्य में पहनना होता है उतना ही पहनने तक उसका सौभाग्य रहता है।

सिर तथा शरीर में सरसों का तेल बृहस्पतिवार को नहीं लगाना चाहिए, इससे गुरु और धन का दोष होता है—

"रानी धना अधानी, बिहफै कड़ुवा तेल नहानी।"

बृहस्पतिवार को घर गोबर से लीपने पर यदि कुमारी कन्याएँ उस पर अपना चरण रख दें तो उनके लिए वर ढूँढ़ने में कठिनाई होती है। शनिवार को स्त्री पति से पहले नहा ले तो पत्नी के सिर का शनि पति पर आ जाएगा। सिर भी शनिवार को नहीं धोना चाहिए। शनिवार को नाखून और बाल नहीं कटाना चाहिए। कहते हैं कि 'शनिवार को घोड़े का भी नाखून-बाल नहीं काटा जाता'। शनिवार के दिन डॉक्टर-वैद्य को दिखाने नहीं जाना चाहिए। कोई भी शुभ कार्य शुक्ल पक्ष में करना अधिक अच्छा है। पितृ-पक्ष (आश्विन कृष्ण-पक्ष) में मरने पर स्वर्ग की प्राप्ति होती है। एकादशी, प्रदोष और अधिक मास (मलमास) में मरनेवालों को भी सद्गति मिलती है। इन दिनों स्वर्ग के कपाट खुले रहते हैं।

नवीन वस्त्र धारण करने के लिए भी तिथिवार का ध्यान रखा जाता है—

"कपड़ा पहिरै तीन वार, बुद्ध बृहस्पति सूकवार।"

वस्त्र धारण के लिए शुक्रवार को सबसे उत्तम दिन माना जाता है—

"सूक क पहिरै चीरा, सुखी रहै सरीरा।

स्वास्थ्य संबंधी लोक-विश्वास

ग्रामीण जीवन में स्वास्थ्य रक्षा के लिए विविध विश्वास प्रचलित हैं। घाघ और भड्डरी आदि की लोकोक्तियाँ इनका प्रमुख आधार है। जल पीने के संबंध में कहा जाता है—

"पानी पीयै छानि कै, गुरू करै जानि कै।"

भोजन के प्रथम ही जो पानी पी ले वह योगी, मध्य में पीनेवाला भोगी और अंत में पीनेवाला रोगी होता है—

"पहिले पीयै त जोगी, बीच म पीयै भोगी, बाद म पीयै रोगी।"

पुरुष का खटाई खाना और स्त्री का मिठाई खाना हानिकर है—

"गया मरद जो खाय खटाई, गई नारि जो खाय मिठाई।"

स्त्री को शीघ्र स्नान करना चाहिए तथा पुरुष को देर तक। पुरुष को भोजन शीघ्र करना चाहिए—

"मरद क खाब, मेहरारू क नहाब, केउ देखिस, केउ न देखिस।"

अन्य विविध लोक-विश्वास

दिन में कहानी कहने से मामा रास्ता भूलता है। ज्येष्ठ पुत्र का नाम माँ नहीं लेतीं। रात को सीटी नहीं बजानी चाहिए। स्त्री की सीधी माँग का निकलना, इस बात का द्योतक है कि उसका पति लंबा और सीधे स्वभाव का होगा। श्वेत कोरा कपड़ा पहनने से पहले उसमें सिंदूर अथवा हल्दी कोने में लगाकर अथवा रंगकर ही पहननी चाहिए।

वधू या कन्या के आने पर या विदाई के अवसर पर दही-गुड़ तथा चावल और गुड़ की खीर खिलाना शुभ होता है। वधू को ताजी और पुत्री को बासी खीर खिलाने का प्रचलन है। वधू सदा नई नवेली-सी सुंदर रहे, पुत्री अपने घर में बासी खीर सी शीतल रहे।

रबी और खरीफ दोनों फसलों के तैयार होने पर 'नवा' (नवान्न) का पर्व मनाया जाता है और इसमें दही खाकर, मछली का दर्शन करके नया अन्न ग्रहण किया जाता है।

कहीं-कहीं जब तक बहू गोदना न गोदवा ले लोग उसके हाथ का पकाया भोजन नहीं करते। चक्की पीसते समय हाथ से चक्की का हत्था छूटना, रोटी बनाते समय लोई हाथ से गिरना, किसी मेहमान के आने की सूचना समझी जाती है। वैद्य को बुलाने जाने- वाले व्यक्ति को छाता, चप्पल लेकर और सिर ढककर नहीं जाना चाहिए। सीढ़ी और सिल (सिलवट) को लिटाकर नहीं रखना चाहिए, जो गिराए वही उठाए। उबटन पीसकर नहीं धोना चाहिए। उरद की पीठी यदि सिल से साफ न धुले तो धोनेवाली को बहू कीचड़ लगी आँखोंवाली (कुचकुचही) मिलती है। किसी सदस्य के घर से जाने के बाद घर में झाड़ू नहीं लगाना चाहिए, न ही सिर धोना चाहिए। किसी को विदा करते समय बाल खुले नहीं रखने चाहिए।

सौगंध खाने के प्रति लोक-विश्वास

अपनी बात की सत्यता को प्रमाणित करने के लिए सौगंध (कसम या किरिया) खाने का प्रचलन है। यह सौगंध राम, विद्या, अन्य देवी-देवताओं की तो होती ही है, अपने माता, पिता, गुरु, पति एवं अपनी भी होती है। लोकगीतों में यत्र-तत्र इनके दर्शन होते हैं। राम के साथ वन जाने के लिए सीता तत्पर हैं, वे साथ न छोड़ने की सौगंध खाती है।

"हमहू चलब नाहीं मनबै कहनवाँ,
सिउ की कसम नाहीं छोड़बै गोहनवाँ।"

लोक-विश्वास का क्षेत्र अत्यधिक व्यापक है। लोकगीतों में उनके वर्णन का बाहुल्य है। इन लोक-विश्वासों का अध्ययन हमारी पुरातन संस्कृति और सभ्यता के अध्ययन में सहायक हो सकता है। इतना तो निर्विवाद रूप से कहा जा सकता है कि लोक-विश्वास कहीं अपना वैज्ञानिक महत्त्व रखते हैं तो कहीं हमें प्रकृति से जुड़े रहने को बाध्य करते हैं।

□

11

लोक गीतों में आर्थिक जीवन

यह सामान्य धारणा है कि हमारी लोक संस्कृति निवृत्तिपरक रही है, पर भारतीय संस्कृति में अर्थोपार्जन, संरक्षण एवं उसके वितरण के प्रति वैदिक काल से ही पूर्ण सजगता रही है। यजुर्वेद के अनुसार—

"ईषावास्यमिदम् सर्वम् यत्किंचित् जगत्याम् जगत्।
तेन त्यक्तेन भुञ्जीथाः मा गृधं कस्यस्विद्धनम्।।"

अर्थात् इस संपूर्ण जड़-चेतन जगत् में ईश्वर का निवास है। उसने जिस प्रकार त्यागपूर्वक हमें धन प्रदान किया है उसी प्रकार हम भी त्यागर्पूवक धन का उपभोग करें और किसी अन्य के धन का लोभ न करें।

वर्णाश्रम-व्यवस्था में भी गृहस्थ आश्रम प्रमुख है। तीन ऋणों से मुक्त होने के लिए आर्यों को संन्यास से पूर्व गृहस्थाश्रम में प्रवेश लेना आवश्यक माना गया है। गृहस्थ आश्रम में अर्थोपार्जन, उसका उपभोग तथा वितरण सभी करना अनिवार्य है। गृहस्थ का यह कर्तव्य है कि वह 'द्यावा' पृथ्वी को घृत से पूरित करे अर्थात् धन से और स्नेह से समृद्ध करे।

वैदिक काल में 'गोधन' ही आर्थिक जीवन का प्रमुख साधन था। पशु-पालन ही प्रधान व्यवसाय था। वन प्रखंड को काटकर कृषि योग्य भूमि तैयार करके कृषि का कार्य भी किया जाता था। शिकार, मांस, चमड़े के लिए एवं मनोरंजन के लिए किया जाता था।

वर्णाश्रम-व्यवस्था के शिथिल होते ही हमारे समाज का ढाँचा बदला। अर्थ के सम्यक् वितरण की प्रणाली शिथिल पड़ गई। समाज का एक वर्ग अधिक धनाढ्य हो गया और दूसरा वर्ग निर्धन होता चला गया। हमारे लोकगीतों में जहाँ एक ओर भोजन परोसने आदि के हमारे सुख-समृद्धि के चित्र हैं तो दूसरी ओर दुःख दैन्य से ग्रस्त, रोग-शोक से पीड़ित नर-नारियों की व्यथा का वर्णन करके आर्थिक जीवन के विविध पक्षों

का उद्घाटन किया गया है।

लोक-जीवन में आर्थिक विपन्नता का कारण है—अर्थ के वितरण की दूषित प्रणाली। हमारी पारिवारिक व्यवस्था में स्त्रियों की आर्थिक दशा सोचनीय रही है।

लौकिक जीवन में अर्थ की प्रधानता स्पष्ट परिलक्षित होती है। अनेक सूक्तिकारों ने अन्य कलाओं की तुलना में धन-प्राप्ति की कला की प्रधानता को स्वीकार किया है। भर्तृहरि ने नीतिशतक में लिखा है—

''हिरण्यमेवार्जय निष्फल: कला।''

धन का अर्जन ही कीजिए, अन्य कलाएँ निष्फल हैं। अर्थशास्त्र के मूर्द्धन्य विद्वान् चाणक्य ने अर्थ की महत्ता इस प्रकार प्रतिपादित की है—

''यस्यार्थत: तस्य मित्राणि, यस्यार्थ: तस्य बान्धवा:।
यस्यार्थ: स सुखी लोके, यस्यार्थ: सच जीवति।।''

'जिसके पास धन है उसके मित्र हैं, बंधु हैं, जिसके पास धन है वही संसार में सुखी है, वही जीता है।' लोक-जीवन के सुख-दु:ख का आधार भी धन ही है। अत: आर्थिक संपन्नता या विपन्नता से संबद्ध अनेक लोकगीत रचे गए हैं।

धन का महत्त्व—जीवन में धन-संचय की आवश्यकता पग-पग पर परिलक्षित होती है। एक लोकोक्ति में धन का संचय न हो पाने के कारणों पर व्यंग्यपूर्वक प्रकाश डाला गया है—

''विप्र टहलुआ, चीक धन, औ बेटी कै बाढ़ि,
वहू से धन ना घटै, तौ करौ बड़े से रारि।''

अर्थात् जिनके घर विप्र सेवक होगा, वहाँ ब्राह्मण देवता से सेवा-कार्य कराने से पुण्य-क्षय होने के कारण धन-हानि होती है। बकरी पालने से ईश्वर और लक्ष्मी घर से दूर होते हैं। जिस घर में अधिक कन्याएँ हों उनके दहेज में घर की संपत्ति चली जाती है। इतने पर भी यदि धन न समाप्त हो तो किसी बड़े आदमी से शत्रुता मोल लेने पर तो निश्चय ही धन नष्ट हो जाता है। इसमें मुकदमेबाजी आदि में अर्थ के अपव्यय की ओर संकेत है।

पिता धन देकर पुत्री को तथा भूमि देकर पुत्र को संतुष्ट करता है—

''धन दै धियवा के बोधब्यों ए बेटी, जल दै अमवा कै पेड़,
भुँइ दै पुतवा के बोधाबौं ए बेटी, अन्न दै हंसा मझधार।''

वैभव तथा विपन्नता दोनों का अस्तित्व समाज में सदैव से रहा है। इन दोनों का निर्णय परिवेश की तुलनात्मक स्थिति से किया जाता है। खुले आकाश तले सोनेवालों से एक झोपड़ीवाला अपने को अधिक संपन्न अनुभव करता है, किंतु ऊँचे महलों के बीच एक छोटे गृह का वासी स्वयं को विपन्न और दीन समझता है।

लोकगीतों में वैभव और विपन्नता दोनों का स्वाभाविक चित्रण है। आर्थिक वैभव

और समृद्धि व्यक्त करने में घरेलू उपकरणों का वर्णन सहायक है। घर आए अतिथि को चंदन की 'पिढ़ैया' पर बैठाया गया है—

"बैठो न बभना रे चनन पिढ़ैया, कहहु नैहरवा कुसलाति।"

चंदन की पिढ़ैया ही नहीं चंदन के पलंग बनवाकर रेशमी डोरी की 'वरदावनि' लगाकर ईंगुर से रँगा गया है—

"दुवारे कै चनन कटायों, त पलँग सलायों,
भौजी! चारौं पउवाँ ईंगुरी ढरायों, त रेशम वरदावनि।"

लोकगीतों में चंदन की खूँटियों का वर्णन हुआ है, जो तत्कालीन समृद्धि की सूचक है—

"हम तौ हई देवरा राम रसोइयाँ रे ना,
देवरा टाँगि द्या चननवाँ की खुँटिया रे ना।"

चंदन का पालना, चरखा और चंदन के किवाड़ों का भी उल्लेख मिलता है। फूलों की शय्या पर सोना वैभव और विलासपूर्ण जीवन का अन्यतम उदाहरण है—

"फूला मैं चुनि-चुनि सेजा बिछायों।"

बाबा सोने का पालना बनवाते हैं जिसमें दादी लालन को झुलाती हैं—

"बाबा गढ़ावैं सोने कै पालना, दादी रानी झुलावैं, झुला हो लालना।"

बालक की मुंडन में सोने का छूरा गढ़ाने का उल्लेख है—

"सोंनवाँ कै छुरवा गढ़ावैं त बाबा तुहार।"

वर सोने की 'पिढ़ैया' पर नहाता है—

"सोने की पिढ़ैया पै दुलहा नहाये, झटकहिं लंबी केस।"

राजा दशरथ के वैभव का स्वाभाविक चित्रण है। स्वर्ण-महल, रजत के किवाड़, स्वर्ण के सिंहासन पर राजा आसीन हैं, सेवक पंखा झल रहा है—

"सोनवन कै उनकै उठलि महलिया, रुपवन लागी केवाँड़ि,
सोने सिंहासन बैठे राजा दसरथ, सेवक झलत बयारि।"

राजा दशरथ की खड़ाऊँ सोने की हैं।

भिक्षा में गृहस्थ नारियों के द्वारा स्वर्ण देने का उल्लेख अनेक गीतों में हुआ है—

"तराँ धरैं सोनवाँ उपर साठी धनवाँ,
चेरिया बभना का भिखिया दै आवहु रे ना।"

स्वर्ण पात्र तो लोकगीतों में स्थल-स्थल पर दृष्टिगोचर होते हैं—

"सोने की थरिया माँ ज्योंना परोस्यों।"

स्वर्ण-पात्र ही नहीं स्वर्ण की मथानी का भी उल्लेख है, जिसमें चाँदी की डंडी लगी है, जिसे पकड़कर मथा जाता है तथा आँचल रत्नजड़ित है—

"सोने कै मोरी खैलरि, रुपवा के माथनि,
अरे रतना चरित्र मोरे अँचरे त दहिया बिलोरौं।"

बारातियों को खिलाने के लिए लौंग खोंसकर पान के पत्तल बनाए गए हैं—

"पाने कै पतरी फूलन कै दोना,
लौंगन डोभ डोभाये कि हाँ जी।"

वर को दहेज में स्वर्ण के साथ में हजारों मोहरें और रुपयों की ढेरी कन्या का पिता लाकर देता है—

"लाये सोनवाँ की थारी, रूपे मोहरा हजारी,
रुपवन ढेरी लगी रे लगी।"

पुत्री को अन्न, धन, सोना, वस्त्र, हाथी, घोड़े, गाय आदि भी दिए गए—

"मैया जे दिहीं हैं अन धन सोनवाँ, बाबा जे लहर पटोर,
भैया जे दीन्हें हैं हौंसिल घोड़वा, भौजी सेंन्हुर भरी माँग।"

वर हाथी पाने की अभिलाषा रखता है, न मिलने की आशंका से चिंतित है पर कन्या-पक्ष उसे हौदे समेत हाथी देने का आश्वासन देता है—

"दुलहे मलीन भये हाथी के वास्ते, हाथी मैं देबौं दुलहे हौदा सहीता।"

आर्थिक विपन्नता का चित्रण—देश की आर्थिक परिस्थितियों तथा महँगाई का प्रभाव एक विरहा गीत में भली-भाँति अभिव्यक्त हुआ है—

"मँहगी के मारे बिरहा बिसरिगै, भूलिगै कजरी कबीर,
देखि कै गोरी कै मोहिनी सुरतिया, अब उठै न करेजवा में पीर।"

इसमें छेकानुप्रास की छटा भी दर्शनीय है। मौसम के कुप्रभाव से यदि उपज कम होती है तो मँहगाई बढ़ती है। एक खेल गीत में बच्चे इस तथ्य का उद्घाटन करते हैं—

"आजु बदरी बिहान बदरी, पक्का पसेरी बिकाय जोन्हरी।"

अर्थात् दो भी दिन यदि बदली रही तो मक्का की फसल मारी जायेगी और मक्का रुपए का पाँच सेर मिला करेगा। इस गीत से यह भी स्पष्ट हो जाता है कि उस समय रुपए पसेरी के भाव को भी महँगा कहा जाता था।

लोकगीतों में जहाँ समृद्धिसूचक गीत हैं वहीं दैन्य और दुर्दशा के भी स्वाभाविक चित्र हैं। अर्थ के लिए पिता कन्या को बेंच देता है। बेचते समय उसे यह भी ध्यान नहीं रहता कि बेटी का ग्राहक सुपात्र है कि नहीं या उसकी आर्थिक, पारिवारिक स्थिति कैसी है। नौ सौ रुपयों के बदले वह बेटी का हाथ किसी को भी थमा देता है। कन्या का भाई बहन से मिलने जाता है, बहन अपनी दयनीय स्थिति का मार्मिक वर्णन करती है—

"जब से दिह्या गवनवाँ, बिरना आयों मैं ससुरवाँ,
तबसे मैं जात जरी रे जरी,

बाबा दान कन्या किहे, नौ सौ रुपया हो लिहे,
हमके त बेंचि डरी रे डरी।
उतरी ससुरे मोरी डोली, ननदी बोलीं कुबोली,
भल भौजी सुख माँ परी रे परी,
भैया इहाँ नाहीं खटिया, भुइयाँ सोवौं सारी रतिया,
ओढ़ौं मैं फटही दरी रे दरी।
निसदिन रहौं मैं भूखी, पावौं रोटी न सूखी,
भितरै करेजवा बरी रे बरी।
हमरी विपत गठरिया, खोल्या अपनी कोठरिया,
जहाँ केहू और रही न रही।''

'मेरे भाई! मैं मानसिक यंत्रणा में और भूख की यंत्रणा में जल रही हूँ। पिताजी ने नौ सौ रुपयों के बदले मेरा कन्यादान किया (कितना बड़ा व्यंग्य—कहाँ कन्यादान और कहाँ कन्या-विक्रय)। ससुराल में जैसे ही मेरी डोली उतरी ननद ने व्यंग्य किया—'अहा भाभी! बड़े सुख में रहने आ गई हो।' यहाँ मैं निराहार रहकर पृथ्वी पर सोती हूँ। मेरी विपति-कथा को पिता, माँ, बहन, भाभी किसी से भी न कहना।

अपने दैन्य को उजागर होने से बचाने के लिए कितनी कातर प्रार्थना है। समाज की आर्थिक दशा का इतना सजीव चित्र अन्यत्र दुर्लभ है। अर्थ के लोभ में पिता अपनी पुत्री को वृद्ध के हाथ सौंपता है—

''रोइ रोइ कहैं कुआँ पै नारि,
मातु पिता मोर धन की लालिच,
किहिन तनिक ना ख्याल सुना,
बुढ़वा के संग ब्याहि दिहिन, हमैं किहिन बरबाद सुना।
बारह बरिस कै मोरि उमिरिया, सैंया मोसे पचास गुना।''

विवाह होते ही पुरुष को गृहस्थी के भार वहन हेतु धन की आवश्यकता पड़ती है। वह अपनी नवोढ़ा पत्नी को घर पर विरहाकुल छोड़कर विदेश जाने के लिए विवश होता है। पत्नी रोती है और पैसे को दोषी ठहराती है, जिसके कारण प्रिय को देश-देश भटकना पड़ रहा है—

''उहै पइसवा बैरी ना, देसवाँ देसवाँ भरमावै,
उहै पइसवा बैरी ना।''

नारी को अपने मायके की आर्थिक सहायता पर कभी निर्भर होना पड़ता है। यह सहारा न मिले तो वह निराश हो जाती है। एक बारहमासा गीत में देखिए—

''तीजे भादों कै अँधियारी, नइहर बाप न महतारी,
भैया बसैं ससुरारी, धूमिल होइगै पियरिया अरे सावँरिया।''

पियरी धूमिल (पुरानी रंगहीन) हो गई, कहीं से उसकी प्राप्ति की आशा नहीं दिख रही। आर्थिक विवशता का कितना सजीव चित्र है।

कन्या अपने माता-पिता की आर्थिक दशा के प्रति भी चिंतित रहती है, वह आगत शिशु से प्रार्थना करती है—

"रे रतनारे होरिलवा कुवार तुहीं जनम्या,
ललना! मैया मोरी धनवाँ कुटैहैं, बहिनि ढुँढ़िया बन्हिहैं,
भौजी मोरी पियरी रँगैहैं, बिरन लैकै अइहैं।"

इन पंक्तियों में यह भाव अभिव्यंजित है कि खरीफ की फसल कटने के कारण आर्थिक स्थिति सुधरेगी और बेटी के घर 'बधाव' भेजने में माँ को सुविधा होगी।

निर्धन की उपेक्षा—निर्धन का सम्मान समाज में कम होता है। पत्नी पति की उपेक्षा देखकर पूछती है कि क्या मैं निर्धन की कन्या हूँ, जो तुम मुख से नहीं बोल रहे हो—

"की हम दुखिया की बेटी, दहेज थोर पायऊँ,
हो मोरे राजा किय हो सुरतिया कै हीन,
घुमरि नाहीं ताका।"

निर्धन बहन का सम्मान भाई के घर नहीं होता। संपन्न बहन का आदर होता है—

"सुखिया त बइठीं चढ़ि कै पलँग पर,
दुखिया कवहिया के ठाढ़ि अहो राजा बीरन के।"

भाई की मैली-कुचैली धोती व वस्त्र देखकर बहन उसकी आर्थिक स्थिति का अनुमान लगाकर अपने गृह के पट बंद कर लेती है—

"मैलिहि धोतियाँ बिरन भइया, बहिनी के देस गए,
बहिनी हनि लिहीं बजर केंवड़िया, खोलाये नाहीं खोलैं।"

मायके का ब्राह्मण भाई के विवाह का निमंत्रण लेकर आया है। वधू अपनी सास से झीनी साड़ी और जेठानी से आभूषण माँग, पहनकर मायके जाती है—

"देहु न सासू आपनि झीनी सरिया, भइया नेवतवाँ हम जाब।"

सास की वह साड़ी फट जाने से चिंतित और भयभीत पुत्री को पिता आश्वासन देता है कि मैं तुम्हें विदाई में गौने, दोंगे जितना साज-सामान दूँगा, जिससे तुम्हारी सास प्रसन्न हो जाएँगी और तुम्हें कुछ न कहेंगी। ये गीत नारी की सामाजिक स्थिति में 'अर्थ' के महत्त्व को व्यक्त करते हैं—

"काहें बेटी उलमुलि,
काहें बेटी ढुलमुलि,
काहें बेटी मन दलगीर,
अपनी मैं बेटी के यस कै सजबौं, जइसे गवने दोंगे जाइँ।"

देश की आर्थिक स्थिति का वर्णन भी गीतों में हुआ है—

''जौने मुलुक माँ गोहूँ नहीं है, सारा मुलुक कँगला रे।''

वर्ग-भेद के कारण आर्थिक विषमता की ओर बच्चों के खेल गीतों में भी संकेत है—

''केउ घिउ खाय केउ कंकर,
केउ गुड़ खाय केउ सक्कर।''

(कोई घी से तर माल खाता है कोई कंकड़ की तरह सूखी-रूखी रोटी। किसी को गुड़ ही मिल पाता है कोई शक्कर खाता है।)

कन्या-पक्ष की स्त्रियाँ वर-पक्ष के वैभव और अपने दैन्य का वर्णन करते हुए दहेज के लिए हठ न करने की प्रार्थना करती हैं—

''समधी सोचो औ समझो, हमरी गरीबी पै ध्यान धरो,
तुहरे सोनवाँ कै थारी, हमरी पतरिया पै ध्यान धरो।
तुहरे पूड़ी मिठाई, हमरी सूखी भौरिया पै ध्यान धरो,
तुहरे झाँझर गेड़ुवा, हमरे भरुकवन पै ध्यान धरो।
तुहरे लौंगा इलायची, हमरी सुरुतिया पै ध्यान धरो,
तुहरे तोसक तकिया, हमरे झिलिंगवा पै ध्यान धरो।''

कितनी विनम्रता तथा वाक्चातुर्य इस गीत में है। अपने दैन्य का वर्णन करके विनम्रतापूर्वक यह प्रार्थना की गई है कि हम आपको कुछ दे सकने की स्थिति में नहीं हैं।

एक गीत में पैसे के अभाव में मेले के आकर्षण पर क्षोभ व्यक्त है—

''मेला चला बा धका धूम से, बटुआ म पैसा नाहीं।''

'बटुआ' में पैसा पाने के लिए निर्धन कत्यि देवी की आराधना करता है—

''मइया के दुआरे एक निर्धन पुकारै,
देहु माया घर जाउँ रे, मैया तोरी सँकरी दुअरिया।''

गणेश तथा कृष्णजी निर्धन की निर्धनता दूर करते हैं—

''बाँझिन को पुत्र देत निर्धन को माया।''

× × ×

''कृसना दुआरे एक निर्धन पुकारे, झोली खाली न जावै दुआरे से।''

बहुमूल्य रत्नों का वर्णन

रत्न समाज की समृद्धि के सूचक हैं। रत्नों को अत्यधिक महत्त्व देने की प्रवृत्ति बहुत प्राचीन काल से ही रही है, कारण है रत्नों का अतुलित सौंदर्य और उनकी दुर्लभता। रत्नजड़ित आभूषण की शोभा ही और होती है—

''कमर माँ जड़ाऊ करधनियाँ, सिर मुकुट बिराजै हो।''

रत्न पदार्थ राम के 'नेहछू' में डालने का वर्णन भी हुआ है—

"सुमित्रा रानी चुटकी मुनरिया, कैकेयी रानी रूप,
कैसिल्या डारैं रतन पदारथ भरिगै है सूप।"

राजा दशरथ रत्नों से जड़ित धान दान में देने हेतु लाने की आज्ञा देते हैं—

"बनिया लावहु पितंबरी और धान रतन जड़ि लावहु।"

हीरा—हीरा को सबसे मूल्यवान रत्न माना जाता है, इसलिए उसकी उपमा ईश्वरीय ज्ञान से दी गई है—

"मोर हीरा हेराय गय अँतरे माँ।"

श्री वर के मौर में हीरा-मोती जड़ाने का आदेश दिया गया है—

"मौरू मँ हीरा-मोती जड़ाव रे अलबेली मालिनि।"

माणिक्य—माणिक्य जैसे बहुमूल्य रत्न का वर्णन भी भगवत्विषयक प्रेम और ज्ञान के संदर्भ में हुआ है—

"मानिक मोरा हेराने हो रामा जमुन जलवाँ।"

स्वर्ण कलश पर 'मणि' का दीपक शुभ संस्कार के अवसर पर जलता था—

"सोने कै कलसा मड़ये धरायों सिव संकर,
मानी कै दियना लेसायौं, सुना हो रघुनंदन।"

मोती—भाई के पुत्र-लाभ का शुभ समाचार पाकर धनी और निर्धन दोनों बहनें बधाव लेकर आती हैं। एक वस्त्राभूषण लेकर तो दूसरी केवल शुभकामनाओं से युक्त हरी दूब। धनवान् बहन का सत्कार हुआ और चलते समय सेर भर मोती दिया गया, जबकि निर्धन को केवल सेर भर कोदो—

"सुखिया त पायीं सेर भर मोती,
दुखिया सेर भर कोदो अहो राजा बीरन के।।"

गीतों में 'मोतियों' से माँग भरी गई है—

"माथे पै बिंदिया नयन भर काजर, मोतियन माँग भरी।"

तिलक में थाल भरकर मोती वर को कन्या का पिता देता है—

"पाँच सोपारी थार भरि मोती, राम के तिलक चढ़ाव।"

मोती में 'गजमोती' (गजमुक्ता) का विशेष आकर्षण और महत्त्व है। 'ग्वालिन' केवट-रूपी कृष्ण को अपना 'गजमोती' का हार देकर पार उतारने की प्रार्थना करती है—

"हो अरे कान्हा लेहु गजमोतिया कै हार, हम्मैं परवाँ उतारौ।"

लाल—श्री वर के मौर तथा वस्त्राभूषणों में लाल जड़ाने का उल्लेख है—

"सिर सोहै फूलन कै मौरू,
मौरू मँ लाल लगाव राजा दुलहे,

कान दूल्हे के बाला सोहै,
कुंडल मँ लाल लगाव राजा दुलहे।''

रुक्मणी की 'तिलरी' उनके चितचोर चुरा लेते हैं, वे उनकी बंसी चुरा लेती हैं। कृष्ण अपनी बंसी को बहुमूल्य कहते हैं पर रुक्मणी अपनी 'तिलरी' को और भी बहुमूल्य बताती है, क्योंकि उसमें हीरा, लाल आदि रत्न जड़े हुए हैं—

''हो मोरी सासू! तिलरी जड़ा बा हीरा,
लाल, तिलरिया मोरी अनमोल।''

मूँगा—बहू अपनी ननद से पूछती है कि मूँगा किस रंग का होता है? वह लाल रंग का बताती हैं—

''लाले रंग मुँगवा, उजर रंग मोतिया।''

नगीना—पत्नी अपने को आरसी का नगीना कहकर प्रिय के बिछुड़ने का कारण जानना चाहती है—

''अरे मैं आरसी के ऊपर नगीना, बलमुआ हमसे काहें बिछुरे।''

धातुओं का वर्णन

स्वर्ण—समाज की आर्थिक स्थिति का मापदंड तथा औद्योगिक और आर्थिक उन्नति का साधन धातुएँ हैं। सबसे अधिक मूल्यवान धातु स्वर्ण के वर्णन का लोकगीतों में बाहुल्य है। स्वर्ण के आभूषण, पात्र तथा अन्य उपकरणों का वर्णन तो मिलता ही है काग की चोंच को स्वर्णजड़ित करने तथा दाँतों में स्वर्ण मढ़ाने का वर्णन भी हुआ है—

''कगवा! सोनवाँ मढ़ौबै तोर ठोंढ़वा, त रुपवा से पखना।
हो मोरे कागा! सोने को कटोरियाँ, दूध भतवा तुहँके खियैबै।।''

तथा

''जड़े सोनार दाँत माँ कीली।''

स्वर्ण के खंभों तक का वर्णन मिलता है—

''सोने के चारि खम्भा गड़े हैं।''

स्वर्ण का सिंदूरपात्र बनवाने, लाठी के सिरे में सोना मँढ़ाने, सोने-चाँदी के ताने-बाने का वस्त्र बुनने, चाँदी का तल्ला, सोने की कील से जूता बनवाने आदि का उल्लेख भी हुआ है—

''सोने के सिंहोरवाँ मैया धना के बियह्यों,
दहेज मिला तीनौ लोक।''

तथा

''सोने रूपे हूरा बँधौबै, लठिया देबै बनवाय,
रूपया कै ताना, सोनवाँ कै भन्नी,

देबै अँगौछा बिनवाय,।
रुपवन कै तल्ला, सोनवन कै कीली,
देबै जूता बनवाय।''

रजत—स्वर्ण के उपरांत चाँदी की महत्ता स्वीकार की गई है। चाँदी के आभूषण एवं पात्र भी समृद्धि के द्योतक हैं। कुछ आभूषण विशेषत: पैर के तो चाँदी के ही बनते हैं, क्योंकि पैर में सोना पहनना साधारण स्त्रियों के लिए प्राय: वर्जित है। केवल रानी-महारानी ही स्वर्ण के आभूषण पैरों में पहन सकती थीं। स्वर्ण से कम मूल्य का होने के कारण मध्यम वर्ग और निम्न वर्ग के लोगों की आभूषण संबंधी लालसा चाँदी ही पूरा करती थी।

चाँदी की शुभ्र आभा की प्रशंसा की गई है। दही की भाँति शुभ्र चाँदी की कामना की गई है—

''सोनवाँ त मँगत्यों हरदी यस, चनियाँ दही यस।''

पीतल—पीतल के पात्र, घरेलू उपकरण तो बनते ही हैं, पीतल के आभूषणों का भी विशेष प्रचार है। पीतल का रंग स्वर्ण से मिलता-जुलता है। अत: उन पर स्वर्ण की पालिश करके या वैसे भी पीतल के आभूषणों की बिक्री होती है। पीतल की नथ पर भी रूपगर्विता को अहंकार हो सकता है—

''पितरी की नथिया पै एतना गुमान,
सोनवाँ कै पवत्यू त चलत्यू उतान।''

पीतल के खंभों का निर्माण राजा-महाराजा भी कराते थे। एक लोरी में बालक को राजा कहा गया है, जो कि पीतल का खंभा अपने द्वार पर लगाता है—

''भइया भइया रजवा, चढ़ै गरगजवा,
पितरी कै खम्हा लगावैं दरवजवाँ।''

लोहा—लोहा मशीन युग का प्राण है। लोहे को तपाकर ही लोहार उसे मनचाहा आकार देता है। इस क्रिया का वर्णन उपमा के रूप में प्रयुक्त किया गया है—

''लोहवा त जरै बहिनी लोहरा दुकनियाँ,
बहिनी जरथी ससुररियाँ हो राम।''

लोहा सबसे कठोर धातु है। बंदियों के लिए उसका पिंजड़ा तो बनाया ही जाता है, किंतु माता अपनी पुत्री के लिए भी बनवाना चाहती है, जिससे कि उसे कोई छीनकर ले न जा सके—

''मचियहिं बैठलि बेटी कै माता सुनु प्रभु विनती हमारि,
लोहवा कै पिंजरा लै आवा मोरे प्रभू! बेटी कँ लेबै छिपाय।''

लोहे की कठोरता से कठोर हृदय की तुलना की गई है। सावन के महीने में बहन

ससुराल में पड़ी हो और भाई सुध न ले तो भाई का हृदय लौह सदृश ही होगा—

"लोहवा बरन राजा बिरना, जिन तोरी सुधियो न लेय।"

लोहे के टुकड़ों को तप्त करके जोड़ा भी जा सकता है—

"टूक-टूक लोहा जुरै।"

सिक्का

लोकगीतों में मोहर-अशर्फी से लेकर आधुनिक सिक्कों तक का वर्णन हुआ है।

मोहर—लोकगीतों में पुत्र-जन्म की प्रसन्नता में मोहर लुटाई गई है। दहेज में मोहरों की माँग करने पर कन्या का पिता न दे पाने की अपनी असमर्थता प्रकट करता है—

"वै वर माँगै बेटी हाथी से घोड़ा माँगैं मोहर पचास,

स्वर्ण की थाल में मोहर भरकर तिलक चढ़ाई गई है—

"सोने कै थार मइया मोहरा भरावैं, राम के तिलक चढ़ाव।"

अशर्फी—अशर्फियों से भरी थैली कन्या को दहेज में दी गई है। मुडन के अवसर पर बालक के बाबा अशर्फी लुटाते हैं—

"फूवा रोपैं बारे कै लपड़ी,
बाबा असर्फी लुटावैं, ललन की मूँड़नियाँ।"

शायद यह जन-साधारण की दुर्लभ वस्तुओं की कामना या उसके प्रति अनुराग की अभिव्यक्ति ही हो पर अशर्फी के अस्तित्व और उसकी बहुलता के ये गीत प्रमाण हैं।

अन्य सिक्के—ननद बधाव लेकर आई है, परंतु भाभी उसे कुछ नहीं देना चाहती, अतः सब की कमाई थोड़ी बताकर उसी का आधा लेने को कहती है पर अंत में कुछ भी नहीं देती। इस परिहास गीत में सभी सिक्कों का वर्णन हुआ है—

"जनम भये लाल ननदी माँगै बधाई।
रुपैया मोरे ससुरू कै जनम कमाई,
अठन्नी लैल्या ननदी लाल कै बधाई।
अठन्नी मोरे जेठ जी कै जनम कमाई,
चवन्नी लैल्या ननदी लाल कै बधाई।
चवन्नी मोरे देवरा कै जनम कमाई,
दुवन्नी लैल्या ननदी लाल कै बधाई।
दुवन्नी ननदोइया की जनम कमाई,
एकन्नी लैल्या ननदी लाल कै बधाई।

एकन्नी फुफ्फा जी कै जनम कमाई,
दुइ पइसा लैल्या ननदी लाल कै बधाई।
दुइ पइसा मोरे राजा कै जनम कमाई,
एक पइसा लैल्या ननदी लाल कै बधाई।
एक पइसा ननदी मोरी जनम कमाई,
लुआठ लैल्या ननदी लाल कै बधाई।''

'दमड़ी' और 'दुकड़ा' तक लोकगीतों में नहीं छूटे हैं। जेठ के द्वारा लाए हुए 'तागपाट' की और जेठ की आलोचना विवाह-मंडप में की गई है—

''दमरी कै तागपाट, दुकरा कै भासुर।''

एक गारी गीत में दमड़ी का संग्रह करने को कहा गया है—

''दमड़ी और दुकड़ा बटोरा कौने राम।''

माप-तौल—माप और तौल का व्यावहारिक व व्यावसायिक जीवन में महत्त्व स्पष्ट है, जिसका सत्य और सरल अंकन लोकगीतों में हुआ है।

खेती की नाप के लिए बीघा, बिस्वा, विस्वांसी (धुर) आदि के प्रयोग का वर्णन हुआ है। रसोई घर लीपने का वर्णन वधू अपने भाई से करती है—

''विघवा भै चुल्हिया मैं पोतौं बीरन भइया, भरल खाँचा बसना माजौं हो राम।''

अपनी चालाकी से दूसरों की भूमि और संपत्ति को हथियाने, खेत के चतुर्दिक बने मेड़ को धीरे-धीरे काटकर खेत बढ़ाने की चालाकी का वर्णन भी हुआ है—

''एक 'धुर' भुइयाँ बनाइ लिहिन बिस्सा,
मेंड़वा काटि काटि ना, कैसन किहिन बेइमनियाँ।''

छोटे नापों में गज, फुट, इंच का वर्णन मिलता है। पति के ज्येष्ठ भ्राता को देखकर कुलवधू एक गज लंबा घूँघट निकाल लेती है—

''नैहर पायों चटकी चुनरिया, ओढ़ि पहिरि ससुरे आयों रे ना,
बीच रहिया में जेठऊ मिलिगै, गज भरे कै घूँघट काढ़्यो रे ना।''

इसमें 'गज भर का घूँघट' इस मुहावरे का प्रयोग भी हुआ है। 'चार हाथ का घूँघट' भी इसी के स्थान पर गाया जाता है।

एक गाली गीत में भी गज के द्वारा नापने का उल्लेख हुआ है—

''बाबा गउवाँ म आय गज नपवा,
केहू के नापै अजवाँ गजवाँ ...''

प्रायः तीन हाथ को गज के लगभग माना जाता है। फुट अथवा हाथ से छोटी माप के लिए ग्रामीण समाज में बित्ता (बालिश्त) का प्रयोग किया जाता है—

''बित्ता भरे क बित्तन भाई, तीन हाथ कै पूँछि।''

बालिश्त से भी छोटी नाप को अँगुलियों से नापा जाता है।

तौल

तौल में मन, पसेरी, अढ़ैया, सेर, सवैया, पाव, आधा पाव, छटाँक आदि के कच्ची और पक्की दोनों प्रकार की तौल के वर्णन मिलते हैं।

भाई से अपने अथक परिश्रम और कष्टसाध्य जीवन का वर्णन बहन करती है—

"मन भर कूटी भइया मन भर पीसी,
मन भर सीझी रसोइया हो राम।"

माँ के द्वारा नौ मन सोना कन्या को देने का वर्णन मिलता है। यह नौ मन अतिशयोक्ति भी हो सकती है, किंतु इससे यह आभास तो मिलता ही है कि हमारी आर्थिक स्थिति इतनी अच्छी थी कि मन से तौलकर भी सोना देने की बात सोची जा सकती थी, तभी तो गीत बने मन भी एक नहीं नौ मन सोना। आज का कवि वर्तमान परिस्थितियों में क्या नौ मन सोना देने की कल्पना के गीत लिख सकता है—

"मइया जे दीहीं हैं नौ मन सोनवाँ,
बाबा जे लहर पटोर।"

कन्या भी नौ मन सोने को अधिक महत्त्व देती हुई नहीं दिखाई देती। धन की अपेक्षा सौभाग्यसूचक सिंदूर, जो भाभी ने दिया है, उसे वह अधिक मूल्यवान् समझती है।

यह भावना आर्थिक दृष्टि से परितृप्त मानसिक अवस्था की परिचायक है। पाँच सेर की 'पसेरी' होती है। कच्ची पसेरी ढाई सेर की भी होती है। ब्याज पर अनाज साहूकार या समृद्ध किसान देते हैं, उसे 'बिसार' कहा जाता है। 'बिसार' कच्ची तौल से दिया जाता है और पक्की से वापस लिया जाता है।

ढाई सेर का 'अढ़ैया' होता है। सेर भर दूध में ढाई सेर पानी मिलाकर मथने का उल्लेख मिलता है—

"सेर क दूध अढ़ैयन पानी, धम्मर धम्मर होय मथानी।"
मथत-मथत मोर देहिंया बुढ़ानी।"

सवा सेर का एक सवैया होता है। सेर के साथ ही सवैया का प्रयोग लोकगीतों में हुआ है। पिता सबको सेर भर या सवा सेर सोहाग देने की बात सोचता है, पर अपनी बेटी को बरदी लदाना चाहता है—

"सबका तौ देबौ मैं सेर से सवैया,
अपनी मैं धेरिया के बरदी लदइबौं रे।"

एक व्यंग्य गीत में सात सेर की सात रोटियाँ और नौ सेर की एक ही बनाने का उल्लेख है—

"सात सेरे कै सात पकायन, नौ सेर कै एक्कै।"
वै दहिजरऊ सातौ खाइन, हम कुलवन्ती एक्कै।

एक सोहर गीत में पाव भर तेल का हिसाब जच्चा रानी अपने पति को देती हैं कि जितनी 'ब्राह्मणी', 'गोतिनि', 'कन्या', मंगल गाने आईं सबके सिर पर लगा दिया, उसी में लड्डू छनवाया, पूड़ी छनवाई, जच्चा, बच्चा, नाउनि, धगरिन की मालिश हुई, कुछ तो कुत्ता चाट गया, फिर भी जो बच गया नाली में गिरा दिया। हास्य रस की सृष्टि करनेवाले इस गीत में 'पाव' भर का जितना विस्तार है, वह हँसने को बाध्य कर देता है—

"बेरि बेरि पिया लेखा माँगैं, पाव भरि तेल धना काव किह्यू,
सोरह घर से बाभनि आईं उनहूँ के मूड़े दबाय दिहा,
चाभर चूभर कुत्तै चाटैं, पण्डोहे की राहीं ढरकाइ दिया।"

इस गीत में 'पाव भर' के स्थान पर 'परी भर' पाठांतर भी मिलता है। छटाँक का वर्णन तौल के रूप में भी हुआ है और बाट के अनुपात के संदर्भ में भी। कम चौड़े मस्तक की स्त्री यदि बहुत बड़ी बिंदी लगाए तो उसका उपहास उड़ाया गया है—

"अंगुर भरे कै माथा माँ, छटाँक भर कै टीका खूबै बना।"

अर्थ-व्यवस्था

किसी भी समाज की अर्थ-व्यवस्था का आधार व्यवसाय है। लोकगीतों में समाज के विभिन्न व्यवसाय वर्णित हैं।

कृषि—कृषि हमारे समाज का प्रमुख व्यवसाय है। लोकगीतों में भूमि के विभिन्न प्रकार, कृषि उपकरण, सिंचाई के साधन आदि का वर्णन इसका प्रमाण है।

बेटी के उपालंभ पर पिता कर्म-फल को प्रधान मानकर अपनी विवशता प्रकट करता हुआ कृषि-कार्य के उपमान से अपनी बात कहता है कि मैंने तो बहुत सोच-विचार करके विवाह किया था, तुम्हारा भाग्य नहीं जानता था—

"ऊसर गोंड़ि गोंड़ि काँकरि बोयों, ना जानौ तीत कि मीठि।"

पुत्री किसान वर की याचना करती है-

"हर जोति आवैं कुदार गोड़ि आवैं,
बैठैं मुहाँ लटकाय,
वनही कै तिलक चढ़ावा मोरे बाबा!
वै नाहीं दाहेज लेंय।"

फसल काटने का वर्णन भी कई गीतों में हुआ है—

"काटि के सोहगवा रे, धरैं खरिहान रे।"

अजवायन बोने और निराने का वर्णन भी एक गीत में प्रस्तुत है—

"अजवाइन बोय द्या हे बालमा,

जब अजवाइन के दुइ दुइ पात,
बहिनी और भइया निरावै जायँ खेत।"

सपूत पुत्र तो उपज करता है, परंतु कपूत घर का बीज भी व्यर्थ कर देता है—

"जनम्या पूत तूँ लोलक दइया,
बोया धान पछोर्‌या पइया।"

जेठ-वैशाख की दोपहरी में कृषक गन्ना गोड़ता, सींचता है—

"जेठ बइसखवा कै तपती भुभुरिया, हरिय मोरा गोंड़ै रे उक्खुड़िया।"

"जेठ बैसखवा की तपती भुभुरिया,
हरिय मोरे सीचै रे उक्खुड़िया।"

माघ-पूस की भीषण सर्दी में वह गन्ना काटता-छीलता है और कोल्हू में पेरता है—

"मघवहि पुसवा कै हनल टुसरवा,
हरिय मोर छोलै रे उक्खुड़िया,
हरिय मोर हाँकै रे कातरिया।"

सिंचाई के साधन

लोकगीतों में सभी नवीन तथा प्राचीन सिंचाई के साधनों का वर्णन हुआ है—

"तब तौ चलत रही चरखी औ ढेकुली,
अब तौ चली बा ट्‌यूबबिलिया।"

ठंडे जल से सींचने, बीज बोने, गोड़ने, कृषि के इन तीन महत्त्वपूर्ण कार्यों का वर्णन भी हुआ है—

"बाबा मोरा बोआ है सोहाग की बारी रे,
भैया गोड़हिं, भौजी देथीं ठण्डा पानी रे।"

बंध्या स्त्री पुत्र से जन्म लेकर उसी प्रकार शीतल करने की प्रार्थना करती है, जिस प्रकार बादल जौ के खेत को शीतल करते हैं—

"दयवा! बरसहु जवा के खेत जवा जुड़वायउ।"

भूमि के प्रकारों का वर्णन

गेहूँ के खेत, धान के खेत तथा मूँज के खेत का वर्णन हुआ है, जो निश्चित ही उपजाऊ पृथ्वी की ओर संकेत करते हैं।

ऊसर को गोड़-गोड़कर खेती की जाती है, किसान केवल परिश्रम करना जानता है, यह भाव कई गीतों में व्यक्त हुआ है।

सूखा पड़ने के कारण गंगा-यमुना के बीच की रेतीली भूमि में उपज नहीं हो

सकती। कन्या का पिता पुत्री से कुमारी रहने की प्रार्थना करता है—

"तलवा कै पनियाँ पताले गै बेटी,पुरइनि गईं कोम्हिलाय,
गंगा जमुना बीचे रेत परतु है, अब बेटी रहहु कुआँरि।"

खलिहान

खलिहान को 'फरवार' भी कहते हैं, जिसका शाब्दिक अर्थ फलयुक्त है। समस्त फसलों के ढेर पहले खलिहान में पहुँचकर तभी घर पहुँचते हैं। रात्रि को खलिहान की रक्षा के लिए किसान वहीं सोता है। चैता के गीतों की धुन प्राय: खलिहानों से ही उठा करती है। प्रिया से दूर खलिहान में सोए कृषक के मन में विरह की मीठी कसक गूँज उठती है—

"अँगना मँ सोवै साँवरि गोरिया,
पिया खरिहनवाँ की ओरियाँ हो रामा।"

कन्या का पिता सुहाग की खेती करके खलिहान में दँवरी चलाता है, जिसे सुहाग की इच्छुक कन्या दँवरी हाँकती हुई बैलों के पीछे-पीछे चलती है और थक जाती है—

"काटि के सोहाग बाबा दँवरी नधावैं रे,
लटि छोरि दुलहिन बेटी दँवरी हँकावैं रे,
हँकत हँकत बेटी गई अलसाई रे।"

भुसवल

खलिहान से भूसा और अनाज अलग करके घर आता है। भूसा एक अलग कोठरी में रखा जाता है, जिसको 'भुसउल' कहते हैं। बहू अपनी सास से जब प्रसूति गृह लीपने की कोठरी पूछती है तो ननद माँ से कहती है कि भूसे का घर बता दो—

"हो मोरी मैया भौजी त बिटिया बियइहैं, लिपावा घर भुसउल।"

बाग, बगीचे, फसल

अधिकतर फलों के बगीचे, ककड़ी, मक्का और गन्ना की फसल की रखवाली पशु-पक्षी और चोरों से बचाने के लिए बड़ी चौकसी से की जाती है।

"पाँचहि पेड़ बाबा बगिया लगावैं, बगिया बैठा रखवार।"

कन्या पिता से कहती है कि आप मुझे ससुराल भेज दे रहे हैं, अब आपके आम की रखवाली कौन करेगा—

"अमवाँ जे लागे हैं टिकोरवा, त सुगना गौंज करैं,
बाबा के तोरा अमवा रखैहैं, हम्मैं भेजथ्या सजन घराँ।"

कृषि एवं गृह उपकरण

कृषि प्रधान भारत के विवाह आदि शुभ संस्कारों में कृषि यंत्रों का प्रयोग आवश्यक है। मंडप के बीचोबीच 'हेंगा' (पृथ्वी को समतल करनेवाला पटरा) गाड़ दिया जाता है। सूप, लोढ़ा, मूसल, जल भरा लोटा आदि से वर-वधू तथा अन्य शुभ वस्तुओं को 'परछा' जाता है। वधू को सर्वप्रथम यही पंक्तियाँ स्वागत में सुनने को मिलती हैं—

"मुसरा ल्या बौहरि मुसरा ल्या मुसरा संपूरन होय,
धेरिया जे परलीं सजन घराँ, अब बाबा सोवौ सुख नींन।"

चक्की, ओखली, सिल, लोढ़ा आदि का भी वर्णन मिलता है—

"जतवाँ न डोलै बेनुलिया न हालै, किलिया पकरि सुन्नरि रोवैं हो ना।"

ओखली लकड़ी की भी होती है और पत्थर तथा पृथ्वी में कंकड़ गाड़कर भी बनाई जाती है। बहुत ही प्रसिद्ध लोकोक्ति है 'ओखरी म मूड परा पहरुवन कै गिनती नाहीं।' सूप-चलनी गृहिणी के आवश्यक उपकरण हैं। एक गीत में सूप-चलनी की कीमत एक 'टका' बताई गई है—

"एकु टका कै मोरी सूप चलनियाँ हो राम।"

अवध से सिल-लोढ़ा मँगाने का उल्लेख गीतों में हुआ है। दुर्बल पर तेज व्यक्ति की खुरपी से उपमा दी गई है—

"खुरपी एस मैं देवर पायों।"

हल जोतने और कुदाल से गोड़ने आदि का उल्लेख भी बार-बार हुआ है।

पात्र—स्वर्ण के पात्रों का उल्लेख विशेष रूप से हुआ है। 'सोने के कटोरे' में दूध-भात की कल्पना संभवत: समृद्धि की लालसा का परिणाम है—

"सोने के कटोरवा म दूध भात लिहे आवा,
भइया के मुहँवा म घुट्ट।"

यही नहीं, सोने के कटोरे घर के कोने में रखे जाते थे, आज की भाँति तालों और लाँकरों में बंद करके नहीं—

"भैया आवैं टाँड़े से, गुर घिव काढ़ैं भाँड़े से,
नदवा कै दही सिकहरे से, सोने कै खोरा कोने से।"

स्वर्ण-कलशों को लेकर कुल-ललनाएँ पनघट पर जल भरने जाती थीं—

"बाबा के सगरवाँ चलीं करै असननवा,
हाथ लिहे सोने कै घइलवा हो राम।"

सोने के सिन्होरे में सिंदूर भरकर वर मंडप में लाता था—

"आए रे सुघर बर मँड़ये आये,
हाथ सिंधोरा सोन का बर झलकत आये।"

पीतल, ताँबा, लोहा, काँसा, फूल आदि के पात्र चिरकाल से समाज में प्रचलित हैं। सर्वसाधारण के लिए यही सुलभ है। स्वर्ण-पात्र उनकी कल्पना है और यह उनका यथार्थ है। अत: जहाँ भी स्वर्ण विशेषण से अलग पात्रों का उल्लेख हुआ है इन्हीं धातुओं के पात्रों का है।

विवाह के अवसर पर संपन्न वर्ग के लोग स्वर्ण के सिंधोरे का प्रयोग करते थे, पर साधारण वर्ग में काष्ठ के सिंधोरे का प्रचलन था। आज भी काष्ठ का सिंधोरा ही शुभ माना जाता है। सिंधोरा में सिंदूर की शोभा अद्‌भुत होती है—

''जैसे सिंधोरा म सेन्हुर लपकै, जैसे गंगाजल पानी ना।''

काष्ठ से बने कठौते, डोकिया, ओखली, मूसल, ढेंकी, दबिला, डउवा (पल्टा) आदि का प्रचलन अत्यधिक था। खट्टे खाद्य पदार्थ कठौतों में रखे जाते थे, जिससे कि उनका स्वाद न बिगड़े। केवट काठ के कठौते में जल भरकर लाता है—

''भरिकै कठौता केवट जल भरि लावैं,
पउवाँ पखारि चढ़ौबौं जग कै खेवैया हो।''

पुत्री अपनी माँ से कंघी और काष्ठ का पात्र 'डोकिया' माँगती है—

''देतू न मइया हो ककही से डोकियवा,
बाबा के सगरवाँ मुड़वा मिजबै हो राम।''

एक बहू बाँस की 'कठवति' का उल्लेख करती है—

''सासू के आगे पतोह बड़ी लबरी, करथै नइहरे कै बखान,
मोरे नइहरवाँ सासू बाँसे कै कठवति, ठाढ़े-ठाढ़े सानौं पिसान।''

एक व्यंग्य गीत में कठवति में चावल का माँड़ पसाकर रखा गया है। अतिथियों को उसे पीने का आदेश दिया गया है—

''हँड़िया भरिकै अदहन दिहीं, चाउर डारैं तीन,
कठवति भरि कै माँड़ पसाई, पिया हिलोर हिलोर।''

विवाह तथा अन्य उत्सवों में 'भोज' के अवसर पर 'पत्तल' (पत्तों की थाली) तथा 'दोना' (पत्तों का कटोरा) प्रयुक्त होता है। एक व्यंग्यपूर्ण कहावत है—

''केहू की पतरी नौ नौ बरा, केहू की पतरी पाथर परा।''

ग्वालिन कृष्ण को कदम पत्र के पात्र में दही चखने का सुझाव देती है—

''तोड़ो कदम कै पत्ता, चीखहु दान दही रे दही।''

पत्नी पति की कृपणता और चटोरपन पर व्यंग्य करती हुई उसे दोनियाँ चाटनेवाला बताती है—

''मैं ठाढ़ी देखौं बलम चाटैं दोनियाँ,
मैं पैसे वाली बलमु मोर बनियाँ।''

पूजन में आम की पत्ती से चम्मच (चरु) बनाकर हवन में घी की आहुति दी जाती है।

पशुपालन

कृषि-कार्य में पशुओं का विशेष महत्त्व होने के कारण कृषक वर्ग पशुपालन पर बहुत ध्यान देता है। मन को बैल तथा ज्ञान को हलवाहे से उपमा देकर रामनाम की खेती करने का महत्त्व प्रकट किया गया है—

"मन कर बैल ज्ञान हरवाहा जब चाही तब जोती।"

पशुओं के चराने जाने का उल्लेख कई गीतों में हुआ है—

कहीं भी जाने पर मार्ग में गाय के चरवाहे अवश्य मिलते हैं—

ग्वालिन कृष्ण के मार्ग रोकने पर अपने घर गाय-बछड़ों के कष्ट का विवरण देकर रुकने में असमर्थता प्रकट करती है—

"नौ से बछरू बन्हल होइहैं, लरिका रोवत होइहैं।"

बंध्या पुत्री को माँ उसे गोशाला में भी नहीं रहने देतीं। उसे पुत्री से अधिक इन पशुओं का ध्यान है, क्योंकि उनसे अर्थ की प्राप्ति होती है—

"बेटी जौ तुहँका सरिया मँ राखी, भैंसिया, गइया बाँझिन होइहैं।"

धेनु (गाय), बकेन और ओसरि (भैंस) का उल्लेख भी मिलता है—

"नाहीं मोरे धेनु बकेन, त ना मोरे ओसरि,
दहिया त आवहि कमोरियन।"

दूध-दही का व्यापार—यह 'अहीर' या 'ग्वाला' जाति का प्रमुख व्यवसाय है। ग्वालिन दही बेचने जाती है—

"घर से निसरी गुवालिनि, बेचन दान दही रे दही।"

दही बेचकर लौटनेवाली ग्वालिनों का मार्ग रसिकशिरोमणि कृष्ण रोकते हैं—

"दहिया हि बेंचि ग्वालिन लौटैं, कन्हैया रहिया रोकैं।"

व्यापार—व्यापार हेतु पति के विदेश जाने के वर्णन से लोकगीत भरे पड़े हैं—

"सैंया मोरा गए हो पुरुबी बनिजियाँ, त लै ना आए हो।"

लवँग के व्यापार हेतु गया पति छह महीने तक नहीं लौटा—

"लवँगी बनिजियाँ के हरि मोरा गये, बीति गए छठि मास।"

हाथी-घोड़े तथा समूह के साथ बड़े पैमाने पर भी व्यापार होता था—

"हथिया त बान्हैं सोपारी डारी, घोड़वा लौंग डारी,
सखिया! लादे हैं बरदी बनिजरवा, त घर काँ सिधारैं।"

शोभा नयका बनजारा, उसके पुत्र तेजधारी, भाई चतुरी, दादा मादिर साहु आदि के व्यापारिक जीवन की पूरी झाँकी 'बनजरवा' गीत में उपलब्ध होती है।

प्रसिद्ध नगरों तथा हाट-बाजारों का लोकगीतों में वर्णन

राजधानी दिल्ली की बाजार का आकर्षण जन-जीवन में भी व्याप्त है। मानिनी प्रिय से आग्रह करती है—

"दिल्ली सहर की लागी बजरिया,
कान्हा रे मँगवाय दे चुनरिया।"

पटना का नाम चिकित्सा के क्षेत्र में दूर-दूर तक प्रसिद्ध है। लोकगीतों की नारी भी पटना से ही वैद्य बुलवाने का आग्रह करती है—

"पटने सहर से बैदा बोलाय दे।"

वेदाध्ययन का केंद्र काशी सदा से ही विद्यार्थियों के आकर्षण का केंद्र रहा है। यज्ञोपवीत संस्कार के गीतों में विद्याध्ययन के लिए काशी-बनारस जाने की तैयारी ब्रह्मचारी करता है—

"देहू न मैया मोहि गेंडुआ, और गुड़ सेतुआ,
जइहौं मैं कासी बनारस, बेद पढ़ि अइबौं।"

इसके अतिरिक्त बनारस के मोजे भी वर की वेश-भूषा के लिए आवश्यक हैं—

"पावों सोहैं बनारसी मोजा।"

इसी प्रकार मथुरा का जीरा, पेड़ा, आगरा की सोंठ; लखनऊ की मखमली जूती, बरेली का सुरमा, मगही महोबे का पान आदि की प्रसिद्धि लोकगीतों में भी है।

अयोध्या लोक में हर बालक का जन्म-स्थान है, हर वर का देश और वधू की ससुराल है। उसी प्रकार हर कन्या जनकपुर की सीता है।

जातीय कर्म (कारीगरी का कार्य)

विभिन्न जातियों के लोग अपने-अपने व्यवसाय के द्वारा आजीविका कमाते हैं। उन्हें व्यवसाय हेतु भटकना नहीं पड़ता। व्यवसाय में दक्षता उन्हें पैतृक संपत्ति के रूप में मिलती है। इस प्रकार के व्यवसायों के विविध वर्णन लोकगीतों में हुए हैं।

आजीविका का साधन नौकरी होने पर प्राय: पुरुषों को दूर दूसरे नगर में जाकर वहीं बस जाने को विवश होना पड़ता था, जिसे 'परदेस जाना' कहा गया है—

"छवहि महिनवाँ कहिकै गए परदेसवाँ,
बीति गए बरहा बरिसवा, हरे साँवरिया।"

पैसा कमाने के लिए ही तो प्रिय को दूर-दूर भटकना पड़ रहा है, सारा आक्रोश पैसे पर ही व्यक्त होता है। प्रिया उस शहर और अपने पति के स्वामी को ही अभिशाप देती है जहाँ वह नौकरी करता है। नौकरी पुरुष ही नहीं करते थे, स्त्रियों की दास्यवृत्ति का भी उल्लेख स्थल-स्थल पर हुआ है—

"अंगना बहारति चेरिया लौंड़िया, धाइ भितरिया के जायँ।"

शिकार—कुछ जातियों की आजीविका का साधन शिकार है। 'गोड़िया' (मल्लाह) जाति के लोग मछली का शिकार करके उससे अपनी उदरपूर्ति तथा उसके विक्रय से धन प्राप्त करते हैं—

"दिन भर गोड़िया रे नइया चलावै, सँझवा कै लावै मछरिया हो राम।"

बहेलिया भी शिकार द्वारा आजीविका प्राप्त करता है। शिकार का वर्णन मिलता है।

स्पष्ट है कि शिकार क्षत्रियों का प्रमुख मनोरंजन था।

भिक्षाटन—कुछ जातियाँ जैसे नट और जोगी का एक पेशा भिक्षा माँगना भी है। 'भाँट' तथा 'गोसाईं' भी भिक्षा माँगते हैं। निर्धन ब्राह्मण भी चुटकी लेने तथा दान लेने के लिए यजमानों के घर आते हैं। 'दसौन्हीं' जाति के ब्राह्मण इनमें प्रमुख हैं।

फैजाबाद जनपद के 'जोगीपुर' नामक एक गाँव में 'जोगी' सपरिवार निवास करते हैं। प्राचीन काल में जोगी हुए राजा गोपीचंद की गाथा तथा अन्य गीत ये जोगी अपनी सारंगी की मधुर धुन के साथ गाकर भिक्षा माँगते हैं—

"भीतर बाट्यू कि बाहर रनियाँ, जोगिया के भिखिया दै जायू हो राम,
सूप भरि लिहीं रानी तिल चउरवा, जोगिया के भिच्छा डारैं चली हो राम।"

एक पति अपनी परित्यक्ता स्वाभिमानिनी पत्नी (जो अग्नि परीक्षा में सफल होकर पितृगृह चली जाती है) से मिलने ब्राह्मण बनकर भिक्षा लेने के बहाने जाता है। दासी से वह कहता है कि अपनी रानी को भेजो, तुम्हारे हाथ से भिक्षा नहीं लूँगा—

"चेरिया तोहरे हाथे नाहीं लेबै भिखिया रे ना।"

भाँट जाति के भिखारियों से वर वेश में शिव की उपमा दी गई है—

"बूढ़े बैल एक तपसी जे आवैं, जइसै भाँट भिखारि।"

यातायात के साधन

लोकगीतों में यातायात के प्राचीन और नवीन सभी साधनों का वर्णन है। एक लोकगीत में औद्योगिकीकरण और मशीनीकरण के प्रभावस्वरूप हुए परिवर्तनों का उल्लेख हुआ है—

"सज्जै गन्ना लादे बा मसोधवा कै मिलिया।
तब तो चलत रही एक्का औ बग्घी, अब तौ चली बा रेलगड़िया,
तब तो चलत रहे हाथी औ घोड़ा, अब तौ चली बा साइकिलिया।"

मोटर का वर्णन स्थल-स्थल पर हुआ है—

"बधाव लाई ननदी अरे साँवरिया,
एक्के से आई सोंठि, बग्घी से आय जीरा, मोटर से आई ननदी अरे साँवरिया।"

विरहिणी नायिका जहाज को भी रेल की भाँति बैरिन कहती है, जो पिया को प्रिया से दूर ले जाती है—

"पुरुबा से रेलिया आवै पछुवाँ से जहजिया,
पिया के लादी लैगै ना,
रेलिया बैरिनि मोरि सवतिया पिया के लादी लैगै ना।"

डोली की भी अनेकानेक किस्में हैं। डोली छोटे खटोले की भी बनाई जाती है। समृद्धि के अनुसार इसका तथा इसके ऊपर डाले गए 'ओहार' (परदा) का भी रूप होता है। डोली को 'डौड़ी' या 'डँड़िया' भी कहा गया है। इसका प्रयोग वर, वधू तथा स्त्रियों के आवागमन के लिए होता है। रुग्ण और आसक्त व्यक्ति को भी डोली में बिठाकर ले जाया जाता है। तमाम यातायात के साधनों का विकास हो चुका है पर आज भी ग्रामीण क्षेत्रों में इनके दर्शन होते हैं। विशेषकर वहाँ जहाँ सड़कों की व्यवस्था नहीं हो सकी है। विवाह के अवसर पर वर के डोली में आने का वर्णन हुआ है—

"छोट मोटि डँडिया चनन कै बाबा, छोट-छोट चारि कहाँर,
माथे पै मौरू झलाकत आवै वई होयँ दुलरू दमाद।"

कुलवधू अपने भाई को घोड़े पर और भाभी को डोली में बैठकर आते देख प्रसन्न हो उठती है—

"आगे-आगे आवै घिउ गागरि पियरी गहाबरि,
अरे अल्हरे बछेड़वा बीरन भैया त डँड़िया भौजी आवैं।"

समृद्ध लोगों का वाहन पालकी मानी जाती थी। इसे 'पीनस' और 'मियाना' भी कहा जाता है। डोली दो कहार भी ले जाते हैं, किंतु छोटी 'पीनस' चार और बड़ी आठ कहार ढोते हैं। चंदन की पालकी का वर्णन प्रायः लोकगीतों में हुआ है—

"कहँरा! चनन कै डँड़िया फनावौ, धना नैहर पहुँचावौ।"

'हाथी नसीन' व्यक्ति वैभवशाली और समृद्ध माना जाता था। हाथी पालना सबके वश की बात नहीं। यातायात के साधनों में इसका विशेष महत्त्व था। लोकगीतों में हाथी के सवारों का वर्णन स्थल-स्थल पर हुआ है—

"हो मोरी सासू! हथिया चढ़ल हथिवनवाँ हमहि सनकारै।"

"हथिया कै हथिवनवाँ ए भैया! नउवा न जानौं तुहार,
आपनि हथिया तूँ पछवाँ बहोरा, चीरि पहिरि घर जाउँ।"

घुड़सवारों का वर्णन भी बहुत हुआ है। 'अल्हरे बछेड़वाँ', 'लीले घोड़े', 'भैया असवार', 'घोड़वा चढ़ल आवै राजा कै पुतवा' आदि पंक्तियाँ अनेक लोकगीतों में हैं। बाल्मीकि आश्रम में सीता को मनाने गुरु वशिष्ठ जी तथा लक्ष्मण घोड़े पर सवार होकर जाते हैं—

"अगवाँ के घोड़वाँ बशिष्ठ मुनि, डँड़िया गुरू माता,
अल्हरे बछेड़वाँ लछिमन देवरा, त सीता के मनावै चलैं।"

दहेज में घोड़ा देने की प्रथा का बार-बार उल्लेख है।

"भैया जे दिहे हैं चढ़न काँ घोड़वा, भौजी सेन्हुर भरी माँगि।"

ऊँट गाँव में आता है तो बालक दूर से ही देखकर गा-गाकर अपनी प्रसन्नता प्रकट करते हैं—

"ऊँटवाँ घुरघुटवा मदारे पिया पू, गाजीपुर कै दुलहिन लै आए पिया पू।"

गाँवों में एक प्रसिद्ध कहावत भी है—

"जानौ नोखे गाँव ऊँट आय बाय।"

(अर्थात्—अनोखे गाँव में ऊँट आया।)

बैलगाड़ी ग्रामीण जीवन में सामान ढोने तथा आवागमन के साधन के रूप में प्रमुख वाहन है। नायिका अपने पति से धीरे-धीरे बैलगाड़ी चलाने की प्रार्थना करती है—

"सड़किया पै धीरे चलावा बैलगड़िया।
वहिरे सड़किया पै धूरि उड़त है,
धुरिया से आपनि बचावा बैलगड़िया।
वहिरे सड़किया पै मोटर चलतु है,
मोटर से आपनि बचावा बैलगड़िया।
रंग बिरंगी मोरी बैलगड़िया,
जुती नए बैल की जोड़िया।"

रथ बहुत ही प्राचीन वाहन है। लोकगीतों में सीताहरण के प्रसंग में वर्णन है—

"एक गोड़ धरैं गेडुला के बाहर, बाँह पकरि रथ पर बैठाई।"

पुल के अभाव में नदी पार आने-जाने के लिए नाव यातायात का महत्त्वपूर्ण साधन थी। लोकगीतों में नाव का बहुत महत्त्व है। एक मानवती स्त्री पति से रूठकर नदी किनारे आकर नाव से पार जाना चाहती है—

"सेजिया कै रूठी रनियवाँ,
जमुना तीरे ठाढ़ी भई, केवटा बुलावै लागी,
केवटा! यही घाटे नैया लै आवहु, परवा उतारौं हो राम।"

स्त्री पति के बिना उसी प्रकार है, जैसे केवट के बिना नाव—

"बिनु रे केवटवा कै नइया, कौने घाटे लगिहैं,
राजा बिनु रे पुरुष कै तिरियवा, केकरि डारी लगिहैं।"

एक स्त्री अपने पति से साइकिल से जाकर मेंहदी लाने का आग्रह करती है—

"पिया मेंहदी लै आइ द्या मोतीझील से,

जाइके साइकील से ना।''

सामान ढोने के लिए एक लकड़ी के दोनों छोरों पर रस्सी के सीके जैसे लटकते रहते हैं, जिन पर लगभग समान भार लादा जाता है, इसे 'बहँगी' कहते हैं। डंडे के बीचोबीच का हिस्सा कंधे पर रखकर इसे ढोया जाता है—

''घियना त आवय बहँगियन।''

धोबी गधे पर अपना गंदे और धुले वस्त्रों का ढेर तथा 'रेह' ढोता है। एक गीत में धोबिन अपने ऊपर आसक्त राजपुत्र से गधा हाँकने और लादी ढोने के लिए कहती है।

आवास (गृह-निर्माण)

गृह समाज की आर्थिक दशा को व्यक्त करते हैं। वैभव और विपन्नता महलों तथा झोपड़ियों से आँकी जाती है। लोकगीतों में महल-दुमहले से लेकर टूटे झोपड़ों तक के वर्णन हैं। साथ ही गृह के विभिन्न प्रभाग और गृह-निर्माण के विभिन्न प्रकारों का वर्णन भी है। गाँवों में गृह को 'बखरी' भी कहा जाता है। विभिन्न प्रकार के गृहों का वर्णन लोकगीतों में हुआ है।

एक गीत में चौकोर आकार के गृह का वर्णन हुआ है, जिसमें चारों तरफ द्वार है—

''चारि चौमुखा मोरे बाबा कै बखरिया चौमुख बना दुआर।''

बरामदा को ओसारा कहते हैं—

''अपने ओसारे रुदमलि छोड़े बा खिचड़िया रे ना।''

* * * *

''अपने ओसारे बेइलरि मुँड़वा जे झारैं हो ना।''

* * * *

दुआर (द्वार)—गृह के बाहर खाली स्थान को द्वार कहते हैं। दरवाजे के बाहर के भाग को 'मोहार' कहते हैं। 'मोहार' का अर्थ प्रवेश-द्वार भी होता है। घर में आँगन भी होना आवश्यक है। एक गीत में फूहड़ स्त्री के कार्य का वर्णन करते समय बताया गया है कि वह 'दुआर' और 'मोहार' तो स्वच्छ करती है झाड़ू से किंतु आँगन में कूड़े का ढेर एकत्र हुआ है—

''दुआर बहारौं, मोहार बहारौं, आँगन लागै घुरवा रे ना।''

कच्चे आँगन के वर्णन ही अधिक हुए हैं, आँगन लीपा जाता है तथा पानी गिरने से कीचड़ हो गया है—

''मोरी अँगनइयाँ म कीच भई भारी।''

'ओबरी' का तात्पर्य गृह के भीतरी भाग में बनी कोठरी से होता है, जिसमें परदा-वाली स्त्रियाँ रहती हैं। एक गीत में वधू अपनी सास से पूछती है कि भैया की लाई हुई घी

की गागर और पियरी कहाँ उतारूँ, कहाँ अपने भाई से मिलूँ तथा कहाँ भाभी से। सास उत्तर देती है—

"दुआरे उतारौ घिउ गागरि, पियरी गहाबरि,
बहुअरि अँगने भेटहु वीरन भैया, त ओबरी भौजी आपनि।"

घर बनवाते समय दिशा का विशेष ध्यान रखा जाता है। पूरब-पश्चिम लंबाई में बने घर शुभ होते हैं। दक्षिण की ओर द्वार करना वर्जित है। एक गीत में कन्या कहती है—

"पुरुब पछुआँ मोरे बाबा कै बखरिया, परिगै इमिलिया कै छाँह।"

घर के सामने 'चौपाल' होती है, जिसको पुरुषों का 'बैठका' भी कहा जाता है। इसको सजाकर रखा जाता था। गीतों में इसके लाल रंग से पुते होने का वर्णन है।

द्वार की देहली को 'ड्योढ़ी' कहा जाता है। प्राय: प्रतीक्षा करने के लिए देहली पर खड़ी नारी का चित्र प्रातिभ साहित्य और लोक साहित्य दोनों में है। उदासी के क्षणों में भी ड्योढ़ी पर खड़े होने में संतोष का आभास मिलता है। ड्योढ़ी वह सीमा-रेखा है, जो गृहिणी को गृह के अंदर रहना सिखाती है। 'ड्योढ़ी' के बाहर की दुनिया कुलवधू के आकर्षण और कौतूहल का केंद्र होती है। वहाँ उस सीमा-रेखा से बाहर देखना उसे खुली हवा में साँस लेने का आभास देता है। अत: ड्योढ़ी कुलवधुओं के लिए प्रिय स्थान है। यहीं से वह अपने प्रिय की, मायकेवालों की प्रतीक्षा करती है—

"ओढ़ि पहिरि धना ठाढ़ि भई डेउढ़िया रे ना।"

'ड्योढ़ी' पर रखवाला लगाने का भी वर्णन मिलता है—

"ड्योढ़ी लगउबै ड्योढ़ीवलवा, दुवारे द्वारपलवा,
भौजी! खिरकी लगउबै खिरकीवलवा।"

देहली पर बैठकर रोने और पछताने का वर्णन भी मिलता है—

"डेहरी बैठि राजा झंखैं हो राम।"

प्रत्येक घर में झरोखा होना आवश्यक है। लोकगीतों में झरोखे के दो उपयोग वर्णित हैं। एक तो शुद्ध वायु का आवागमन, दूसरे कुलवधुओं का उसी से झाँककर घर से बाहर की दुनिया देखना। दूसरे उपयोग का वर्णन ही अधिक हुआ है—

"गोरिया ठाढ़ी झरोखवा से चितवैं, नैहरे से केहू नाहीं आवै ना।"

कुलवधू ऊँची-ऊँची 'बखरी' (मकान) बनवाकर उसमें खिड़की लगवाने का आग्रह करती है—

"ऊँची- ऊँची 'बखरी' उठाया मोरे बाबा,
खिरिकिया से ना आवै मधुरी बयरिया।"

खिड़की का अर्थ घर के पिछवाड़े के उस भाग से भी लिया जाता है, जो चहार-दीवारी से घिरा या खुला भी होता है। वहाँ पुरुषों का आवागमन नहीं होता। वहाँ स्त्रियों के स्नान आदि का प्रबंध होता है। 'खिरकी' से होकर ही स्त्रियों के शौच आदि जाने का

प्रबंध रहता था, इसी कारण 'शौच' जाने को 'खिरकी जाना' भी कहते हैं। एक गीत में खिरकी में नहाने का वर्णन हुआ है—

"खिरकी बहुअवा नहानी, सुरुज पइयाँ लागै।"

'बरोठा' या 'बरोठ' 'कोठा' के पर्यायवाची हैं। गृह-निर्माण में 'बरोठे' का विशेष महत्त्व था। एक कन्या अपने पिता से ऊँचे मकान बनाकर 'बरोठ' बनवाने का आग्रह करती है—

"ऊँची-ऊँची 'बखरी' उठाया मोरे बाबा हो, उपराँ जे राख्या बरोठ।"

अटारी पर काग का बोलना सुनकर स्त्री अपनी ननद से पूछती है—काग क्यों बोल रहा है—

"अट्टे बोलै काग काहें ननदी।"

पति की ऊँची अटारी देखकर प्रिया चिंतित है कि मिलन कैसे होगा—

"मोरे बलमा कै ऊँची अटरिया मिलन जाने कब होइहैं।"

इसमें अलौकिक भावना भी निहित है।

गृह-निर्माण के प्रकार—लोकगीतों में वर्णित गृह प्रायः कच्चे ही हैं, क्योंकि लोकगीत ग्रामीण समाज का चित्रण करते हैं। 'कच्चा घर' कहकर उल्लेख नहीं मिलता है किंतु गोबर-मिट्टी से लीपने-पोतने का वर्णन इस बात का प्रमाण है कि वे कच्चे घरों की कहानी कह रहे हैं—

"लीपलि-पोतली ओबरिया त जगर मगर करै।"

एक वधू अपनी सास से पूछती है कि मैं सौर-गृह के लिए कौन सा घर लीप लूँ—

"दायें हाथे लिहीं बहू गोबरा त बायें जूड़ पनियाँ,
हो मोरी सासू जवनी ओबरिया बतावा, तौन हम लीपी।"

पति विदेश जाने से पहले 'गजओबरि' (हाथी के चित्रों से सजा कक्ष) में बैठकर चरखा कातने के लिए पत्नी को कह जाता है—

"दै गए चनन चरखवा, उठाइ गज ओबरि।"

बखरी कच्चे ऊँचे बने मकानों को भी कहते हैं और 'बखरी' का विस्तृत अर्थ 'मालिक का घर' भी होता है। लोकगीतों में ऊँची-ऊँची बखरी उठाने का आग्रह किया गया है।

लोकगीतों में पक्के घरों का भी वर्णन हुआ है और उसे 'हवेली' कहा गया है—

"चारि चौखुण्टा हमरे बाबा कै हवेलिया।"

पति के प्रवास पर 'बँगला' वर्षा ऋतु में टपकने लगता है। पति बिना उसे कौन छवावै—

"चारि महीना राजा बरखा होतु है, टपटप चूवै बँगलवा।"

जहाँ राजघराने का वर्णन हुआ है वहाँ महल का भी उल्लेख है—

"महल से निसरीं रानी रुक्मिन दुअरिया पै ठाढ़ भईं।"

मंदिर का उल्लेख तो स्थल -स्थल पर मिलता है। देवी का मंदिर, शिव का मंदिर ही प्रमुख है—

''माँग्यों बरदान देवी के मंदिरवाँ भीतर।''

'मंदिर' आवास हेतु भी प्रयुक्त किया जाता था। इसका वर्णन कुछ गीतों में मिलता है—

''केकर ऊँच मन्दिरवा त पुरुब दुअरिया,
कौने राम परम सुनरिया त भुइयाँ परी लोटैं।''

झोपड़ी को 'मड़ैया', 'सिरिकिया' आदि भी कहा गया है—

''यही पार गंगा रामा वही पार जमुना,
बिचवाँ मँ नटुआ कै मड़ैया, सिरिकिया मोरे हरी के लाल।''

प्रसव-पीड़ा से व्याकुल पत्नी पति से अपनी पीड़ा बाँटने का आग्रह करती है। पति अपनी असमर्थता व्यक्त करता है। छप्पर होता तो छवाने में कोई मदद भी करता—

''छनिया ज होतै छववत्यों, मरद बोलवत्यों,
रानी! बिधि कै बान्ही गठरिया, कले कले छूटै।''

तंबू लेकर इधर-उधर आने-जाने का वर्णन भी मिलता है—

''तमुआ गिराये कहाँ जाब्या हो, कहाँ लगिहैं ठेकान।''

मनोरंजन के साधनों का वर्णन

किसी भी सभ्य समाज की आर्थिक स्थिति का आभास उसके मनोरंजन के साधनों को देखकर ही मिल जाता है। जो समाज जितना ही अधिक समृद्ध होगा उसके मनोरंजन के साधन भी उतने ही विकसित होंगे। लोकगीतों में ग्रामीण समाज में प्रचलित मनोरंजन के साधनों का उल्लेख है।

अपने मन को आनंद देने, श्रम की गुरुता को कम करने तथा अपने हर्ष की अभिव्यक्ति के लिए गीत गाने और सुनने का प्रचलन सदा से रहा है, कभी सामूहिक रूप से तो कभी एकाकी। सोहर सबसे अधिक सुखद होता है। उसके बारे में तो कहावत प्रचलित है कि— 'सोहर सदा नोहर' यानी दुर्लभ। एक गीत में पति सोहर सुनने की इच्छा प्रकट करता है—

''हो मोरी रानी हमरे सोहरवा कै साधि, सोहर हम सुनबै।''

लोक-जीवन में वाद्य समूहों का बहुत महत्त्व है। सबसे प्रमुख वाद्य ढोलक को कहा जा सकता है। ढोलक की तो पूजा का भी विधान है। ढोल के वर्णन तो स्थल- स्थल पर मिलते हैं। राजा दशरथ के घर का परिचय पंडित को बताया जाता है—

''आँगन ढोलि धमाकै, दयू एस गरजै,
उहै बखरिया राजा दसरथ कै, राम कै जनेऊ।''

ढोलक को घर में आने के लिए आमंत्रित किया जाता है और प्रतिदिन ढोलक बजने की कामना की जाती है।

ढोलक के साथ मँजीरा हो तो वाद्य-ध्वनि में नई झंकार आ जाती है। वर अपनी नववधू के लिए ढोलक-मँजीरा बजानेवाला सुघर बजनिया बसाने का आश्वासन देता है—

"ढोलक भी बाजै मजीरा भी बाजै,
अजी सुघर बजनियाँ बसाऊँ नाजो तेरे लिये।"

तीव्र ध्वनि के वाद्य नगाड़ा को सुनकर हृदय में आनंद मिश्रित कंपन होने लगता है। वर विवाह हेतु आया है, नगाड़ा धूम से बज रहा है—

"बजै नगारा धूम से, बर ब्याहन आये।"

प्रिय की बाग में तबला, सारंगी और सितार बजता है। प्रिया सितार ले चलने की प्रार्थना करती है—

"वहि रे बगियवा मँ क्या-क्या बजतु है,
तबला सरंगी सितार, सितार यार लेते चला।"

राम के लिए हिरन की खाल की खझड़ी बनवाई जाती है, जिसे बजते सुनकर हिरनी अपने हिरन की याद में खो जाती है—

"जब जब बाजइ खझरिया सबद सुनि अनकै।"

बंसी की चोरी होने पर कृष्ण माँ से कहते हैं—

"हो मोरी मइया आजु वृंदहि बन चोरी भईं, बंसिया चोराइ गई।"

गोपियाँ कृष्ण के वंशी बजाने पर अपने को रोक नहीं पातीं। उन्हें उलाहना देते हुए वे कहती हैं—

"बंसी काहे के बजाया मैं तो आती रही।"

बंसी को मुरली भी कहा जाता है—

"मुरली वाले मुरलिया बजइहौ कि नाय।"

पुत्र-जन्म पर देवर के द्वारा वंशी बजाने का उल्लेख अधिकांश गीतों में हुआ है—

"जौ बन होते देवर राजा लछिमन देते बँसुरिया बजाय"

नारदजी का वीणा बजाकर सर्वत्र घूमना लोकप्रसिद्ध है। राम के जन्म पर भी नारदजी वीणा बजाते हुए आते हैं—

"ड्योढ़ी मँ ब्रह्मा वेद उचारैं, नारद बीन बजैया अवधपुर बाजै बधैया।"

बधावा एक वाद्य समूह है। बधाई के गीतों में बधावा बजने का बारंबार उल्लेख हुआ है—

"बधैया आजु गमगम बाजै।"

भाई बहन के ग्राम में बधाई की ध्वनि सुनकर मालिन से पूछता है—

"हो मोरी मालिनि केहि घर बजति बधैया, त केन घर मंगल।"

राजा दशरथ के गृह राम का अवतार हुआ। दशरथ के द्वार पर और कौसल्या के महल (मंदिर) में 'नौबत' बज रही है—

"चैतहि कै तिथि नवमी तौ नौबति बाजै,

हो अरे बाजइ-बाजइ राजा दसरथ दुअरवाँ कौशल्या रानी के मंदिर।"

शहनाई भी कई वाद्यों का समूह है। बाबा अपने नाती को आश्वासन देते हैं कि मैं बारह प्रकार की शहनाई बजाकर तुम्हारा छेदन कराऊँगा—

"बरहा बरन सहनइया दुवारे बजवइबै, नाती! नौ डेरा नाचि नचौबै, करौबे छेदन।"

मनोरंजन के साधनों में नृत्य का सर्वाधिक महत्त्व है। ननद के तो भतीजे के जन्म पर नाचते समय पैर ही नहीं थमते—

"ननदिया आजु छमछम नाचै।"

नाचना नगर वधुओं का व्यवसाय था, इसलिए गाली देने और परिहास के लिए गारी गीतों में नृत्य को लेकर परिहास हुआ है—

"कौन राम कै बहिनी कुछ आज नचिहैं, कुछ काल्हि नचिहैं।

कुछ कौन राम की महफिल के बीच नचिहैं।"

खेल मनोरंजन का सबसे महत्त्वपूर्ण साधन है। लोकगीतों में कुछ ग्रामीण खेलों का वर्णन मिलता है।

ताश खेल का वर्णन लोकगीतों में अधिक हुआ है। बहन ताश खेलते हुए अपने भाई को हृदय से लगाकर रोती है—

"तसवा खेलत आपन बिरना जे भेट्यों, भेंटि लिह्यों हिरदय लगाय।"

एक गीत में सास के आदेश से घर से निकाली हुई बहू को पालकी ढोनेवाले कहार वन में छोड़कर भाग जाते हैं। उसी वन में उसके पिता राजा जयसिंह ताश खेल रहे हैं, वे उसे घर ले जाते हैं—

"एक बन गई हैं दूसरे बन गइन,

तीसरे म जयसिंह राजा खेलैं तसवा हो राम।"

पासा खेलने का वर्णन भी बहुत हुआ है। प्रसव-पीड़ा से व्यथित पत्नी की पीड़ा का संदेश पाते ही पति पासा खेलना छोड़कर दौड़ पड़ता है—

"पसवा जे खेलत कौन राम, चेरिया अरज करै,

राजा! तोरी धना बेदना बियाकुल त तोंहके बुलावैं।

पसवा जे फेंके हैं बेल तराँ औरो बबुर तर।"

नट आदि अखाड़ा बनाकर गाँव में कुश्ती सिखाते हैं। नागपंचमी आदि के अवसर पर कुश्ती की प्रतियोगिता भी होती है।

"जौ तुहैं लड़िबे कै सौकि होय, चले चलो मैदान माँ,

पूँछि लिह्या तू सब केहू से, जंगी हमार नाँव होय।"

झूला झूलना पावस ऋतु का प्रिय मनोरंजन है। झूला झूलने का वर्णन अनेक ऋतु

गीतों में हुआ है। कजली तो झूले पर बैठकर ही गाने का विशेष प्रचलन है। स्त्री-पुरुष दोनों के झूलने का उल्लेख हुआ है—

"के हो झूलै, के हो झुलावै, झूला पेंग बढ़ाई ना,
झूला पड़ा कदम की डारी झूलैं कृष्ण मुरारी ना।
राधा झूलैं, कृष्ण झुलावैं।"

लोकगीतों में जिस प्रकार भाई को ताश खेलते हुए वर्णित किया गया है उसी प्रकार छोटी बहन को गुड़िया खेलते हुए चित्रित किया गया है। वर को अपनी बहन का परिचय देती हुई नववधू कहती है—

"जेकरे हि हथवाँ गुड़इया भल सोहै, उहै हई बहिनी हमारि।"

गुड़िया खेलती हुई बहन को विदा के समय बहन हृदय से लगाकर रोती है—

"गुड़ुई खेलते आपनि बहिनी जे भेट्यों, भेंटि लिह्यो हिरदय लगाय।"

बालकों के विविध प्रकार के खेल हैं, उनमें कबड्डी प्रमुख है—

"चल कबड्डी यारा भगत मोर सारा।"

गुल्ली-डंडे का खेल भी प्रसिद्ध है—

"गुल्ली हेरान डंडा रोवत बाय।"

इसी प्रकार बाणासुर, चिब्भी, सेर पहितिया, गोट्टी आदि खेलों के वर्णन भी उपलब्ध होते हैं। आँख-मिचौली तथा कोड़वाबदाम भी बच्चों का प्रिय खेल है।

इस प्रकार लोकगीतों में आर्थिक जीवन के विविध पक्षों का यथातथ्य वर्णन इस बात का प्रमाण है कि इन लोकगीतों से समाज का कोई भी पहलू अछूता नहीं है। ये युग-युग से समाज की कहानी सुनाते आ रहे हैं।

लोकगीतों ने हर वस्तु को समान दृष्टि से अपने कलेवर में सँजोया है। हाँ, यह भी निर्विवाद है कि प्रत्येक वस्तु या भाव अथवा स्थिति जिसका वर्णन होता है, वह प्रायः इस रूप में होता है कि उसने जीवन को कहाँ-कहाँ कितना छुआ है। लोक की भावना उस वस्तु को किस रूप में देखती है यह अधिक महत्त्वपूर्ण है मात्र वर्णन करने के ध्येय से कोई बात नहीं कही गई है।

□

12

लोकगीतों में काव्यशास्त्र

काव्य का सौंदर्य अपनी संपूर्ण छटा के साथ लोकगीतों में दृष्टिगत होता है। इसमें गीति काव्य के प्राय: सभी प्रमुख तत्त्व उपलब्ध होते हैं। काव्यशास्त्र में वर्णित 'नायिका भेद' लोकगीतों में भी मिलते हैं। काव्य का अनुभूति पक्ष और कला पक्ष दोनों ही अपने पूर्ण वैभव के साथ इसमें उपलब्ध होता है।

किसी भी अनुभूति से जब हृद्तंत्री के तार झंकृत हो जाते है तो स्वत: ही हृदय से गीत के बोल फूट पड़ते हैं। विषम परिस्थितियों में भी यह भाव आनंद, सांत्वना और प्रेरणा देकर मनुष्य के जीवन को टूटने से बचा लेता है। उसमें उसे अपने मन का करुण क्रंदन, पीड़ा की अनुभूति, निराशा के बोल भी मिलते हैं। इसीलिए वह उन गीतों के साथ तादात्म्य स्थापित करके अपने मन को हल्का कर लेता है। लोकमानव के मनोरंजन की यह दिशा अत्यंत स्वस्थ और स्फूर्तिदायक है। जीवन के अभावों में रुदन के साथ भी हर्ष की शिक्षा लोक साहित्य देता है। विभिन्न परिस्थितियों और विभिन्न वातावरण के अनुसार विभिन्न रसों का आस्वादन इन गीतों के माध्यम से हम करते हैं। इस अध्याय में काव्य की प्रमुख विशेषताओं का उल्लेख लोकगीतों के संदर्भ में संक्षेप में प्रस्तुत करने का प्रयास किया गया है।

लोकगीतों में गीति काव्य के तत्त्व—विद्वानों ने गीति काव्य की प्रमुख विशेषताएँ, आत्मनिष्ठता, सूक्ष्मता, भावावेगों की तीव्रता, मार्मिक भावों की अभिव्यंजना, संगीतात्मकता, प्रतीकात्मकता, स्वाभाविकता, प्रकृति से तादात्म्य एवं कल्पना की प्रमुखता आदि बताई है।

आत्मनिष्ठता—कवि का समग्र व्यक्तित्व अपनी मूल विशेषताओं के साथ गीति काव्य में अभिव्यक्ति पाता है। कवि अनौपचारिक रीति से अत्यंत सहज रूप में अपने भावों को गीतों में ढाल देता है। हर्ष, शोक, क्रोध या घृणा आदि तीव्र मनोवेग जब गीतकार के मानस से टकराते हैं तब भावों की एक वेगवती धारा प्रवहमान हो जाती है। शब्दों का

संबल पाकर वह गीत के रूप में प्रकट होती है।

एक लोकगीत में एक गृहस्थ नारी की स्वानुभूति अत्यंत मार्मिक रूप में प्रकट हुई है। ''ईख गोड़ने-सींचने और पेरने में व्यस्त पति का ध्यान अपनी ओर आकर्षित करने के अभिप्राय से उसकी पत्नी सोलहों शृंगार करके उसके पास जाती है, किंतु वह अपने कार्य में इतना तल्लीन है कि उसकी ओर पीछे मुड़कर देखता तक नहीं, कोल्हू चलाए जा रहा है। अपने सौंदर्य की इस उपेक्षा से मर्माहत नारी का हृदय भावावेश में कोल्हू के टूट जाने की कामना करता है, जिससे कि उसकी एकाग्रता भंग हो जाए और उसके पति को उसकी ओर देखने का अवसर मिले—

''सोलहो सिंगार कैके गयों कोल्हुवरियाँ,
घुमरि नाहीं चितवैं रे मोरी ओरियाँ,
सोलहों सिंगार कैके गयों कोल्हुवरियाँ,
पलकिया न भाँजैं, रे मोरी ओरियाँ,
कोल्हू तोरा टूटै कातरि तोरी फाटै खूबै रस बहै रे पौदरियाँ।''

रूपगर्विता नारी पति की सौंदर्य के प्रति उपेक्षा से इतनी आवेशयुक्त हो उठती है कि कोल्हू कातरि और रस की हानि का उसके लिए कोई महत्त्व नहीं। महत्त्व है केवल एक भावना का कि उसका पति सब काम छोड़कर उसके सौंदर्य से अभिभूत हो। कोल्हू, रस आदि उसकी ईर्ष्या का उसी प्रकार कारण है, जिस प्रकार गोपियों के लिए कृष्ण की बंसी। अतः प्रिय-मिलन के बाधक इन साधनों का टूट-फूट जाना ही रुचिकर प्रतीत होता है। भावसाम्य के लिए प्रसिद्ध बरवै छंद में व्यक्त स्वानुभूति की मार्मिकता द्रष्टव्य है—

''आगि लागि घर जरिगा बड़ सुख कीन,
पिय के हाथ घइलवा भरि-भरि दीन।''

घर जल जाने पर भी प्रसन्नता है, क्योंकि प्रिय के हाथों में भर-भर कर पानी के घड़े देने से स्पर्श सुख प्राप्त हुआ है।

सूक्ष्मता—लोकगीतों में तीव्र मनोवेगों की अभिव्यक्ति उसके लघु कलेवर में ही हो गई है। कुछ गीत अपनी प्रबंधात्मक अन्विति के साथ अपेक्षाकृत लंबे भी हैं, किंतु इनमें कुछ पंक्तियों में ही बहुत-कुछ कह देनेवाले गीत अधिक मिलते हैं। कभी-कभी लोककवि जीवन की मार्मिक व्यंजना दो पंक्तियों में ही कर देता है—

''टूक टूक लोहा जुरै, कंचन कपड़े फाट,
रितु बसंती फिर मिलै, चित न मिले जहँ फाट।''

लोहे जैसी कठोर धातु और स्वर्ण भी टूटकर जुड़ जाते हैं। फटे वस्त्र भी जुड़ जाते हैं। बसंती ऋतु भी पुनः आती है, किंतु एक बार का फटा हुआ चित्त, टूटा हुआ हृदय पुनः नहीं जुड़ सकता। रहीम के शब्दों में उसे जोड़ने की बात तो कही गई है पर जुड़ने पर भी

गाँठ तो पड़ेगी ही। लोककवि जहाँ गाँठ हो वहाँ जुड़ना ही नहीं मानता। सरल-सहज मनों में गाँठ के लिए स्थान ही कहाँ। बिहारी में यदि गागर में सागर भरने की क्षमता थी तो लोककवि में भी कम नहीं।

भावावेग की तीव्रता—लोकगीतों में भावावेग की तीव्रता हृदय को अभिभूत कर देती है।

"प्रकृति के निरीक्षण या प्रकृति के तुलनात्मक रूपों में हृदय की मार्मिक व्यंजना गीतकार की विशेषता है। प्रकृति के दर्शन के साथ कहीं हृदय प्रफुल्लित हो जाता है तो कहीं विरह-विदग्ध हृदय में एक टीस भी उत्पन्न होती है। लोककवि सौंदर्य का उपासक भी है। यह सौंदर्य उसकी काल्पनिक सृष्टि और प्रकृति के बाह्य दृश्यों में रहता है। गीतकार में तीव्र भावावेग की विशेषता है जिसे शैली की ओजस्विता और हृदय के तीव्र उद्वेग के माध्यम से व्यक्त करते हैं।"

(गुरुप्रसाद टंडन का निबंध, राजर्षि अभिनंदन ग्रंथ, पृष्ठ 222, 223)

तीव्र मनोवेगों की संप्रेषणीयता लोकगीतों की प्रमुख विशेषता है। प्रेमी के संयोग की आकांक्षी नारी की अभिलाषा, अनुकूल परिस्थितियों के होते हुए भी प्रियतम उसकी ओर आकृष्ट क्यों नहीं होता, इस भाव की तीव्र अभिव्यक्ति प्रेमिका की सम्मोहक सहज प्रश्नावली के माध्यम से देखिए—

"पवन रस डोलत्या केस नाहीं रे, हमरे राजा बोलत्या केस नाहीं रे।
मैं राजा कै लाड़ली रे,
तुम पिया राजा के पूत, लपटि गले सोवत्या केस नाहीं रे।"

पूरे गीत का भाव है—मेरे प्रियतम! तुम मुझसे क्यों नहीं बोलते? मैं एक चंचल निर्दोष हिरणी हूँ, तुम मुझे अपना लक्ष्य क्यों नहीं बनाते। मैं तुम्हारे मिलन के लिए आतुर तड़पती मछली हूँ, तुम मुझे अपने प्रीति-जाल में क्यों नहीं आबद्ध करते। मैं चटकती हुई चंपे की कली हूँ, तुम प्रफुल्लित गुलाब हो, अपने सान्निध्य से मुझे सुरभित करके सुगंध का वातावरण क्यों नहीं फैलाते? तुम राजपुत्र हो और मैं राजकुमारी, अपने आलिंगन में आबद्ध करके मुझे सुख निद्रा में निमग्न क्यों नहीं करते?

मार्मिक भावों की अभिव्यंजना—मार्मिक भावों की व्यंजना का सशक्त उदाहरण लोकगीतों में मिलता है। हिरनी की उदासी का कारण न तो चारे की चिंता है, न जल का अभाव। वह तो अपने प्रिय के वध की आशंका से व्याकुल है—

"नाहीं मोरा ताल झुराने, न चारा थोर भये,
हो मोरे हरिना नाहीं मोर बन भये खाँखर, तुहरी सोचि व्याकुल।"

हिरन को आत्मरक्षा हेतु भाग जाने को प्रोत्साहित करके वधिकों के समक्ष स्वयं को

प्रस्तुत करती है पर वधिक उसकी नहीं सुनते। हिरन के वध पर माता कौसल्या से खाल माँगती है पर वह भी नहीं मिल पाती। खाल द्वारा निर्मित खँजरी का शब्द सुनकर वह प्रिय की स्मृति में विकल हो उठती है—

''जब जब बाजै खँझड़िया, सबद सुनि अनकइ,
हरिनी ठाढ़ी ढकुलिया के तराँ, हिरन के बिसूरइ।''

'अनकइ' और 'बिसूरइ' शब्द की मार्मिकता कठोर हृदय को भी द्रवीभूत करने में सक्षम है। एक 'पशु' की चेष्टाओं तथा भावदशाओं के प्रति लोककवि कितना सजग है और अभिव्यक्ति में कितना समर्थ। पशु का मानवीकरण हुआ है। 'बिसूरना' शब्द में करुणा की तीव्रतम अभिव्यक्ति तो है ही, वेदना पहुँचानेवाले के प्रति एक अभिशाप की विवशता से भरी हुई भावना की भी उद्भावना होती है। 'अनकै' शब्द में चौंककर ध्यान को एकाग्र करने का भाव है। इसमें नाद सौंदर्य का भी स्फुरण हुआ है।

लोकगीतकार जो अनुभव करता है उसको बिना किसी कृत्रिमता और भय के सहज वाणी में गा लेता है।

एक विरह-गीत में नायिका की विरहगत अनुभूतियों का कितना सहज वर्णन हुआ है कि वह रेल को बैरिन सौत मानती है, जो उसके प्रिय को उससे दूर ले गई। उसकी भूख-प्यास भी प्रियतम के साथ ही विदा हो गई। वह सभी कष्ट सहने को तैयार है, परंतु प्रिय के सामीप्य में। सेर भर गेहूँ में पूरा वर्ष बिताने का साहस है, किंतु इस बार पति के वापस आने पर वह पुनः उसे नहीं जाने देगी—

''भुखिया न लागै पियसिया न लागै, हमका मोहिया लागै ना।
तोहरी सोचि कै सुरतिया, हमका मोहिया लागै ना।

भाव साम्य के लिए कबीर के दोहे का उद्धरण दिया जा सकता है। प्रेम का आवेग और अभिलाषा कबीर की इन पंक्तियों में भी अभिव्यक्त हुई है—

''नैना भीतर आव तूँ आँख मूँद तोहि लेउँ।
ना मैं देखूँ और को ना तोहि देखन देउँ।''

दुःख की अनुभूति की तरह ही सुखों की अनुभूति भी सहज ही व्यक्त हुई है। झुनझुना खेलते हुए बालक को देखकर परिवार का प्रत्येक सदस्य आनंदविभोर हो उठता है—

''खेलै रे झुनझुनवाँ ललन मेरो,
खेलतइ खेलत गए बाबा के अगवाँ,
जिया हो ललना, मोर नउवाँ बढ़ाया जिया हो लालना।''

इसी प्रकार सभी परिजन उसे विभिन्न उपलब्धियों का कारण कहकर आशीर्वाद देते हैं। मेरा लाल झुनझुना खेल रहा है। खेलते-खेलते बाबा, दादी, माँ, पिता, बुआ, चाचा के

पास गया। बाबा ने कहा जिओ बेटे! तुमने मेरा नाम बढ़ाया। दादी ने कहा जिओ लाल! तुमने मुझे मचिया पर बैठने (तुम्हें लेकर) का अवसर दिया। माँ ने कहा जिओ पुत्र! तुमने मुझे पलँग पर बैठाया। पिता ने कहा बेटे! जिओ, तुमने मेरा वंश बढ़ाया। चाचा, बुआ को चाचा, बुआ संबोधन पाने की प्रसन्नता है।

संगीतात्मकता—दृश्य कल्पना के साथ-साथ ही ध्वनि संवेदना के भी सृजनात्मक महत्त्व की ओर संकेत करना समीचीन प्रतीत होता है। इस संबंध में रमेशचंद्र शाह का यह विवेचन महत्त्वपूर्ण है कि—

"इस ध्वनि-कल्पना के अंतर्गत न केवल शब्दों के उस स्तर का प्रयोग अभिप्रेत है, जहाँ संगीत और काव्य की सीमा-रेखाएँ एक-दूसरे में घुलने लगती हैं, जिसे 'एजरा पाउंड' ने 'मेलोपिया' कहा है, बल्कि शब्द की उस व्यंजना शक्ति का भी जिसके कारण कवि की बौद्धिक कल्पना शक्ति एक अनुभव क्षेत्र से दूसरे में संक्रमित होती हुई अधिकाधिक लाघव और तीव्रता प्राप्त करती है और कौंध की सी त्वरा के साथ यथार्थ की चेतना के दुहरे-तिहरे स्तरों पर एक साथ भरपूर ऊर्जा और दबाव के साथ प्रक्षेपित करती है।"

(रमेश चंद्र शाह, 'कविता के नए प्रतिमान शीर्षक निबंध—
'नई कविता', पृष्ठ-234

लय गति और यति के आपसी संघर्षण से उत्पन्न होती है। यति में स्थिरता और कालसापेक्षता है, जबकि लय तात्विक दृष्टि से आवृत्तिमूलक और कालसापेक्ष होती है। चेतना के क्षेत्र में लय तत्त्व व्यापक होता है। शब्द और अर्थ से युक्त कविता का लय तत्त्व से जन्मजात संबंध है। कविता मानव के भावाकुल संवेदना से युक्त और आवेग से परिपूर्ण विशिष्ट क्षणों में अंकुरित होती है और फिर उसका विकास एक प्रवाह के रूप में होता है। मनुष्य के हृदय की गहराई तथा भाव संवेगों की गतिशीलता से ही लय तत्त्व कविता या गीत को ग्राह्य बनाता है। लय यद्यपि संगीत के क्षेत्र की वस्तु है, किंतु काव्य में उसका प्रयोग शब्द तथा अर्थ दोनों स्तरों पर होता है।

शब्द की लय और अर्थ की लय दोनों ही काव्य-क्षेत्र की परिधि में आती हैं। संगीत स्वर प्रधान होता है और काव्य शब्द प्रधान। शब्द अर्थ से समन्वित होता है। संगीत के स्वरों से उनके आरोह-अवरोह से अर्थ का कोई संबंध नहीं होता, क्योंकि संगीत के स्वर स्वयं ही वस्तु हैं। काव्य के शब्द अपनी अर्थवत्ता के कारण महत्त्वपूर्ण होते हैं। शब्दों के साथ अर्थ की अभिन्न स्थिति काव्य में होती है। लोकगीत तो सार्थक शब्दों से ही संयुक्त होते हैं, जिनमें उनके परिवेशगत बिंब समाहित हैं।

लोकगीत शास्त्रीय संगीत की राग-रागिनियों की भाँति आरोह-अवरोह आदि नियमों से आबद्ध नहीं हैं। वह सहज और प्रकृत रूप से जीवनक्रम में उत्पन्न धुनों की योजना से युक्त हैं। मनुष्य की आदिम प्रवृत्तियों का स्फुरण लोकगीतों में अत्यंत नैसर्गिक और

लयबद्ध रूप में हुआ है। धुनों में अर्थ की प्रधानता होने के कारण शब्दों में घट-बढ़ करने का लोकगीतकार तथा गायक को पूर्ण अवकाश रहता है। स्वेच्छा से वे शब्दों का सन्निवेश गाते समय अपनी धुन में संयोजित कर लेते हैं। जैसे संस्कार संबंधी गीतों में परिवार के व्यक्तियों, संबंधियों के नाम गाते समय जोड़ लिए जाते हैं।

लय वे स्वर-लहरियाँ हैं, जो भावावेश की तीव्रता के अनुसार ही सांद्रता और विस्तार प्राप्त करती हैं। उनकी गति की त्वरा अथवा शैथिल्य, मनोवेगों से संचालित होता है। भय, क्रोध आदि प्रचंड मनोवेगों के प्रकाशन में शब्दों की प्रवृत्ति आवृत्तिमूलक होती है, जैसे—

''धाउ धाउ नउवा, धाउ धाउ बरिया, धाई खबरि लै जाउ।''

गेयतत्त्व लोकगीतों का प्राण है। घर के अंदर प्राय: संस्कार संबंधी जितने गीत गाए जाते हैं। वे वाद्यसहित और वाद्यरहित दोनों प्रकार से गाए जाते हैं। कुछ गीत जैसे 'श्रमगीत' प्राय: बिना वाद्य के ही गाए जाते हैं। काम करते समय और झूला झूलते समय भी पेंग के उतार-चढ़ाव के साथ-साथ जो स्वर-लहरी मधुर स्वरों में वातावरण को गुँजित कर देती है वह भी बिना वाद्य के होती है। छत कूटते समय उसकी ध्वनि से तालमेल बिठाती हुई नारियों के सुंदर गीत मन को बरबस खींच लेते हैं।

प्रतीकात्मकता

लोकगीतों में गीति काव्य के प्रमुख तत्त्व प्रतीकात्मकता के भी दर्शन होते हैं। प्रतीक परंपरा की प्रवृत्ति वैदिक काल से ही प्राप्त होती है। उनमें सभ्य समाज में अपेक्षित किंतु वैज्ञानिक अध्ययन के लिए आवश्यक प्रतीक परंपरा में प्रवृत्ति तथा जनन संबंधी संकेत मिलते हैं।

(शतपथ ब्राह्मण-1/2/5/6)

मनुस्मृति में नारी को बीजवपन के योग्य भूमि एवं पुरुष को बीज कहा गया है—

'क्षेत्रभूता स्मृता नारी बीजभूत: स्मृत पुमान्'।

प्रतीक योजना से साहित्यिक सौष्ठव बढ़ जाता है और जिन भावों को स्पष्ट करने में संकोच का भाव होता है उन्हें प्रतीक के माध्यम से सरलतापूर्वक अभिव्यक्त कर दिया जाता है।

''इन प्रतीकों के द्वारा भावों की मार्मिक अभिव्यक्ति के साथ ही अनुभूतियों की तीव्रता एवं गहराई का वर्णन समास शैली में पूर्ण होने के कारण लोक-जीवन की अभिव्यक्ति को कलात्मक बना देता है।''

(डॉ. चिंतामणि उपाध्याय, 'मालवी लोकगीत', पृष्ठ 324)

एक श्रमगीत में बहू अपनी सास से पूछती है कि किस उम्र में उन्होंने नीम का पेड़ लगाया था, किस उम्र में विदेश गए थे? सास उत्तर देती है कि खेलने-कूदने की उम्र में

पेड़ लगाया था, मसें भीगते ही विदेश गए थे।

समय के दीर्घ अंतराल को नीम के पेड़ का फलना और डालों का भार से दब जाना व्यंजित करता है।

इसके अतिरिक्त वह यह भी सूचित करती है कि जिस प्रकार नीम का पेड़ सयाना होकर फलयुक्त हो गया है, उसी प्रकार मुझमें भी यौवन का पूर्ण विकास हो गया है और उसके भार से मैं लज्जा से नत हो रही हूँ, पर मेरा विदेशी अभी तक नहीं आया।

एक प्रतीक के माध्यम से विरहिणी की मनोदशा का कितना सजीव चित्रण हुआ है—

"कौनी उमिरियाँ सासू निमियाँ लगाइन,
कौनी उमिरिया गै विदेसवाँ हो राम,
खेलत कुदत बहुअरि निमियाँ लगावै,
रेखिया भिनत गै विदेसवाँ हो राम।
फरि गई निबिया लहसि गई डरिया,
तबहूँ न लौटे मोर विदेसिया हो राम।"

इसमें नीम का पेड़ उसके शरीर का, उसका फलना उसके यौवन का और डाल का झुकना उसकी लज्जा का प्रतीक है।

इसी प्रकार एक विरहिणी चरखे में घुन लगने, तेल-सिंदूर के समाप्त होने की बात को मार्मिक ढंग से कहकर समय के अंतराल को प्रदर्शित करती है।

साथ ही उसकी नैराश्यपूर्ण मानसिक स्थिति का प्रकाशन होता है। तेल-सिंदूर का चुकना इस बात का प्रतीक है कि अब उसकी शृंगार-प्रसाधन के प्रति रुचि समाप्त हो गई है। किसके लिए शृंगार करे वह; आज तक वह शृंगार करके उसकी बाट जोहती रही पर उसका शृंगार व्यर्थ गया, उसका प्रिय उसे देखने नहीं आया। चरखा उसके शरीर का प्रतीक है जिसे वह पति की धरोहर के रूप में रखती आई पर उसमें भी घुन लग गया। रोग और वृद्धावस्था ने उसके शरीर को घेर लिया। अब वह प्रिय-मिलन की आशा छोड़ चुकी है और कह उठती है उस अनजाने बटोही से कि—

"चुकि गए कुपवन तेल हरपवन सेंदुर,
घुनि गए चनन चरखवा ढहइ गज ओबरि,
चुकै लागीं हमरी उमिरिया अबहुँ नाहीं लौटेनि।"

घुन लगने के बाद शनैः-शनैः वस्तु विनाश की ओर अग्रसर होती है। यहाँ भी उमर के शनैः शनैः चुकने की ओर संकेत है। इस प्रकार के प्रतीकों से लोकगीत साहित्य भरा पड़ा है।

युद्धकाल में एक सैनिक अपने गाँव की सीमा से होते हुए युद्ध-स्थल को प्रस्थान करता है। उसकी पत्नी गाँव के बाहर कुएँ पर उससे विश्राम करने और पानी पीने का

आग्रह करती है, पर वह प्यासा ही पनघट से चला जाता है। इसमें प्यास और पनघट प्रतीक रूप में आए हैं। मिलन के क्षण आए पर वह मिलन बिरह-विदग्ध करके और भी पीड़ा दे गया, प्यास को और भी तीव्रतर कर गया। वह पत्नी से कहता है कि अभी तो मेरे सम्मुख देश का प्रश्न है, अभी परिजन तथा पत्नी के लिए अवकाश कहाँ? युद्ध से विजयी होकर जब मैं लौटूँगा तब तुम्हें स्वीकार करूँगा। गगरी, रस्सी और जल को सँभालकर रखने का वह उससे वचन लेता है—

''ऐसन बचाया जैसे आँखि कै पुतरिया,
पनिया पियब तब तुहरी गगरियाँ।
पियासल जाय पनघट से बटोहिया।
सिरिजि के राख्या धना लेजुरी गगरिया,
टूटे न लेजुरी न फूटे गगरिया।''

बटोही प्यासा ही पनघट से चला गया। पत्नी उसे वचन देती है—चाहे माथे का सिंदूर पुँछ जाय, ससुराल का मुख भी न देखूँ, पर तुम्हारी पगड़ी के साथ ही मेरा आँचल जलेगा—

''चाहे पिया पोंछि जैहैं माथे कै सिंदुरवा,
चाहे कबो मिलिहैं न देखै के ससुरवा,
जरि जैहैं पगड़ी के साथे अँचरवा।
पियासल जाय पनघट से बटोहिया।''

पति वीरगति प्राप्त करता है, तब वह साध्वी नारी कह उठती है—

''लोगवा कहैं रे सखी पिया मरि गै लड़इया,
चलि गै पिया रहि गै बारी गुजरिया,
जिनगी बिताय दिह्यों बाबा की दुअरिया,
टूटि गई लेजुरी फूटि गई गगरिया।''

यहाँ लेजुरी (रस्सी) उसकी प्रीति की प्रतीक है। घड़ा उसके शरीर का। कुआँ-पनघट यह संसार है, जहाँ वह निरंतर अपने प्यासे बटोही की राह निहारती रहती है। वह उसे वचन देकर गया है कि इस लेजुरी और घड़े को सँभालकर रखना, मैं आकर अपनी प्यास बुझाऊँगा। देश के प्रति कर्तव्य-भावना एवं परिस्थितियाँ उसे प्यार के शीतल जल में अवगाहन करने से रोकती है। वह अतृप्त ही संसार से विदा लेता है और उसकी चिरसंगिनी उसकी प्यास बुझाने की साध लिए ही उस लोक में भी जाने का प्रयास करती है। पनघट अछूता रह जाता है और बटोही प्यासा। दुहरी अतृप्ति, रिक्तता का एक साथ समायोजन अत्यधिक प्रभविष्णुता के साथ अभिव्यक्त हुआ है। लेजुरी (रस्सी) प्रीति की डोर तो है ही। साथ ही उसकी चेतना या संज्ञा का भी प्रतीक है कि बटोही यह कामना

करता है कि उसकी प्रेयसी का घट (शरीर) और उसमें प्रकाशित चेतना (रस्सी) उसके लौटने तक स्फूर्त बनी रहे। रस्सी-रूपी स्मरण की श्रृंखला छिन्न-भिन्न न हो। उपलक्षणा पद्धति के अनुसार पगड़ी पुरुष का और आँचल नारी का पवित्र प्रतीक है।

स्वाभाविकता—स्वाभाविकता तो लोकगीतों का प्राण है। गीत की पंक्तियाँ मन को छूती सी प्रतीत होती हैं। एक भोली बालिका विदा होकर गाँव के बाहर पहुँचती है। उसे स्मरण होता है कि उसकी गुड़िया रसोई में पड़ी होगी, वह अकुला उठती है कि किससे माँ के पास संदेश भेजे कि गुड़िया सहेजकर पिटारी में रख दे। तभी गाय का चरवाहा दिखाई देता है। वह उससे माँ के पास संदेश कहलाती है कि मेरी गुड़िया सहेज कर रख लें। स्वाभाविक है कि गाँव के बाहर चरवाहे ही मिलेंगे, जिसे देखकर उसे कितनी शांति और प्रसन्नता हुई होगी। यह कोई नारी-मन ही जान सकता है जिसको मायके के वृक्ष, खेत, नदी से भी प्यार होता है—

"अरे अरे अहिरा बेटउवा तूँ बिरना हमार,
जाइ कह्यो मोरी मैया के अगवाँ मोरा सनेस,
राम रसोइयाँ मैं भूल्यों गुड्इया, सिरिजैं पेटरिया के बीच।"

इस गीत में एक बालिका का भोलापन है, अब वह गृहस्थ जीवन में जा रही है। अत: उसमें सहेजने-रखने के उत्तरदायित्व का बोध आ गया है। माँ के प्रति हल्का रोष भी है कि मेरी गुड़िया को पिटारी में बंद करके रख लो, उससे खेलनेवाली तो चली गई। उस गुड़िया से उसका ममत्व भी व्यक्त है, जो उसकी प्राणवान् सहेली बन गई थी।

दैनिक जीवन में हम जिन बातों का अनुभव करते हैं उन्हीं का यथातथ्य वर्णन लोकगीतों में प्राप्त होता है। एक बंध्या नारी की करुण गुहार देखिए। वह बादलों के बरसकर खेतों को शीतल करने के समान पुत्र के जन्म को समझती है, जो नीरस उजाड़ संसार को हरा-भरा करता है—

"जनमहु ए लालन! जनमहु, मोहिं दुखिया घर,
लालन! उजरी नगरिया बसावहु, हमहिं जुड़वावौ।"

प्रकृति से तादात्म्य—लोकगीतों का तो सीधा संबंध प्रकृति से ही है। लोकगीतों में प्रकृति के प्रांगण में जीनेवाले सरल हृदयों के जीवन की सरस अभिव्यक्ति हुई है। लोक साहित्य की रचना सप्रयास नहीं होती, वह बादल की भाँति स्वयं ही बरस पड़ता है और जंगल की घास की भाँति प्राकृतिक परिवेश में बढ़ता है। अत: प्रकृति से उसका सीधा संबंध है। प्रकृति लोक मानव के दु:ख से कहीं दु:खी है तो कहीं उसके हर्ष से उल्लसित। बंध्या नारी का रुदन वन के पत्तों को भी रुला देता है—

"रोवति बिलपति तिरिया ज बन बीच पहुँचै,
त बन पात रोइ उठै।"

इसी प्रकार चैती मधु की मादकता में जब मन-प्राण उल्लसित रहते हैं, तो प्रकृति भी

प्रफुल्लित दिखाई देती है। वायु का प्रवाह भी उछाहपूर्ण हो जाता है—

"उछहरि बहति बयरिया हो रामा चइत मासे।"

इस प्रकार लोकगीतों में प्रकृति से तादात्म्य स्थल-स्थल पर परिलक्षित होता है।

कल्पना तत्त्व की प्रमुखता—वैसे तो कल्पना किसी भी गीत का प्राण होती है। लोकगीतकार भी कल्पना के प्रयोग से अछूता नहीं। उसकी कल्पना जीवन से संबंधित और अनुप्रेरित होती है। कल्पना की ऊँची उड़ान में वह मानव-जीवन के यथार्थ को भूल नहीं जाता। एक बंध्या स्त्री पुत्र-सुख की कल्पना से मन-ही-मन कितनी प्रसन्न है। वह सोच रही है कि कुसुंभी रंग में अपनी चूनर, पति की पाग और अपने शिशु का झबला रंगवाएगी और तीनों पहनेंगे। किंतु ननद उसके कल्पना-लोक को छिन्न-भिन्न करके यथार्थ की कटुता की ओर उसका ध्यान आकर्षित कर देती है—

"हरि जी कै पगिया रँगवौबौं, तौ अपनी चुनरिया,
अपने ललना कै झबला रँगइबै, तीनों जने पहिरब।"

एक माँ अपने सलोने लाल की कल्पना में खोई है और बड़ा होने का स्वप्न देखती रहती है—

"जब लाल बड़ा कै होइहैं, तब बाबा की बगियाँ जइहैं।"

वह कल्पना करती है पुत्र के जन्म लेने, घुटरुन चलने, तिलक चढ़ने और उसके विवाह होने और वधू आने का। यहाँ तक कि वधू के कलह करने पर दो-चार घरों में उसकी शिकायत कर आने के सुख की भी वह कल्पना करती है। विधाता ऐसा दिन कब आएगा? कितनी स्वाभाविक और मनोवैज्ञानिक अभिव्यक्ति है—

"जौ हो विधाता! मोरे लालन होइहैं,
बैठी मैं पटना लुटैबौं विधाता ऐसा दिना कब अइहैं।
जौ मोरे लाल गोड़े-गोड़े चलिहैं, पाँव पैजनिया पहिरिहैं।
जौ मोरे लाल कै तिलक चढ़िहैं,
पाहुन घर भरि जैहैं!
जौ मोरे लालन कै बहुआ अइहैं,
घर आँगन भरि जैहैं। विधाता
जौ मोरी बहुआ झगरा करिहैं,
दुइ चार घरे कहि अउबै।"

लोकगीतों में रस-परिपाक

लोकगीतों में रस की धारा भावों से ही उत्पन्न होती है। भाव लोकगीतों के प्राण हैं। हृदय की अनुभूतियों की मार्मिक अभिव्यक्ति इन गीतों में हुई है। इनमें कहीं मिलन की

रागिनी है तो कहीं बिछोह की अनंत पीड़ा। कहीं जन्म और विवाह का उल्लास है तो कहीं मृत्यु का विषाद। पारिवारिक संबंधों की प्रीति, सहानुभूति, त्याग, अनुशासन, संशय और ईर्ष्या का भी इनमें सहज प्रकाशन हुआ है।

रस की विवेचना का आधार अभी तक भारतीय काव्यशास्त्र को माना जाता रहा है। उसमें वर्णित नव रसों का दर्शन हमें लोकगीतों में होता है।

रस का आधार भाव होते हैं, जो दो प्रकार के होते हैं—संचारी भाव, जो रस की पुष्टि के लिए तनिक समय के लिए आते है और दूसरा है स्थायी भाव ,जो रस के साथ निरंतर रहते हैं।

इन स्थायी भावों को विभाव जगाकर और उद्दीप्त करके रस की अवस्था तक पहुँचाते हैं।

''सहृदय पुरुषों के हृदय में स्थित रस आदि स्थायी भाव ही विभाव, अनुभाव और संचारी के द्वारा अभिव्यक्त होकर रस के स्वरूप को प्राप्त करते हैं।''

(आचार्य रामचंद्र शुक्ल, 'रस मीमांसा', पृ०-414)

आचार्य शुक्ल ने यह भी लिखा है—

'सहृदय पुरुषों के हृदय में स्थित रति आदि स्थायी भाव ही विभाव, अनुभाव और संचारी के द्वारा अभिव्यक्त होकर रस के स्वरूप को प्राप्त होते हैं।''

(आचार्य रामचंद्र शुक्ल, 'रस मीमांसा', पृ०-414)

आचार्यों द्वारा प्रतिपादित रस का जो स्वरूप है वह भले ही लोकगीतों में उस रूप में परिलक्षित न होता हो, किंतु रसानुभूति लोकगीतों का प्राण है। उसके स्थायी भाव, संचारी भाव, विभाव, अनुभाव, आलंबन, उद्दीपन यदि कोई आचार्यत्व की कसौटी पर कसकर देखना चाहे तो वह लोकगीतों में संभवतः पूर्णरूपेण न मिले, क्योंकि लोकगीतकार सप्रयास रस का परिपाक कराने के लिए प्रयत्नशील नहीं होता।

डॉ. गोविंद चातक ने भी लिखा है—

''विभावानुभाव संचारि संयोगात् रस निष्पत्तिः।'' नाट्यशास्त्र (6/32) के आधार पर लोककाव्य में रस की खोज करना उचित नहीं होगा। हमारी दृष्टि में लोककाव्य में अनुभाव, विभाव, संचारी भाव सभी की उपस्थिति की आशा करना एक दुराशा मात्र होगी, फिर भी उसमें ऐसी पंक्तियाँ भी रसपूर्ण हो सकती हैं, जिनमें रस के इन अवयवों का शास्त्रीय संयोजन न हो।''

(डॉ. गोविंद चातक, 'गढ़वाली लोकगीतः एक सांस्कृतिक अध्ययन', पृ०-326)

डॉ. उपाध्याय ने कहा है—''इन लोकगीतों में रस की धारा अविच्छिन्न गति से प्रवाहित होती रहती है। ये गीत क्या हैं? रस के फव्वारे हैं, जिनका स्रोत कभी सूखता ही नहीं।''

(डॉ. कृष्णदेव उपाध्याय, 'भोजपुरी लोक साहित्य का अध्ययन', पृ०-328)

डॉ. सरोजनी रोहतगी भी रस के अस्तित्व को स्वीकार करती हैं—"रस की धारा कहीं शांत और मंथर गति से चलती है तो कहीं उसमें उबाल है, उफान है और रुझान है।"

(डॉ. सरोजनी रोहतगी, 'अवधी का लोक साहित्य', पृ०-440)

लोकगीतों में संपूर्ण सिद्धांतों का निर्वाह भले ही न हो, किंतु उनके गायन एवं श्रवण में आनंद रस की अंतर्धारा सर्वत्र प्रवाहित दृष्टिगत होती है, क्योंकि इसके रागात्मक तंतु हमारे हृदय की निसर्ग भाव सत्ता से संपृक्त हैं। भावों का सहज उन्मेष लोकगीत की स्वर-लहरियों में अपनी स्वाभाविक गति में स्पंदित होता है।

मानव-मन की विभिन्न भंगिमाओं का चित्रण इनमें पर्याप्त कुशलता से संपादित हुआ है। इन गीतों में कई मिश्रित भावनाएँ एक साथ एक ही छंद में दृष्टिगत होती हैं। रस-परिपाक की सैद्धांतिक परिपाटी का पालन बहुत कम हुआ है। इसका तात्पर्य यह नहीं है कि ये गीत किसी एक भाव का निरूपण पूरी तीव्रता के साथ करने में असफल रहे हैं, किंतु प्रधान भाव के साथ-ही-साथ कई गौण भावों का समावेश इन विषयानुकूल गीतों में स्वाभाविक रूप से होता रहा है तथा भावों की मार्मिक अभिव्यक्ति भी हुई है।

डॉ. नगेंद्र ने भी अपने विचार व्यक्त करते हुए कहा है—"रस केवल परिपाक अवस्था का ही नाम नहीं है, यह कहीं नहीं कहा गया है कि रसवत्ता के लिए सर्वत्र रस का पूरा परिकर ही प्रस्तुत रहना चाहिए। व्यभिचारी भाव के नहीं केवल अनुभाव के चित्रण से भी रस की सिद्धि हो जाती है, जो अवयव वर्णित नहीं है, उनका आक्षेप हो जाता है"।

(डॉ. नगेंद्र, 'रस सिद्धांत', पृ०-356)

इस मत से यह स्पष्ट हो जाता है कि लोकगीतों में जो अवयव अपूर्ण रहते हैं उन्हें लोकगायक और लोकगीतों के श्रोता जीवन से ग्रहण कर लेते हैं।

इन सीमाओं को ध्यान में रखते हुए ही लोकगीतों में विभिन्न रसों का विवेचन किया जाना चाहिए।

ये लोकगीत आनंदोद्रेक के नए आयाम प्रस्तुत करते हैं तथा यह भी सिद्ध करते हैं कि रस निष्पत्ति के परंपरित उपादानों के अभाव में रससृष्टि संभव है। लोकगीतों के महत्त्व का मूल्यांकन करने के लिए रस-परिपाक के शास्त्रीय सिद्धांतों को आधार न बनाकर मूल्यांकन के नए प्रतिमानों की स्थापना होनी चाहिए।

शृंगार रस

शृंगार रस को रसराज की संज्ञा से अभिहित किया गया है। इसका स्थायी भाव रति है। सर्वप्रथम शृंगार रस के अंतर्गत नायिका भेद पर विचार कर लेना समीचीन प्रतीत होता है।

लोकगीतों में नायिका भेद

किसी भी श्रृंगार-रसयुक्त रचना का आधार नायक (पुरुष), नायिका (स्त्री) होती है। सुविधा के लिए नायिका भेद की तालिका प्रस्तुत है—

नायिका भेद

स्वीया या स्वकीया (ज्येष्ठा, कनिष्ठा), अन्या या परकीया (ऊढ़ा, अनूढ़ा), सामान्या (गणिका), मुग्धा (अज्ञातयौवना, ज्ञातयौवना), ज्ञातयौवना (नवोढ़ा, विश्रब्ध नवोढ़ा), मध्या (धीरा, धीराधीरा, अधीरा), प्रगल्भा (धीरा, धीराधीरा, अधीरा)

दशा एवं व्यवहार भेद के अनुसार नायिका—स्वाधीन पतिका, अभिसारिका, वासक सज्जा, विरहोत्कंठिता, खंडिता, कलहांतरिता, विप्रलब्धा, रूपगर्विता, कृष्णाभिसारिका, शुक्लाभिसारिका, प्रोषितपतिका, प्रवत्स्यपतिका, आगतपतिका, प्रवत्स्यत्पतिका।

स्वकीया—अपने पति में ही रति रखनेवाली नारी को स्वकीया कहते हैं। लोकगीतों में स्वकीया प्रेम का वर्णन ही अधिक हुआ है। परकीया प्रेम को आलोचना की दृष्टि से देखा गया है। स्वकीया के अनेक उदाहरण मिलते हैं। राजकुमार के प्रलोभनों की उपेक्षा करते हुए 'कोइरिन' अपने दांपत्य सुख का वर्णन करती हैं—

"आपन कोइरी लैकै सोवौं सेजरियाँ, हँसि बोलि करौं भिनुसरवा रे ना।"

इसी प्रकार 'कहार' की कुशल कामना करती हुई उसकी पतिव्रता पत्नी का रूप दर्शनीय है—

"काली भवानी कलकतवा कै रानी, काली कल से राख्यू ना,
कलकत्ता म कहाँर के कुसल से राख्यू ना।"

स्वकीया के तीन भेद होते हैं—मुग्धा, मध्या, प्रगल्भा।

मुग्धा—मुग्धा नायिका भी दो प्रकार की होती हैं—

अज्ञातयौवना—अज्ञातयौवना अपने यौवनागमन से अपरिचित होती है। लोक-जीवन में मध्यकालीन परिस्थितियों के प्रभाव के परिणामस्वरूप जिज्ञासा और कौतूहल वृत्तियों का शारीरिक विकास के साथ सहज उन्मेष दृष्टिगत नहीं होता। इसका कारण है कि बाल-विवाह प्रथा प्रचलित होने के कारण समय से पूर्व ही उन सब बातों का ज्ञान बलात् ही हो जाता है, जिनके प्रति जिज्ञासा का भाव अवस्था के अनुसार बढ़ता है। इस प्रकार कौतूहल और जिज्ञासा वृत्तियों का नैसर्गिक विकास नहीं हो पाता। लोकगीत लोक-मानस से सीधा संबंध रखते हैं। लोक-मानस अपनी युगीन परिस्थितियों से प्रभावित होता हैं, इसीलिए लोकगीत भी। इसीलिए प्राचीन लोकगीतों में इनका वर्णन कम मिलता है।

एक लोकगीत में, जो कि अधिक प्राचीन नहीं लगता, इस प्रकार की नायिका का वर्णन हुआ है—

"मैंन कँटवा काहें चुभि-चुभि जाथै
हमरे ले छोटि-छोटि जाथीं स्कुलवाँ,
हमार कहें बसता गिरत जाथै।
हमरे ले छोटि-छोटि जाथीं बजरियाँ,
हमार काहें पैसा गिरत जाथै।
हमार सब सखियाँ गयीं गवनवाँ,
हमार कहें डोलवा फिरत जाथै।"

यह मुग्धा नायिका इस बात से विस्मयाभिभूति होती है कि उसके रास्ता चलते काँटे क्यों चुभ जाते हैं? उससे कहीं छोटी-छोटी बालिकाएँ सुविधापूर्वक स्कूल और बाजार चली जाती हैं पर न जाने क्यों उसका पैसा और बस्ता गिर-गिर जाता है? और-तो-और मेरी सखियों का गौना हो गया है पर मेरी डोली बिना मुझे लिए ही बार-बार फिर जाती है। नायिका की जिज्ञासा और कौतूहल का समाधान भी कुशलता के साथ प्रथम पंक्ति में ही लोकगीतकार ने समाविष्ट कर दिया है। 'मैन' शब्द में श्लेष है। इसका दूसरा अर्थ है कामदेव, 'काम' का काँटा चुभ जाने के कारण ही यह सब विसंगतियाँ अभिघटित हो रही हैं। एक अंकुरित यौवना के अल्हड़पन का मनोवैज्ञानिक चित्रण यहाँ बड़े मार्मिक ढंग से हुआ है। संभवतः उसके भोलेपन और अनाड़ीपन को देखकर स्नेहवश उसके मायकेवाले उसका गौना न देकर डोली बार-बार वापस कर देते हैं कि मेरी अल्हड़ कन्या अभी ससुराल की जिम्मेदारियाँ सँभालने योग्य नहीं है।

अपने को अल्पवयस्का समझने का भाव लोकगीतों में भी मिलता है—

"हम नदान स्याम माँगै गवनवाँ।"

ज्ञातयौवना—ज्ञातयौवना को अपने यौवन का आभास हो जाता है। वह अपने रूप यौवन के प्रति सजग रहती है। एक 'चैता' गीत में ज्ञातयौवना का चित्र उभर आया है—

"आल्हर निनियाँ जगावै हो रामा, मोर सनेहिया।
जब हम रहेन बारह बरिस कै,
तब सैंया लाये गवनवाँ हो रामा मोर सनेहिया।
अब जब हम भयेन सोरहा बरिस कै,
तब सैंया छाये बिदेसवाँ हो रामा मोर सनेहिया।"

भाग्य की विडंबना देखिए कि जब अज्ञातयौवना थी, तो प्रिय निकट थे और जब ज्ञातयौवना हुई तो पिया का विरह सहना पड़ रहा है।

एक अन्य गीत में कहती है कि मेरा यौवन ही मेरा बैरी हो गया। ओ विदेशी प्रिय,

मेरा क्लेश कौन दूर करे—

"बैरिनि भई मोरी चढ़ली जवनियाँ
के मोरा हरिहैं कलेस रे बिदेसिया।"

ज्ञातयौवना भी दो प्रकार की होती है—नवोढ़ा और विश्रब्ध नवोढ़ा।

नवोढ़ा—जिसमें संकोच, भय, लज्जा की मात्रा अधिक होती है उसे 'नवोढ़ा' कहते हैं। लोकगीतों में यह संकोच पति की अपेक्षा पारिवारिक संबंधियों से अधिक है। नववधू लज्जावश पति को पलंग पर धीरे से पाँव रखने तथा माता-पिता से लाज करने का आग्रह करती है, क्योंकि पलँग की 'चरमर' ध्वनि कहीं उन्हें तथा अन्य परिजनों को सुनाई न पड़ जाए—

"धीरे पलँगिया पै पाँव धरा बालम,
सास जी कै अवना, ससुर जी कै जाना,
तनी मैया बाबा क लाजि करा बालम।"

विश्रब्ध नवोढ़ा—इसमें संकोच और भय कम होकर विश्वास का उदय हो जाता है। वह प्रिय की स्नेह-दृष्टि पर मुग्ध होकर उलाहना देती है कि क्यों घायल किया मन को—

"सँवरिया रे काहें मारै नजरिया,
मारे नजरिया जगावै पिरितिया।"

वह प्रिय को आश्वासन देती है कि दूध में पानी की भाँति मैं तुमसे एकाकार हो जाऊँगी, आकाश के पंछी की भाँति तुम्हारे साथ उड़ूँगी—

"जैसे दूध माँ पानी मिलतु है, वैसे मिलब तोरे साथ साँवरिया।
जैसे अकासै पै चिड़िया उड़तु है, वैसे उड़ब तोहरे साथ साँवरिया।"

मध्या

मध्या नायिका युवती होती है। उसमें संकोच की मात्रा अल्प होती है। एक गीत में नायिका पति-मिलन की आकांक्षा से प्रीतिपूर्वक सेज बिछाती है, पर पति उसकी अभिलाषा की पूर्ति नहीं करता, वह विकल हो उठती है। प्रिय! तुमने मेरी एक भी अभिलाषा नहीं पूरी की। पति के द्वारा विकलता का कारण पूछने पर कि क्या तुम्हें ज्वर है या शीत कि सिर दर्द, क्यों रह-रहकर करवटें बदल रही हो? वह संकोचवश अपनी कामेच्छा बता नहीं पाती, अत: पति रुष्ट हो जाता है—

"रतन चरित्र चदरिया मैं झारि के बिछायों,
हो अरे राजा! एकहू सौकिया न राख्या मैं नहकै बिछायों।

की तोरे आवै जर जुरिया कि मुड़वा धमाकै,
हो मोरी रानी रहि-रहि लेलू करवटिया त नींन नाहीं लागै।''

मधुर मिलन की इच्छा से एक स्त्री एक हाथ में दीपक, दूसरे में गेंडुवे का जल लेकर पति के शयनागार में पहुँचती है और उसे अपने व्यवहार से रतिकेलि का आमंत्रण सा देती प्रतीत होती है। वहाँ सुख की नींद सोती है, गेंडुआ सिरहाने रख दिया, चुँदरी पाँवों तले और पंखी झलते हुए अपने प्रिय को रिझाने लगी—

''एक हाथ लिहीं सुन्नरि दियना, त एक हाथे गेंडुवा,
हो अरे सुन्नरि चढ़ि गई पिया की अटरियाँ सोवई सुख नींनरि,
गेडुवा त धरी हैं उससवन, चुनरी पयन तरे,
हो अरे सुन्नरि पियवा के अपने रिझावैं त बेनिया डोलावैं।''

प्रगल्भा

प्रगल्भा पूर्ण विकसित युवती को कहते है। वह रतिक्रीड़ा में कुशल, हावभाव प्रदर्शन में दक्ष होती है। संकोच की मात्रा उसमें न्यून पाई जाती है। पूर्ण विकसित एक युवती का चित्र एक कहँरवा में देखिये। वह कहती है मेरा यौवन हिलोरें ले रहा है। जब मेरे प्रिय आँगन में आए, मेरी कंचुकी के बंधन स्वतः ही खुल गए—

''लहर-लहर लहराई रे, मोरी चढ़ली जवनियाँ,
जब मोरे सइयाँ अँगनवाँ म आये,
चोलिया के बन्द खुलि जाई रे, मोरी चढ़ली जवनियाँ।''

पत्नी पति से साड़ी लाने, बाग में घुमाने का आग्रह करती है। वह अपने पति से अपनी अभिलाषाओं को निःसंकोच भाव से प्रकट करती है—मेरे लिए सेज बिछा दो, छोटी सी तकिया लगा दो, बिना सोए मेरा जी नहीं मान रहा है—

''सेजा बिछाय द्या सुपेती बिछाय द्या,
छोटी-सी तकिया लगाइ द्या पिया,
बिना सोये न मानै हमारो जिया।''

वह पति से कहती है कि मेरी याद करके शीघ्र आना। मेरी आँखों की याद करके शीघ्र आना, मेरे लिए सुरमा लाना। कमर की याद करके करधनी लेते आना तथा पाँवों के लिए पायल लाना—

''पिया जल्दी आया हमारि सुधि कइके,
हमरी कमर की सुधिया करिकै,
कमर करधनिया लिहे आया।''

परकीया

परकीया नायिका अन्य पुरुष में रति रखनेवाली नायिका को कहते हैं। परकीया में मालिनि, बेड़िनि आदि ही विशेष रूप से वर्णित हुई हैं। यह नायिका दो प्रकार की मानी गई हैं—ऊढ़ा एवं अनूढ़ा।

लोकगीतों में स्त्रियों के प्रेम ही की पराकाष्ठा दिखाई गई है। पुरुषों की विह्वलता का चित्रण कम ही हुआ है। यह साहित्यिक परंपरा के अनुकूल भी है।

ऊढ़ा—जो विवाहिता हो, किंतु पर-पुरुष से प्रीति करती हों। हमारे प्रातिभ साहित्य में इसके वर्णन का बाहुल्य है। लोकगीतों में भी ऐसे चित्र मिलते हैं।

अनूढ़ा—जो अविवाहिता हो और किसी पुरुष में अनुरक्त हो जाय।

प्रातिभ साहित्य आदर्शात्मक है, जिसमें कि हमारी सांस्कृतिक परंपराओं का गरिमामय चित्र उपस्थित किया गया है, किंतु लोक साहित्य अधिकतर यथार्थवादी है, किंतु उसमें मानव-जीवन के उज्ज्वल और धूमिल दोनों पक्षों का सम्यक् निरूपण हुआ है। मानव प्रकृति से प्रेरित मर्यादा के विरुद्ध आचरणों को भी लोक साहित्य में पर्याप्त स्थान मिला है। पारिवारिक जीवन में घटित होनेवाले देवर-भाभी, जेठ-बहू, भाई-बहन, पिता-पुत्री आदि के अनुचित संबंधों और तज्जन्य विडंबनात्मक परिस्थितियों की अभिव्यक्ति से लोक-साहित्य अछूता नहीं है। ये गीत कहते हैं कि नैतिक और सामाजिक प्रतिबंध एक सीमा तक ही मनुष्य की वासनात्मक मूल प्रवृत्तियों को रोकने में समर्थ होते हैं और रागात्मक संबंधों में उद्दाम प्रवाह को मानवीय विवेक भी अवरुद्ध करने में शिथिल हो जाता है।

पर-पुरुष प्रेम के अनेक उदाहरण लोकगीतों में मिलते हैं। एक श्रमगीत में अपने पति से रूठकर मानवती नारी घर छोड़ रूठकर चल देती हैं। परिणाम पश्चात्ताप जनक होता है। चिरकाल से प्रतीक्षारत पत्नी पति के शय्या पर न आने को अपना अपमान समझती है। नदी पार करने के लिए उससे केवट पारिश्रमिकस्वरूप संयोग-सुख की याचना करता है। क्रोधावेश में वह उसकी इच्छा की पूर्ति करती है। अंत में उसका पश्चात्ताप कितना सजीव बन पड़ा है। पति के प्रति दया की भावना जागती है कि चाँद-सूरज जैसे पति की धरोहर को मैंने खो दिया। केवट के लिए वह 'करिया लुवाठा' की उपमा देकर उसके प्रति क्रोध, घृणा और खीझ व्यक्त करती है—

"चाँद सुरुज अइसन रजवा त सेजिया सोवत छोड़ेंव रे ना।
करिया लुआठा केवटवा त मोरी बुद्धि हरि लीना रे ना।"

इस ऊढ़ा परकीया में एक बात द्रष्टव्य है कि वह केवट से प्रेमवश शारीरिक संबंध नहीं बनाती, बल्कि क्रोधावेग में पति की उपेक्षा का बदला लेने के लिए ऐसा करती है।

प्रतीक्षा से निराश उसकी शारीरिक अतृप्ति भी अचेतन रूप में उसे सहयोग प्रदान करती है।

एक अन्य गीत में पर-पुरुष के प्रति आसक्ति का वर्णन मिलता है। एक रसिक को अपनी नगरी में आकर बंसी बजाने का आमंत्रण एक स्त्री देती है। 'चुरिला' संभवत: रसिक कृष्ण के मनिहार वेश धारण करने के कारण 'रसिक' का प्रतीक बन गया है—

"सबकी नगरियाँ चुरिला बँसिया बजाया,
हमरी नगरियाँ केस ना आवौ हो राम।"

चुरिला आकर उसे अपने साथ चलने को प्रोत्साहित करता है। उसकी हर बाधा का समाधान बताता है। वह उसकी प्रेरणा और सुझाव मानकर उसके साथ चल पड़ती है। उसके साथ शारीरिक संबंध स्थापन के पश्चात् उसकी जाति पूछती है, तब वह उत्तर देता है कि मेरा जूठन खा लिया, अंग से लगकर सोई, अब मेरी जाति पूछकर क्या करोगी?

"जुठवहि खायू सांवरि अंग लगि सोयू,
अब केस पूछा मोरी जतिया हो ना।"

किसी की रसिकता के विषय में सुनकर और बंसी की मादक स्वर-लहरी में डूबकर इतना गंभीर पग उठा लेना अंधप्रेम का ही द्योतक है।

सामान्या

सामान्या नायिका किसी गणिका या नगरवधू को कहा जाता है, जो किसी एक की प्रेमपात्री न होकर सब की प्रिय होती है। इन पर सब का अधिकार होता है।

लोकगीतों में 'बेड़िनि', 'मालिनि' आदि का चित्रण प्रेमिका के रूप में हुआ है। एक गीत में नायक अपनी प्रेयसी के पूछने पर कि 'तुम्हारे यहाँ पुत्र कैसे हो गया, तुम तो कहते थे कि केवल मेरे हो।' नायक के उत्तर में सामान्या नायिका की स्थिति का सच्चा और सहज चित्रण हुआ है—

"तूँ तौ हयू पाते की पतरिया जुठारि कै बहउबै,
हो मोरी मालिनि बियही त सोने कै थरियवा
त निति उठि जेंइबै।"

मालिनि! तुम तो पत्ते की पत्तल के समान हो जिसे जूठी करके फेंक दूँगा। व्याहता तो सोने की थाली है जिसमें नित्य भोजन किया जाता है।

सामान्या काम-कला एवं व्यवहार में कुशल होती है। एक कुलवधू 'मालिनि' से पूछती है कि तुमने किस प्रकार मेरे प्रिय को अपने वश में कर लिया? वह विश्वाससहित उत्तर देती है—संध्या से ही सेज बिछा दी, फूल उस पर बिखेर दिया। रात भर विजन

डुलाती रही। नयनों के रस में विभोर किए रखा—

"सँझवहिं सेजिया बिछायौं त फूल छितरायौं,
हो मोरी रानी सारी राति बेनियाँ डोलायौं नयन रस राख्यों।"

एक सामान्या नायिका का चित्रण शृंगार के साथ हास्य रस की भी सृष्टि करता है। एक सामान्या के तीन प्रेमी एक साथ ही मिलने के लिए अपने-अपने निर्दिष्ट स्थान पर छिप जाते हैं, पर यह उनका दुर्भाग्य ही है कि आज नायिका का पति घर पर ही है। नायिका सबके प्रति चेतावनी देती हुई सांकेतिक भाषा में भाग जाने के लिए कहती है—

"मन मोरा चंचल जिया भुसउले,
सुन बरगदवा के तर के,
आजु बलम मोर घरहीं बाटे,
खसकौ खटिया के तरके।"

मेरा मन चंचल है, जी भूसे के घर में लगा है, ओ बरगद के तले खड़े होनेवाले! मेरे पति आज घर पर ही हैं, चारपाई के तले से निकल जाओ। एक प्रेमी भूसे के घर में छिपा है, दूसरा बरगद के तले, तीसरा चारपाई तले। अपने वाक्चातुर्य से वह अपने प्रेमियों को भी अन्य प्रेमियों का आभास नहीं होने देती। प्रत्येक प्रेमी समझता है कि उसे ही लक्ष्य करके बात कही गई है। भूसे का घर और बरगद की छाया तथा चारपाई को वे परस्पर मिलने के संकेत स्थल समझते हैं।

दशा एवं व्यवहार भेद के अनुसार नायिकाओं के जो अन्य भेद किए गए हैं लोकगीतों के संदर्भ में उनका भी विवेचन प्रस्तुत है।

स्वाधीनपतिका

स्वाधीनपतिका वह नायिका है जिसका पति उसके वश में हो। एक लोकगीत में पति अपनी पत्नी को भोजन बनाते देखकर उसके श्रम-परिहार हेतु पंखा झलने लगता है—

"सीझति रहल्यों मैं रामरसोइयाँ बैरम राजा बेनियाँ डोलावैं हो राम।
अपने झरोखवा से चितवै ससुइया, मोरा पूता बौहरि क गुलमवा रे ना।"

लोक-जीवन में पति के द्वारा श्रमशीला पत्नी के श्रम-परिहार हेतु कुछ उपक्रम किया जाना पति के पौरुष के प्रति अपमानजनक समझा जाता है। क्योंकि पुरुषप्रधान सामाजिक व्यवस्था में इस प्रकार के क्रिया-कलाप स्त्रैणता के सूचक समझे जाते हैं। पति की अपनी पत्नी के प्रति इस प्रकार की सहज स्वाभाविक अनुरक्ति सामाजिक उपहास का कारण बनती है।

लोक-जीवन की मान्यताओं और धारणाओं का ही प्रस्फुटीकरण लोकगीतों में होता

है। एक गीत में मानवती पत्नी को मायके जाते देखकर पति उसका आँचल पकड़कर रोकता है। वह कहती है कि आज मेरा आँचल क्यों पकड़ रहे हो? उस दिन विदेश से आकर तो सास-ननद को प्रणाम किया, मुझसे मुख से भी नहीं बोले। तब वह कह उठता है कि ऐसा तो मैने लज्जावश किया था। अन्यथा मैं तो तुम्हारा सेवक हूँ, तुमसे बढ़कर प्रिय कौन है मेरे लिए—

''माई बहिनी कै लाजि लगति है,
तुहँसे प्यारा कौन सुना गोरिया।''

रूपगर्विता

रूपगर्विता नायिका को अपने अतीव रूप पर अखंड विश्वास और गर्व होता है। लोकगीतों में एक कन्या भी रूपगर्विता है—बाबा, मैं तीन लोगों में श्रेष्ठ सुंदरी हूँ, मेरे लिए सुंदर वर की खोज करना, मेरा उपहास न कराना—

''अरे-अरे बाबा सुघर बर हेर्या, हम तोहरी बेटी पियारि,
तीन लोक माँ हम अति सुन्नरि, हँसी न करायेउ मोरि।''

अतीव रूपवती होने की चेतना इन लोकगीतों में मुखर हुई है। एक अन्य लोकगीत में अपने चंद्रमा के समान गौरवर्णीय रूप पर नायिका गर्व करती है।

उसे पति साँवला मिला है—

''मैं गोरी चंद्रमा जोति सँवरिया साँवर पायों रे।
काला पानी मैं ना पीबौं काली मिरिच ना खाब,
काले मरद के संग ना सोइबौं हम कारी होई जाब
सँवरिया साँवर पायों रे।''

मैं न तो काला पानी पिऊँगी (संभवत: चाय आदि पेय पदार्थ) और न काली मिर्च खाऊँगी और न ही काले पुरुष के साथ शयन करूँगी, अन्यथा मैं भी काली हो जाऊँगी। किंतु उसका पति समझाता है कि काले से ही तो गोरी की शोभा होती है। साँवले रंग के साथ ही गोरा रंग और खिलता है तथा पति के साथ रहकर ही गोरी की रूप-श्री में वृद्धि होती है—

''सँवरे से बाढ़ै गोरी कै सोभा, गोरी बिन सँवरे बेकार,
सँवरे पिया के अंग लगिकै गोरिया, जनम सफल होइ जाय।''

इस गीत में पति को अपने काले रंग पर दु:ख या ग्लानि नहीं होती, बल्कि वह भी अपने रूप के महत्त्व के प्रति गर्व रखता है। इस प्रकार यह गीत रूपगर्विता नारी का चित्रण करने के साथ-ही-साथ पुरुष के महत्त्व और उसकी सौंदर्य चेतना का भी दिग्दर्शन कराता है।

अभिसारिका

प्रिय के द्वारा निर्देशित संकेत-स्थल पर प्रिय-मिलन की आतुरता के कारण स्वयं छिपकर जानेवाली स्त्री को अभिसारिका कहते हैं। अभिसारिका नायिका दो प्रकार की होती हैं—शुक्लाभिसारिका तथा कृष्णाभिसारिका। प्रथम शुक्ल पक्ष की चाँदनी रात में तदनुरूप उज्ज्वल परिधान, शृंगार करके तथा द्वितीय अंधकारपूर्ण काली रात्रि में श्यामवर्ण के वस्त्राभूषणों से सुसज्जित होकर प्रिय-मिलन को जाती है, जिससे कि वातावरण में छिप जाए और कोई उन्हें देख न सके। एक लोकगीत में नायिका अपनी सखी से वर्णन करती है कि मैं प्रिय से मिलने गई थी—

"सखी! पिया मिलन काँ मैं गई।
रात को पहिर्यों रातुली औ पियरी पिया की सेज।
चोलिया पहिर्यों खड़ी दुपहरिया, ललचै सहर सब लोग,
पिया की सुधिया आइ गई।
नदिया किनारे ठाढ़ बालम मोर, नजर परी मोरी ओर,
दौरि के बालम छतियाँ लगाए, कसक उठी तन पीर,
चुनरिया सगुन कै होइ गई,
सखी! पिया मिलन काँ मैं गई।"

रातुली (रात में पहननेवाला वस्त्र) पहनकर गई थी। पिया की सेज पर पियरी (पीली साड़ी) पहनी थी। दोपहरी में चोली पहनी थी, जिसे देखकर नगरवासी मोहित हो गए थे। मुझे प्रिय की सुध आ गई थी, अतः मैं मिलने चल पड़ी। नदी के तट पर मेरे प्रिय प्रतीक्षा कर रहे थे। जैसे ही उनकी दृष्टि मुझ पर पड़ी वे दौड़कर मेरे निकट आए और मुझे हृदय से लगा लिया। उनके आलिंगन में बद्ध होते ही मेरे तन में मीठी पीर कसक उठी। प्रिय के मधुर मिलन की सुहानी घड़ियों में मेरे तन पर जो चूनर थी वह मेरी दृष्टि में सगुन की चूनर बन गई।

इस गीत में 'खड़ी दुपहरिया' काल के लिए भी कही जा सकती है और उसका एक अन्य अर्थ भी हो सकता है। खड़ी दुपहरी पूर्ण विकसित यौवन का प्रतीक है। जो चोली नायिका धारण करती है उससे उसके यौवन का पूर्ण विकास दृष्टिगोचर होता है।

लोकगीतों में मर्यादा की प्रमुखता होती है। अभिसारिका को लोक अच्छी दृष्टि से नहीं देखता। इसी कारण इसका अधिक वर्णन नहीं प्राप्त होता।

वासकसज्जा

वासकसज्जा उसे कहते हैं जो नायक से मिलने के लिए शृंगार करती है, वस्त्राभूषणों

से सुसज्जित होकर प्रिय के आगमन की प्रतीक्षा करती है—

"एक फूल फूलै दुपहरियाँ
दूसर फूल फूलै आधी राति हो गोरिया,
फुलवा बिनि-बिनि मैं रसा गरायों
हौदा भरा रस होय हो गोरिया।
वही रसा कै मैं चुनरी रँगायों,
चुनरी भई रँगदार हो गोरिया,
चुनरी पहिरि मैं ओलर्‌यों ओसरवाँ,
पियवा कै मन ललचाय हो गोरिया।"

नायिका फूलों के रस में चटकीली चूनर रँगकर पति को आकृष्ट करने के लिए पहनती है, पहनकर लेटी हुई प्रिय की प्रतीक्षा करती है। उसकी मनोवांछा सिद्ध होती है, प्रिय का मन उसे देखकर ललचा उठता है और वह चोरों की भाँति छिपकर उससे मिलने आता है। वासकसज्जा का एक अन्य उदाहरण निम्न गीत में देख सकते हैं। इसमें पति विदेश नहीं गया है बल्कि श्रम में रत है। पत्नी उससे मिलने के लिए श्रृंगार-प्रसाधनों से युक्त होकर प्रिय को रिझाने की कामना से जाती है—

"सोरहों सिंगार कैके गयों कोल्हुवरियाँ,
पलकिया न भाँजैं रे मोरी ओरियाँ।"

परंतु श्रमशील पति को इन कोमल भावनाओं के लिए अवकाश कहाँ? वह पलक उठाकर उसकी ओर देखता तक नहीं। इससे वह व्यथित हो जाती है।

एक विरहिणी नायिका इत्र से सुवासित धानी साड़ी पहनकर प्रियतम के लिए भोजन, जल, पान, सेज आदि की व्यवस्था करती है, किंतु उसके न आने पर इन सारे उपक्रमों एवं आयोजनों की व्यर्थता उसके हृदय में एक टीस बनकर समा जाती है। यह संयोग या विधि की विडंबना ही कही जायेगी कि सुख का साज उपभोग करनेवाले से बहुत दूर अलग पड़ा हुआ व्यर्थ सिद्ध हो रहा है। इत्र से सुवासित धानी साड़ी उस रमणी के उल्लसित यौवन के उपलक्षण के रूप में प्रयुक्त हुई है। सुख-सुविधा के ये सामान विरह-वेदना की तीव्रता को और अधिक प्रखर बना देते हैं। उसे यह विश्वास ही नहीं हो पाता कि उसके बिना प्रिय की सुख-सुविधा का प्रबंध हो सकता है। ऐसी आशंकाएँ स्वाभाविक होती हैं। मनोवैज्ञानिक यथार्थ इस लोकगीत में अत्यंत रोचक शैली में अभिव्यक्त हुआ है।

'नायिका भेद' के अंतर्गत ऐसी नायिका को यदि वह अपने प्रियतम के आगमन के संदर्भ में आश्वस्त होती और यह समस्त साधन सामग्री उसके मिलन की आतुरता में एकत्रित की होती तो उसे वासकसज्जा के रूप में प्रतिष्ठित किया जा सकता है। किंतु यहाँ

स्थिति भिन्न है। अतः शास्त्रीय रूप में उसकी इस अवस्था का निरूपण करना संभव नहीं है। लोक-परंपरा के अनुरूप इसका चित्रण हुआ है—

"मोरी धानी रे चुनरिया अतर गमकै,
सोने की थारी माँ ज्योंना परोस्यों,
मोरा जेंवन वाला बिदेस तरसै।"
(इसी प्रकार पानी, बीरा, सेज के लिए भी।)

इसमें कुछ ऐसी ही बात है जैसे कि एक भक्त यह जानते हुए भी कि भगवान् स्वयं नैवेद्य ग्रहण करने आयेंगे नहीं। उसके बिछाये आसन और वस्त्राभूषण को ग्रहण करने भी न आयेंगे, फिर भी उनके लिए वह इन सब की व्यवस्था करके अपने हृदय को शांति प्रदान करता है। इतना ही अंतर है कि भक्त जानता है कि भगवान् उसके पदार्थों के लिए तरस नहीं रहे हैं पर इस विरहिणी का हाड़-मांस का बना भगवान् क्षुधा-पिपासा तथा अन्य शारीरिक इच्छाओं आदि से ग्रस्त होकर इन सबके लिए तरस रहा होगा। इसी कारण उसके हृदय में क्षोभ और टीस है।

विरहोत्कंठिता

जिसका पति निश्चित समय के भीतर लौटकर न आये और इसलिए वह दुःखी हो, उसे विरहोत्कंठिता नायिका कहते हैं। एक नायिका का प्रिय उसको वचन देकर परदेश जाता है कि वह शीघ्र ही लौट आएगा, किंतु नहीं आता। विरहाकुल नारी का हृदय विरह-विदग्ध हो जाता है—

"नाचे चित पर सुरतिया तुहारी, छयल बनवारी।
अँखियन ओट भये हरि जबसे, हम सब भयन दुखारी,
अलग होत हमसे मनमोहन, कौल किहिन कुछ दिन मह आवन।
सोइ बतिया भूलि गए सारी, छैल बनवारी।"

एक अन्य कजली गीत में विरहिणी अपने मनोभाव, अपनी पीड़ा व्यक्त करती है—

"छवहि महिनवा कहिके गए परदेसवाँ,
बीति गए बरहा बरीस रे बिदेसिया।"

खंडिता

खंडिता नायिका वह होती है जो अपने पति के शरीर पर अन्य स्त्री द्वारा अंकित संभोग-चिह्न देखकर दुःखी व ईर्ष्यायुक्त हो उठी हो। लोकगीतों में इस प्रकार की खंडिता के दर्शन प्रायः नहीं होते। हाँ, प्रिय को परस्त्री के साथ देखकर और अपनी उपेक्षा देखकर उसे ईर्ष्या और दुःख होता है। इस प्रकार उसे खंडिता की श्रेणी में रखा जा सकता है।

बारह वर्ष की प्रतीक्षा के उपरांत जब पति आया भी तो साथ में कुबरी सौत लेकर। उसके विरह-विदग्ध हृदय को और संतप्त कर दिया। इससे तो अच्छी प्रतीक्षा की घड़ियाँ ही थीं। उसमें प्रिय अपने तो थे। अब वह सौत के साथ बरामदे में शयन करते हैं, जिसे देखकर मेरे प्राण तड़पते हैं—

"झुर-झुर बहैला पवनवाँ हरे साँवरिया।
बरहा बरिसवा पै मोर हरि लौटे,
संग लिहे कुबरी सवतिया हरे साँवरिया,
कुबरी सवति लैके सोवथें ओसरवाँ,
तड़पथै हमरो परनवाँ हरे साँवरिया।"

राधा कृष्ण की वेश-भूषा और भाव देखकर उनके परिणय का अनुमान लगा लेती है। पूछने पर कृष्ण बहाना करते हैं। पीली धोती धोबी ने रँग दी, पत्र लिखते समय आँख में स्याही लगकर काजल और मेंहदी की पत्तियाँ एँड़ियों में लगकर महावर बन गईं, किंतु अंत में सत्य को स्पष्ट करते हैं कि तुलसी से मेरा परिणय हुआ है—

"हँसि-हँसि पूछैं राधा रानी बाति,
कृष्ण की अँखियाँ कजर काहें लाग।
हमकै बोलावै प्यारी कैथा बेटउवा,
चिठिया लिखत कै सियाही मोरे लाग।
काहे के राधा रानी बाति छिपावौं,
हमरा और तुलसा के रचा है बियाह।"

इतना सुनकर राधा का ईर्ष्यान्वित हो जाना स्वाभाविक है—

"जौ मैं जनत्यों तुलसा सवति होइहैं,
जमतै मैं देत्यौं जरि से उखारि।"

यदि जानती कि तुलसी सौत बनेगी तो उगते ही मैं उखाड़ देती।

कलहांतरिता

कलहांतरिता नायिका वह है जो प्रणय-निवेदन करनेवाले पति का रोषपूर्वक निरादर करती है और अंत में अपने व्यवहार पर पश्चात्ताप। एक श्रमगीत में पत्नी अपने प्रिय को शय्या पर अपने से दूर हटकर शयन करने का आदेश देती है, क्योंकि उसकी कंचुकी पसीने से भीग जाएगी—

"लवँग मैं बीनि बीनि सेजिया बिछायों,
सोवन चले हैं कुँवरवा हो राम,

आगे हटु वत्तै हटु राजा के कुँवरवा,
पातरि चोलियवा भीजै पसिनवाँ हो राम।''

पति प्रार्थना करता है कि चोली पसीने से भीगने की चिंता न करो। मैं धोबी से धुला दूँगा, किंतु वह पुनः पति को दुःखी करने के लिए कहती है कि धोबी चोली को निचोड़कर आनंद प्राप्त करता है—

''धोबिया कै पुतवा जे बड़ा रँगरसिया,
चोलिया मरोरि रस लूटै हो राम।''

इतना सुनकर रुष्ट होकर पति दक्षिण प्रदेश चला जाता है। अब नायिका पश्चात्ताप से भर उठती है। वह अपनी सास से रूठे पति को बुलाने की प्रार्थना करती है। सास पुत्र को मनाते हुए कहती है कि बेटा! लौट चलो, मानिनी का दर्प चूर्ण हो गया है। अब विरहिणी कोयल की भाँति उसके प्राण तुम्हें सेज पर पुकार रहे हैं—

''फिरि चलु फिरि चलु पूता अब घरवाँ,
विरही कोइलिया सेजियाँ बोलै हो राम।''

विप्रलब्धा

विप्रलब्धा नायिका उसे कहते हैं जिसका प्रियतम संकेत स्थान नियत करके भी मिलने के लिए न आवे और वह इसे अपना अपमान समझती हो।

प्रिय ने संदेश भेजा था कि अगहन में आऊँगा पर प्रतीक्षा की घड़ियाँ बीत गईं, दिन गिनते-गिनते उँगली घिस गई, आँखें बेहया हो गईं, वे आए नहीं—मैं कैसे धैर्य धारण करूँ—

''तुहरा सनेस आय अउबै अगहनवाँ,
तबैसे बालमा! मैं ताकौं तोर अवनवाँ तबैसे बालमा।
दिनवाँ गिनत मोरी अँगुरी खियानी,
रहिया तकत अँखिया होइगै बेसरमवा रहिया तकत।
नाहीं आए पियवा मैं कैसे बोधौं जियरा,
मोरा फरकै नयनवाँ तबैसे बालमा।''

प्रोषितपतिका

प्रोषितपतिका उसे कहते हैं जिसका पति परदेश में हो और वह उसके विरह में दुःखी हो। इसके चित्रण से तो लोकगीतों का अक्षय भंडार भरा हुआ है। एक विरहिणी प्रिय के अभाव में सावन की कल्पना मात्र से दुःखी है, अतः प्रार्थना करती है कि सावन

न आये—

"गरजै चमकै बरसै बदरा,
अँचरा धरि गोरी मनावैं सवनवाँ न आवै।"

प्रिय के बिना उसे न तो शीतल पवन अच्छी लगती है और न अन्य भौतिक सुख—

"हरे रामा कौने जतन धरौं धीर,
पिया बिन कछू सोहावै ना।"

प्रोषितपतिका के चार भेद हैं—प्रोषितपतिका, प्रवत्स्यपतिका, आगतपतिका, प्रवत्स्यत्पतिका।

प्रवत्स्यत्पतिका—जिसका पति परदेस जानेवाला हो, उसे प्रवत्स्यपतिका कहते हैं। पति विदेश जाने की तैयारी करता है, पत्नी का हृदय दु:खी है। वह प्रश्न करती है कि तुम भी धन के लोभ में जा रहे हो। मैं तुम्हारे वियोग में कैसे जीऊँगी, अभी मेरी बारी वयस है—

"सब रे विदेसिया विदेसे जाथें कौड़ी के लोभन हो राम,
राजा हम धना बारी बयसवाँ जियब हम कैसे हो राम।"

राम वनगमन को प्रस्तुत है, सीता आकुल होकर कह उठती हैं—

"तूँ तै जोगिया भेष पिया धारे,
अरे जियबै हम केकरे सहारे, जात बन प्यारे।"

हे प्राणनाथ! तुम तो योगी का वेश धारण करके वन जा रहे हो, मैं किसके सहारे जीवनयापन करूँगी।

पत्नी देखती है कि प्रिय अपनी माँ को प्रणाम करके विदेश जा रहा है। वह विदा के क्षण मिलने की आशा से किवाड़ पकड़े खड़ी है। जब तक वह घूँघट उठाती है प्रिय बाहर जा चुके हैं, दौड़कर वह खिड़की पर पहुँचती है, पर प्रिय समझता है कि प्रिया ऊपर अटारी पर होगी, वह ऊपर देखता जा रहा है। पत्नी की आकुल आँखें खिड़की पर लगी हैं इस आशा में कि प्रिय संभवत: इधर देख लेंगे, पर नेत्रों का संयोग नहीं हो पाता, प्रिय की पीठ ही उसके रोते नयन देख पाते हैं। उसके आँसुओं का प्रवाह फूट पड़ता है और आँसुओं से उसकी चूनर भीग जाती है, चोरी से प्रिय धोखा देकर चले गए।

"सैंया सलाम करत सासू से, हम ढिग ठाढ़ि केंवारी,
तौ लग निसरि गए घर बाहर,
जौ लग हम घूँघट टारी, दगा दैके मारी।
जाइकै पहुँचीं खिरिकिया पे,
पिया चितवत जात अटारी,
परिगै डीठ पीठ के ऊपर,
मोरी अँसुवन भींजत सारी, दगा दैके मारे।

चोरी चलिगै बलमु वही पारे, दगा दैके मारे।"

लोकजीवन में पारिवारिक मर्यादा और संकोच की दीवाल पति-पत्नी के मिलन में भी बाधक होती है। इस तथ्य को यह गीत उद्‌भाषित करता है।

आगतपतिका—आगतपतिका उसे कहते हैं जिसका पति परदेस से लंबी अवधि के पश्चात् लौट आया हो। बारह वर्षों के उपरांत प्रिय लौटकर आया है। नायिका का उत्साह स्वाभाविक है। वह उसकी कुशलता, स्वास्थ्य के विषय में ही पहला प्रश्न करती है—

"भितरा से निसरी हैं पतरी तिरियवा,
प्रभु कहहु जिया कै कुसलतिया हो ना।"

प्रिय विदेश से आकर बरगद के वृक्ष तले खड़ा होता है। माँ, बहन से पत्नी के विषय में पूछता है कि सबको देखा पर तन्वंगी स्त्री को नहीं देख रहा हूँ—

"सबका त देख्यों मैया बहरी से भितरियाँ,
नाहीं देख्यों पतरी तिरियवा हो राम।"

इस प्रकार 'नायिका भेद' के अंतर्गत विभिन्न नायिकाओं के चित्र लोकगीतों में उपलब्ध होते हैं। भले ही वे शास्त्रीय विवेचन की कसौटी पर खरे न उतरते हों, किंतु स्वाभाविकता और मार्मिकता की दृष्टि से यदि देखा जाए तो ये नायिकाएँ शास्त्रीय नायिकाओं से अधिक सजीव हैं।

शृंगार रस

शृंगार रस के संयोग और वियोग दोनों पक्ष लोकगीतों में सहज अभिव्यक्त हैं।

संयोग शृंगार

नायक और नायिका का सौंदर्य-वर्णन संयोग शृंगार का प्रमुख अंग है, जिसका प्रचुर साहित्य उपलब्ध है। सौंदर्य-चित्रण के अंतर्गत प्रायः नायिका के अट्‌ठाइस अलंकार, बत्तीस लक्षण, सोलह शृंगार आते हैं तथा नायक के 'दश रूपक' और नाट्‌य शास्त्र में वर्णित दस लक्षण आते हैं। सौंदर्य-चित्रण के अतिरिक्त संयोग शृंगार के वर्णन में नायक-नायिका का रतिस्वरूप उनके मानसिक, कर्माश्रित, सामाजिक, शाब्दिक और आंगिक रत्युपचारों का सन्निवेश भी किया जाता है।

रूप-चित्रण-लोकगीतों में रस-निरूपण में किसी शास्त्रीय परंपरा का अवलंबन नहीं किया गया है। रूप-चित्रण में भी लोकगीतकारों ने अंगज, अयत्नज, स्वभावज आदि अलंकारों, नायिका के बत्तीस लक्षणों एवं सोलह शृंगार आदि का क्रमबद्ध आकलन प्रस्तुत नहीं किया है, किंतु हमारी सांस्कृतिक परंपराओं के अनुकूल जिन वस्त्राभूषणों से अलंकृत नारी की वेश-भूषा रही है उसका चित्रण इन गीतों में हुआ है।

नारी का रूप-चित्रण उसकी विभिन्न अवस्थाओं के अनुसार ही लोकगीतों में प्रस्फुटित हुआ है। नारी के विभिन्न रूपों का परिचय उनकी वेश-भूषा से लोक-संस्कृति के परिवेश में भली प्रकार से प्राप्त किया जा सकता है। एक विवाह गीत में नववधू से वर परिवार की महिलाओं का परिचय पूछता है। वह उनका परिचय, उनकी साज-सज्जा के माध्यम से प्रस्तुत करती है। पीली ओढ़नी, पीले वस्त्र और पीले रंग का ही परदा पड़ा है। माथे पर टिकुली (बिंदी) सुशोभित है, वही मेरी भाभी हैं—

''पियरे का ओढ़न, पियरे क ढासन, पियरे क परा ओहार,
जेकरेहि मथवाँ टिकुली भल सोहै, उहै हईं भौजी हमारि।''

सीता की रूप-श्री का वर्णन एक सोहर गीत में अत्यंत मनोरम बन पड़ा है—

''पनवा की नैया सीता पातरि, सोपारी एस ढुरहुर।
सीता फुलवा बरन हलुकैया, केसर यस महकैं।''

सीता की देह-यष्टि पान की तरह तन्वंगी तथा सुपारी की तरह सुडौल और चिकनी हैं। फूल के समान हल्की-फुल्की, केसर के सदृश सुरभित हैं। वास्तव में इन पंक्तियों का हिंदी-गद्य-रूपांतर एक दुष्कर कार्य है। 'ढुरहुर' शब्द का शाब्दिक रूपांतरण तो संभव ही नहीं। 'हलुकइया' शब्द तो उनकी सुकुमारता का साकार उदाहरण है। रूप-बिंब और गंध-बिंब की छटा भी इन पंक्तियों में द्रष्टव्य है। प्रातिभ साहित्य की परंपरित उपमान परंपरा से परे लोकगीतों के उपमानों की मौलिकता दर्शनीय है।

पद्मिनी नायिका कमलगंधा होती हैं, यह वर्णन मिलता है, किंतु केसर की सुगंध, रूप-विधान में नवीनता की सर्जना करती है। केसर में सुगंध के साथ वर्ण की आभा भी प्रकट होती है। सीता के रूप का सर्वथा मौलिक बिंब इस लोकगीत में है। न केवल उपमान की नवीनता की दृष्टि से वरन् शब्द-विन्यास की दृष्टि से भी उपर्युक्त उद्धरण विशेष महत्त्व रखता है।

एक फाग गीत में एक मौलिक उपमा देखिए—

''तोरी छतिया पै अति छवि देत, जोबनवा हो प्यारी,
मानो कलस धरा सुबरन कै, सुघर सोनार सँवारी।''

साँचे में ढला हुआ पूर्ण विकसित यौवन, 'सुवर्ण' (स्वर्ण) कलश से उरोजों की उपमा दर्शनीय है।

सौंदर्य और शृंगारयुक्त नायिकाओं के वर्णन भी हुए हैं। अपने प्रिय को रिझाने के लिए सोलहों शृंगार और बारहों आभूषण से युक्त रमणी के सौंदर्य की छटा देखिए—

''मथवा कै बेनियाँ तोहर जुगुन यस,
जैसे चंदा के मुहवाँ निहारै चकोरवा।
नैना बेचारे घुँघुट पट देखैं,

पन्नरह दिना के जैसे पाख उजियरवा।
बतिया तोहारि गोरी रस कै गगरिया,
कोइलरि जैसे बगिया मझारे।
झँझिया पहिरि जब चला डगरिया,
चमकै बिजुरी जैसे कारी बदरिया।
मोरे जियरा में लागै कटारी।''

नायिका के रूप का चित्रण पूरे साहित्यिक सौष्ठव के साथ इस गीत में हुआ हैं। परंपरित उपमाएँ इसमें हैं, किंतु उनका संयोजन सर्वथा नवीन है। काव्यशास्त्र के संबंध में यह उक्ति कि 'पदविन्यास तथा अर्थ की संगति समान रहते हुए भी ग्रंथन या संयोजन का कौशल उसे नया बना देता है, इसके लिए सटीक है।

एक पक्ष तक नेत्र बेचारे उजेली रात की प्रतीक्षा करते रहे। 'घूँघट-पट' रूपी अंधकार पक्ष के दूर होने पर ही मुखचंद्र का दर्शन संभव है। रूप का आकर्षण प्रतीक्षाकाल में उत्सुकता और कौतूहल के कारण और अधिक बढ़ जाता है। जुगनू की तरह माथे की चमकती बिंदी प्रेयसी के दर्शन की लालसा को और उद्दीप्त करती है। काली बदली में बिजली चमकती है वैसे ही नायिका की झाँझ। और इस दीप्ति का प्रभाव 'जियरा' (हृदय) पर कटारी सदृश पड़ता है। प्रियतमा की बातें मधुरता में बाग की कोयल सी मधुर, रस का परिपूर्ण घट हैं। उस विकसित यौवना का शरीर ही बाग है। रूप का वर्णन अधूरा रह जाता यदि रूप का नायक के मन पर प्रभाव न दिखाया जाता।

जाति-व्यवस्था के अनुकूल नाइन, धोबिन, ग्वालिन आदि का रूप-चित्रण भी लोकगीतों में अत्यंत रोचक विधि से हुआ है। एक ग्वालिन का सुंदर रूप देखिए—

''गोरी गुवालिनि बड़ी सुन्नरि त बात बोल चौकस,
भौंहन चढ़ी है कमान, दहिया बेंचै निसरीं।''

इसमें गौर वर्णवाली ग्वालिन के मुख-मंडल की छवि और उसकी कमान जैसी भौंहों की छवि का अंकन हुआ है।

पुरुषों का रूप-चित्रण भी उनकी वेश-भूषा के आधार पर किया गया है। एक नायिका अपनी सखी से अपने पति की पहचान बताकर पूछती है कि तुमने कहीं उन्हें देखा है, उनके काले केश हैं, गोरा बदन है—

''कहीं देखा रे सखिया हमारो सजन।
हमरे सजन कै पहली निसानी,
काली-काली जुल्फें गोरा बदन। कहीं।...''

गोल टोपी दिए हुए प्रिय की छवि पर प्रिया मुग्ध है—

''दिए गोल टोपी गजब करैं अपुना।''

संयोग श्रृंगार के अतीव सुंदर दृश्य हैं लोकगीतों में। एक सोहर गीत में कृष्ण और गोपी की प्रणय-लीला का सुंदर उदाहरण प्रस्तुत है—

"बरबस पकरे हैं बहियाँ, चोलिया बंद खोलैं,
हो अरे कान्हा हिलि-मिलि जोरथे सनेहिया, जमुना जल भीतर।"

गोपी घर जाने के लिए अनेक बहाने ढूँढ़ती है, पर हृदय से चाहती है कि कृष्ण उसे बलपूर्वक स्वीकार करें। अपनी इच्छा को छिपाकर वह ऊपरी विरोध करती रहती है। कृष्ण बरबस उसकी बाँह पकड़ लेते हैं। संयोग का अवसर यमुना जल के भीतर ही उपस्थित हो जाता है।

संयोग श्रृंगार के वर्णन में मान और मानमूलक विरह का भी चित्रण हुआ है।

प्रणय-मान—स्त्रियों को आभूषण की तीव्र लालसा होती है। एक स्त्री चार नग-वाली सुंदर बेसर लाने का पति से अनुरोध करती है और कहती है कि मेरी इस अभिलाषापूर्ति के बाद ही तुम मेरा आलिंगन प्राप्त कर सकोगे। वस्त्राभूषण से सुशोभित होकर मैं तुम्हें सुख प्रदान करूँगी। अन्यथा मैं क्षुब्ध होकर मायके चली जाऊँगी। तुम्हारे साथ रसरंग की बातें छोड़ दूँगी और तुम्हें स्पर्श का सुख नहीं प्रदान करूँगी। विविध श्रृंगार से युक्त होकर तुम्हें ललचाऊँगी। किंतु झुलनी के बिना तुम कितना भी मनाओ, मानूँगी नहीं—

"झुलनी हमका दिलदारे दिया हो बनवाई।
झोपदार चारि नग संयुत, बेसरि में छवि छाई,
पहिरि ओढ़ि तुहँका सुख देबै हो, भरि अंग सेज लपटाई।
नाहि रिसियाइ जाब नैहर काँ, पहिरि लेब बनवाई,
सो रस रीति तजब तोहरे संग, अब तनिक न देबै छुवाई।
काजर नैन देब सिंकिया से, ईंगुर बुंद लगाई,
कैकै सिंगार तुहैं ललचौबे, कर मीजि रहिबा पछिताई।
करब सिंगार नए जोबन पर, चोली बन्द बनाई,
द्विज छोटकुन झुलनी बिन बालम, मनिहौं नाहीं राम दोहाई।"

इस प्रणय-मान के अंतर्गत रूपगर्विता नायिका का चित्रण है।

नारी कितनी भी कुरूप क्यों न हो, पति के कुरूप कहने पर मान करती ही है। पति पान की सेज पर फूल बिखेरकर, पैताने खड़ा होकर उसकी इच्छानुसार सतलड़ी और तिलड़ी हार बनवाकर उसे प्रसन्न करने की चेष्टा करता है—

"पनवाँ कै सेजिया बिछावैं त फूल छितरावैं,
वै पियवा ठाढ़ गोड़वरियाँ, धना मुख से न बोलैं।
अर-अरे नग्रा के सोनरा, बेगेहि चढ़ि आवहु,
हो अरे सोनरा! सतलरि गढ़हु तिलरिया, मैं धना के मनावौं।"

हार और पान लेकर वह पत्नी को मनाता है—

"सोवत रनियाँ जगावैं, त जाँघ बैठावैं,
हो मोरी धनियाँ छोड़ि देहु जिया कै बियोग, तिलरी तूँ पहिरौ।"

पत्नी अपना अपमान भूल नहीं पाती। वह तिलरी अस्वीकार करती हुई व्यंग्य करती है—मैं तो काली कोयल हूँ, तिलरी नहीं सोहायेगी—

"राजा हम तौ हई कारी कोइलिया, तिलरी नाहीं सोहै।"

पति इसे अपना अपमान समझकर क्रोधवश पत्नी को मायके भेजने को प्रस्तुत हो जाता है। अब रूठे हुए पति को मनाने का उपक्रम मानवती अपना मान भूलकर स्वयं करती है।

बरई! पँचरंगी बीड़ा पान बनाओ, मैं प्रिय को मनाऊँगी—

"हो अरे बरई पँचरंग बिरवा जोरावो, मैं पिया के मनावौं।"

इस गीत में नायिका रूपगर्विता तो नहीं है, पर उसे अपने पत्नीत्व और यौवन का गर्व है। प्रातिभ साहित्य में प्रायः नायिका के ही मान का चित्रण हुआ है, किंतु लोक साहित्य जीवन के प्रति अधिक सजग है। अतः उसमें पारिवारिक जीवन के ऐसे चित्रों का वर्णन भी है जिसमें पत्नी अपना मान भूलकर रूठे पति को मनाती है और इस प्रकार एक पारिवारिक सामंजस्य स्थापित हो जाता है।

ईर्ष्या-मान—ईर्ष्या-मान का सुंदर उदाहरण एक सोहर गीत में प्रस्तुत है। नायक विदेश जाकर सौत के आकर्षण में फँसकर पत्नी को भूल जाता है। छोटा भाई भाभी के कहने पर उसे बुलाने जाता है। भाई को समझाकर तथा भाभी की दशा का वर्णन करके साथ वापस लाने को तैयार कर लेता है।

सौत कुछ दुःखी होकर कुछ दिखावा करके रोती है कि अब तो तुमने अपनी पत्नी की सुध करके घर की राह ली, अब मेरा क्या होगा?

नायक आश्वासन देता है कि मैं शीघ्र ही पुनः आऊँगा।

नायक भोजन करके उठता है, पत्नी 'खरिका' (दाँत खोदने के लिए सींक) लिए खड़ी है। लोक-जीवन का कितना स्वाभाविक चित्र है। नायक झपटकर उसकी दाहिनी बाँह प्रेमावेग में थामकर शयनागार में चलने को कहता है।

नायिका की चिर अभिलाषा इसी की तो थी। विरह-विदग्ध हृदय को प्रिय का प्रणय-निवेदन सुनने को मिला, किंतु जिसके लिए उसने इतनी प्रतीक्षा की, इतने आँसू बहाए, वह उसे भूलकर किसी और का हो बैठा था। आज पुनः उस जूठे प्रणय-निवेदन पर उसका हृदय विद्रोह कर बैठता है।

'मेरी बाँह छोड़ दो, यह बाँह तो पापिन की है (क्योंकि मुझमें कमी थी तभी तो तुम दूसरी ओर आकृष्ट हुए)।' अपने प्रति ग्लानि, पति के प्रति आक्रोश क्या-क्या नहीं है, इस पंक्ति में। 'तुम तो फिर अपनी कुबरी की सुध' करके मधुवन को चले जाओगे।

ईर्ष्या-मान का कितना सुंदर और सजीव उदाहरण इस लोकगीत में अभिव्यक्त हुआ है—

''राम जे उठे ज्योंनरवाँ, त सीता खरिक लिहे,
हो अरे रामा झपटि के पकरैं दाहिन बहियाँ, चलहु धवराहरि।
छोड़हु राम मोरी बहियाँ, त बहियाँ पापिनि कै,
हो मोरे रामा फिरि आपनि कुबरी समुझब्या,
त बन काँ सिधरबा।।''

(लोक में सीता और राम दंपति के प्रतीक बन गए हैं।)

वियोग पक्ष

लोकगीतों में वियोग के अत्यंत स्वाभाविक चित्र हैं। बारहमासा और ऋतु गीतों में मार्मिक विरह-वर्णन है। प्रातिभ साहित्य की भाँति लोकगीतों में विरह की स्थिति के कल्पित प्रसंग नहीं, बल्कि जीवन की मार्मिक अनुभूति और तज्जन्य विरह की पीड़ा की सहज अभिव्यक्ति है।

लोकगीतों में विरह का कारण प्राय: व्यापार, नौकरी अथवा प्रशिक्षण हेतु पति का विदेश-गमन है। साहित्यदर्पणकार का मत है कि अनुराग के उत्कट होने पर प्रिय का अभाव ही काव्यशास्त्र संबंधी ग्रंथों में विप्रलंभ कहलाता है।

वियोग-वर्णन का एक मार्मिक उदाहरण है—

''निदिया हेराइ गई, अँखिया पिराइ गईं, ताकि ताकि रहिया तोहार,
अँगना में केतनी तरइया टेचरि गईं,
केतनी कोइयवन क अँखिया निचुरि गईं,
भरि भरि सुधिया तोहार।
अंग अंग काटि के उमिरिया गुरुचि गई,
परली सेजरिया पै रतिया मुरुछि गई,
जोहि जोहि बटिया तोहारि।
आवा मिलनियाँ क बेलवा फिरति जात,
परली दियरिया में बतिया जरति जात,
दियवा सरापै कोंहार।''

नायिका अपनी दशा का वर्णन स्वयं नहीं करती, पर उसकी दशा प्रकृति पर आरोपित है। प्राकृतिक उपादानों पर विरहिणी की व्यथा का मानस बिंब उभरता प्रतीत होता है। प्रकृति उसकी दशा से द्रवीभूत हो गई है। उसकी विरह-वेदना प्रकृति से पूर्णतया प्रभावित है। प्रकृति के जड़-पदार्थ भी, उसे आभास होता है कि संवेदना से युक्त हो गए

हैं। उसका मानस बिंब कुम्हलाया है तो प्रकृति भी कुम्हिलाई है, किंतु नायिका यह नहीं कहती कि मेरे कारण कुमुदिनी की आँखें संकुचित हो गई हैं, या दीपक मेरी व्यथा देखकर कुम्हार को शाप देता है कि विरहिणी के साथ जलने के लिए मेरा निर्माण क्यों किया? वह अपनी विरह-वेदना को भूल जाती है, थोड़ी देर के लिए वह प्रकृति की चिंता करने लगती है। नायिका अपने परिवेश को म्लान देखती है। अपनी करुण दशा को, अपनी वेदना को मुखर नहीं होने देती, प्रकृति की संवेदनशीलता के प्रति अधिक सचेत है। वह अपने आत्म-तत्त्व को भूल सी गई है। महादेवी वर्मा की पंक्तियों में भी यही भाव अभिव्यक्त हुए हैं—'मेरे गीले पलक छुओ मत, मुरझाई कलियाँ देखो।'

प्रकृति का उद्दीपक रूप विरहिणी नायिका की व्यथा को बढ़ा देता है। बसंत ऋतु की मादकता में वह बेचैन है—

''जैसे चैत म टेसू फुलाने, भौंरा करत गुँजारा।
चाखत प्रेम सहित अमिरित रस,
मानो छतिया फुलत अंगारा मिलन न हमारा।
जब से स्याम सेज तूँ छोड़्या, बिरहा से नाता जोरा,
कोइल होइकै बन-बन टहरत,
धरिकै जोगिनी कै भेस करारा मिलन न हमारा।
जौ पर होत उड़ित यहि अवसर, तब करि याद किनारा,
द्विज नरेस भगि गयन सेज पर, दूनौ नयना बहत जल धारा
मिलन न हमारा।''

'मानो छतिया फुलत अंगारा' बहुत ही सार्थक और सजीव उत्प्रेक्षा है। उरोजों का अंगार की तरह दहककर फूल जाना विरह को अर्थवत्ता प्रदान करता है और उसकी वेदना का अभिवर्द्धन करता है। प्रकृति का कामोद्दीपक वातावरण, टेसू फूलते हैं, भौंरे उन पर गुँजार करके प्रेम सहित अमृत रस का पान करते हैं, किंतु उपभोग के अभाव में नायिका अधीर होकर विरह-विदग्ध कोयल के सदृश वन-वन भटक रही है। यदि उसके पंख होते तो उड़कर प्रिय के पास पहुँच जाती, पर विवशतः उसे पुनः उसी सूनी सेज पर रोना पड़ता है। विरह के अंतर्गत अभिलाषा की दशा का चित्रण भी इस गीत में बहुत ही सुंदर हुआ है। नेत्रों से जलधारा बहना, शरीर में कंप आदि सात्त्विक अनुभाव है। योगिनी का वेश परंपरित उपमान है। कोयल की कूक प्रायः उद्दीपन रूप में आती है, किंतु इस गीत में तो वह स्वयं जलकर कोयल बन गई है।

एक अन्य गीत में काम-रूपी महावत का अंकुश निर्मोही प्रियतम की स्मृति भूलने ही नहीं देता। उसके शरीर में कंपन पैदा करता है। आँखों से अश्रुपात होने लगता है, जिससे नेत्रों का काजल ही नहीं धुलता, उसके सोलह श्रृंगार भी असंगत लगने लगते हैं।

सूनी शय्या भयानक लगने लगती है और विरहिणी नायिका अपने प्रिय की कामना करती है। इस विडंबनात्मक स्थिति में वह अपनी साड़ी धानी रंग में कैसे रँगाए?

"पिया-पिया कहिके पपिहरा बुलावै,
सूनी सेज नींद नहिं आवै, कोइल कूक सुनावै,
काम महाउत रहि-रहि हालै, निरमोहिया कै सुधि नहिं भूलै।
अँखियन कै सखि छूटि गए कजरा,
तन सोरहों सिंगार न भावै सवनवाँ न आवै।"

फारसी काव्यशास्त्र में विरह की केवल नौ ही दशाएँ मानी गई हैं, जिनमें से तीन का शारीरिक पक्ष से, तीन का मानसिक पक्ष से तथा तीन का व्यावहारिक पक्ष से संबंध है—'आहसर्दी, रंगजर्दी, चश्मतर, इंतजारी, बेकरारी, बेसबर, कमखुर्दनी, कम गुफ्तनी, नींदे हराम।'

लोकगीतों के संदर्भ में इन दशाओं के उदाहरण हैं—

आहसर्दी (ठंडी आहें भरना)—प्रियतम बिना सूने भवन में प्रिया आहें भरकर हृदय में चिंता को प्रश्रय देती है—

"परी बेहाल भवन बिच अहकति,
सोचत हिरदै मझारी बिना हो बनवारी।"

रंगजर्दी (शरीर का पीला पड़ जाना)—एक लोकगीत में प्रिया को मैके में पीली पड़ गई देखकर उसका पति उससे पूछता है—

"गोरी पियरी कइसे परि गयू मैके म रहिकै।"

वह उत्तर देती है—

"परदेसी बलमु तोरी सुधि कइके।"

(प्रिये! तुम पीली कैसे पड़ गई? प्रिय! तुम्हारी याद में)। प्रिय के अभाव में शरीर कृश हो गया, नेत्र पीले हो गए। संपूर्ण वसुंधरा सूनी लगती है—

"ई देखा बिरहिन कै लीला, तन भये झूर नयन भये पीला।"

चश्मतर (गीली आँखें)—पति के विदेश जाते समय भी पारिवारिक संकोचवश मिलन नहीं हो सका। दृष्टि केवल पीठ पर पड़ी इसलिए प्रिय की सुध करके आँसुओं से साड़ी भीग जाती है—

"परि गई डीठ पीठ के ऊपर,
मोरी अँसुवन भींजति सारी दगा दैके मारी।"

प्रिय के वियोग में सेज पर केवल अश्रुपात करना ही तो विरहिणी की नियति बन जाती है—

"व्याकुल होइ भागि गयन सेजि पे,
दूनौ नयना बहत जलधारा मिलन न हमारा।"

इंतजारी—दिन भर प्रतीक्षा करना और रात में निद्रा न आना, यही विरहिणी की दशा है—

"दिनवा त बीतै मोरा, जोहि-जोहि बटिया,
रतिया बीतथै, जागि-जागि रे विदेसिया।"

बेकरारी—प्रिय की स्मृति मन को बेचैन किए रहती है। कुछ भी तो मन को नहीं भाता।

"निरमोहिया क छवि नाहीं भूलै,
अँखियन कै सखि छूटि गए कजरा,
तन सोरहो सिंगार न भावै।"

उस निष्ठुर की छवि भुलाए से नहीं भूलती, आँखों का काजल छूट गया, सोलहो शृंगार अब नहीं भाते।

बेसबर—महल, अटारी, शय्या, प्रिया को प्रिय के बिना कुछ भी नहीं भाता। वह बेसब्र होकर पूछ उठती है—कब तक राह ताकूँ तुम्हारी? सखियों का साथ छोड़ दिया, पिता का घर भी—

"तूँ पिया होइ गया हमके सपनवाँ,
कबले निहारौं मैं डगरिया,
सखिया में छोड्यों सहलरि मैं छोड्यों,
छोड़ि दिह्यों बाबा कै बखरिया हो रामा।"

कमखुर्दनी—विरहिणी को सखियाँ समझाकर थक गईं, पर उसे प्रिय के बिना न भोजन भाता है, न जल—

"रान-परोसिन जे केऊ गोतिन, सिखै गईं सब हारी,
सुनत न बात कही ना मानत,
भावत नाहीं भोजनबारी बिना हो बनवारी।"

सीता भी तो कहती हैं कि राम के बिना भोजन और जल विषतुल्य है—

"अवध नगरिया के भोजन बारी,
पिया बिना हमके भये करियारी।"

कमगुफ्तनी—विरहिणी कहती है कि मैं क्या बात करूँ? कुछ कहा ही नहीं जाता। विवशता होने पर ही कुछ बोलती हूँ—

"घर आँगन मोहिं नीक न लागत, जबसे गए बनवारी,
काउ कही कुछु कहि नाहीं आवत,

ननदी बोलौं बतिया लचारी बिना हो बनवारी।"

नींदे हराम—प्रिय के बिना सूनी शय्या भयानक लगती है। ऐसे में नींद कहाँ आ सकती है—

"पिया पिया कहिके पपिहरा बुलावै, सूनी सेज नींद नहिं आवै।"

विरही पुरुष

लोकगीतों में केवल नायिका के ही वियोग का वर्णन नहीं हुआ है। नायक भी प्रिया के वियोग में विकल है—

"सूरति तोर करेजवा मँ सालै, कहाँ हेरौं जाय मोरी प्यारी,
सब जग बाउर बनि हेरित है, नहिं कहुँ परत देखारी,
बिनु मुख देखे धीर न आवत, उर ऊपर मारे कटारी। सुरतिया तुहारी।
तुहरे खोज मँ है जनु सजनी, होइगै कठिन बीमारी,
दिन अरु रैन चेन नहिं आवत,
होइगै घाव करेजवा में प्यारी। सुरतिया तुहारी।"

करुण रस

श्रृंगार के समान यह भी अत्यधिक व्यापक माना गया है। अप्रिय प्रसंग और दुःखद घटनाएँ सहानुभूति जगाती हैं। इसका स्थायी भाव शोक है। प्रिय-वियोग, बंधु-नाश, निराशा, धर्माघात, द्रव्यनाश आदि अनिष्टों से करुण रस उत्पन्न होता है—

"प्रिय के विप्रिय करण ते आन करुण रस होत,
ऐसो वरण बखानिए जैसे तरुण कपोत।"

(रसिक प्रिया, प्रक० 14/48)

लोकगीतों में अबाध गति से करुण रस की धारा निरंतर प्रवाहित होती रही है। इन गीतों में जीवन की आर्द्रता, हृदय की स्निग्धता, मन की कोमलता का सजीव चित्र है, अतः स्थल-स्थल पर करुण रस का परिपाक स्वाभाविक है। अनिष्टकर परिस्थितियों तथा सुख के अभाव के कारण करुणा रूपायित होती रही है।

बारह वर्ष पर पति लौटकर आता है मिलन के अगणित स्वप्न और अरमान सँजोकर। पर पत्नी का दुःखद अंत देखकर उसका हृदय हाहाकार कर उठता है—

"अँगिया त खाई देंवकिया, जमैला कुस डाभर हो राम,
धनियाँ बरहा बरिस कै कमैया, मैं केकाँ देखावौं हो राम।"

नायक देखता है कि दीमकों ने उसके वस्त्र खा डाले हैं, अस्थिपंजर पर कुश और घास-फूस उग आई है। यह दुःख, यह प्राणों का त्याग प्रिया ने प्रिय का वियोग न सहन

कर पाने के कारण किया। कितनी वेदना हुई होगी उसे। करुण रस का कितना सजीव उदाहरण है। पति का हृदयविदारक विलाप कि 'अब बारह वर्षों की कमाई किसे दिखाऊँ, किसे सौंपूँ, तो करुणा की चरम पराकाष्ठा है।

शोकगीतों में मृतक के परिजनों के विलाप की करुणा हृदय को छू लेती है—

''कंता मोर नदिया बीच बहिगै,
मैया रोवैं अंचर निचोरैं, पूत गादिया मोरी सूनी कै गै,
दूर देस बहिनी बनकै रोवैं, भैया मोरी गलिया सूनी गरिगै,
भौजी रोवैं भोजन बनावैं, देवरा बोलिया मोरी सूनी कै गै,
तिरिया रोवैं सेज बिछावैं, काँच की चुरिया दुलम मोरी करिगै।''

माँ की गोद सूनी हो गई, बहन की गलियों में भाई के बिना कौन जाएगा। भाभी देवर के बिना किससे मधुर परिहास करेगी। पत्नी की सेज सूनी हो गई, शृंगार छिन गया।

'हिरनी' की व्यथा तो मन को झकझोर जाती हैं—

''रानी! मँसिया त सीझिउ रसोइयाँ खलरिया हमरी बकसहु,
हिरन खलरिया जौ पउबै त मन समुझैबै,
रानी! पेड़वा से टँगबै खलरिया जनुकि हरिना जीयत।''

हिरनी पेड़ पर टँगी खाल को देखकर ही एक भ्रम पालकर संतोष पाना चाहती है, पर वह भी उसके भाग्य में नहीं।

नारी के जीवन में पुत्र का अभाव और पुत्र प्राप्त करने की उसकी अदम्य अभिलाषा करुण रस का प्रादुर्भाव करती है। वह अपना प्राणोत्सर्ग करने को तत्पर हो जाती है। कभी गंगा की लहरों में डूबकर, कभी हिंसक पशुओं का आहार बनकर—

''हो मोरी गंगा दै देत्यू अपनी लहरिया,
मैं डूबि मरि जात्यों।''

इसी प्रकार कभी वह काठ का बालक बनवाकर मन को संतोष देना चाहती है, किंतु उसका मौन उसे व्यथित कर देता है—

''तेलवा लगायउँ बुकउवा नयन भरि काजर,
हो अरे रानी उलटि पलटि चुम्मा लेइं पुतरिया न बिहँसै।''

विदाई के गीतों में करुण रस—एक विवेचन

बेटी के विवाह में विदाई के अवसर पर गाए जानेवाले गीतों को विद्वानों ने करुण रस के अंतर्गत स्थान दिया है। यह यथार्थ है कि विदाई के अवसर पर वियोगजन्य वेदना की गहनतम अनुभूति कन्या और उसके परिजनों को होती है। पीड़ाएँ द्रवीभूत हो उठती हैं, किंतु शास्त्रीय दृष्टि से विचार करने पर इस विछोहजन्य वेदना की अनुभूति को करुण

रस की कोटि में रखना उचित प्रतीत नहीं होता। करुण रस का स्थायी भाव शोक है। प्रियजन के स्थायी वियोग के अवसर पर ही शोक की उद्भावना संभव है। विरह की एकादश दशाओं के अंतर्गत 'मरण' नामक दशा में जब प्रिय के पुनर्मिलन की आशा स्थायी रूप से समाप्त हो जाती है, तब उस अवसर पर विप्रलंभ एवं करुण की सीमाएँ एक-दूसरे को स्पर्श करती हुई प्रतीत होती हैं।

किंतु कन्या की विदाई के अवसर पर स्थायी वियोग अथवा शोक का प्रश्न ही नहीं उठता। कन्या की विदाई माँ, बाप, भाई और बहन तथा अन्य सभी स्वजनों के मन में पीड़ा का संचार करती है। पीड़ा की तीव्रतम अनुभूति होने के कारण ही किसी भाव को हम शोक नहीं कह सकते। प्रत्येक प्रकार की मानसिक या शारीरिक क्षति किसी-न-किसी मात्रा में पीड़ा का संचार करती है। देश-काल और पात्र-भेद से ये पीड़ाएँ तीव्रतम हो सकती हैं, किंतु वेदना के तीव्रतम होने के कारण ही इसको करुण रस नहीं कहा जा सकता। यह भाव अधिक उदार और व्यापक मानवीय चेतना का प्रतिनिधित्व करता है।

शोक के लिए इष्टनाश का होना आवश्यक है। वैसे बेटी की विदाई में किसी प्रकार का नाश या क्षय नहीं होता, पर उसकी रिक्तता तो कष्टकर होती ही है। शोक की उद्भावना अनिष्ट के घटित होने के उपरांत होती है, बेटी की विदाई किसी अनिष्ट का परिणाम नहीं है, प्रत्युत् इष्टपूर्ति का प्रतिफलन है। विदाई के अवसर पर दुःख इसलिए होता है कि बेटी पराई हो जाती है और नई परिस्थितियों एवं परिवेश में बेटी के सुख के प्रति अनिश्चय रहता है। कन्या के परिजनों को यह विश्वास ही नहीं होता कि जिस सुख और सुविधा के साथ उनकी बेटी घर में रहती थी वही ससुराल में भी मिल सकती है। आशंकाएँ तो प्रायः इसके विपरीत होती हैं। लोक-संस्कृति में बहुधा देखा भी गया है कि ससुराल में सास और ननद आदि के दुर्व्यवहार से अमानवीय यंत्रणाएँ वधू को भुगतनी पड़ती हैं।

भावों की तीव्रता से बेटी की विदाई के अवसर राग-द्वेष से रहित बड़े-बड़े ऋषियों, देह के संबंध को महत्त्व न देनेवाले तत्त्वज्ञानियों के हृदय को भी हिला देनेवाले होते हैं। आश्रमवासी वृद्ध कण्व ऋषि का हृदय शकुंतला की विदाई से द्रवीभूत हो उठा और इसी प्रकार विदेह जनक भी बेटी की विदाई के अवसर पर विदेह न रह सके।

बेटी की विदाई अशुभ या अकल्याणकारी घटना नहीं है, जबकि करुण रस के प्रसंग अशुभ और अमंगलकारी घटनाओं के परिणामस्वरूप ही उत्पन्न होते हैं, जैसे कि राजा दशरथ का मरण एक अमंगलकारी घटना है, लक्ष्मण को शक्ति एवं लंकावासियों के लिए लंकादहन भी इष्टनाश के अवसर हैं। विदाई के अवसर के रुदन को हम शोकजन्य विलाप के समकक्ष नहीं रख सकते। इसमें न चीत्कार है, न हाहाकार। यह न तो अपमान का अवसर है, न पराजय या पराभव का। यह किसी प्रकार का आपत्ति काल भी नहीं है।

शोक के अवसर वे होते हैं जहाँ पर कोई दैवी आपदा या शत्रु के द्वारा अपमान के कारण ग्लानि और दु:ख की अनुभूति होती है। भरत की ग्लानि को हम करुण रस के अंतर्गत ले सकते हैं, क्योंकि अपमानजनक अमंगलकारी विधि के विधान से वे ग्रस्त हैं।

प्रत्येक अभावजन्य वेदना को हम करुण रस के अंतर्गत ही क्यों रखें? वियोग को करुण रस के अंतर्गत रखने में यह आपत्ति भी है कि उसको शृंगार के अंतर्गत रखा गया है। करुणा के अवसर पर कारुणिक परिस्थितियों को उत्पन्न करनेवाले के प्रति क्रोध उत्पन्न होता है, किंतु यहाँ स्थिति भिन्न है, उनके प्रति सम्मान और स्नेह का भाव निरंतर बना रहता है। इसे करुण रस के अंतर्गत इसलिए नहीं रखा जा सकता, क्योंकि करुण में मिलन की कोई आशा नहीं रहती है।

बेटी की विदाई को विप्रलंभ शृंगार के अंतर्गत भी नहीं रखा जा सकता, क्योंकि उसका स्थायी भाव रति है, जो नायक और नायिका के रागात्मक संबंधों तथा उसके वियोग की व्यथा की अभिव्यक्ति करती है। पर बेटी के विछोह में इस प्रकार की खिन्नता का प्रश्न ही नहीं उठता। इस अवसर पर उत्पन्न सहानुभूतिजन्य वेदना अधिक सात्विक, विशद् और उदात्त भावभूमि पर आधारित है। वियोग शृंगार में संयोग सुख के उपभोग के अभाव के कारण पीड़ा होती है। इसमें प्रिय के सान्निध्य सुख, प्रिय द्वारा प्रदत्त भौतिक सुख के उपभोग की कामना का भाव रहता है।

जबकि बेटी के वियोग की पीड़ा किसी भौतिक सुख के अभाव से उत्पन्न नहीं होती, अपितु बेटी के सुख के अनिश्चय और उसके संभाव्य दु:ख की आशंकाओं से पीड़ित रहते हैं। वे भलीभाँति जानते हैं कि अब बेटी को पतिगृह में स्थायी रूप से निवास करना है और अपने परिवेश के साथ सामंजस्य स्थापित करना है। 'प्रियप्रवास' में 'हरिऔध' जी ने राधा के द्वारा यह कामना कराई है कि 'प्यारे जीवें जगहित करें गेह चाहे न आवें'।

किंतु सामान्यतया वियोगी प्रेमी या प्रेमिका की यह भावना नहीं होती, लेकिन कन्या के घरवालों की यह कामना रहती है कि बेटी हमारे पास आकर रह सके या न रह सके पर जहाँ भी रहे सुखी अवश्य रहे।

प्रेमी अपने स्वार्थ का पूर्ण बलिदान नहीं करता। वह मिलन की प्रतीक्षा में जीता है। संयोगजन्य सुख की कामना करता रहता है, किंतु बेटी के परिजन बेटी से संबंधित अपने स्वार्थों का लगभग पूर्ण त्याग करते हैं। यह एक आध्यात्मिक गरिमा से युक्त घटना है।

यह राग, विराग, अनुराग की त्रिवेणी है, जिसमें अवगाहन कर लोक-संस्कृति पुनीत होती है।

बेटी की विदाई एक सामाजिक भाव है, जबकि विप्रलंभ अधिकांशत: वैयक्तिक सत्ता रखता है। इस विछोह का अवसर चित्त की उदात्त वृत्तियों की सर्वोत्तम सत्ता रखता

है, चित्त की उदात्त वृत्तियों का सर्वोत्तम उदाहरण है। यह वियोग के साथ-ही-साथ त्याग की भव्य झाँकी भी प्रस्तुत करता है। अत: शृंगारजन्य वियोग से ऊँची और सात्विक भाव-भूमि पर इस विरहजन्य करुणा को प्रतिष्ठित किया जाना चाहिए।

विदाई के गीतों को शुद्ध वात्सल्य रस के अंतर्गत भी नहीं रखा जा सकता, क्योंकि यह केवल माता-पुत्री और पिता-पुत्री के ही विछोह का अवसर नहीं होता। वरन् इस वियोगजन्य पीड़ा को कन्या के भाई, बहन, सहेली आदि अन्य कुटुंबियों को भी सहना पड़ता है।

यद्यपि रसों की संख्या बढ़ाना समीचीन प्रतीत नहीं होता, किंतु शास्त्रीय पद्धति का अनुसरण करने पर हमें कुछ ऐसे सघन और सांद्र भावों की सत्ता मिलती है, जिनका पृथक् अस्तित्व स्वीकार करना ही वरेण्य प्रतीत होता है। उसे यदि विरह रस की संज्ञा दी जाए तो अनुचित न होगा। विरह का व्यापक भाव न तो शृंगार के पिंजर में ही आबद्ध रह सकता है और न करुण की अपरिहार्य अवशता से ही बाधित है। रति और शोक इस निर्मल भाव सलिला विरह-मंदाकिनी के दो कूल हैं, जिनको स्पर्श करती हुई यह सतत प्रवहमान रहती है। अयोग उसका उत्स है, वियोग मध्य और करुण पर्यवसान।

इसकी परिभाषा हो सकती है—

"विरह रस न तो विप्रलंभ का पर्याय है और न करुण रस का नया नाम। यह अभावजन्य पीड़ाओं का एक ऐसा द्रवीभूत अमृत है जिसके छीटें मानवीय संवेदनाओं को सर्वाधिक सजीव और सजग बनाते हैं।"

प्रीति को विरह रस के स्थायी भाव के रूप में प्रतिष्ठित किया जा सकता है। प्रीति का क्षेत्र रति से अधिक व्यापक है, क्योंकि इसकी परिधि के अंतर्गत भाई-बहन, बहन-बहन, भाई-भाई, पिता-पुत्र या पुत्री, माता-पुत्र या पुत्री तथा मित्रों के बीच के सुहृद संबंध आ जाते हैं, जबकि रति का क्षेत्र नायक-नायिका के वासनात्मक संबंधों तक ही सीमित है। आलंबन विभाव के रूप में वे सभी स्त्री-पुरुष, बालक-वृद्ध आ सकते हैं, जिनके बीच सौहार्द्र संबंध हैं। उद्दीपन रूप में प्राकृतिक परिवेश, ऋतु, पर्व, त्यौहार, पशु-पक्षी आदि आ सकते हैं। विप्रलंभ शृंगार और वियोग वात्सल्य में आनेवाले सभी संचारी, सात्त्विक भाव एवं अन्य अनुभाव विरह रस के भी अंग हो सकते हैं।

विरह रस का क्षेत्र अत्यंत व्यापक हो सकता है। संयोग के पूर्व की अवस्था को हम अयोग का नाम दे सकते हैं, यद्यपि साहित्यकारों ने इसे पूर्वराग के नाम से अभिहित किया है। यह पूर्वराग प्रिय के स्वप्न-दर्शन, चित्र-दर्शन, गुण-कथन आदि के परिणामस्वरूप उत्पन्न होता है। इस अयोगजनित पीड़ा का अनुभव भक्त और प्रिय दोनों को होता है। अयोग दो प्रकार का हो सकता है—जिसमें कि प्रिय का निश्चित परिचय है, और जिसमें प्रियतम अज्ञात हैं।

अयोग की संयोग में परिणति होने की संभावना रहती है। यह अयोग प्रिय-मिलन का प्रथम सोपान है, क्योंकि इसी अवस्था में प्रिय-मिलन की इच्छा जाग्रत और अभिवर्द्धित होती है। कभी-कभी तो यह अयोग स्वयं में इतना महत्त्वपूर्ण बन जाता है कि विरह की मधुर पीड़ा ही काम्य बन जाती है, जैसे कि गोस्वामी तुलसीदास यह कहते हैं—

''चातक तुलसी के मते स्वातिहु पियै न पानि,
प्रेम तृषा बाढ़ति भली घटे घटैगी आनि।''

इसी प्रकार सुश्री महादेवी वर्मा जी भी लिखती हैं—

''मिलन का मत नाम ले, मैं विरह में चिर हूँ।''

तब विरह-सुख की यही बलवती कामना उनका लक्ष्य पूर्ण करती हुई प्रतीत होती है। करुणात्मक वियोग से भी यह भिन्न है।

यद्यपि विद्वानों ने बेटी की विदाई के गीतों को करुण रस से ओत-प्रोत माना है और परंपरागत रूप में इसका वर्गीकरण भी इसी के अंतर्गत किया गया है, लेकिन वियोग की यह अनुभूति पूर्णतया करुण रस के अंतर्गत नहीं आती। इसे विरह रस की संज्ञा देने के विचार का मूल अभिप्राय यही है कि इसे सैद्धांतिक अथवा परंपरागत रूप में न तो शृंगारजन्य वियोग कह सकते हैं और न करुण रस ही। उक्त विवेचन के अनंतर इसे करुण वियोग भी नहीं माना जा सकता, क्योंकि करुण वियोग अथवा करुणात्मक वियोग में उसकी मूल प्रेरणा शृंगार रस ही सिद्ध होती है। इस प्रकार बेटी की विदा के गीतों को यदि चाहें तो 'विशिष्ट करुण' भले ही कह सकते हैं। क्योंकि बेटी आज तक जिस रूप में थी उस कन्या रूप का अंत होकर एक नए रूप में उस घर से जाती है और पुनः कन्या रूप में उस घर में नहीं आती। एक गीत है—

''मइया जे बेटी के छिपावैं जइसै घिउ गागरि।
बाबा जे बेटी के निसारैं जइसै जल माछरि।''

यहाँ बेटी को जल से मछली की भाँति अपने से अलग कर देने का भाव है। इसीलिए यह विशिष्ट करुण है।

यह विवेचन विद्वानों के विचारार्थ एक जिज्ञासु की दृष्टि से छोड़ रही हूँ इस आशा में कि समाधान मिलेगा।

अन्य रसों का परिपाक

लोकगीतों का प्रधान रस शृंगार तथा करुण है, पर अन्य रसों का भी अभाव नहीं। भक्ति रस तथा वात्सल्य रस भी लोकगीतों के प्रमुख रस हैं। इन पर संक्षेप में विचार किया जा रहा है।

वीर रस—वीर रस का स्थायी भाव उत्साह है। लोकगीतों में वीर रस के पर्याप्त

उदाहरण मिलते हैं। वीर रस 'आल्हा' का तो प्राण ही है। 'बनजरवा' गीतों में भी वीर रस के अन्यतम उदाहरण मिलते हैं। आल्हा का एक उदाहरण प्रस्तुत है—

"फिर सब छत्रिन साजन लागे, जेनका सजत न लागै बार।
जेतना गहना रजपूती कै, छत्रिन पहिरि लियो तत्काल।।
लश्कर चलि भै टोड़र पुर से, तोपैं चलीं फौज के साथ।
पहिया ढुरकै इन तोपन कै, फरकत जायँ सेंदुरिया ज्वान।।"

हरकारे से महोबावालों द्वारा बबुरी वन के जंगल कटने का समाचार सुनकर अनुपी युद्ध की तैयारी करने लगता है। सभी वीर युद्ध की साज-सज्जा से युक्त होकर सावधान हो जाते हैं। युद्ध के नगाड़े बज उठे। उत्साह से भरे वीरों के अंग-अंग फड़क उठे। वीरों ने युद्धभूमि को प्रस्थान कर दिया।

'बनजरवा' गीत में तेजधारी युद्ध के लिए ऊदल से सहायता माँगता है। ऊदल युद्ध की कल्पना से रोमांचित हो उत्साह से भर उठते हैं कि मेरी तलवार में जंग लग रही थी, अच्छा हुआ तुमने युद्ध छेड़ दिया—मैं तुम्हारी सहायता करूँगा—

"तूँ भल तूँ ठान्या है बियहवा अब होना,
हमरे तेगवा मां लागति रहीं मुरुचवा अब होना,
तोहरी हम तौ लड़िकै करबै मददिया अब होना,
तोहरे दुस्मन काँ चिखौबै हम मजवा अब होना"

गीतों की कुछ पंक्तियाँ हृदय में वीर रस का संचार करने में सक्षम हैं, भले ही उनमें रस का पूर्ण परिपाक न हो। बारह वर्ष की आयु तक कुत्ते जीते हैं, सोलह वर्ष तक गीदड़, अठारह वर्ष तक क्षत्रिय जीते हैं, उसके आगे जीवन को धिक्कार है। तथा जिसके सम्मुख वैरी बैठता है उसके भी जीवन को धिक्कार है—

"बारह बरिस ले कूकुर जीयैं और सोरह लैं जियैं सियार,
बरिस अठारह छत्री जीयें आगे जीवन को धिक्कार।।"

तथा "जेनके दुसमन सन्मुख बैठें ओनके जीवन को धिक्कार।"

पौराणिक गाथा पर आधारित एक भजन में वीर रस का सुंदर वर्णन है—राम लक्ष्मण को वीर मेघनाद को मारने के लिए बीड़ा उठाने को मना करते हैं, किंतु मेघनाद की ललकार "है कोई राम के दल में जो मुझसे लड़ सके" सुनकर लक्ष्मण उत्साह और क्रोध से भर उठते हैं और बाण उठाकर युद्ध को तत्पर हो जाते हैं—

"मेघनाथ रावन कै बेटा ठाढ़े दल गोहराई,
है केउ वीर राम के दल माँ, धनुहा उठाय हमसे करै लड़ाई
यतनी बात सुनै जब लछिमन, जरिकै तुरत खाक होइ जायी,
मारत बान गिरत गढ़ लंका, बाँह गिरति जहँ सुलोचनि रानी।"

हास्य रस—हास्य रस शृंगार का पोषक एवं सहयोगी माना गया है। इसका स्थायी भाव 'हास्य' प्रीति का विशेष रूप है। इसमें चित्तवृत्ति का विकास होकर अनुरंजन होता है।

एक सोहर गीत में परिजनों के द्वारा जच्चा के मायके से आया लड्डू चुराने का वर्णन है। जच्चा रानी लड्डू के चोरों को हास्यास्पद सजा देती हैं। पति देवता तो हाथ-पैर बँधवाकर, चार डंडे खाकर कमरे में बंद हैं, ऊपर से विलायती ताला भी लगा दिया जाता है। देवर को कुएँ में, ननद को पीपल पर लटकाया जाता है। इन उपक्रमों का वर्णन हँसने को बाध्य कर देता है—

"वहमाँ से एक लड्डू मोरे बलमा जी चोराइन हैं,
हाथौ बान्हेन गोड़ौ बान्हेन कोठरी म करियायों हैं,
बन्द किह्यों अंगरेजी ताला डण्डा चारि लगायों है।"

द्वार पर बारात आई है, बारातियों से परिहास होता है। बाराती एक भी मन को भाने लायक नहीं हैं, उनकी लंबी-लंबी टाँग सारस (पक्षी) की, चिलम सदृश नाक कुम्हार की, छोटी-छोटी आँखें उल्लू की संतान होने का प्रमाण है—

"वहिरे बरतियन कै चिलम एस नकुरा,
जैसे कोंहारे कै जन्मा बराती एको मने कै नाहीं।
वहिरे बरतिहवन कै कुच्ची-कुच्ची अँखियाँ,
जैसे कुचकुचवा कै जन्मा बराती एको मने कै नाहीं।
वहिरे बरतिहवन कै लंबी-लंबी टँगियाँ,
जैसे सरहंसवा कै जन्मा बराती एको मने कै नाहीं।"

इसी प्रकार तागपात छोड़नेवाले भसुर से परिहास होता है। अच्छा भला भसुर (जेठ) भी अपने रूप की यह प्रशंसा सुनकर हँसे बिना नहीं रहता—

"भसुर जी आवत बाटैं, लंगड़ टाँगि घिसरावत बाटैं,
कानी आँखि चमकावत बाटैं।"

(भसुर जी लँगड़ी टाँग घसीटते हुए, कानी आँख चमकाते हुए आ रहे हैं।)

भयानक रस

अनिष्टकारी भयंकर दृश्य देखकर, सुनकर और स्मरण करके भय का संचार होने से भयानक रस का उदय होता है।

लोकगीतों में इसके उदाहरण बहुत कम मिलते हैं, पर उसका अभाव नहीं। एक श्रमगीत में 'बेइलरि' नामक पुत्री के रूप पर आसक्त होकर उसका पिता ही उसके पति के पास गौना ले जाने का संदेश भेजता है। दामाद को पत्र-लेखन की शैली से अपने भावी संकट का ज्ञान हो जाता है। वह अपनी माँ पर अपना भय प्रकट करता है—

"दहिने हि हाथे इनलू चिठिया जे बाँचैं,
बायें हाथे पोंछथे अँसुइया हो राम,
एक ओरियाँ लिखा मइया हमरा गवनवाँ,
एक ओरियाँ लिखी मोरी मौतिया हो राम।"

माँ, बहन, भाभी उसे वहाँ जाने से मना करती हैं और दूसरा विवाह करने को कहती हैं, परंतु वह विवाहिता की मर्यादा की रक्षा हेतु चल पड़ता है। श्वसुर उसकी खूब आवभगत करता है, पर उसके हाथ में छुरी-कटार देखकर पुत्री भयभीत हो जाती है। वह पिता से पूछती है कि किस पर मृत्यु सवार है। वह पुत्री को बहका देता है और दामाद की हत्या कर देता है। इन पंक्तियों में पति की मृत्यु का भय उसके मन में व्याप्त है—

"काहे के लिह्या बपई छुरिया कटरिया,
केहपर मरन असवरवा हो ना।"

एक लोकगाथा में राजा उदित का घोड़ा उनकी प्राण-रक्षा करने के लिए सदैव प्रयत्नशील रहता है। उसे राजा की मृत्यु की आशंका और भय सचेत किए रहता है। राजा उदित की ससुराल से पत्र में आमंत्रण आता है, उनका घोड़ा राजा को सचेत करके जाने से रोकता है।

"उदित हमरा कहनवा जे माना होना।
उदित चिठिया जे फारि के बहावा होना,
उदित इहै चिठिया होइहैं जियरा मारन होना।"

इन पंक्तियों में भी भयानक रस का संचार हुआ है।

रौद्र रस

रौद्र रस का स्थायी भाव क्रोध है। क्रोध की उत्पत्ति इच्छा विरूद्ध कार्य होने पर होती है। लोकगीतों में रौद्र रस के उदाहरण कम मिलते हैं पर इनसे अछूता नहीं है। क्रोध के स्वरूप का विवेचन करते हुए भावप्रकाशकार ने उसके तीन रूपों—क्रोध, कोप एवं रोष का वर्णन किया है। विध्वंस क्रोध का गुण है। दूसरे का मर्दन करनेवाले कर्म से रौद्र रस का उद्‌भव होता है।

आल्हा गीतों में रौद्र रस के पर्याप्त उदाहरण मिलते हैं—

"यतना सुनि कै अनुपी जरिगै, गुस्सा गई देंह मा छाय।"

* * *

"यतनी बात सुनी उदनि कै, अनुपी अगिन ज्वाल ह्वै जाय"

(शारदा तनय, भाव प्रकाशन, 2-य अधिकार)

इन दोनों अंशों में रौद्र रस का पूर्ण परिपाक हुआ है।

वीभत्स रस

वीभत्स रस वैसे लोकगीतों में कम देखने को मिलते हैं। इसका स्थायी भाव घृणा (जुगुप्सा) है। आल्हा गीतों में एक उदाहरण देखिए—

"छुटे पिचक्का हैं लोहुन के, औ बुबुकारिनि बोलैं घाव।
हौदा भरिगै तहँ लोहू से, औ चुचुहात फिरैं असवार।
बूड़ि जुलुफिया गै लोहू से, चरबी अंग गई लपटाय।।"

वीभत्स रस गारी गातों में भी मिलता है। स्त्रियाँ अश्लील गाली गाते समय ऐसे-ऐसे दृश्यों का वर्णन करती हैं जो जुगुप्सा की सृष्टि करके वीभत्स रस का परिपाक करती है। अश्लील के तीन भेद हैं—जुगुप्सा व्यंजक, व्रीड़ा व्यंजक, अमंगल व्यंजक। गारी गीतों में अमंगल व्यंजक को छोड़कर अन्य दोनों प्राप्त होते हैं। ये गीत वैसे हास्य की सृष्टि के लिए गाए जाते हैं पर हास्य के साथ वीभत्स की सृष्टि स्वतः हो जाती है।

मुहर्रम के शोकगीतों (दाहा गीत) में भी युद्ध का वर्णन वीभत्स रस की सृष्टि करता है। एक शहीद की पत्नी दादी माँ से स्वप्न बताती है—

"ऐ दादी एक ख्वाब हम देखेन, नाली भरी बाय खून से,
नाली ऊपर एक लहास देखेन, कंगन बन्हां दूनौ हाथ माँ,
चुप नहु दुलहिन चुप रहु, आजु कतल कै राति है,
गोरा बदन उज्जर कफ़न, चद्दर ओढ़ावौ हाय रे हाय।"

अद्भुत रस

किसी विचित्र वस्तु या घटना को देखकर जो आश्चर्य का संचार होता है, उससे अद्भुत रस का प्रादुर्भाव होता है। इसका स्थायी भाव आश्चर्य है।

शिवजी की बारात जा रही है। बारात ऐसी विचित्र है कि ऐसा पहले किसी ने देखा नहीं था—

"नाहीं देख्यों हाथी रे नाहीं देख्यों घोड़ा, नाहीं देख्यों सजन बहुत,
बैल चढ़े एक तपसी जे आवैं, जैसे भाँट भिखारि,
बीछी जे आवहिं आड़ उठायें, सँपवा छोड़त फुफकार,
नौ सौ गोजर रेंगैं बराती, ईसर कै बरियात।
भागे हैं लरिका रे भागे बटोहिया, घर-घर जाइ बतियायँ,
कैसन गौरा कै आई बरतिया, कैसन मैना कै दमाद।"

वात्सल्य रस

वात्सल्य रस की उद्‌भावना बालकृष्ण के उपासकों ने की। बल्लभाचार्य जी ने बालकृष्ण की उपासना का विधान किया। महाकवि सूरदास, तुलसीदास आदि ने इसका अत्यधिक हृदयग्राही वर्णन किया है। सूर तो वात्सल्य के सम्राट् ही कहे जाते हैं।

सोहर गीतों में वात्सल्य छलका पड़ता है। बालसुलभ क्रीड़ाएँ और उन्हें देखकर परिजनों की प्रसन्नता आदि सुंदर ढंग से इनमें अभिव्यक्त हुई हैं।

बालक का रूप-चित्रण, उसकी बालसुलभ चेष्टाएँ, माँ का निर्देश, बालक की खेलने जाने की स्वाभाविक इच्छा और विलंब होने पर माँ की व्याकुलता आदि का बहुत सुंदर वर्णन इन सोहर गीतों में हुआ है। माँ पुत्र को दूर जाने से आशंकावश मना करती है किंतु पुत्र चला जाता है। कलेवे का समय बीत गया, पुत्र के न आने से माँ का हृदय व्याकुल हो उठा, वह ढूँढ़ने चल पड़ी। तब वह जो उत्तर देती है वह मातृहृदय के वात्सल्य का मार्मिक उदाहरण है—

''जैसे कोंहरवा कै अउवाँ, त धधकि धधकि बरैं,
ललना! वैसे माई के करेजवा, त भभकि भभकि बरैं।''

वियोग वात्सल्य के भी सुंदर चित्र लोकगीतों में हैं। कौशल्या माता राम के वन-गमन के उपरांत व्यथित हैं—

''भितराँ से निसरी हैं रानी कौसिल्या,
नैनन चूवै अँसुइया हो राम,
राम लखन यस मोर दुलरुआ,
कौने बनवाँ मँ परा होइहैं हो राम।
जौन राम चित से न बिसरैं,
पलकि से न उतरैं हो राम,
भितरा से बिहरै मोर करेजवा,
मैं कैसे वन्हैं बन भाखेउँ हो राम।

वात्सल्य से मिलता-जुलता एक अन्य भाव भी है। माता-पिता के प्रति प्रेम और आसक्ति के भाव को अभी रस के रूप में प्रतिष्ठित नहीं किया गया है, किंतु लोकगीतों में उसका सम्यक् निरूपण हुआ है।

भक्ति रस

''भक्त के हृदय में अपने आराध्य के प्रति उठती हुई भावनाओं का चरम उत्कर्ष होता है और वे रस दशा को पहुँच जाती है।''

(डॉ. त्रिगुणायत, शास्त्रीय समीक्षा के सिद्धांत, पृष्ठ 254)

रूप गोस्वामी ने भक्ति रस को श्रृंगार रस से भी अधिक महत्त्व देकर सर्वश्रेष्ठ रस के रूप में प्रतिष्ठित किया है। लोकगीतों में भक्ति विषयक कोई महाकाव्य तो उपलब्ध नहीं होता, किंतु देव रति के विभिन्न स्वरूप, ग्राम देवता से लेकर अखिल ब्रह्मांड नायक परम ब्रह्म परमेश्वर तक की उपासना के गीत लोकगीतों में उपलब्ध होते हैं।

''दरस बिन मैं मरि जाबौं राम।
सुन्नर काया काहें बनाया अइहैं कौने काम,
भक्ति दिह्या प्रभु जी आपनि, धन अइहैं कौन काम?
ई बगिया काहें को लगाया, सुन्नर लाल ललाम,
आस नायँ सम्पति दौलत कै, चाहौं दरसन राम।
जनम सुफल होय जाय प्रभु जी, भजन करौं निहकाम।''

(हे प्रभो! तुम्हारे दर्शन के बिना प्राण नहीं रहेंगे। तुमने भक्तिविहीन सुंदर शरीर व्यर्थ ही क्यों दिया? धन की आवश्यकता मुझे नहीं। यह संसाररूपी सुंदर बाग क्यों लगाया है? हमें तो मात्र दर्शन की अभिलाषा है। जिससे जन्म सफल हो जाए वही निष्काम भक्ति चाहिए, केवल भजन करना चाहता हूँ।)

शांत रस

भरत मुनि ने शांत रस में ही सब रसों का अवसान माना है, किंतु नाटक में स्थान नहीं दिया।

भक्ति गीतों में शांत रस की अबाध धारा के दर्शन होते हैं। भक्त संसार से निराश होकर केवल भगवत् चिन्तन में मन लगाता है—

''अगम बहे नदिया भव सागर कै।
धन गरजत तूफान चलतु है, टेढ़ पंथ सागर कै।
डगमग डगमग नइया डोलैं, बहत पवन सनसन कै।
पाल डाँड़ पतवार न सँग माँ, डरि लागत लहरन कै।
दीनानाथ तब ओही समैया, सुधि आवै नटवर कै।''

शांत रस का एक अन्य उदाहरण है—

''मानुष जनम सतगुरु बिन खोवा।
प्रान गए केहू संग ना जइहैं, स्वारथ काँ सब घर भर रोवा।
सो तनु पाइ भगति नाहीं किह्या, मरि मरि होबा जैसे सँपवा कै कोवा।
राम नाम सपने नहीं जानत, खाय मोटाय कै सोवा।''

कला पक्ष

लोककवि कलात्मक चमत्कार की ओर ध्यान न देकर भाव पर विशेष बल देता है, फिर भी लोकगीतों में कला पक्ष का अभाव नहीं है।

भाषागत सौंदर्य—वैसे तो कोई भी भाषा निरंतर परिवर्द्धित और विकसित होती रहती है। लोक-संस्कृति में भावों के परिष्करण के अनुसार भाषा में निखार आता जाता है। लोक-जीवन की भाव-दशाओं को व्यक्त करने के लिए लोकगीतों में कलात्मकता स्वतः ही आ जाती है। किसी भी भाषा के लोकगीतों में प्रियत्व और लघुत्व तत्सम व तद्‌भव शब्द उस भाषा को सौंदर्य प्रदान करते हैं। लोकगीतों में यह गुण सर्वत्र दृष्टिगोचर होता है। प्रसाद, ओज और माधुर्य गुणों को प्रकट करने के लिए विशेष शब्द इन लोकगीतों में प्रयुक्त किए गए हैं, जो लोकमानस की भावनाओं को प्रसंगानुकूल व्यक्त करने में सक्षम हैं। इस भाषा ने अंग्रेजी, उर्दू एवं अन्य भाषाओं के भी शब्दों को अपने साँचे में ढालकर अपना लिया है। कुछ प्रचलित शब्द ऐसे हैं जो इस भाषा की निजी विशेषता को सुरक्षित किए हुए हैं। इसमें आचार्यों द्वारा निर्धारित शब्दों के अर्थ जानने की तीनों शक्तियों अभिधा, लक्षणा और व्यंजना के दर्शन स्थल-स्थल पर होते हैं।

सरल शब्द-विन्यास—लोककवि शब्दों के चमत्कार की ओर ध्यान न देकर सरल शब्दों के माध्यम से जीवन के यथार्थ को स्पष्ट करता है। इसीलिए उसके गीतों में स्वाभाविक प्रवाह, तन्मयता एवं आकर्षण रहता है। एक विवाह-गीत में कन्या सहज रूप से अपनी भावनाओं को अभिव्यक्त करती है—

"जइसे सुधि राख्या बाबा पाँव की पनहियाँ, वइसे सुधि राख्या हमार।
पाँव क पनहियाँ बेटी छिन एक बिसरत, सुधिया न भूलै तोहार।।

इतने सरल शब्दों में भावों की कितनी मार्मिक अभिव्यंजना हुई है। पुत्री की विनम्रता, विछोह की कातरता, भविष्य में न भूलने की प्रार्थना सजीव हो उठी है। पिता और भाई का उत्तर भी हृदयस्पर्शी है। मेरी लाड़ली! अपने दैनिक प्रयोग की वस्तुएँ हम भले ही भूल जाएँ पर तुम्हें नहीं भूल पाएँगे।

कोमल-कांत-पदावली—लोकगीतों में प्रायः ऐसे शब्दों का प्रयोग होता है, जो कोमलता की अभिव्यक्ति करते हैं। लोककाव्य में यह कोमलता स्वाभाविक है। एक फाग-गीत में 'ल' अक्षर की पुनरावृत्ति से जिस कोमलता की सृष्टि हुई है वह अनूठी है—

"गोरी लालहि लाल देखावै, ललन ललचावै।
अधर लाल पै पान लाल है, लाल ही माँग भरावैं,
टीका लाल भाल पर सोभित, प्यारी बेंदी में लाल लगावें, ललन ललचावैं।
लहकदार नग लाल मूँदरी, चुनरी लाल सोहावै,

फूल गुलाब लाल हाथन माँ, गोरी नैना मँ नजर मिलावै,
ललन ललचावैं।
गोल कपोल लाल अति सुंदर, चोली ललित लुभावै ।"

लोकगीतों में शब्द-शक्तियाँ

अभिधा आचार्य मम्मट के अनुसार साक्षात् सांकेतिक अर्थ जिसे मुख्य अर्थ कहा जाता है, उसका बोध करानेवाले व्यापार को अभिधा व्यापार या शक्ति कहते हैं।

साहित्य में अभिधा को अत्यंत महत्त्वपूर्ण माना गया है। लक्षणा और व्यंजना का आधार यही शक्ति है। आचार्य कुंतक, मुकुल भट्ट, महिम भट्ट, कवि देव एवं आचार्य रामचंद्र शुक्ल ने अभिधा को अत्यंत उच्च स्थान प्रदान किया है।

एक वीर पुरुष की प्रशंसा अभिघा शक्ति के माध्यम से एक लोकगीत में प्रस्तुत है—

"अच्छी रैनि जिति आया सँवरिया।
धन्नि उहै रहिया धनि रे बटोहिया,
धन्नि उहै देस जहाँ जाब्या सँवरिया।
धन्नि उहै मैया धन्नि रे बहिनियाँ,
धन्नि उहै कोखि जहाँ जन्म्या सँवरिया।
धन्नि उहै सेजिया धन्नि रे सुपेतिया,
धन्नि उहै नारि जहाँ सोया सँवरिया।"

एक स्त्री अपने पति से अपनी व्यथा और कष्ट स्पष्ट शब्दों में कहती है—

"तूँ मोरे राजा दरदिया न जानत।
सेर भर भँगिया, सवा सेर पनिया,
पिसत-पिसत मोरी बहियाँ पिरानी।
छोट मोट कुँवना पतालपुरी पानी,
खींचत-खींचत मोरी बहियाँ पिरानी।।"

माँ, पिता, भाई और पति के स्नेह, ममत्व तथा महत्त्व को अभिधा शक्ति के माध्यम से सुंदर ढंग से व्यक्त किया है—

"बिनु रे मैया कै बेटी न कहावैं, के करै मोह, के हिरदैया लगावै।
बिना रे बाप कै बेटी न कहावैं, के बर खोजै के ब्याह रचावै।
बिना रे बिरन के बहिनी न कहावैं, के डोली फेरै, के देस देखावै।
बिना रे बलम कै रानी न कहावैं, के बेड़ा खेवै, के पार लगावै।"

लक्षणा

लक्षणा शक्ति का भी साहित्य में अत्यधिक महत्त्व है। इसमें मुख्य अर्थ बाधित होकर उससे संबंधित अन्य अर्थ का बोध होता है। जिस शब्द से लक्षणा का अर्थ बोधित हो वह 'लक्षक' एवं बोधित अर्थ 'लक्ष्यार्थ' होता है। इस प्रकार दूसरे शब्दों में लक्षणा की उपस्थिति में तीन बातों का होना आवश्यक है। मुख्य अर्थ में बाधा, लक्ष्यार्थ और मुख्यार्थ में संबंध था। लक्ष्यार्थ का किसी प्रयोजन या रूढ़ि के कारण लिया जाना।

लोकगीतों में लक्षणा के अनेकानेक उदाहरण मिलते हैं। कुछ उदाहरण अवलोकनीय हैं—

"मैं गोरी चंद्रमा जोति सँवरिया साँवर पायो रे।"

चंद्रमा ज्योति का तात्पर्य यहाँ उसके चंद्रमा की ज्योति अर्थ से नहीं है, बल्कि उस नायिका की उज्ज्वल (गोरी) कांति से है। जहाँ उपमेय उपमान का अभेद कथन होते हुए भी उपमेय बना रहे वहाँ गौणी सारूपा लक्षणा होती है। इस पंक्ति में उपमेय गोरी कांति है और उपमान चंद्रज्योति है। यहाँ अभेद बताया गया है दोनों में किंतु 'गोरी' उपमेय भी है अत: गौणी सारूपा लक्षणा है।

लक्षणा में उपमेय का लोप करके उपमान से उसका अभेद बताने के लिए उपमान प्रयुक्त होता है, जैसे—

"पैरा झारै झुटकै लागै मैगल हथिया ना।"

इसमें पुत्र-शोक से पीड़ित उस पिता के लिए मैगल हाथी का प्रयोग हुआ है, जिसकी दूसरी पत्नी उसके पुत्र का वध कर देती है। सुनकर आक्रोश-दु:ख से 'विक्षिप्त' पिता पुवाल को झाड़-झाड़कर पुत्र को ढूँढ़ने का असफल प्रयास कर रहा है।

व्यंजना

अभिधा और लक्षणा शक्तियाँ जब किसी अर्थ को स्पष्ट नहीं कर पातीं तब व्यंजना शक्ति प्रयुक्त होती है। आचार्यों ने शाब्दी व्यंजना और आर्थी व्यंजना इसके दो भेद बताए हैं।

व्यंजना के महत्त्व को आचार्य रामचंद्र शुक्ल ने भी स्वीकार किया है—"क्रोधी चाहे किसी ओर झपटे या न झपटे उसका यह कहना ही कि 'मैं उसे पीस डालूँगा' क्रोध की व्यंजना के लिए काफी होता है।"

(आचार्य रामचंद्र शुक्ल, चिंतामणि-'भाव या मनोविकार' निबंध, पृष्ठ 3)

आगे पुन: वे कहते हैं—"वाणी के प्रसार की कोई सीमा नहीं, उक्तियों में जितनी नवीनता और अनेकरूपता आ सकती है या भावों का जितना अधिक वेग व्यंजित हो सकता है उतना अनुभाव कहलानेवाले व्यापारों द्वारा नहीं।"

(वही, पृष्ठ-3, 4)

लोकगीतों में व्यंजना शक्ति का प्रयोग भी बहुलता से हुआ है। कतिपय उदाहरण द्रष्टव्य हैं।

एक विवाह-गीत में कन्या का पिता अपनी कन्या से कहना चाहता है कि इस वर्ष अकाल पड़ गया है, अतः तुम्हारा विवाह अर्थाभाव के कारण नहीं कर सकता। इस बात को वह व्यंजना के माध्यम से कहता है—

"तलवा कै पनियाँ पताले गए बेटी, पुरइनि गई कोम्हिलाइ,
गंगा-जमुना बीचे रेत चलतु है, अब बेटी रहहु कुँवारि।"

एक भजन में बुरे कर्मों के बुरे फल की ओर संकेत करते हुए व्यंजना के माध्यम से कहा गया है—

"काहे के लगाया बबुरिया हो, तूँ लगवत्या आम,
अमिरित करत्या भोजनिया हो, भजत्या हरि नाम।"

अलंकार योजना

मानव स्वभाव से ही सौंदर्यप्रिय है। काव्य की रचना में अलंकार-योजना उसकी इसी अभिरुचि का स्वाभाविक परिणाम है। "काव्योचित भाषा को सुंदर बनानेवाले विधानों को अलंकार कहते हैं।"

(श्री रामचंद्र शुक्ल 'सरस', काव्य मीमांसा, पृष्ठ-3)

अलंकारों को डॉ. नगेंद्र मनोवैज्ञानिक कहते हैं—

"अलंकार केवल शैली के बाह्य उपकरण नहीं, उनका आधार मनोविज्ञान है।"

(डॉ. नगेंद्र-रीतिकाव्य की भूमिका, पृष्ठ-95)

"लोक-काव्य में अलंकार-योजना अनुभूति और अभिव्यक्ति की अन्विति से भिन्न तथा अभ्यास या शास्त्र से सीखी हुई विधा नहीं है।"

(वही, पृष्ठ-84)

लोकगीतों का अप्रस्तुत विधान प्रतिभा साहित्य की भाँति परंपरित और नीरस नहीं है किंतु प्राकृत जीवन से गृहीत सर्वथा मौलिक तथा पारंपरिक उपमानों की योजना लोककाव्य को विशिष्ट भंगिमा प्रदान करती है।

जनपदीय लोकगीतों में भावों को और अधिक स्पष्ट करने के लिए तथा अनुभूतियों के सुंदर शब्द-चित्र उपस्थित करने के लिए स्थल-स्थल पर अलंकार प्रयुक्त हुए हैं।

लोकगीत अलंकार से बोझिल नहीं है। यही कारण है कि उनका सौंदर्य लोकगीतों में और निखर आया है।

आधुनिक काल में कवियों का नए उपमानों के प्रति विशेष आग्रह है। अज्ञेय ने पुराने परंपरित उपमानों का उपहास उड़ाते हुए लिखा है—

''कभी बासन अधिक घिसने से मुलम्मा छूट जाता है।''

(अज्ञेय, कलँगी बाजरे की, कविता)

प्रयोगवादी तथा अन्य कवि नए मौलिक उपमानों का प्रयोग बहुलता से कर रहे हैं।

यदि हम लोकगीतों पर दृष्टिपात करें तो यह तथ्य भलीभाँति उजागर होगा कि लोकगीतकारों ने अपने भावों के अनुरूप सर्वथा मौलिक उपमानों का प्रयोग किया है। एक गीत में नायिका के गन्ने की भाँति सूखने का वर्णन हुआ है, जो कि एक नया उपमान है—

''जब नारि सुनै गवने क दिनवाँ, त छाढ़ि उखुड़िया-यस झुरायँ।''

रूपाकार को स्पष्ट करने के लिए और वस्तुओं के सम्यक् संज्ञान के लिए रूप-वर्णन में पृथक्-पृथक् उपमानों का आयोजन किया गया है। वस्त्राभूषण और उनके रंगों और वाहन के द्वारा व्यक्ति की दूर से ही पृथक् पहचान हो सकती है। इसकी पुष्टि हम लोकगीतों के माध्यम से सरलता से कर सकते हैं—

''छोटी मोटी हथिनी महावत बाबा, सोनवाँ मिढ़ल दूनो दाँत,
सोने के छत्र बिराजत आवै, उहै दुलहे जी कै बाप,
पातर घोड़वा पतर असवरवा, बाँधे सतरंगिया कै पाग,
दाँते बतिसिया गले मोहनमाला, वई दुलहा कै जेठ भाय,
छोट-मोट डड़िया चनन कै बाबा, छोटे छोटे चारि कहार,
माथे पै मौरु झलाकत आवै, वई होयँ दुलरू दमाद।''

लोकगीतों में अलंकार के दोनों प्रकार शब्दालंकार एवं अर्थालंकार का प्रयोग अनायास ही हुआ है। अभिव्यक्ति की स्वाभाविकता तथा गेयात्मक शैली के कारण अलंकारों की समायोजना स्वतः ही हो गई है। शब्दालंकार की अपेक्षा अर्थालंकार अधिक मिलते हैं। इसका कारण भाव तथा रस की व्यापक अभिव्यक्ति है।

शब्दालंकार

''शब्दालंकार काव्योचित वर्णनीय विषय के वर्णन की भाषा को चातुर्य चमत्कार के साथ सजाने के उस ढंग को कहते हैं जिसमें भाषा में मनोरंजक रुचिरता और प्रतिभा प्रतिभात होती है।''

(श्री रामचंद्र शुक्ल 'सरस', काव्य मीमांसा, पृष्ठ 63)

लोकगीतों में शब्दालंकार की योजना है। शब्दालंकारों में सबसे प्रधान 'अनुप्रास' है।

अनुप्रास—शब्दों के आदि, मध्य एवं अंत के वर्ण या वर्णों की आवृत्ति करने से अनुप्रास के कई विभेद हुए हैं—

छेकानुप्रास—''वर्णों की आवृत्ति का वह रूप है जिसमें एक वर्ण या उनके वर्णों

की चाहे वे शब्द के आदि में हों या अंत में हों, एक ही बार आवृत्ति होती हो।"

(वही, पृष्ठ 69)

लेकगीतों में इसके उदाहरण उपलब्ध होते हैं—

"गंगा गहबरि पियरी रँगैबै ललन जब होइहैं।"

* * *

"बाबा बन फरहि सोपरिया, ससुर बन नरियर।"

यहाँ 'गंगा गहबरि' तथा 'बाबा बन' में क्रमशः 'ग' और 'ब' वर्ण की आवृत्ति हुई है—

"पाँच पान नौ परियर"

"सात सखी आगै चलैं सात सखी पाछे चलैं।"

इसमें 'प' तथा 'स' वर्ण की आवृत्ति होने के कारण छेकानुप्रास है।

वृत्यानुप्रास—इसमें वर्ण या वर्णों की आवृत्ति दो या दो से अधिक बार होती है। वर्णों में स्वर की समानता आवश्यक नहीं है। वृत्यानुप्रास का सुंदर उदाहरण दृष्टव्य है—

"मधुबन मधु भरे महुआ महकै।"

* * *

"बारह बरिस बाबा बर खोजत लगिहैं, तब लगि होबै सयानि।"

श्रुत्यनुप्रास—एक ही ध्वनि से उच्चरित होनेवाले वर्णों का प्राधान्य जहाँ हो वहाँ श्रुत्यनुप्रास होता है। इसमें वर्णों की आवृत्ति न होकर उच्चारण स्थान की आवृत्ति होती है, इसका ज्ञान कानों को होता है, इसीलिए इसका नाम श्रुत्यनुप्रास है। लोकगीतों में इनकी योजना भी अनायास हो गई है—

"तनी दियना धरा तूँ दिउठियाँ, धरम की जुनियाँ भईं।"

इसमें दंत्य वर्णों आवृत्ति हुई है।

अंत्यानुप्रास—स्वर-साम्य के साथ यथाक्रम रूप से गीत की पंक्तियों के अंत में तुकबंदी के रूप को अंत्यानुप्रास कहा गया है।

प्रायः ही लोकगीतों में लय बनाने के लिए तुकबंदी की जाती है—

"सासु ननद काँ भेजैं पतिया, हमारि फाटै छतिया,
सैंया दगाबाज कबौं न भेजैं पतिया, सइयाँ दगाबाज।"

* * *

"साँझै बोलै मोरवा सबेरे बोलै कगवा,
कोरवा छोड़ा बालमा,
जागै नगरी कै लोगवा, कोरा छोड़ा बालमा।"

इन गीतों में क्रमशः पतिया-छतिया, कगवा-लोगवा, आदि में अंत्यानुप्रास है।

यमक अलंकार

इस शब्दालंकार में स्वर-साम्य तथा यथाक्रमता के साथ एक शब्द अथवा वर्ण समुदाय की आवृत्ति होती है तथा भिन्न अर्थ प्रकट होते हैं।

लोकगीतों में यमक की छटा का भी अभाव नहीं। पुत्री अपने पिता से सोहाग का वृक्ष लगाने को कहती है पर पिता कहता है कि अपनी आजी की माँग से ले लो। यहाँ 'सोहाग' का अर्थ दूसरी पंक्ति में सिंदूर सौभाग्य हो गया है—

"बेटी जे बिनवे अपने बबैया से, सोहाग कै पेड़वा लगाव,
सोहाग त बाटैं नातिनि! आजी की मँगियाँ, वनहीं से माँगि लै आव।"

वीप्सा अलंकार

यहाँ विस्मय, हर्ष, शोक आदि मनोभावों को प्रकट करने के लिए शब्दों या पदों पर विशेष बल देते हुए उनकी दो या दो से अधिक बार आवृत्ति होती है वहाँ वीप्सा अलंकार होता है—

"हाथे कै दतुइनि गिरिगै गेडुवा ढरकि गै, तरर-तरर चूवै आँसु पटुकवन पोंछैं।"

यहाँ राम की शोकपूर्ण मानसिक अवस्था में उनके अश्रुपात की तीव्रता को प्रकट करने के लिए 'तरर' की दो बार आवृत्ति हुई है। उसी प्रकार लक्ष्मण के रोचनायुक्त भाल की दीप्ति को 'भहर भहर' से प्रकट किया गया है—

"भैया भहर-भहर करै माथ रोचन कहाँ पायउ।"

श्लेषालंकार

श्लेष को कुछ आचार्य शब्दालंकार तथा कुछ अर्थालंकार मानते हैं। कुछ विद्वानों ने इसे उभयालंकार कहा है। जहाँ दो या दो से अधिक अर्थ देनेवाले शब्दों का प्रयोग हो वहाँ श्लेष अलंकार होता है।

शिव, भोला और गौरा की विचित्र जोड़ी का वर्णन देखिए। शिव तो 'कनक' (धतूरे) का भोग लगाते है पर पार्वती जी 'कनक' (स्वर्ण) का हार गढ़वाती हैं—

"भोला लगावैं 'कनक' कै भोगवा,
गौरा गढ़ावैं 'कनक हार' कैसी जोड़ी बनी।"

'कनक' के दो अर्थ होने के कारण यहाँ श्लेष अलंकार है।

फूल चुनने के लिए जाने पर फूल के लोभी भौंरे के द्वारा आँचल से विलास करने का उल्लेख हुआ है। इसमें भँवरा में श्लेष है। एक अर्थ है रसिक, दूसरा भ्रमर—

"फूल लोढ़ै गईं फुलवरियाँ, मलियवा की बरियाँ,
फुलवा कै लोभल भँवरवा, अँचरवा धैकै बेलसै।"

अर्थालंकार

काव्य में अर्थ का चमत्कार उत्पन्न करनेवाले अलंकारों को अर्थालंकार कहा जाता है। इसके अनेकानेक भेद हैं, किंतु लोकगीतों में उन सभी को ढूँढ़ना भूल है, कारण यह सप्रयास रचना नहीं, हृदय का उद्‌गार है। अतः जिन प्रमुख अर्थालंकारों का वर्णन इसमें उपलब्ध हो सका है, उनका विवेचन किया जा रहा है।

उपमालंकार

किसी के रूप-रंग-गुण आदि की तुलना किसी वस्तु या व्यक्ति से जब की जाती है तो उपमा अलंकार होता है। उपमा का अर्थ है दो वस्तुओं की समानता करना। उपमान, उपमेय, वाचक और साधारण धर्म ये चार उपमा के तत्त्व होते हैं, किंतु लोकगीतों में इन सभी को सर्वत्र प्राप्त करना कठिन है।

लोकगीतों के उपमान लोकजीवन से लिए गए हैं। आँखों की उपमा आम की फाँक से कितनी सटीक है, उसी प्रकार नाक का नुकीलापन तोते की चोंच सा कहा गया है—

"अँखिया त तोरी जइसे अमवा की फँकिया,
नकिया सुगनवाँ कै ठोंढ़ रे दुलरुआ।'

दाँतों की तुलना अनार से पारंपरिक उपमान है। ओठ की गुलाब से उपमा उसकी कोमलता और रंग की ओर संकेत करता है—

"दँतवा तोहार जइसे दाना अनार कै,
ओठ जैसे चुवथे गुलाब रे दुलरुवा।"

आँसुओं की उपमा मोती से करना भी पारंपरिक उपमान है—

"मोतिया बरन चूवै आँसु।"

रूपक अलंकार

रूपक का अर्थ है रूप धारण करना अर्थात् जब उपमेय उपमान का रूप धारण कर लेता है तब रूपक अलंकार हो जाता है।

लोकगीतों में इसका बाहुल्य है। मन को बैल तथा ज्ञान को हलवाहे से रूपक बाँध कर रामनाम की खेती करने को लोककवि कहता है—

"मन कर बैल ज्ञान हरवाहा, जब चाही तब जोती।
हमरै तौ राम नाम धन खेती।"

कन्या का रूपक चिड़ियो और गाय से बाँधकर बात को अधिक मार्मिक बना दिया गया है—

"हम तौ बबैया तोहरे अँगना कै चिरई, दाना चुगी उड़ि जायँ रे।

हम तौ बबैया तोहरे खुँटवा कै गइयाँ, जहँवा बाँधा बँधि जायँ रे।''

इसी प्रकार मन-तन और नेत्रों को अदहन (गरम पानी), चावल और मूँग की दाल से रूपक बाँधकर गहरे प्रेम को व्यंजित किया गया है—

''मन मोरा अदहन, तन मोरा चाउर, नैना मूँग कै दालि,
अपने बलम के जेवना जेंवइबै बिन लकड़ी बिन आगि।''

इसमें वाचक धर्म लुप्तोपमा भी माना जा सकता है।

उत्प्रेक्षा अलंकार

जहाँ उपमान और उपमेय में संभावना दिखाई जाय वहाँ उत्प्रेक्षा अलंकार होता है। अलंकार के रूप में प्रायः उत्प्रेक्षा आदि अलंकारों का प्रयोग इस प्रकार किया जाता है जिससे ऊहा की असत्यता समाप्त हो जाती है और वह संवेदना की परिधि को छू लेता है। उत्प्रेक्षा के अनगिनत उदाहरण लोकगीतों में मिलते हैं। राम के रूप का वर्णन करते हुए एक मंगलगीत में उत्प्रेक्षा का सहारा लेकर लोककवि ने चित्र सा खींच दिया है। राम के बालों को देखकर नारियल के कल्लों का आभास होता है—

''राम के घुड़िला बरवा हो बहुत निक लागै, बहुत छवि लागै।
जइसे नरियरवा कै कलिया, देखत छवि लागै।''

इसको उपमा भी कहा जा सकता है।

केवल रूप-सौंदर्य के लिए ही नहीं, भावनात्मक संबंधों को स्पष्ट करने के लिए भी उत्प्रेक्षा का विशेष महत्त्व है।

भ्रांतिमान अलंकार

जहाँ उपमेय में उपमान का भ्रम हो जाता है अथवा किसी वस्तु को अन्य वस्तु समझ लिया जाता है वहाँ भ्रांतिमान अलंकार होता है।

कटीले नेत्रों में काजल की रेख रसिकों के हृदय पर सीधा प्रहार करती है। नायक कहता है कि मुझे तो ऐसा भ्रम होता है कि ये कत्ल करनेवाली तलवार है—

''अंजन रेख नयन बिच सोहत,
मैं जान्यों कतल करत तरवारी झुलनियाँ तुहारी।''

संदेह अलंकार

जब उपमेय में अन्य किसी वस्तु का संशय उत्पन्न हो जाता है और उपमेय में किसी उपमान का निश्चय नहीं हो पाता तो संदेह अलंकार होता है।

नायिका की सौंदर्य-सुषमा से अभिभूत नायक से स्वर्ण-प्रतिमा या कोई अवतार

माने अथवा रात्रि में चाँदनी फैलानेवाली चंद्र-किरण माने, वह निर्णय नहीं कर पाता। यहाँ संदेह अलंकार है—

"किय तूँ हयू सोने कै मूरति, की तूँ हयू अवतारी,
की तूँ हयू चंदा कै जोतिया, रतिया म करै उजियारी सुरतिया तुहारी।"

प्रतीप अलंकार

जब प्रसिद्ध उपमान को उपमेय बनाकर प्रसिद्ध उपमेय को उपमान के रूप में रखकर उससे समानता दिखाई जाती है वहाँ प्रतीप अलंकार होता है। लोकगीतों में प्रतीप की छटा भी दर्शनीय है—

"कि एक दिन स्याम से पूछेन, अँजोरिया कैसन होत है,
कि जइसे माथे कै बिंदिया, अँजोरिया वैसन होत है,
कि एक दिन स्याम से पूछेन, अँधेरिया कैसन होत है,
कि जइसे आँखि कै कजरा, अँधेरिया वैसेन होत है।"

यहाँ प्रसिद्ध उपमान 'अँजोरिया' (चाँदनी) और 'अँधेरिया' (अंधकार) को उपमेय बनाकर क्रमशः माथे की बिंदिया और आँख के काजल से उनकी उपमा देने के कारण प्रतीप अलंकार है।

स्मरण अलंकार

जब किसी वस्तु को देखकर या सुनकर अन्य वस्तु का स्मरण हो जाए वहाँ स्मरण अलंकार होता है। स्मरण अलंकार से पूरा लोक साहित्य भरा पड़ा है। कभी वियोगिनी को कोई वस्तु प्रिय की स्मृति में डुबो देती है तो कभी ससुराल में बैठी बेटी को मायके की मृदु स्मृति में खोने को कोई वस्तु बाध्य कर देती है।

गाड़ी के सिंगनल को गिरते देख और गाड़ी की सीटी की ध्वनि सुनकर विरहिणी पति-स्मृति में खो जाती है, क्योंकि इसी के बाद उससे विलग होकर प्रिय दूर देश चला गया था—

"गिरा सिंगल, बजी सीटी,
सुरतिया आवै साजन की।"

पति के द्वारा लगाए हुए वृक्ष को सींचते समय उसकी स्मृति में विह्वल हो जानेवाली विरहिणी की व्यथा में कितनी स्वाभाविकता है—

"निबिया कै पेड़वा जे सींचै, डारि धै भेंटइ हो राम,
सुधि आई हरि कै सुरतिया, त जियरा बेहाल भये राम।"

अनन्वय अलंकार

जहाँ उपमेय और उपमान एक ही हों वहाँ अनन्वय अलंकार होता है। लोककवि सीता की उपमा सीता से ही देना उचित समझता है। अन्य किसी से सीता जी की उपमा दी ही नहीं जा सकती। राजा जनक का विप्र राजा दशरथ से राम का सीता के साथ विवाह का अनुरोध करते हुए कहता है—

''नौ लाख घोड़ा रे नौ लाख हाथी, नौ लाख दाहेज देब,
सीता ऐसन देबै सीता दुलहिनियाँ, होइहैं अजोधिया अँजोर।''

विनोक्ति अलंकार

किसी वस्तु के बिना जब कोई वस्तु दुःखदायी या अशोभनीय लगती है वहाँ विनोक्ति अलंकार होता है। पुत्री के बिना आँगन सूना, कोयल के बिना आम्रकुंज, पुत्र के बिना द्वार सूना तथा हंस के बिना पोखर सूनी लगती है—

''धिया बिन सून अँगनवा रे बेटी, कोइलरि बिन लखरावँ।
पूत बिन सून दुअरवा रे बेटी, हंस बिन पोखरा हमार।''

इसी प्रकार घी के बिना हवन और दूध के बिना खीर नहीं बन सकती तथा धन्या के बिना धर्म तथा पुत्र के बिना सोहर नहीं—

''घिया बिन होमिया न होइहैं, दुधै बिन जाउर,
भइया बिन धना धरम न होइहैं पुतहि बिन सोहर।''

विभावना अलंकार

जहाँ बिना हेतु के कोई कार्य होता है वहाँ विभावना अलंकार होता है। एक भजन में विभावना का उदाहरण प्रस्तुत है—

''बिनु भुइँ माली बाग लगावै, बिनु जल सींचै रस पहुँचावै,
बिनु डाली बिनु पत्र पुष्प के, बिनु फल चाखै स्वाद।''

बिना भूमि जल के माली बाग लगाकर सींचता है, बिना डाल और पत्र-पुष्प के फल का स्वाद चखता है। रहस्यवाद के इस दार्शनिक गीत में विभावना अलंकार है।

उल्लेख अलंकार

जब एक ही व्यक्ति या वस्तु का तात्पर्य-भेद से अनेक रूपों में वर्णन किया जाए वहाँ उल्लेख अलंकार होता है। ईश्वर के अस्तित्व की कल्पना पुजारी ने मूर्ति में, माली ने फूल में, पंडे ने तीर्थ में, संत ने जन-जन में की है—

''मंदिर मैं गयों मैं बेरि-बेरि, पंडित से पूछ्यो एक बेरि,
पंडित बताइन भगवन तौ मूरति माँ समाये रहते हैं।
''बागन मैं गयों मैं बेरि-बेरि, माली से पूछ्यो एक बेरि,
मलिया बतावय भगवन तौ, फूलन माँ समाये रहते हैं।
''सत्संग गयों मैं बेरि-बेरि, ज्ञानी से पूछ्यों एक बेरि,
ज्ञानी बतायन भगवन तौ जन-जन माँ समाये रहते हैं।''

दृष्टांत अलंकार

जहाँ दो समान धर्मवाली वस्तुओं में बिंब-प्रतिबिंब भाव से तुलना की जाती है वहाँ दृष्टांत अलंकार होता है।

कुम्हार के आँवे के सदृश माँ का वात्सल्यपूर्ण हृदय पुत्र-विछोह में जलने लगता है—

''जइसे कोंहरवा कै अउवाँ, त धधकि-धधकि बरे,
वइसै माई के करेजवा, तौ भभकि-भभकि बरै।''

उक्ति वैचित्र्य

किसी बात को सीधे शब्दों में न कहकर किसी उक्ति के द्वारा स्पष्ट किया जाए वहाँ उक्ति वैचित्र्य होता है।

लोकगीतकार कहीं-कहीं विशेष अर्थों को उक्ति के माध्यम से व्यक्त करता है।

माँ पुत्र की बारात-विदाई के समय पुत्र को अपने प्रति कर्तव्य का बोध सीधे शब्दों में न कराकर उससे अपने दूध का मूल्य माँगती है। पुत्र भी इस युक्तिपूर्ण कथन का उत्तर उक्ति से ही देता है—

''तूँ त चलेउ पूता गौरी बियाहन, दुधवा के मोल कै लेहु रे।
सरग तरैया मइया भले गिनि जइहैं, दुधवा कै मोल कइसे होय रे।
गैया क दूध मइया हटिया बिकाई, माई क दूध अनमोल रें।''

इसी प्रकार बंध्या नारी के विषय में एक उक्ति कही गई है—

''नोनवाँ त मिलिहैं उधरवाँ त तेल व्यवहरवाँ,
कोखिया कै कौन उधार, जबे बिधि पुरवै।''

उलटवासियाँ

उलटवासियों के भी दर्शन लोकगीतों में होते हैं, जो कबीर की सी ही लगती है, परिवर्तित भले हो गई हैं—

"सुनो भाई अप्प, सुनो भाई गप्प,
बाघ काँ बकरा लीहे जाय,
नाव में नदिया डूबी जाय।
एक अचम्भा हम देखेन कुआँ लगि गई आगि,
कछुए कुलि निकरि कै भागिन, मछरी बचि गै साफ।
एक कुआँ मँ सींक न जाय,
हरिना पानी पी-पी जाय।
नाव मँ नदिया डूबी जाय।"

व्याजोक्ति अलंकार

किसी ब्याज के माध्यम से जहाँ अपनी बात कही जाए वहाँ व्याजोक्ति अलंकार होता है। पति अपनी पत्नी के पीले मुख और उदर वृद्धि का कारण जानना चाहता है। पत्नी व्याजोक्ति के माध्यम से असली कारण (गर्भ स्थापना) न बताकर कहती है—

"मैं तोसे पूछौं हे बारी धनियाँ, मुहवाँ की पियरी कैसे भई,
काहे के राजा दिवाने भये हो, पीसी मैं हरदिया छिट्टा परा।"

विशेषण विपर्यय

इसका एक सुंदर उदाहरण प्रस्तुत है—

"परली सेजरिया पै रतिया मुरुछि गई, जोहि जोहि बटिया तोहारि।"

वियोगिनी को लगता है कि रात मूर्च्छित हो गई है, अर्थात् संज्ञाहीन होने के कारण रुकी पड़ी है। मेरी भाँति वह भी तुम्हारी प्रतीक्षा कर रही है।

अतिशयोक्ति

अत्यधिक बढ़ा-चढ़ाकर किया जानेवाला वर्णन अतिशयोक्ति होता है। विवाह-गीत में माँ तथा पिता के रोने का वर्णन अतिशयोक्ति इसी के माध्यम से हुआ है—

"मइया के रोये गंगा बहि आवे, बाबा के रोये भरै ताल।"

तथा—

"मइया के रोये मँ छतिया फटति हैं, बाबा के रोये अन्हियार।"

दोनों में ही अतिशयोक्ति है, किंतु कितनी मार्मिक। रीतिकालीन कवियों की अतिशयोक्ति यदि हास्यास्पद हो उठी है तो लोकगीतों की अतिशयोक्ति भाव को सशक्त करती है। गंगा बह आने में प्रतीक-योजना तथा पवित्रता भी अभिव्यंजित है। पिता का नैराश्य अंधकार के माध्यम से वर्णित हुआ है। मुहावरा 'रोये अन्हियार' का भी प्रयोग हुआ है।

आल्हा के जन्म पर उनकी वीरता और बल का भार न सह सकने के कारण पृथ्वी ढाई हाथ नीचे धँस जाती है—

"जा दिन जनम भयो आल्हा कै, धरती धँसी अढ़ाई हाथ।"

रीतिकाल की परंपरा का अनुसरण भी लोकगीतों में मिलता है—

"अँखिया के रोये नदिया बहतु हैं, मूँदे से बहत लुआर।"

सीता का रूप-वर्णन तो किया ही नहीं जा सकता—

"सीता कै रूप कहाँ लै बरनौं, मोरे बूते बरनि न जाय,
चाँद सुरुज वनके तरवन लोटैं, मानिक बरत लिलार।"

चाँद-सूर्य उनके तलवों तले लोटते हैं। भाल माणिक्य की भाँति जगमगाता है। यह अतिशयोक्ति भी जगदंबा के रूप-वर्णन की है, अतः स्वाभाविक ही लगती है।

लोकगीतों में बिंब-विधान

वस्तुओं, घटनाओं, व्यक्तियों, स्थितियों और उनके पारस्परिक संबंधों को रंग, ध्वनि, गति और आकार-प्रकार से पूर्ण चित्र को हम बिंब कहते हैं।

स्टीफेन जे. ब्राउन ने बिंब की परिभाषा इस प्रकार दी है—

"बिंब काल्पनिक या वास्तविक वस्तुओं या घटनाओं के रंग, ध्वनि, गति और आकार-प्रकार के पूर्ण चित्र का नाम है।"

(स्टीफेन जे. ब्राउन, 'ए वर्ल्ड इमेजिरी', पृष्ठ 5/12)

"काव्य-बिंब एक प्रकार का ऐंद्रिय शब्द-चित्र है, जो कुछ अंश तक अलंकृत होता है, जिसके साथ कोई मानवीय संवेग जुड़ा रहता है तथा जो पाठक के मन में वैसा ही संवेग जगा सकता है।"

(सी.जे. लेविस, 'पोइटिक इमेज', पृष्ठ-22)

काव्यात्मक बिंब का निर्माण जिन उपादानों द्वारा होता है उसके स्पष्टीकरण के संबंध में विद्वानों का मत है कि—

"काव्य का बिंब मानस का एक ऐसा सुंदर, सजीव और सरस चित्र है जिसमें कवि की भावना, अनुभूति और कल्पना मूर्त्त रूप धारण करती है।"

(डॉ. वासुदेवनंदन प्रसाद एवं प्रोफेसर विश्वनाथप्रसाद, 'साहित्य का विश्लेषण में काव्य में बिंब-विधान, पृष्ठ 59)

काव्य-बिंबों का वर्गीकरण श्री कैलाश वाजपेयी ने इस प्रकार किया है—1. दृश्य बिंब, 2. अन्य इंद्रियों से संवेदित करने वाले बिंब।

(कैलाश वाजपेयी, आधुनिक हिंदी कविता में शिल्प, पृष्ठ 80-81)

डॉ. रणजीत ने भी बिंबों का वर्गीकरण कई आधार पर किया है।

(डॉ. रणजीत, हिंदी की प्रगतिशील कविता, पृष्ठ 313)

मूलतः काव्यात्मक बिंबों के तीन कार्य होते हैं—प्रतीक योजना, रूपक रचना; तथा उपमाओं की सृष्टि।

बिंब योजना का महत्त्व

'बिंब' योजना का महत्त्व प्रतिपादित करते हुए आचार्य शुक्ल ने 'कविता क्या है?' शीर्षक निबंध में लिखा है कि "कविता में अर्थग्रहण नहीं बिंब-ग्रहण अपेक्षित है।"

लोकगीतों को यदि इस दृष्टि से देखा जाए तो उसमें बिंब-योजना का बाहुल्य है। वैसे लोकगीतकार ने सप्रयास उनकी अवतारणा नहीं की है।

दृश्य बिंब—इसका एक सुंदर उदाहरण एक कजली गीत में देखिए—

"हरे रामा गंगा कै ऊँच करार, भरौं जल कैसे रे हारी।"

ऊँचे करार में तट की ऊँचाई और जल की गहराई का दृश्य नेत्रों के समक्ष खिंच जाता है।

एक लोकगीत में गंगा-यमुना के मध्य तप करती हुई दुःखी नारी का चित्र मन पर अंकित हो उठता है—

"गंगा-जमुनवाँ के बिचवाँ तिरियवा एक तप करै।"

गति बिंब—नदी के तट पर खड़ा होकर वर केवट को शीघ्र नाव लाने को कहता है। केवट शीघ्रतापूर्वक डाँड चलाता हुआ नाव लेकर आता है—

"नदिया के तीरे-तीरे दुलहा पुकारै, केवट नैया लै आव,
लपकि-झपकि केवटा नेया लै आवै, दुलहा उतरि गए पार।"

इसमें 'लपकि-झपकि' कर केवट के नाव लाने में शीघ्रतापूर्वक आने का बिंब है।

रूपाकार के चित्रण को अधिक सजीव बनाने के लिए गति बिंब के प्रयोग का एक अन्य उदाहरण है—

"निहुरे-निहुरे परसैं कौने रामा,
धोतिया मैलि न होय।"

परोसने के लिए (पीढ़े पर बैठकर खाने वालों के लिए) झुककर चलना पड़ता है। परोसने की इस भंगिमा का प्रस्तुत बिंब एक अच्छा उदाहरण है।

प्रातःकाल होते ही राजा का झपटकर खिड़की के पट खोलने तथा भंगिन के बुहारने का दृश्य देखिए—

"भोर भये भिनुसरवा चिरेया एक बोलै,
राजा झपटि के खोलैं केवरिया त हेलिनी बहारै।"

गति ध्वन्यात्मक बिंब—गति बिंब के संबंध में दृष्टिगोचर तो होते ही हैं, बहुधा

श्रवणगोचर भी होते हैं। बहुत तीव्र गति से जानेवाली वस्तुएँ स्पष्ट दृष्टिगत नहीं होतीं, किंतु ध्वनि से उनका वेग रूपायित होता है।

श्रवण की दृष्टिविहीन माँ को अपरिचित राजा दशरथ के आगमन का आभास उनके पदचाप मात्र से हो जाता है। यह गति ध्वन्यात्मक बिंब का उदाहरण है—

अंधी जे चौंकि के जागैं त अंधा के जगावैं,
स्वामी चिउँटी कै चाल पूता सरवन, त केकर पउवाँ धमकै।''

लोकनृत्यों के चित्रण में गति ध्वन्यात्मक बिंबों का मनोहर विधान दृष्टव्य है। भतीजे के जन्म की प्रसन्नता में ननद का उत्साहपूर्ण नृत्य गति बिंब का उदाहरण है—

''बहिनी लटि छोरि नाचै ननदिया, कंगनवाँ भौजी लेबै।''

लटों का बिखर जाना उसकी तन्मयता और नृत्य-गति की तीव्रता का संकेत करता है तथा उसकी माँग में ध्वनि है।

नाद बिंब-नाद सौंदर्य—अपनी संपूर्ण अनुरणन क्षमता के साथ लोक-गीत के निम्न अवतरण में प्रस्फुटित हुआ है—

''लाल मोर खेलैं अँगनैया,
छमाछम बाजै पैजनिया।''

वर्षा ऋतु में चतुर्दिक झींगुर के झनकार की ध्वनि निम्न गीत में प्रकट हुई है—

''चौमुख खुली बा केंवारी, तेहि पर झींगुर की झनकारी।''

बारात के आगमन पर वाद्य-यंत्रों की रुनझुन की ध्वनि अंकित हुई है—

''बाजत आवे रुनझुन बाजन, घुमरत आवै निसान।''

विभिन्न वाद्य-यंत्रों की ध्वनि का बिंब मन में रूपायित होता है—

''शंख जे बाजे नगारा जे बाजे, सबद सुने सहनाय।''

समय के अंतराल को प्रस्तुत करने वाले बिंब—लोकगीतकारों का शिल्प-कौशल बिंब-विधान की दृष्टि से कम महत्त्वपूर्ण नहीं है। समय की दीर्घता को रूपायित करने के लिए बहुत सुंदर बिंब हमें लोकगीतों में मिलते हैं। विवाह के समय नायिका अल्पवयस्का थी तब नायक द्वारा उसी अवसर पर एक वट एवं पाकड़ के पौधे रोपे गए थे। एक नन्हा मोर लाया गया था। समय बीतता जाता है। वटवृक्ष में जटाएँ निकलने लगती हैं, पाकड़ का वृक्ष पुष्ट हो जाता है, मोर कलँगीयुक्त बाँकुरा जवान हो गया, रानी युवावस्था को प्राप्त हो जाती है, किंतु उसका प्रिय लौटकर नहीं आता, यह बिंब-योजना अत्यंत चित्ताकर्षक है और लोकगीतकार के शिल्प-कौशल की परिचायक है—

''बर फुटी बरोंहिया, कि पकड़ी समया बैठि,
मोर भये बाँकुरा, रानी भईं समरथ,
अबहीं पापी लौटबा कि नाय।''

स्वाद बिंब—खट्टे-मीठे स्वाद की अनुभूति का बिंब प्रस्तुत है—

"खट्टा मिट्ठा खाये क जिभिया,
लुपुर-लुपुर करती है।
करू कसायल खाये क जिभिया,
लूकी-लूकी फिरती है।"

स्वाद बिंब का आधार अप्रस्तुत आधार के अंतर्गत भी आ सकता है—

"कैले परदेसिया से प्रीति साँवरे।
प्रीति करत हमें यस निक लागै,
जैसे खरबुजवा मिठाय हो साँवरें
प्रीति छुटत हमैं यस दुख लागै,
जैसे निमिया करुवाय साँवरे।"

खरबूजे की मिठास अप्रस्तुत रूप में लाए हुए बिंब हैं, साथ ही यह स्वाद बिंब भी है। उसी प्रकार विछोह की पीड़ा के लिए नीम की कड़ुवाहट से तुलना की गई है। अमूर्त भावों को बिंबायित कर पाने का यह सुंदर उदाहरण है।

विराट बिंब—स्वर का एक विराट् बिंब निम्न पंक्तियों में दृष्टव्य है। देवी प्रदत्त संगीत से पूरी सृष्टि प्रभावित है—

"निचवा मोहै वासुकि नगवा ऊपराँ मोहै इन्द्रासन ना।"

सांद्र बिंब—लोकगीतों में एक बिंब के आधार पर एक से अधिक हो सकते हैं, जैसे—

"खिरकी खिरकी ननदी पुकारैं, भौजी आवा घरवाँ,
जौने बटोहिया से बाति किह्यू कुवँन पर, तौन बलमुआ तोर।"

इसमें खिड़की से झाँकती ननद दृष्टि बिंब का एक खिड़की से दूसरी खिड़की तक जाना गति बिंब का तथा भाभी को पुकारना ध्वनि बिंब का चित्र प्रस्तुत करता है।

ज्यामितीय बिंब—लोकगीतों में ज्यामितीय बिंब भी मिलते हैं। राम-लक्ष्मण जनकपुर में सबसे जनक का द्वार पूछते हैं। उन्हें उत्तर मिलता है—

"गौवाँ के आसे पासे घनी बँसवरिया, अँगना में नेबुला अनार,
दूनौं कवहिया के चित्र उरेहा, उहै है जनक कै मोहार।"

इस विवाह-गीत में एक सच्चे द्वार का बिंब मानस में उभरता है, जिसके दोनों ओर की दीवालों पर सुंदर चित्रकारी है। आस-पास घनी बँसवारी की सुंदर छटा है।

गंध बिंब—गंध बिंब का एक उदाहरण प्रस्तुत है। गेंदे की सुगंध के साथ मायके की स्मृतियाँ जुड़ी हैं—

"अरे गेंदवा महक तोरी आवै,

जबहीं सास मोरी चकिया क पठवैं,
अरी मैया मोरी तोर सुधि आवै।''

इसमें गेंदे के फूल की सुगंध का बिंब मानस में अनुभूत होता है।

बेला, चमेली की सुगंध पाकर ही प्रिय को निद्रा आती है। नायिका कहती है—

''बेला चमेली के सेज बिछायों,
हरे रामा सैंया सोवैं आधी राति, गमकि अब पावैं रे हारी।''

देवी माता को पुष्प की सुगंध लेने के लिए फुलवारी में निवास करना पड़ता है—

''मैया बसति बार्टीं माली फुलवरियाँ ना,
दूनौ जुनियाँ लेवैं फुलवा क बसिया ना।''

इत्र-फुलेल का भी लोकगीतों में वर्णन हुआ है। धानी चूनर इत्र से सुवासित है—

''मोरी धानी रे चुनरिया अतर गमकै।''

शृंगारप्रिया मालिन के गजरा पहनकर आने से रसोई के भोज्य पदार्थ भी सुवासित हो गए—

''मालिनि पहिरि क आवैं फुलगजरा, मोर जेंवनवाँ गमकै ना।''

प्राकृतिक बिंब—एक बारहमासे में ऋतु-वर्णन के अंतर्गत माघ मास में बौराए हुए आम, कली युक्त टेसू का मनोहर बिंब अवलोकनीय है—

''माघ मास माँ अमवा बौरे, टेसुर लागैं कोंढ़ी।''

सावन की हरियाली तथा बादलों के गर्जन का दृश्य देखिए—

''दूजै सावन की हरियाली।''

तथा—

''मास असाढ़ नखत घन गरजैं।''

लोक सांस्कृतिक बिंब—त्यौहारों के वर्णन में वह बिंब देखा जा सकता है—

''फागुन मास सखी सहेलरि, घर-घर खेलैं होरी।''

तथा—

''फागुन मास परी सिवरतिया, करिना भूखैं सिवराति।''

लोक-संस्कृति में देवी-पूजन का बहुत महत्त्व है। देवी की पूजन-सामग्री का वर्णन देखिए—

''के हो चढ़ावै मैया धजा नारियल, के हो चढ़ावैं रूपैया डाली।''

चूड़ी पहनना सौभाग्यवती स्त्रियों के लिए आवश्यक है। इसके वर्णन स्थल-स्थल पर हुए हैं—

''जब दुई चुड़िया कलैया मँ डारे, धीरे-धीरे हथवा उपर को उठाये।''

'गोदना' का भारतीय लोक-संस्कृति में अत्यंत महत्त्व है—

"भितरा से निसरी हैं पतरी तिरियवा,
मोरे हरी के लाल,
हम साँवरि गोदना गोदौबै,
मोरे हरी के लाल।"

इस प्रकार लोकगीतों में हमारे सामाजिक, सांस्कृतिक, आर्थिक एवं राजनैतिक जीवन के बिंब अकृत्रिम रूप में उभरे हैं। लोक-जीवन का हर्ष-विषाद, उत्कर्ष-अपकर्ष तथा आकर्षण-विकर्षण इन बिंबों में सहज रमणीयता के साथ चित्रित हुआ है। हमारी मार्यादाएँ एवं संवदेनाएँ सांद्र और विरल रूप से इन बिंबों में अभिव्यक्त हुई हैं।

लोकगीतों में गृहस्थ—जीवन के पारिबारिक संदर्भों से युक्त बिंब भी विपुल मात्रा में उपलब्ध होते हैं। परिवेशगत प्राकृतिक बिंब जो बहुधा अप्रस्तुत रूप में आए हैं और भावों के उद्दीपन के रूप में प्रयुक्त हुए हैं, लोकगीतों का वैभव बढ़ाते हैं। सामान्यतया प्रातिभ साहित्य में संस्कृति के प्रथुल स्तर चढ़े होने के कारण जिन मानव-सुलभ और स्वाभाविक तथ्यों का उद्‌घाटन नहीं हो पाता, वे लोकगीत परंपरा के अंतर्गत सहज रूप में बिंबायित हुए हैं।

लोकगीतों में रंगों का वर्णन

बिंब-योजना के अंतर्गत रंगों के विवेचन का भी विशेष महत्त्व है। रंग मानव की सौंदर्य-चेतना जाग्रत करते हैं। अत: लोकगीतों में रंगों का वर्णन स्वाभाविक है। "लोक साहित्य में प्रयुक्त रंगों में जहाँ मौलिकता, अनगढ़त्व और चटकीलापन उपस्थित है वहाँ परिष्कृत साहित्य में अभिजातवर्गीय रुचि को परितोष प्रदान करनेवाले रंग-विषयक विकास, वैचित्र्य, छटा और प्रभाव मिलते हैं, किंतु रंग-ध्वनि, गंध और स्पर्शयुक्त चित्रों की भी भारतीय साहित्य में कमी नहीं है।"

(श्याम परमार, भारतीय लोक साहित्य, पृष्ठ 83)

रंगों का ज्ञान मानव को प्रकृति से प्राप्त हुआ है। प्रकृति प्रदत्त रंग मानव-मन को सदा से आकर्षित करते आए हैं। लोकगीतों में प्राकृतिक रंगों की छटा अवलोकनीय है। "लोकगीतों के रंग स्थित हैं, गत्यात्मकता का उनमें अभाव है, जिनके फलस्वरूप वे अपनी सौंदर्यानुभूति की अमिट छाप सदैव के लिए छोड़ देते हैं।"

(डॉ. चंद्रशेखर भट्‌ट, हाड़ौती लोकगीत, पृष्ठ 103)

रंग सौंदर्य की अभिवृद्धि करके मानस में निर्मित विभिन्न वस्तु तत्त्वों के एकीकरण में सहायक होते हैं।

लाल रंग—लोकगीतों में लाल रंग का उल्लेख बहुत हुआ है। लाल रंग अनुराग का माना जाता है। इसकी लोकप्रियता का कारण बताते हुए श्री श्याम परमार लिखते हैं—

"लाल रंग सभी रंगों की अपेक्षा सभ्य, किंवा असभ्य सभी जातियों में विशेष प्रिय है। सभी युगों में यह पसंद किया जाता रहा है, क्योंकि यह चटकीला, प्रेरणादायी एवं उत्तेजक है और सभी आयु एवं स्थिति के व्यक्तियों के लिए स्वभावानुकूल है। इससे पशु उत्तेजित होते हैं और यह बल का द्योतक है। रक्त से सादृश्य होने के कारण यह मानव की मूल प्रवृत्तियों को तत्काल प्रभावित करता है।" देवी गीतों में लाल रंग का अधिक वर्णन है—

(श्याम परमार, भारतीय लोक साहित्य, पृष्ठ 87)

"लाली धुजा फहरानी रे मैया, तोरी सँकरी दुवरिया।"

वर की वेश-भूषा के वर्णन में भी लाल रंग अधिक है।

"जहाँ मैं देखौं तहाँ लालहि लाल बन्ने।
लाल बने के मौरू सोहै, मौरू में जड़े हीरालाल रे हरियाले बन्ने।"

वर के मौर, पाग, कुंडल, मोजे सब जगह लाल नग जड़े हैं। राम दुलहा बने हैं, उनके पाँव की पनही लाल रंग की हैं—

"राम के गोड़वा रे लाली पनहिया, लछिमन सुबरन की सोंट।"

लोकगीतों की चौपाल भी लाल है और दरवाजा भी लाल रंग का है—

"केन दऊ छेका है लाली चौपरिया,
केन छेका लाल मोहार।"

पीत (पीला) रंग—पीला रंग लोक-जीवन में शुभसूचक है। मायके की पियरी की सदैव साथ रहती है—

"पहली साध मन उपजै जो हरि पुरवैं,
राजा! हमरे नैहर लगे जाउ, पियरी लै आवहु।"

पीतांबर पहनकर कन्या का पिता वर ढूँढ़ने जा रहा है—

"बाबा जे चले हैं मोरा बर हेरै, पाट पीतांबर डारि।"

हरा रंग—हरा रंग नेत्रों को प्रिय लगता है। प्राकृतिक हरियाली और वृक्षों के वर्णन में इस रंग का प्रयोग किया गया है। डॉ. श्याम परमार के अनुसार—"हरा रंग प्रकृति का अपना रंग है जो पीत और नील के सम्मिश्रण से बनता है। पीतांबर कृष्ण के उत्तरीय के रूप में भारतीय गीतों का प्रिय वस्त्र है। पीत रंग सूर्य और प्रकाश की तासीरवाला है और नील ठंडक की आभा रखता है, अत: हरे रंग में दोनों का समावेश है।"

(श्याम परमार, भारतीय लोक साहित्य, पृष्ठ 87)

गीतों में हरी दूब का वर्णन शुभ शकुन के रूप में ही है—

"नदिया किनारे एक हरियर दुबिया"

इसी प्रकार सब्ज रंग की चुनरी भी लोकप्रिय है—

"गोरी गोरि बहियाँ सबुज रंग चुनरी,

पिया छोड़ि चलिन रे मधुबनवाँ।''

हरे रंग में एक रंग धानी भी होता है। प्रिय के बिना नायिका धानी चूनर नहीं रँगाती—

''प्रीतम बिन लागै सून घरा, सारी नहिं धानी रँगायो।''

गीतों में रँगरेज हरी साड़ी रँगने से पहले पहननेवाली का वर्ण पूछता है तब उत्तर मिलता है—

''गोरे बरन मोरी सीता भौजइया,
सबुज रंग माँ तू रँगा हो छींट सरिया''

नीला रंग—नीले रंग की चूड़ी, नीला वस्त्र आदि लोकजीवन में बहुत प्रिय है। कृष्ण मनिहार गलियों में पुकार रहे हैं—

''लाली काली नीली पीली भरी बा डलरिया,
जौन जेकर मन करै पहिरै गुजरिया।''

एक साथ ही कई रंगों की चूड़ियों की आभा आँखों के समक्ष कौंध जाती है। वधू की बहन नीले वस्त्रों से पहचानी जाती है—

''नीले कै ओढ़न नीले क ढासन, नीले कै परा ओहार,
जैकरी हि हथवाँ गुड्इया भल सौहैं, उहे हइँ बहिनी हमार।''

काला रंग—इसका वर्णन अँधेरी रात, काली घटा, काली आँख तथा काजल और केशों के संदर्भ में हुआ है। काली नागिन का वर्णन देखिए—

''सेजिया पे लोटै कारी नगिनिया।''

कर्पूरी रंग—गीतों में कर्पूरी रंग का भी उल्लेख है—

''हमैं चुनरी लै आइ द्या मदनपुरी पिया,
रंग रहै कपूरी पिया ना।''

कुसुमी (कुसुंभ) रंग—कुसुम रंग चूनर भी लोकप्रिय है—

''मोरे हरि बन चुवहि कुसुमियाँ, मैं कुसुमी रँगैबौं।''

पँचरंगी चूनर और सतरंगी चूनर का भी लोकगीतों में वर्णन हुआ है—

''जाऊँ तो भीजै मोरी सतरंग चुनरिया।''

'सतरंगी चूनर' में इंद्रधनुष के सातों रंगों का बिंब उभर आता है। लोकगीतों की कुछ पंक्तियों में रंगों का स्पष्ट उल्लेख न करके रंगों का आभास मात्र व्यक्त है, जैसे एक गीत में ईश्वर से वरदान माँगा गया है—

''सोनवा त माँगौं हरदी यस,
रुपवा दहिय यस।''

हल्दी से पीले रंग, दही से श्वेत रंग का आभास इस गीत से बिंबायित हुआ है।

छंद योजना

छंद योजना का काव्य और संगीत दोनों ही दृष्टि से विशेष महत्त्व है। छंद भावों को आच्छादित करते हैं, इसीलिए इन्हें छंद (छांदनात् छंद) कहा जाता है। ये छंद शब्द-योजना को मर्यादित करते हैं। प्रातिभ साहित्य में भावों को छंदों के चौखटे में मर्यादित करने का प्रयास किया जाता है। पर लोकगीत मुक्त हैं। इनमें छंद-योजना सप्रयास न होकर स्वाभाविक और सहज होती है। इनकी शैली उन्मुक्त और नैसर्गिक है। किंतु इसका यह अर्थ नहीं है कि लोक-साहित्य में छंद-मर्यादा नहीं होती। हाँ, यह मर्यादा यदि भावाभिव्यक्ति में बाधक होती है तो लोककवि उसका पालन नहीं करता। वस्तुतः लोकगीतों में लय और भाव की प्रधानता होती है, छंद उसके साधन मात्र है।

लोकगीतों में मात्रिक छंदों का बाहुल्य है, किंतु इन मात्रिक छंदों में भी एक मौलिक विशेषता है कि वे मानव कंठ और भाव के अनुकूल तालबद्ध होते हैं, अर्थात् शब्दों का 'जलद' उच्चारण या अंतिम शब्द पर ठहराव के साथ उच्चारण अथवा टेक की पुनरावृत्ति आदि छंद और ताल का समन्वय करते हैं, क्योंकि इन गीतों का प्रमुख ध्येय गेय होना है।

कुछ विद्वानों ने छंदों को आवश्यक माना है। आचार्य भरत मुनि संपूर्ण वाङ्मय को छंदयुक्त मानते हैं। छंदों से काव्य अमरत्व प्राप्त करता है, कविता को स्मरण करने में ये छंद सहायक होते हैं। परंतु कुछ विद्वान् छंद को भ्रमपूर्ण एवं मिथ्या बंधन मानकर उसकी आलोचना करते हैं। महाकवि निराला तो मनुष्यों की मुक्ति की तरह कविता की भी मुक्ति छंदों के शासन से चाहते हैं। आचार्य महावीर प्रसाद द्विवेदी इन्हें भावाभिव्यक्ति में बाधक अनावश्यक बेड़ियाँ मानते हैं।

(आचार्य महावीर प्रसाद द्विवेदी, 'रसज्ञ रंजन', पृ० 38)

लोकगीतों के छंद पिंगल के नियमों से मुक्त है। लय ही इनका प्राण है। इनमें गति है, लय है तथा स्वच्छंदता है। यह गुण लोकगीतों के विकास में सहायक है। कुछ छंद हिंदी साहित्य में भी लोकगीतों से ही लिए गए हैं।

सभी लोकगीतों की स्वरलिपि करके उन्हें विशिष्ट धुनों और राग-रागिनियों में बाँधना कठिन है। किंतु कछ लोकगीत ऐसे भी हैं जिन्हें राग-रागिनियों में बाँधा जा सकता है। लोकगीतों में कहरवा, खेमटा का प्रयोग हुआ है। प्रायः लोकगीतों में बिलावल, खमाज, काफी और भैरव आदि ठाठों के अंश मिलते हैं।

सोहर छंद—शिशु जन्म संबंधी सोहर गीत सोहर छंद में ही गाए जाते हैं। इनमें स्वच्छंदता का गुण है। रुचि, सुविधा और भाषा के अनुसार पदों का तुक बदल जाता है। इसलिए तुक और मात्रा का समान होना आवश्यक नहीं समझा जाता। प्रायः ताल एवं लय की समानता ही मिलती है। मात्राएँ गाते समय ह्रस्व और दीर्घ कर ली जाती है। सोहर छंद की दो पंक्तियाँ प्रस्तुत हैं—

"कान्हा जे राधे काँ बोलावैं, त जंघ बैठावैं,

(प्रथम पंक्ति = 27)

हो मोरी राधे! जवने भोजनवा कै साधि कहहु रुचि आपनि।"

(द्वितीय पंक्ति = 36)

उलारा छंद—उलारा छंद सोहर की अपेक्षा छोटे-छोटे पर लयपूर्ण हैं। इनमें एक टेक पद्र होता है जो बार-बार दुहराया जाता है। उलारा की कुछ पंक्तियाँ इस प्रकार हैं—

"कान्हें पै रोवै ललनवाँ, सबेरे घुनघुनवाँ मँगाइ देबै,

(प्रथम पंक्ति = 32)

ससुरे म होत्यों सासु जी से कहत्यों,

द्वितीय पंक्ति = 20)

मैया से कहत लजावँ सबेरे घुनघुनवाँ मँगाइ देबै,

(तृतीय पंक्ति = 24)

विवाह गीत—इनमें भी कई प्रकार के छंद प्रयुक्त होते हैं।

मुख्य तीन हैं—विवाह के लंबी लय के गीत, 'सहाना' तथा कर्मठ के गीत। विवाह गीत की कुछ पंक्तियाँ प्रस्तुत हैं—

"काउ देखि हियरा जुड़ैहैं ए बाबा, काउ देखि नयना तोहार,

(प्रथम पंक्ति = 35)

पूत देखि हियरा जुड़ैहैं ए बेटी, हंसा देखि नयना जुड़ाय।"

(द्वितीय पंक्ति = 35)

'सहाना' (बन्ना-बन्नी)—

"खेलि ल्या नौलखिया, हे दुलहे आजु की रतियाँ।

(प्रथम पंक्ति = 24)

सिर सोहै फूलन का मौरू,

(द्वितीय पंक्ति = 16)

मौरू सँवारैं सब सखियाँ, हे दुलहे आजु की रतियाँ।"

(तृतीय पंक्ति = 32)

कर्मट के गीत—इसकी बहुत-सी लय है। परछनी गीत की पंक्तियाँ प्रस्तुत हैं—

"अरती ल्या बौहरि, अरती ल्या, अरती सपूरन होय,

(प्रथम पंक्ति = 28)

धेरिया जे परलीं सजन घराँ, अब बाबा सोवौ सुख नींन।"

(द्वितीय पंक्ति = 28)

कजली—कजली की कई रागें हैं। इस प्रकार की कजली में पंक्ति के पहले 'हरे रामा' और अंत में 'रे हरी' या 'रे हारी' लगाने का नियम है। इस प्रकार की कजली का उदाहरण प्रस्तुत है—

''हरे रामा बने कन्हैया बैद, नन्द के लाला रे हारी,
(प्रथम पंक्ति = 34)
दवा बटोरी भरि के झोरी, घूमैं बृज की खोरी रामा,
(द्वितीय पंक्ति = 32)
हरे रामा कोई सखी बीमार, बिरिज की बाला रे हारी।''
(तृतीय पंक्ति = 34)

'ना' की टेक पर जो कजली गाई जाती है उसका उदाहरण इस प्रकार है—

''नटवर नन्द लाल गिरधारी, दै द्या चीर हमारी ना,
(प्रथम पंक्ति = 30)
चीर काँ लैके कदम चढ़ि बइठे,
(द्वितीय पंक्ति = 18)
जल माँ नारि उघारी ना।
(तृतीय पंक्ति = 14)

सावन—सावन छंद की भी कई लय है। एक उदाहरण प्रस्तुत है—

''झुर-झुर बहेला पवनवाँ, हरे साँवरिया।
(प्रथम पंक्ति = 21)
छवहि महिनवाँ कहिके गए रे परदेसवाँ,
(द्वितीय पंक्ति = 21)
बीति गए बरहा बरिसवा, हरे साँवरिया।''
(तृतीय पंक्ति = 31)

फगुआ—फगुआ की कुछ पंक्तियाँ इस प्रकार हैं—

''मिसिया दैके ठाढ़ी ओसारे मोरा जिया मारे।
(प्रथम पंक्ति = 28)
जड़े सोनार दाँत माँ कीली, नयना हैं रतनारे।
(द्वितीय पंक्ति = 28)
तापर बाढ़ि धरत सुरमा कर, चितवन महँ प्रान निकारे।''
(तृतीय पंक्ति = 35)

डेढ़ ताल—फगुआ में डेढ़ ताल भी एक छंद है। इसका उदाहरण निम्नलिखित है—

"तूँ तौ जोगिया हरे तूँ तौ, जोगिया भेष पिया धारे,

(प्रथम पंक्ति = 28)

हरे जियबै हम, हाँ रहबै हम केकरे सहारे, जात बन प्यारे।

(द्वितीय पंक्ति = 35)

घरी भै न देखबै त मरबै जरूरी,

चौदह बरिसवा बाय बड़ी दूरी,

हे रवि राजदुलारे।"

(तृतीय पंक्ति = 56)

आल्हा छंद—इसमें 16-14 मात्राएँ होती हैं। जगनिक रचित आल्हा को विभिन्न क्षेत्रों के लोकगायकों ने अपनी सुविधानुसार रूपांतरित कर दिया है। अवधी के पूर्वी क्षेत्र में गाए जानेवाले आल्हा की पंक्तियाँ उदाहरणार्थ प्रस्तुत हैं—

"खन-खन-खन-खन तेगा बोलै,

(प्रथम पंक्ति = 16)

रण माँ छपकि-छपकि तलवार

(द्वितीय पंक्ति = 15)

जा दिन जनम भयो आल्हा को,

(तृतीय पंक्ति = 16)

धरती धँसी अढ़ाई हाथ।"

(चतुर्थ पंक्ति = 15)

विरहा (अहीर)—जाति संबंधी गीतों में विरहा की पंक्तियाँ प्रस्तुत हैं—

"रोय-रोय कहैं कुआँ पै नारि,

भरै गे पनियाँ, जवनिया हमरी

माटी माँ मिली,

(प्रथम पंक्ति = 42)

बाबा घर हेर्‌या तूँ जियरा कै जलनियाँ, जवनिया हमरी माटी माँ मिली।"

(द्वितीय पंक्ति = 42)

धोबियों का विरहा—

"निबिया क पेड़वा जबहिं निक लागै,

जब निमकौरी होय, मालिक जब निमकौरी होय।

(प्रथम पंक्ति = 41)

गोहुआँ क रोटिया तबै निक लागै, जब घिउ माँ चभोरी होय,

मालिक घिउ म चभोरी होय।''

(द्वितीय पंक्ति = 49)

भजन—धार्मिक गीतों में भजन की पंक्तियों का उदाहरण है—

''कि आजु मोहें रघुबर की सुधि आई,

(प्रथम पंक्ति = 18)

कौनौ बिरिछ तराँ भीजत होइहैं,

(द्वितीय पंक्ति = 18)

राम लखन दूनौं भाई,

कि आजु मोहें रघुबर की सुधि आई।''

(तृतीय पंक्ति = 32)

श्रमगीत (जँतसार)—निरवाही और जँतसार के गीतों में मात्र यही अंतर है कि निरवाही में प्रथम पंक्ति के पश्चात् ही 'हो राम' लगा दिया जाता है, किंतु जाँत के गीतों में दोनों पंक्तियों को एक साथ गाकर 'हो राम' अंत में लगाया जाता है। कुछ पंक्तियाँ प्रस्तुत हैं—

''देतू न मैया हो ककही से डोकियवा, बाबा के सगरवाँ मुड़वा मिजबै हो राम।

(प्रथम पंक्ति = 36)

मुड़वा मिजत कै उड़ा रे अँचरवा, परिगै मिर्जा के नजरिया हो राम।''

(द्वितीय पंक्ति = 36)

नकटा—प्रणय संबंधी गीतों में नकटा का उदाहरण प्रस्तुत है—

''पुरुब देसवाँ राजा जाए न देबै।

(प्रथम पंक्ति = 20)

पैदर न जाव राजा घोड़ा मँगाय देबै,

(द्वितीय पंक्ति = 24)

अकेले बिदेसवाँ जाए न देबै।''

(तृतीय पंक्ति = 20)

झूमर—यह छंद द्रुत लय में गाया जाता है। कुछ पंक्तियाँ इस प्रकार हैं—

''अँगनैया म कुइयाँ खनाइ द्या, बलमु तोरे पइयाँ परूँ।

(प्रथम पंक्ति = 30)

अँगनइया म कुइयाँ तब सोहै,

(द्वितीय पंक्ति = 18)

जब पक्की जगतिया बनाइ द्या, बलमु तोरी पइयाँ परूँ।''

(तृतीय पंक्ति = 30)

दोहा—पत्र में लिखे जाने वाले दोहे मार्मिक अनुभूतियों से युक्त होते हैं। इनका उदाहरण निम्नलिखित है—

''कोयल चाहत आम काँ भौंरा चाहत फूल,

(प्रथम पंक्ति = 24)

वैसे तोंहके चाहौं कहाँ गयू तूँ भूल।''

(द्वितीय पंक्ति = 24)

× × ×

''पाती तूँ छाती मोरी सीतल कीनी आजु,

(प्रथम पंक्ति = 24)

प्रान पियारा जानि के किरपा करियो आजु।''

(द्वितीय पंक्ति = 24)

गारी—गारी गीतों की कई लय हैं। एक उदाहरण प्रस्तुत है—

''बिना बादल के बिजुरी कहाँ चमकी,

(प्रथम पंक्ति = 20)

बिना बादल कै बिजुरी अवधपुर चमकी,

(द्वितीय पंक्ति = 22)

दसरथ जी के दुआर बिना बादल के।''

(तृतीय पंक्ति = 20)

यहाँ एक बात स्पष्ट कर देना आवश्यक है कि छंदों की मात्रा गायक के कंठ पर निर्भर करती है। वह अपनी लय और सुविधानुसार मात्राओं को घटा-बढ़ा लेता है।

मात्राओं के संबंध में भी कहा जा सकता है कि लोकगायक छूट ले लेते हैं।

इस प्रकार लोकगीतों में काव्य के भावपक्ष एवं कलापक्ष दोनों का वैभव स्पष्ट परिलक्षित होता है।

□

13

लोकगीतों में संगीतशास्त्र

लोकगीत और संगीत दोनों का ही उद्‌गम और विकास प्राकृतिक परिवेश में स्वतः हुआ। इस संगीत ने समग्र चर-अचर प्रकृति में भावनात्मक, संवेदनात्मक गहराई देकर सबको मुग्ध किया।

संगीत और काव्य दोनों के सम्मिश्रण से ही गीत आनंददायक और भावात्मक बनते हैं। अपनी गेयता के कारण ही लोकगीत कर्णप्रिय हैं और लोकमानस में संचित, सुरक्षित होते रहे हैं। लोकगीतों में संगीत अपनी पूर्ण सरसता और समरसता के साथ-साथ विद्यमान रहता है। प्रत्येक अवसर के गीतों की लय अवसर के उपयुक्त वातावरण के साथ समताल सुनाई पड़ती है। ॠतु गीतों में यदि झूले के गीतों में सावनी बहार की भाँति मीठी-मीठी फुहारें हैं तो फाग गीतों की मस्ती की अपनी अलग विशेषता है। विवाह गीतों में हर्ष की प्रतिध्वनि के साथ बेटी की विदाई की मार्मिकता भी है। सोहर गीतों में पुत्रजन्म के उछाह की ध्वनि स्पष्ट सुनी जा सकती है। श्रम गीतों में श्रम के कारण श्वास के उतार-चढ़ाव का प्रभाव इन गीतों की धुन पर स्पष्ट है। श्रम की लय के साथ इन गीतों की लय बँधी सी प्रतीत होती है। विभिन्न जातियों के गीतों में उनकी अपनी बोली का जातीय प्रभाव और विशेष उच्चारण का धुनों पर प्रभाव स्पष्ट है।

लोकगीतों में संगीत की दृष्टि से महत्त्व बताते हुए डॉ. चिंतामणि उपाध्याय ने अपना विचार व्यक्त किया है—"संवेदनशील मानव हृदय के भाव सहजतः जब मुख से अभिव्यंजित होते हैं, स्वर एवं लयबद्ध हो जाने के पश्चात् एक निश्चित धुन, गेय पद्धति में प्रकट होते हैं। इन लोकधुनों की संख्या अनंत है। भारत के प्रत्येक जनपद में जितने भी लोकगीत प्रचलित हैं उनकी विशेष धुनें हैं, ये धुनें निसर्ग सिद्ध हैं। इन्हीं लोकधुनों में भारतीय संगीत के प्रत्येक राग छिपे हैं।"

(डॉ. चिंतामणि उपाध्याय, मालवी लोकगीत, पृष्ठ 361)

गीत और संगीत दोनों ही मनुष्य के आदि सहचर हैं, जो हमारे हृदयगत भावों को स्पष्ट करने के आदि साधन हैं। भारतीय संगीत में लोकसंगीत का विशिष्ट स्थान है। लोकगीतों की लोकप्रियता में वाद्य और नृत्य बहुत सहायक है। वाद्य मानव का चिर सहचर है। आदि मानव ने पत्थर, काष्ठ, बाँस के वाद्य यंत्रों का प्रयोग किया। हर्षोद्रेक को अभिव्यक्त करने के लिए उसने जो उछल-कूद की, उसी से नृत्य कला का जन्म हुआ। भ्रमरों की गुंजार, कोयल की मीठी कूक तथा मयूरों के मधुर स्वर ने मानव को संगीत का प्रेमी बनाया।

संगीत संपूर्ण विश्व की भाषा है। कभी-कभी हार्दिक भावनाओं को व्यक्त करने में जब शब्दों की भाषा मूक हो जाती है, तब संगीत या दूसरे शब्दों में शुद्धवाद की भाषा नैसर्गिक अभिव्यक्ति का साधन बन जाती है। सभ्यता और संस्कृति के विकास के साथ ही गीत और संगीत व्यवस्थित होते गए और गेय लोकगाथा का जन्म हुआ, जिनका प्रमाण ब्राह्मण ग्रंथों और महाभारत, गृह्यसूत्र, जातक, त्रिपिटक आदि प्राचीन ग्रंथों में मिलता है।

पंडित ओंकारनाथ ठाकुर के विचार हैं—"मेरा निरीक्षण यह है कि प्रारंभ में मनुष्य भी एक प्राणी था जैसे घन छाने से मयूर अपने आप नृत्य करता जाता है या बसंत में कोकिल गा उठती है, उसी प्रकार से मनुष्य प्राणी से संगीत का प्रारंभ हुआ, वह आदि गीत सारंग राग में था। यही सारंग मैंने अहीरों, संथालों, भीलों आदि प्राचीन वन-मानवों के लोकगीतों में सुना है। उसी में हम ऋषभ पर ठहरते हैं। इसी में कोमल गांधार का भाव छूता है।"

(डॉ. श्यामसुंदर बादल, बुंदेली का फाग साहित्य, पृष्ठ 34 पर उद्धृत)

डॉ. धीरेंद्र वर्मा, डॉ. बाबूराम सक्सेना, सुनीति कुमार चटर्जी, ग्रियर्सन, ग्रिम आदि भाषा वैज्ञानिकों का कथन है कि भाषा की उत्पत्ति के पूर्व ही इंगित भाषा एवं कंठ स्वर का जन्म हुआ। यह सत्य है कि विश्व की समस्त भाषाओं की उत्पत्ति के पूर्व गायन-कला का जन्म हुआ। इसी गायन-कला को लोक-संस्कृति के रूप को हम अथर्ववेद में पाते हैं।

वैदिक काल से ही संस्कृति के दो रूप दिखाई पड़ते हैं, जिसे शिष्ट संस्कृति और लोक-संस्कृति के नाम से पुकारा गया।

(मैं इस शिष्ट शब्द को उपयुक्त नहीं मानती, क्योंकि लोक शिष्ट नहीं है यह मानना गलत है)

इन्हीं सांस्कृतिक रूपों का विकसित स्वरूप साम गायन है।

संगीत शब्द की उत्पत्ति गीत शब्द से हुई है। गीत शब्द की रचना संस्कृत के 'गै' धातु से हुई है। इसी 'गै' से गेय और गीत शब्द की उत्पत्ति मानी गई है। अर्थात् कोई भी

शाब्दिक अथवा स्वरित रचना जो गाई जा सके उसे गीत कहते हैं। इसी आधार पर भारतीय संगीत में गीत शब्द के अवयव, लक्षण गीत, सरगम गीत, चैता, कजली तथा अन्य लोकगीत आदि हैं।

गीत के तीन अवयव कहे जा सकते हैं—शब्द, स्वर, लय। इन्हीं तीनों काव्य के बहिर्पक्ष को समष्टि के साथ-साथ काव्य के अंतर्पक्ष अनुभूति के सम्मिश्रण से ही गीत की उत्पत्ति हुई।

आधुनिक युग में सुगम संगीत अथवा फिल्मी संगीत में गीत का अर्थ गीत की संगीतात्मकता से है। गीत में ही सन् उपसर्ग जोड़कर संगीत की रचना हुई है अर्थात् गीत के साथ स्वर और लय से संबंधित वाद्यों का अथवा कंठ का प्रयोग अथवा अभिनय (नृत्य) ही संगीत है। इसी दृष्टिकोण को लेकर गायन, वादन और नृत्य को संगीत कहा गया है। आश्चर्य की बात है कि इन लोकगीतों में गायन, वादन और नृत्य इन तीनों का समाहार है।

आदिकाल से ही जन-साधारण ने अपने भावों को दरशाने के लिए जिस रूप को अपनाया उसे लोक नाम से पुकारा गया। लोक का अर्थ है प्रकाश, दूसरा अर्थ है देखने-वाला। लोक साहित्य जीवन के साक्षात्कार का साहित्य है। इस लोक शब्द की व्याख्या वेदों, पुराणों, उपनिषदों आदि में मिलती है। किंतु उनका स्पष्ट स्वरूप बौद्ध और जैन संप्रदाय के ग्रंथों में प्राप्त होता है। साहित्य की सृष्टि से पूर्व ही लोक शब्द का प्रयोग जनपद अथवा नगर में होने लगा था। इस प्रकार से जन-साधारण में प्रचलित अनुभूतियों के प्रदर्शन करने हेतु जिस माध्यम का अनुसरण किया गया उसे लोकगीत के नाम से संबोधित किया गया।

लोकगीत परंपरा स्वच्छंद, बंधनमुक्त है। ये गीत कब, कैसे और कहाँ से विकसित हुए यह कहना कठिन है। किंतु मानव की स्थिति के साथ ही मूक अभिनय के रूप में अथवा आंतरिक गूढ़ भावों के प्रदर्शन के लिए जिस स्वरित रूप का उद्बोधन जन-साधारण ने किया उसे ही आदिकाल से गीत कहा गया।

ये गीत साहित्यिक परिधि से दूर जन-साधारण में इतने घुल-मिल गए कि इनका रूप, इनके शब्द, स्वर, इनमें निहित ताल और छंद का कोई पृथक् इतिहास प्राप्त नहीं होता। फिर भी देशज भाषाओं में देशज अनुभूतियों के साथ-साथ इन गीतों के स्वरों में चढ़ाव-उतार, सरल, सहज और सुगत रूप में प्राप्त होते हैं। ये गीत सुमधुर और आकर्षक हैं।

पूर्व मध्य काल में महान् संगीतज्ञ शारंगदेव के पश्चात् मतङ्ग के संगीत शास्त्र 'बृहद्देशी' में 'संपूर्ण देशी' रागों के स्वरूप का संकलन किया गया है। इनमें भी हमें जन-साधारण में गेय 'देशी' रागों अथवा गीतों का रूप प्राप्त होता है। इसके पश्चात महान् संगीतज्ञ लोचन के समय से ही संस्कृति और संगीत के उत्थान के साथ-साथ

संगीत के दो रूप परिलक्षित होते हैं—1. मार्गी संगीत, 2. देशी संगीत। मार्गी संगीत आध्यात्मिक और बौद्धिक पक्ष को लेकर चला जो ईश्वरोन्मुख और शास्त्रोन्मुख संगीत है, किंतु देशी संगीत विस्तृत रूप में संगीत के समस्त अवयवों को लेकर अग्रसर हुआ। इस देशी संगीत के अंतर्गत ही देशज भाषाओं में जनसाधारण के द्वारा गाए गए लोकगीतों का रूप सामने आया। देशी संगीत के भी दो रूप हुए—शास्त्रीय संगीत और लोक संगीत, जो देशज भाषाओं के रूप में जन-साधारण में व्याप्त होकर लोकसंगीत के रूप में प्रचलित हो गए।

मुसलमानों के आगमन के पश्चात् भारतीय और मुस्लिम संस्कृति का प्रभाव ग्रामीण जन-साधारण की संस्कृति, संस्कार एवम् तद्भव गीतों में भी स्पष्ट है। इन लोकगीतों में फारसी-अरबी और उर्दू के शब्दों के साथ-साथ मुसलमानों के कुछ संस्कारगत गीत और उन गीतों को कंठ ध्वनि देते समय अरबी-फारसी स्वर संगीत का भी सहारा लेना पड़ा। आज इन लोकगीतों में जिन भारतीय संगीत के स्वरों की हम खोज करते हैं वे अधिकतर यावनिक राग-रागिनियों के ही स्वरूप हैं। जैसे राग काम्बोज का ही अपभ्रंश रूप खमाज अथवा खम्माच्च के रूप में मिलता है। इसी प्रकार झिंझोटी, गारा, जिला, सरपरदा आदि यावनिक रागों का रूप हमें लोकसंगीत में मिलता है।

यह सिद्ध सत्य है तथा विद्वानों का कथन है कि शास्त्रीय संगीत की उत्पत्ति लोक-संगीत से हुई है। इस कथन की पुष्टि डॉ. राना डे, डॉ. परांजपे, ओंकारनाथ ठाकुर, सलिल चौधरी आदि सभी विद्वानों ने की है।

पर आज तक इस तथ्य की पुष्टि के लिए इन लोकगीतों के अवयवों, स्वरों के स्वरूप के आधार पर रागावतरण की सम्यक् व्याख्या शायद किसी भी संगीतज्ञ के द्वारा नहीं की गई, जहाँ तक मेरी जानकारी है, जो असत्य भी हो सकती है। वस्तुतः यह भी संगीतज्ञों के लिए शोध का विषय है।

लोकगीतों में संगीत के तत्त्वों का विश्लेषण

लोकगीतों की सृष्टि में सांगीतिक तत्त्व की समीक्षा करने के पूर्व उसकी पृष्ठभूमि के मूलभूत तत्त्वों का अवलोकन करना आवश्यक है।

सामाजिक वातावरण में लोक-जीवन और व्यक्तियों के व्यक्तित्त्व की छाप, शास्त्रीय संगीत से अनभिज्ञ होते हुए भी संगीत की सहज अभिव्यक्ति, काव्य और संगीत में नैसर्गिक ताल-मेल, प्रवाहमयता और रस-व्यंजना की क्षमता है।

यह सत्य है कि लोक संगीत लोकाचारों और उससे उत्पन्न गीतों का प्राण है। भोले-भाले सरल ग्राम्य जीवन में यही मनोरंजन के साधन हैं, जिनमें ग्राम्य जीवन, उनकी सूझ-बूझ, उनकी चिंतन-शक्ति, उनके दैनिक जीवन और सहज व्यक्तित्व की

अमिट छाप मिलती है। लोकसंगीत का मापदंड ही लोक-जीवन है, जो लौकिक होते हुए भी सरल, आनंदमय, अलौकिक है। जातीय वर्गीकरण के साथ-साथ विभिन्न जातियों की सांगीतिक प्रतिभाओं का भी पृथक् और विशिष्ट स्वरूप परिलक्षित होता है। संलग्न स्वर-लिपियों के अध्ययन से यह स्पष्ट हो जाता है कि विभिन्न जाति के लोकगीतों में कितनी भिन्नता है। यह एक अद्‌भुत विलक्षण बात है कि जाति और व्यक्तित्व के साथ संगीत का अटूट संबंध स्थापित करने में लोकसंगीत सफल हुआ है। उदाहरण के लिए धोबी गीत, बिरहा, अहीरों का बिरहा, कुम्हारों के गीत, तेली, भड़भूजों और दलितों के गीत आदि में विभिन्नता इसका प्रमाण है।

स्वर-लिपियों की समीक्षा से स्पष्ट प्रतीत होता है कि इन लोकगीतों में समाज, व्यक्ति और वातावरण का इतना प्रभाव पड़ा है कि संगीत में स्वरों के ग्रह (जिस स्वर से प्रारंभ करें), अंश (बीच का स्वर), न्यास (जिस स्वर से अंत करें) की प्रवृत्ति गीत के भावानुकूल ही दिखलाई पड़ती है। यही कारण है कि लोक-धुनें अपने वातावरण के साथ समरस हैं। ये धुनें सहज एवं प्राकृतिक हैं। इनमें कृत्रिमता का लेश भी नहीं है। गीतों पर व्यक्तित्व की छाप पड़ती है, गायक के गले (मोटी-पतली आवाज) का भी प्रभाव पड़ता है।

यह गीत अथवा सांगीतिक रचना सप्रयास नहीं है। जिस रूप में भी अनायास वे गाने लगे वही सरल स्वर रूप में लययुक्त रचना बन गई। भारतीय संगीत की आत्मा इन्हीं ग्राम गीतों में मिलती है, जिसको बाद के साहित्यकारों ने लोकगीत के नाम से पुकारा है।

आदिकाल में भारतीय संगीत में तीन स्वरों का प्रयोग था—उदात्त, अनुदात्त और स्वरित। इन स्वरों के पश्चात् मध्यम और पंचम स्वरों की परिकल्पना हुई। भरत मुनि ने नाट्यशास्त्र के समय तक सप्त स्वरों की व्यवस्था हो चुकी थी। स्वर संवाद अर्थात् गीतों की रचना में षड्ज, मध्यम और षड्ज पंचम की कल्पना की जा चुकी थी।

इस प्रकार से हिंदी भाषा की उत्पत्ति के समय तक भारतीय संगीत काफी विकसित हो चुका था और इस समय तक गीतों की प्रारंभिक अवस्था स्वर मूर्च्छनाओं, ग्राम राग, जाति गायन से होती हुई राग रूप में प्रस्फुटित हो गयी। इन ग्राम गीतों की कलिका राग रूप में कब और किस प्रकार विकसित और प्रस्फुटित हुई यह नहीं कहा जा सकता है। पर यह तो सभी संगीतज्ञ मानते हैं कि इन ग्राम गीतों से ही भारतीय राग विकसित होते हैं।

लोकधुनों में स्वर-लय की समस्या

भारतीय संगीत में सरगम का विशेष महत्त्व है। इन गीतों की स्वर-लिपि की समस्या आज अनिवार्य दिखाई पड़ रही है, कारण आज का साहित्यकार इन गीतों के

केवल साहित्यिक मूल्य का अन्वेषण करने में सन्नद्ध है, परंतु ये गीत संगीत की निधि है। गौण रूप से इनमें जो साहित्यिक रूप प्राप्त हो जाता है, तो यह भारतीय संस्कृति एवं संगीत तथा गीत की ही महानता है। इन गीतों में इन गीतों के सरगम (स्वरलिपि) के विषय में लिखने से पूर्व इस बात का ध्यान रखना होगा कि भारतीय संगीत में प्रमुख चार ही स्वर है—स, र (रे), ग, म। इन्हीं चार स्वरों से सरगम शब्द बना है। सप्तक के चार-चार स्वरों के दो भाग—1. स रे ग म तथा 2. प ध नि सा किए जा सकते हैं। यदि हम प को स मान लें तो प ध नि सा भी सा रे ग म ही ऊँचे स्वर में हो जाएगा।

यही कारण है कि ग्राम गीत अथवा लोकगीतों की अधिकांश स्वर-रचना इन्हीं चार स्वरों पर अवलंबित है। उस रचना को स्थायी षड्ज से गायें अथवा पंचम को षड्ज मानकर गायें तो दोनों का रूप एक ही रहेगा। केवल कंठ की ऊँचाई और नीचाई का अंतर प्राप्त होगा। पर इससे अवश्य स्पष्ट प्रतीत होता है कि यदि उन्हीं स्वर-रचनाओं को हम पंचम से षड्ज तक जाने का प्रयास करें और अंत में इन दोनों स्वर-लिपियों को संयुक्त कर दें तो संभवत: राग-सृष्टि के लक्षण परिलक्षित होंगे। परंतु इस विषय पर अभी शोध-कार्य बाकी है कि इन ग्राम गीतों से भारतीय संगीत के राग कैसे उत्पन्न हुए।

पूर्वी हिंदी के अंतर्गत अवधी का एक महत्त्वपूर्ण स्थान है। अवधी साहित्य के भी दो भाग किए जा सकते हैं—साहित्यिक अवधी तथा ग्रामीण अवधी। ग्रामीण अवधी के अंतर्गत हमें आज जो साहित्य उपलब्ध है वह ग्राम गीतों के रूप में सुलभ है। इन ग्राम गीतों को भी हम प्रमुखत: दो भागों में विभक्त कर सकते हैं—पुरुषों के गीत तथा नारियों के गीत।

इन दो वर्गों के गीतों में मानव कंठ और नारी कंठ की पृथकता अनिवार्य है। इसी आधार पर इन गीतों के संगीत में भी भिन्नता प्राप्त होती है। इनकी परंपरा अत्यधिक प्राचीन है। आधुनिक साहित्यकार और संगीतकार इन्हीं गीतों को लोकगीत और लोक-संगीत नाम से पुकारते हैं। इसी लोकगीत को लेकर लोक की उत्पत्ति लोक धातु से और गीत की उत्पत्ति गै: धातु से निकालते हैं।

लोकगीत संगीत के अमर कोश हैं। इन लोकधुनों की संख्या अनंत है अतएव संस्कारगत अथवा जातिगत प्रत्येक लोकगीतों की कुछ विशेष धुनें हैं। कुछ लोकगीतों में आधुनिक बिलावल ठाट, काफी ठाट और खम्माज ठाट का रूप मिलता है।

इन लोकगीतों में शुद्ध स्वर के अतिरिक्त $\underline{\text{नि}}$ कोमल तथा $\underline{\text{न}}$ $\underline{\text{नि}}$ कोमल का रूप मिलता है। इन लोकगीतों के स्वरों में क्रमिक उतार-चढ़ाव है। प्रस्तुत लोकगीतों की स्वर-लिपि से भी यह स्पष्ट हो जाता है कि इन गीतों में खम्माज, काफी, बिलावल इन्हीं तीन ठाटों का बाहुल्य है। इनमें स्वरों के संयोजन की एक विशेष प्रणाली है और उनमें मध्यम, पंचम, गंधार और बड्ज पर विशेष न्यास करने की व्यवस्था है। ग्रह स्वर के रूप

में षड्ज और पंचम का ही विशेष महत्त्व है।

स्वरों के साथ-साथ सांगीतिक बारीकियों का रूप नैसर्गिक रूप से इन लोकगीतों में प्राप्त होता है। कण, मुरकी, खटका, कंपन आदि का सहज प्रयोग लोकगीतों की अपनी विशेषता है। शायद ही ऐसा कोई गीत हो जिसमें स्वरों के सीधे लगाव के साथ-साथ इनका प्रयोग न हुआ हो। स्वर-लिपियों से यह तथ्य स्वयं सिद्ध है।

लोकगीतों में पुरुषों द्वारा गाए गए गीत (श्रमगीत, जाति गीत, चैता गीत आदि) एवं स्त्रियों द्वारा गाए गए (संस्कार गीत, श्रमगीत, ऋतु गीत, व्रत-प्रज्ञा अनुष्ठान के गीत आदि) की स्वर-संयोजना में नितांत भिन्नता दिखाई पड़ती है। पुरुष वर्ग की गंभीर ध्वनि के साथ-साथ उनके स्वरों के चयन में भी गंभीरता दिखाई पड़ती है। इसमें ऋषभ और गंधार पर विशेष बल दिया जाता है। जैसा कि 'चइता', 'बिरहा' अहीरों का, 'बिरहा' धोबियों का बिरहा आदि की स्वर-संयोजना से स्पष्ट होता है।

स्त्रियों के गीत कोमल भावनाओं से इतने अधिक प्रभावित होते हैं कि इन स्वर-लहरियों में मध्यम स्वर एवं पंचम स्वर के साथ शुद्ध (नि) अथवा कोमल (नि) का प्रयोग प्राप्त होता है। जैसा कि 'उलारा', 'विवाह गीत', 'सहाना' आदि की स्वर-संयोजना से स्पष्ट होता है।

श्री कोमल कोठारी का कथन है—"लोकगीत के संगीत में लय की सहज प्रवृत्ति की प्रधानता है। यहाँ लय का तालात्मक शास्त्रीय विधान नहीं है। शास्त्रीय संगीत में लय का विकास ताल की मात्राओं के सुनिश्चित गणन एवं गुणन की जटिलताओं में विभाजित रहता है। किंतु इसके विपरीत लोक-संगीत में लय की सहज प्रवृत्ति मात्राओं के विशिष्ट भाग में विभाजित रहती है।"

(कोमल कोठारी, साहित्य, संगीत और कला, पृ० 135)

लयबद्ध और तुकांत रचनाएँ कर्णप्रिय एवं मधुर लगती हैं। लोकगीतों में इनका कठोरतापूर्वक पालन नहीं किया जाता, फिर भी गीतों में स्वाभाविक तुकबंदी उन्हें और सरस बना देती है। कहीं-कहीं प्रत्येक पंक्ति में तुक मिल जाता है। एक भजन की पंक्तियाँ द्रष्टव्य हैं—

"जौने वन राम लिहिन बनवासा।

सूखे काठ होन लागे हरियर, फूटन लागे गाँसा। जौने"...

धुनों की रचनात्मक विशेषताएँ स्वरों और स्वर संयोगों से प्रणीत धुनें रामायण और महाभारत काल से ही प्राप्त होती है। रामायण में भी धनुष-यज्ञ के पश्चात् तथा स्वयंवर के समय स्त्रियों के द्वारा मंगल गीत गाये जाने का उल्लेख है। ईसा से 500 ई० पूर्व की उपलब्ध साहित्यिक सामग्रियों में भी हमें संस्कारगत धुनों अथवा गीतों की चर्चा मिलती हैं।

हिंदू काल तक भारत के विस्तृत जनपदों में विविध गीत विधाएँ और धुनों के रूप प्रचलित थे। प्राचीन भारत के इन धुनों के रूपों में शास्त्रीयता का प्रतिबिंब था अथवा शास्त्रीय संगीत में इन धुनों का प्रभाव था यह कहना कठिन है। अनुमानतः नगर एवं ग्राम दोनों के सांगीतिक रूपों में आदान-प्रदान अवश्यमेव होते रहे हैं। पर फिर भी लोकगीतों में लोकगीतों की गायन-शैली की धुनों की रचना के नियम वातावरण और अवसर की भिन्नता के कारण शास्त्र-परिधि से दूर हैं।

इन धुनों में दो हजार वर्षों के पश्चात् आज रचनात्मक विधियों (टेकनीक) को ढूँढ़ने का प्रयास किया जा रहा है। आज का संगीतज्ञ इस बात से सहमत है कि लोकगीत अथवा उसकी धुनें ही संगीत के आदि रूप हैं और शास्त्रीय संगीत के अनेक राग इन्हीं से निकलते हैं।

इन धुनों की रचना-शैली के सामान्य नियम की रूपरेखा हम दो रूपों में पाते हैं—

1. लोकगीतों में भावपक्ष एवं तदुद्बोधक गीतात्मकता।

2. लोकगीतों का कलापक्ष, जिसके अंतर्गत लोकगीतों की शास्त्रीय सांगीतिक कलात्मकता का हमें ज्ञान प्राप्त होता है।

ग्रामीण जनता निरक्षर होते हुए भी ज्ञान के सुनहले रत्नों से परिपूर्ण है। उनका आदर्श है सार्वभौमिक मानव जीवन का ऐक्य। अनेक प्रांतों, देशों, जनपदों की सीमाओं में विभक्त होते हुए भी इन लोकगीतों में एवं उनकी रचनाओं में यथेष्ट सामान्यताएँ प्राप्त होती हैं। इन सामान्यताओं का संबंध विभिन्न जातिगत संस्कारों और उनकी आत्मानुभूति से संबंधित भावों से है। विभिन्न भावों को नैसर्गिक सहजता के साथ व्यक्त करना इन लोकगीतों की शैली है। इस अभिव्यक्ति में शब्द, पंक्ति, छंद, गीत इन चारों को स्वर-रूपी एक सूत्र में गुंफित करने का सफल प्रयास लोकगीतों में मिलता है। इन लोकगीतों के शब्द और स्वर की शक्ति में तादात्म्य भाव है। उनका अन्योन्य संबंध है। जीवन की सहज अभिव्यक्ति स्वरों के सरल और सहज चयन के साथ इतनी घुल-मिल गई है कि शब्दों और स्वरों को पृथक् नहीं किया जा सकता है। कुछ स्थल तो ऐसे आते हैं जहाँ इन नैसर्गिक शब्दों और स्वरों को लिपिबद्ध करना भी कठिन हो जाता है। भावों की तीव्रता, सूक्ष्मता के अनुकूल ही इन निरक्षर, शास्त्रीय ज्ञान से परे ग्रामीण जनों ने कैसे यकायक गाया होगा, यह महान् आश्चर्य की बात है।

इन गीतों में छांदिक विभिन्नता के साथ भावों को अलंकृत करने के लिए जिस प्रकार अनायास स्वाभाविक रूप से अलंकार प्रयुक्त हुए हैं उसी प्रकार से स्वरों में भी छंद-योजना और विशिष्ट अलंकार-योजना हम पाते हैं।

इन गीतों के स्वरों में चढ़ाव-उतार गायक अथवा गायिकाओं के भाव के अनुकूल स्वाभाविक रूप से बने हैं। स्वाभाविक रूप के अनुकूल स्वरों की व्यवस्था भी क्रमिक

और स्वाभाविक है। उसमें अधिक चढ़ाव और उतार के लिए अवकाश नहीं है। इसीलिए ये धुनें भी सरल हैं और अत्यंत सुगम हैं।

परंपरागत पीढ़ियों से चले आए इन गीतों की यही विशेषता है कि इनकी धुनों में कृत्रिमता नहीं आने पाती है। ग्राम्य जीवन से संबंधित अथवा संस्कार और नारी जीवन से संबंधित प्रत्येक प्रकार के लोकगीतों में जो सहज सुगम शैली का अनुकरण किया गया है वे ही धुनों के प्रचार और प्रसार में सहायक सिद्ध हुए हैं।

भारतीय जन-समाज में स्वर के साथ-साथ लय का स्वरूप भी प्राकृतिक रूप से जुड़ा हुआ दिखलाई पड़ता है। आदिकाल से ऋचाओं से लेकर अब तक जितनी भी धुनें बनी हैं उन धुनों के बनने में लय, ग्रह, गति, यति, काल, मार्ग, सम आदि लय से संबंधित सभी प्रकरण अप्रयास ही धुनों के साथ घुले-मिले हुए मिलते हैं। इन्हीं अवयवों के समष्टि रूप को हम ताल कहते हैं।

भारतीय जीवन के द्रष्टा इन लोकगीतों में उन्हीं तालों का ताल-मेल है जो नैसर्गिक रूप से ग्रामीण जनता की आंगिक थिरकन में और उन गीतों की अभिव्यक्ति में दैविक रूप से प्रदत्त हैं।

अतएव इन लोकगीतों में स्वराघात के आधार पर इकाई से लेकर सात तक की गिनती का प्रयोग ही किसी-न-किसी रूप में हुआ है। यह बड़े आश्चर्य की बात है कि भारतीय तालों के रूप में भी इन्हीं सात गिनतियों का योगफल ही है। पर ये धुनें हैं, इनका संबंध शास्त्रीय तालों से नहीं है। यद्यपि आज के तालवादक इन्हें शास्त्रीय ताल की परिधि में रखने का प्रयत्न करते हैं, पर ग्रामीण निरक्षर नर-नारी इन तालों से परिचित नहीं हैं। उनकी ढोलक, डफ, झाँझ, करताल आदि का संबंध धुन के साथ आघात के मिलने और धुन की परिधि के साथ लय संबंधी बोलों के मिलने से हैं। इन धुनों में स्वराघात के आधार पर सात मात्राओं के ही तालों का रूप हम पाते हैं, जिसे आज की भाषा में दादरा, कहरवा, झपताल, खेमटा, रूपक और दीपचंदी कहते हैं।

कहीं-कहीं पर गीत के चलन के अनुसार निश्चित मात्राओं के बोल विभिन्न वाद्य-यंत्रों पर भिन्न-भिन्न हो जाते हैं। अतएव ढोलक, डफ, झाँझ और करताल पर मात्रिक रूप एक होते हुए भी बजाने का ढंग भिन्न-भिन्न हो जाता है।

अंत में निष्कर्ष रूप में हम यह कह सकते हैं कि इन धुनों की रचना में कंठ परिधि की स्वाभाविकता स्वरों के क्रमिक रूप में सरलता, सहजता और सुगमता का रमणीक संगम है। इन रचनाओं में सीमित स्वरों में तीव्रतम भावों की अभिव्यक्ति की क्षमता है। एक-एक स्वर में निहित भाव और रस से आदिकाल से ही ग्रामीण जनता भिज्ञ थी।

स्वरों को सजाने में स्वर संवाद अर्थात् षडज, पंचम भाव और षडज मध्यम भाव का कितना सुंदर संयोग हुआ है, यह देखते ही बनता है।

कहीं-कहीं पर स्वरों का न्यास इतना हृदयस्पर्शी होता है जैसे उस एक स्वर के लगने से संपूर्ण रचना में रस-वृष्टि होने लगती है।

धुनों की रचना में स्वर, शब्द और लय तीनों ही सूत्रबद्ध हैं। अतएव इनमें से किसी एक को पृथक् नहीं किया जा सकता। कभी-कभी तो स्वर और लय के साथ गीत के शब्दों को भी तोड़ना-मरोड़ना पड़ता है। कभी-कभी शब्दों का 'जलद' (द्रुत) उच्चारण यह सिद्ध करता है कि शब्दों से अधिक स्वरों की और स्वरों से अधिक लय की महत्ता इन धुनों में है। यही कारण है कि इन धुनों को लयबद्ध ताल के अनुरूप करने के लिए कुछ सार्थक अथवा निरर्थक शब्दों को जोड़ना पड़ता है।

मानव अपनी धुन में इन धुनों की रचना अपने भावानुकूल मनोभाव और अपने तरीके से करता आया है। पर सामान्य रूप से इन धुनों की शैली (टेक्नीक) करीब-करीब संपूर्ण विश्व के लोकगीतों में एक सी है। ये धुनें हृदयस्पर्शी हैं, मार्मिक हैं। इनमें प्रवाहमयता है, सरलता है। ये जीवन के वे अमर पीयूष हैं, जिनका रसास्वादन आद्योपांत जन-जीवन को द्रवित करता रहेगा।

लोकगीतों में छंद और ताल का समन्वय

ताल : जीवन धारण करने के साथ ही मानव ताल का अभ्यास ग्रहण करने लगता है। श्वास-प्रश्वास में एक तालमयता होती है। शरीर के विभिन्न अवयवों की प्रक्रिया में भी एक गति है।

''हृदय की धड़कन में भी एक ताल है। बोलने में लय का संतुलन है हमारी चाल में एक प्रकार की ताल है। वास्तव में देखा जाए तो प्रतीत होगा कि ताल ही संगीत का वह संबल है जो मनुष्य के मन को आग्रहपूर्वक संगीत के आनंद में लगाए रहता है। संगीत में साथ सुननेवाले या गानेवाले के तादात्म्य का प्रारंभ भी ताल की गति से होना संभव है।''

(कोमल कोठारी, लोकगीत और संगीत, पृ० 65)

लोकगीतों में मात्रिक छंदों का बाहुल्य है। किंतु इन मात्रिक छंदों में भी एक मौलिक विशेषता है कि वे भाव और रस के अनुकूल विभिन्न तालों में संबद्ध हैं। तालों के प्राण, ग्रह, जाति, काल, मार्ग, गति, यति, प्रस्तर आदि ही इन लोकगीतों में ताल का निर्णय करते हैं।

ये गीत हैं अतएव गेय हैं। इनमें छंदात्मकता का मूल्यांकन इनकी गेय परिपाटी पर आश्रित है। इस दृष्टिकोण से समस्त लोकगीतों में मात्रा की इकाई के साथ-साथ 4, 5, 6, 7 मात्राओं के गुणनफल में ही इन गीतों की मात्राएँ गिनी जा सकती हैं। इन्हीं मात्राओं से छंद की गणना करना शुभकर होगा। इन्हीं मात्राओं के आधार पर गीतों में लय, मात्रा

और ताल का निर्माण हुआ है।

साधारणतया लोकगीतों की प्रवाहमयता गीतों के भाव और रस पर आधारित हैं। चंचल प्रकृति के राग द्रुत कहरवा में, शृंगार-रस (संयोग) के गीतों में कहरवा और दादरा का, विरह, विदाई तथा अन्य हृदयस्पर्शी स्थलों पर दीपचंदी, खेमटा अथवा झपताल का प्रयोग मिलता है। अंत में निष्कर्ष रूप से यह कहा जा सकता है कि गीतों में गति, यति मात्राओं और तालों की सृष्टि स्वराघात और उच्चारण की प्रवृत्ति पर आधारित है। सहज लोकाचारों के अनुकूल ही इन गीतों में छंद और तालों की एकरूपता दिखाई पड़ती है।

स्वराघात : लोकगीतों में गायक अथवा गायिकाएँ जिस वर्ण अथवा स्वर पर जोर देते हैं उसे ही स्वराघात कहते हैं। छंद एवं ताल विश्लेषण के लिए इन स्वराघातों का विशेष महत्त्व है। गीतों के चलन और मात्राओं का प्रमाण इन्हीं स्वराघातों से मिलता है। ढोलक अथवा डफ वादक इन स्वराघातों पर विशेष रूप से ध्यान रखता है। यद्यपि उसे ताल और मात्राओं का शास्त्रीय ज्ञान नहीं होता, फिर भी अज्ञात रूप से इन्हीं स्वराघातों के प्रमाण पर ताल बजते आये हैं।

लोकगीतों के छंद में गति और यति का विशेष महत्त्व है और यह गति और यति ही ताल के निर्माण में विशेष महत्त्व रखती है। गति, यति और स्वराघात के आधार पर ही किन्हीं गीतों में दो, तीन, चार मात्राओं पर, किन्हीं गीतों में पाँच, छह, सात मात्राओं पर स्वराघात होता है।

जिन गीतों में दो, चार और आठ पर स्वराघात प्राप्त होता है वे साधारणतया आज के शास्त्रीय कहरवा ताल में निबद्ध होते हैं। जिन गीतों में तीन और छह मात्राओं पर स्वराघात होता है वे दादरा ताल में संबद्ध होते हैं। दो, तीन और चार के संयोग से पाँच मात्रा और सात मात्रा के तालों का निर्माण हुआ। इसी के आधार पर कुछ गीत झपताल (5×2) कुछ गीत दीपचंदी ताल (7×2) में मिलते हैं।

इस प्रकार लोकगीतों में प्रमुखतः चार मात्राओं अथवा आठ मात्राओं (कहरवा), छह मात्राओं (दादरा), दस मात्राओं (झपताल), चौदह मात्रा (दीपचंदी) तथा कभी-कभी बारह मात्राओं (खेमटा) का प्रयोग होता है।

काव्यशास्त्र में जिस प्रकार दोहा, चौपाई, हरिगीतिका, सोरठा आदि सरल छंदों का प्रयोग अधिकांश रूप से प्राप्त होता है, जिन्हें निरक्षर जनता भी सहज ही याद कर लेती है, उसी प्रकार संगीत में कुछ ताल ऐसे हैं जो अप्रयास ही अज्ञात रूप से जन-समाज में प्रचलित हैं। इनमें दादरा, कहरवा, खेमटा का नाम अग्रगण्य है। लोकगीतों के साथ ये ताल इतने संबद्ध हैं कि कभी-कभी विशेष धुनों को भी दादरा और कहरवा के नाम से पुकारा जाता है।

इस दादरा की उत्पत्ति के बारे में संस्कृत भाषा के दुर्दुर शब्द को उद्धृत किया जाता है। परंतु अनुमान यह है कि दादरा शब्द से फारसी अथवा संस्कृत के छंद में गीत के लघु और दीर्घ के आधार पर दादरा और कहरवा शब्दों का निर्माण हुआ। दादरा (दीर्घ, लघु, दीर्घ), कहरवा (लघु, लघु, लघु, दीर्घ)।

उदाहरणार्थ सोहर धीमा कहरवा में, विवाह गीत, बारहमासा आदि दीपचंदी में मिलते हैं। भजन, देवीगीत, श्रमगीत, पूर्वी आदि कहरवा ताल में निबद्ध मिलते हैं।

कुछ भी हो पर स्वराघात के आधार पर तीन मात्रा और चार मात्राओं के तालों का विकसित रूप ही दादरा और कहरवा है।

ध्वनि-विशेष के ऊपर भी संगीत का छंद आधारित है। 'ओउम्' शब्द से 'लोम', 'तोम' का आविर्भाव यवन काल से हुआ। 'तोम' का अपभ्रंश—तुक, तुम, तुमुन, तुडुक आदि हैं। यह भी गायन की अलापचारी का एक अंग है। दूसरे निरर्थक शब्द किट किट धन् अथवा धा किट आदि ताल वाद्य के गति प्रदर्शक शब्द हैं।

साहित्य के दृष्टिकोण से ये निरर्थक प्रतीत होते हैं, किंतु लोक-संगीत के अंतर्गत उन शब्दों का विशेष महत्त्व है और इनसे यह प्रतीत होता है कि संगीत के संग साज ढोलक, डफली आदि में इनका प्रयोग होता था।

यद्यपि गीतों की सांगीतिक अभिव्यक्ति के साथ-साथ अभिनय की सहज भावना भी इन लोकगीतों में परिलक्षित होती है, परंतु कहीं-कहीं लोकगीतों में ताथैया, ता ता थैया आदि नृत्य के दो वर्ण ता और थेई के मिश्रण से हुए प्रयोग लोकगीतों में भी दिखाई पड़ते हैं। जैसे—

ताल तलैया ता ता थैया, नाचै राजा भइया।
× × ×
ता ता थाई ता ता थाई नाचत कन्हाई,
जब रचत रास वृंदावन, भैया हो जब रचत रास।

लघु और गुरु बंधन की शिथिलता

लोकगीत संगीतमय गीत है। अतएव उनमें पिंगल शास्त्र की छंदबंधता को ढूँढ़ना निरर्थक है। गीतों की कोई पंक्ति छोटी तथा कोई पंक्ति बड़ी दिखाई पड़ती है उसका कारण एकमात्र गायक के गाने की पद्धति है। गायक शब्दों, अक्षरों तथा मात्राओं को अपने भाव के अनुकूल रचता है, परंतु उसकी गेय शैली को कहीं पर भी छंद भंग का या अक्षरों या मात्राओं के घटने-बढ़ने का आभास नहीं होता है। भाव, स्वर, लय, छंद का समन्वित रूप ही गीतों की गेयता की विशेषता है। स्वरलिपि से यह स्पष्ट है कि कहीं किसी शब्द को शीघ्रता से एक मात्रा में अथवा दो मात्राओं में अथवा किसी लघु वर्ण को

आधी मात्रा में इस प्रकार लयबद्ध करते हैं जो स्वयमेव तालबद्ध होते हैं।

लय तथा ताल भी इन गीतों को प्रवाह तथा मात्रिक ज्ञान का बोध कराते हैं। यदि इन गीतों को साहित्यिक परंपरा में पिंगल शास्त्र के पिंजर में जकड़ने का प्रयास किया जाएगा तो किसी भी पंक्ति में छांदिक रूप के दर्शन नहीं होंगे। शब्दों को सुसज्जित करना ही छंद है, चाहे वह वर्णिक रूप में हों अथवा मात्रिक रूप में अथवा मात्रा के उपांग केवल लय रूप में। गीतों में लय है, गति है और ताल का प्राण यति है। ताल तथा विभिन्न लयकारियों का सुंदर समावेश इन गीतों में सर्वत्र दिखलाई पड़ता है। लय तथा लयकारी के कारण ही गुरु लघु हो जाता है और लघु दीर्घ हो जाता है।

उपांत्य स्वर अथवा ह्रस्व स्वर के लुप्त करने की परिपाटी लय तथा लयकारी के कारण ही कही जा सकती है।

कुछ गीतों में उपांत्य वर्ण पर एक विशेष काल तक (मात्रा तक) विश्राम करने की रीति है, जैसे—अहीरों के बिरहा में अथवा धोबियों के गीत (बिरहा) में अंतिम वर्ण से पहले चार मात्रा या पाँच मात्रा अथवा छह मात्रा तक रुकने की परिपाटी है। गायक इस स्वर पर उतना ही यति या विश्राम देता है जिससे गीत में छंदात्मकता अथवा प्रवाह में विघ्न न पड़े। ऐसा आभास होता है कि इस प्रकार का विश्राम या यति भी बिरहा गीत अथवा धोबियों के बिरहा गीत की विशेषता है।

भिन्न-भिन्न अवसरों के गीतों में भिन्न-भिन्न प्रकार की गति तथा यति का बोध होता है जिससे गीत के स्वरबद्ध रूप अधिक सजीव प्रतीत होते हैं।

पुनरुक्ति या जोड़ के शब्द : लोकगायक गीत की नैसर्गिक प्रकृति के परम ज्ञाता थे। संगीतज्ञ जिस प्रकार किसी गीत के गायन में शब्दों की, पदों की पुनरावृत्ति करते हैं, ठीक उसी प्रकार की पुनरुक्ति अथवा पुनरावृत्ति लोकगीतों में भी प्राप्त होती है, इस पुनरावृत्ति के तीन कारण कहे जा सकते हैं—

(1) गीत के भावों में तीव्रता लाने के लिए

(2) गीत के छंद की मात्राओं को पूर्ण करने के लिए

(3) गीत की स्वर-रचना तथा गेयता को गीत के स्थायी की स्वर-रचना से संबद्ध करने के लिए।

अवधी लोकगीतों की गायन-शैली की एक और विशेषता है कि इन लोकगीतों के प्रारंभ, मध्य तथा अंत में टेक के रूप में कुछ निरर्थक शब्दों या पदों के जोड़ने की प्रथा है।

जैसे—हरे रामा, रामा, ए री, ए हो, डिगनिक-डिगनिक, कि वाह वाह, ओ ओ, हो जी, हे जी, हो मोरी बहिनी, हैया हो हैया, आँ आँ, ताता थैया, लरला लरला, हाँ सीता राम से बनी, झमकोइया मोरे लाल, मोरे हरी के लाल, हो ना आदि हैं।

इस प्रकार के भरती के शब्द या टेक के शब्द को जोड़ने की प्रथा भी गीत को

संगीतमय बनाने के लिए ही करना पड़ा होगा ऐसा अनुमान है। इन भरती के शब्दों को जोड़ने से गीत की गेयता पूर्ण होती है। यदि इन निरर्थक भरती के शब्दों को निकाल दे तो छंद अपूर्ण सा प्रतीत होता है।

गीत मार्ग के प्रवाह में रिक्त स्थान अथवा विश्राम (पॉज) केवल संगीत के ही दृष्टिकोण से नहीं अपितु साहित्य के भाव व्यक्त करने के दृष्टिकोण से भी गीत को अपंग बना देगा। ये टेक वस्तुतः गीत के लिए बैसाखी का काम करते हैं। इन टेकों के द्वारा गीत की गेयता को बल मिलता है। गायक अथवा गायिकाओं में उत्साह, उमंग, उत्तेजना उमड़ पड़ती है। इन टेकों में अपूर्व शक्ति है, जिनके कारण ही गीत भी स्वर और लय के हिलोरों में झूलने लगता है।

कुछ सार्थक शब्दों की पुनरावृत्ति भी की जाती है जो गीत के भाव से कोई साम्य नहीं रखते बल्कि लय को बनाए रखने के लिए प्रयुक्त होते हैं।

गारी गीतों में 'हाँ सीताराम से बनी' पंक्ति के अंत में एवं राम जी, हो जी प्रारंभ में लगाया जाता है। इसी प्रकार 'हाँ चलु जाने दे' तथा 'झमकोइया मोरे लाल' आदि का प्रयोग किया जाता है।

सोहर गीतों में 'हो मोरी बहिनी', 'हो मोरी सखिया' अथवा 'हो मोरे ललना' आदि गीत की कड़ी के दूसरे चरण के प्रारंभ में जोड़ना सोहर की लय को बनाए रखने में सहायक होता है।

इनके प्रयोग से गायक को प्रथम पंक्ति से दूसरी पंक्ति तक आने में सहारा मिलता है तथा साँस लेने का अवकाश मिलता है।

लोकगीत और वाद्य यंत्र—भारतीय संगीत में गीत के साथ-साथ गीत की गति को प्रदर्शित करने के लिए आवश्यकतानुसार समय-समय पर विविध वाद्य यंत्रों का आविष्कार हुआ। पर इन यंत्रों का आविष्कार कब और कैसे हुआ यह भी निश्चयपूर्वक नहीं कहा जा सकता।

ताल, छंद का विवेचन करते समय इन ताल छंदों की वादन कला एवं वादन क्रिया का इतिहास मुझे प्राप्त नहीं हो सका। केवल इतना ही कह सकती हूँ कि गीतों की गति और यति, लय, मात्राओं और तद्भव तालों का प्रयोग गीतों के निर्माण के साथ-साथ ही हुआ होगा। इन तालों को प्रारंभ में स्वराघात के स्थलों पर चुटकी और ताली बजा करके किया गया होगा। आज-कल भी अनेक ऐसे लोकगीत हैं, जिनमें ताली और मौखिक शब्दों के प्रयोग से इन स्वराघातों का संकेत करते हैं।

ताल में वह शक्ति है कि उसके सम पर प्रत्येक गीतकार का सिर अथवा हाथ हिल ही जाता है। तब वह उस मटके में चुटकी ताली अथवा अन्य यंत्र पर आघात करने लगता है।

लोकगीतों की प्रणाली में प्रायः ग्रामवासी चुटकी, ताली के साथ-साथ मटके (घड़े) अथवा काष्ठ के किसी यंत्र पर या थाली पर गीत के साथ-साथ लय में और ताल में अँगुलियाँ चलाने लगते हैं। अँगुलियों के चलाने में किसी शिक्षा अथवा शास्त्रीयता का आधार प्रायः नहीं होता।

इसी आधार पर प्राचीन देवालयों में भी मजीरा, कठताल एवं करताल का प्रयोग किया गया होगा। लोकगीतों के मूल स्थान ग्रामीण क्षेत्र में भी सुलभता व सुगमता के आधार पर मजीरा, कठताल, करताल, झाँझ आदि का प्रयोग गीतों के साथ किया गया। इनके वादन की विधि और शैली गीत के लय और स्वराघात के साथ मिलकर संगीतात्मकता की सृष्टि करती है। इनका वादन गीत के साथ इतना मिलकर होता है कि अपूर्व आनंद से जन-समाज को विभोर कर देता है।

इसी आधार पर पूर्व ऐतिहासिक दादुर को अथवा गड्ढा खोदकर गड्ढे को चमड़े से मढ़ने की प्रथा चली। इस मढ़े हुए चमड़े को लकड़ी से बजाने की प्रथा थी।

सांस्कृतिक उत्थान के साथ-साथ खोखले लकड़ी के गोल आकार को चमड़े से मढ़ने की प्रथा चली और परिणामस्वरूप ढोलक, डफ और चंग, झाँझ आदि का प्रयोग किया जाने लगा।

यवन-काल तक भारत में मृदंग और पखावज का रूप विकसित हो चुका था। अतएव स्पष्ट है कि हिंदू राजाओं के काल तक ग्रामीण जन-समाज में भी लकड़ी के खोल को दोनों तरफ अथवा एक तरफ मढ़ने की प्रथा चल पड़ी प्रतीत होती है।

इस प्रकार अनबद्ध वाद्यों में आधुनिक युग में भी ढोलक, ढोल, मजीरा, नगाड़ा, चंग, डफ, अपंग, करताल, कठताल, चिमटा मटकी आदि का प्रयोग किया जाता है।

ग्रामीण गीत-परंपरा शास्त्रीय संगीत से भिन्न होते हुए भी उसमें लय, ताल और धुन का इतना सुंदर सहयोग होता है कि किसी एक को दूसरे से अलग नहीं किया जा सकता है।

लोकगीतों के साथ प्रमुख रूप से ढोलक का प्रयोग होता है। ढोलक वाद्यों का, चाहे वे स्त्री हों या पुरुष वादक, कोई शास्त्र नहीं होता। फिर भी गीतों के साथ ढोलक पर अँगुलियाँ प्राकृतिक रूप से चलने लगती हैं और गीत के ताल के साथ ढोलक पर वह ताल बजने लगती है।

तंत्री वाद्यों की उत्पत्ति किस प्रकार हुई उसके प्रेरणा स्रोत क्या थे, भारतीय संगीत में आदिकाल से किस-किस प्रकार के तंत्री वाद्य प्रयुक्त हुए जिनका लोकसंगीत में प्रयोग होने लगा तथा इसके प्रयोग के पीछे क्या कारण थे? इन सबका अध्ययन होना आवश्यक है।

प्राचीनकाल से प्रयुक्त लोकवाद्यों के स्वरूप में जो परिवर्तन और नवीनता आई,

उसके परिवर्तन के पीछे क्या उद्देश्य रहा आदि प्रश्न भी शोध के विषय हैं।

वैसे तो पूरे भारत में लोकसंगीत के वाद्यों के विविध प्रयोग हैं, किंतु अलग-अलग प्रांतों के वाद्यों और उनके वादन की विधियों में जो अंतर या विशेषताएँ हैं उनका अध्ययन भी अपेक्षित है।

कुछ वाद्य विशेष अवसरों से संबद्ध हैं। जैसे—ऋतुगीतों, संस्कार गीतों, मांगलिक गीतों के वाद्ययंत्र भी विशिष्ट होते हैं। आदिम जनजातियों में सूचना या संदेश देने के लिए भी विविध प्रकार के वाद्ययंत्र अलग-अलग वादन शैली में प्रयुक्त होते रहे हैं।

बाँसुरी और संतूर जो लोकवाद्य माना जाता था। इसे आज शास्त्रीय वाद्यों की श्रेणी में शामिल कर लिया गया है, ऐसे और कितने लोकवाद्य हैं जो शास्त्रीय परिधि में आ गए हैं और जिनके आने की संभावना है इन पर भी अध्ययन किया जा सकता है।

जिन लोकवाद्यों को फिल्मों और संगीतबद्ध, एलबमों के माध्यम से पूरे विश्व में प्रसार मिल रहा है और जिनकी सराहना हो रही है उनके बारे में भी शोध अध्ययन होना आवश्यक है।

लोकसंगीत पर बाजारवाद निरंतर हावी होता जा रहा है, इससे उसकी सहजता और मौलिकता बहुत तेजी से प्रभावित हो रही है। मूल लोकधुने लुप्त हो रही हैं, इन विसंगतियों को रोकने हेतु इस पर ध्यान देने और सतर्क रहने की आवश्यकता है।

यह काम सरकारी स्तर पर भी होना चाहिए और लोकसंगीत के अध्येताओं को और उसके प्रति समर्पित लोगों को भी व्यक्तिगत संकल्प द्वारा प्रयास करने की अपरिहार्यता आज अनुभव की जा रही है।

□

14

लोक साहित्य की मंगलाशा

हिंदी लोक साहित्य के प्रतिमान और प्रवाह की अवधारणा आदि काल से ही विद्वानों और चिंतकों द्वारा सुनिश्चित होते रहे हैं। किंतु समय की माँग के अनुसार बदलते भी रहे हैं। इसी परिवर्तन की आकांक्षा से जाने कितने प्रयोग और परंपराएँ तथा वाद प्रचलित होते रहे हैं। जाने कितनी भावधाराएँ साहित्य में प्रवाहित होती रही हैं। जैसे निर्गुण, सगुण भावधारा में भक्ति मार्गी, प्रेममार्गी, सूफी-संतों की भावधारा आदि। इसीलिए तमाम वाद आए, नव्य चेतना लाने की बाढ़ भी आई और ये वाद कुछ दिन चमक-दमक कर इतिहास बन गए पर शाश्वत मूल्य जो साहित्य के रहे, वही मानवीय मूल्य हैं और वे नहीं बदले।

साहित्य का 'सहित' भाव गोस्वामी तुलसीदास के शब्दों में ''सुरसरि सम सब कहँ हित होई'', साहित्य का उद्‌देश्य बना रहा। समाज को दिशा देना और आवश्यकतानुसार परिवर्तन की चेतना लाकर साहित्य समाज को जगाता रहा। इस प्रकार साहित्य घेरों, दायरों को तोड़ता भी रहा है। ये घेरे या दायरे चाहे समाज के हों या नीतिशास्त्र, धर्मशास्त्र, दर्शनशास्त्र के हों जब ठहर जाते हैं तो उनमें हलचल करके गति पैदा करना साहित्य का काम है। क्योंकि साहित्य निरंतर स्वीकृत मूल्यों की जाँच करता रहता है। वही साहित्य अमर बनता है, जिसमें अच्छाई का संकल्प हो, असत्य पर सत्य की विजय का उद्‌घोष हो। इसीलिए भारत में सुखांत की परंपरा रही है, क्योंकि सुखांत निराशा और हताशा से टूटने से बचाता है।

साहित्य प्रश्नचिह्न भी लगाता है बड़े-से-बड़े मूल्य पर, व्यक्ति पर और ईश्वर पर भी। महाभारत का सत्य यक्ष प्रश्न के अतिरिक्त भी तमाम प्रश्न छेड़ता है, असत्य कब सत्य और शिव बन जाता है इसका भी उदाहरण देता है। वह महासमर के बीच भी धर्म दर्शन और नीति का संदेश देता है और इस परिस्थिति में भी उस संदेश को ग्रहण करने का धैर्य

और जिज्ञासु मन भी देता है। विराट को भी सत्य की रक्षा के लिए लघु के सामने झुकते हुए दिखाता है।

साहित्य का धर्म होता है मानवीय संवेदना और आत्मीयता जगाना, जो बिछुरे हों उन्हें मिलाना। इस संदर्भ में मैं वाचिक परंपरा के साहित्य में निहित इस मूल भाव का एक उदाहरण देना चाहती हूँ। गणेश चतुर्थी या संकट चतुर्थी के व्रत में परिक्रमा करते समय ये पंक्तियाँ दुहराई जाती हैं—

"चार दियना चार बाती, आज चौथ की राती।
बाँधे होयँ सो छुटैं, बिछुरे होयँ सो मिलैं।"

अर्थात् इस संकट चतुर्थी की रात में चार दीपक और उसमें जलती चार बत्तियों की लौ का प्रकाश हर संकट को दूर करे, जो बंधन में हों वे मुक्त हों और जो बिछुरे हों वे मिल जाएँ। यह भाव ही साहित्य के विराट मंगलभाव को अभिव्यक्ति देता है। कोई भी बंधन में न रहे, कोई भी अपने स्वजनों से न बिछुड़े। यह संवेदना ही चर-अचर संपूर्ण सृष्टि को परस्पर एक सूत्र में बाँधने में सक्षम है।

किसी को भी बंधन या बिछोह देनेवाले के प्रति आक्रोश का भाव साहित्य का एक शुभेच्छा भाव है। एक और लोकगीत की पंक्ति का उदाहरण देना चाहूँगी जिसका भाव है—

रानी रुक्मणी जमुना तट पर एक कदंब की डाल पर झूला डलवाकर झूल रही हैं। उनका मोतियों का हार टूटकर जमुना जल में गिर जाता है। वे चकई से कहती हैं कि मेरा हार जमुना जल से ढूँढ़कर ला दो। चकई का आक्रोश फूट पड़ता है। रानी! तुम्हारे मोतियों को आग लगे, तुम्हारे हार पर बज्र पड़े, यहाँ तो मैं अपने चकवे को ही नहीं ढूँढ़ पा रही हूँ जो साँझ से ही मुझसे बिछुड़ गया है—

"अगिया लगावौं रानी! हरवाँ, बजर परै मोतिया हो,
रानी! सँझवै से बिछुरा चकउवा, हेरत नाहीं पायों।"

इस प्रकार लोक साहित्य संबंधों को जोड़ने की संभावना देता है। इसीलिए रहीम बार-बार याद आते हैं, क्योंकि वे लोक की इस संवेदना से प्रभावित हैं—

"रूठे सुजन मनाइये, जो रूठैं सौ बार,
रहिमन पुनि-पुनि पोहिए, टूटे मुक्ताहार।"

लोक साहित्य संवादहीनता को भी तोड़ता है। प्रसंगवश यह कहना है कि आज संवाद शैली की जरूरत है। लोक में संस्कृत साहित्य से यह संवाद शैली सीधे आई। लिखित साहित्य में धीरे-धीरे कम हो रही है। साहित्य राग-द्वेष के बीच राह बनाने की कोशिश करता है। संपूर्ण प्रकृति जड़-चेतन से रागात्मक आत्मीय संबंध बनाता है। साहित्य आत्मीयता का विस्तार है, अपने दायरों से बाहर आपको लाकर निःस्वार्थ आत्मीयता देता है और यह आत्मीयता मन को आश्वस्ति देती है। उसकी स्मृति पुकार बनकर मन में बस जाती है और

साहित्य उसका द्रष्टा या साक्षी भी बनता है।

साहित्य सूखे ठूँठ में पल्लव होने की आकांक्षा जगाता है। साहित्य अध्यात्म-चिंतन की ऊँचाइयों का संस्पर्श कराता है, धीरोदात्त नायक-नायिकाओं के चरित्र के माध्यम से जीवन के विविध पक्षों को उजागर करके करणीय-अकरणीय का भेद बताता है, मर्यादा के स्थापन की चिंता करता है। वह लोकमंगल और लोकरंजन दोनों के बीच सेतु बनाता है। विषमताओं, विरूपताओं के बीच संघर्ष की आग जलाता है और हार न मानने का हौसला देता है।

यहाँ फिर मैं लोककथाओं का उदाहरण देना चाहूँगी।

लोककथाओं, गाथाओं के नायक या नायिका प्राय: सबसे छोटे और उपेक्षित तथा अभावग्रस्त होते हैं। किंतु संघर्षों से जूझते हुए वे हार नहीं मानते और उन्हें सहायता देने के लिए पशु-पक्षी, वनस्पति जगत, देवी-देवता, साधु-महात्मा तो आते ही हैं, आँधी-पानी, आग के रूप में भी प्रकृति उनकी रक्षा करती है। यहाँ तक कि आसुरी शक्तियाँ भी कहीं हार मानती हैं तो कहीं उनकी मदद करती हैं।

जहाँ तक प्रवाह की बात है यह निरंतर प्रवाहित धारा है। एक ओर लिखित साहित्य तो साथ ही वाचिक साहित्य की अनेक छोटी-बड़ी धाराएँ मिलकर बड़ी धारा बनती हैं और मुख्य धारा में मिल जाती हैं। इस प्रवाह में कूड़ा-कचड़ा बह जाता है और मूल्यवान रत्न तलहटी में बच जाते हैं वही अमरत्व पाते हैं। नए प्रयोग होते रहते हैं। कभी-कभी ठहराव भी आ जाता है। पर चिंता वादों, प्रयोगों की नहीं होनी चाहिए, क्योंकि उससे न साहित्य की हानि होती है न समाज की। इसलिए चिंता तब होनी चाहिए जब साहित्य में चिंतन, विचार, भाव और संवेदना का अभाव होने लगे।

यह संतोष का विषय है कि भारतीय साहित्य में यह अभाव कभी नहीं रहा है। साहित्य की लिखित और वाचिक दोनों समृद्ध परंपराएँ निरंतर प्रवाहित और गतिशील रही हैं। आत्माभिव्यक्ति और स्वांत:सुखाय भी तभी स्वीकृति पाता है, जब वह सबकी अभिव्यक्ति और सबकी सुखानुभूति बन जाता है।

डॉ. विद्यानिवास मिश्रजी वियतनाम की एक कविता का उदाहरण अपने व्याख्यानों में देते थे जिसमें—''एक बच्चा अपने अध्यापक से कहता है कि यदि मैं कभी स्कूल के कमरे में चीखूँ-चिल्लाऊँ तो आप मुझे क्षमा कर दीजिएगा, क्योंकि स्कूल के दायरे के बाहर मुझे सारी दुनिया पागल लगती है। मैंने बचपन में एक सपना पाला था कि एक छोटी सी नाव में पाल लगाकर मैं समुद्र की ओर चल दूँगा। मेरा सपना खो गया, मेरे देश के दो टुकड़े हो गए। मेरी माँ यहाँ इस पार है, पिता उस पार हैं। कोई किसी पर विश्वास नहीं करता, सारे मित्र दूर हो गए, जिनके सामने मैं चीख-चिल्ला सकता था। यह उदाहरण एक अकिंचन उपेक्षणीय व्यक्ति की कराह और चिल्लाहट का है, जिसकी गुंजाइश साहित्य में बनी रहनी

चाहिए अन्यथा साहित्य का मूल्य रखते हुए भी साहित्य विदा हो जाता है।''

सत्साहित्य केवल लोकरुचि की चिंता नहीं करता, अंधानुकरण नहीं करता, उपदेशक या समाज-सुधारक होने का दावा नहीं करता, वह सामाजिक समस्याओं के कारणों की जाँच करके यथास्थिति को प्रस्तुत कर देता है। वह आंतरिक और बाहरी दबावों को उजागर करता है। ऐसा करके साहित्य अन्याय और शोषण व कदाचार के प्रति जनमानस में आक्रोश जगाता है, विद्रोह और क्रांति की आग सुलगाता है। जब तोप से मुकाबला हो तो कलम उठाने के लिए बेचैन करता है, अखबार निकालने के लिए ललकारता है।

प्रेमचंद जैसे कलम के सिपाहियों के साहित्य में संघर्ष चेतना और बेचैनी पैदा करने की ताकत है।

संत-साहित्य ने न केवल देश को बल्कि पूरे विश्व को अपनी संस्कृति के प्रति सचेत रहने की व्यग्रता दी। साथ ही कठिन-से-कठिन परिस्थिति में भी हार न मानने का संबल दिया। प्रवासी भारतीयों के संकट के क्षणों में उन्हें टूटने से बचाया। इसीलिए आज भी गोस्वामी तुलसीदास का रामचरितमानस पूरे विश्व के साहित्य में केवल अपना विशिष्ट स्थान ही नहीं रखता, आत्मीयता का प्रतिमान भी बना हुआ है।

यही कारण है कि आज जब पूरा विश्व हिंसा के दौर से गुजर रहा है तब भारतीय संस्कृति के 'वसुधैव कुटुम्बकम्' भाव को सबके बीच प्रसारित करने की आवश्यकता का अनुभव किया जा रहा है।

भारतीय साहित्य में प्रार्थना केवल अपनी रक्षा के लिए नहीं होती पूरे विश्व के लिए होती है, केवल मनुष्य के लिए नहीं होती, चर-अचर, संपूर्ण सृष्टि के सुख और शांति के लिए होती है।

भारतीय साहित्य ने केवल अपने राष्ट्र की चिंता नहीं की है, उसकी चेतना में पूरे विश्व की कल्याण कामना है। वह पूरे ब्रह्मांड में एक ही तत्त्व देखने की दृष्टि देता है, इसीलिए सबके प्रति गहन संवेदना रखता है।

इसीलिए व्यक्तिवादी लेखन को तब तक महत्त्व नहीं मिलता जब तक उसका लेखन सबके हृदय में स्पंदन न जगा दे, रसानुभूति न करा दे, साधारणीकरण की अवस्था तक न पहुँचा दे।

साहित्य वही अमर होता है, जिसमें अतीत की स्मृति हो, अपनी समृद्ध विरासत के प्रति गौरवबोध हो, वर्तमान से सरोकार हो और भविष्य की ओर दृष्टि हो। यह अमरत्व उसे अपनी संप्रेषणीयता से और भावबोध से मिलता है। यही साहित्य अमृत बनकर संस्कृति की संजीवनी बनता है, जोड़ने की भूमिका निभाता है। यही समकालीनता या प्रासंगिकता के घेरे को तोड़कर कालजयी बनता है। यही साहित्य रचनाकार के अनुभूत सत्य को पाठक के समक्ष उद्घाटित कर गहरी छाप छोड़ता है और उसके विचारों को दिशा देता है।

मैं अपना अनुभव बाँटना चाहती हूँ कि आज भी श्री सुदर्शन की हार की जीत कहानी

मेरे सामने अविश्वास और संशय के क्षणों में उसके विरुद्ध खड़ी हो जाती है और विश्वास करने को बाध्य कर देती है।

सभी संत कवियों की वाणी यही भूमिका निभाती है। प्रेमचंद, प्रसाद, निराला, महादेवी, अमृतलाल नागर, भगवती चरण वर्मा, हजारी प्रसाद द्विवेदी, रामचन्द्र शुक्ल, विद्या निवास मिश्र, इलाचन्द्र जोशी, रामकुमार वर्मा, अज्ञेय, मैथिलीशरण गुप्त, रामधारी सिंह 'दिनकर', शिवमंगल सिंह 'सुमन' आदि तथा आज तक के अन्य सभी चर्चित साहित्यकारों का साहित्य मानव मन की संवेदना की तमाम परतों के बीच मानुष-गंध का परिचय दे जाता है। यही प्रमाण है कि साहित्य समाज के सुख-दुख का स्पंदन है, कालावधि, क्षेत्रीयता की सीमा से मुक्त है।

स्वतंत्रता संग्राम में साहित्यकारों की भूमिका को कभी विस्मृत नहीं किया जा सकता। भारतेंदु हरिश्चंद के समय से लेकर नागार्जुन, मुक्तिबोध से होते हुए आज तक के गद्य-पद्य दोनों विधाओं के साहित्य को देखने से स्पष्ट होता है कि विकास की गति रेखा लगातार समय की माँग के अनुसार ऊर्ध्वमुखी होती रही है। यह संतोष का विषय है। यद्यपि स्वतंत्रता मिलने के बाद स्वप्न भंग होने और विभाजन की त्रासदी झेलने के कारण तमाम तरह की हताशा, कुंठा, संत्रास साहित्य में उभरकर आए। किंतु साहित्यकारों ने समाज में परिवर्तन की चेतना जगाते रहने का सदैव प्रयास किया।

सही अर्थों में जो साहित्यकार है वह स्वतंत्रचेता होता है। वह किसी सत्ता का मुखापेक्षी नहीं होता, किसी सुविधा का दास नहीं होता। वह अपनी संस्कृति और परंपरा का संवाहक होता है, नव्य चेतना का उन्मेषक होता है, समय की नब्ज पहचानता है और उसके अनुसार मार्गदर्शन प्रस्तुत करता है। इसके लिए उसे अपनी संस्कृति के मूलभाव और उसकी संवेदना से आत्मिक परिचय होना आवश्यक है। अपने पूर्ववर्ती साहित्य और संस्कृति को समझे बिना वह 'सहित' के अर्थ में साहित्य नहीं दे सकता। वह केवल समाज के गंदे नालों की दुर्गंध नहीं बाँटता उसमें गंगा की एक बूँद भर मिलाने से उसके शुद्ध हो जाने का विश्वास बाँटता है।

साहित्य का एक रूप पत्रकारिता से भी जुड़ता है जो चौथा स्तंभ है। उसका भी दायित्व है कि असत्य के अँधेरे से उत्पन्न भयावह स्थिति से निराश मनों में सत्य के प्रति आस्था और विश्वास का दीप जलाते रहने का संकल्प ले। असंख्य बुराइयों के बीच यदि एक भी अच्छाई दिखे तो उसे उजागर करके अच्छाई के प्रति आश्वस्त भाव जगाए।

हिंदी साहित्य में पत्र-पत्रिकाओं के क्षेत्र में भी क्रांति आई। इनके माध्यम से नाना रूपाकारों में साहित्य प्रचार-प्रसार पाता रहा। कुछ पत्रिकाएँ अच्छी होते हुए भी धनाभाव के कारण अल्पायु की रहीं, पर उनकी छाप जनमानस पर गहरी पड़ी। सरकारी-गैरसरकारी संस्थाओं तथा व्यक्तिगत प्रयासों ने भी पत्रिकाओं के प्रकाशन का कार्य हाथ में लिया। इस

ओर अभी अधिक ध्यान देने की आवश्यकता है कि केवल आर्थिक कारणों से अच्छी पत्रिकाएँ कालकवलित न हो जाएँ।

हिंदी साहित्य अपनी क्षेत्रीय बोलियों और भाषाओं के माध्यम से भी भारतीय संस्कृति का निरंतर उद्घोष करता रहा है। एक ओर क्षेत्रीय बोलियों, भाषाओं में लिखित साहित्य की समृद्ध परंपरा है तो दूसरी ओर इनके वाचिक साहित्य की गौरवशाली परंपरा भी अत्यंत समृद्ध रही है।

हिंदी का लिखित और वाचिक साहित्य यह सिद्ध करता है कि उसमें नैरंतर्य है, चुनौतियों का स्वीकार है और निरंतर नए होने का चाव है। आधुनिकता वहाँ अपनी परंपरा से कटना नहीं है बल्कि उस परंपरा को निरंतर समृद्ध करते हुए सार्थकता प्रदान करना है।

यह 'अथ' का श्रीगणेश करता है और उसमें तमाम संभावनाएँ भरता है, लोकमंगल का स्वप्न देखता है, ऋतु परिवर्तन में गति देखता है और उसकी गति और परिवर्तन को देखने की दृष्टि देता है। उसमें 'इति' समापन मात्र नहीं है, पुनः-पुनः 'अथ' के आमंत्रण की संभावना है।

उसी आमंत्रण की मंगलाशा के साथ लोकगीतों की यह भावधारा निरंतर प्रवाहित है।

□□□